凸凹
文集

08
·
小说

在场与及物

凸凹 著

北京日报出版社

图书在版编目（CIP）数据

在场与及物 / 凸凹著. -- 北京 ：北京日报出版社，2017.6

（凸凹文集）

ISBN 978-7-5477-2510-8

Ⅰ. ①在… Ⅱ. ①凸… Ⅲ. ①中篇小说－小说集－中国－当代②短篇小说－小说集－中国－当代 Ⅳ. ①I247

中国版本图书馆CIP数据核字(2017)第070373号

在场与及物

出版发行：北京日报出版社

地　　址：北京市东城区东单三条8-16号东方广场东配楼四层

邮　　编：100005

电　　话：发行部：（010）65255876

　　　　　总编室：（010）65252135

印　　刷：廊坊飞腾印刷包装有限公司

经　　销：各地新华书店

版　　次：2017 年 6 月第 1 版

　　　　　2017 年 6 月第 1 次印刷

开　　本：880 毫米×1230 毫米　1/32

印　　张：18.75

字　　数：468 千字

定　　价：48.00 元

目录

心史

序一

在场与及物的乡村文学

宁肯（第二届老舍文学奖长篇小说奖获得者）

忘记是谁说的了，大意是要想真正了解一个作家就要去读他的作品。这话不错，我在凸凹身上有深刻体会。与凸凹相识想来也有十年，十年间或出行，或开会，或饭局，可谓见面多多，聊天玩笑多多，自认是很好的朋友。但我也必须承认，我读凸凹的作品不多，印象较深的是他的一些散文。他的散文真诚、坦荡，笔端不时流露出别人往往倾向于隐藏的最真实的东西，因而富于震撼力。有几次这种震撼差一点让我打电话给他，说说我的阅读感受，但最终没有。我以为对朋友的欣赏最好珍藏起来，这样见面会有一种特别的亲切感。但是我对凸凹的小说却一直有点“隔”，也不知为什么，过去也没怎么多想，好像是因为叙述方式，又好像是因为语言方式。小说不同于散文，散文是直接的艺术，比较容易让人接受，比较容易打动人，小说是间接的艺术，并且稍有不慎叙述便容易程式化，所以语言上或叙述方式上如果不是特别有一望而知的出新感，便不容易让我接受。这是一种相当苛刻的甚至故步自封的阅读习惯，此种阅读习惯不仅让我错过了凸凹，显然可能也让我错过了许多优秀的作品。其实，只要克服一点点自我的阅读习惯，只要再往前跨一步，就会有惊喜的发现，并感到过去的自己是多么的一叶障目、故步自封，最近读凸凹的中短篇小说选《在场与及物》便有这样的感慨。

一册厚厚的中短篇小说，掩卷之后，觉得愧对凸凹，这么多年，这么独到的小说我过去怎么就一直视而不见？虽说是金子迟早要发光，可埋没金子终归是一种罪过。我们常常感叹世间好的东西总是被埋没，我们却很少问问自己是否也在加剧这种埋没？甚至埋没自己身边的人？不能用存在主义“人是无法沟通的”“他人即地狱”这种形而上的观点开脱自己，应该认真反思自己。

在我看来，凸凹的小说至少有三个特点，一是语言上形成了自己的风格，二是叙述上开创了一种他独有的杂文随笔风格，三是在乡土文学中他几乎以一人的力量和个性传承了中国文化——一种在民间代代相传的乡村知识分子的文化。

凸凹自称特别崇尚两个人的语言，一是汪曾祺，一是孙犁。此二人最大的特点是中国气派：简至，意境，唯美，阴柔。而“简至”（主要是由简短的有节奏感的断句、语感、语气构成）在我看来则是首要的，没有“简至”，后面的三种审美都不能成立。“简至”甚至是中国文化中国特色的前提。凸凹在本书的后记中说：“在中国当代文坛，汪曾祺老先生的文字，是镶嵌到我生命中去的，他的著作，是我的枕边书，每日耽读与揣摩，从无中辍……我把他当父执人物。”可见凸凹受其影响之深。但事情的吊诡往往在于，我们崇尚的正是我们所缺的，所缺必导致学习揣摩，结果却往往是得了真髓，却并不似所学之人，成了另一种东西。在我看来，凸凹的语言除在“简至”上得了汪曾祺的真髓，其他都不像汪曾祺，也不像孙犁。凸凹的小说既不意境，也不唯美，更不阴柔，相反，在简至统摄之下，倒有一种阳刚之气、山野之气、俚俗之气，因为简至，这些本“不”文化的气息反倒有了一种神奇的文化味道。这种文化味道在中国鲜有，是凸凹所独有的，我认为是完全可以与汪曾祺、孙犁简至之下的意境、唯美、阴柔对话的。事实上在作品内容的广度与宽度以及复杂度上，凸凹比自认的师承还要更有力量、更浑厚、更贴近现实，用现在批评家时髦的话说，就是更及物。

试举一例：《天赐》一文中描述祖父特点：

> 他对女色还是无所用心，整天赶着一群羊在山上跑。累了，就躺在细草地上，唱歌。那山歌的词句很不完整，词意也暧昧，他高一声低一声地唱，很任性，却不动情。

几句简至的话，简至的节奏，就把一个山野之人勾勒得异常清晰，与汪曾祺不同，与孙犁不同，却又有联系——联系者，简至的味道也。

凸凹小说第二个特点是杂文随笔风格，这点也不同于汪、孙二人，这使凸凹在小说的文体上有了一种可贵的拓展。关于这一点孙郁先生的论述已非常到位：“凸凹的小说不饰铅华，有乡土的东西，也有学问的东西，九曲回肠，像诗，像随笔，像风情绘，又像戏剧，小说在他那儿成了很灵性、很自我的存在。”

最典型的是《悯生》，写了四种死，在一个短篇里写四种死本身已有随笔的行文方式，而每种死之后作者都要品评几句，比如写堂大伯的死，作者便作结说：“生死契阔。这是鲁迅曾写在其文章中的。堂大伯的父亲虽然跟鲁迅不是一个时代的人，但是我的曾祖母——他的母亲，已把一些关于生死的信息通过血液传递给了他，他不仅学会了听天由命，而且还学会了给无奈找出让自己确信不疑的理由。”这样在小说里把鲁迅抬出来议论的写法，完全是一种杂文随笔的风格，但它又是小说，因而让人耳目一新。

凸凹小说的第三个特点最为复杂，与前两者有关，与小说内容有关，更与凸凹没完全离开乡村有关，与他始终在“场”——在乡村的“场”中有关。当今中国文坛存在着强大的乡土文学，亦存在着强大的乡土作家群，如贾平凹、阎连科、莫言、刘震云、毕飞宇、余华，可以说数不胜数，但他们都有一个共同的特点，就是无一例外都离开了乡土，离开了本位，是离开乡土之后写乡土。他们呈现的早年的乡土或唯美，或抒情，或批判，或魔幻，或血腥，或荒诞，总之是回望式地加入了观念性的写作，是站在城市化的文学视角观照乡村、抒写乡村。凸凹无疑是乡土作家，但凸凹与上述作家最大的不同是他始终没离开自己的乡土“本位”。

凸凹是京西农民的儿子，当过乡长，后来成为了作家，当了当地的文联主席，虽说生活有了很大变化，也住在小区楼房里，但无论感觉上还是切近的地理位置上，凸凹都没感到自己离开了乡村本位，始终觉得自己是农村人、是农民，他也经常把这话挂在嘴头上。批评家施战军曾把乡土文学与乡村文学做了区分，认为两者是不同的，前者通常是回望式的或观念性的写作，后者则是在场的写作。他认为师陀虽也写乡村，但不能划作乡土作家，因为师陀的乡村不是回望的、外视角的，而是原状的，是乡村本身所固有的，没有许多文学观念的观照。这样说来，凸凹的所谓“乡土写作”显然也应归为“乡村写作”。

确实，从作品的面貌来看，凸凹呈现出的乡村与莫言、贾平凹、刘震云们笔下的乡村颇为不同，而最大的不同是凸凹的写作没那么多的“文学观念”，他延续的是中国化的中国乡村知识分子文脉。他叙事状物的立场是乡村知识分子的立场，因此他的小说里没有观念意义上的魔幻、荒诞、残酷、暴力美学，有的是在场的乡村生活本身——其间流淌着源远流长的中国文化底蕴。换句话说，在凸凹的小说里几乎看不到西方小说的影响，甚至连点影子也没有，有的是深深植根于中国乡村经验的写作。不仅如此，凸凹的小说也没有受到回望式的唯美与意境的影响，换句话说与他所崇尚的汪曾祺、孙犁也有质的区别。

凸凹是一个客观的乡村知识分子、乡村作家，而非乡土作家。这方面具有代表性的作品一是《神医》，一是《字戒》，它们都涉及了中国传统文化符号性的标志——一是中医，一是书法，并在两个典型符号中寄予了个人命运的起伏，同时又写出了我们这个时代的特征。小说中有乡村文化、乡村政治，个人在文化中的命运际遇、善恶互现、夹缠曲折，异常深刻，异常本色，异常中国，异常文化，让我们看到千年文化一脉相承的东西。应该说传统中国文化与其说在乡村积淀着，不如说在乡村知识分子身上积淀着，古时候文化体现在乡绅身上，现代以后特别是经历“文革”之后，则薄弱了很多。而凸凹以文化之身坚守乡村现场则是一个特例，他写作，并始终在场，这使他不易受到西方浅显文学观念的影响，而可以完全基于乡村本位写作。

其实凸凹是读了大量西方经典文学的，功底异常深厚，但由于他是在场的，西方的影响总是被现场的生活经验以及所含的中国文化所纠正，并在他的作品中化为无形。《神医》表面上很难让人想到卡夫卡的《乡村医生》，因为完全是中国化的作品，但往深里想还是可以看到卡夫卡来自远方的照耀。《字戒》与茨威格的《象棋的故事》看起来毫不相干，但某种借助“物”的架构，在“物”中寓意人的一生与戏剧化的生活，不又是异曲同工吗？凸凹是非常“狡猾”的，他的视野当然不只是他的乡村，不只是中国，只是他把更大的视野在他的乡村中化为了无形。

凸凹作品的全部意义就在于它们是在场的，是中国的，又是世界的。

2010 年 10 月 10 日初稿

2016 年 4 月 6 日定稿

序二

北京乡土文学的扛鼎之作

读凸凹中短篇小说选《在场与及物》

邱华栋（鲁迅文学院常务副院长）

前些年凸凹的长篇小说《玄武》出版之时，我曾情不自禁地说过，继浩然、刘绍棠、刘恒之后，凸凹是北京地域文学的一个十分突出的符号性存在。《玄武》气势恢宏，纵横捭阖，接续了由鲁迅开创的中国乡土文学的大文脉，是一部史诗性作品。我的判断后来不断得到验证——当代很多评论家几乎都给予了它很高的评价。比如，解玺璋就认为《玄武》一反已有的政治划界、田园牧歌等固有样式，开创了一种深入土地内部、本真呈现人的生存的新的写作范式，具有划时代意义。白烨也把《玄武》和蒋子龙的《农民帝国》，一道列入了2008年度农村题材的代表性作品。陈晓明在《南方周末》中也称《玄武》有“全新品质，值得关注”。更让人惊喜的是，新中国成立六十周年北京文艺评奖，《玄武》一路破关斩将，一举摘得了长篇小说的头奖，凸凹也毋庸置疑地获得了北京本土代表性作家的地位。

待我读到他的中短篇小说选《在场与及物》，他的创作实力和勤奋更是让我感佩不已。

我一直认为，长篇小说的成功，基本上是取决于“写什么”和“怎么写”，靠题材取胜，也要靠结构艺术，形式和内容最好完美结合。而中短篇更是接近于刀锋一样的写作，大多要靠“怎么写”立身。“怎么写”是文学技巧的运用，更是艺术品质的呈现。所以，我对他的《在场与及物》，在阅读上是更加用心的，而且还带着几分挑剔的目光。读过之后，对他的叙事技巧与能力我心悦诚服。在小说创作普遍推崇技术至上主义的风潮下，凸凹的《在场与及物》以足够的自信，进行了一种反其道而行的“朴实”叙事，描写小人物的“常态生活”，揭示出人性最本质的部分——内心的温柔，足可以抵御外界的峻嶒与浇薄；精神的自守，足可以冲破物质的包围与挤压——生活的美好，最根本的，是取决于人的精神驱动和人性之善。《在场与及物》从始至终充满了温暖、和谐的色调，让人从内心里生出欢悦，感到阴霾里仍有明媚的光。对于文学当下的处境来说，《在场与及物》更像是对崇高人性的一次次凭吊，它的理想主义色彩让人心绪激荡，因为它如此鲜明地映衬出文学与人间生活在现实中的隔膜，以及人们对于诗书之美的漠然。它也涤荡了当下小说的“阴私之气”，表现出了对世道人心抚慰和浸润的社会责任和人文关怀。是当下小说中难得的一抹亮色。

小说集中的作品，整体淡雅，叙述从容，语言俊洁，其氛围、气韵、笔致以及语调都有汪曾祺之风，但与汪曾祺相比，作者不淡化环境、不回避现实，表现出在入世中“出世”的全新品格。因而就具有了时代的光泽和指归。可以说，《在场与及物》是对汪曾祺叙事传统的弘扬与拓展，具有独特的文本贡献。

进一步说来，凸凹的小说是土地上的生命叙事，能让读者找到自己的来路——虽是讲荒山野土。蛮人陋事，却是人性生成和繁盛的地方。在阅读的同时，作品能够把读者带入“共同生活”的状态，因而建立起一种在“无罪之罪”中承担“共同犯罪”之责的文学伦理。

王国维据叔本华的理论阐述，人生总的来说是一场悲剧，悲剧有三种之别——

> 第一种之悲剧，由极恶之人，极其所有之能力以交构之者。第二种，由于盲目的运命者。第三种之悲剧，由于剧中之人物之位置及关系而不得不然者，非必有蛇蝎之性质与意外之变故也，但由普通之人物，普通之境遇，逼之不得不如是。彼等明知其害，交施之而交受之，各加以力而各不任其咎。此种悲剧，其感人贤于前二者远甚。何则？彼示人生最大之不幸，非例外之事，而人生之固有故也……

我看凸凹的小说呈现的就是这第三种悲剧。一切的悲情与怨事，都非由“蛇蝎之人”所造成的，也非盲目的命运使然，而是由乡土中的每一个人共同制造的——他们都不是坏人，也根本没有制造悲剧的本意，他们只是本分地扮演着生活“分配”给他们的角色，每个人都有为何如此行事、如此处世的理由，每个人的理由也都符合社会确立的人情与伦理——一切都是顺乎自然的发展，无可无不可，无是也无非，既无善恶之对立，也无因果之轮回。然而，正是这种自然状况下的“无罪之罪”、这些“通常之人情”，毫无预谋地制造了一个又一个的悲剧。

以中国的叙事传统，即惩恶扬善、因果报应的陈旧模式作比，凸凹提供了一个超越是非、善恶的道德评价，而进入到经验的内部、人性的深度的全新文本。他的文字，有很深的情理，然而却是家常的。正因为是家常的，便有了质朴而准确的价值趣味，即人性之真。

凸凹在长篇小说《玄武》的跋中曾经说过这样一句话：“每束阳光都有照耀的理由！”这实际上是解读他作品的一把钥匙，他的写作追求，就是要用最柔软的方式，建立一种道德之上的道德、伦理之上的伦理。

凸凹也曾经跟我说过，一个写作者，不是规则的制定者，也不是生活的评判者，而是人间信息的记述者和传递者，要按照生活的“逻辑”写作，而不是把自己的理由强加给生活，也没有必要采取高高在上的姿态，能够准确地呈现人间的真相便是写作的意义了。

所以在凸凹的笔下，乡间人事，既原始又开放，既固守又旷达，既质朴又复杂，既高贵又卑贱，既宽容又褊狭，既正经又淫亵，既善良又恶毒……总之，都体现着对生活的照拂与尊重，好像是让“天道人心”自己说话。

凸凹生活在京西，《在场与及物》中的小说，自然对京西的历史、风情、传奇多有描绘，因而也可以说是京味文学的最新收获。但小说风格独具，人的欲望和土地上的生态浑然交融，既描摹世象，又揭示人性，而且以悲悯的审视和批判为底色，深刻地揭示了中国民间的生存状态、情感样相和生活智慧，呈现出特有的文化眼光，与果戈理描写乌克兰风情的经典小说《狄康卡近乡夜话》有相同的品质。凸凹的作品超越了地域，是解读乡土中国，对国民性进行历史反思的形象读本。从这个意义上说，凸凹作为北京乡土文学的代表人物，不辱使命，为北京文学争得了荣誉，也使自己具有了更加鲜明的“符号”价值。

2010年10月28日一稿

2016年4月8日修订

本纪

天赐

祖父生前信命。遇事不主张争竞。

他说："是你的东西，别人抢不去。不是你的东西，即便你抢到手了，也会从指头缝里漏出去的。"

他一辈子随遇而安，没有追求什么，却该有的都有了。

到了娶妻的年龄，他对女色还是无所用心，整天赶着一群羊在山上跑。累了，就躺在细草上，唱歌。那山歌的词句很不完整，词意也暧昧，他高一声低一声地唱，很任性，却不动情。比如：

风兮风兮风之上
大蓟荆蓁水之畔
粗盐圪垯铜杆烟袋
草梢上的绳蛇
王二奶的卤水
熟透的柿子掉在地上
混蛋的父亲细瓷的碗
……

他唱的都是自己经历的物事，很细腻，却不追究意义。

一场罕见的大水，把上三村冲到下三村来。浊流中漂浮着死猪、死羊、仓板、木瓢、南瓜和半青不熟的谷穗。水中漂浮的东西很多，总称“水涝儿”。因为“水涝儿”是天赐之财，谁捡到归谁，所以，捡拾的人很多。

祖父站在齐腰深的水里，发现了一丛毛发，他抓住毛发往起一提，竟是一个白脸长身的大姑娘。他下意识地探了探人家的鼻息，吓了他一跳——那女子居然还活着。

他像扛木头一样，把人扛回家里，交给他母亲处置。那女子活过来之后，一声不吭地走了。过了两天，又不声不响地走回来，她说：“我再也不走了。”

洪水把她的家人都“收”走了，她已无家可归，便只有归到捡到她的这家人，便做了祖父的媳妇。

当悲伤从脸上消退之后，像塘里擦去泥之后的藕，在滚烫的阳光下，这个女子竟异常地俊秀。祖父很长一段时间，一句话都不说。后来祖母问他：“老天平白无故地赐给你一房媳妇，你那时为啥没一点高兴的样子？”

他说：“我们山地上有一种叫‘马跑儿’的大蘑菇，雨过天晴，一袋烟的工夫，就从指甲盖儿大小长到锅盖那么大了。你见到之后，千万别喊叫，它一听见声响倏地就变没了——你要悄没声地挪到它跟前，等你把它的根脉掐断了之后，你再咋喊它都跑不了了，嘻嘻……”

这是祖父的一点小心机，再俊秀的女子一旦嫁做人妇之后，就像那被掐断了根脉的“马跑儿”，任你摆布了。

其实，祖父是在信奉着山里的一个古训：在意外所得面前，千万不要张狂，要隐忍。

祖父和祖母不声不响地过日子，不知不觉间生了八个孩子——六个男孩和两个女孩。其中最小的女孩长到六岁的时候，家里住进了一个下乡干部。下乡干部很稀罕这个女崽，把她认作了干女儿，从山外给她买了一件花衣裳。这个女崽太稀罕这件衣服了，穿着它挨家挨户串门，晚上睡觉的时候也舍不得脱下。不期就得了一种热病，整整一个星期昏迷不醒，到了第八天她终于睁开了眼，但只是诡秘地笑一笑，安静地死了。

全家人都很悲痛，但祖父却不曾动容，用一张旧席把孩子裹了，像处理别人家的事儿一样，把她埋了。他说："这孩子心性小，经不起悲喜，天生就是个短命鬼儿，留不住的。"

听他的话茬，好像孩子的死，已在他预料之中了。

这其实并不奇怪，他不是信命吗，在命运中，他活该没有这个女儿。

敬畏命运，会淡化痛苦。

祖父兀自放着他的羊，孩子们的衣食起居他从不放在心上。

一天，七个孩子像商量好了似的，一个不落地站在他面前。他吓了一跳，问他们："你们想干啥？"

每个孩子的表情都很麻木，谁也不接话茬儿。

祖母说："你看看他们的脚，鞋子都破得露脚指头了。"

祖父看都不看一眼，笑着说："嘁，这也算事儿？"

祖母眼里含着泪水，反问道："咋？穷得连鞋子都穿不上了，还不算事儿？"

"不算事儿，"祖父说，"没鞋可穿，不是还有脚吗，只要脚齐全就成。"

"哼，你自己咋穿那么齐整的鞋？"

"废话，谁让我是他们的爹哩！"

孩子们一听，知道跟这样的父亲讨鞋穿是没有希望的，便反过来安慰母亲说："娘，你甭跟我爹置气，我们早晚是要穿上鞋子的。"

祖父毫不羞愧地笑了："嗯，是我的种！"

面对一群光脚的孩子，他的底气依然是十足的。

虽然有这么一个啥也指望不上的父亲，孩子们却一溜烟似的长大了，且每个人都有一个很好的归宿——

大伯有一挂属于自己的马车，给村里人拉脚，能挣不少现钱。父亲排行老二，因为读完了高小，当了村里的支书。三叔当了国营煤矿的矿工，吃上了商品粮。四叔、五叔有荆编手艺，在村里挣的工分最多，年底决算，能挣不少钱。老叔到北海舰队当了海军，由于人长得机灵，当了舰队司令的警卫员，要不是不习惯南方人的生活方式，就给人家当上门女婿了。唯一的姑姑嫁给了邻村的一个裱糊匠，给人家贴窗花、糊顶棚，既吃请，又拿钱，过一种富庶而体面的日子。

这家人过得都很红火，祖父便感到很有面子，村里人每一提到，他会随口说道："哼，你不看看，是谁给他们掌持着哩。"

祖母撇一撇嘴，说："你有啥资格这样？孩子们的日子，有哪个是你给挣来的？"

祖父说："你只是个妇人，这里的道理你哪儿会懂？正因为我不给他们挣日子，他们才有好日子哩。"

祖母说："你净瞎拽。"

祖父说："咋叫瞎拽？你让他们穿不上鞋子，他们就会想办法去挣鞋子，而且，还要挣来好鞋子。"

大伯要娶亲了，按老礼，父母是要给盖两间新房的。祖父对大伯说："河川里有的是石头，沟坡上有的是黄土，你自己把房子垒起来吧，我只给你担当些木料。"

大伯就真的自己垒房子，啥怨言都没有。

兄弟们倒看不下去了，一边给大哥帮工，一边嘟囔道："咱这个爹，真是不通人情，咱挣的工分都记在他的名下，咱挣的钱也都交给他了，他就应该请些人来。”

大伯说：“不许你们说爹的坏话，爹就那么个脾气，他有他的道理。”

房墙垒起来了，大伯对祖父说：“爹，该上柁檩了。”

“知道了，我明天去找几个木工来。”祖父漫应道。

第二天，祖父果然请来几个木工。按农村的风俗，上柁檩之前，要放两挂鞭炮，名曰：镇宅。镇宅炮放响之后，要抓紧动作，鞭炮的余音尚未落尽的时候，柁檩就要安放妥帖，否则，木工的性命就有可能被鬼魂攫去了。

柁檩上到最后，竟差一根。向大伯要，大伯说：“我上哪里去找？木料是由我爹担当的。”“那么你爹呢？”木工头急切地问。

找遍了整个工地，竟找不到祖父的影子。木工头一拍大腿，对伯父说：“快，到我家扛一根来。”

木工头就是本村的近邻。

待柁檩都上妥帖了，祖父也笑眯眯地露面了。

木工头哭笑不得：“你刚才到哪儿去了？找不到影儿、喊不应声儿的。”

祖父说：“哪儿也没去哩，就在茅厕里蹲着哩。”

“你这个人真是可气，缺根檩条你都不着急？”

“我着的哪门子急？我知道，你们手艺人都是很迷信的，我耽搁得起，你却耽搁不起。”

“真是拿你没办法。”

“嘿嘿……”

那根檩条始终没还人家。

不就是一根檩条吗？乡里乡亲的，谁还好意思张嘴？

这件事后来成了村里人的笑谈。面对众人的讥讽，祖父反而喜在其中，他认为村里的人都不开眼，都是上不得台面的小人物。什么是大人物？就是每遇大事不着急的人。

我们都是小人物，那么你是谁？面对村里人的反问，他竟毫不尴尬，坦然地说："我是谁，难道你们真的不知道？"

他已经忘了，自己不过是个家无恒产的羊倌儿而已。

像祖父这样的人，在乡下人的眼里，其实就是那种无所用心的"混混儿"，用形象的话说，就是那种麻绳提豆腐——提不起来的人。

然而就是这样的一个父亲，他的儿女们对他却真心敬爱、真心尊重。

何以如此呢？

祖父虽然漫不经心地放着羊，漫不经心地唱着山歌，但骨子里却有一种别的庄稼人所不具有的浪漫。

一到春夏之交，沟沟坎坎、梁梁峁峁，都开满了荆花。这荆花的骨朵只有米粒大小，花香也泛着淡淡的苦涩，卑贱得让人漠视。

祖父却品出了其中的妙处，养了几群旱蜂。所谓旱蜂，是一种山地蜂种，它们个小、皮实、耐旱，采蜜时不挑肥拣瘦，且极为勤勉。

卑贱的荆花与卑贱的旱蜂便和谐相处、适得其所。

每逢一场小雨，蜂房里的蜜就满得从蜂巢里溢出来，祖父便摇响了自制的蜜车。那个时节，缸瓮、盆罐，家里所有的器皿，都装满了蜂蜜。

庭院里弥漫着一股沁人的清香。

荆花蜜是一种稀有的药材，卖到山外去，可以得一笔大钱。但祖父至死都没有卖过一次蜂蜜。

他摇下的蜜只有两个简单的用途：一是供家人食用；二是留作蜜蜂过冬的饲料。

主人的不贪心，使蜜蜂能顺利地过冬，来年它们工作得更加勤勉，人和蜂处在一种互相感恩的关系中。在成长期中的孩子，最敏感、最贪恋的就是甜蜜的东西，而一贫如洗的父亲，竟大度地给予了他们这份近乎奢侈的甜蜜。

父亲苦了他们的身子，却甜了他们的心。

对父亲，他们怎么会不心存感激呢？

村里不少人也是感激他的。只要谁放得下架子，跟他伸手，他就会把蜜慷慨地送给谁。

祖父不追究生活的意义，却漫不经心地产生了意义。

不争竞的祖父居然过得这般有滋有味，不免引起了一些人的嫉妒，有的人甚至把他的羊偷偷地推下山涧。他并不呐喊，也不调查凶手，而是默默地把死羊背回来，架起大锅炖肉请村里人吃，其中就包括那个跟他过不去的人。

村里人不得不承认，祖父到底是跟他们有所不同。

现在看来，祖父的所谓漫不经心，其实就是他率性达观、随遇而安、不怨天尤人的生活态度。正是这一点成就了他自己，也影响或者说惠及了他的后人。过分争竞，就会导致失落，就会怨天尤人。怨天尤人是一种恶劣的空气，毒化了人的心情，即便是到了手心的收成，也会慢慢地失去的。

祖父进了花甲之年，无须的面颊上突然就有了两绺胡子。那胡子很柔软，即便是他静静地坐着，也会自己颤。孙儿们很稀奇，争相去抚弄它。祖父听凭着这种抚弄，呵呵地笑着，脾气好极了。

柔软的胡须，疏朗的面额，清瘦的身膀，他的风貌颇有几分与众不同。

即便是他不大声说话，说出的话，在儿孙们的心中也是有分量的。晚辈们从心里愿意孝敬他，他的饭桌上，从来没短了酒。

他只喝一种叫竹叶青的酒。

绿莹莹的颜色，软微微的药性，他喝着舒坦。

但是后来在市面上再也买不到这种酒了，儿孙们不知该怎么办才好。试探着跟他说了这件事，他连眉毛都没皱一皱，爽快地说："那就换二锅头。"

都那么大年纪了，他却一点儿都不固执。

他喜欢用八钱小杯自斟自饮，每顿喝够两杯就止住了，他节制着自己的欲望。

他不喜欢让酒，谁要是想喝，他的酒瓶就放在那儿，自己倒就是了。倒多少他也不管，只要你能喝就尽管喝，不喝醉了就成。

谁要是喝醉了，这个人就再也甭想动他的酒瓶了——他也不指责你，只是冷冷地对你说："要喝，你自己去打。"

我等小辈对酒的兴趣也是被他培养出来的。

他喝得高兴的时候，会用筷子头沾些酒液，放进孺子红嫩的唇里，小儿被辣得皱起了眉毛，他则开心地笑出了眼泪。

女人们是禁忌酒的。所以，在这种时刻，祖母总是骂他老不正经。

他说："你懂个屁，带把儿的不识酒性咋成？"

所谓"带把儿的"，是对男性器官的昵称，掺杂着一种悠远的优越感。

这般镜头，这般情调，曾出现在许多作家的文章里，无论南疆和北地，好像是相通的。

所以，老爷子对黄口小儿的戏酒，牵扯到国民性问题——或者说，与民族性格的形成有关。

最禁忌的地方，往往是亲情生发之所。这种说法，或不为过。有民歌为证：

酒红菜翠，

百宴接千会。

称兄道弟情姐妹，

挥手顿足都称醉。

山珍海味蛇龟，

金盅玉箸银杯。

白发青丝囫囵辈，

前生后世谁管谁。

在皇权专制族权森严的农业社会，这不啻是一阕伸展人性的“雅歌”。

祖父安静地度过了他的一生。

无论兵火，无论争斗，无论“运动”，都跟他擦肩而过。

全因为他是个羊倌儿。

羊倌儿在人生竞技场上是个边缘人物，充其量也就是个看客而已，不被旁人戒惧，他是永远的“良民”。

但这并不意味着他的生活就是无味的、枯寂的，相反，在隐忍中，他充盈而自足，感受到了常人所无从感受的美。

比如他对羊的品位。

祖父喜欢一只羊，管它叫“二美”。问他为什么这样叫，他说：“我自己也弄不清楚，只觉得它应该叫这个名字。”

祖父总是喜欢久久地跟二美待在一起，二美慢慢地倒嚼，他则有一搭没一搭地抽他的板烟。问他为什么如此喜欢二美，他嘿嘿一笑，说：“因为它最像羊。”

仔细看时，二美与周围的羊并没什么区别，亦没什么特别的标志，无非一只普通的羊而已。

我不禁嘻嘻笑。

“我知道你的心思。”祖父说，“为什么说它最像羊？你把它赶到羊群中去，不管多么混乱，你会一眼就认出它。不信，你试试看。”

我当然不信，便把二美赶到羊群中去，且把羊们搅得一团糟。祖父点点头：“你去找二美吧，你会一下子就找到它的。”

我笑着摇摇头。

但奇迹还是出现了，当羊刚刚平静下来，我居然一下子就认出了混在羊群中的二美，虽然我刚刚才只见了它一面。我把它牵出了羊群，对祖父说：“就是它。”那种自信连我自己都是感到吃惊的。

祖父说：“没错，就是它。”

我便坐在二美身边仔细观察它。它真的跟别的羊没什么不同，但的确又觉得它真的与众不同——嘴上虽无法形容，心里却真实地感受到了这一点。

这是为什么？

到了不惑的年龄，我才恍有所悟：这可能就是一种叫“神韵”的东西。

正如一位伟人，尽管他长着一张农民的脸，穿着一身朴素的布衣，他身上也会有一种无声无形的东西让你情不自禁地肃然起敬；正如在美人堆中的一个“她”，虽艳光迷乱，却只有她能一下子吸引住你。

虽然我体会得晚了些，但我毫不感到惭愧。因为深刻的东西，仅仅靠思考是得不出的，更主要的是靠阅历、靠天启。

祖父之所以得到了这种天启，既是上天悲悯，感于他旷日持久的孤独，赐予他的一份独特礼物，也是他不轻贱小日子，活得用心的缘故。

关于二美我曾经问过他：“既然二美这么与众不同，这么好辨认，您干吗不让它做头羊呢？”

“让它做过的，可它就是不肯，就愿挤在羊堆里，你拿它没办法哩。”祖父答道。

不知为什么我突然想到了祖母，随口说道：“我奶奶可是个好人，对您好得都叫人眼馋。”

“这倒是不假。”祖父说。

祖母知道祖父爱吃一些稀罕的小吃食，比如黑枣、毛栗、树莓、仙人果之类，每有采集，怕被小儿们偷吃了，便把它们藏到高高的房脊上去。等到祖父想吃了，便竖起陡梯子爬上房去把藏品取下来。祖母的小脚只有三寸，那梯子的横撑很窄，却也上下灵动，让人惊心动魄。每一忆及，祖父都甜蜜得像孩子一般。

“你奶奶就是二美，那年大水把她冲到咱们村，当时湿淋淋的，模样长得并不扎眼，可我一眼就看上了她，不然，即便是她找上门来，咱也不娶她哩。”祖父说。

“您真是嘴不对心，奶奶长得还不扎眼？到老还清秀得像大户人家出来的。”

“嘿嘿，你这样说，是因为她是你奶奶，在咱眼里，她就是不扎眼哩。”

我便故意逗弄他：“那么多扎眼的大姑娘您不选，您没后悔过？”

“后悔个啥？”祖父瞟了我一眼，“那些个扎眼的大姑娘，人懒、心花、张狂、霸道，都不服自己的汉子管，只有你祖母这样的，才低眉顺眼、一心一意跟男人过日子。”

“跟一个不扎眼的女人过了一辈子，您也不觉得乏味？”

“你整个说错了，你奶奶很女人哩！”

这不难理解——整天泡在驯顺的羊群里，祖父的性情也驯顺了。祖母本来就是个“水涝儿”，不存有更多的期待，却反而嫁给了一个好脾气的男人，岂止认命，岂止知足，天降大福哩！祖母做得很女人便是一件很自然的事。

羊——男人——女人，他们是一种互相涵养着的关系。

有很羊的二美、很女人的祖母，祖父这一辈子，也别无期待，活得很称心。

与羊为伍，以山峦为路，不仅造就了祖父的好性情，也练就了他一副好身膀——到了九十岁的高龄，还腰腿柔韧，脚底生风。从他身上，看不到一点衰颓和死亡的影子。

有人说：古人说得好，老而不死便为贼——他即便不是贼，也是山灵附体的怪物了。

听到这样的话，他一点儿也不生气，反而受用得眉飞色舞，笑着说："你们别高抬我，我啥也不是，只是一个人而已。"

那一年，祖母突然就病了，一病就卧床不起。她拒绝问医，说："我啥病都没有，就是老了。"

祖父随即把赶了一辈子的羊全部卖了，一心一意地守在祖母身边。

祖母过意不去，说："你这叫我说啥才好？"

祖父竟说："你以为我是为了你？我这是为了我自己。"

祖父告诉祖母，她这一病，恰好给了他一个收山的理由——因为他毕竟是老了，生命已到了强弩之末，他不想让儿孙们看到他爬不动山的样子，既然老天给了一个下马的台阶，应该见好就收才是。

他想到的是他最后的尊严。他要把一个矫健的身影永远留在后辈人的心中。

"我真不懂你。"祖母说。

"你甭说反话，除了你，还有谁懂我？"祖父说。

躺在床上久了，祖母身上长了许多褥疮，天气正热着，蚊蝇在她身旁飞上飞下。

祖父木木地在她身边坐着，手里摇着一把大蒲扇。由于摇得太久了，他的动作，像别人推着他不得不摇，便有一搭无一搭的。

虽然他的眼神很散漫，且放在别处，但只要蚊蝇落在祖母身上，他的蒲扇便“啪”打过去。打得很准。

祖母皱一下眉头：“你能不能轻点儿？那是人家的肉。”

祖父笑笑，说：“你还争竞个啥？肉也是死肉。”

“咱这辈子嫁给你算是倒霉透了，你一点也不懂得怜惜人哩。”祖母虽然说的是伤心话，但脸上堆的却是微火一般的笑容。

“你净说亏心话，咱从水里把你捡来，又从炕上把你送走，谁有咱这份耐心？”虽然辩解的对象是祖母，可祖父的眼神还是盯着别处。

祖母专注地看着祖父那张麻木的脸，眼角突然就有了泪。

“我这辈子知足了，因为走在了你的前头。”她说。

眼泪触动了祖父，他说：“走就走呗，还恓惶个啥？要不，我先走？”

“你想得可倒美，你哪儿有那个福气。”

这个时候，两个人把生死看得很淡，好像是个很家常的话题。

因为彼此的心中都认可着对方，满满地装着对方，没有愧疚，没有遗憾，所以，到了告别的时刻，他们便没有忧伤。

祖母过世之后，祖父亲自在祖坟地块上给她划定了一个位置。那个位置，背靠青峰，远眺平川。

对他的这个选择，我是心有所悟的：虽然他听天由命、随遇而安，一辈子也没走出过大山，但对山外的世界也是有所系念的。从这一点上，我感到，他自我封闭的内心，其实是有波澜的，甚至是很丰富的。

后来的日子是他一个人独立过的。

他对儿女们说：“我身膀这么硬朗，手里又有卖羊的钱，用不着你们养活哩。”

虽然是一个望百的老人了，但他的日子过得很正常，屋顶上的炊烟，总是按时飘起来。

这是村里绝无仅有的奇观。

曾有家电视台的人来采访他，问他的长寿之道。他对人家说：“长寿？长寿是个啥稀罕玩意儿？你只要愿意到山里来，过山里人的日子就齐了。”

人家乐了，说：“现在的人，都愿意往山外跑，谁还有心待在山里？您这老爷子真有意思。”

“难道山里就不是人待的地方？你们这些城里人真是不好理解。”

祖父不是在故作姿态。自我记事起，从他嘴里，对山里的生活，我没有听到过一句怨烦的话。

就他的心态，我认为他一定会活到一百岁。

一天早晨，大伯心里突然漾起一阵难耐的烦躁，便对伯母说：“我去看一眼咱爹。”

老人双手抱膝地端坐在土炕上，头抵在膝盖上一动不动。

仁义的老人，在夜色中不声不响地上路了，放任着儿女们的梦乡，不忍打扰。

清理他的遗物时，没有见到一分钱。

然而，正是没有给儿女们留下任何遗产，他的后人反而更加敬重他，每个家庭都乐天顺生，在自立自强中过得那么和睦、那么红火，足以慰安他地下的魂灵。

或许，这是他意料到的，不然，他不会走得那么干脆利落，毫无牵挂。

我甚至想到，本来可以活到一百岁的祖父，之所以走得那么干脆，或者说是走得那么匆忙，是因为他有着超然的心性——有一天，他清理了一下自己的积蓄，发现自己的钱快花光了，便给了自己一个清醒的指令：该走了！

在山里，人们世代认为：一个人如果身过古稀，还无病无灾，无痛无痒，且神智清醒地戛然逝去，便是修得了大德大福的人。对这样的人，无论如何，你都不能再说他的坏话，否则，就是对“人”的不敬。

祖父的一生，没有刻意的经营，却步入了福德两全的境界，令人羡慕不已！

2005年7月15日于北京石板宅

悯生

唐山大地震那年，我都十四岁了。已是初中二年级的学生。

我的家乡是京西百花山下的一个偏僻的小山村，四周均是巍峨的青山，俯瞰之下，村子小得像一粒豆荚。二十五户人家——二十五颗豆子，紧凑地排列在这粒豆荚之中，享受着一种封闭下的安静。

1976年7月28日那天夜里，窗台上的油灯凭空就跌到地上，碎了。全家人被破碎的声音惊醒了，在黑暗中，母亲说："该死的老鼠。"

我们也附和着说："该死的老鼠。"

都以为是老鼠偷吃灯油时弄出的闪失，感叹了几声之后，就又睡熟了。

几天之后，从山外传来一个骇人的信息，说一个叫唐山的地方地震了，山崩地裂，死了很多人。

问怎么个多法，传信的人说："海了去了，用卡车拉尸体，一车接一车的。"

这个说法把人镇住了，好半天，人们都不说话。我的眼前，出现了卡车拉尸体的幻景，一辆接一辆的，那些尸体都大大地睁着眼，吓得我手心里的汗直往地上淌。

母亲似有所悟，说：“怪不得咱家的灯台早不打碎晚不打碎就那天碎了，原来是地震震的。”

我也说：“是哩，打我记事起，就没见过老鼠扒灯台，咱家的老鼠知道咱家穷，很乖巧哩。”

接下来，学校就放假了，是无限期地放假。校长说，到底啥时候开学，他也是不知道的。

虽然不能正常上学了，但孩子们却一点也不感到遗憾，相反，倒有一种说不出的愉快——那所中学在村外的垭口，离家有近十里的路程，每天都要起早贪黑地走路，脚心被路上的石子硌得生疼，已经有些腻烦了。

地震给了童子们一个机会，可以理直气壮地睡大觉了。

但是，这只是一厢情愿，因为第二天村支书就在场院上召集全村人开会，传达上级的精神。他说，公社领导说，地震还没有震完，到底啥时候震完，领导们也不知道。为了保证人民群众的生命安全，所有人都不能在屋里睡觉了，都要搬到开阔地带。啥是开阔地带？就是咱脚下这爿场院。

最初的日子，还没有搭防震棚，人们就在露天地里过夜。场院里有一堆堆上年的谷草，把谷草平铺了，人就睡上去。我从小就喜欢裸睡，身上要一丝不挂。这样和衣卧在场院上，身上像爬满了虱子，痒痒的，横竖是睡不着。我恼躁得不成，对父亲说：“我是不怕死的，我要睡到屋里去。”

“你敢！”父亲说，“你要是敢到屋里去睡，我就打断你的腿！”

他为啥这样说？因为他就是这个村的支部书记。

后来我发现，全村人几乎都跟我有同样的感觉，都不习惯这个睡法。一些老人竟不顾村干部的阻拦，死活是睡到屋里去了。他们说，都是快入土的人了，咋死都是死，横竖不受那个洋罪哩。

爷爷奶奶可不管父亲是不是村干部，也执拗地睡在屋里。这就更助长了老人们的脾气。

父亲急了，把两个老人从屋里扛了出来。

爷爷气得直骂娘，一声高过一声，惹得周遭一片笑声。奶奶悄悄地拽他的衣角："别再骂了，你就给咱留点面子吧。"

爷爷终于纳过闷来，摇摇头说道："真是气糊涂了，原来骂了半天你。"

老人家从此蜷曲在地上一动不动。日到中杆了，他依旧保持着那个姿势，像死去了。

父亲踅过来，轻轻地叫道："爹，爹……"

横竖也叫不应之后，父亲就去搬动老人的身子。老人兀地就吼出一嗓子："我还没死哪！"

这让我心中一震：平日里爷爷是很端庄的一个人，咋突然就变得无赖起来?

父亲的表率作用到底还是有效果的，那些回到屋里去的老人们，均陆陆续续地回到了场院上。所谓回，也是被他们的儿女们像我父亲那样，撵出来的。因为那时的年轻人都是很要求进步的，不是党员，就是团员，最不济也是村里的基干民兵。只要是组织上有要求，只要是领导率先垂范，他们是羞于落在别人后边的。

我很不情愿地睡在露天的干草上，由于没有睡意，就干脆陷入冥想。

起初总是想那一车一车的尸体，想那尸体里一定有身材袅袅、眉儿弯弯的漂亮女孩子。于是心头一皱，可惜哩!

为啥可惜?家乡这个小山村，只有薄地，只有粗粮，穷得许多汉子都说不上媳妇，如果能从唐山城拉一车活的回来，成家生子，岂不两全其美?

可是……

我开始感到，老天爷真是很厉害的一尊神，它作弄起人来，是很任性的。

到了后来，我像中了魔怔一样，总是想跟死亡有关的事——唐山那里的尸体毕竟缥缈，而身边的死人却真实得有名有姓。大脑便开始按记忆的顺序，回忆自己所经历的死亡事件——

第一个，就是曾祖母之死。

曾祖母是个高高瘦瘦的老太太，都八十七岁的高龄了，还能很利索地走路。她的两只脚，是标准的三寸金莲，但登在高低不平的石头台阶上，却准确而稳健。好像她的脚底上长着一双眼睛。看这个架势，她肯定能活过一百岁的。

但是，冬至那天，她突然对爷爷说："你把我的妆老衣裳搁在我身边吧，我该要上路了。"

所谓上路，是农村对死亡的一种说法。于是，爷爷大吃一惊："你可别吓唬人，身板这么硬朗，哪会说走就走呢？"

曾祖母说："我自己有感觉。"

"啥感觉？"

"这两天突然就想吃青杏，就跟害喜似的。"

"这有啥稀奇的，咱这地界就产青杏嘛。"

"可是这大冬天的，你到哪儿能找到青杏呢？我爹跟我说过，老而不死便为贼，我想，再不走，就要烦腻人了。"

爷爷不想忤逆老人的意志，便把妆老的衣服给她搁在了身边。

那是一身崭新的青布衫裤和一双麻底子合脸的青布鞋。

第二天一早，爷爷是抱着一种好奇之心打开老人的屋门的。

只见老人靠着叠得整整齐齐的被垛，抄着衣袖端坐在土炕之上，双眼轻合，面色安详，似在梦境之中。

爷爷叫了几声娘，见没有回应，便去摸她褪在衣袖中的手腕。

不仅没有脉搏，还凉得跟冰一样。

老人家真的上路了。

由于老人家走得如此从容和安详，以至于爷爷都感不到悲伤了，他把老太太的死讯很平静地通知了家族里的每一个成员。

我怀着对死人的畏惧，战战兢兢地尾着母亲进了老太太的屋门。

但看到她那副安静的模样，我满怀的恐惧竟悄然消失了——原来死亡竟可以这么美丽！

在那一刻，我对老人家产生了肃然的感情，情不自禁地跪下身去，重重地给她磕了几个头。那一年我才五岁。

想到曾祖母之死，我好像对村里老人们的举动有了一些理解——之所以即便是余震不断，他们也要睡到自家的房屋里去，看来，到了他们的那个年纪，真的是不怕死了。

生死契阔。这是鲁迅曾写在其文章中的。曾祖母跟鲁迅是一个时代的人。

第二个，是堂大伯之死。

堂大伯小名叫柱儿，人长得且高且白，站在那里清清爽爽、亭亭玉立，俨然就是一棵拔地而起的立柱。所以，他如果不叫柱儿，恐怕没人可以叫柱儿了。

他是村里第一个到山外去当工人的人，是门头沟煤矿的一个小技术员。

他在那里娶了一房媳妇，就地安了家。所以，见到他的机会就很少——从我记事，到他去世，也就是三四次的样子。

第一次，是在年关，他回老家过年省亲。

大年三十的酒肉都预备妥帖了，他的父亲对他说："咱爷俩窝在热炕上好好喝两盅吧。"

他却说："您老先喝着，我出去散散心。"

他踅到村西的水井边，欠着屁股坐在井台上，从怀里摸出一管笛子，呜呜地吹了起来。

在寒冷的风中吹笛子，他显得很孤独。

我玩耍路过那里，看到了这个情景，感到他有一种怪异之美，更感到他虽然出生在这个小小的村落，却不属于这里。我那时才仅仅四岁，竟有了这样的想法。

因为觉得他不可亲近，我便悄悄地退了回去。

第二次见到他，也是在年关，他带回来一房新妇。

新媳妇也是清爽且白，笑容嫣然，能把人的魂勾了去。

管这样的美人儿叫大妈，我叫不出口，只是直勾勾地看着她，傻傻地笑。

看得出堂大伯是很开心的，因为他给了我们这些晚辈很多的糖果、很多的炒花生。

奇怪的，村里很少有人去他那里讨喜酒喝，一提到他及他的新妇，许多人都摇头，甚至露出恨恨的样子。

过了六七年的样子，才见到他第三面。他和他的媳妇还是那么年轻，身后却拖着一群儿女——四个女儿，一个儿子，个个都像花儿一样美。

他的生活如此之美丽，迥异于山里的世界，让我生出纳罕，虽觉得他不可亲近，但是我却很思念他——每到年关，如果见不到他的身影，我会下意识地说道："堂大伯咋不回家过年呢？"

父亲听见了，白了我一眼，竟说："你小小的年纪，竟长了一身贱肉。"

见到他的最后一面，竟是他的遗容。

那天，也就是唐山大地震的前一年，一辆卡车沿着崎岖而窄的山路摇晃到村前，车上躺着一副黑漆棺材。棺材里躺着的竟是堂大伯。

人们拥上去的时候，堂大妈率着她那一群如花的儿女，齐刷刷地给村里人跪下了。

祖坟坐落在山顶的一爿平地上，要想把堂大伯安置在祖坟里，需要村人帮助。我父亲等一干青壮年互相过了过眼神，毫不犹豫地就把堂大伯的棺材掮在了肩上。他们嘟囔着："人都没了，还计较个啥？"从他们的表情和话语里，我感到山里人尊重死者。

堂大伯的父亲挤进人群："先莫抬他，让我最后再看他一眼。"

厚厚的棺材盖被打开，我们看到了最后的堂大伯。堂大伯瘦得只剩下了一把骨头，但他的肚子却膨大得像一口锅，为了把他弄得安妥些，身子的左右、头上脚下都塞着一床床的棉被——因为他温暖到了极点，所以他的面容无一丝凄苦，安详得像正做着一个美梦。

堂大伯是因为肝病导致腹水而去的。应该说，最后的日子，他是很痛苦的，但是在他的遗容上居然就没有看到任何痛苦的影子。要知道，他死的时候还不到四十岁啊！于是，村里人都有一种莫名的感动，发出一片真诚的唏嘘。

堂大伯的父亲，整了整儿子的衣领，平静地挥了挥手："送他走吧。"

灵柩移动起来了，堂大伯的妻儿开始放声号哭。但是整个过程，堂大伯的父亲却始终平静如初。儿子虽然枯瘦地走了，但他身后的人儿却个个鲜亮、腴润——他走得好不亏心哩。

老人嘟囔道："他日子过得太好了，要啥有啥，自然就短寿哩，老天爷长着眼呐。"

面对亲人的死亡，老人竟如此想得开，我的心受到一次强烈的触动。什么叫“老天长眼”？依老人家的逻辑，就是：因为死亡，给人间带来公平。

生死契阔。这是鲁迅曾写在其文章中的。堂大伯的父亲虽然跟鲁迅不是一个时代的人，但是我的曾祖母——他的母亲，已把一些关于生死的信息通过血液传递给了他，他不仅学会了听天由命，而且还学会了给无奈找出让自己确信不疑的理由。

最后一个，就是我的同龄人明雁之死。

明雁母亲的屁股出奇地大，如果她坐在那里，从背后看去，她身体的轮廓，就只剩下一爿大大的臀座了。因此，具有很强的生育能力，一口气就生了四个孩子。但是，在家里却没有丝毫的地位，因为她生下的都是女孩。明雁的祖父、父亲都是独根单传，有断香火之虞，对男孩便有特别的期待。怀上明雁的时候，母亲对父亲理直气壮地说：“你要好好待我，这一次，我准会给你生个男孩。”

“屁！”明雁父亲不屑地说。

“信不信由你。”他母亲很是委屈。

“凭啥要信你的？”

“这次的感觉不同。”

宁可信其有，不可信其无。明雁的父亲，便不让婆娘出工了。

在七个月头上，明雁母亲好好的就摔了一跤，身子疼得厉害，窝在炕上不敢动弹。

“你要是给老子把儿子弄掉了，看我不打折你的腿！”明雁父亲愤怒地说。

于是，热炕、红糖、鸡蛋、小米，精心地调养。但刚到八个月的时候，还是早产了。

明雁生下来的时候，比猫崽大不了多少，黑红的一团，不哭也不睁眼。农村有“七活八不活”的说法，明雁父亲，连连叹气，彻底绝望了。他连着三天不进产妇的门。

第四天，产房里传出了哭声，既有孩子的，也有大人的。

明雁一岁一岁地长大了。为什么这样说？因为他虽然长了年龄，但却没有长大了身膀。

瘦，小，却机灵。

“你真是你娘的宝贝。”我对明雁说。

我那时从明雁身上有了这样一个意识：既瘦小，又被娇生惯养，便是宝贝了。

因为被父母百般呵护，明雁有跟别的孩子不同的脾气：自尊、任性、敏感，还有一点点自私。他听不进别人的话，看不得别人的脸色，容不得别人动他的东西，且动不动就发脾气。

我爷爷曾对我说过一句话：“可别学明雁，他那样的人，活得长不了。”

爷爷说的话果然就应验了，明雁小学五年级那年就死了。

他的死因很简单，就是他母亲担心他被淹死，而不让他到河里去玩水。

村里那条小河，是山里孩子的福地，一到夏天，孩子们就在那里撒欢儿。

而正是这个孩子们快乐的季节，明雁的父母却加强了对他的管束——一旦见不到他的身影，他的母亲就大呼小叫地沿着河边寻他。一旦在河里找到他，他的母亲便揪着他的耳朵把他揪回去。我们都感到奇怪：他母亲既然那么娇惯他，咋就那么舍得揪他的耳朵？

更奇怪的，越是揪耳朵，越是不能管束住他到河里去的意志，相反，明雁学会了跟母亲兜圈子——在河里玩的时候，他会把衣裤脱在对岸，一旦听到他母亲的叫声，他便会老鼠一般迅疾地蹿到岸上去，从与母亲相反的方向溜走了。

虽然逃过了母亲的捕捉，但是回到家里，仍然逃不过责罚。

“你又下河了。”

“别冤枉我。”

“把裤腿卷起来。”

“干啥？”

“我给你验一验。”

明雁母亲用指甲在他的小腿上轻轻地划了一下，便有一条清晰的白印呈现出来。

有一定的生活经验的人都知道，只有沾过水的皮肤才有这样的迹象。

明雁无话可说了，恨恨地看着母亲。

虽然屋里只有母子二人，但母亲仍然没有放过他，依然像模像样地揪他的耳朵，且嘴里还叫嚷着：“看你还长不长记性。”

依然是不长记性，依然是逃避了监视下到河里去。

这一次，母亲已摸清了明雁的行迹，径直走到了对岸，把明雁的衣裤统统拿在了手里，尖利地喊道：“明雁，你给我回家！”喊完之后，便拿着明雁的衣服头也不回地走了。明雁失声说道：“这下可完了。”因为山里人戏水，均是脱得一丝不挂的，而这时的明雁，已是进学堂的少年了，光光地在岸上走，惹得沿岸的女孩子们惊惊乍乍地叫。我们男孩子则喊道：“明雁，你真可怜哩！”他感到有一种说不出的尴尬，双手捂在小腹下，泪无声地流下来。

这种缘自母爱的羞辱，让他难以承受。

明雁本来已走离河岸很远了，却突然跑了回来。一猛子扎到那个有着厚厚的淤泥的河湾里。

久久不见他上来，我心里一震：明雁出事了。

待大人们把他从淤泥中捞上来，他已经铁青着脸，死了。

他的气性可真大啊！人们感叹道。

面对着同龄人猝然的死亡，我们一群孩子都瘫坐在地上，情不自禁地哭了。

我们真不明白：明雁是他父母的宝贝蛋儿，含在嘴里怕化了，搁在地上怕碎了，被千疼万怜的一个人儿，对生命咋就没有一点怜惜呢？跟他相比，像我们这些从来不被父母放在眼里的、说饿饭就饿饭、说打骂就打骂的孩子，早该死上千次万次了——但是，我们一点死的念头都没有。

我们没皮没脸地活着，好皮实啊！

生死契阔。这是鲁迅曾写在其文章中的。因为爱都可以导致死亡，当然就阻止不了契阔。

死亡的事件回忆完了，我的心阴沉起来。觉得人活着真是没多大意思——不管是男的还是女的，不管是老的还是少的，不管是富贵的还是贫穷的，不管是被人疼爱的还是被人嫌弃的——不管你乐意不乐意，横竖、迟早是个死。他娘的，原来人生下来就是预备着死的，怕也没用哩！所以，死一个是死，死一卡车也是死，横竖都是一样的。

从这时起，我真的把死看轻了。

这时，天也阴了起来，因为天上那角白惨惨的月亮已经不见了，不久，果然就下起了小雨。

我一骨碌爬起身来，毫不犹豫地朝家里走去。雨水给了我决绝离去的理由。

“你干啥去？”父亲追上了我。

“回家。”我明确地告诉他。

“你回去干啥，找死？”

“都死那么多人了，多我一个不多，少我一个不少，没啥大不了的。”

父亲咧了咧嘴：“你小子活人才活了几天，就老人一样的口气了？真是猪鼻子插大葱——装象！”

不容我分辩，他拧着我的耳朵，把我拽了回去。

但是，即便我还留在那个潮湿的场院上，人们还是陆续离去了。

人们有充足的理由：虽然刚进秋天，但早晚的天气已经很凉了，再加上这小雨像猪血一样没完没了地洒着，即便是不被地震震死，也会被雨淋死。

父亲马上醒悟过来，立刻组织起全村的青壮年，突击搭建防震棚。

身边有现成的树木，有现成的山草，防震棚的骨架很快就搭建起来。但棚顶光遮盖上山草是不够的，因为漏雨。本来山里是有现成的石质板材的，但是，石板建正经的住房还可以，用于防震棚就不适宜了，因为它重。甭说是地震，即便是大一点的山风吹得久一点，也会把石板从棚顶摇下来——震不死人，也会砸死人哩。

父亲便动员社员（村民）们把自家的篾席和塑料布拿出来。

党团员和基干民兵倒是带了头，但一般社员横竖不予理睬。他们说：“搭防震棚是公家的事儿，凭啥叫我们私人往里搭东西？一旦沤烂了，咱穷家破业的，日后咋过日子？”

父亲被气得脸子直抽搐：“都啥时候了，还他娘的这么自私？小喇叭里还整天唱呢，‘社员都是向阳花’，屁！”

“你这样说可就没意思了，谁让他们都是穷人呢。”我说。

“就你他娘的是明白人。”他瞪了我一眼。

我知道，他心里也明白，但他是支部书记，不能实话实说罢了。

“咋办才好呢？”他开始发愁，久久沉默着。

突然，他一拍大腿：“有了。”

问他什么有了，他说，既然公社也要求给社员盖防震棚，在这个生死攸关的问题上，公社领导一定会有解决办法。

父亲兴冲冲地去了公社，又兴冲冲地回到了村里——他带回来了成捆成捆的篾席和成匹成匹的塑料布。

防震棚严严实实地盖起来了。社员们失去了逃避的理由，不得不住进去。

虽然人住进去了，但心思却没在这里。他们弄出了许多“枝杈”——

“唉，多好的篾席啊！”有人叹道。他觉得这里的篾席比之他土炕上的篾席，又新又结实，好东西啊！而用这么好的篾席苫在临时性的窝棚上遭雨水淋沤，真是太可惜了。

对好东西的怜惜，使他生出了一个小诡计：在夜幕中，他用自家土炕上的那张旧席子把棚顶上的一张新席子置换下来。

他的举动，瞒得了忙乱中的村干部，却瞒不了有同样心思的乡亲，人们学着他的样子，都偷偷地搞着置换。他们一点也不张皇，因为他们懂得一个老理：法不责众。

父亲发现了，哭笑不得，严厉地宣布：“限你们在两天之内，把新席子归还回来，不然的话，就不客气了！”

咋个不客气法？他解释说：“这是特殊时期，法纪从严——就说唐山吧，有人从死人腕子上扒手表，一经发现，就地就把他毙了。一块手表能抵得上一条人命吗？但是没办法，就得毙，不然就乱了。那么，还不还席子，你们自己琢磨着办吧。”

虽然有这么严重的说法，两天之后，还是没有动静。

父亲就又站在人群之中，大声喊道："我再说一遍……"

再说一遍之后，人们还是无动于衷，父亲便摇摇头，嘟囔道："他们欺负我手里没有枪啊。"感慨一番之后，他并没有实际动作，只是放出风去："这事儿，是一定要有个了断的……"

之所以没有实际行动，父亲的心思我是知道的：他也觉得用那么好的篾席苫在临时性的窝棚上遭雨水淋沤，真是太可惜了，不如让物质贫乏的乡亲们作为家用更妥帖。

父亲虽然是支部书记，但他毕竟是个农民，有一种本能的悲悯之心。

接下来的"枝杈"，是这些老实巴交的人，居然弄出一些很不雅逊的事体——

首先是随地大小便，防震棚里的气味很是不好闻。干部们出来管束的时候，许多人气冲冲地说："这能怨社员没觉悟么，你们当干部的，为啥不给修些茅厕出来？"

其次是在混杂的群居中，张三家的男人把手伸进李四家女人的裤腰里，而刘五又寻隙摸了赵六家女人的奶子，便一片呜呜哝哝，一片大呼小叫。那些好脸面、讲清正的人们便很是有意见："这防震棚横竖是不能住了，简直是个淫窝子。"

父亲把男人们集中在一块，给他们训话："都他娘的啥时候了，还有那心思，要是还算个男人，就都给我管住自己点儿。"

"正因为时候不济，才赶紧摸一摸奶子呢，谁知道哪天就被震死了呢。"在角落里，有人说。

"就是，就是。"人群中居然有不少人应和。

"他娘的，你们倒还有理了，简直是一群畜生。"父亲骂道。

"嘻嘻，畜生就畜生。"人们并未感到羞耻，既然严重的、不可捉摸的死亡在前面等待着，摸一摸奶子，就是一件不值得一提的小事情。

父亲也感到泄气，心里说，我堂堂的一个支部书记，居然管起了风化案，都是他娘的地震闹的。

但还是声色俱厉地说："咱可丑话说在前头，谁再给我惹出事端来，就别怪咱翻脸不认人，废话少说，把他捆了，送公社派出所。"

虽然整肃了秩序，地震棚里也的确安生了许多，但是，不到两天的工夫，地震棚里的人却溜走了大半。剩下的人，也一派浮躁，做着随时撤出的准备。

父亲觉得事态严重，便带领支部一班人挨家挨户去做工作。我觉得这是一件有意思的事，便也尾随在他们身后。

父亲说："防震棚里条件是差一些，我们支部有责任，但是请你们放心——茅厕，我们马上就修；至于里边不像话的事，我们组建个巡逻队，进行夜察。我们保证让你们住得安安生生的。"

"再安生也不去了。"人们回答道。

"为啥？"

问老人，老人们说："我们都这把年纪了，早活够了，巴不得死呢。但是不能死在外头，孤魂野鬼的，下辈子不好淘生哩。死在家里才安逸哩，就像你祖母，死也要靠在自家的被垛上。"

听了这样的话，曾祖母安静而美丽的遗容竟一下子浮现在我的眼前。我感到老人们说得对，一辈子在风雨中飘零，老了老了就应该死在家里。便在父亲身后，偷偷地点头。

问小的，小的说："奇怪了，咋不到防震棚就会死？啥叫死？"

我便插话道："就像明雁那样。"

小的竟说："明雁多有气性，搁着咱，咱也会那样。"

听了小孩子的话，父亲半天说不上话来。临了愤愤地说："你个小兔崽子，你要是真的知道人死了是咋回事，就不这样说了。"

问到青壮年，他们反问道："总说有余震余震的，都这么多日子了，咋还没啥感应？”

父亲说：“大小余震都三四次了，因为离得远，震感不明显就是了。”

“既然地震的中心不在咱这儿，还整天恓惶个啥？不是没病找病么？”

“可不能掉以轻心，万一下次就震在咱这儿呢？不得不防哩。”

“即便是真的震在咱这儿，那防震棚也不去住了——老辈子人说得好，是福不是祸，是祸躲不过，一切都是命中注定的。再说，咱山里的人命贱，就是阎王爷都懒得搭理咱。阎王爷稀罕的人是啥样的？是像柱儿那样的要啥有啥的人。再说，咱平常的日子过得这么寒酸，不死不活的，就是鸡巴的真的被震死了，又有啥可怜惜的？反倒省心了。”

人们“再说”得比父亲还振振有词，木讷的父亲反而无话可说了。无可奈何地说：“我们支部可都是为了大家好。”

大家说：“这还用说，我们当然知道。”

“既然知道，就应该跟我们回去，不然上边怪罪下来，我们这些当干部的，就没法交代了。”父亲乘势说道。

“当干部的就真神附体管得了生死了？屁！”大家有些不耐烦了。

见干部们并没有把回到家里的人劝回来，那些在防震棚里观望的人，也呼啦一下走光了。

父亲对干部们说：“群众不理解可以，但是咱和咱的家属可不能像群众一样没觉悟，咱必须坚守在防震棚里。”

“支书，那你可就错了，”干部们齐声说，“咱要是再待在防震棚里，群众就瞧不起咱了，认为就咱们怕死哩。”

父亲半天不说话，最后，气急败坏地吼道：“那你们就都他娘的滚！”

这之后，雨越下越大了，防震棚里就父亲一个人孤零零地坚守着。我感到他真是可怜，便踅回来陪他。他愣了一下，问道：“你不是总嚷嚷不怕死，要睡到屋里去么，咋又回来了？”

“那是两码事。”我说。

父亲似有所悟，低沉地嚷道：“你别在咱面前假充圣人了，少在身边烦我，你他娘的也给我滚！”

“你让咱滚咱就滚了，就不！”我把自己脱得光溜溜的，钻进地铺上的被窝里。

“也是他娘的一个犟种。”父亲也学我的样子，把自己脱光了，钻进我的被窝里。

过了很久，他恨恨地翻了一个身，叹道：“咋就不真的在这儿震一下子呢？要是真的震死他两个，就知道阎王爷的厉害了！”

父亲竟发出这样的诅咒，我大吃一惊。震惊之余，我安慰他说：“你也别怨他们，对生死的事儿，他们都有自己的看法，一有了自己的看法，别人就不好左右他们了。”

父亲沉吟了片刻，说：“你小子的书没白念，有想法了。嘿嘿，不瞒你说，我要不是当着支部书记，我也跟他们一样。一有了担当，这心思就变了——不能坐等着遭死，还要想办法造生。”

他的话，使我明白了他那声诅咒的真正含义，他怨的是乡亲们不怜惜他内心的敦厚。

父子俩听着棚顶上密集的敲击声，虽不再言语，但已心心相印了。

第二天，父亲把村干部和党团员都召集齐了，说道：“群众为啥不乐意住防震棚？是因为这防震棚里没茅厕、没隔断，不方便。”

大家面面相觑，说：“支书你糊涂了咋地？哪是这个原因呢，都是一群不知死的鬼，你弄得再舒服他们也是不会住的。”

“我就认为是这个原因，所以，从今天开始，用三天的时间，咱给群众修厕所，打隔断。”

“没人住，修它干啥？这不是浪费么？”

“废话，许他们不住，不许咱们不修！不然的话，要我们这些党员干部干啥？”

我们村那时叫长操公社石板房大队。改革开放之后，为了便于管理，长操公社与邻近的佛子庄公社合并了，改成了佛子庄乡石板房村。无论如何改法，村子还是个封闭自足的生存状态。对唐山大地震那段历史，整个村子虽然没有遭受任何灾难，但村里的人们却有着深刻的记忆——就是因为那座防震棚。防震棚里虽空无一人，却建得异常牢固，且设施齐全。

这样的故事，他们怎能忘得了呢？

2005年12月18日至24日于北京石板宅

无为

煤油灯的捻子炸了一下，焰光突然就亮了。纸面的小字长大了几分，能看清它们的模样了。我的心也亮了一下，不再疲倦，想再看一会儿书。

灯捻炸裂的声音把父母惊醒了。母亲从被窝里探出身子，不耐烦地说："别看了，省着点儿眼吧。"

父亲摁下她的身子："孩子愿意看会儿，就由着他，别添乱。"

母亲很不服气："这年坎儿，念了书有什么用？再把眼睛觑乎坏了，下地的时候，庄稼和草都分不清，就成废人了。"

"嘁，你是怕费油。"

"是又怎么着？"母亲的语气有些亢奋，"就你这个支书当的，一个日工才三分钱，只够买个油饼，年底决算，还欠着队里的，买个油盐酱醋都没钱，还得抠鸡屁股用鸡蛋换。"

母亲的话戳中了父亲最薄弱的部分，他的腿在被窝里重重地摔了一下："真是妇道人家，夹缠得很，你也不想想，灯油它长着腿呢，省着不用，也会搁干了。"

父亲是指煤油的挥发。

母亲就不吱声了。

我就接着看书。其实我那时看书也并没有明确的目的，只是朦胧地觉得，父母的锄杆的确捋不出什么来，正被批判的孔老二的一句话——万般皆下品，惟有读书高——或许是有些道理的。

书虽然继续读下去了，但躺在被窝里的父母总是不时地弄出一声叹息，让人心不安。“穷忍着，富耐着，睡不着瞎眯着。”晚饭我们喝的是稀粥，靠睡眠把肚腹欺哄过去。所以，贫穷的日子承受不了多余的灯光。

我只好装作已经困倦了，悻悻地把油灯吹灭了。

在土炕上辗转反侧地期待了很久，终于等来了一头疲脸子的瘦驴，径直朝我走来。地点是村口大柳树下，那里有一盘石碾子，村里人收工之后，多是聚集在那里乘凉。簇着那么多人，驴子唯独走向我，我兴奋极了。驴子对我说：“你跟我走一趟，我带你去一个地方。”驴子让我骑在它的背上，抬腿就飞了起来。飞到大平原的上空，盘旋了一阵，发现了一处烟囱林立、有围墙的地方。驴子咴咴地叫了几声，直直地落了下去。落在一个院子里，有一群穿蓝工装的人，正围着一个大笸箩吃馒头。他们从笸箩里拿馒头，可拿来拿去，那笸箩里的馒头总也不见少。我吃惊不已。驴子朝我点点头，问我：“吃馒头的日子好不好？”我说：“当然好。”我说的是真话，在我们那里，“啃咸菜就窝头，一天两顿稀面粥”，生活得跟口诀一样，有谁不稀罕馒头？驴子说：“那好，念你读了那么多的书，就留在这里当技术员吧。”这天降的喜事把我弄蒙了，我愣在那里。驴子啃了我膀子一下：“你已经是这儿的人了，还不赶紧去吃馒头。”我朝那个笸箩扑了过去。

当当，当当……发抖的手就要触到馒头的时候，刺耳的声音把我弄醒了。当当，当当……我分辨得出，这讨厌的声音，来自村口大柳树上的那口锈钟。“睡觉都不老实，净踹被子，被子里那几两棉花，哪经得住你这样踹？”远的钟声伴着母亲在近处的埋怨。

我睁开眼睛，很懊恼：“敲钟的，是不是我爸？”

“不是他，还能是谁？”

“敲得再响，能敲得出馒头？”

母亲摇摇头，觉得我既莫名其妙，又十分刻薄。

别看父亲赞许我晚上读书，但每到星期日和寒暑假，他就绝对不允许了。他把我赶到庄稼地里去，参加劳动。我跟他说：“我不稀罕那几个工分。”他说：“你以为我稀罕？你是支书的孩子，别人家的孩子都在地里劳动，你不能搞特殊。”那时，一个伟人撂下了这么一句话：我们不仅要学工，学农，还要学军。父亲牢牢地记在心里。

春天社员们在堰田里翻地，用瘦长的铁镐。山西人用的是镢头，刃子很宽。因此人家翻出了个大寨，而我们什么名堂也没翻出来。虽然地处北京，但被燕山的大脊梁遮盖的这个京西小山村，却始终无籍籍名。社员们翻地的时候，懒洋洋的，与其说是为了种粮食，不如说是翻给他这个支书看。

依山起伏的堰田，看着是一方美丽的风景，镐子翻下去，薄薄的土层下，净是石头。翻出的声音透着穷气，旱出的烟尘，很呛人。人心恓惶，种子撒下去，出得了苗吗？

扁儿总是直起腰来，愣愣地戳在那儿。父亲走过去，朝他的腰眼上踹上一脚：“卖点儿力气好不好？”

“卖个鸡巴！”

父亲又踹了一脚，扁儿回应的还是那句粗口。

“扣你的工分儿。”父亲威胁道。

扁儿反而嘻嘻笑起来：“不扣，你是丫头养的。”

扁儿的个子很矮，瘦刀螂一样的脸上，净是被抓过的伤疤，谁都不把他当人看。家里总是亏粮，媳妇就总拿他出气。媳妇叫小金花，却长着个大身坯，他只要一顶嘴，小金花就抓他。他忍着，忍着，心里怕她。但临出门的时候，却趁其不备，在女人娇气的腰眼儿上狠狠地踹上一脚，女人来不及叫上一声，就趴在地上了，十天半月出不了门。他像对自己也像对别人说，怎么忍来忍去就忍不住了呢？你说他不怕媳妇吧，在媳妇面前畏畏缩缩地任打任骂；你说他怕媳妇吧，出手又那么狠。人们不理解他——即便是伤痕常挂在脸上，谁也不关心他。

没人给他做饭，中午的干粮只是两只柿子。

到了中午，人们要在草窠子里睡上一晌。肚子喂不盈，睡就盈了。父亲惜时，跑到山梁上去，打烧柴。一大捆烧柴打回来了，人们还横七竖八地挺着尸。父亲挨个地踢他们："起，该干活儿了。"

扁儿从眼缝里乜了一下父亲的那捆烧柴："看来，就属你是盏人灯哩。"这是一种极端的反感——于公于私，你都占了先先，我们还做不做人？

收工的时候，扁儿蹴到父亲跟前，阴郁地笑笑。父亲一边回应地笑笑，一边往背篓上装柴捆子。父亲刚要背起来，扁儿伸手就把柴捆掀下来。因为没有宣言，父亲愣了一下："你要干吗？""不干吗。"扁儿嘻嘻笑着。

"你真是没事闲的。"父亲以为他是在开玩笑，只是摇了摇头，重新装他的柴捆子。

扁儿又给他掀了下来。

父亲急了，喊了一声："你再掀一个试试？"

社员们都围拢过来，他们觉得，这下该有好戏看了。

父亲阴沉着脸子，索性把柴捆子直接扛上了肩头。扁儿的脸色也庄严起来："今天你肯定背不成！"他跳了起来，越过了高大的父亲，把柴捆及父亲全扑倒了。

周围一片欢笑。

父亲爬起来，高大的身躯直直地朝扁儿的小身材逼过去。

我看到，扁儿的脸色苍白，整个身子都在颤抖。我兴奋极了，一个壮观的场面就要诞生了。

“横竖就是一捆烧柴，不背就不背。”在父亲居高临下的时候，居然说了这么一句泄气的话。

没有故事发生，人群便无声地散了。人们走在阔大的山脉上，像羊拉下的粪便，很渺小，看不到表情。

扁儿走在我们的身后，走得无声无息。

父亲几次搭讪着要跟我说话，我懒得理他。这个支书当的，一点儿尊严都没有。

进了家门，我把事情的原委跟母亲讲了，母亲一下子就火了：“我去找他，干吗欺负老实人！”

父亲一把没拦住，母亲转眼之间就没影了。

但很快母亲就回来了。我问：“出气了？”

母亲白了父亲一眼：“出气？憋气！”

母亲说：“小金花死人似的躺在炕上，扁儿死人似的圪蹴在炕洞前，炕洞里连一粒火星都没有。”

父亲重重地叹了一口气：“吃饭。”

扁儿确实让父亲跌了威信。上工的钟都敲了两袋烟的工夫，居然不见人出来。父亲很纳闷，对我说：“你去挨家挨户问问，他们还出不出工，如果不出工的话，就扣他们的工分。”我说：“你还是自己去吧。”我还在对他昨天的表现耿耿于怀。父亲很柔情地摸了摸我的头发，说：“我一个堂堂的支部书记，哪能这么干？”

我挨家挨户问过，对兀立在大柳树下，满脸渴盼的父亲说：“他们都铁了心不出工了，且让我捎信给你，工分太毛，他们不稀罕，你愿意扣就扣吧。”

父亲跌坐在碾盘上，嘴里大叫：“完了完了！”

我说：“你还是去公社吧，让他们派工作组来。”

“你净出馊主意，你当他们是谁？他们都是老街坊哩。”父亲瞪了我一眼。

那个时候，讲政治挂帅，破坏生产的人，往往是会被打成现行反革命的。

父亲静静地坐了一会儿，独自上山了。

在堰田里，山风凄切，他全当是社员们的窃窃私语，镐子翻下去，也一丝不苟。他对自己说，狗日的都看着咱哩，绝不能偷一点儿懒。翻着翻着，脸上挂满了眼泪。他也不明白，这么没地力的薄土，打下的粮食还吃不盈一季，干吗还一年接一年地死死地摽着？干吗不让搞点副业，肥肥嘴儿呢？

他怀着满腔的忧怨，复仇一般使着狠力气。天气不体恤他，还是初春，就已经是干热干热的了。他闪了棉袄，只穿着一件看不出颜色的破秋衣。汗水洇湿了后背，继而变成碱。日光游移，汗碱的图案不停地变换：一会儿是张羊脸，一会儿是只牛头……总之，都是山里的畜牲。累了，他直想笑，就笑。呵呵地，似哭，似犯了神经。“这个支书当的。”他觉得自己有资格嘲笑自己。

呵呵，呵呵……

终于干满了点儿，他披着稀薄的夜色，踽踽地走回村口。大柳树下，竟蹲满了一色的青壮劳力，他们端着青瓷大碗，一边吸溜吸溜啜着稀粥，一边用筷子敲着碗沿。他们是做给他看的。他低着头，径直走过去，愤愤地撂下一句话：“真是一群贱人！”

第二天，该敲钟的时候，他手里的钟锤举起来又放下，最后，还是敲了：“兴许他们只是装个样子呢？”

两袋烟工夫的钟声，终于没有唤来一个人，他彻底失望了，头也不回地上山了。

第三天，柳树上的钟他只是看了一眼。第四天，他头都懒得抬一下，急匆匆地从柳树下走过。

或许是过了一个星期的光景，父亲正在没滋没味地吃早饭，钟声竟恶作剧般急急地响了。父亲手里的粥碗跌落在地上，碎了。母亲说："瞧，又没了八分钱。"

父亲推门而出，跑到了大柳树下。见队里的青壮劳力都簇在那里，手里都攥着翻地的家伙。

"敲钟干吗？"父亲问。

"出工。"众人回答。

父亲摇摇头："是怕扣工分吧？"

"放屁，我们是怕错过了节气。"

父亲心头一热，到底是老实巴交的庄稼人，种地的本分，让他们待得恓惶。他觉得说什么都是多余，兀自朝前走去。人群尾着他走，谁也不说话。他心头突然难受起来，喉头哽咽着："你们且记住，我会对得起你们的。"他对自己说。之后，又有些不甘心，恨恨地骂了一句"这帮狗日的！"

玉米勉强地拔节了，荒草却茁壮。这是旱地特有的景象。因此，社员们不得消闲，还得锄耪。玉米的叶子像一把把有暗刃的刀，在人们的臂膀和腿子上割出一道道的伤痕。人们怨恨不已，却异常勤劳。他们有一个朴素的道理：糊弄庄稼，就等于糊弄自己。

还不到蝗虫发作的时候，蝗虫的青虫就很肥大了。这是对庄稼人的嘲讽，他们心里很受刺激。因而也就爆发了一种野性——他们把锄头撇在一边，在田埂地垄上，窜来窜去地捉青虫。他们用草梗子把青虫串起来，燃起地火烧烤。他们有大本事，青虫烤熟了，草梗子却不断。他们大量地吞嚼这些虫子，咬肌暴突，真不像人。

父亲捉虫子的数量最多，吞咽的数量也就最多。他的嘴唇和舌头都黑了。捉到兴头上，他觉得汗碱浆过的衣裤很是碍事，索性就脱得只剩下一条内裤。内裤的成色实在糟糕，关键的部位破破烂烂的，开了天窗，蛋卵子时隐时现。在场的社员有不少婆娘和小姑，她们偷偷地笑，男人们则嗷嗷地叫。但父亲却很忘我，翻转腾挪，如入无人之境。父亲身长，动作的姿势很像什么。扁儿突然说："简直是条大狗。"众人大笑，齐声呼应："对，大狗！"

"大狗！"

"大狗！"

"……"

传到父亲耳朵里，他居然知道人们是在叫他，不恼就是了，还索性叫上几声："汪汪，汪汪……"

众人笑得前仰后合。"好日子！"他们说。

起初我还为父亲羞惭，被这热烈的气氛感染之后，也不觉得那么严重了，便偷偷地笑。

扁儿看了我一眼："小狗。"

我嘿嘿一笑："我要是小狗，现在就把你裆里的东西咬下来。"

扁儿做了个捂裆的动作，好像真的被咬到了，眉头紧锁。

随后，我们往一块儿笑，都不觉得对方可恨。

玉米终于顺利地吐穗了，小雨也极节俭地来了几次，人们紧悬着的心落得妥帖了些。在常识里，只要不是接连的大旱，即便是雨水稀少得像泪珠子，也不会闹蝗灾。山地的玉米长得忒慢，平原的中茬玉米都收获了，它仅仅是抽穗而已。锅里的粥越来越稀了，社员们便且闲且恓惶。

父亲对众人说："狗日的们，我让你们开开荤。"

扁儿撇一撇嘴："你糊弄谁？"

"我让你们吃鱼。"父亲毫不犹豫地说。

扁儿翻了翻白眼，像明白了什么，嘴角刚要绽出笑来，却猛地拍了一下大腿："操，你真是馋晕了！"

村里的确是有条河，但连年干旱，河脉浅，有的地方，索性就断了。没有大水，哪里有大鱼？一些小鱼罢了。

山里人没有打鱼习惯，不置备网罾。那么，用什么捞？所以，扁儿认为父亲在哄他们。

父亲坐在河边的鹅卵石上，想了半天主意。

"药它。"父亲突然说。

"用什么药呢？"扁儿问。

"苦杨。"父亲给了一个出人意料的答案。

"行么？你真会想歪主意。"扁儿带头反对。

"支书是我还是你？"

父亲便带着众人到山上去打苦杨。并称，不管理解不理解，打就是了，给你们记工分。

苦杨，并不是一种杨树，它是山上的一种灌木，枝条柔曼，有细长的叶子。苦杨的皮剥下来，捣碎后放到碗里，倒上水便呈浑黄色，喝上一口，苦极了。但去火治瘀病，是一种药材。

把成捆的苦杨运到小河边，父亲选了一处河面最窄的河脉，指挥人们把它从上游截断，再在下游筑一道沙垄，便截了一段有十米长的不流动的"死"河。

把苦杨放到这截河里浸泡。两天后，再把泡酥了的苦杨捞上来，大家坐在岸边，一人一把锤子，以一块大的卵石为砧，把苦杨的枝条砸碎，然后再撒到河里去。

啪啦啪啦，砸。

哗啦哗啦，撒。

河水被染黄了。

我们注视着水面。那黄色的水面很平静。心里都没底，着急。

哗，那黏滞的水面终于被扯裂了。成群的小鱼浮上了水面，身子懒懒地扭了几下，便舒展开了。

它们被“呛”晕了。

“快用口袋把它们捞上来，等它们醒过来，就不好抓了。”父亲说。

因为苦杨的药性是很快就会过去的，河水不断地稀释着呢。

人们用盛粮食的布口袋捞鱼，真是山村的一个奇观。“你这个当支书的，真是操蛋。”扁儿兴奋地说。父亲明白扁儿送来的是一种赞美，只是他好话也不会好说。“不操蛋能当你们的支书。”父亲回敬了一句。

人们都有收获，回家焖鱼去了。

那天晚上，久无声息的猫狗也叫了半宿。俗话说：猫狗叫，人气旺。夜幕下，每家每户都鼓捣同一种事情。以至于日上中杆，历来勤勉的女人们才半是慵懒半是羞惭地走出家门，抬头相见，不禁打趣：“看来，这男人是不能吃鱼的，吃了鱼，女人就遭殃了。”

接下来的几天，人们如法炮制，把浅浅的小河，都折腾遍了。大有竭泽而渔的势头。

小金花开始给扁儿好脸色看了，他因此而迷恋上了打鱼的事体。晚上收工之后，他会不由自主地踅到河汊上去。不是他贪婪，而是在与众人一起“药”鱼的时候，他有独特的发现：他发现，这条浅河里其实是有大鱼的，只是它们懒在河底的石头下，即便是苦杨的药性它们也能忍耐。他拿了一把没有开刃的砍刀，先捅翻了石头把鱼“惊”出来，然后砍下去。居然就砍到两条。那种鱼，头大、须长，一张阔嘴翕动不止。“鲇鱼！”扁儿居然认识它。

鲇鱼焖好了，用筷子从鱼的中脊上轻轻一戳，两片细白的鱼肉便完整地从鱼骨上分离下来。那么大的一条鱼竟只有细细的一根骨刺！扁儿两口子很惊异。再吃那鱼肉，竟然绵软、光滑，有淡淡的奶香，二人就更惊异："这山里真有好东西哩！"他们香在嘴里，热在心里，彼此之间有点儿爱情了。怕别人分享，他们偷偷地品味，决不张扬，隐忍着。

那天晚上，扁儿在河里蹚了半宿的水，却没有打到一条鲇鱼。他有些心烦，眼也被水光映花了。想收手，但心中不甘，便最后捅翻了一块河底的卵石。果然有两条硕白硕白的大鱼游出来。他暗自笑了一下，死死地盯着它们，高高地举着鱼刀。他存着一个志在必得的念头，不想贸然下手，要选择一个适当的时候。但鱼很是调皮，他移动，鱼也移动，他停歇，鱼也停歇。就在他的眼皮底下，好像是在检验他的耐性。一阵小风，吹皱了平静的河面，那白色的鱼立刻就变了形，有了逃脱的危险。情急之下，他狠狠地砍下去。鱼"呀"地大叫了一声，不能忍受地跃出水面。重又落下的时候，扁儿的右脚感到了钻心的疼痛，他终于明白了：发出叫声的不是鱼，而是自己；眼皮底下那两条大鱼也不是鱼，而是自己的脚。

他不能出工了，窝在家里。人们看他的时候，发现，媳妇小金花，还是冷冷地对他，还不时地弄出两句恶言恶语。其实关起门的时候，小金花是很疼他的，只是在旁人面前，她这个公认的厉害媳妇如果突然温柔了，她自己抹不开面子，甚至还感到羞耻。

父亲是最后一个来看扁儿的，但却最让他感动——别人都是空手而来，父亲竟提着几块点心——这是最低档的一种点心，山里人叫"大粗饼子"。即便低档，人们也吃不起，所以，低档而珍贵哩。扁儿下意识地把伤脚收起来，藏在膝弯下，他承受不了这种关怀。

以为父亲要说两句安慰的话，父亲竟说："你这是自作自受。"

"嗯？"

“都是你贪嘴。”

扁儿尴尬地笑，他无话可说。他觉得这个支书不好惹——能把人看透了。

再上工的时候，他总是躲开父亲很远，不愿让支书看到他。没有他这个“各色”的人吊腰子[1]、出妖蛾子，众人就愈加驯顺了。

玉米挂苞，须耪第三遍地——深挖土、高培垄、蓄养水分，子粒才能灌好浆。在这个裉节[2]上，公社领导把他叫到公社去，说：“全民皆兵你知道不知道？一支拉练的队伍要到你们那儿去，你们要全力以赴接待好。”“那庄稼还要不要？”父亲问。“别跟我提你的庄稼好不好？”领导有些不高兴。“拉练的都是些什么人？”“是京城里一家毛纺厂的工人。”

“鸡巴的放着好好的工不做，抽什么风？”父亲不理解，很忧愤。

公社领导吃了一惊：“你说的是什么话？”

“我说的是实话。”

“那好，你的支部书记就歇了。”

“歇就歇。”父亲不懂利害，依旧质直。

待他要甩手出门的时候，领导说：“你走不了了，你已经是现行了。”

所谓现行，就是现行反革命的简称。父亲吓坏了，一下子蹲在了地上。因为他知道，一旦被打成现行，接下来就是被戴上纸糊的高帽子，被游街，被批斗。更可怕的是他不能出工了，不能挣工分了。不挣工分，就分不到口粮，一家子吃什么？“分儿分儿命根子。”这是社员的口头禅。那时的村支书，也就是个带班的工头，除了多吃一些苦，

[1] 吊儿郎当。

[2] 节骨眼。

与一般的农民无异，工分也是他的命根子。

他蹲在地上，不知说什么，最后眼泪如珠断串。

泪光之中，幻化出他的岳父也就是我的姥爷坐在铺垫上往前挪的身影。姥爷是三八式老党员，土墙上成年累月地挂着边区政府发给他的一份特殊礼物，一张领袖的题词：发扬革命传统，争取更大光荣。那年月搞膜拜，一日三餐前要对着领袖的画像请安问福。他不以为然，摇头晃脑地占了一诀：万寿无疆，万寿无疆，一天三顿稀菜汤。他觉得自己有资格这样说，不期就被打成了现行，戴帽游斗。有人挟私怨以报，把他“请”到高脚凳上接受批判，义愤填膺时，把凳子踢翻了，他重重地摔下来，腿子断了。无人敢收治，就残了，只能坐在铺垫上挪着走。

那一份悲凉令父亲有锥心之痛，所以想着想着，竟孩子一般出声地抽泣了。

领导动了恻隐之心：“其实我也不想把你打成现行，只是你太不听话，不知深浅。”

愚钝的父亲这时特别机敏，他马上省悟到，这是一根救命的稻草。

“且当我是条狗，乱汪汪了一阵。”

“那好，就按我说的去做。”

回到村里，立即就敲钟集合，让每户都搬出自家的铁锅，依次架在村口，给拉练的人烧开水。自然有抵触，比如扁儿，“把锅拿出去，我们家拿什么开伙？”他说。父亲径直走到他的锅台前，一言不发，抄起铁锅就砸了。砸了人家的锅，父亲却还端着苦大仇深的样子，双眼通红，像被追急了的土狼。扁儿愤长起来的身子，就又渐矮下去——他觉得这个人突然变得不通人性了，没法理论了。

锅子支出了一个很大的阵势，父亲才安生下来。看着翻滚的水泡，他突生一计，让婆娘们把藏在板柜里的鸡蛋都拿出来——有鸡蛋汤垫底，领导他还能说什么？

鸡蛋是农人的银行，意味着油盐酱醋。婆娘们便很不情愿，偷偷地搞坚壁清野。父亲黑着脸，带着一干基干民兵，挨家扫荡。板仓、炕洞、鸡埘、柴草垛……可疑的地方全翻到了，兜尽了家底。

烧鸡蛋汤的还是这些婆娘，鸡蛋汤上漂浮的便不尽是油珠，掺足了泪水呢。

拉练的人终于来了。背着背包，挺着胸膛，步伐整齐，喜气洋洋。到了近旁，原地踏着碎步，齐喊：

"向贫下中农学习！向贫下中农致敬！"

这个声音在山环里反复回响，极有气势，将山人震撼。社员紧皱的眉头，居然舒展开了，因为不知如何回应，只是憨憨地笑。

"向贫下中农学习！向贫下中农致敬！"

喊声继续着，父亲终于纳过闷来，兀自喊道：

"向工人阶级学习！向工人阶级致敬！"

声音虽然孤单，但毕竟是声音，来自同盟军的声音。那个踏步的队阵，终于停下来。

解散之后，从背囊里拿出雪白的馒头，来就这里的白开水。接到的竟是热腾腾的鸡蛋汤，队伍整个被感动了，本来打算水过地皮湿地从这里经过就算了，感动之余，竟决定在这里宿营。

山里人的热情把自己害了！

其实人家是就地宿营，就睡在村口的露天地上。但父亲觉得不妥，把队员们分配到各户去。社员们心中大骂，觉得这个支书太过分了，真的不是东西了！

住下来之后，队伍觉得应该给予回报，便在村东的关公庙搭了个临时戏台，唱革命京剧《杜鹃山》。

汽灯挂在戏台两边，吱吱地叫着，叫出的白光，把厚重的夜幕染得一片通明。

山里人感到稀罕，很兴奋。

一阵开场锣鼓，用扁儿的话说，把鸡巴都弄活泛了，人们更是兴奋。

“毛纺厂毛泽东思想业余宣传队演出现在开始！”演柯湘的女演员宣布道。

半天没有反应，一片沉寂。她的声音太好听了，跟她作比，山里的女人还算女人？

紧接着就是一片掌声，傻得很，因为该停下来了，还是不知歇息。

戏唱得很用心，看戏的更是动心，掌声、喊声，还杂以跺脚、哭泣，整个山村都疯了。

戏演完了，由于气氛热烈，柯湘竟走下台来，牵着父亲的手，把他“请”上台去，要跟他合作表演一下。

他吓坏了，手忙脚乱中，竟撞在柯湘的怀里。柯湘也不恼，始终笑吟吟的。社员们感到自己的支书真是太窝囊：“你鸡巴的装什么孙子，唱就唱哩！”他们大骂，把白天的怨气也借机发泄了。

父亲说：“我不会唱，就会两句温其九。”

柯湘说：“那就温其九。”

父亲拙拙地开了嗓，乐队托着他往前走，居然把那个段子完整地“蒙”下来了。下面的人拼命地跺脚，感到他们的支书到底还像个支书的样子。

接下来是柯湘的“呵斥”。唱得声情并茂，咄咄逼人。由于慌乱，父亲辨不清真假，浑身颤抖，在柯湘收尾的拖腔扔过来的时候，他脚下一软，栽在了台上。这意外之栽，正吻合了剧情，连宣传队的队员们都给他鼓掌了。

散场之后，扁儿已忘了恩怨，追上父亲，拽了一下他的衣角：“支书，你有两下子。”

父亲挺了挺腰板：“还用你说。”

父亲倨傲地往前走了两步，突然谦恭下来：“分配到你家的人，是不是她？”他指的是柯湘。

扁儿说：“那当然。”

“那咱俩换一换。”

“凭什么换？”

“谁让咱是支书哩。”

柯湘被请到我们家里，父亲看人家的眼神有些异样，好半天也不错一下眼珠子。柯湘也不躲闪，还对他殷殷地笑。这一笑，乱了他的心，怎么也找不到一句合适的话。便给人家沏红糖水，便给人家端来热水盆子，“累一天了，洗洗脚哩。”柯湘的脚很小，青鞋白袜，他盯着瞧。见人家总也不洗脚，他突然明白了什么，红着脸走出门去。

母亲也尾着他走出来，嗔了一句：“你真不像样子。”

父亲说：“她好看。”

“别丢人了，”母亲说，“横竖就一张土炕，你就睡柴棚吧。”

第二天送人家走的时候，他要人家给他留下地址，还嘱咐道：“来啊。”

柯湘大大方方地点点头：“来。”

但人家一直没有来，他倒是背着母亲偷偷地去过一次。回来之后，他总是偷偷摸摸地打开一个纸包，看一阵子。一有响动，他就像被烫了似的，哆哆嗦嗦地收起来。这个秘密竟让他对母亲格外地好，像欠了账似的。

扁儿却又看不起父亲了，说他作风不好。可别人却不这么看，说：“在一筐烂杏里落下一颗鲜桃，你咬不咬？”

玉米到底是被耽误了。因为自从柯湘他们走后，拉练的队伍就不断趟了。对那次接待，公社领导很满意，满意的后果，便是不间断的接待。村里的鸡蛋，下得的确少，社员们说什么也不再往出拿了。村口的大锅，就只能烧白开水。父亲很无奈，他不敢再逼迫他们，因为他没有可兑现的承诺。然而父亲又很要强——领导越是满意，他越是想干得像个样子。他绞尽了脑汁，想出了许多花样。屋墙、树干、山崖……目力可及的地方，他都让人刷上了欢迎的标语。村口大柳树上的标语，是木匠凿上去的，临风而立的那面山崖上，集合了所有石匠，突击出一条巨大的石刻：全民皆兵。时至今日，树大山老，那些字体，愈加年轻，虽沧桑变幻，也清晰如昨。这个气势，比鸡蛋汤的热情更震撼人心——那时的人们，血管里流淌的是斗争的激情，温情，几乎是死的。所以，一个不毛之地，因切入潮流，竟远近闻名了。

盛名之下，秋收无几，人心恓惶。

父亲背着母亲，把窝里的两只老母鸡捂在口袋里，进了公社大院。

“我来了。”他对领导说。

公社领导正趴在桌子上打瞌睡。

见没有反应，他提高了嗓音，又说了一遍：“我来了。”

领导颤了一下，不情愿地抬起头来。见是父亲，眼里倏地亮了一下——也仅仅是那么一下，之后，有气无力地摆摆手：“坐吧。”

两个人木木地坐着，谁也不说话。沉闷之中，听到几声叫：咯嗒，咯嗒，咯咯咯嗒……

领导复又抬起头来，疑惑地看着父亲。父亲嘿嘿一笑，指了指身边的口袋：“两只老母鸡。”

领导立刻站了起来，走到父亲身边，挨着他坐下。父亲下意识地往一边挪了挪，他不习惯有地位的人跟自己这么亲近。

“让我看看。”领导指了指口袋。

父亲解开口绳，两只被捆缚着的母鸡见了日头。“真鸡巴的瘦。”

领导说。

“一孵出来就没吃过粮食，能不瘦？”父亲为鸡们抱委屈。

领导摆摆手：“你拿回去吧，我不能被你腐蚀了。”

“领导，我问你，我听没听话？”父亲是指自己的工作表现。

“你表现得不错。”领导说。

“那好，你这次就得听我一回。”

“听你什么？”

“请你撩开裤脚子。”

领导很纳闷：“你说事儿就说事儿，让人家撩裤脚子干什么？”

“你撩就是了。”父亲坚持道。

领导撩起裤脚子之后，一双小腿超常地肥，皮肤亮亮的，紧绷绷的，只要稍稍摁一下，肯定会破的。

父亲叹了一口气：“都这个样子了，还摆领导的样子。”

领导的腿是营养不良造成的浮肿，因为领导之上还有领导，他比父亲强不了多少。

领导的眼圈立刻就红了，他被突然浮出水面的温情击中了。

接下来他们讨论了村里的事。

父亲说：“村里粮食歉收了，明年一开春留下籽种，口粮就没了。瓜菜代，榆皮面，狗日的们一定都得浮肿了，到了那个地境，他们还不把我当成老母鸡吃了？”

领导说：“你鸡巴的真不容易。”

父亲的眼圈也立刻就红了，但他还是很节制地说了一句：“咱们谁容易？”接下来他就提出了享受国家救济，吃返销粮的问题。

“我就知道你没憋着好屁！”领导站了起来。

“我们大队的情况符合国家政策，也不会让你犯错误。”父亲也站了起来。

回到家里，母亲黑着脸对他说：“咱家的母鸡不见了。”

“你再找找。”父亲说。

“都找遍了，就是找不见。”

“那就别找了，肯定进了狗日的肚子了。”父亲解释说，“你想想，咱整日地算计这帮社员，社员们还不反过来算计咱？”

“那我就站在高台上骂一顿，出一口气。”

“别骂了，这帮狗日的肚里都有怨气，咱惹不起哩。”

因为领导答应了吃返销粮的事，父亲找到了当支书的感觉，这等小事已不在话下了。

办妥了吃返销粮的事，的确给父亲挣来了面子，社员们开始无原则地拥戴他。比如他与母亲吵架，他们总会把起因归罪于母亲。我有自己的想法：整日里与土地打交道的人，却挣不来养活自己的粮食，还要向国家伸手（虽然返回的都是成色欠佳的玉米），这样的威信是可耻的。所以，我更有理由不参加劳动了，只埋头读书。那时的课程真是浅显，到了不值得用功的地步。便尽可能地搜寻课外读物。支书的特权使父亲订阅了“两报一刊”，但他只是草草地翻一下，记下一些标语口号，能够糊弄那些狗日的就成了。之后就被我据为己有，油灯之下，悉数通读，认识了大量“多余的”字，长了大量“多余的”见识，觉得自己不属于这个小地方，早晚要走出山外，自食其力，去吃大白馒头。

父亲知道我瞧不起他，说：“你裆下无毛，就充圣人了，你是谁的儿子？”

我说：“你说是谁的就是谁的吧。”

“你个臭德行！”虽然骂了我，他依旧放任我糟蹋他的灯油。母亲对他说：“你这是图什么，就图出个逆子？”

“家有逆子，百年兴旺，就怕他逆不到家哩。”父亲的话，让我高看了他一眼，觉得他到底是与别的社员有一点不同的。

奇怪的，吃上返销粮，不再为吃饭发愁之后，父亲和社员们反而对粮食的事比以前更有热情了。数九寒天，本来应该是“猫冬”在屋——窝在热炕上的时候，他却把社员们赶到梁峁上去，打着红旗，开山造田。

“大干三年，甩掉吃返销粮的穷困帽子。”一直糊涂为官的父亲，居然有了清晰的路子。

古老山川，老棉袄一样厚实的清静，从此就破了。号子声、锤錾声、爆破声，响得一塌糊涂啊。

一个冬天过去了，梁峁上还真的造出了几块梯田。梯田平阔，匀整，那窄窄的堰田与之相比，真是猥琐。公社领导在这里召开了“三级干部”（公社、大队、生产队）现场会，这个村子，第一次有了自己的尊严。

在我家吃派饭的时候，领导对父亲说：“看来，让你们大队吃返销粮，算是吃对了。”

父亲要到县里去介绍经验，他对我说：“小子，借用一下你肚子里的墨水，给老子整篇稿子。”

“不借！”我断然拒绝。

嘿嘿，父亲涎笑着：“别拿搪。”

“就是不借！”我依旧拒绝。

父亲的笑容唰地凝固了，给了我一个耳光。

这时的父亲，已非昨日，他有脾气了。

三天之后的深夜，他回来了，一进门就喊：“孩子他妈，快把油灯点上。”

点了油灯。

他继续喊：“快把饭桌放下。”

放下饭桌，他迫不及待地把手中拎着的一条布袋子往上一抡，滚出一大片馒头。

在县里介绍经验，住招待所，招待所每顿供应四个白馒头，他把自己的那一份从牙缝里撙了下来，偷偷地带回来了。

“孩子他妈，还有剩粥没有？可把我饿坏了。”

守着一堆馒头，他把整个粥锅端起来，大张了喉咙，一股脑地灌下去。

“你呀！”母亲喉头哽咽，泪流满面。

“狗日的！”我心情复杂，把探出的脑袋狠狠地缩到被窝里去了。但是，一个信念更坚定了：要想不这样吃馒头，自己须有出息哩。

开山造田，爆破是个关键环节。一般的庄稼人，常年扛锄把子的手，粗笨、愚钝，在炸药、雷管和导火线之间，显得缩缩，无所适从。然而爱出妖蛾子的扁儿，却很快就琢磨出门道，因而就脱颖而出，成了专职的放炮员。

他居然成了一个人物，大家感慨不已。

人们打炮眼的时候，他躺在草窠子里吹口哨。大家都烦他。自家整天挥汗如雨，可人家身上连个汗星都没有，而且还挣最高的工分。扁儿知道这些人的心思，走起路来故意弄得吊儿郎当的，一点正形都没有。人们的心里就更不是滋味。

但能说人家什么呢？

人家一进入爆破区，一袋烟的工夫就把用了老半天才打出的炮眼都装填好了炸药，一转眼的当口，一排的导火索都精确地点燃了，然后还不慌不忙地巡视一番。在为他揪心的时候，他已稳稳地站在人群里了。他撤离的过程，众人的眼睛居然都没看见。就像一条老狐狸，刚才还在猎人遥指的枪口下，还没来得及扣动扳机，就突然出现在猎人的脚下了，狠狠地咬上你一口。

他不可替代，就像山里一百年才出现一条老狐狸一样。

人们有节制地敬慕他。因为敬慕背后，是嫉妒，是老大的不甘心。

第二年的冬天就要过去了，山上的梯田已经连接成片，再用一个冬季，整座山就拿下来了。父亲的嘴里，有了喝烧酒、吃炖鸡的味道。他想，无论如何，扁儿是不可少的，得动员这小子入党，将来当个大队干部。在父亲的意识里，这时已有了一个明确的认识：老实人是当不了干部的。

那天，扁儿居然穿了一件只有在年节才舍得穿的整齐的建设服，四个衣兜里鼓鼓囊囊地装着东西。人们很纳闷：这么一个烟尘匝地的地境，你穿得这么好干吗？

一排炮响过之后，人们拥着要走出掩体。扁儿压一压手："别动，好像还有一炮没响。"

大家站住了，他却越出了掩体。父亲叫了一声："别逞强好不好？"

扁儿回头笑笑："没事儿，我有把握哩。"

这次，人们真切地看到了他是怎么跑上山头的。他弓着腰，屁股撅得高高的，样子一点也不好看。

人们摇摇头，跟狐狸比，他还差得远呢！

接着就听到沉闷的一声响，大家脸上的嘲弄，就凝固了。

跑上去一看，扁儿果然就倒在地上，一块石头从腹部把他穿透了。他浑身抽搐着，嘴里还能含混出一个声音："支书，支书……"

父亲俯下身去，想听清他说什么。他说："终于出事儿了……"

之后，头一歪，不动了。他的脸上，居然没有痛苦，怪怪地笑着。

人们很惭愧，跪倒了一片。"扁儿！"

公社领导很快就来了。

他铁青着脸，对父亲说："我撤了你！"

"你不能撤我！"父亲狠狠地抹了一下眼角的泪水，低沉地说。

“为什么？”

“要奋斗，就会有牺牲。亏了你还是领导，怎么连这个都不懂？”

“你？”

两个人僵在那里。

还是父亲首先打破了僵局，他矮下身去，蹲在地上说：“大干三年，甩掉吃返销粮的穷困帽子，我是跟你立了军令状的，你要是把我撤了，谁能接着干？”

社员们也跟着他齐刷刷地蹲在了地上：“是哩，是哩，你撤了他，谁能接着干？不能接着干，扁儿同志，就白牺牲了。”

领导思忖半天，无奈地摇摇头，说：“操！接着干就接着干，不过，要扣除你一年的工分，留党察看一年，做个代理书记，以观后效吧。”

时间到了七十年代末，村里点上了电灯。

是那个拉过练的毛纺厂到村里支农，帮着架上了高压线。“这城里人到底是有良心的，那鸡蛋汤没白让他们喝哩。”社员们说。但父亲认为，村里能通上电多亏了有那个柯湘。柯湘在他们造梯田的时候，嫁给了毛纺厂的厂长，能吹枕头风了。在明亮的灯光之下，他大大方方地打开那个纸包，竟是柯湘的一张照片。母亲一把抢过去，玩味了半天，平静地说：“她真是好看哩。”

这一声赞美让父亲很受用，在母亲的屁股上捏了一把，“好看是好看，就是不中用。”

即便整日吃粥，母亲的屁股也很肥，用父亲的话说，像个碾盘。母亲知道父亲这是在稀罕自己呢，便说：“都让你中用了，天下就乱了。”

通电之后，父亲带着社员建了一个扬水站，把小河里的水引到了梯田上。他觉得梯田迎着日头，光照长，是可以种麦子的。麦子收获之后，竟每亩仅一百几十斤的产量。有人说，产不了几把白面，真是劳民伤财。“操，这么个破村子，什么时候有过财？”父亲反驳说，“到底我们是吃上大白馒头了，伤财也是值的。”

新麦子打下来的时候，父亲把公社领导请来了，让他尝尝鲜儿。尝过鲜儿之后，父亲问：“你看我们能不能摘下吃返销粮的帽子？”

领导想了想，说：“摘它干吗？国家也不在乎你的这几粒粮食。”

父亲明白这话背后的意思，这梯田上死过人，于心不忍。

两个人半天没说话，空气显得格外滞重。

“我该走了。”领导欠起了屁股。

父亲摆摆手：“再坐一会儿，我有话要讲。”

“讲。”

父亲咽了半天唾沫，半个字都没吐出来。

“有话就说，有屁就放。”领导不耐烦了，催促道。

“这个支书我想辞了。”父亲终于讲出话来。

“你癔症了是不，干得好好的，为什么突然就辞了？”领导站了起来。

“孩子考上了县里的重点。”

“这跟你辞职有什么关系？”

“他要花钱。”

“当了这么多年的支书，就没一点积蓄？”

“嘿嘿，成年挣那么一点工分，年终决算，扣除口粮钱，还该队里的，我能有什么积蓄？”

“你真是死心眼，就不能‘变’出点钱来？”

“都是一帮穷人，没几滴油水，一有那心思，就浑身不自在，咱毕竟只是一个农民，还要往长处活人哩。”

“你辞了，大队（村）的事儿怎么办？你不能只为自己考虑。”

“咳，大队的事儿好办，眼下的大队，就像咱山里的小驴车，没人赶它，也会自己走哩。”

“你真是瞎比喻。”

“怎么是瞎比喻呢？这么多年，村里的事儿，哪件是自己做的主？随便从青年党员里选个支部书记，也就齐了。”

“辞了职你能干什么？”

“岭那边有煤矿，咱当个窑工可以挣到现钱，嘻嘻，咱身体好，有的是力气。”

领导颓然地坐下，深重地叹了一下。身后的母亲也随着叹了一下，在场的我不能承受，悄悄地溜了出去。

几乎是与新麦上场同时，我领到了重点高中的录取通知书。在通明的灯光下，父母反复地摩挲着那张白纸，傻笑了一番。“还是咱有远见吧，你还心疼那几滴灯油。”父亲笑着讥讽母亲。

“喊，我是怕他把眼睛觑乎坏了，将来干不了力气活儿，不好找媳妇。”

“真是瞎操心，你看他觑乎了这么多年，眼睛坏了吗？”父亲得意地笑了笑，“找媳妇？找就找柯湘那样的。”

“你就吹吧。”

夜里他们竟整夜地睡不着，他们不是因为激动，而是在犯愁。他们从我这里弄明白了，穷家破业承受不得喜事，学费、伙食、住宿，哪儿不要钱？临近天亮的时候，他们终于想出了办法：借。

借到东家，人家说：“你做支书的怎么也糊涂了，咱靠鸡屁股银行趸油盐的人，哪儿来的现钱？不过，托你的福，咱有粮食吃了，你可以撮几簸箕老玉米回去哩。”

父亲摇摇头：“你还是省省吧，刚吃了几顿饱饭，就这么大方了？”

到了西家，依旧是老玉米的买卖。借来借去，父亲的心寒了——

乡风淳朴，他们肯定会借给你什么，但是就是借不出一样东西——他们的确没有这样东西。

回家的路上，他狠狠地抽了自己一个耳光，这个支书当的，真他妈的操蛋！

父亲找我商量："你看，那个重点咱是不是就别上了，村外不也有一所中学吗？"

"少给我来这一套！"我义正词严地训斥道。

父亲哆嗦了一下，嗫嚅道："好，好，好好……"

父亲的支书生涯，就这样终结了。

2007年5月1日至7日于北京石板宅

世象

温暖

贾小千蹲在地上生炉子。

他觉得自己的肚子真是碍事，蹲下去之后，成堆的脂肪往上拱，挤得胸腔狭窄，心脏不敢正常跳动，便不停地喘。他苦笑了一下，“都是好日子闹的。”他对自己说。

所谓好日子，就是每日都能吃上五花肉。五花肉最好的吃法是在铁锅里炖，能汪出油来，看着就香。他吃的时候，喜欢用手抓，他觉得一边咀嚼肉块一边吮吸指头上的油，才真叫吃肉，才真叫香。

他也知道这是毛病，但是改不了了。因为这个习惯是个下意识的生理反应。小的时候，家里穷，一年下来，只有在年三十晚上才能吃上一顿炖肉。说是炖肉，其实锅里六七成以上是粉条子。但被油浸得很有样子，比肉还肉。肉锅刚离开火，他、大哥和老弟弟就围上来，看着锅里继续沸腾，不停地咽唾液。妈“哭”了一下——他们当然知道，妈那是在笑，但是表情凄苦，比哭还难看。“真没出息，厌气！”她叹息道。厌气，是京西土话，指卑贱的馋。虽然被挖苦着，小哥仨还是幸福地傻笑着，因为他们知道，用不了多大工夫，锅里的东西会实实在在地香到自己的肚子里去。

“不要贪嘴，等你们的爸回来。”妈撂下一句话，踅出门去，瞭望他们的爸去了。

他们的爸也真不容易，白天在堰田上苦累，晚上却没有沾油星的吃食，睡到夜半，饥肠辘辘，便摸黑到渍菜缸里捞一根腌萝卜。嚼菜根的声音过于响脆，把土炕上的人都弄醒了。以为是鼠啮板仓里的玉米，贾小千机警地拉动了灯绳。黄光之下，他们发现，是光赤赤的爸惨白地蹲在菜缸跟前。爸难为情地冲醒了的一群眼睛举一举他手中的萝卜，笑一笑。他们看到瘦津津的爸那个男性物件竟出奇地肥大，都下垂到地上了，很是丑陋。心中为他难堪，哥仨几乎是一个步调，均把伸出的头缩进被窝里。他们这时觉得，这个爸真不像个爸。

肉香把胃都勾引得疼痛起来，却怎么也不见爸回来，竟隐隐地恨起来——既恨爸，又恨肉。真想暴动，把锅里的东西哄抢一空。妈不时地踅回来一趟，叮嘱一句：“不要贪嘴，一定要等你们的爸回来。”

胃疼得有些难以忍受，小哥仨互相瞧了一眼，竟不约而同地把手伸进肉锅里。每人抓起一把，狠狠地塞进嘴里。妈正巧踅回来，大叫一声，就把巴掌狠狠地打过来。贾小千站在外侧，他的后背首先承接了这巴掌。在猝然的打击之下，他喉咙里的那团肉，噗地喷出来，不偏不倚，又飞回锅里。在这个瞬间，那哥俩嘴里的肉得救了，整个都吞进肚里。虽然也相继遭受了巴掌的打击，但他们一点都不委屈。贾小千委屈得不成，眼泪没法控制，竟至连眼前的那锅肉都看不见了。好像是为了找到一种平衡，一边汪着眼泪，一边开始吮吸抓过肉的手指。吮来吮去，几个手指都“大”了起来。油香淡下去的时候，他恨不得把手指咬下一根来。

病根就这样坐下了，再吃肉的时候如果不抓着吃，就像无肉。

好日子来临之后，他天天吃肉，竟至吃出了一个大肚子。他媳妇曾劝他：“你得学学人家城里人，正确的养生方法是少吃肉多吃素，多运动，身体健康，能长寿。”贾小千说：“操！少给我讲城里人那一套，他们擦嘴还用卫生纸呢。”媳妇又说：“电视上都说了，富人是吃菜的，只有穷人才吃肉呢。咱折子里好歹也有几个钱了，得讲点身份了。”他瞪了媳妇一眼：“操！我从来也感觉不到什么身份，一辈子都是穷人。”

或许是劈柴有些湿，明明是着起来了，可一直起腰来，火就灭了。着着灭灭，炉子没生成，却弄了满屋子的烟。他已喘不均匀，拼命咳起来。很想放弃，但又怕被媳妇骂无能。媳妇在东配房里正在收拾碗炊，像宣告她勤劳一样，弄得声音很响，虽隔着两重门，也听得很真切。他便对自己说，再试一次，再他娘的不着，就甭怪我不客气了。这一次，他在炉条上放了两大把麦秸，然后再把劈柴轻轻地架上去。临点火的时候，他突然想到了什么，把火柴扔在地上，出去了。回来的时候，拎来一个二锅头酒瓶，酒瓶里有足足三两酒。略作沉吟，把酒全淋在劈柴上了。他得意地一笑，划着了火柴。轰的一声之后，烧得噼噼啪啪一阵山响，有不可遏制的势头。他阴郁地笑着：“有什么了不起的，不就是生个炉子吗？”

但是，一阵旺烧之后，火渐渐地又熄了，刚形成的一点炭星，也从炉条的间隙滑落到炉盘之上。上边的劈柴被熏烤着，生死不得，吱吱地冒着青烟。

贾小千恼羞成怒，抄起劈木柴的斧子，对着炉子大叫：“我砸了你信不信！”

“我信！”从屋角里传来一个声音。

贾小千吓了一跳，他才想起，屋里的床上，还躺着一个人，是他的哥哥贾小万。

贾小万当着这个乡的乡长，是贾小千生活的靠山。贾小千原来分了五亩地，但水电、种子、化肥，包括农机作业，费用都高，辛辛苦苦一年，到了也弄不了几个现钱。所以，家底还是清浅得很，虽然集贸市场上的肉价一直不高，他还是没有想吃肉就吃肉的条件。贾小万让他把地转让了，把他安排在乡修配厂当工人，他的媳妇也进了服装厂，两个人每月的进项，加起来足足有两千元。他可以随便吃肉了。

所以，贾小千的好日子，是他的哥哥贾小万给的。

贾小千心中有数，但嘴上从来不说感谢的话，他觉得一母同胞，再说那样的话，可耻得很。爸去世以后，他把妈接了过来，对贾小万和贾小百说："你们住的都是楼房，出入不方便，咱妈也住不惯，就让妈跟我过吧。"这是个顺理成章的建议，就通过了。从此，贾小千欠账的心妥帖多了，因为他觉得贾小万帮衬他，其实是在孝敬老家儿。

因为有妈在，所以每逢双休日和节假日，贾小万都要带着全家过来，而且桑塔纳的后备箱里总是装来许多东西，包括整箱的酒、整扇的猪肉。起初他还感到过意不去，对哥哥说："你兄弟这儿什么也不缺，就别总惦记着了。"贾小万嘴上说好吧好吧，但依旧是该带什么还带什么。贾小千心里很不舒服，觉得在哥俩之间，多了些亲情之外的东西。

贾小千的媳妇兰英好像没心没肺，每到贾小万来，她都要第一个冲出门去，堆着满脸的笑帮着卸东西。哥哥一家人落了座，她忙着沏茶倒水，然后转身就下厨房。起初大嫂还张罗着跟她一起置备饭菜，兰英慌忙拦下："使不得，使不得，大哥大嫂为我们操那么大的心，还不该吃两顿现成饭。"到了后来，这一切成了理所当然的事，大嫂连表示一下的姿态都没有了，大哥喝茶抽烟，她悠闲地嗑瓜子。

"兰英，你的清炒虾仁是不是没勾芡？"大嫂的筷子停在半空中，笑着问。

兰英的脸一下子红了："我就知道炒西蓝花得勾芡，不承想炒虾仁也要的，瞧我这人。"

贾小千也有些难为情，瞪了兰英一眼："去回回锅。"

兰英也瞪了他一眼："你懂什么，一回锅，虾仁就老了。"

嫂子依旧笑着说："虾仁皮实，不会老的。"

"就你事儿多，兰英怎么炒怎么好。"贾小万好像要调和一下，但说话的语气显得很不耐烦。

嫂子虽然还是笑着，但筷子却重重地掼在桌子上："瞧你们的哥，刚当个乡长就不让人说话了。"

兰英吓坏了："大哥大嫂，你们千万别生气，我现在就去回锅。"

虾仁重新上到桌面之后，大嫂谨慎地夹起一只送入口内，脸上内敛着的一对酒窝马上就绽放得灿烂了。对兰英说："你看，味道就是正点。"

兰英迅速地予以回应，夹起的那只虾仁还没有完全送入口中，就呜哝着说道："嗯，没错。"

嫂子看一眼大哥，对贾小千说："小千，你尝尝。"

贾小千伸出筷子，夹起的却是一大块五花肉："嘿嘿，嫂子，我吃不惯那个，只稀罕这个。"

嫂子被他的憨态逗乐了，贾小万的脸上却掠过一丝不易察觉的阴郁。

和美的聚餐完毕，兰英首先站起身来说："你们都别动，我来收拾碗筷。"

嫂子说："那就辛苦你了。"

兰英说："瞧您说的，咱干不了别的，还不干点这个。"

贾小千看到，嫂子把脸盆里本来很清凌的水倒掉，从水龙头那里又接了半盆新的，有模有样地净完手，打开随身带着的一个坤包，拿出一支细圆的什么膏，挤在手上，反复搓弄一番，两只手变得很白很嫩。

他下意识地来到兰英身边。兰英以为他要帮自己洗碗，便说："你也歇去吧，这里不用你。”贾小千看了一眼她红肿粗糙的一双手，没好气地说：“别自作多情。”

余波未尽，哥哥一家人下一次来的时候，细心的嫂子竟给兰英带来一本菜谱，弄得贾小千心里久久不能平静。再开支的时候，他带着一股义愤，给兰英买了一盒名牌化妆品。当兰英得知就这么小小的一盒化妆品，差几块就上千了，她哭笑不得，跟他闹了一场。贾小千被激怒了，把化妆品掼在地上，用脚狠狠地踩。好在那化妆品是牙膏体的包装，虽然被踩得变了形，但里边的制剂却没有泄漏而出。兰英每天早晚都要像完成任务似的在手脸上涂抹一番。看到贾小千讥讽的表情，兰英说：“别以为我是在领你的情，我是心疼那钱。”

“你可真贱！”贾小千心里说。他之所以没有说出来，不是给兰英留面子，而是给自己。因为在他农民的意识里，女人是男人的影子。

送过一句“我信”之后，贾小万翻身下了床。他看着冒烟的炉子对贾小千说：“你可真行，你明明知道我多喝了几杯，得眯上一觉，你却用炉烟熏我，你是怎么回事？”

贾小千嘿嘿一笑：“哥，真的对不起，我也是为了你好，怕冻着你。”

贾小万不耐烦地摆摆手，咳嗽起来。

他蹲下身去，一眼就看出了炉子生不起来的症结。“你会不会生炉子？”由于没睡好觉，心中懊恼，语调失控。

“嘻嘻，我都挺大个人了，哪能连个炉子都不会生？”

“会生个屁！”

随着大哥的一声屁，做弟弟的哆嗦了一下，身子立刻就矮了下去，眼里一团迷惘。

“你生的是蜂窝煤炉子，而不是传统的地炉子，炉条上得先搁一块烧焦了的蜂窝煤，不然刚生成了的炭火就全漏下去了。”看着弟弟猥琐的样子，他又补充了一句，“你到底有没有脑子？”

贾小千的心被扎了一下，本能地瞑乎[1]了哥哥一眼。

“怎么，还不服气？”贾小万的脸色很不好看。

贾小千赶紧堆出一脸的谄笑：“哪儿敢呢？”

贾小万的脸色还是不好看，继续说道：“你不从自身找原因，反而怨炉子，让我说你什么好？嘿，我算是知道了，什么是‘㞞人大脾气’。”

这等于是在说，我看，你除了有一个坏脾气，什么正经事也干不了。

当啷一声，贾小千手中的斧子掉在了地上。

这哪里是哥哥对弟弟说话，像是上司在训斥一个下属。

贾小千不能承受，但又不好发作，一声不吭地走出门去。

到了大门口，他倚在水泥门柱上发愣。他妈的，好日子是你给的，但是，好歹咱们是亲兄弟，跟你的下属是不同的。他心里很不是滋味，眼泪扑簌簌地落下来。眼泪落尽之后，他觉得眼睑有些冷飕飕的，便用沾满烟尘的手狠狠地揉了两下。一张干净的脸，立刻就花了。正这时，兰英走出门来，她要去倒垃圾。见状，不禁撇一撇嘴：“你可真成，一干活就挂相。”他真想上去扇她一个耳光，但立刻就忍住了——真是奇怪，这个瞬间，他心里竟生出来一个从来没有过的念头：这个女人也不容易，她是勤劳而无辜的。他嘿嘿一笑：“倒你的垃圾去吧。”

兰英的背影也很不好看，臃肿得失了女人的身形——也是他妈的吃肉吃的。贾小千愈加郁闷，他想着，无论如何得发泄一下。在寻找目标的时候，在门柱上竟发现了一只饱满的蜥蜴。他以为是死的，因为蜥蜴是夏虫，是不会活在寒冷的冬季的。但定睛一看，蜥蜴的尾巴

[1] 京西口语，即瞪。

还一翘一翘的，做着生命的证明。他还是不敢肯定，便大声地咳了一声。受了惊动，那只蜥蜴向前移动了一段，声波消落，它又懒懒地止在那里。这他妈的东西，生不逢时，也胆大得不怕人！贾小千很是不平，恶狠狠地摁过去两个指头，想把它一下子捻死。打击就要落在身上的时候，蜥蜴突然朝远处窜去，烟一样跑得没影了。他只捻断了它的一截尾巴。尾巴落在他的脚下，还蠕动不止。他抬起脚来，想重重地踏上去，但他一下子想到了老辈子的一个说法——千万别打不僵之虫，便说了一句“老子不跟你置气”，很有同情心地把脚放下了。他的手指很锐利地疼了起来。刚才用力过猛，戳着了。他不停地用哈气嘘着手指，疼痛未曾彻底消减，但是他的心情却平静多了。

他像什么也没发生似的、堆着满脸的笑容又回到了屋里。

这时，贾小万正忙着生火，见贾小千的样子，很是诧异，心里说，这个人，真是无可救药，没皮没脸。

贾小千说：“哥，这点小事，不用劳您大驾，还是我来吧。”他居然用了“您”字。

贾小千埋头生火，把贾小万晾在了一边。

贾小万躺也不是，坐也不是，觉得训斥完别人之后，总得做点什么才是。他巡视了一番之后，发现烟熏火燎之下，屋里的家具上落了一层尘土，便心头一亮，找来了一团抹布。贾小千察觉了他的意图，一把将抹布夺了下来：“哥，这可使不得，还是我来吧。”

贾小万觉得待在屋里有些别扭，便走出去遛弯了。

贾小千一边生火，一边擦拭家具，脸上汪着属于自己的笑。他对自己说：“我是屋子的主人，屋里的事儿哪能用旁人插手呢。”

炉里的劈柴均匀地燃烧着，屋里渐渐地有了温度；温度一上来，火焰烧得更起劲了。难生的炉子，终于如愿地着了。

新放上去的一块生煤，已红了一半，他又续了一块，上蹿的火苗暂时隐忍下来，他知道，用不了多久，本性向上的火焰就再也压不住了。

他搬过一把椅子，坐在炉边，像欣赏春花绽放一样，看着火苗往上爬。他眼仁里的火光一闪一闪的，竟忽闪出爸的影子。

那年围着肉锅等爸，等得连肉香都闻不到了，还不见人回。被巴掌打出的怨恨渐渐变成了牵挂："爸到底是怎么了？"小哥仨面面相觑，在肉的欲望之外，生出对亲人的呼唤。

妈不再瞭望，呆呆地坐在炕沿上，像失去了知觉。因为她没往好处想，因为她知道，爸去的地方是一般人不敢去的悬崖峭壁，在那种地方有一种值钱的东西——寒号鸟的粪便，是一种名贵的中药：五灵脂。五灵脂卖到山外的供销社，可以换来现钱，可以买到口粮。这个年关，虽然锅里还有几块肥肉，但过了年就亏粮了。临出门的时候，妈劝爸："还是平平安安把年过了，再去也不迟哩。"爸说："怎么不迟？亏粮的又不仅咱一家，都打这个主意，一起跑到山上去，能弄到几把五灵脂？得抢先下手。"妈说："那咱哪也不去，大不了咱就去借粮。""借？借，还不得还？依咱的脾气，既不想背包袱，也不愿欠人情。"爸的意志很坚定。

天都大黑了，门嗵地被撞开了，裹着一团寒气，爸跌了进来。肥涨的一只口袋，滚到肉锅旁，止住了。爹瘫仰在地上，脸上冻着一团怪异的笑。妈眼尖，一下子就看到了爸的厚棉裤的两个膝盖都磨破了，棉花外翻着，上边洇着的血，出奇地红。妈大叫了一声，撕开大襟，把爸的腿紧紧地揽进怀里。

那个年关的肉啊，都香到骨头里去了！

贾小千咂咂嘴，一边回味着，一边往前挪了挪椅子。炉火烤得他浑身犯懒，但七窍却异常清明。"爸那个人啊！"他摇摇头，感到爸真是条汉子。

贾小万回来了，见贾小千很自得地坐着，揶揄地一笑："着了？"

贾小千懒懒地抬抬眼皮，一笑："着了。"

他突然觉得这样做有些不妥，赶紧站起身来搬过一把椅子："哥，你坐。"

哥俩坐在炉边，半天没有一句话。你咳一声，我咳一声，都觉得有点不对劲。

还是贾小千沉不住气，说道："哥，你以后再来，别弄那么多东西了，托你的福，我这儿真的什么也不缺。"

"别想那么多，又不是自己花钱买的。"贾小万坦诚地说。

"这我知道。"

"既然知道，用就是了。"

"不过，哥你也知道，咱这号人就怕糟蹋东西，比如你弄来的成扇的肉，怕搁坏了，就可劲地吃，到了最后，不是为了解馋，成了为吃而吃了。"贾小千拍了拍肚子，"你看，都吃了这么一个大肚囊子，干点活就喘。我现在琢磨着，你说这人，吃那么多肉干吗？"

"不送你，那我送谁？"

"送谁都成，送谁谁不说你好？"

"那倒也是。"

2007年4月8日于北京石板宅

端庄

乡下管跑出租这个行当叫“拉活儿”。

邻居李光明听说兰英要做“拉活儿”的买卖了，就主动蹴过来：“我这辆小面包要不？”

兰英摇摇头。

“怎么，嫌贵？”李光明蹴得更近了一些，压低了声音说：“卖给别人，少说也得一万，至于你，就给三千吧。”

“凭什么？”兰英有些不理解。

“因为我敬佩你这个人。”李光明在兰英丰腴的膀子上捶了一下，很正经地说道。

“你肚子里肯定没憋着好屁。”他的这辆面包车还是六成新的货色，出手价竟这样低，绝对另有企图。

李光明急了，黑着脸说：“这年头时运不济，总是把人往歪处想，实话告诉你吧，我是跑腻了。”

李光明“拉活儿”三年多了，路子蹚开了，红火得“日进斗金”，怎么会腻呢？所以兰英哼了一下：“你不说实话。”

李光明解释说：“每天的进项是不少，但心里恓惶——交通局横竖不给运营证，整天跑黑车，一上路就被城管队盯上了，不是扣车，就是罚款，托人弄呛地维持到今天，不腻等啥？”

“哦，原来你是在转嫁危机。”

李光明摇摇头：“也不全是，真的是因为敬佩你。”

“敬佩我什么？”

“敬佩你放着别人眼红的饭碗不端，非得自己土里刨食儿吃，一个老娘儿们，比爷们儿还有骨气。”

兰英的脸子妩媚了一下，这样的话，她听着受用。

兰英的大伯子当着这个乡的乡长，把她安置在乡服装厂当计件员，每月很安逸地就拿到七百元。但服装厂的职工多是农村妇女——农村妇女有个习性，总是把喜怒、好恶放在脸上，所以，她每天都能享受到她们的白眼。她是个自尊心很强的人，不允许人们这样看自己，便把工作辞了。

大伯子很是不理解，她解释说：“我这个人自在惯了，而服装厂太拴人。”大伯子也不好说什么，撂下了这么一句话：“干什么都不能太信马由缰，得有忍性。”这是一种变相的责备，她听得出来，但嘴上什么也没说。心里却说了一句：“多苦多累的日子都可以忍，就是让人背后戳脊梁骨的日子不能忍。”

李光明居然懂她的心思，她不禁高看了他一眼，说道：“你这个人还是不错的。”

李光明听了心里也很受用，平日里厚得跟墙皮似的一张脸，这时也薄了，羞红起来，红得黑亮黑亮的：“要不我的小面一出手就想到你呢，这叫肥水不流外人田。”

“你的好意我领了，但是你还是卖给别人吧。”兰英却说。

“为什么？”

“我这个人别的优点没有，就一个优点，就是从不欠别人的人情。”

李光明摇摇头："恐怕没那么简单吧。"

"你这个人真是讨厌，什么事儿非得问个底儿掉。"兰英索性告诉他，她琢磨了，在乡下，用摩的拉活儿，比用小面来得实惠，同样的路程，小面起步就十块，而摩的才三块钱，老百姓愿意坐。

李光明掐了一下大腿："鲁兰英，我算是服你了，你简直是个人精！"

兰英朝前走了，李光明还站在那里，望着她的背影发呆。兰英虽然有些胖，但身材有型，恰到好处地凸凹着，很柔韧，很女人。他心里犯热，呆滞的目光很锋利，直直地朝女人刺过去。

兰英的后背有一种被剜的感觉，"男人怎么都这样？"但步伐迈得更稳了。

兰英花了两千二百元钱买了一辆后开门的摩的，初次上路，激动得手心不停地往外滋汗。刚开到村口，一个老汉就向她招手："姑娘，是不是拉活儿的？"

由于没有运营证，兰英只是减慢了速度，并没停车的意思，警惕地问："您凭什么认定我是拉活儿的？"

"看着架势就像。"老汉笑着说。

兰英一紧张，油离没配合好，熄火了。

老汉蹴了上来："姑娘，别紧张，我真是坐车的。"为了证明身份，老汉居然掏出身份证来，"你看，我就是这个村的，叫李宝库。"见兰英还是有些迟疑，老汉说："李光明你认识不认识？我是他爸。"

兰英摇摇头，竟说："不认识。"

老汉挠挠头："这就怪了，他明明说咱村出了一个女的哥，叫我打的就打她的，怎么你不是她？"

兰英一下子明白了，李光明是在暗中照顾她的生意，便说："大爷，不管怎么着，我正要去买菜，捎您一段就是了。"

到了地方，兰英把老汉扶了下来。老汉说：“你这闺女，就是懂事。”一边说着，一边掏出五块钱递给过来。兰英一把搪过去：“大爷，只是捎个脚，不用给钱。”

“这年头，哪儿有白使唤人的。”老汉执意要给，兰英只好说：“您非要给，就给三块吧。”老汉说：“不行，这段路我常走，至少得给五块钱。”

收了老汉的钱，兰英心存感激，目送着老汉走远。不期老汉又踅了回来，叮嘱道：“闺女，拉活儿的时候，要多长个心眼儿，客人上车以后，要跟他交代清楚，就说你们是亲戚，是去串门子，这样一来，被城管队撵上的时候，好脱身。”

兰英不置可否地笑着，感到老汉的心眼儿真好。

“对了，还有一点，你要记住，客人上车之后，最好是先收钱，一旦遇到城管队员截住你，既能及时开溜，也不会丢了收入。”

面对这么好的老人，兰英默认了自己的身份——“大爷，您定个点儿，我好来接您。”

“行，就下午六点吧。”

鲁兰英就这样开始了职业生涯。

兰英很快就感受到了女的哥的职业优势。老弱病残、妇女儿童愿意坐她的车，因为她是女的，好说话，怜惜人，也安全。大老爷儿们，也愿坐她的车，上车之后可以逗贫，荤荤素素的，过过嘴瘾；下车的时候，顺便在她的屁股上捏一把，听着她的笑骂，心里莫名其妙地舒坦。兰英懂得他们的心理，只要不太出格，也就不作计较。但是，为了防备不测，她在座位下，放了一把大号的扳子，一旦遇到不轨之徒，她会顺手抄在手中。为了不把事态弄得过于严重，虽铁器在手，但脸上还是挂着一朵笑。对方一下子就放规矩了，他知道，那笑，有铁器的质地。

但无论如何，她的顾客比其他人的要多得多，不到三个月，就把车的本钱挣了回来。她感到，这个年头，好活人呢。

车行里，把在路口待客的光景叫“趴活儿”。稍一留意，便会发现，那么多“趴活儿”的人聚在一起，真是一种独特的乡间风景。今天的太阳异常地温顺，弄得人直犯懒。兰英靠在车身上打盹儿，心里痒痒的。这个时候，她不想有客人来，懒洋洋地想想心思，才有为自己活着的感觉。但是，就是有客人来：“上小榆庄多少钱？”她眼也不睁地指指身后的同行陈永生，意思是你去问他吧。“你这个人真是奇怪，怎么连放在眼前的钱都不挣？”那人说。兰英不情愿地睁开眼：“不是，我这会儿就是懒得动。”她语气和蔼，试图得到体谅。“现在正在打击拒载你知道不知道？”那个人却生硬地说。兰英依旧笑着，反而连话都懒得说了。心里说，打击拒载是对有运营证的出租车说的，我一个跑黑车的，它管得着吗？

就在这个时候，身后那辆摩的移过来，“先生，上我的车吧。”

那个人真是不识趣，摇着脑袋说：“我凭什么坐你的车？”

陈永生来气了：“你这个人有病是不？”

两个人争执起来，大有动武趋势。

兰英只好打着了车子，给二人打个圆场，“上车吧。”

那人得救了一般钻进车子，嘴里还念念有词。

一路上，那人几次挑起话头，试图交谈。兰英缄口不语，好像车上从来就没有这么个人似的。因为她看到，这个人，有四十岁上下的年纪，却还长着满脸的青春痘，疙疙瘩瘩的，有多余的欲望。这样的人，一般都不是好鸟。她想。

下车的时候，那个人扔给她一张十元的纸币，转身就走。纸币毫无分量地落在地上。

“你回来！”兰英命令道。

这个坚定的声音，清晰地打在那个人的身上，他被钉在了那里。“怎么，十块钱还不够？”他觉得他出手是很大方的，这段路程按以往的经验，五块钱就足够了。

“捡起来。”兰英毫不含糊地说道。

那个人犹豫了一下，但感于兰英语气中的锋芒，还是很不情愿地弯下腰去。规规矩矩地把钱递给兰英的时候，见人家还是不接，他真的糊涂了：“你？”

“五块。”

那个人只好照办，走的时候，摇了摇头。

返回趴活儿的村口，发动机还未熄火，又一个客人蹴了过来：“七里店。”

见陈永生还“趴”在那里，兰英有些难为情。但客人早已钻进车里，她只好冲自己的同行笑笑。陈永生也回报了一个笑，但笑得很勉强，且阴郁而暧昧。

送完这趟活儿，兰英赶紧熄了火，对陈永生点点头：“我去方便一下。”她是想暂时避一下，以免被同行忌恨，造成紧张关系。既然这里趴活儿的人这么多，她并不担心车子的安全。

她坐在拐角处的一块石头上，擦自己的皮鞋。天气暖了，她穿了一双圆口短跟的皮鞋，肉色丝袜，把脚面的曲线衬得很姣好。天冷的时候，她穿的是从军品店里买来的长筒马靴，这种靴子，保暖，但湮灭性别，她觉得，自己一干上这行，就变丑了。所以，一旦天气允许，她就毫不犹豫地换上了单鞋。

她又怜爱又温柔地擦着皮鞋，皮鞋的亮光把整轮太阳都反射得清清楚楚。她把两条腿笔直地伸延在眼前，为的是很好地欣赏一下。她觉得自己的脚真美！

“脚下没鞋，穷半截。”这话主要是对女人讲的。她想。

她还想，有这么美的一双脚的女人，世道怎么会亏待她呢?

直到玩味得自己都有些难为情了，才懒懒地走近自己的车子。那个陈永生已经拉客走了，他的那个位置已被另一个人占上了。那个人是个不苟言笑的人，见到她竟主动地送上笑容。她虽感到有些奇怪，但也没多想，回以微笑而已。

在美好的感觉中，等来了一个乘客。她缓缓地放行了车子，车子竟一耸一耸的，传出沉重的砸地的声音。车上坐的，是一个精瘦的妇人，绝不会把车子压成这样。她只好停下车子，发现前胎瘪了。“对不起，你去坐那位大哥的车吧，我得去修修车了。”

她推着车去找路边的修车铺，身后，传来一片想压抑却压抑不住的笑。

“这伙人，真是小肚鸡肠。”她没有多想，觉得他们是因为嫉妒，才这样的。

接下来的几天，又出现了两次瘪胎的事故，她便不得不往别处想了。

“哥几个有意见就直说，可别动歪心思，咱们横竖都是靠力气吃饭的，得懂得照应。”她语气平和、面带笑容地对趴活儿的这伙人说。

陈永生噗地啐了一口唾沫，很不客气地问：“你这是什么意思？”

兰英心怯了一下：“我只是随便说说。”

“这种事儿是随便说的吗？”陈永生扫了一下众人，“你们说是不是？”

在场的人齐说：“没错。”

兰英下意识地接了一句：“陈永生，我看就是你冒的坏水儿。”

“我冒的水儿，是好是坏，你怎么知道的？”陈永生一边讪笑着，一边用眼光撩着众人。众人大笑。

身为女人，兰英知道，在这样的场合，她肯定吃亏，撂下一句话：

“我懒得理你。”便推着车走了。

她越想越不是滋味，一边推着车，一边垂泪。以至迎面来了一辆面包车，也不知道躲闪。那个人狠狠地摁了一阵喇叭，把兰英“惊”到了路边。既然人家躲闪了，就应该得理让人；但是那个人意犹未尽，索性停车跳下来：“你长眼没长眼？找死是不？”

兰英认出这个人是李光月，是李光明的叔伯兄弟，也是个拉活儿的。平时，李光月对兰英很没好感，觉得她抢了这行的生意，言语从来就没有温柔过。兰英对他更没有好感，原因很简单：李光明这么个好人，怎么会有这样的同族兄弟？

“你这是在跟谁说话？你妈才找死呢！”兰英反击道。

“嘿嘿，你还敢骂人？”李光月扑上来，想薅兰英的衣领。

“怎么，还想动手？”兰英敏捷地从座下抄起了那把大扳子。

李光月本能地退后一步。但为了保全面子，退缩的行动补充以激烈的言辞：“鲁兰英，干拉活儿这行，没你的份儿，你不如回家开窑子。”

兰英很想回敬一句“你妈才开窑子呢”，但想到李光月的妈是李光明的婶子，开不了口，羞急之下，她举着扳子冲上去了。

李光月知道后果是什么，飞转身子上了车，急踩油门溜了。

“甭给我装孙子！”兰英绽出一缕得胜的笑。

但是，笑着笑着，笑容凝固了。“我才是孙子呢。”她猛地蹲下身子，掩面而泣。

兰英窝在家里好几天了。她在琢磨着，是不是开一家小饭馆或小卖铺什么的。这样的话，车子可以用来买菜、进货，派上用场。她不是怕那些人，而是不想招惹是非——“和气生财”这样的话，打记事起，就常听老人们说。之所以下不了决心，是因为缺少人手。她想动员丈夫把在乡修配厂的工作辞了，一起干——好汉不挣有数钱哩；但又想，乡下的消费水平低，客源少，再加上工商税务，万一不景气赔了怎么办？虽然丈夫的工资不高，但到底是一份固定收入，可以保证吃饭、穿衣，供孩子上学。小家小业的，经不得磕碰啊。想到此，她的心境大变：一为农民，真是不好活人。

她打着了车，正犹豫着是否还到路上去的时候，李光明来了。

“守着个挣钱的家伙，干吗窝在家里？”

兰英遮掩道：“这几天有点犯懒。”

李光明一笑：“你别给我编瞎话儿，你的事我知道了。”

“知道了又怎么样？”兰英说。

李光明又在她丰腴的膀子上捶了一下：“走，跟我到村口去，我要给你撑撑腰。”

兰英白了他一眼：“我的事你甭管。”

“我就是要管。”

“凭什么？”

“凭什么？就凭我是这个村的村长。”

兰英一愣：“李光明，你不是吹吧？你什么时候当村长了？”

“你这个人，精明是精明，就是不关心政治。”李光明嬉笑着对兰英说，“农民如果没有社会身份，再有钱也是穷人，所以，我不能总是当个体户。我为什么要卖车？乡领导找我谈话时说了，你要想当村官，就不能光想着自己发财，再说，你整天跑黑车，也与村干部的身份不符啊。嘻嘻，你鲁兰英再精明，能精明得过我李光明？”李光明很是得意。

在李光明一再催促下，兰英说：“那好，那就试试你这个村长说话灵不灵。”

兰英刚要把摩的开出院子，李光明说：“开它干吗，你就坐我的车。”

兰英知道，村干部的车肯定是轿车类的高级车，便摇摇头："我不坐，要么，你就坐我的车。"

"我一个堂堂的村长，哪能坐这么个破玩意儿？"

"既然是这样，我的事儿你也就甭管了。"

"你真是个死心眼儿。"李光明只好钻进摩的车篷，堆出满脸的委屈。

"这还差不多。"在启动车子的一瞬间，兰英那憋屈了几天的心，竟豁然开朗了。

到了村口，那些趴活儿的人大部分都在现场。陈永生朝兰英吐了吐舌头，露出讥讽的笑容。但一看到从车篷里钻出了一个李光明，脸上的肌肉就抽搐成一团，甚至启动了车子，要溜走。

"陈永生，你先别走。"李光明眼尖。

他巡视了一番，问在场的人："李光月呢？"

众人面面相觑，没人回答。李光明开始拨打手机。不久，一辆面包车飞驰而来。离人近了，也不减速，直到人前，才咔地一个急刹车，掀起一片烟尘。

李光月下了车，径直奔李光明走来："哥，找我有急事儿？"

李光明吸了一口烟尘，立刻就发作了，劈头给了李光月一个耳光。

莫明其妙的一记打击，李光月蒙了，捂着半拉腮帮子："你为什么打我？"

李光明黑着脸，从牙缝里挤出来一句话："你自己清楚！"

李光月朝周围紧张地踅摸了一阵，当目光落在鲁兰英的脸上的时候，他明白了，"就是为了这个娘儿们？"

"你再说一遍。"李光明进逼了一句。

李光月没敢接下茬儿，求援似的看着众人。

但是，众人没有一个吱声的。

李光月嘿了一声："哥，我倒要问你一句，她是你什么人？"

李光明愣在那里。

这个间隙，使众人有所醒悟，目光齐刷刷地盯着他，似乎也在说："就是，她到底是你什么人？"

这时的兰英，头低下去了，如果脚下有个地缝，她一定会钻下去。

李光明瞥了兰英一眼，突然哈哈大笑起来："你们这些人，也就这点德行了，不是想找刺激吗？我就实话告诉你们了——"

众人都支棱起耳朵。

"她是我的相好。"

一片哗然。

李光月很是不甘心："你说了不算，得让她亲口承认才算。"

"兰英，你就大大方方地跟他们说。"李光明觉得，在这个时候，鲁兰英一定会毫不含糊地站在他一边的。

但是，兰英只是抬起头来，笑了笑，不置可否。

李光明摇摇头，对兰英说："咱们走，少跟他们废话。"

行进途中，李光明说："你干吗不表态，成心让我栽面儿是不？"

"我不当众反驳你，就够给你面子了。"兰英说。

2007年4月8日至18日于北京石板宅

断指

小区内靠近南门的地方，居然有一排店铺。

有一家小百货，卖的都是日用品。它的经营方式很灵活，比如卫生纸，大一点的商店都是成捆地卖，它可以拆开一卷一卷地零卖。还有刮脸刀的刀片，一般是五只一个包装，别的店铺是死活不拆开来卖的，它还是可以一片一片地零售。顾客在享受到方便的同时，也会遇到一些小麻烦：刀片用过两次就钝了，不禁猜疑这可能是旧刀片回收之后，略作处理造成的；还有汽车遥控器用的七号电池，使用的寿命总是比大商店里的货色短许多。遇到这种情况，大多数人只是会心地摇摇头，并不去找小店的主人追究，有机会在大店里买就是了。有的人爱较真，上门去质疑，店铺主人一脸的委屈，说："不过是一块钱的东西，犯得上吗？"这是一个双关语：一层意思是对自己，为一块钱的货物做手脚，我还嫌麻烦呢；另一层意思是对顾客，你们都是有钱人，为一块钱的得失斤斤计较，是不是太小气了？听了这话，质疑的客人反倒难为情了，只好走人了事。慢慢的，就都习以为常了——花一两块小钱，应应急而已，随它去吧。小店的生意和和气气地做下去，养了一家人。

还有一家水站。店主是一个离过两次婚的年轻妇女。她穿着朴素，脸色忧戚，但身材好得惊人，便赢得了广泛的同情。说是水站，屋里除了一桶桶的纯净水之外，还有一只只煤气罐。经营纯净水，利薄，卖煤气就厚些。一个合法，一个不合法，竟无人举报，好像谁都察觉不到这里有问题。更有意思的是，里边竟然还摆了一张麻将桌，几个老年妇女，整天在里边打麻将，桌面上有一些小面值的票子流来流去，收场的时候会由赢家不声不响地撂下一点场地费。整天与煤气罐为伍，她们并不觉得有什么危险，反而感到很适意：既自身消磨了日子，也为年轻女人增加一点收入，还充当了保护者的角色，她们感到自己活得还是有用的。

与之毗邻的，是一家理发店。一间的小门脸，空间很窄仄，灯光也暗。理发师是个中年妇女，阔大的围裙把她的身形遮掩了，无女性魅力。人走进去，那暧昧的光线，直让人生出疑惑：她下得准刀剪吗？然而就下得准。无论你要什么样的发型，她都说会理，且手头利落得令人惊奇，一会儿的工夫就理完了。在一个角落，一个小女孩趴在一张小桌子上做作业，她一边理发，一边扫上一眼。那个小女孩，总不见抬头，觑在暗光里，没完没了地做着。理发师从不与客人主动交谈，电推子的嗡嗡声就很大，让客人感到很压抑。更让人不快的是，走到阳光之下，或者在自家明亮的厅堂里照一照镜子，理过的发型，总是跟期待的有距离。但人们还是会到她那里去理发：一是因为便宜，扫边、去薄、板寸，才三块钱；二是冲着她理得快——虽然大家都没有什么大事要做，但小事也是需要时间的；三是怜惜那个小女孩——如果过于计较，她们娘俩靠什么生存？于是，顾客善良的本性，会把心中的不快调节到无所谓的程度，竟至彻底认同了这个理发店的存在。

最靠近小区大门的就是一家包子铺了。铺子也小，仅两间的铺面。放着五六张桌子，座位都是很简易的小圆凳，臀部大一些的顾客，臀肉都溢在凳子外边，就更显得空间狭窄。它的经营方式，是现包、现蒸、现卖，而且操作间就放在铺面上。包包子的人，就老板娘一个人。她背对着顾客，肥厚的后背，阔大的臀部，都供奉给客人的眼光，好像是开胃的作料。门外支着一只用洋铁桶做的煤火炉子，一节又一节的笼屉架得很高，包子的香味散布得很远。看火候、出屉的是老板本人。下边的一屉熟了，就把笼屉倒上来，靠蒸汽的余波温着，所以，顾客吃上的，总是热包子。包子的品种很多，有牛肉大葱、猪肉大葱、羊肉大葱、纯肉丸、茴香猪肉、韭菜鸡蛋、白菜面丁、野菜肉末、豆腐油渣……应有尽有，但就是没有海鲜馅的。因为这里能买到的海鲜，都是冻货，与本店的经营理念不符——一切都是鲜的，鲜肉、鲜菜，新鲜出笼。食客都是普通百姓，而属于普通百姓的生活优势不多，最大的乐趣不过是能吃上一点新鲜口味而已。两口子的生意能够立身，就是看准了这一点。所以，他们每天都起得很早，赶第一拨早市，进好料。比如肉，他们绝不贪便宜而进囊膪、肥边，更不买处理肉。为什么？没开店之前，他们自己也从不在外吃带馅的食物，因为都言传，实际上也八九不离十，店家总是买进肉铺卖不出去的剩货，黑白滥的一堆，放在绞肉机里一绞，就是馅了。嘴里嚼的时候，是香的，就怕回味，一回味，肠子就痉挛。将心比心，他们要做实在生意，让顾客放心。

内心的纯正，使他们很注重一些细节。比如在钱盒子跟前预备着一个夹食物用的夹子——客人付款的时候，老板会用夹子接过来。即便是小本生意，铺子里也装着一架空调和一台电视机。

这对夫妇的用心，顾客们都体会到了，所以他们的生意很火，笼屉里的包子下来一屉光一屉。

但是到了上午九点钟，不管有没有客人，铺子准时打烊。其余的时间，一概不经营。他们有自己的理由：咱人手少，精力不够，放开了经营时间，就会萝卜快了不洗泥，做工就不精细了。

好心人劝他们，你们只做早点生意，再火，也是发不了大财的，不如心眼活泛一点，有钱挣就挣。

老板笑着反问道：我挣那么多钱干啥？

这排店铺的经营者，都是外地人，包子铺这对夫妇是东北人。那几家的店主，都觉得他们俩有点傻，所以，即便他们的生意贼好，也不生嫉妒。别的外地人扎堆的地方，容易内讧、打架，而他们处得很和气，本地人就不歧视他们，甚至淡忘了他们的身份，好像从来就是一个小区的人一样。

这对夫妇的生意虽然很火，但是他们的表情却很木讷。两个人各忙各的，之间很少过话，更甭说亲热的交谈。如果不是常客，根本不会联想到他们是夫妻。他们也很少跟顾客搭话，即便有的顾客跟他俩开句玩笑，他们俩也只是机械地笑一笑，算是领会了，不会多说一句话。店里除了包子之外，就是一盆老咸菜和一保温桶小米粥。有人建议他们增加一些小菜，他们也不采纳，他们有自己的理由：既然是包子店，口味就留给包子吧。后来照顾到有些顾客多余的口味，他们多备了两样，一样是煮鸡蛋，一样是咸鸭蛋。两样都放在明面的桌子上——两只小荆筐里，任需要者自由选用。他们的目光好像并不关注谁取了哪样，但结账时，老板会把相关的价钱“唱”出来，让你感到吃惊：他们的随意，其实是隐忍的精明。

老板娘头顶上悬着一个特别的物件——一条精细的金链子，系着一只琥珀样的东西，里边胶结的，似乎是一节人的手指。其实就是一节人的指头，纤细、苍白、清秀，有很长的指甲，指甲上有蔻丹之类的颜色，分明曾隶属于一个女人。

顾客最初看到的时候，心里有些异样，看得久了，感觉就变了——无论如何，不过是一件艺术品而已。但是，连同两人的冷漠，构成了小店一种神秘的气息。这给来小店的顾客一种心理暗示，来这里用餐不宜大声喧哗。但是，却给食客带来意外的好处：低头不语，专心咀嚼，包子真是香啊！所以，有心人得出结论：只要是货色好，其他的一切，是不重要的。

后来，一个城管队员闻风而来。

“都说你的包子好，先来两个尝尝。”他的大盖帽周正地戴着，有威严貌相。

两个包子“品”过之后，他把帽子摘了：“再来一屉。”

一屉是十六个，两个是一两，再加上尝过的两个，就快一斤了。老板犹豫了一下，还是说了一句本来不想说的话：“领导，您还是吃着看吧。”

城管队员脸一沉，把帽子戴上了一下又摘下来：“怎么，怕不给你钱？”

这个举动很有效果，老板不再说二话，把整整一屉包子给领导“请”上去。领导一点也不费力气地把包子都吃完了，还如数地付了钱。临出门的时候，朝老板娘的后背盯了一眼，撂下了一句：“真是看不出啊！”

不一会儿，他又回来了，原来他的大盖帽忘在了餐桌上。正在这时，老板娘回过头来看了他一眼——其实只是恰在这时，她回过头来。他便发现了一个事实：原来她胖大的身材之上，竟是一张极清秀的脸。他顿了一下，想说句什么，又似觉不妥，拎着帽子走了。

这一幕，门外忙乎笼屉的老板没有看见，只是在兀自纳闷：都说干城管的白吃白喝，肥得流油，怎么他居然还能吃下一斤包子？他的胃可真没良心啊。

从这以后，他天天来吃包子，而且总是如数付钱，跟一般的食客没有什么两样。

因此，老板对他的畏惧心就一点也没有了，而且每次还对他额外施以微笑。

但这种微笑，却产生了相反的作用——领导开始少给钱了，有的时候，甚至只是象征性地扔下一两张毛票。这几乎是老板预料到的，心里虽然发皱，甚至轻蔑，但还是不露声色地承受着，而且他的思维很灵活地往另一处发散：有个城管队员常常光顾他的小店，是个特殊的招牌，证明他的包子是有过硬的质量的。

后来他发现，那个城管队员每次吃完包子，并不立刻起座，而是久久地僵在那里。视线牢牢地盯在老板娘的腿上，像刀子认准了一处好肉，一定要剜下来一块一样。

“这个大兰子，还真的有爱人肉！”老板摇摇头，心里嘟囔了一句。

大兰子是老板娘的小名，他很少公开叫过，一是因为俗，二是因为感情的平淡，懒得给她那份亲切。

大兰子穿了一条短裤，两条肥腿露出的比例很大。由于她始终背对着顾客干活，从城管队员的角度看上去，只能看到她的两只腿肚子。她的腿肚子异常鼓凸，饱满圆胀得像两只大木瓜。老板从来没觉得它美过，甚至认为那是一种丑。而城管队员却对它很痴迷，眼神投入得跟他的身份很不符。因此，他有理由认为这个人趣味低下，属于特别好色的那种。更可气的是，大兰子好像能够感受到这种目光，腿肚子上的肉还一抖一抖地颤，似乎很乐意接受这种侵犯。

“真是下贱！”他心里很不舒服。进出了两次门之后，他拿了一把塑料拍子，很突兀地打在了大兰子的腿上。那“啪”的一声锐音，很是响亮，把所有食客都惊得愣住了。

“大明子，你干啥打我?！”大兰子跳了起来。

老板——大明子嘻嘻一笑：“没啥，有只蚊子叮着你。”

曙光灿烂，怎么会有蚊子？食客们没有看出破绽，但那个城管队员的脸却紧急地抽动了两下，不甘心地站起身来。

“走好。”大明子带着谄媚的表情说道。

城管队员从鼻子孔里哼了一声，毅然决然地跨出门去。

第二天早晨他又来吃包子，刚坐下来，他的脸立刻就红了。因为他看见大兰子一改往日的随意，居然穿上了一条肥大的长裤。他很羞恼，是那种不可言说的秘密被人发现之后的羞恼。因为无法发作，今天的包子他吃得很无味。他突然生出一丝凄凉，身份的优越感一瞬间迷失了。他的夫人长得很瘦，两条腿细得像两支秸秆，虽然是区里的一个干部，却也逗不起他的欲望，令他感到生活很无趣。然而这么个低级的处所，这么没有身份的一个厨娘，却有着如此富饶的性感，简直是欺负人。

他透过门帘看了一眼那个忙活笼屉的东北人，羞恼转化成一种勉强能压抑住的愤怒，“你，老板！”他喊道。

声音未落，大明子已挑帘而入：“有何吩咐，领导？”

“你的包子里有味儿。”城管队员说。

大明子绝不相信自己的包子会有质量问题，但是还是表达了歉意，给他换了一盘新的。

他刚要转身出门，身后又传来一个声音：“你站住！”

他回过头来，不解地望着那个发出声音的人。

“还是有味儿。”城管队员说。

大明子看见，新上来的包子，热气笔直地向上蒸发着，一点也不摇晃。虽然隔着相当的距离，还是能闻到包子纯正的香味。城管队员手里捏着半只包子——从新鲜包子里刚刚拿上来的第一只包子。才咬了两口，就发出这么确凿的信息，这是怎么回事呢？

大明子为了证实一下，他把城管队员手中的那半只包子捏过来，毫不犹豫地就放到自己的口中。他紧皱的眉宇很快就舒展开来，摊开双手："领导，就是这个味道啊。"

那个人霍地站了起来："我说有味就是有味！"

原来没有发现，这个人还有着一个伟岸的身材，高出自己两头的样子，如果他倾斜过来，一定会把自己覆盖了。近距离地站在他的身边，大明子感觉到了，自信便被压抑了一下。"您再尝尝好不好？"他嗫嚅道。

"不尝了，我怕坏了我的胃口，"城管队员逼视着他，"你看怎么办吧。"

面对这种局面，大明子真的不知道该怎么办，他笑了。他的笑，既不是巴结的笑、讨好的笑、乞求的笑，也不是掩饰的笑、歉疚的笑，只是笑而已。有一百种内涵，而又无丝毫意义。

城管队员却读出了一种含义，便是对他的轻蔑。他从牙缝里挤出来这么一句："小心让你关门。"

大明子的笑凝固了，惊愕之下管不住自己的嘴了，回应了一句："我等着你。"

为了不失威严，那个人没接他的话茬儿，带着满脸的严峻走了。他一走，悬念就留给了大明子，他颓然地坐在了城管队员坐过的地方。他不是在思考对策，而是因为脑子里出现的一片空白，导致了身体的失重。他呆呆地看着大兰子那肥阔的后背——不是他要看，而是因为坐在这个位置，他的视线只能停留在那个地方。这么一看，他的意识被唤醒了，感到了一股隐隐的刺痛。事情坏就坏这个女人身上。他心情复杂起来，忍不住拿起了桌子上的包子，一只一只地吞下去，转眼之间，为大肚量的城管队员预备的那份包子都让他装进肚里，他被撑着了，情不自禁地打起了饱嗝。饱嗝很响，所有食客都忍不住地看他。

这一看，让他突然有了主心骨——这些顾客几乎都是老面孔，大多他还能称姓道名，比如老张、老赵、小李、温师傅、胡大夫、卢经理、李美凤、穆小姐……他们的肚子与他的包子亲密相处的时间很长了，有了一种依恋关系，他们每个人都可以作为证人，证明包子的本分和清白。

“诸位，你们说包子有没有问题？”他向众人问道。

“怎么会有问题？有问题早就不来吃了。”

“这包子要是有问题，这附近就没包子可吃了。”

“脚正不怕鞋歪，他是鸡蛋里头挑骨头，成心刁难人，我说老板，你甭怕他。”

“这年头，有点小权力就要威风，眼里还有没有人？”

……

大家争先恐后地表态，让大明子很感动，他的饱嗝不治而愈。他继续忙活他的笼屉——顾客真是自己的衣食父母啊，不能怠慢了他们。

第二天，那个城管队员如期而至，还带着一个伙伴。矮室之内一下子多出了两顶大盖帽，空气立刻就凝重了。人们表面上是在埋头吃包子，但眼睛的余光都凝聚过来，要看看他们如何动作。

“老板，来两屉包子。”那个城管队员说。

大明子有心理准备，话音未落，包子就笑着端上来了：“给您预备着哪。”细心的人发现，他今天的笑，多少有些不自在，有明显的巴结的成分。

送上包子，他转身就出去了，在门外，他支棱着耳朵，所以，既是躲避，更是等待。

终于被一个厉声唤进屋去。这次不是那个城管队员，而是他的伙伴：“你怎么卖变质包子？”

“我从来没卖过变质包子，”他表情平静地环视了一下，“不信，您问问这里的顾客。”

那个队员一愣，也环视了一番，然后望着天花板：“那好，你们谁能站出来证明一下？”

一片沉默。不仅如此，连本来响亮的咀嚼之声，都听不到了。

大明子向众人投去求助的目光。

然而，却没有预期的人性的光芒——一部分人站起身来，默默地撂下几张钱币，走了；一部分人把头埋得很深，既遮掩脸孔，也遮掩嘴巴的动作和声音。

大明子木在那里，眼睛再也看不到人了。

这个场面，让那个常来的城管队员都感到难为情，他对伙伴说："算了算了，也别难为他了，象征性地处罚一下，相信他会吸取教训的。"

那个新来的城管队员立刻开具了一张罚单。"罚款你是现在就交，还是到队里去交？”因为大明子不接罚单，处罚者只好把那张纸压在装包子的盘子下，怕他忽略，那个人特意提醒道。

大明子指了指那只收钱的盒子："钱都在那儿，你们自己拿。"由于不可辩驳，所以只能承受。但是，他要维护自己最后的尊严，牺牲之前也要给对手制造一点难堪。

开罚单的人真的要去敛盒子里的钱，被伙伴拦住了："还是让他凑齐了，自己去交吧。"见大明子眼里燃烧着一种火焰，伪善者补充了一句，"怎么，还不服气？没让你关门就不错了。"

刁难者走了之后，大明子又一屁股坐在了被遗弃了的包子前。为了向自己证明包子的无辜，他像上次一样开始了新的一轮的吞咽，且有不可阻挡之势。

那可是近二斤的包子啊！

那部分沉默的顾客，被惭愧折磨得不能再沉默了，纷纷来阻拦他："老板，你可千万别跟自己过不去啊！”

他真想吼一声“都给我滚！”但生存的本能制止了他，反而堆出一脸似是而非的笑。在这样的表情下吞食包子，给人的感觉有点像钝刀子割肉，那些顾客难以承受，都从他面前的盘子里拿包子，分而食之。

大明子哭了。

顾客的善意举动，让他一下子看清了自己：自己不过是个可怜的外地人而已！

像乡间的榨油——油脂一旦浮出液面，就再也不能往下溶回一样，淡化了的自卑，一旦冒头，强烈的程度就再也不能消减了。从早晨开始，一直到现在——躺在夜的床上，大明子的心都深陷在自卑中不可自拔。

他身下这张床，是小区居民淘汰下来的自制铁床，竹篾做的床屉，稳定性很差，只要一翻身，就摇摆，就发出吱扭的声响。因此，他知道，大兰子也在陪着他受煎熬。既然都醒着，他很希望她能够跟他唠唠嗑，但她始终无言，且谨慎地翻着身，连大气都不敢出一口。这都怨他自己——每当遇到糟心的事体，他不愿意别人安慰他，因为抚慰的话，只能使他心里更烦，他会不近情理地跟她发脾气。大兰子也是个有自尊的人，不想自讨其辱。

他们的寝室，其实是他们的储藏室。他们没钱另租房子，就节俭了。房间一角堆着蜂窝煤，一角放着一台廉价冰箱，地上摊着剩余的蔬菜。冰箱的声音很响，还伴以间歇性的颤抖；蔬菜散发出的味道很浓，即便没有霉变，呼吸久了，也很难闻。躺在这样的地方，大明子感到自己不是人，也是一种物件。大兰子更是物件，因为她的体味很重，仿佛圪蹴在角落里的某种动物。

与一般的外地人不同，他流落到这里，不是为了讨生计，而是为了躲避生活。更准确地说是为了躲避习惯。

“该死的鲍金娜！”他心里骂了一句，很不情愿地翻了一个身。

鲍金娜是他的邻居，从小一起长大。鲍金娜从小就没有娘，只有个做伐木工的爹。上到初中，鲍金娜刚像只花朵含苞欲放的时候，她的爹被倒下来的大树砸死了。大明子一家收养了她。

大明子的爹是个做琥珀的手艺人。大森林里自然有天然琥珀，但数量少，人工琥珀就很有市场，因而他的家境就比较殷实。小美人鲍金娜在新家庭中也被娇生惯养。

好像这是应该的一样，鲍金娜很自然地接受着这一切，特别是大明子对她的呵护——大明子留给她的好吃食，她连让都不让一下，只顾自己享用；洪水断了道路，大明子给了她一个后背，她会很自然地爬上去，让他背着过河；她的衣服换得很勤，每次换下来，都会扔给大明子，看着一个男孩子很吃力地洗衣服，她一点儿也不难为情，站在一边唱苏联歌曲……

大明子很愿意伺候她，好像她已经是他的一个什么人了。

鲍金娜也觉得她就是他的一个什么人。

有个事件可以证明——

鲍金娜的美丽是事件的起因，一些男孩子总想占她的便宜。一天，一个男孩子在她的胸脯上揉了一把，鲍金娜对大明子说："有人非礼你的女人了。"大明子的血性立刻就上来了，拿了他爹切琥珀的刀子，就找到了那个男孩子，把人家的一节指头切了下来，还捡起来，喂了路边的狗。那一年，他不满十六岁，被劳教三个月。出来以后，他一点也不后悔，反而对鲍金娜的照顾更细致了。时间久了，如果不能为鲍金娜做点什么，他就很难受。他突然懂得了一种东西，即责任。什么是责任？就是照顾别人的习惯。

但是，到了谈婚论嫁的时候，鲍金娜却对他说："明子哥，我不能做你的媳妇。"

大明子感到很意外："为什么？"

"因为你对我太好。"

“这是什么理由？”大明子不相信，反问道，“你是不是有别的什么人了？”

“是。”鲍金娜的表情很平静，一点儿也不别扭。

“谁？”

鲍金娜告诉他，就是那个被他切了手指的人。

大明子糊涂了，说：“你到底是咋回事儿？”

鲍金娜说：“没办法，我见了他就走不动道。”

大明子气坏了，第一次对鲍金娜说了一句重话：“你可真贱！”

鲍金娜一点也不生气，反而还笑，笑得异常妩媚。

大明子便补充了一句：“你哪儿是人，简直是个骚货！”

鲍金娜居然点点头，娓娓地说道：“明子哥，你终于说对了——这男女之间，仅仅有恩德和责任是不够的，还要有感情的冲动，甚至是身体的冲动。”

大明子赶紧去捂她的嘴巴：“你这是一时冲动，等冷静下来咱们再说。”

鲍金娜拍拍自己的肚子：“明子哥，什么也甭说了，我肚子里的孩子都三个月了，你就等着做舅舅吧。”

大明子抬手就扇了她一个耳光。

鲍金娜大笑着走了。

接下来的几天，他们俩之间无话可说，只是还在一个饭桌上吃饭。大明子既难堪又心痛，碗里的饭难以下咽。鲍金娜却像什么也没发生似的，吃得很香。鲍金娜吃饭的时候，有个习惯，捏着羹勺，会很自然地翘起小拇指来。这是个俏皮的动作。以往，大明子会觉得它好看得不成，会情不自禁地把它放到嘴里吮。但是今天的感觉就不同，它深深地刺痛了他。他想起了什么，放下饭碗，离开了一下，再回来的时候，手里捏着那把切刀。

鲍金娜本能地皱了皱眉头：“你要干啥？”

“要你那节小拇指。”

鲍金娜反而舒展开眉宇，平静地说：“你要是真想要，就拿去吧。”

这就是问题的要害。大明子是一时冲动，话一出口就后悔了，如果鲍金娜求他，他会很体面地终止。但是，她却给出了这样的态度，使男人的自尊无处放置，失了退路。

指头被切了下来，鲍金娜冷冷地说：“咱们之间，扯平了。”

这是对大明子的进一步伤害，他索性把这只断指做成了琥珀，挂在了大家都能看到的地方。他要索取——要看到鲍金娜的痛苦。但是，鲍金娜却不以为然，每天看到，还要以欣赏的样子在琥珀前驻留一下。好像这不过是一件艺术品，与自己无关。

不过，这也导致了她迅速地把自己嫁出去，跟亲爱的明子哥风流云散、情断义绝了。

但是，对大明子来说，真正的痛苦也始于这一天——

坐在饭桌前，好吃的菜蔬刚夹到手上，他会情不自禁地看一眼鲍金娜常坐的那个位置，深深地叹上一口气，一点胃口都没有了。暮色之中，走在村街上，他会不由自主地朝鲍金娜住的院落走——他们相距得太近，那种冲动不可克制。他知道鲍金娜不习惯日常日子，用过的碗筷、穿过的衣服，都堆在那里，默默地召唤着他。去还是不去？虽然不是她的丈夫，但毕竟还是她的哥哥，还是有名义的。走到鲍金娜的门前，他却又站住了。这个地区有个风俗——对于背叛了男人的女人，男人或者把她杀掉，或者把她彻底忘掉，切不可跟她藕断丝连，否则，这个男人就失去了做男人的资格，任何人都可以埋汰他、羞辱他，就像对待一条癞皮狗一样。风俗既久，就成了人们的生活观念，就成了规范整个男人群体的行为准则，也就化为“男人”这个性别的人格基因。他大明子身上，流淌的，是富含这种基因的血——他曾跟自己的父亲、自己的伙伴一起，不止一次的，参加过羞辱别的男人的行动——掘人家的祖坟，给人家脖子上挂破鞋——华北地区，是往偷人的女人头上挂破鞋，而这里是往失尊的男人头上挂，羞辱的程度就深多了，那个男人一辈子都抬不起头来。在禁忌面前，大明子心生恐惧，他的脚不能再往前迈了。但是，照顾鲍金娜的习惯，深深地左右着他，使他徘徊不定，久久也安静不下来。

该死的习惯，难道这就是爱了？

他感到自己真的很卑贱：对一个背叛自己的女人，竟如此割舍不断。难道自己的脖子上，只配挂一只破鞋吗？

就在他进退失据，就要沦陷的时候，命运意外地拯救了他。

一个做皮货生意的同学，要押一车皮皮子到温州去，由于人手不够，求他帮忙。在外的半个月的时间，他发现，事情居然还会呈现出另外的一副模样——时空的阻隔，他不可能接近鲍金娜，去照顾她的欲望被迫地淡下去；经手陌生的事务，需处处小心，紧张之中，鲍金娜退居到次要的位置，飘浮的心，反而平静了。生意做完了，对自己的那种没头没脑的仓皇，竟然还生出一丝羞愧。他做出了一个决定：必须离开家乡，远离那个使自我迷失的环境。

走出村口的时候，在他依恋地回望之时，他见到了一个女子的身影。“唉！”他不禁哀叹了一声。他以为那是鲍金娜，只要她略有表示，他就走不成了。人到了跟前，原来是同村的大兰子。悬起了的心就又放下了。

“大兰子，你这是去哪儿？”

“我跟你走。”

大明子大吃一惊：“凭啥跟我走？”

“你自己知道。”大兰子简洁地答道。

以前村里就有人对他说过，大兰子在暗暗地喜欢着他，这一刻，一切都被证实了。

“你家里人同意？”

“我的事情我做主。”

“那你也得预备一些出行的东西呀。”

大兰子转过身来，说：“都在这里了。”

原来她还背着一个大大的包袱，整个人看上去，显得敦敦实实。

大明子心头一热，获取了一股从来没有过的力量，他手一挥：“咱们走。”

在火车上，他们相对着坐在车窗前。大兰子也不说话，只是低头笑。她的笑感染了大明子，他居然感到，虽然他们从来没有亲近过，大兰子早就是自己的人了。下了火车，他们立刻就被人流湮没了，怕走散了，他们的手紧紧地拉在一起。他一下子找到了做男人的感觉：有大兰子跟着，他一定要混出个人样来。

多亏了大兰子，因为她会蒸包子，得以在这个小区立身，不用费太多的周折，就找到了一种稳定的生活。在包子铺开张之前，他们又回了一趟老家，领到了一张结婚证书。外地人在这里长住，要“三证”齐全，这是个必须解决的技术问题。但在大兰子看来，这绝不是一个小小的技术问题，而是天大的生活问题。

所以，大兰子全身心地投入他们的生活。每天都是她先起两个小时——和面，醒面，买肉，择菜，剁馅，包前几笼屉包子，都准备就绪了，才叫醒他。被她的勤劳感动了，他会在半梦半醒之间抱一抱她。一旦彻底醒了，再作亲热的举动，他就有些难为情了。鲍金娜把他的热情都耗尽了，或者说，鲍金娜依旧占据着他的感情空间，对大兰子他爱不起来。

他把镶有鲍金娜手指的琥珀挂在铺面上的时候，大兰子是不高兴的，噘着嘴说：“你还在想着她。”

他掩饰道：“不，我是在嘲讽她，让她知道，没有她，我的日子过得更好。”

“鬼才知道你心里到底想什么。”大兰子只是嘴上说说，并不真的使气。

大兰子不傻，只是品性厚道，因为她相信，人一厚道，心就宽，日子就好。

所以，刚到这里的时候，她的身子只是那种结实而有型的胖，生意一红火了，就变成心满意足的肥大了。

大明子觉得大兰子是个好女人。

这个时候，大兰子像有感应一样，重重地翻了一个身，整张床大幅度地摇摆着，响成了一片。大明子知道，像自己一样，是烦恼把女人折磨得太苦了，不然依她小心陪伴的秉性，是不会做出这样剧烈的举动的。他没有发脾气，耐心地隐忍着。翻过身之后，大兰子身上盖的就闪了，整个身子就露了出来。大明子想到，虽然已进入夏天，但还没有到高热季节，后半夜的天气还是凉的，便又给她盖上。

就听到大兰子压抑着的抽泣。

“你哭什么？”

“都是因为我，你别对我这么好。”

在黑暗中，大明子摇摇头：“我不对你好，还能对谁好？”

生活在一起之后，大明子对大兰子出奇地体贴——她胃口壮，吃什么都香，他不会因为保持体形的问题，就限制她，而是以鼓励的眼光放任她；她半夜里闹肚子、发烧，他会叩开小区卫生室的门，赔尽了好话，给她把药拿回来；去年爱穿的衣裳，由于发胖不能穿了，她还坐在那里呆呆地发愁，他已经把新的一件给她买了回来；就说这半夜里给她盖被子吧，也已经成了他的习惯。

每当她问他为什么对她这么好的时候，他会说：“我也不知为什么。”

其实他心里很清楚，是大兰子给了他一种全新的认识：对不爱的女人，既然生活在一起了，就更应该尊重、爱护，这才像个男人。

时间久了，这种有意识的爱护，居然变成了自然而然的照顾，这一点，连大明子本人都没有想到。

他不止一次地自嘲过：这男人就是贱，只要有个女人跟你在一起，就会养成照顾她的习惯。

他觉得自己出来对了。

“既然都睡不着，咱就唠会儿嗑吧。”他说。

“随你。”大兰子说。

唠点什么呢？他们居然好半天没找到能唠得上来的共同话语，便醒着，沉默着，静静地躺着。两个人都感到对方是那么熟悉，又是那么陌生。

“唉！”

“唉！”

唉到最后，还是大兰子想到了一个话题，“就唠点咱家乡的事吧。”

“唠家乡的事儿，可躲不过鲍金娜。”大明子提醒道。

“躲不过索性就唠她。”大兰子说。

唠着唠着，天就亮了。大明子真心地把大兰子拥进怀里，很主动地跟她做了爱，他感到，他有点爱她了。

“今天去早市买肉，我去吧。”大明子说。

“你还是睡个懒觉吧。”每天都是大兰子去早市，所以她感到意外。

“不，还是我去，这是男人应该做的事。”大明子坚持道。

到了市面上，大明子的眼睛就不够用了。这里热闹得有些“杂”。所谓的“杂”，是他们老家的说法，有不正经、不地道的意思。卖桃子的，一个劲儿地往桃子上喷水，桃子滴着露珠，很新鲜。他摇摇头。

因为着过水的桃子搁不住，容易软。卖肉鸡的，抽冷子[1]就从袖筒里“袖”出个针管，往肉里注射些什么。他心里一咯噔。因为这种鸡，看着新鲜，吃起来就没味了。还有那个炸油条的，锅里的油黑乎乎的，油面也不沸腾，可油条放在里面，转眼就熟了，还焦黄焦黄的。他感觉别扭。因为纯净油热了是会沸腾的，炸出的油条有些发暗，但有咬劲，好吃。这么杂的一个市面，顾客居然视而不见，照买照吃，真是不可理解。但同时也给了他一个启示：这年头，好活人啊。

到了肉铺，他才知道，现在的肉案上，一头猪的肉，可以分解出不同名目的肉，而且价格不等。

卖肉的感到他脸生，问他：“买什么肉？”

他说：“猪肉。”

那人白了他一眼：“我是问你买哪种肉。”

他说：“精肉。”

“前臀尖还是后臀尖？”

他想，猪是犯懒的东西，前爪卧槽，后爪拉胯，前爪积的油水就多，所以他说：“后臀尖。”

那人多问了一句：“怎么个吃法？”

“蒸包子，我是小区包子铺的。”

“大兰子你认识不认识？”

“她是我媳妇。”

“既然是这样，我劝你还是买块血脖和肉边子什么的。横竖一个作馅，好赖也看不出。”

他知道，血脖的肉发黏，没人爱买，至于肉边子，就是肥、腻、

---

［1］ 趁人不备、突然。

差掺在一起的下脚肉了。便本能地摇摇头。

那个人也摇摇头，说："一斤后臀尖十二块，肉边子才三块，既然是做买卖，就得会成本核算。"

大明子心有所动，因为他刚刚被罚了款，这月的买卖亏欠了，正应该"核算"一下。

正在这个时候，一个开饺子店的人来买肉，毫不犹豫地秤走了十斤肉边子。

犹豫的大明子反而坚定了："不，我就要后臀尖。"

卖肉的苦笑了一下，说："真没见过你们两口子这样的。"

他的话，让大明子感到一丝欣慰，他到底是跟大兰子保持一致了。

提着肉往回走的时候，他突然想到了那个城管队员。哼，你说我的包子有味算什么？我不能让自己的包子里真的有味。他觉得自己已经不怕他了。

大兰子看了一眼他买的肉，"我真担心你会买肉边子呢。"

"为什么？"

"男人的心眼都太活泛。"

"嘁，我得对得起我们大兰子做包子的手艺。"

他的话有些爱情味道。

由于心中流动着温暖的东西，他对大兰子说："你今天到铺面上去，要穿得漂亮一些，穿上你爱穿的那条裙子。"

"你就不怕那个人？"

"怕什么，肉长在咱们腿上，他一块也剜不下来。"

那个城管队员果然又来了。

他要了一笼屉包子。

大明子很有心情地调侃了一句："您就不怕我的包子里有味儿？"

嗯？城管队员一愣，但很快就恢复了常态，阴着脸说："你刚被罚了款，谅你也不敢跟法律叫板。”

吃着吃着包子，城管队员自己咬了一下舌头。他发现老板娘今天又穿上了裙子，像雨后的日出，两条性感的小腿，裸露得格外晃眼。他不眨眼地盯着，心中的贪婪弄得自己直发慌。他知道自己有些失态，但是就是管不住自己，他又尝到了自卑的滋味。

大明子给一个新来的客人送了一笼屉包子，要出门的时候，突然转向正忙碌着的大兰子，给她揩了揩额头上的汗。

这个公然的爱情表示，让那个城管队员有了一个顿悟：原来老板娘的裸露，是对他有意的蔑视和羞辱。

他沉不住气了，拍了一下桌子：“你过来！”

大明子从容地走过来，笑着问：“领导，有啥事儿？”

“怎么，你的包子怎么还是有味儿？”

大明子的笑立刻就凝固了：“你在说什么？”

“我是说你的包子有味儿。”

大明子转身从面案上拿了一把刀子，向城管队员逼过来：“你再说一遍。”

城管队员脸上的汗唰地就下来了，但碍于脸面依旧努力地挺直了腰杆：“就是有味儿。”

刀子就真的下来了。他吓得紧紧地合上了眼睛。

久也感觉不到疼痛，他睁开了眼睛。他发现眼前有一根断指，是包子铺老板把自己的手指切下来一节。

他极为惊撼，世间居然有气性如此之大的人！

事情好像有些不好收场，他张口结舌：“你，你……”

大明子任断处的血兀自流着，平静地对城管队员说：“领导尽管吃包子，这事儿跟你无关。”

“你这是何苦呢？”城管队员的口气软了下来。

“我是想，这么本分的手，蒸出的包子还是有味儿，要它有何用？”

“买卖能做咱就做，不能做咱就关门，干啥剁自己的手指头？”待医生给大明子包扎完伤口，大兰子问道。

“不干啥，就想剁。”大明子说。

“你这个人真是奇怪。”

“不瞒你说，我时时有剁手指头的冲动，没人招惹也会剁的。”

大兰子下意识地看了看自己的手。

大明子一笑：“你放心，我是不会剁你的手指头的，剁了你，谁帮我包包子？”

“那可说不准，人习惯做啥，就爱做啥。”大兰子一脸的忧戚，“我看咱趁早把包子铺关了吧，省得招惹是非。”

“嗯，我也是这么想的。”

包子铺短期关着，人们认为那是老板在养伤，久不开门，顾客就疑惑了，有机会见到他，便问：“老板，你的包子铺什么时候开？”

“不开了。”

“为什么？”

“开得恓惶。”

第二天早晨一开门，见店铺门前蹴着一群人，而且都是他的老顾客，大明子很是惊异：“你们这是做啥？”

“我们等着吃包子。”

“对不起，买卖我们不做了。”

“为什么？”

“难做。”

人们什么也不说，陆续地走了。以为大家明白了之后，就不会再来了，所以望着老顾客悻悻远去的背影，大明子心里还难受了一会儿。

但是，接下来的几天，只要他一开门，总见到这群人在店前蹴着，总是问他：“老板，你家的包子我们吃习惯了，你看怎么办呢？”

大明子被问得心里直犯酸，仰头看了看天，他发现天上的太阳很温柔，光线一点也不刺眼，他昏沉的心突然开窍了——不管他心情多么恓惶，生意做得多么艰难，太阳每天照样升起，人们照样有吃包子的欲望。生活看似没有规范，其实规范早就在无形之中了——他的包子铺还得开下去。

他转身回到寝室，拍了一下从不睡懒觉此时却懒懒地窝在床上的大兰子：“快起来。”

“干啥？”

“去蒸包子。”

“生意不是不做了吗？”

“既然有人要吃包子，干啥不做？”

大兰子眼睛一亮，一翻身就站在了地上。

2007年7月24日于北京石板宅

淘金

羊坊小区是个“老”居民区。

二十世纪七十年代，华北供电局在这里建了一个大型变电站，数千名电力工人在这里会战，自然而然形成了这么一个居民小区。所以，这个小区住着同一类人，有共同的话语习惯，即便是相见不相识，只要开口说话，都觉得是熟人。小区是清一色的红砖平顶五层楼房，单元房的面积都很小，三居无厅，五六十平方米的样子。实际上就是家属宿舍。因为大家都一样，虽家居窄小，但心里宽绰，生活得和谐而自足。

小区是全天候开放的，小贩可以串街走巷，兜售小吃、小百货和农副产品，虽有些杂乱，但生气十足，人们欢喜。城管队员到小区来整顿，在轰赶这些小贩的时候，居民大多都是站在小贩一边，或为他们说情，或为他们提供庇护。时间长了，城管队就不来了，任其杂乱下去。

现在，这样的小区不多了，是老居民区独有的风景。

退休职工杨凤德有一男二女，是小区的第一批住户。儿子不喜欢当工人，辞职经商发了大财，在另一处时尚小区买了一套大房子，想让他搬过去，他嗤之以鼻。工厂扩建，顺便建了几栋大户型的新居民楼，也分给他一套，他给了大女儿，自己仍舍不得走。小女儿大学毕业进了当地的政府机关，由于单身，不享受福利分房政策，不得不跟他住在一起。但是，她忍受不了这样差的住房条件，时时弄出几声抱怨。他很是生气，对女儿不客气地说："我可没请你来住。"

"等我攒够了钱，买了自己的房子，你就是请，我也是不会来的。"女儿回敬道。

父女俩经常拌嘴，关系处得很冷淡。

杨凤德不烟不酒，就是喜欢吃肉，而且是顿顿吃大肉。星期六的中午，女儿因为昨天刚发了工资，便请父母去吃馆子，他问："吃什么？""现在时兴吃羊蝎子，我带你们去尝一尝。"女儿回答道。他知道，所谓羊蝎子，就是火锅羊排骨，便摇摇头："不去。"

"为什么不去？"

"大骨头棒子上可怜巴巴地沾着几个肉星子，吃着不痛快。"

"女儿好心好意地请你，你怎么这么不通情理？"在老伴的一再劝说下，他到底是去了。但是望着沸腾的火锅，他脸色阴沉，一言不发。

女儿给他要了两盘羊肉片："这火锅里可以涮肉。"

老汉立刻就有了笑容，急迫地涮了起来。肉把两腮撑得鼓鼓的，但他还不停地伸筷子，女儿便说："你甭担心，这两盘羊肉片都是你的，我们娘儿俩不跟你争。"

吃羊蝎子是个细致的过程，女儿翘着兰花妙指，一点一点地从骨头缝里往嘴里抠肉，样子十分优雅。老伴也学女儿的样子，弄得有滋有味。正品味出一点心得，娘儿俩愣住了。她们看到，老汉面前的两个盘子在转眼间已经空了，他本人则坐在那里发呆。

女儿问："还要不要？"

他说："要。"

“再要一盘吧。”

“不，两盘。”

看着老爷子那饕餮的吃相，女儿说：“你还是少吃点肉好，小心吃出高血压、高血脂，年纪一大，会中风。”

“你甭管。”老汉的语气很霸道。

从馆子出来，娘儿俩都不理他，他却心满意足地甩开了两只胳膊，脚下一踋一踋地，像只鸭子。

娘儿俩不禁对了一下目光。母亲说：“你爸他就是这样，总也长不大。”

进了小区，碰上搬家公司的一辆卡车停在一个楼门跟前，车上摞满了家什，搬运工总也捆不好固定的绳子，正与主人商量对策。杨凤德老汉围着车子转了一遭，看出了门道。对主人说：“我来。”

主人认识他，笑着摇摇头：“老杨，专业的人都不成，你能有什么办法？”

老汉一句解释的话都不说，翻身就上了车子，攀到了高高的家什垛上，三横五纵，把绳子捆牢了。然后无声地跳到地上，轻得像一根羽毛。

大家惊叹不已，这哪里是一个年过七十的老人！

老汉很自得地站在那里，当了三十年的架线工，这点小事何足挂齿。他心里说。

主人赶紧递上一支香烟，老汉一摆手：“不抽。”

“那让我怎么谢你呢？”主人说。

“好办。”老汉指了指车上，“一只破铁锅也拉到新房里去，寒碜不寒碜？不如让我给你处理了。”

主人立刻就羞愧起来：“就是。”

老汉提着那只破铁锅，笑着对老伴说：“这顿饭吃得值。”

老伴撇一撇嘴："你丢人不丢人？"

杨凤德老汉在职时常年在野外作业，没有午休习惯，他想着这个时候应该干点什么，不然就对不起那满肚子的鲜美羊肉了。

他直奔楼侧的车棚。

职工们一般都没有外财，买私家汽车的很少，出行大多是靠自行车，所以，那个车棚是这栋楼的公共停车场地。但是，车棚的一角，很大的一块空间，都被杨凤德占据了——他用来放置他捡来的废品，也就是人们常说的"破烂儿"。他捡来的破烂儿品种真是齐全，易拉罐、啤酒瓶、包装盒、废报纸、破铜烂铁、钢筋头、旧鞋布片、塑料编织袋……除了一般居民区的生活废弃物之外，由于是特行的家属楼，多了像铜铝线、高压线卡子、闸刀开关、断脚螺丝等遗弃物品，是有颇高的"含金量"的。平时只顾了捡，而无暇整理，便随意堆在那里。这自然会对别人的进出造成影响，邻居对他颇有意见。他要借这个机会，好好整理一下。

他按类别整理，既急迫，又有条不紊，一切弄得妥当之后，已是满头大汗。那只破铁锅就放在金属类废品堆的最上端，倒扣着，像肥大的武士却戴着一顶过小的头盔，虚张声势、滑稽可笑。嘿嘿，他也觉得可笑。但他笑的不是这个阵式，而是笑自己突如其来的精明——这只铁锅足有四斤重，按每斤五角钱计算，可以获两块钱的收益。这两块钱意味着什么？两张刚出锅的大饼！

笑着笑着，头突然晕了一下，眼前先是一黑，然后是冒出来一片碎花。

到底是年岁大了，累着了。

他只好坐在报纸堆上，好好喘息一下。

小女儿让他少吃肉，省得血压高、血脂高，其实他已经都高了，但是，绝不能承认，因为一承认，破烂儿就捡不成了。

刚捡破烂儿的时候，小女儿就激烈反对：“你现在领的退休金，比我拿的工资都高，不好好颐养天年，捡什么破烂？”

他知道，小女儿是觉得，作为一个机关干部，却有着这样的一个老爸，面子很不好看。但他不想解释，只是简短地说了一句：“你是你，我是我。”

“那好，你要是得了病，我可不伺候你。”女儿说。

“缺你！”他说。

眼前的碎花散去了，他发现眼前竟站着一个人，是个收破烂儿的。

“大爷，您的破烂儿卖不卖？”

“不卖。”

“为什么？”

“你给的价儿太低。”

“我们收破烂儿的，挣的就是那点儿差价。”

“我不让你挣。”

杨老汉的话茬儿过于生硬，那个收破烂儿的觉得没法跟他对话，摇摇头走了。

人家一走，老汉的心却仓皇起来。收破烂儿的已经知道这里有一堆值钱的东西，一准就惦记上了，只要你稍一错眼珠，他就会自己来“取”，那可就损失了。

不成，我得赶紧把这些玩意儿拉到废品收购站去。他对自己说。

他找来一辆三轮车，急急忙忙地装满了车。但骑上车去之后，双脚绵软得不听使唤，蹬了好半天，车子仍在原地打转。只好扶在车把上，等待体力恢复过来。

正在这个时候，女儿下楼来，她要去做头发。见到老汉这个样子，生气地说：“小区里就有收破烂儿的，你干吗不就近卖给他们？真是舍命不舍财。”

女儿的话，强烈地刺激了他，他身体里突然运出来一股邪劲，狠狠地蹬下去，车子居然朝前走了。

车子如愿地走下去，老汉的自尊心得到满足，孩子一般呵呵笑着，心里却骂了一句："你他妈的懂什么。"他对女儿有老大的不满意，认为她除了臭美、贪吃、好面子、追时髦之外，一点过日子的本心都没有。他看重这个"本心"，认为它是立身的根本。所谓本心，就是不偷奸取巧，不指望天上掉馅饼，一切靠自己的双手——诚实劳动，埋头苦干。在做人上，要不虚荣、不攀比、不势利、不好高骛远、不患得患失、不自轻自贱、不看别人的脸色行事，始终不忘普通人的身份，一辈子只是为自己活人——有钱了，不露富；家底薄了，不哭穷；过得好了，夹起尾巴；混得低了，挺直腰杆——朴朴素素，平平常常，本本分分，自自得得。说我舍命不舍财，你哪儿知道你老子的心思，不是贪图多卖的那几个钱，而是心疼到手的这些东西，要物有所值哩。他越想越来气，朝着空中说了一句："我跟你没有共同语言。"

废品收购站在城南的一块沙地，距羊坊小区足有三公里的路程。但依杨老汉的感觉，居然转眼的工夫就到了。他直感慨：明明是脚底无力了，怎么一跟女儿斗气就精神抖擞了呢？看来人必须有对立面——一有对立面就要斗争，一斗争就会焕发出革命干劲——换句话说，人不能太顺当了，不能太安逸了。想到这些，他的心情好了起来，觉得小女儿也有可取之处，在他的三个儿女中，是长得最像他、最受看的一个。

由于他是卖废品的常客，这里的人都认识他，过磅的人对他说："杨师傅，你今天的脸色可有点不好。"

"瞎说。"他蹦出来这么两个字。

"我说，杨师傅，这大中午的，天儿太热，你可得注意点身体。"那个人还是把关心送过来。

“甭管。”

这老爷子虽然脾气有点倔，但过磅的人体恤他的年纪和勤劳，分量给他过得很足。他拍拍那人的肩膀，算是感谢了。他更坚定了自己的一个看法：这人一在低处，心眼儿就好。

由于感动，他一鼓作气，又跑了两趟，把车棚里的东西都拉过来了。卖废品的钱都是些毛票子，便把他贴胸的口袋撑得鼓鼓的，他觉得不安全，顺势拐到小区门口的一家银行，存了起来。

把三轮车放进车棚，他在放废品的地方站了一会儿。虽然那个收破烂儿的人没在面前，也是站给他看的。意思是说，你到底是精明不过我哩。

上楼的时候，脚底突然又绵软起来，接下来又是天旋地转，一片碎花。

很想停下来，但心里有个声音命令他：必须躺到床上去。

一躺到床上，立刻就失去了知觉。

再醒过来的时候，已到了后半夜。老伴和小女儿都守护在床前，眼神都是那么莫名其妙，怜怨交织，极不质朴。他难为情地笑一笑：“我这是怎么了？”

“你自己知道。”老伴的口气很不温柔。

小女儿把他的头托起来，冷冷地说：“吃药。”

“吃什么药？”

“牛黄清心。”

“吃它干吗？”

“预防中风。”

“这药可贵。”

“当然，比你那堆破烂儿要贵多了。”

这话在杨老汉的心尖儿上切了一刀：“不吃。”他挣脱了小女儿的手，把头重重地放在枕头上。

“怎么，你还有理了是不？”小女儿不允许他任性，又把他的头托了起来，甚至还要撬开他的嘴巴。

杨老汉猛地坐了起来：“我自己吃。”

亲情刻薄，不从为尊。为什么还是要顺从？连他自己都感到纳闷。

吃过药，能安静地躺在床上的时候，他立刻就明白了：他的确不能躺倒，放废品的地方已经空了，必须有新的货色来补充。

杨凤德老汉躺到了第二天中午，躺得有些不耐烦。他起身在地上走了两遭，发觉自己的头已经不晕了，便兀自笑了起来。到底是饱经风吹日晒的身子，底子好哩。

他轻轻地拉开一道门缝，听到另一个房间的电视里正动情地道白。觉得那娘儿俩已被剧情吸引了，便悄悄地溜出门去。

下了楼，他直奔就近的一个垃圾箱。那个箱子比较深，他的半个身子都钻了进去。这个情景被跟踪而下的小女儿看到了，她羞恼极了，想上前把他薅回来。但刚要探出身子，自己的后背却被另一股力量薅住了。回头一看，是妈。妈对她小声地说：“就由他去吧，不然他一生气，真的弹了弦子[1]，那就不好办了。”

娘儿俩上楼去，在阳台上偷偷地望着他。

见到杨老汉从垃圾箱里淘出来一些物件：两个纸箱子、三个罐头盒、四听易拉罐、五只啤酒瓶，还有一条断了接头的破皮带。他高兴于自己的所得，兴奋地搓弄着自己的双手，得意得像个孩子。

“我怎么会有这么一个爹！”女儿嘟囔道。

“嗐，他就是这么个人儿，你又不能换个爸。”妈说。

---

[1] 中风。

女儿听得出来，妈的话表面是附和，实际上是反驳，便气哼哼地说了一句："都是你惯的。"

杨老汉依次把这幢楼的垃圾箱都淘完了，兴致就更高了，他索性骑上三轮车，朝别的区域驶去了。

妈对女儿说："你去跟着他。"

女儿噘噘嘴："我不跟。"

"他究竟是你爸，又刚闹过毛病。"妈有些不高兴，"你不跟，我跟。"

妈一辈子都没学会骑自行车，怎么跟？小女儿不情愿地走下楼去，骑上自行车，心情复杂地尾上去。

杨老汉把整个小区的垃圾箱都翻腾遍了，三轮车上的收获晃晃悠悠的，很壮观。他从容地蹬着车子，哼起了一支哼了一辈子的京西俚曲——

小河边有只缸哩，
缸是木缸。
缸前蹲着个人儿哩，
人是他二大娘。
二大娘她来淘米哩，
糙米闹（淘）得黄。
它怎么就这么黄哩，
恓惶得心里忙。
忙上前咬句话哩，
一屁股摔破了缅裤裆。
当个哩当，当个哩当……

他唱得旁若无人，俚词儿便清晰地钻到小女儿的耳朵里，她的脸兀自烧起来，心里不由得骂了一句："真是个老不正经！"

哼小曲哼到街心花园的凉亭前，车子突然站住了。他不停地向那里张望。

那里坐着一对恋人，很年轻的一对。他们吃着小吃，喝着饮料，有说有笑。他们情浓得旁若无人，男的甚至把嚼过的东西喂到女的嘴里去。

杨老汉摇摇头，嘿嘿地发笑。本来无意识的笑，传过去之后，就变成了别有用心的窥视。

"有人在偷看。"女的提醒男的。

"谁？"男的问。

女的朝这边努努下巴："那个糟老头子。"

"什么年纪了，还这么花。"男的朝这边瞪了一眼。

由于扫了兴致，两个人站起身，悻悻地走了。

二人刚一离开，杨老汉就从车上翻身而下，像抢占阵地一样，急迫地冲了上去。

再踅回来的时候，他手里拿着几样东西：人家垫屁股用的两张报纸，两听还有残留汁液的鲜橙多易拉罐，还有半卷卫生纸。

他乐得合不拢嘴。虽然在垃圾世界里徜徉了那么久，取得了那么大的成果，但这么点小小的收获还是能给他带来那么大的快乐——什么人呢。

尾在他身后的小女儿却有别样的心情，她心头一酸，眼泪居然在眼眶里打起了转转。

她预感到，她的老爸，早晚得闹出毛病来。

半年后的一个下午，她的心绪异常烦乱。因为后天就要参加后备干部资历考试了，要看的书、要背的概念很多，她觉得时间太紧，有些着急。正在这个时候，她接到了邻居的一个电话。邻居说：“三丫头，你快去吧，你爸住院了。”

预感终于应验了，杨老汉果然中风了。

她赶到医院，看到老爸躺在监护室里，手上打着点滴，鼻孔里插着吸氧的管子，以为不成了，喊了一声“爸”，便扑在老人的身上，失声痛哭。

老妈拍了拍她的后背：“别哭了，他已经被抢救过来了。”

听了这话，哭声戛然而止，她倏地站了起来。看到老爸细眯的眼睛里，眼神是清澈的，她不禁转过脸去。她难为情死了！平常时，父女俩总是斗嘴，好像谁也看不上谁，尤其她这个做女儿的，对老爸有掩饰不住的嫌弃，似乎感情已逝去了。但在这个特殊的时刻，这下意识的爆发，使她发现：对老爸，她原来是爱的。为了这个意外的发现，她感到羞愧。

杨老汉发出一声呜哝。

他虽然神志清醒，但暂时还没有恢复语言能力，他是在向女儿打招呼。

女儿转过身来：“都是因为你不听话。”

老汉咧了咧嘴，那是在笑。

她向主治医生去了解情况。医生告诉她，多亏了老汉的身体素质好，已经安全度过了危险期，在监护室里再观察两天，如果没有反复，就进行常规治疗，估计用不了十天，就可以回家调养了。怕她担心，医生强调了一句：“我看问题不大。”

既然问题不大，她开始考虑护理的技术问题。

老妈也七十多岁的人了，心脏又不好，不能让她担惊受累；哥哥出差了，也赶不回来；至于姐姐，外甥女正要中考，是个关键时期；她本人也要应付后备干部资历考试，也不好脱身。她当着病人的面，跟老妈商量，最好是请个护工。

杨老汉一听要请护工，又不停地呜哝起来。

她知道那是老爸在表示反对，便对他说："不是我不想伺候你，而是我要参加后备干部考试，你要知道，这对机关干部意味着什么？意味着能不能有个好的前程。"

杨老汉似乎没听懂，依旧呜哝不止。

"你可真自私！"她愤愤地说了一句。

杨老汉不呜哝了，但紧紧地闭上了眼睛，从眼角挤出大颗大颗的泪珠，竟一串一串地连接起来。

老妈唉了一声，用衣襟去给他揩，老汉竟狠狠地推了她一把，如果不是小女儿扶了一下，就栽倒在地上了。

这真是令人心碎的场景。小女儿无奈地说道："得，算我倒霉。"

话音未落，竟看到杨老汉挂着泪珠的脸上已经堆满了笑纹。

从流泪到发笑，连个转换的过程都没有，直让小女儿感到：这人可不能活得这么老，人一老，就变得恬不知耻了。

老汉一躺进医院，就陆续有人来看望他，包括厂里的领导、工友、邻居和亲戚，还有那个常到小区来收破烂儿的。老汉犯病就跟他有关——那天他们俩同时发现了路边有两只大纸箱子，同时冲了上去。在争抢中，老汉的身子慢慢地萎缩下去，直至流出口涎。他当时被吓坏了，丢下老人和纸箱子跑了，后来总觉得心里不安妥，就来了。他说："老师傅，对不住了。"杨老汉闭上眼睛，不瞧他。那个人又说："老师傅，你放心养病吧，羊坊小区是你的地盘，我以后不去了。"

杨老汉立刻就睁开了眼睛，嘿嘿地笑了起来。那表情分明是说：你又输了。

来人自然要带些营养品，大多是一些流质食品，包括奶品、八宝粥、蜂王浆等。他对小女儿比比画画，意思是说，这些东西我不爱喝，大热天的你很辛苦，尽管喝就是了。

小女儿喝的时候，他专注地看着她。待她喝完了，眼神倏地就亮了起来。以为这是父爱的表示，小女儿回以微笑。她顺手就把饮料瓶子扔进房间的垃圾桶里，老人的眼神立刻就黯淡下去，发出重浊的一声叹息。她明白了，老爸不是在稀罕她喝饮品，而是在稀罕装饮品的瓶子。

为了哄他高兴，她不得不把瓶子给他捡回来，但心里很不舒服，赌气地说："我不喝了。"

女儿不喝，老汉却自己喝。虽然他很腻歪那些饮品的味道，但每天都大量地饮用。随着空瓶罐的增加，老汉能说话了。

他张口说的第一句话竟是："小三儿，你爸我有钱。"

小女儿一惊，随口问道："有多少？"

老汉也一惊："甭问。"

"你攒钱是不是要给我？"小女儿试探着问。

"不给。"回答得十分干脆。

小女儿装出伤心的样子，说："你看，为了照顾你，我连升官的考试都放弃了，你也忍心？"

以为老爸会因此而改口，竟听到了这么一句："你一个女孩子家家的，当官儿干吗？"

耽误了女儿的前程，老头子居然一点歉疚都没有，女儿气坏了，脱口说道："我不认你这个爸了。"

老汉嘿嘿一笑："我不怕，不管你认不认，我横竖都是你爸。"

老汉终于出院了。由于还有些行走障碍，得借助拐杖。医生嘱咐说："你们家属每天都要照顾他在室外走一走，对全面康复有利。"

小女儿利用工余时间陪他在楼下行走，下意识地搀扶着他。老爷子很倔强，甩掉她的胳膊，他要独立行走。他的身子很重，但腋下的拐杖却支撑得无声无息。他是有意而为之，他不想听到自己身体之外的任何声音。

走到一处，他停住了。原来脚下有一只被压扁了的可乐听罐。

他用拐杖够它，可是越够越远。

最后，他试图扶着拐杖蹲下去，亲手去捡。

小女儿见状，喝住了他："你不要命了！"

中风恢复期的病人一旦跌倒，后果是严重的。小女儿的声音很是尖厉。老汉吓了一跳，止住了。但眼神依旧"粘"住那只听罐，摇了一下头。

女儿俯下身去，给他捡了起来。从女儿手里接过来的时候，动作急迫得近乎抢，然后不停地摩挲，像摩挲一件稀罕的宝物。

爷儿俩坐在街心花园的长凳上小憩，女儿问他："你和我妈都是拿退休金的，衣食无忧，干吗还像个破落户似的，不顾一切地贪几件破烂儿？"老汉告诉她："起初是为了锻炼身体，后来就管不住自己了——也真是奇怪，以前受穷的时候，想捡点儿破烂儿都是很难；现在不用捡破烂儿了，那些东西却随处可见，总是在你眼前晃悠——也想视而不见，但每件东西都能变成钱哩！可以说，走在路上遍地是金。遇到金子而不捡，这对我们这些过来人来说，是做不到的，觉得那是一种忘本，是一种罪过，与本心不符，所以就捡。捡来捡去，捡成瘾了，好像那些破烂儿就是日子，如果不捡，就等于不会过日子。"

"那也得悠着点儿，破烂儿就是破烂儿，看得太重，人就不正常了。"女儿说。

"你不用教训我，我什么不懂？"老汉不爱听女儿说话。

奇怪的，女儿不但没有说服老爸，自己还发生了微妙的变化。

那天，她坐在办公桌前发呆，无意之间看到了角落里的一堆过期报纸，心里一动。

机关里订着几种报纸，有的是必须订的，有的是摊派的，每到十天半月，就会积起来厚厚的一叠。机关后勤人员会不请自来，适时地敛走了。大家也知道这些后勤人员所做的，绝不是什么公务行为，只是贪个“小”而已。但想到他们都是从农村招来的临时工，获点儿小利也是情理之中的事；而且，能有人帮着清理环境，总归是件好事，便都不在意。

心动之后，居然就有了行动。她找来了几根包装绳，把报纸捆扎起来。同事问时，她很自然地回答是为了糊顶棚。

同事很纳闷儿：“你们家不是住楼吗？”她随口答道：“是乡下的亲戚用。”

她把成捆的废报纸拿回家交给了老爸，杨老汉愣住了，这还是自己的女儿吗？愣过之后，他嘿嘿笑了起来，说：“小三儿，爸请你吃羊蝎子。”杨老汉是一片真心——最反对他捡破烂儿的小女儿，居然主动帮他收敛破烂儿了，他真快活啊！快活之中，父爱竟突然就肥厚了。

老少三口就又吃了一回羊蝎子。这一次，杨老汉没有在火锅里涮羊肉片，而是笑吟吟地陪娘儿俩吮大骨头棒子上的肉星，好像他从来就不拒绝这种美味，也好像他开始懂得保健了。

小女儿喜在心中，待机关的报纸堆到一定程度，她就又给老爸捆了回来。打这之后，居然成了她的一种习惯性行为。有一次她陪领导出了一次差，回来的时候看到报纸已被后勤工人敛走了，心中竟生出隐隐的一丝不快。“我怎么会这样？”她不禁问自己。

往家里带报纸的时候，起初还编个理由，到了后来，她索性什么话都不说了，尽管带就是了。对她的做法，同事们颇不以为然，不屑的眼神毫不遮掩地闪烁着。她竟能泰然处之，心里想，我连后备干部考试都能放弃，甭说吃你们几个白眼了。时间久了，她的名利心居然也淡了下来，觉得她老爸的说法是对的——一个女孩家家的，没有必要把心思全放在当官儿这种事儿上，只要有份职业，能够让自己安身立命，就挺好。

她每天的心情都很好。内心安静，笑容灿烂。

父女关系，竟渐渐改善了——女儿不再嫌弃老爸，老爸也觉得女儿到底是自己亲生的，还是有共同语言的。他们之间的亲情，深了起来。

一天，在那个车棚里，小女儿给老爸当下手，为那些成堆的破烂儿分类。她干得很投入，白皙的脸蛋上，细密的汗珠亮晶晶的，格外生动。杨老汉心头一热，说道：

“小三儿，你将来一定会嫁个好人家儿的。”

女儿一乐：“你可别这么说，我这么好吃懒做的，哪个敢要呢？”

杨老汉听出了女儿的话外之音，脸红了起来：“嘿嘿，你可是国家干部，别跟工人阶级计较。”

“这你就错了，国家干部也是工人阶级的一部分，是平等的关系。”女儿逗他。

杨老汉也想幽默一下，但找不出词儿来，嘿嘿地笑了半天，竟说出了这么一句：“小三儿，老爸枕头里缝着一个存折，我想把它给你，帮衬你买套房子。”

“你舍得？”

“以前不舍得，现在舍得了。”

“为什么？”

“我看得出来，我们小三儿还是有本心的。”

“爸。”小女儿动情地叫了一声，然后平静地说道，“存折你还是自己缝着吧。”

“嗯？”

“你的钱来得太辛苦，我不能要。”

“那你拿什么买房子？”

“我自己攒。”

“怎么攒？”

“捡破烂儿呗。”

“你可不能学我，你毕竟是国家干部哩。”

2007年8月19日于北京石板宅

皮实

孔繁仁身膀很硬朗。五十多岁的人了，每顿还能吃三张摊坨子。

摊坨子是一种农家饭。闹饥荒的年头，玉米面、白薯面、高粱面、黍子面、荞麦面，以至于玉米轴磨成的淀粉，凡是能形成粉状的、可入口的东西，都可以成为摊坨子的原料。这是粗粮细作，是糊弄肚子的把戏。这些原料黏性差，不能抱团，便均要掺上作为黏合剂的榆皮面。所以，在那个时候，乡下的榆树多是裸体的。现在日子好了，温饱已不成问题，但他还是以吃摊坨子为主。现在的摊坨子，面粉和杂合面各占一半，心情好时，和面时还要打上一个鸡蛋。因为自身就有黏性，榆皮面用不上了。按说，免遭剥皮命运的榆树应该茁健起来，却纷纷死掉了。街道、原野、渠岸，原来榆树茂盛的地方，竟很少见到它的影子，成了稀有树种。不知是怎么回事。

吃摊坨子对孔繁仁来说，不是口味问题，他对人说，是饿怕了。

今天的月色极好。月牙虽然瘦得跟镰刀一样，但天空大晴，它自身没有一丁点皱褶。今天砖厂老板额外给了他二百块奖钱，内心美得饱满。他摸出来一瓶酒，理直气壮地缓喝。老伴要给他颠俩下酒菜，他摆摆手。从偌大的腌菜缸里抄了两只辣椒和一小撮香菜根儿。腌酸菜是乡下人固有的手艺，但大多数家庭都失传了。他的家庭也失传了一截日子。一天，他看到扒下来的白菜帮子，切下来的萝卜缨子，摘下来的香菜根子，就那么平白无故地扔在地上，他心疼了一下，便摔门出去了，再回来的时候，竟扛着一口大缸。缸蹾在地上的声音很沉闷，他随之说了一句："腌菜。"

他捏一尾香菜根，喝一口酒，渐入佳境。颈项喝成了血脖子，在上边抓一抓，又肿又痒，舒服极了。他看了一眼酒瓶子，商标上"门曲"两个字中的"门"字，竟晃悠起来，像一挂被和风吹动的门帘。这种酒就产自本地，是乡办酒厂的产品，原料是当地的柿子。酒的味道有些苦，跟柿子的"涩"有关，仅卖两块五毛钱。现在，这种价位的酒，少见得很，孔繁仁有幸灾乐祸一般的欣喜。卑贱的人喝卑贱的酒，两相适宜，自足而幸福。

"多亏了有门曲啊！"他禁不得叹了一声。

正房里（他和老伴住偏房）传来一阵嗲里嗲气的笑，那么没有节制，他浅微的快乐一下子就显得微不足道了。他皱了皱眉头。

笑的人是他的儿媳妇宋丽娜，她刚才用他的奖钱到街上去买了两份肯德基。或许她吃出了兴味，或许他的儿子孔大成正跟她骚情。骚情，是京西土话，状男女之间，黏乎得旁若无人、不管不顾，甚至恬不知耻的样子。

"屌！"他骂了一声。

他的骂是有根据的。

儿子中专毕业后好几年找不到工作，就到街上闲逛，认识了在歌厅里做小姐的宋丽娜。他总是到那个地方去，弄得孔繁仁很是腻烦："你怎么不学好？"

"去歌厅就不学好了？你真是老土。"

"你倒有理了？"

“自然有理，”儿子反问道，“你知道去歌厅的都是些什么人？”

“你说都什么人？”

“不是领导就是经理，反正都是有身份的人。”

“你有什么身份？”

“正因为如此，我偏偏就去了。”

“你哪儿来的钱？”

儿子愤怒了，把手中刚点燃的一支香烟扔在地上，踏上一只脚，狠狠地踝了一下：“你不要跟我说这种问题！”

孔繁仁哆嗦了一下，嗫嚅着走了。

有一天，他不能不跟这个败家子儿说“这种问题”了，因为他发现他放在米仓底部一个布包里的存钱明显地少了，他感到事态严重。

他先喝了几杯酒。因为没有酒热垫底，他张不开口。

“大成，你是不是拿了爸的钱？”他小心地试探着。

儿子脸一阴：“嗯。”

孔繁仁的眼前立刻就黑了一片，手中的酒杯竟自动地朝着儿子飞了过去。

孔大成一歪脖子，酒杯碎在了身后的墙上。他笑了一笑，站起身来，从兜里抄出一把弹簧刀，啪地弹出锋刃。孔繁仁一惊：“怎么，你还要凶你老子？”

“不，你不配，我要凶我自己。”孔大成怪怪地笑着，在自己左手的食指上割了一刀。由于孔繁仁见了刀子，本能地生出一种高度的警觉，锋刃割过皮肉的声音虽然弱微，他却捕捉到了清晰的锐利。他的心脏像长出了脚，狠狠地在他的胸腔里踹了一下：“你？！”

孔大成把鲜血淋漓的指头放进嘴里有滋有味地吮着，笑吟吟地看着对方。

孔繁仁恐慌地低下头去，满肚子的话一下子空了。

“怎么不说话了？如果你还出气不匀实，我就把手指头给你割下一节来。”

孔繁仁摆摆手：“你且留着吧，当小偷的，指头不圆全哪儿成。”

“那好，听你的，这节指头就暂且给你留着。”孔大成在皮鞋底子上蹭了蹭刀刃上的血迹，收进兜里，轻蔑地笑笑，扬长而去。

孔繁仁一下子木在那里。

“手指头明明是你自家的，却要给我留着，真不是个东西！”孔繁仁想骂几声——懦弱的人一般都是在对手不在场的时候，做淋漓之骂的，但他只咽了咽唾沫，在自己的大腿上捶了一下，陷在沉默里。

小时候比现在还穷。连买一支铅笔、一块橡皮的钱都不好弄到。他从邻人的鸡窝里“拿”了一只鸡蛋，既惊且喜地朝村里的小卖部走去。他算计着，一只鸡蛋可卖六分钱，两分钱买铅笔，两分钱买橡皮，剩下两分犒劳自己两粒块糖。这是自然而然的事。但邻人却追了上来。他心里一沉，很宽容地摇摇头，“真他妈的小气！”顺势就把鸡蛋捏碎在衣兜里。然后站在那里，目光坦荡地迎向邻人。邻人说：“你拿我家鸡蛋了。”他装作生气的样子，摊开双手，反问道：“你讹诈谁？”邻人把目光投向他的衣兜，他把衣兜往平了抻了抻，依旧反问道，“像有颗鸡蛋吗？”邻人的眼光迷惘了，摇摇头。他立刻就气壮理直了，嘲弄道：“你以后要管好自家的鸡婆，别到处乱下蛋。”

儿子长大了，在一个亲情氤氲的时刻，他给儿子讲过这个故事，为的是炫耀老子的智慧。今天看来，他犯了一个大错误——因为授人以柄，在最该庄严的时候，也只能承受轻蔑了。

“冤家啊！”他找不到做父亲的感觉。

他开始转移裹钱的布包。先放在墙角的一个老鼠洞里，马上就想到老鼠的啮啃；放到房梁上，马上就想到儿子的个子比他还高；放到腌菜缸底下，马上想到会霉烂——看来只能放到信用社去了。但马上又想到，如果存折丢了怎么办？几次“马上”下来，虽折腾出了一身汗，但还是找不到一处妥帖的地方。他马上觉得，这钱真的是一种祸害，只要多多少少有一点，这人就活得不安生了。

“这日子混的，连个藏钱的地界都找不到！”他颓然地坐在那里。

老伴目睹了整个过程，这时撇了撇嘴：“就你那几个大子儿，还值得藏？”

老伴的话，像剥开眼翳的一根针，虽然让他隐隐地疼痛，但眼前究竟是亮了一片。对，哪儿也不藏了，依旧放在老地方吧。

一旦决定了，不仅紧悬着的心放平了，而且还兀地生出一种足可以宽慰自己的理由——这钱还真的不能换地方了，不然那小子会看不起咱，认为咱做人做得“小”。既然老子这么坦荡，你再当小人，咱啥话也不说，你自己就矮了半截。

孔繁仁觉得战胜了自己的儿子，愁苦的脸马上就舒展开了——“老子究竟是老子。”

儿子却没有那么自觉，依旧“摸”他的钱。他发现之后，不再像起初那样不能容忍，暴跳发作，而是幽怨地看儿子一眼：“你呀。”

儿子嬉皮笑脸地说：“爸，没办法，我管不住自己的手。”

孔繁仁摇摇头，什么也不说。他不是真的把心放宽了，而是不愿再看到割手指头的闹剧。他就这么一个儿子，还得指望他养老。怨只能怨自己，当初为什么不多生几个？那样就不怕这个不争气的东西割手指头了。甭说少了几根指头，即便是死球的了，咱也会连眼都不眨一下的。生个屁！转眼之间，他就否定了自己——那个时光，连自家的肚皮都混不囫囵，谁还有底气再添上几张嘴？只有叫花子才敢这样做，横竖是要着吃，不过是添几根打狗棍而已；咱可是正经人家，拉得下脸吗？

心中的不平无处发泄，他狠狠地朝空茫里瞪了几眼。他觉得，自己的难堪与苦恼是空茫里的一个什么东西造成的。

孔大成毫不体恤父亲的感受，一路“摸”下去。

孔繁仁心疼着，隐忍着，家庭便平静。

孔繁仁一直不烟不酒，从这时起，也开始每晚“逗”几口酒喝。自己再节俭，钱也会偷偷地溜走，别太苦了自己。

一天，他实在隐忍不住，便借着酒热对儿子说：“你爸不怕你花钱，就是总觉得有些不对劲儿，我思磨着，你干吗不用这钱拉上个关系，给自己弄份差事干干？”

以为儿子会反驳他，不想儿子想了想，拍了一下大腿，竟说：“你到底是说了一句人话。”

儿子果然给自己弄了一份差事，在道班上当了一名护路工人。每月只挣八百块钱，还要扫马路，弄一身灰尘。儿子很是不开心，见到老爸也不说话，好像是老爸把自己陷害了。

孔繁仁觉得应该安慰他一下，便上赶着邀儿子喝酒：“大成，你应该高兴才是。”

“凭什么？”

“因为你有了工作。”

“这算什么工作，每天吃一肚子烟尘，又累又脏。”

“这就对了，”孔繁仁怯了一下，因为他看到儿子恶狠狠地瞪了他一眼，但还是兀自说下去，“什么是工作？工作就是让人感到劳累，把人弄脏，即便是这样，人还是离不开它。”

“简直是歪理邪说。”儿子嘟囔了一句。

孔繁仁刚要卡壳，老伴恰巧踅过来，便得了稻草一般，顺势说下去：“你妈每天倒都是干干净净的，但她是闲人，在家里就没有地位——我的脏衣裳往她脚下一扔，她就得乖乖地去洗。”

“你多牛。”老伴笑着接了一下话茬儿。

“不是我牛，因为我是卖力气的，脏得有理。”

孔大成在道班上干到第三个年头，把宋丽娜娶了过来。对这桩婚事，孔繁仁是反对的。他不是从观念出发，忌讳她的小姐出身，而是遵从自己的感觉：宋丽娜是个白性子，身上哪块皮肤都白，既然已经白了，每天还要往上边涂脂抹粉，这样的人不正常。搁在家里恓惶。

他本来想用“不正经”这样的词来形容，但他一辈子敦厚，一碰到这样的字眼儿，自身就很难为情。

“这样的人，你养不活她。”他对儿子说。

“她饭量很小。”

“不是饭量的问题。”

父子俩谈不拢，但父亲最终还是依了儿子。老伴见孔繁仁轻易就妥协了，嘟囔了一句：“你这老子当的，一点硬气劲儿都没有。”他甩给她一个脸子：“这有什么，在乡下，不都是这样做父母的？”

孔大成想把婚事办得阔气一些，想把老爸藏在布包里的钱都花掉。孔繁仁这次不妥协了：“这可不成！这钱是攒给你妈的，她有肋膜炎，一累着就胸闷，我得带她到医院看看。”

“这病死不了人。”

“你这叫怎么说话？”

“人一辈子就结一次婚，办得这么寒碜，不是委屈人家丽娜了吗？”

“她既然愿意跟你，就应该能忍受这份委屈。”

孔大成只好去说服宋丽娜。宋丽娜眼圈红了一下，但很快就职业性地克制住了，凄然一笑：“你爸他是嫌弃我。”

语调虽然委婉，孔大成却觉得极其有分量，他心头一热，躲开父亲，直奔仓底的那只布包。

布包坦然地放在那里，但是，旁边多了一把刀子。

他一下子明白了什么，久久地犹豫着。

他终究是农民的后代，没有决绝的狠心，他很伤感，叹了一声：“这个家，真他妈的穷！”向那个布包上呸了一口，离开了。

宋丽娜好吃，与这个家庭的口胃不和，进门不久小两口就和老家儿分开过了。孔繁仁这辈人，吃喝只是为了活着，有的吃就成了；在宋丽娜那里，吃本身是享受，是绝不能凑合的。拉下脸来反对她在饭桌上挑挑拣拣，孔繁仁说不出口，觉得这样做有失长辈的身份；什么也不说，他内心又很难忍受——每顿凉凉热热要弄一大桌子，钱都花在吃上了，这哪是过日子的人？他对儿子说：“大成，爸求你了，还是分开过吧，整天跟这么精致的一个媳妇在一起吃饭，爸的手脚都不知往哪儿搁。”

分开过之后，孔繁仁有一种农奴翻身把歌唱的感觉，咬菜根、喝门曲，任性地吃自己的摊坨子，很卑贱，很自在。

既然独挑门户了，两个人都出去挣钱才是，但宋丽娜什么也不做，整天“烂”（“烂”是孔繁仁的说法）在家里，涂脂抹粉，睡懒觉，看电视，嗑瓜子，吃肯德基，像个娘娘。

孔繁仁看不过，背后提醒儿子：“她年纪轻轻的，你应该让她干点儿什么才好。”

“让她干什么？”

“做个小买卖，倒腾点儿服装什么的。”

“要说你去说吧，我可什么都不敢说。”

“你还是不是老爷们儿？”

“正因为是老爷们儿我才什么都不能说，她说了，像她这种女人，天生就是靠男人养的。”

孔繁仁说：“大成，你完了。”

孔大成说：“爸，你刚知道，我早就完了。”

孔大成虽然嬉皮笑脸没有正行，但孔繁仁还是发现，儿子的眼神有些不对，皴着一层类似忧伤的东西。

他不再忍心说重话，暗想，抽冷子，我得跟那玩意儿说道说道。

在他心里，对这个女人的称呼，既不是儿媳妇，也不是丽娜，而是那玩意儿。

一天晚上临睡前，他突然出现一个念头：明天自己倒休，正是个冷子，一定要跟那个玩意儿说道说道。

第二天早晨，儿子上班去了，只有老伴在屋地上擦拭仓柜。他觉得老伴勤劳得令人厌恶："横竖几只破仓柜，擦什么擦，你到街上的'燕升堂'去，给我买双布鞋回来，这年头，想穿双布鞋还得买。"他没好气地说。

支走了老伴，一想到可以没有妨碍地跟那玩意儿说道说道了，竟心慌起来。他不停地在地上走溜儿，怎么也迈不出这个门去。

他听到屋外的那扇门，一会儿开，一会儿关，烦人得很。而且还听到院子里的水龙头，一会儿水大，一会儿水小。好像在洗什么东西。这玩意儿今天是怎么了，怎么突然变得勤快了？

水声消失了很久，他还在等待。

慌乱中，他看到仓柜上老伴扔下的抹布，意识到，老伴快回来了，他必须走出这个门去。

跨出门槛，他愣了。

院子的晒条上晾了一片不敢上眼的玩意儿——乳罩、内裤、长筒丝袜、吊带裙。这些玩意儿所带的隐秘色彩，反射过来的光线比阳光还刺眼，他下意识地合上了眼睛。更令他难堪的是，人已经出来了，就不能再踅回去，便只能硬着头皮往前走。像走进蒺藜窠子，他闭着眼睛，屏住呼吸，东闪西躲（这些玩意儿可碰不得），终于走出院子。虽然长出了一口闷气，但强烈的羞愧，还是让他找不回自己。

当老伴那老旧的身影出现在他的视野中的时候，他才平静下来，且有了一个明确的意识：这种玩意儿还是待在家里的好。

他想，这玩意儿太不懂羞耻了，搁在家里，种种不便，忍受着就是了；放出门去，招猫逗狗，伤风败俗，会坏了家风。

嗐，孔繁仁啊孔繁仁，自己上辈子做了什么孽，怎么养了这么不争气的一个儿子！

宋丽娜就这样被“养”在家里。养来养去，愈加任性。虽然一大片闲工夫属于她，可连饭都懒得自己做一顿。她说，自己做的饭怎么都不成，没有馆子里那种令人沉醉的味道。小两口天天下馆子，而且从馆子里勾肩搭臂地回来，还大包小包地带回来许多，说是预备着作夜宵。她晚上睡得很晚，直至到了子夜，把夜宵吃下，才肯睡去。

孔繁仁心里说：“都是做小姐做的。”

孔大成就那么点收入，哪里经得起这种做派？他撑不下去了，笑着央求道：“我的心肝宝贝，咱能不能改一改过法，你看你都把我吃穷了。”

宋丽娜嫣然一笑，说：“穷是穷些，但你不能让我感觉到穷。”

宋丽娜的笑有致命效果，孔大成把余下的话都咽进肚里，他涎着脸子跟他的父亲要钱花。

孔繁仁不情愿地从布包里抻了两张票子：“娶得起媳妇，竟养不起，你真让我瞧不起你。”

孔大成嘻嘻一笑：“我是给你一份做父亲的权利。”

“屌！”孔繁仁骂道。

儿子耸了耸肩，说：“骂得好。”

儿子低微的姿态，让孔繁仁又气又怜，且有一种隐隐的受用，他觉得自己的地位高了起来。

奇怪的，在这种又穷又屈辱的生活面前，孔大成居然能够平静地忍受。起初他还抱怨自己的工作又脏又累，现在他好像很怕失去这份工作，任劳任怨。

孔繁仁感到一点欣慰。这人，只要认命就好。

一天他从电视上看到，乡下打工的人也应该跟雇主订立劳动合同，而自己在砖厂里已经十年了，还是一个不明不白的身份，一旦干不动了，跟谁去要个说法？他有些担忧，想向孔大成讨个主意。待小两口吃饭回来，他推开了儿子的房门。

宋丽娜的裙子很短，坐在沙发上，满眼都是她白花花的大腿。儿子就躺在她的大腿上，眼睛合着，驯顺得像个吃饱了的猫一样。这个情景让他很尴尬，他干咳了两声，想退出去。儿子睁开了眼，身子也不欠一欠，摆摆手："爸，你坐。"

他反而慌乱了，连连说着："我没事，我没事。"像做贼被发觉了一样，羞羞地退了出去。

到了院子里，他喉头热了起来。他明白了，对宋丽娜那玩意儿，儿子是真心稀罕的，稀罕得都没了囊劲儿[1]，甘心情愿地养她了。

这男女之间，还有这种爱法？他问自己。

真是没道理。他摇摇头。

回到自己的屋里，在十五瓦的昏暗灯光里，老伴正屈着身子擦仓柜。他心里很酸："黑灯瞎火的，你擦它干吗，又没有人来。"

"嘁，干干净净的日子是过给自己的，又不是让人瞧。"老伴说。

他的心依旧地酸，酸到心尖儿上了。他觉得这干净真是无用，干净得他们老俩之间很隔膜。

"明天跟我去医院，治一治你的肋膜炎。"他劈头就说。

老伴一愣："你今儿个怎么了？"

[1] 腰杆儿。

“你没看见孔大成那小子整天欺哄咱那两疙瘩钱，赶紧派上用场，省得他惦记。”

“你跟儿子置什么气？”

“他不是我儿子。”

第二天孔繁仁果然硬拽着老伴去了医院。

仓柜里的那个布包，有理由敞开了身子，但依旧待在那里，它待习惯了。孔大成再跟他要钱的时候，他别有意味地一笑，对儿子说：“跟我来。”他掀开仓柜，指指那个敞着身子的布包，“你看，它空了。”

孔大成知道父亲在嘲弄他，但他没有发作，因为他知道，布包里的钱是给母亲看病了。乡下人根性中的一点孝道，给了他一点忌讳，他不能胡说八道。心中的不平无处发泄，他狠狠地朝空茫里瞪了几眼，并且用力地啐了一口，他觉得，自己的难堪与苦恼是空茫里的一个什么东西造成的。

孔繁仁哆嗦了一下。因为他分明感到，在生活的无奈面前，年轻的儿子和年老的自己感受是一样的。这种相同，使他的痛苦深了一些。

孔大成只能婉转地规劝宋丽娜，央求她改一改习惯，把日子弄得简约一些。简约的日子过了一些时日，宋丽娜再也不能忍受，悄悄地出走了。

孔大成从原来那家歌厅里找到了她，用自残了一根指头的方式，把她“请”了回来。

面对孔繁仁幽怨的眼神，宋丽娜竟一点愧色都没有，反而仰高了脸子直视他，且堆着一种莫名其妙的笑。

这让他明白了一个道理：儿子的矮，原来就是自己的矮。

他恨她，从这天起，他一句话都不跟她说了。

家庭气氛虽然沉闷，宋丽娜职业性的笑声却越来越响亮，像一把刀子，任性地游弋在空气之中，刮碎了孔繁仁的骨头。

他连自己的儿子都不理了。

孔大成进了父亲的房间。父亲正嚼香菜根儿，喝门曲。“爸，能不能给我一杯？”父亲像没听见一样，吱地喝了一口，把杯子重重地墩在桌上。为了打破僵局，孔大成端过父亲的酒杯，喝了一口。父亲抬手就把杯子中的酒泼在地上，重新满上。

“爸，你能不能不这样？你跟个女人置什么气？”

孔繁仁愣了一下，把满满的一杯酒一口呷进肚里。

空酒杯刚被父亲满上，孔大成一把抢过来，全部倒进肚里。

母亲看到这个阵式，抄了酒瓶子：“你们爷儿俩是要争着把自己灌醉了，好理直气壮地现眼。”

“把它给我放在那儿！”孔繁仁吼道。

“就知道跟我凶。”酒瓶子又怯怯地回到原处。

孔大成把瓶子抄到手上，把里边的内容全部控诉到自己的肚里，然后娓娓地说道：“爸，知道你心里气，可丽娜心里也气，一到半夜她就止不住地哭。”

“屌！我只听见她猫叫春的声音，从来没听见她还能发出人的声音。”

孔繁仁不开口则已，一开口就这么刻薄，孔大成回敬了一句：“爸，你是越来越不会说人话了。”

孔繁仁白了儿子一眼，嗫嚅道：“那她还这么摆谱儿？”

“你知道她为什么这样？”

“我哪儿知道。”

“她是因为自卑。”

原来这家人是他妈的矮到一块去了。孔繁仁心里叹了一下，嘴上却反问道：“这会是真的？”

儿子没有回答，只是冲他笑，笑得怪怪的。

“爸，丽娜在这个家里，不求你对她多么好，只要你能给个笑脸就是了。”儿子撂下这么一句话，扭身就出了房门。

“闹来闹去，还都是我的不是了，嘁。”孔繁仁木在那里。

不过从这天起，儿子像换了一个人似的，再也不跟他伸手要钱了。

接下来的日子好像很平静，仓柜里那个布包，又渐渐地支棱起来。孔繁仁心里踏实了许多。他觉得这才是日子——再穷的家庭，也是应该有几文存款的。

但这段时间里，出现一个奇怪的现象：孔大成的脸上，总是隔三岔五就有几道抓痕。

“大成，你的脸是怎么回事儿？”他终于隐忍不住，问道。

孔大成白了他一眼：“你甭管。”

有一天，孔大成的手指又少了一截，也不去医院包扎，只是让宋丽娜用穿破了的丝袜随便缠了一下。问其原因，孔大成很不耐烦：“你甭管。”

打听了好几天，孔繁仁到底是弄明白了：道班上也实行承包了，在养路费的收取上，承包人有一定的机动权，孔大成有机会高收低报，克扣了一部分费用。事情“穿帮”了，道班要起诉他。一旦被起诉，就意味着被判刑，被开除公职。孔大成急了，找道班领导求情。道班领导不待见他，因为他平时从不跟领导走动，还满脸阴郁，拒人千里。所以领导说：“这我可帮不上忙。”在绝望中，孔大成阴郁地一笑，“我表个决心吧。”随后就切掉了自己的一节指头。他的动作很潇洒很轻松，领导却愣在那里：“你这是何必呢？”领导是个见不得血的人，心一下就软了，答应内部处理——作公开检查，扣发一年的工资。

孔繁仁对儿子说：“孔大成，可真有你的，你怎么就知道你这招就管用？”

“一般都是这样，富的怕穷的，穷的怕横的，横的怕不要命的。”

孔大成不无得意地说，“而且，当官的都是胆小怕事的人，他看到你连自己的指头都那么不在乎，他的指头就更不在话下了。”

“你有多少指头？”

“还有八个。”

“都切完了还切什么？”

“还有丽娜的十个指头。”

“你媳妇的切完了，就是你老子的了，对不？”

“嘁，你的不值得我切。”

“你别跟我耍贫嘴，仓柜里的布包里，还有几个钱，你拿就是了。”

“你甭跟我提布包的事，我一见到它心里就犯堵。”

儿子混到了这个地界，孔繁仁备感凄凉。再见到宋丽娜很讲究地吃东西的时候，他心里很难受，觉得这玩意儿是在吃男人的命。

他把布包里的钱拿给儿子：“你先花着。”

“你少寒碜我。”儿子拒绝道。

“单位一年不给你开支，你怎么过日子？”

“丽娜不是做过小姐嘛，让她去卖。”孔大成笑嘻嘻地说。

孔繁仁抬手就给了儿子一记耳光：“孔家的男人还都在呢！”

笑容在孔大成的脸上凝固了，他疑惑地看着父亲。孔繁仁的脸由于急剧的抽搐，皱纹交错地起伏着，像一堆碎皮子，被拙劣地缝起来一样。他的心疼了一下：“爸。”

孔繁仁哆嗦了一下，把捏皱了的钱扔在儿子面前：“我横竖还是你爸。”撂下这么一句话，他抽身而走。

从这天起，仓柜里的布包，永远地空了。令他欣慰的是，老伴自从手术之后，身体越来越好，而且越来越没有钱的概念。

每到月底开支的时候，除了留下与老伴最基本的开销，他统统都给儿子送过去。儿子跟他开玩笑说：“爸，这可是你主动给的。”他摇摇头："你就省省吧。"

或许是因为感动，宋丽娜不仅很亲热地叫他爸，而且上赶着跟他找话说。他起初一脸的严肃，是一句话茬儿都不接的。后来他觉得这样有点不厚道，好像让人总是记住自己是债主一样。既然让人家剥削了，就应该表现出心甘情愿的样子，不然这人就显得不值钱了。所以，宋丽娜再叫他爸时，他也会"嗯"一声，递过来的话茬儿，只要他能接得上，他也会多说两句。

这个家庭的亲情好像浓了许多。

还有一重变化：他虽然被儿子弄得分文不剩，但在一贫如洗之中，他居然获得了一种意外的激情——他很乐于做他的窑工了。以前总觉得自己是给窑主打工，做一天和尚撞一天钟就是了；现在不同了，他是在给自己打工，砖厂的兴衰就是自己的兴衰。所以，即便是刮风下雨、头疼脑热，他也不歇工。

孔繁仁又捏了一尾香菜根，喝了一口酒。今天，幸亏自己定了定神儿，看出来那孔窑还有保住的希望，及时地做了一回柱子，不然窑里的那五万多块红机砖就损失了。"谁说人一老了就不中用了？"他对自己很满意，所以即便已喝成了血脖子，也要多喝几杯。醉就醉吧，也该鸡巴醉一回了。

前几天下了一场雨，烘干窑的窑体有些松软。干着干着活儿，眼见着窑里的那面墙缓缓地坍下来。不知谁喊了一声："快跑！"几个人就兔子一般蹿了出去。孔繁仁之所以没有立即跑出来，是因为关键的时候，他打了一个软腿儿。他重新站稳了之后，索性回头瞧了一眼。他发现，窑体虽然往下坍，但那根立柱还没有倒下。如果帮它撑一下，还能站住。他肯定了这种可能，毅然冲了上去，用肩膀死死地顶住了立柱，然后大声喊："快拿横木来！"

这个声音很有震慑作用，跑出的人真的按他说的办了。加固了立柱，捆绑了横木，窑体的坍塌竟然止住了。

窑主用力拥抱了他：“老孔，你他妈的就是我爹！”

现场就赏了他二百块钱，且对那几个窑工训斥道：“你们他妈的还有没有点良心！”

这一下子就把孔繁仁给害了，工友们都不把他当英雄看，下边议论道：

“他是见钱眼开。”

“就是，他是穷疯了。”

“他穷，咱们也穷。”

“咱们跟他可不一样。”

“怎么不一样？”

“他家有一个做过小姐的儿媳妇，一天没钱都不成哩。”

“就是就是。”

“嘻嘻，嘻嘻……”

这些议论，孔繁仁自然都听到了，但是他不想去申辩，他想，有些事情是越辩越黑，反倒没意思了。他问心无愧，当时自己的确没有想到钱的事，只是本能地想保住那孔窑。这就足够了，它完全能妥帖自己的心。

他精神饱满地进了家门，院井里正巧站着他的儿媳妇宋丽娜。他情不自禁地冲她笑了笑，主动打了一声招呼：“大成还没有回来？”

“哼，回来有什么用。”宋丽娜说。

内心喜悦的孔繁仁，这时的反应出奇地敏感，从儿媳妇的语气中，他判断出，她眼下缺钱花了。

兜里那二百块钱好像动了一下，正搔到他的痒处，他嘿嘿地笑了起来。

“爸，遇到什么好事了，这么高兴？”

“嘿嘿……”

“这么高兴，莫非是捡到了钱？”

“真让你猜对了，得了二百块奖钱。”那两张被揉皱了的百元钞票，竟自己从暗处跑到了手上，明晃晃地展示给女人看。

宋丽娜眼睛亮了一下，又倏地黯淡了，轻轻地摇了摇头。

儿媳妇的表情被孔繁仁捕捉到了，顺口就说了一句：“你要是有用处，就拿去。”

儿媳妇的眼睛又被点亮了：“那多不好意思。”

“拿去就是了。”他补充道。

钱进了儿媳妇的口袋之后，他的心还是皱了一下，暗暗骂了自己一句：“真是眼皮子浅，刚有这么点儿喜事，心里就藏不住，嘁！”

宋丽娜转眼就从街上买回来两份肯德基，还让了让他，他说：“这东西，咱吃不惯。”

他咬他的菜根，喝他的门曲，谦卑地享受他喜悦的余绪。

儿子回来了。

嗲声嗲气的笑，就一波一波地传了过来。

起初没在意，但喝到酒精能替人说话的时候，他饱满的心情憋了下去：“屌！”

他既骂的是那对骚情的人，也骂的是黯淡的自己。那不知节制的笑声，让他突然就看清了真正的自己：他的挺身而出，真的不是什么义举，骨子里还是为了钱。包括他的勤劳敬业，也都是一个“钱”字暗暗地支配着。

他感到自己很不名誉，很可怜。他还发现，对那对玩意儿（这时，宝贝儿子，也成玩意儿了），他虽然毫不保留地奉献着，但一点儿也不爱他们。

厚厚的灰暗完全覆盖了他。空中的明月也成了一把物质的镰刀，锋利地割着他的骨肉。“活着真他妈的没什么意思！”

他想到了死。

他朝空茫里巡视了一番，看到了墙上的一个电门。

他兀自笑了笑，径直走了过去。

一道蓝光闪过，他被重重地摔在地上。虽然瘫软着，但知觉全在，奇怪了，怎么就电不死？

他怀疑自己决心还不够大，毅然站起身来，再次径直走过去。

又是一道蓝光闪过，他重重地倒了下去。知觉渐渐离他远去，他还来得及幸福地叫了一声：“痛快！”

“你真是越来越不正经了，竟然直挺挺地躺到了地上，你就不兴少喝点儿？”

他听到了老伴的声音。

他知道自己还活着，只不过是醉过去了一会儿而已。

他羞愧地爬了起来，躺到床上。眼泪铺天盖地而下。自己真是个贱人，连阎王老子都不待见了。

罢了！他想，既然死不成，就干脆没皮没脸地活下去。

他醉酒之后，有个习惯，就是死过去一般酣然入睡。可今天却怎么也睡不着，眼前总有影像晃动——一会儿是窑体缓缓地往下坍，一会儿是宋丽娜猩红的嘴仓鼠一般啃啮肯德基，一会儿又是孔大成躺在媳妇肥白的大腿上安详得不知羞耻……影像晃动得他头很疼，心绪很烦躁，感到温柔的夜色像絮了过量棉花的大被子，捂得他透不过气来。“屌！”

骂过了也不轻松，索性坐了起来。

他打开了电灯。

素日的灯光如豆，今天唰地就白了一大片，像正午的日头，晃得老伴怨了一声：“你抽什么风。”

“嘿嘿，我要学一会儿《老三篇》。”

“你是癔症了。”

他懒得跟老伴辩白，径直从仓柜里取出了那本珍藏的红书。

年轻的时候，他是学讲用的先进分子，很是风光了一阵子。记忆虽已尘封了多年，但一抚摸到那红色的封面，灰暗而多皱的心，立刻就明亮就舒展了。

醉眼也不蒙眬，每个字都清楚。

他嘴唇无声地蠕动，老伴知道，那是他在用心读呢。她用被子蒙上了脸，因为是个不想心思的人，很快就睡去了。鼾声很响，孔繁仁不免有些厌恶，摇了摇头。

鸡叫了两遍，他感动了两遍，因为虽然日子跟以往大不相同了，然而还能听到鸡叫。但是感动之后，他生出一种困惑：《老三篇》的内容依旧，怎么感受却有些莫名其妙？白求恩为什么不远万里来到中国？是因为他与老婆的感情不和，想躲她远些。张思德为什么到深山里去烧炭？是因为离伟人太近，手和脚不知怎么放才好。愚公为什么要移山？农村里有句俗话，眼不见为净。眼不见的东西就是没有，是不会让人动心思的。可山偏偏就在他眼前，他堵得慌。

他们其实跟自己没什么两样，都是常人的烦恼闹的。

他被自己的想法吓了一跳，朝自己的脚脖子上狠狠地掐了一下。

竟感觉不到疼。

嗐，这些年，听到的、见到的、经受的，乱些，杂些，能够理解的少。总以为不理解的，就像耳旁风，刮过去就结了，没想到也会在心里落下一些种子，还偷偷地长出一些怪草来。我孔繁仁到底也不是过去的孔繁仁了，“歪”了不少。

为什么还吃腌菜？是口味。

为什么还吃摊坨子？还是口味。

日子过得这么皱巴，与孔大成和宋丽娜有什么关系？还是该死的口味。

他把自己弄羞愧了，觉得真不该动摸电门的念头。

都是几口猫尿儿闹的。他对自己说：“今后，应该活得皮实些。”

2007年12月8日至18日于北京石板宅

神医

产科医生范晚吾在京西有大名。

但他很少在公共场合抛头露面，多是窝在自家诊所，坐等他的患者。

不是因为谦恭守身，而是他有自知之明。说是产科医生，那是他自己给自己的封号。他开的是专治男女不孕症的私人诊所，在医行里，既受歧视，又不好归类，但到底还是与“生产”有关，勉强可以归到产科。

还有一层原因，他脚下的土地有太深的底蕴，被历史的阴影遮蔽着，他不好张扬。

他是农民，所居村落，名叫燎石岗。《金史》载：石皆赤色如煤，故名。燎石岗，毗京畿广阳城，扼南北交通要道，为幽州南下的门户，有“陆潞之喉”之称。说白了，在古代，燎石岗是个战略要地。

燎石岗上，有一多宝佛塔，名昊天塔，是国家级文物保护单位。塔本是一座舍利塔，因塔前有一座法象寺，当时的邑人陈番有诗云：

云霞片片出燎岗，铃铎声闻十里扬。
插破青霄通日午，冲开碧落促风狂。
几层瞻仰寻龙窟，数级登临礼梵王。
果是真身藏舍利，浮图古貌不寻常。

但是由于地理位置的重要，到了辽宋对峙、战事频仍的年代，成了“料敌塔”，不再用于礼佛，而是用于军事。光绪十五年（1889 年）的本地县志上载：“多宝佛塔，隋建，在燎石岗上，五级玲珑，高十五丈，四面门二十座……阶级环上，北望都城，南眺涿鹿，举在目前，可以料敌，故为兵家所争夺。”

元代剧作家朱凯作有《昊天塔孟良盗骨》一剧，大意是，在辽金交战中，宋将杨继业被奸臣潘仁美陷害，触碑身亡，遗体被辽将韩延寿悬于昊天塔上，且令百名士兵每天轮番朝尸体上射箭，名曰“百箭会”。孟良偕杨六郎杀上燎石岗，烧毁塔前的法象寺，盗杨继业英骨归宋。元剧大家关汉卿也写有《孟良盗骨》的杂剧，把这段忠烈故事弄得家喻户晓。

燎石岗——昊天塔，有大名矣。

范晚吾属“老三届”的毕业生，在农村是正经的文化人。自身的修养和对历史的了解，使他对自己生于这样的名胜之地深以为荣，上高中的时候，曾一度把自己的名字改为范昊天。他以此明志：要成就一番伟业，要成为一个人物，要对得起脚下的土地。

但耸天入云的昊天塔，却没有支撑起他的鸿鹄之志，相反，给他带来了太多的刺痛与哀伤。那些蒙冤、受辱的人，被感情所困的人，生活走入穷途的人，都会选择在昊天塔上一了百了。特别是那个特殊的年代，几乎天天都有人在塔顶上做人生的告别仪式，在转瞬之间，化作大鸟，翔入空蒙与虚无。他的历史老师韩养平，平而不静，讲课时爱发浩叹，不期就被人抓住了“小辫子”，被造反派“请”到司令部。回来时，满面伤痕，眼神弥散，游魂一样爬上了昊天塔，一声不吭地从塔上跳了下来。他是头冲下跳下来的，抱着必死的意志。整个脑袋遁到腔子里，范昊天和另一个同学，较了半天劲也没有给他抻出来，只好让这个爱好自由伸展的知识分子，很委屈地去了。

伟大的昊天塔，实际上成了“轻生塔”。想到自己的名字居然经常跟这样的不名誉的死亡联系在一起，范昊天不能承受，悄悄地把名字改了回来。

还是叫范晚吾吧。父亲起的名字，虽然陈腐了一些，但与“生”近些。

范晚吾的父亲范续亭是个大胖子。不能走路，稍多走几步，就大汗淋漓，喉咙里像被塞上了什么东西，喘不上气来。他几乎是个废人。互助组、合作社、人民公社，人们集体在田里劳动，只有他窝在家里。农村人都厚道，从干部到一般群众，都不跟他计较——横竖得让他活着吧。大家都悲悯他。

其实他年轻的时候是瘦的，有贴骨肉的那种瘦，即精干。他一直给地主当长工，卖重力气，吃小米焖饭、咸菜窝头、喝刚打上来的井水、睡榆木板拼成的床。他自然说不上媳妇，躺在长工棚里想女人，想得没出路的时候，就自己解决一回。然后衔着暧昧的恨意，昏昏沉沉地睡去。早晨醒来的时候，全身轻松，卖重力气时，也不以为苦，仅有的一点反抗意识也被汗水冲刷掉了。因为大汗之后，胃口好，吃得更香。

他觉得这就是命运，很好。

解放军从东北打到了淮海，到了后来，连京畿之地都能听到隐约的炮声。在一天晚上，地主突然把他叫进堂房，问他：“你想不想要地？”

“我要地干吗？给你扛活就挺好。”他说。

地主摇摇头，像长辈开导晚辈一样对他说：“你不能这样疲沓，得有自己的日子。”

他不知道什么才是自己的日子，木在那里。

地主接着问：“你想不想当地主？”

他觉得稀罕，反问道：“我当地主干吗？”

地主啪地拍了一下桌子：“废话，哪个长工不想当地主！”

这一声锐响吓了他一跳，他求救一般望着对方。

“你不能糊里糊涂地混了，得开窍了。”地主说，“你看，当了地主，就可以雇长工，就可以娶小老婆。”

一听到女人，他嘿嘿地笑了起来，含混地说了一句：“那就要地。”

地主满意地点点头：“念你帮我做了这么多年，也算是家里人了，我以赔本的地价卖给你一部分。”

范续亭倾其当长工的所有积攒，还向其他长工借了一些血汗钱，置备下了自己的田产。地主的地减少了之后，用不了那么多长工，就让他挑一部分过去。他自然是挑了那些借钱给他的人，算是肉烂在锅里，兄弟主奴，福泽同享。

有了地之后，果然就有了身价，村里开油坊的梅老板把自己的小女儿梅香嫁给了他。梅香丑点，但结实，肥大的脚板，迈步时，能把地皮崴下一块来。长工们都是原来的兄弟，范续亭不好意思板起面孔吆喝，便把管理的差事交给了梅香。梅香会说粗话，可以跟长工们对骂，骂到将要吃亏的时候，她抬起脚来，再不听话，小心我踢你。长工知道她脚底的分量，多是笑着告饶。

那一年的年景不错，到了秋天，玉米饱满得龇牙咧嘴，由于身子重，稳稳地墩在地上，虽风声号啕，远远地望去，密匝匝的庄稼却纹丝不动。油坊老板在地垄上走了一遭，对女婿说：“续亭，做就做大了，我油坊有些积蓄，你再多置备一些地。”

再去找原来的东家，老地主竟二话没说，“割”了一半的地给他。结过账，地主有些伤感，叹口气，说：“续亭，也就是你，我算是赔血本了。”

范续亭抱一抱拳：“得罪了。”

自己有了粮囤，有了一囤一囤的粮食，范续亭的心境变了——他给自己请了一个私塾先生，开始识文断字。他发现自己不笨，庄稼长得慢，可他的文化水儿却涨得快，临近麦收的时候，他居然能连蒙带猜地读县志了。

梅香的肚子也大了起来。

北平解放了，并且改称北京。不久来了土改工作队，评定成分。范续亭被划为地主，原来的东家，居然只定为富农。被斗争的时候，他排在东家前头。一个半辈子给人扛长活的雇农，怎么一下子就变成地主了？他冤啊！他薅住老东家的脖领，质问道：“你老不死的是不是早就听到了风声？”

老东家也不示弱，也反过来薅住他的脖领：“你这是在跟谁说话？同样是在土里刨食的人，谁能预料到外边的变化？这就是命！”

范续亭打了一声嗝，他被气淤住了。他瞪了瞪眼，眼前闪出一片碎花，直挺挺地躺在地上。

“真是晦气。”老东家叹了一口气，脱身而退。但往前走了几步，又觉得不妥，像拖死狗一样，连拉带扯把他弄回家去，对不知所措的梅香说：“你好好地伺候他，这个人输不起。”

老东家感到很委屈，二话不说，走了。

梅香赶紧给他掐人中。没掐两下，他猛地坐了起来，问梅香：“老家伙呢？”

“走了。”

“我要告他。”他没头没脸地说了这么一句。

有那些长工做证，他居然告赢了。老东家又被重新划成地主。道理很简单，虽然地亩少了，但“剥削”的历史是抹不掉的。连带的，老东家的姨小舅子（姨太太的弟弟）被降了职。老东家“甩”地的时候，他的姨小舅子就在队伍上，是淮安土改工作队的队长。自然是给他透过底的。

但范续亭自己的地主帽子也没有摘掉。虽然没有“剥削”的历史，土地的亩数在嘛。公家的政策不是泥巴，不能想怎么揉就怎么揉。

范续亭气淤一次之后，坐下了病根，总是打嗝。平抑的办法就是吃东西，一来二去，把自己吃成了个大胖子。老东家却想得开，积极接受改造，无一丝怨气。铲粪、挑担、锄耪，都快六十岁的人了，干这些重体力活，还像个小伙子似的。看到他这个样子，队里人既不欺负他，也不歧视他，相反还有点敬重。他的身块变得像范续亭以前那么精干，而且两眼放光，白髯飘飘，有几分仙风道骨。

他在街上碰到范续亭，吃了一惊：“范续亭，你怎么变成了这个样子？”

范续亭抖了抖肩：“还不都是你害的。”

老东家笑了笑，说：“谁让你是我的长工呢，不害你害谁？”

你真不要脸！对老东家，范续亭一贯是恭敬的，恭敬得心里都起了皱褶，他今天终于可以理直气壮地舒展一次了。

骂得好。老东家捋了捋胡须，说道：“说来说去，还是因为你心眼小，没有心胸。”

范续亭不甘地说：“我就是弄不明白，怎么闹来闹去，跟你闹成一个阶级了。”

“这又有什么闹不明白的？自古咱们就是一个阶级。”老东家说了一句玄奥的话。

范续亭更闹不明白了，忧伤地摇头。

老东家拍了拍他的肩：“甭想那么多了，走，到我家里去，咱们闹两盅。”

“闹就闹。”范续亭居然没有打愣，跟着老东家就走。

噫，这人一处在低处，就容易和解了。此时的范续亭对老东家竟连一点起码的仇恨都没有。

范晚吾从医，可以算是子承父业。

大胖子范续亭由于不能下地劳动，就窝在家里看孩子。干活出身的他，看孩子的时候，一点耐心都没有。范晚吾已经会满地爬了，一不留神就爬过门槛，爬到院子里去。院子里有几只母鸡，兴趣于这个沾满泥土的孩子，就围着他转。鸡咯嗒咯嗒地叫，他跟着学，吓得它们躲得远远的，闭喙观察。但是这个孩子却兴味正浓，嘴里还是不停地咯咯嗒嗒。鸡们便躲到草丛里去了。

范续亭看到这个情景，感到有意思，眯眯地笑。但笑着笑着，凝固了。他发现孩子抓起地上的鸡屎当点心吃。他赶紧挪出去，打了他一巴掌，孩子放声大哭。这一哭就不停歇，吓唬、柔哄，均无济于事。起初他烦，到了后来，却乐了——他觉得这孩子有气性，将来会有大出息。

后来他找了一根长一点的绳子，一头困住孩子的脚腕，一头拴在八仙桌上。他能放心地坐下来闭目养神。孩子只能在屋子的地上爬来爬去，小心眼里有不平，在午饭的时候，端给他的一碗粥（这一点，范续亭也总是闹不明白，扛长活的时候，还能吃上窝头和小米焖饭，做地主了，怎么倒只剩下粥了呢？），他一口都不动。在哄劝失效之后，范续亭把粥折进一只经得住磕碰的铝盆里，扔在孩子面前，索性不理他了。

粥香诱来了一群蚂蚁，都爬到盆里去了。像大蛋糕上敷了一层芝麻。孩子一乐，连蚂蚁带粥，往肚里吃。喝粥怎么会有嚼芝麻的声音？范大胖子睁开眼，惊呆了。他去夺孩子手里的粥盆，孩子死活不撒手。争持中，他突然想到，蚂蚁是可以入药的，是吃不坏人的，便任它去了。

这样的情形重复了几次，范晚吾就离不开蚂蚁了。

蚂蚁或许真的有药效，孩子从只会爬，长到会给他爹打酱油，竟不湿不疹，连烧热、闹嗓子、气管发炎、肺部感染等小儿常见的病患，也很少上身。他成长得很健康。

这给了范续亭一个启发，他对医术发生了兴趣。他看了许多医书，收集了不少民间方剂，试着给人看病。他看病的对象，自然是农民。庄稼地里的人，懒得上医院，一般都是小病扛、大病养、绝症躺（等死）。但是他们愿意到范续亭那里看病。一是就近，二是吃点小偏方，也花不了几个钱。而且，没钱的可以白看。

范续亭看病，一般是不收现钱的。几个鸡蛋、一只鸡、一篮子土豆、一角猪头肉、半挂羊杂碎、一疙瘩獾油（那个时候，庄稼不施化肥，不打农药，秧棵深处，经常能见到獾和刺猬），就是药钱。他打的是秋风，行的是顺水人情，乡亲们看病，够得着，看得起。

范续亭看过的病人多矣。

范续亭看的医书都是线装书（不知道他从哪里找来的），而且越是老旧的本子他越是欢喜。他老婆梅香最初很看不上他，认为他是闲得没事，装腔作势、装神弄鬼。他把头埋在旧书里，一脸的庄严。那些书又黄又脆，他翻得极小心。书页上不时掉下来一些碎渣儿，他谨慎地轻轻地吹，像怕是稍一不慎，就把书吹破了。他弄出的气氛很神圣，把梅香唬住了，她不敢说多余的话。后来，有人来看病，而且被他看好了，她开始敬重他。觉得这个人，不是吃闲饭的，别看整天窝在家里，作用比她大。

其实大胖子范续亭是有心计的。他不是不看现在的书，实际上他看的主要是现代医书。他的那点私塾底子，古书上的字他都认不全，看下去是十分费力的。他偷偷地从书店里买来《常见病一百例》《家庭汤谣一百诀》等医学普及读物，在没人的时候他偷偷地下功夫。像老道作法一样，桃木、方巾，只是道具，他的线装书也是道具。道场上的事都不能让人看透了，神秘的东西，才有分量，才能够服众。

以往范续亭窝在家里的时候，总是大门紧闭。现在，他则大敞门扉，在户牖上挂了一幅白布帘子。他还在地上洒了一些来苏水，来人一掀开帘子，闻到这气味，很谦恭地叫一声：范大夫。

虽然不是公开行医，但进项总比在土里刨食来得容易，他比村里的所有人都有钱。这一次，他长了记性，绝不露富。给人的印象，他从事的不是什么正经职业，不过是一个不能耕锄的人，找点事儿做而已。而且是乡亲们怜惜他，养活了他。

范续亭有了点积蓄之后，置备了药柜子和必要的医疗器具，跌打损伤、头疼脑热，一般的常见病，他能应付裕如。他想，如果不出意外，这辈子就算拿下来了。

范晚吾高中毕业了，要跟他学医。他冷笑了一下，说："你以为你爹是谁？不过是一个混混儿而已。"

儿子很不理解，说："谁不知你是范大夫，范大善人。"

"狗屁！"

范续亭喘了起来，而且喘过之后，还抹了两把眼泪。

范晚吾看出来了，他爹不甘心做他的范大夫，有很大的委屈。

范续亭察觉了自己的失态，语气柔和地对自己的儿子说："晚吾，你得去插队（知识青年上山下乡），走正常路线，不，是走正确路线。"

"你老人家救死扶伤、为人民群众服务，也是正确路线嘛。"

范续亭猛地拍了一下桌子。由于手掌上的肉厚，拍出了一个沉闷的钝音，像历史老师韩养平从昊天塔上跳下来，摔到坚硬的地上一样。

“操！你怎么就不明白，人们能够容忍我范大胖子这个样子，就不一定能够容忍你！”

范晚吾不懂他爹的话，但话都说到了这个份儿上，也只好去插队了。虽然他插队的山村很艰苦，由于受父亲的熏陶，他比别的知青多懂些医疗知识，被安排当了赤脚医生，远离了重体力劳动。活该他有命。

范续亭得知自己的儿子还是当了医生，摇了摇头。

范晚吾返乡之后，好长一段时间，没有行医。他跟一般人一样，种地。

他之所以这样，不是因为社会气候。那时，已不讲成分论了，人民公社已经改成乡。思想解放，摘帽，落实政策，酝酿土地承包，人们衣着的花样也多了起来。连《望乡》《追捕》这样很资本主义的电影，也能放映了。

他是因为内心的悲伤——

他插队走了之后，北京城的知青也来到了燎石岗村。造反有理，虽已式微，但他们的惯性思维，还是不甘心只接受贫下中农再教育，他们也想教育农民。他们要革乡村陋习的命。他们首先看中的，就是范续亭。

一个反动地主，居然开着一个诊所，还骗取了革命群众的信任。他们很是不理解。私自行医，比投机倒把、种石边地[1]、做小买卖，更属于“资本主义的尾巴”，是必须割掉的。本地人讲温情主义，有革命的不彻底性，那么，我们替你们割。

[1] 社员为了收获一些瓜果蔬菜而私自开出的荒地。

他们聚合之后，戴着红袖标，闯进了范续亭的家。

“范续亭，你为什么非法行医？”

“社员们需要。”

“哪些社员？”

“全体社员。”

他们想砸他的药柜子，他胖大的身体突然就灵活起来，一下子掩在柜前。

僵持中，梅香偷偷地溜了出去。很快就来了一帮乡亲。

乡亲们说：“你们不能砸，他是有名的范大善人，他给我们瞧病。”

众愿难违，他们只好撤了。

他们找到支部书记，希望得到支持。支部书记笑笑，说：“小将们，你们看，他范大胖子是个废人，走路都喘，能给社员们看看病，也是废物利用。我看，他的这条尾巴，还是留着吧。”

小将们心里很不舒服，心里说：“这农村就是落后，连堂堂的支部书记都这么没觉悟。”但强龙不压地头蛇，而且他们插队的鉴定将来还要由这个人来做，也只好作罢。

但是，他们心存不甘，相互之间对了对眼光，意思是说，咱们走着瞧。

范续亭看到老东家进了自己的院子。他居然拄着一支花椒木的拐杖，不是走，而是挪。范续亭大吃一惊。

他赶紧迎了上去：“老东家，你这是怎么了？”

“进屋里说。”

进了厅堂，老东家试图坐下来，但是两条腿不打弯，努力半天也落不了座位，他哀叹一声：“续亭，你看，我这是怎么了？”

范续亭赶紧给老东家检查。发现他的手关节、膝关节肿大得都变了形，失去了伸展功能。范续亭摇摇头，说道：“刘凤之，你也有今天啊。”

他心情复杂，第一次叫了老东家的名字。

“我都这样了，你竟还忍心开玩笑，你说，我到底得的是什么病？”

“是类风湿。”

“能治吗？”

“我治不了。”

刘凤之抡起拐杖在范续亭的腰上打了一下：“你这是报复！”

送走刘凤之，范续亭心情沉重，不思茶饭。这个老东家，一身的仙风道骨，转眼之间就落了骨架，他的晚年可怎么过呢？他为老人家发愁。

范续亭开始学针灸。在自己胖大的身子上练活，每次都弄得大汗淋漓。

梅香说：“你这个人真是怪啊，还乐意给他打长工？”

“他人好，对长工从来都是慈眉善目的，不打不骂。”

“他可坑过咱们。”

“嗐，过去的事就甭再提了，乡里乡亲的，不计冤仇。”

觉得差不多了，他到了刘凤之的家。“我用针灸给你治治，但你不要抱多大的希望。”

“只要你肯给治就成了。”刘凤之情动于衷，哭了。

人一在难处，就变得脆弱了。范续亭受不了这个，天天来给刘凤之行针，风雨无阻。但半年过去了，无一点疗效，范续亭泄了气，对刘凤之说：“你还让不让我吃这碗饭？”

刘凤之却反过来劝他：“算了，你的那点底子，我还不知道，你是个蒙古大夫，这病你治不了。”

“你这个人真是反动透顶，骨子里都坏了。”范续亭回敬道。

两个人就笑，好像这很有趣。

范续亭开始养蜂。蜂在他的院里跑来跑去的，许多人都不敢来了。他的进项就少了。但是，他脸上总是挂着一种类似自得的笑。梅香骂他有病。

到了冬天，万花落尽，蜂缩在巢里，需要人用陈蜜和白糖喂养。他买了白糖，但不是给蜂的，他另有所用。蜂被他饿着。

他把刘凤之背过来，对他说："我们换个治法。"

"怎么个治法？"

他指了指蜂箱，用它们。

他在刘凤之的手和膝盖上敷了一层白糖，然后笑着打开了蜂箱。饿蜂扑食，成群地叮在白糖上。老东家被吓坏了，手脚乱动。蜂们很不客气，下死力蜇他。刘凤之疼得大叫："范续亭，你是想治死我啊！"

范续亭眯眯地笑。

刘凤之开始自救，上手扑打。被范续亭攥住了手："你可不能伤了我的小宝贝。"

两个人就缠在一起，都成了蜂的攻击对象。范续亭因为胖，本来眼睛就小，眼皮挨了蜂蜇，肿得就只剩下了一条线。"本来是给你治病，还要搭上我来给你陪绑，你有什么理由不老老实实？"范续亭调侃道。

刘凤之老实了。蜂蜇在身上，痒（暖）在心里："范续亭，你凭什么对我好？"

"为我自己。"

经过冬仨月的蜂疗，刘凤之的腿居然能回弯了，手指头也能捏住麻核桃来回揉了。他说："范续亭，我算是服你了。"

为了巩固疗效，范续亭偷偷地上了一趟涿县的码头镇，从一个叫李拐子的中医那里请回来一批祖传的秘制膏药，让刘凤之三天贴一贴。

"你哪儿来的膏药？"

"我自己配的。"范续亭说。

春暖花开的时候，刘凤之扔掉了拐杖。他逢人就说：“范续亭简直是个神医，他治好了我的顽症。”

这话传到小将们耳朵里，他们既气愤又兴奋，因为他们终于可以理直气壮地收拾一下可恶的范大胖子了。

什么为老百姓服务，分明是为反动地主效命！他们砸了他的诊所。

一旦不能行医了，范续亭就真的成了废人。他郁郁寡欢，恨吃恨喝，胖得只能坐着。梅香也抑郁，虽然努力克制着，终有拌嘴的时候。那天他们吵了两句，范续亭闷头喝酒。一整瓶白薯烧喝得还剩下一个瓶底，满脸通红，很怕人。梅香就去抄他的酒瓶子。他动作很快，一把护住了。两人就争抢起来。在争抢之中，范续亭磕了一下，身子慢慢地矮下去。

一代神医，就这样凋谢了。

刘凤之活得很好。

他经常踅到范续亭的坟前，跟他说说话，拔一拔墓上的荒草。他忧伤地说：“范续亭，算你狠，到了，还是让你的老东家给你当了长工，你能睡得安稳？”

回到村里的范晚吾，从来不跟刘凤之说话。他从父亲的遗物中翻出了《常见病一百例》《家庭汤谣一百诀》等小册子，明白了父亲到底是怎么一回事。他把它们烧了。把那些线装书装在一个粮柜里，上了锁。他要维护父亲的神秘。

这团神秘竟对他自己发生了作用——起初，他心里有些瞧不起自己的父亲，但到了后来，他却莫名其妙地产生了真诚的敬意。一个门外汉，居然把自己闹成了一个神医！范续亭不愧是范续亭。

我能做得到吗？对父亲的怀念和对未来的迷惘，紧紧地交织在一起，他第一次看到了命运的影子。他也在房间里洒上了一些来苏水。他从小就闻惯了这种气味，它让范晚吾有一种家的感觉。这种气味让他活在父亲的阴影中，既忧伤，也充实。他对自己说，传承父业，他还没那个资格。

范晚吾的诊所，与他父亲范续亭相比，才真的是个诊所。

他把父亲留下的两间土坯房拆掉了，就地盖了一座水泥预制板覆顶的四合院。院子的天井很大，他搭了一棚藤萝架，种了一种叫蛇豆（瓜）的蔓生蔬菜。此地人喜种葫芦和丝瓜，只有他种了蛇豆。蛇豆的藤蔓比丝瓜发达，把棚架遮得密密匝匝。果实也结得繁盛，比着肩膀垂下来，长长的、白白的、肥肥的，像一条条吞食过饱的银蛇。患者走进来，如果不躲闪，头会碰到这蛇状的果实，心里一惊，冷汗就下来了。

他的诊所有慑人的气氛，能平定患者浮躁的心，也能给人某种暗示，人们不好意思大声说话，诊所始终是静的。

范晚吾一直就没有胖起来。瘦瘦的，个子又高，腿和胳膊就显得特别长。这个长相，或许是因为小时候吃多了蚂蚁。他穿了一袭白大褂，很肥，他瘦长的身子就像藏在大白果里的一枚果核，无风也伶仃。因为滑稽，也就各色，也就庄重，人们感到他像个大仙。好像这种人一定会身怀绝技，就信任他了。

看不孕症的人一般都是两口子一块来。如果是女的有毛病，他检查得就很仔细。

诊室的设置很特别。一间房子里分治疗室和候诊室。没有隔离墙，只是用一块大白布帘子象征性地隔开了。候诊室放着两张硬板长条椅，他让男宾在这里等候，女的跟他一起进诊室。临进去之前，他向男宾拱拱手："得罪了。"

"对不起，请把下衣脱了。"

"嗯？"

"我要看看子宫的位置。"

“子宫有些后倾。”

“嗯？”

“例假准不准？”

“不准。”

“几年了？”

“差不多有三年了吧。”

……

里边的动静外边都能听到，男宾虽然心情很复杂，但是不能做过多的猜疑，就只好老老实实地坐着。他发现这个板凳很硬，坐着很不舒服。“这个范大仙，钱肯定挣了不少，怎么也不换两只软一点的沙发？”他突然领悟到，这是一种有意的设置，就是让你感受一下煎熬的滋味，谁让你始终没有作为呢？

里边没了动静，而且久久没有动静。

男宾下意识地去挑帘子，范晚吾大吼一声：“你要干什么？”

随着吼声，范晚吾整个人跳了出来，呵斥道：“是你看病还是我看病？不看了！”他开始脱他的白大褂。

男宾很惭愧，央求道：“您别生气，您别生气。”

诊室是个禁区，神秘而神圣。

范晚吾再出来的时候，脸上堆着很柔和的笑，对男宾说：“走，到院子里咱喝杯茶。”

男宾不见自己的女人出来，不禁朝里边张望。范晚吾对他说：“我给她敷了一贴膏药，过一个小时，再换一贴。”

天井里有一张大理石的圆桌，四周放了四只鼓形的石凳，石桌中心雕着一条蟠龙，石凳的壁上也雕着相同的图案。这种摆设，在皇宫、王爷府里能够见到。范晚吾跟客人落了座，喊了一声：“群凤，上茶。”

群凤是他夫人，老支书的小女儿。老支书有五个女儿，都有个

“凤”字，因为已经成群，小女儿索性就叫了群凤。老支书保护过范续亭，认为他是个人物。对他的儿子范晚吾他也高看，认为将来也一定是个人物，便把小女儿给了他（昊天塔下的人们都有“人物意识”）。

群凤闻声而出，手里端着个托盘，是一套景德镇茶具。茶是铁观音，布茶的方式是讲究的茶道，男宾呆了。

他不是为优雅的茶道而呆，是呆于群凤这个人。

群凤长得真美，仅仅皮肤有些黑。但在青枝绿叶银瓜的映衬下，黑得古典，像画中人。

群凤朝男宾嫣然一笑，男宾心里哆嗦了一下。他赶紧端起杯来，掩饰自己的失态。

他偷偷地看了一眼范晚吾，见他眼光放在虚空处，心里就平静了。对范大夫他产生了敬意——有这样出色女人的男人，心术还能不正？

他问范晚吾：“范大夫，我女人症在哪里？”

范晚吾举举茶杯，不作声。

“治得好吗？”

范晚吾依旧是举举茶杯，好像没听见他说什么。

男宾不敢再问。

院子里只闻茶香，不闻人声，静得肃穆。

给女人换过第二贴膏药，范晚吾挥挥他的长胳膊：“你们可以走了。”

男宾问：“我们什么时候再来？”

范晚吾说：“一年之后吧。”

一年之后，来了三口，女人怀里抱着个大胖小子。

男宾送了一份很重的酬金，依然有道不尽的感激，说：“范大夫，让我怎么感谢您才好呢？”

“就送一面锦旗吧。”范晚吾说。

送来一面锦旗，上面烫着四个金黄的大字：送子观音。

刚送走客人，范晚吾就迫不及待地把锦旗挂在了诊室的墙上。

夕阳给棚架镀了一层金，整个院落都高贵起来。

范晚吾坐在石凳上，跷起二郎腿在看报。是他自订的《健康报》。

既然是医生，当然要看《健康报》。那是国家卫生部办的嘛。

只要他一看报，群凤就知道，他是在等他的晚餐。

范晚吾的晚餐是很讲究的。四个小菜，外加一钵蕨麻汤。所谓讲究，是他不吃荤，但素菜要作出肉味来，有口感。每顿要变换花样，不能重了。盛菜的器皿是精巧的银器，要干净得不能挂一点滓儿。蕨麻，又称人参果，是青藏高原的特产。他只喝蕨麻汤，温补。

进餐时，要有酒。没酒，算什么正餐？他到底是一代名医了，拇指与食指、中指捏住高脚杯的架势有名士派头。

然而高脚杯里装的不是酒，也不是饮料。他认为酒乱性，饮料有添加剂，乱神。装的是白开水。

他喝的是意象。

他也不抽烟。

不荤、不酒、不烟，是他的职业自尊（自觉）。他干的是医疗中的特行，每天跟女人、跟女人的身体打交道，他必须保持神清气爽——除了来苏水味，不能有别的气味。这样能让她们放心，信任他。

群凤用食盘把他的四样小菜托了上来，很轻、很规矩地给他摆在桌面上。

他漫不经心地瞥了一眼，低婉却严肃地说："你的烧茭白有些老了。"

群凤笑着看着他。这是一种温婉的风情，意思是请他将就一下。

"怎么，没听见？"范晚吾把报纸扔在地上，声音有些恼。

群凤只得把那道菜撤下来，去重烧一个。

他真的有些不近人情。

其实这正是他人情练达的地方。

群凤不太乐意他搞不孕症治疗。整天看女人的部位，不明不白的，她心里别扭，感到对自己是一种伤害。刚干这项业务的时候，范晚吾晚上想跟她亲热一下，她一边躲闪着，一边嘟囔着："怎么，你还没看够？"

他很扫兴："你真是个小女人。"

"你换个女人试试。"群凤的意思是说，这种事，放在任何女人身上，都一样接受不了。

范晚吾不能迁就女人的任性，饮食突然就讲究起来。他是要用这种特殊的方式，让群凤知道，他范晚吾干的工作，是正当的，没什么见不得人的地方，她必须尊重他。

群凤重烧了一道茭白上来，他毫无表情地挥挥手："你去忙你的吧。"

他从来不跟家人一道用餐，他要单独享受。我是谁？我是范晚吾啊。

他有强烈的自我感觉。

晚饭吃得很惬意，盘子里的菜都吃光了，居然有一种微醺的感觉。

群凤适时地来收拾，一切都做得很轻。她转身要走，范晚吾把她叫住了。"有事儿？"

范晚吾笑了笑，在她的脸上亲了一下。（范晚吾真会安抚女人！）

群凤的脸红了。都老夫老妻了，居然还会害羞。群凤没有心计，传统、朴实，容易知足。

在微醺的感觉中，范晚吾开始想心事——

在家乡务农的那段岁月，范晚吾暗淡无光。土地是一片时光的大海，无声无息，不起波澜。但是，它抹平了差距，任何人一陷进它的怀抱，都显得微不足道。

景仰吴天塔，想成就一番大事业的范晚吾，因此就有了比一般人要强烈百倍的湮没感。他内心落寞，有大孤寂。

在孤寂中，他打开了那只上了锁的仓柜。那份伤感的封存，给了他最后的抚慰——他拼命地阅读父亲留下的那些线装书。

线装书散发出重重的霉味，纸屑也落得像秋庭黄叶。然而却没有梅香那样的对老旧的趣味肃然起敬的人了。父亲过世之后，母亲就呆滞了，她对什么也不感兴趣，只是游走在灶台和田垄之间。梅香死了，在的，不过是一个普通的老女人而已。

他苦涩地一笑——只读给自己，这挺好。

土地实行承包之后，他和母亲包了五亩地，二亩口粮田、三亩责任田。原来集体经营土地的时候，一切都大拨轰，不计成本，不计效益，干多干少都一样。便可以偷懒，可以不用心思，混在人群里跟着走就行了。眼下不同了，节气、茬口、播种、蹲苗、中耕、收割，每个环节都要自己考虑，种子、化肥、水电都得拿钱买，娘儿俩弄起来很吃力，真正体会到，做农民，在土里刨食，是苦的。

他们雇不起农机，翻耕土地的时候，只能用人力。娘儿俩一人一柄铁镐，从地头开始，一尺一尺地向前掘进。朝前望一望，他很绝望。五亩地也很是一大片呢，从感觉上跟五百亩没有什么两样。两个人陷在地海里，像两只不自量力的蚂蚁。大汗浸得眼睛都睁不开了，他拄着镐柄歇在那里。这一歇不要紧，就再也懒得弯腰了。而母亲却埋头掘着，不忍心做一刻的停顿，像有使不完的力气。老人的头发花白而稀疏，裸露的头皮黑乎乎的，两条腿也因为长年负重与奔波已经变形，向内弯曲着，像个括号。

这个括号里，能填上怎样的一种历史呢？

他不禁悲从心起，抹了一把泪。

在悯人悯己的同时，他看到了人的渺小。

所以，在农村可以实行土地流转的时候，他毫不犹豫地把承包地转包出去了。村里出现了几个种粮大户，叫新型农场。在他看来，这不过是地主的翻版。他觉得父亲生前做得最大的一件傻事，就是买了那么多的地。放着省心的雇农不当，你当什么地主？

出让土地之后，范续亭打过工，搞过推销，做过小买卖，但都半途而废。在建筑工地打工，他本人吃不消，工头也嫌他没力气；搞推销，人家一看他的长相，就不像正经人，不趸他的货；做买卖，他有斯文底子，耻于吆喝，更耻于斤斤计较，挣不上钱。他只好闲在家里。

那段日子，他家的门户，真是清风拂面，清汤寡水。

母亲坐在炕沿上发呆，眼神凄凉而幽怨。她虽然什么也没说，但他清楚，母亲心中那杆秤，早给他与父亲称过分量——范晚吾哪比得过范续亭？

他闲得无聊，闲得恓惶，就找他的当村同学段书樵聊天。

段书樵是个小有名气的画家，北京美术家协会会员，专画驴。

段书樵住的是一处竹篱茅舍。是他花了大价钱，刻意营造的。院子里有截骨树干，是用水泥加涂料做旧而成。树干上拴着一头毛驴。范晚吾进院的时候，毛驴咻了他一下，吓了他一跳。

段书樵迎了出来："知道就是你。"

"你什么时候变得能掐会算了？"范晚吾讥讽道。

"你范晚吾虽虎落平阳，但内心清高，别处你也不会去，只能上我这来。"段书樵把他引进自己的画室。

画室里有一座巨大的画案，四分之一篮球场那么大。上面铺着一幅画了一半的长卷，有一处只有四只驴蹄子，而没有身子。

"怎么，你画驴先画脚？"

段书樵点点头："你发现没有，毛驴身上最有特点的地方就是它的脚，比女人的脚都清秀，所以最难画。”

范晚吾觉得他有些神经，摇摇头。

这个画室里居然没有一处座位，他们俩只能站着。

“晚吾，你既然来了，就索性向你介绍一下我的画。”

段书樵说：“在普通人眼里，驴子没有什么好写的，也没有什么好画的了，然而我段书樵先生却以独特的视角，在前人的基础上，探索出了一条自己的艺术道路，那就是‘书樵禅易画’。

“什么是书樵禅易画？就是我把书法草书的用笔用在了画驴上面，强调一个‘写’字，因此，观其画（他的口气像是在对别人的画发表评论），挥洒自如，一气呵成，沉着痛快，并且大胆写意，皴染出禅易精神。观者无不咂舌浩叹，真乃开先河之气概，气死黄胄也！”

吹得大了，范晚吾心里闹得慌，感到他有点不可爱。

段书樵察觉到了，双臂猛地朝前一伸，又迅速收回：“还是用作品说话吧。”

“你看。”他点划了一下四周，范晚吾才发现，原来画室的四壁上全是驴。

他隐约听到了由远而近的群蹄如雨、狂蹈春潮的声音。他情不自禁地屏住了呼吸。

首先看到的是一幅《雁驴图》。画面的左上角有一排像逗点一样的大雁，右下角一棵老树上拴着两只小得刚能看出轮廓的驴。中间的部分，是辽阔的天际和空旷的原野，留了大片的白。压在留白处，错落着一行墨色很深的草书：大雁南来北往，飞来飞去，时光却洗不去童年的记忆，村口大槐树下那两头驴子总悠然入梦。

意绪温厚，拂动人心。范晚吾本能地感到好。

再看到一幅《燕京之驴》。群峦起伏，似有似无，近处的驴子却纤毫毕现，蹄脚灵动，风声在耳。蹄踏之处，有大字一行：燕京西部的小毛驴，素时性温顺，但莫让性起，极倔强。

范晚吾忍不住地叫了一声："好！"这哪里是在画驴，分明是在写人！他心中生出一片大水，冲击着久淤的块垒，好不痛快！

段书樵很得意，想把所有的画意一下子都灌到他这个老同学心中去，收醍醐灌顶之效。便围着画案走来走去。段书樵个子很小，面白，却在下巴上留着几缕稀疏的山羊胡子，很滑稽。画案之大，人体之小，好像那画案不是用来做画的，而是供一个调皮的孩子用来游戏的一片疆域，就更显得滑稽。

范晚吾忍不住笑了起来。

他发现，段书樵张狂的背后，是一颗赤子之心。他的画，以草书的笔法写之而得其骨，以水调动墨而得其韵，以醇厚佐以乡情而得其趣。他是在抒情。

他感到他很可爱！

看完墙上的，再看画案上的——那幅未完成的长卷。

"你想给它起个什么名字？"

"叫《驴阵》，或者干脆就叫《群驴图》。"

范晚吾看到有几只驴子的脚掩在草丛里，便有所得地说："你是在讨巧，干脆说是在偷懒。"

"我跟你说过，画驴最难画的是驴脚，摆弄一幅长卷，要是笔笔不苟，你还不把我累死啊。"段书樵笑笑，"不过你说的也忒难听了点，用我们画行的术语，这叫藏拙。有境地的画家，最懂得运用两种手法，一是留白，二就是藏拙。"

"你真是成精了。"

"谢谢恭维。"

段书樵很是受用，请范晚吾到客厅去喝茶。

脚刚要迈出画室，范晚吾突然想起了什么，问："你准备给这幅画题点什么？”

“画未动先立意，早想好了。”段书樵从笔筒里抽了一支大毫，抻过一张宣纸，蘸足了墨，写道：怨天怨地不由生，驮粮驮草不驮兵，但愿来生成龙马，驰骋沙场做英雄。

写罢，把笔朝空中一扔，画了一个优美的弧线，稳稳地落到了一只巨大的笔洗之中。

“题得好，豪气逼人！”

范晚吾情动于衷，心中不禁冒出两句：昊天塔下埋忠骨，我辈岂能是狗熊。

词句粗鄙了一些，但是，他好像能看到自己的未来了。

“你这幅字，我带走了。”他说。

他们在茶几旁落了座。段书樵的茶几是用古树的树根做的，原木颜色，拙朴而典雅。其上，年轮毕现，且呈辐射之状，像不安于室内的拘囿，要扩展到室外的天地中去。范晚吾啧啧作叹，稀罕不已。

“喝什么茶？”

“随便。”

“我只喝云南的普洱茶。”

“那就普洱。”

段书樵取了一套日本茶具，热水冲杯，箅去头汤，灌到子壶里，再从子壶往牛眼大的口盅里斟茶。程序繁复，一丝不苟。

一个班中的差等生，都以为不会有什么前途的人，居然混成了志得意满、处处讲究的人物了。范晚吾心里说。

“晚吾，其实我知道你心里在想什么。”

“唔？”

“我一没上过美术学校，二不是丹青世家，怎么就混上了这行？原因就两条，一是乘势而上，二是独辟蹊径。”

段书樵解释道——

“现在人都混奘[2]了，有闲心了，吃喝嫖赌抽太老套，没品位，就往文化上靠，一下子进入了一个附庸风雅的时代——书画有市场，咱就弄书画，这就叫作乘势而上。弄书画就那么容易？传统的弄法，拜师，上培训学校，练技法，弄出点模样，少说也得十年五年的。即便是上道了，所有的画法都有名家大师在前边戳着，你画得再认真，也是赝品、下品，谁买账？我就创自己的路子，打禅意画的旗号——禅和易在现在，是两个时髦的东西，咱不仅禅，而且易，还画，一下就吸引了众人的眼球。这就叫独辟蹊径。”

“喝茶，喝茶。”见范晚吾听得发呆，段书樵提醒道。

范晚吾小啜了一口。

“茶怎么样？”

“不错。”

其实范晚吾觉得这茶真的没什么喝头，有点土腥味。

“那么，画界对你的画认吗？”范晚吾小心地问。

“画界算个屁！关键是民间。”段书樵把口盅重重地蹾在茶几上。

范晚吾吓了一跳：“你这是什么意思？”

段书樵说——

“画界论资排辈、党同伐异、诌强凌弱，是个小圈子，也许你一辈子都进不去。再说，参加美展、报刊发表、出版画册，也是少数人看，再好的画，也是死画。行内人又有谁舍得花大钱买你的画？

“书画的广阔天地在画界之外。

“非款送小款，小款送大款，大款送巨款；非官送小官，小官送大

[2] 粗、阔。

官，大官送高官。附庸风雅的时代，书画是传递情感、装潢门面、打通关节、权钱交易的首选。你看市场大不大？你甭担心，我的画，一幅也剩不下。”

范晚吾大开眼界，觉得这个世界，不能用老观念看了，有无限的可能性。

扯来扯去，扯到了范晚吾身上。

“晚吾，你总不能老是闲在家里吧。”

“我能干什么？”

“开诊所啊。”

范晚吾摇摇头。

“神医范续亭的儿子不开诊所干吗？”段书樵又补充了一句，“在我看来，你范晚吾如果不开诊所，干什么都是不务正业。”

“我恐怕干不来。”范晚吾嗫嚅道。

“你是因为老子的名气太大，怕被他‘陷’了。说句不恭的话，其实他范续亭算个什么神医，不过是个土郎中而已。他的名望不在医，而在于他的仁义。”

“问题就在这里，好人没有好报，医行太让人伤心了。”

“好歹你也是老三届的高中生，怎么这么迂腐？”段书樵不容范晚吾喘气，“你应该向京西的驴学习，不怕受伤。再说，你是为生存而战，想那么多干吗？！”

一句为生存而战，深深地触动了范晚吾。他是家中的独子，农谚云：八十亩地一棵苗。他得撑门立户，他得给母亲一个温饱、安定和体面的晚年。他不能再任性地打秋千了。

他是范续亭的儿子，装着满肚子的线装医书，做过赤脚医生。段书樵的说法是对的，必须开诊所。

一旦认定，他心里轻松了许多。

段书樵又给他提了一个建议："你看见没有，现在到处是私人诊所，所以，你要开诊所，就要开特色诊所。"

"嗯？你具体谈谈。"

段书樵说："人穷的时候，生孩子像羊拉屎一样，稀稀拉拉就一片；现在生活富裕了，反倒生不出孩子了，你说怪不怪？"

"是挺怪的，这些年，夫妻多年，却一直不能生育的，随手就能找到几对。"范晚吾说。

"那好，你就专治不孕不育症。"

"这成吗？我熟悉的，可是普科。"

"怎么不成？"段书樵说，"就像诗、书、画同宗同源一样，什么中医、西医，内科、外科，妇科、普科，都是通的。"

范晚吾觉得这趟没有白来，段书樵在他的死屋之上，开了一扇天窗。他对段书樵说了一番很义气的话。与孟良、杨六郎相仿佛。出了门，他的心情突然变了：对这个朋友，他不再感谢，而是生出强烈的嫉妒。他凭什么对我范晚吾指指点点？

月亮爬上来了。清辉被棚架筛过，落了满地碎银。当然，也有几片，落到了质地高贵的大理石桌凳上。这是多么富有诗意的夜晚啊。但是，范晚吾已没有"爱月眠迟"的心境，整天被来苏水的气味熏着，满脑子都是病症、方剂，他心里很疲惫、很沧桑。他只是觉得有点凉，不得不移到客厅里去。

他的客厅，其实是个展览室，或者就叫荣誉室、广告间。四面墙上挂满了大大小小的锦旗和错错落落的牌匾和奖状。锦旗、牌匾多是被治愈的患者送的，上面写的多是"妙手回春""杏林奇葩""人间圣手""送子观音""救生菩萨""京西奇人""华佗再世""当代神医"之类。奖状多是一些医疗单位、研究院所、专业协会颁发的。多是行业评比、年度评奖的产物。为了这些奖状，他使了不少银子。

自然要放置一套清代家具。据说，这种家具是从宫里传出来的，紫檀花梨，图案富贵，雕工细致，色泽温润，当然名贵，当下的权贵人物，均趋之若鹜。这是范晚吾从潘家园旧货市场买的。他的出身，决定了为人的品性：装点门面，摆阔，也不忘记节俭。

他还特辟了一个专柜放父亲留下来的线装古书。因为是镇宅之宝，是上了锁的，贴了一条段书樵的手书：祖传秘籍。人们只能透过不明不暗的毛玻璃往里看，愈是看不清楚，愈是神秘。

患者找他治病，他先是把人引进这个展览室。那个阵势把患者镇住了，所有游移和疑虑都立刻烟消云散，剩下的，只有敬佩和信任。

范大夫给沏的茶，他们也忘了喝。其实是不好意思喝，在神明面前，不敢造次。

范大夫开出的价码，他们也从不回价。到了这种地方，还能讨价还价？太不懂事了。

范晚吾往圈手椅上一坐，被硌了一下。欠起屁股一看，是他的掌中物，两只麻核桃。他笑了笑，是在笑自己的记性。他太忙了。他优雅而娴熟地揉起了麻核桃，掌心热起来，五指也活络了。他换了一只手。他还想喝一点茶，努了努嘴，想让群凤把外边茶几上的茶端进来。但终究还是没喊，因为他马上想到，晚上喝水太多，会伤身伤肾。他觉得，到了这个份儿上，应该珍惜自己了。

他的眼光凝聚在对面的墙上。牢牢盯住的，不是锦旗也不是奖状（他一直觉得，这些东西，真俗），而是段书樵在《群驴图》上的题字：怨天怨地不由生，驮粮驮草不驮兵，但愿来生成龙马，驰骋沙场做英雄。

嘻嘻。龙马！英雄！

他感到段书樵的字有些做作。但是，他每天都看。

他此时没有丝毫睡意，一边揉着麻核桃，一边眯着眼想下去——

范晚吾的不孕症诊所是悄悄开业的。既不挂匾额，也不张榜，也不做广告。因为他底气不足。

最初登门的，是本村人。听说范续亭的公子也挂起了白布帘子，人们感到亲切。乡下人恋旧，喜欢摩挲旧时的记忆，对过去的情感看得重些。

他们来看的，都是普科。头疼脑热、血压高、肺部感染、急性痢疾、小儿喉肿……一些常见病。

范晚吾笑脸相迎，认认真真地诊治。

他一点也不迂腐。虽然开的是不孕症专科，但他绝不拒绝收治一般病人。病人是大夫的衣食父母，有饭吃总比没饭吃好。（这种搂草打兔子的行医方式他一直保持到现在。）

治好了这些患者，他会笑脸叮嘱人家一句："您给宣传宣传，咱最拿手的，是治男女不孕不育。"

来了一对在本村砖厂打工的外地民工。

他们祖籍安徽半岗村，那里的水稻没有黏性，产量也低，养不活人，便出来打工。他们结婚五年了，盼子心切，就是不能生育。男人就酗酒，打工钱有一半用来买酒。两口子感情很冷。

男人说："她有毛病。"

女人反驳说："他总喝酒。"

"你还嘴硬，小心我休了你。"男的感到没面子，很生气。

"不看了。"女的抬腿就走。

由于是第一宗买卖，范晚吾不敢马虎，笑着相劝："二位到了这儿，就算是到家了，有话好好说。"

把二位安顿下来，范晚吾仔细地询问了他们的夫妻生活。这个话题很敏感，女人不好意思，指指自己的男人："让他说。"

女人走出屋子，在当院里等着。

没问出什么问题，他给了男人一个白色的小纸盒：“院子的右侧是厕所，您给我请点精液回来。”

范晚吾置备了一套化验的器皿，化验结果很快就出来了。精液里有很活跃的精子：“问题不在你。”

“就是嘛。”男人很委屈地说。

他把女人叫进来，笑着说：“对不起，我要给您检查一下。”

自然是让女人把下衣脱掉，但女人就是不动作。“俗话说，病不避医，这是必要的检查，在大医院，也是这样。再说还有您先生在跟前，您放心就是了。”

“让他出去，我不愿意他看见我。”

女人说了一句让他吃惊的话。

范晚吾拍拍男人的肩膀：“兄弟，那就委屈您了。”

一检查，范晚吾又吃了一惊。他发现夫妻多年，女人的处女膜还像个大姑娘一样完好无损，只是她的尿道又红又肿，变形得很厉害。经过询问，男人正是把女人的尿道当性器了。

他唏嘘不已。这年头，一部分人性放纵得一塌糊涂，以至于针灸止孕、药物流产的小广告在墙上、树上、电线杆子上比比皆是，而居然还有一部分人，性愚昧得如此不堪，真是林子大了什么鸟都有！

他把男人叫进来，娓娓地，给他上了一堂生理卫生的课。

两个月之后的一天，男人给范晚吾送来两瓶二锅头：“她怀上了。”

范晚吾让他把酒拿回去：“我不喝酒。”

“不，这是我们的一点心意。”因为范晚吾没收他们的费用，男人有些过意不去。

“你要是真的想表达一下心意，就送我一面锦旗。”

见男人迟迟不表态，范晚吾问：“怎么，怕花钱？”

“不是的，我们又没病，这么做，有点不好意思。”

范晚吾懂得他的心理，便笑着在他的软肋上戳了一下：“怎么，比让别人知道咱一个大老爷们居然不懂男女之事还不好意思？”

范晚吾的意思是：承认自家有病，承认是我范晚吾范大夫治好了你们的病，总比让旁人知道内情，笑话你们愚昧更有面子吧。

这一招很有效。男人犹豫了一下：“好吧，我们送。”

“谢了。”

“上面写什么？”

“妙手回春。”

“不过，我们的事儿，您可要保密。”

“请放心，我范晚吾的诊所还要开下去呢。”

旗开得胜，人陆续就来了。

他远房的一个侄媳妇来找他：“叔，给我也瞧瞧。”

他这个侄媳妇也是三年人妻而无生育，正急着呢。他说：“不瞧。”

“叔，您放心，瞧好了也给钱。”

“那也不瞧。”

“那为什么？”

“就因为是亲戚。”

他心里有自己的小算计。给亲戚瞧病，副作用大。瞧好了，理所应当；瞧不好，外人会说，你瞧，他连自己的亲戚都看不好，嘻嘻……

侄媳妇性子比较冲，毫不客气：“您到底是不是医生？”

真正的医生，不分家里家外，眼里只有病人。

他被问住了。

小心地检查了一番，他乐了。

他这个侄媳妇子宫颈狭窄，有些“闭”。精卵不好相遇。

他想到了乡下的兽医。这是大牲口常遇到的情况，一般都是用雄黄、川芎热熏，使其开窍。

他觉得人与兽同，便给她开了几剂川芎，让她每天晚上同房前，用砂锅煮沸，然后把身子放到热气上熏上十分钟（为什么不是五分钟、十五分钟？），然后……

他为什么不给开雄黄？因为雄黄的药性大，怕人受不了。

侄媳妇果然就身怀有孕，来给叔公报欢喜。

他也让侄媳妇送一面锦旗。

侄媳妇自然要问写什么，他随口说随便吧。送来的锦旗也写着“妙手回春”四个字。因为她看到墙壁上有这么一面锦旗，就照方抓药了。

范晚吾感到好笑，摇摇头。

好笑的事情还在后头——

他那位远房侄子对叔叔的治疗有些怀疑。不打针（西医）、不吃药（中医），只靠熏（物理），就把顽症治了，也太简单了吧？他认定，他跟自己的媳妇有染（农村有“素大伯子荤叔公”的说法，也对他有暗示作用）。孩子生下来，他做了亲子鉴定。虽然这一切都是悄悄地进行的，但是也传到了他耳朵里，对他打击很大。他加了小心，对病人有约定：看不孕不育症，必须是夫妻同时到场。治疗室与候诊室之间，也只隔着一块象征性的布帘子，免生猜疑。

这一天，来了一个肥大的人物。

那个人身材臃肿，头发稀疏，一问年龄，才仅仅三十三岁。得知他是这个镇的镇长，范晚吾不禁紧张起来。他赶紧让座，上烟，沏茶，手忙脚乱。

镇长说：“别客气，还是看病吧。”

镇长接过他给的烟，只抽了一口，就下去大半截子，烟一吐出来，立刻就把整张脸罩住了。范晚吾被呛了一口，但是他不敢喘，偷偷地咽下去。呼噜，呼噜。嗓子被堵住了。

镇长很大方，指指他的女人："你检查就是了。"

他在外边打手机。

望闻问切一番，从女人身上没发现问题，他完全可以下结论了。但是，他听到一帘之隔的那边，镇长在大声地吼："你他妈的会不会当官，挺简单的事情怎么弄得这么复杂？把派出所拉上去，以妨碍公务的名义把他铐起来，看他还折腾不折腾？"

范晚吾哆嗦了一下。

镇长语气平和地问他："哪儿出了问题？"

范晚吾心里很紧张，选择着适当的词句："镇长，您看，这种病成因很复杂，我一下也说不好，您是不是能容我再分析分析？"

镇长很通情达理："那好，你就慢慢分析。"

镇长夫妇钻进车里，司机却下来了，提着两盒铁观音，走近范晚吾："范大夫，这是镇长给您的。"

送走镇长，范晚吾无心再营业，关了诊所，径直去找段书樵。

他觉得，给镇长看病，真是一件棘手的事：看下去吧，又没把握，一旦看不好，诊所就不好开了；推出去吧，又心存不甘——这可是给他的诊所带来巨大影响的绝好的机会啊！

福祸相依，不好决断，他要向见过世面的段书樵讨个主意。

段书樵正在作画，只是朝他点点头，没有放下他的画笔。

范晚吾就站着把镇长来看病的事叙述了一遍。他讲得有些急，脸上的汗都下来了。

段书樵像没有听见，取了一只小毫，在水彩盒里蘸了蘸，在一只驴脚上点上一抹浅粉。

"晚吾，绘画里有两个典故，你知道不知道？"

范晚吾不满意地白了他一眼。

段书樵一笑："一个是'十里蛙鸣'，一个是'赏花归来'。前者，画面上不见青蛙，只见蝌蚪；后者，只见马蹄和绕蹄而旋的蜜蜂，而不见花海。但无蛙却有蛙，无花却花满地。这叫什么？这就叫写意，这就叫艺术。”

范晚吾觉得他有些卖弄，转身要走。

段书樵摆摆手：“你真是的，那还算事儿。”

原来他都听见了。

“俗话说，撑死胆大的，饿死胆小的，干大事业的人，都是敢冒风险的人。”

“这的确是一件有风险的事。”范晚吾嗫嚅道。

“操，镇长怎么了？他也是人。”段书樵不以为然，依然画他的画。

范晚吾心里说，你说得倒轻巧，那可是老虎屁股。“书樵，你能不能帮我合计合计？”

“操，你没看我正忙着吗？你该干吗干吗去吧。”

段书樵把他“赶”了出来。

出了“京西草庐”（段书樵给自己的画室起的号），范晚吾既恨又悔。他不该来找段书樵，一旦找了他，就没有退路了。

这是个面子问题。

范晚吾的诊所关了好几天门，他查了许多书，苦苦钻研，一天到晚流汗。自己都觉得自己瘦了。唉！他很怜悯自己。

镇长又来了。见了范晚吾，他吃了一惊。范晚吾面色土灰，须发丛生。“怎么，范大夫，你病了？”

范晚吾点点头。

在中国的哲学里，病者为大。镇长感到范晚吾身上有几分尊严，态度就更客气了：“里里外外一把手，您开个诊所真是不容易。”

关切的话，给范晚吾注入了一种镇定的东西。他娓娓地说道——

“镇长，您夫妻的问题，归根结底是您自己的问题。既然是您的问题，问题就大了，我怕给您治不好。”

“嗯？问题那么严重？”

“我不知您有没有毅力。”范晚吾看到镇长的目光是专注的，便说，“如果有毅力，不医不药，也能见好；如果没有毅力，再好的药，也功败垂成。”

镇长被唬住了。觉得这个瘦得跟蚂蚁似的人，像个真正的医生。“我他妈的一镇之长，会没有毅力？”

范晚吾给他开了一剂“药方”：半年内要不烟、不酒、不肉，要少熬夜、少动怒、少外出，体重至少要减下去二十斤，然后再来找他，他再给用药，是一种对症的汤药。

送走镇长，范晚吾怪怪地笑笑。他把包袱推给了镇长。觉得，像他这种人，整天在酒肉和欲望里泡着，减轻体重谈何容易。这本身就是他范晚吾安全着陆的理由。

半年后，来了一位挺拔、健壮、英俊的年轻人，有一头浓密的黑发，笑吟吟地对范晚吾说：“范大夫，半年没见，您还好啊？”

范晚吾愣了：“怎么，我们认识？”

来人对他说，他就是这个镇的镇长，半年前找他看过病。并且告诉他，他妻子已经怀孕了，而且他还长出了头发。

范晚吾呆住了，脑子里一片空白，机械地说着：“您看看，您看看……”

镇长说：“您的医术真的有些神奇，一个减肥疗法，不仅治好了我的不育症，还治好了我的脱发症。”

范晚吾已醒过神来，说：“功德都在您自己，您有毅力。”

镇长很受用，说：“您不能这么说，您不能这么说。”

两个人像多年的朋友一样，坐下来说话。

镇长问其中的道理。

范晚吾说："您得的是'无精症'，导致的原因就是肥胖，就是烟酒与厚味，再加上工作紧张，神经紊乱，精液发育不完全，缺少精虫。这些原因还导致您的内分泌发生障碍，就脱发……"

"您真有研究。"镇长说。

范晚吾笑而不语，有一种矜持之美。

他心里说，我哪里有什么研究，不过是略知一点皮毛，斗胆一试，背水一战而已。

是他范晚吾祖上有德，暗中保佑。命好。

镇长给了他一笔丰厚的报酬。

"得罪了。"他笑着收下了。他本能地觉得，对镇长这种身份的人，不能推让。金钱，能加重你在他心中的分量。

第二天，镇爱卫会给他送来一张镶在精美的镜框里的奖状，上面写着"杏林奇葩"四个字，右下角盖着爱卫会的公章。这个玩意儿，有点不伦不类，牌匾的性质，奖状的做法。

范晚吾觉得镇长这个人不错，回访了他一次，送给了他几盒保健（壮阳）蜜丸。

"拿"下了镇长这样的患者，范晚吾的名声就大了。

他的胆子也大了起来。什么样的患者他都敢收治。

便门庭若市。

杂乱的人声，慌忙的应对，范晚吾的体力有些不支。怎么会有这么多患者？

这样不成，长期下去，一定会出问题。他提醒自己。但只是闪了一下念头，没有真的在意。谁对钱有意见？他要忙着挣钱。

果然就出了问题。

一个患者因习惯性流产而导致不育，他凭着经验，草率地给她开了保胎蜜丸。两个疗程（一个疗程四十天）之后，不仅没有疗效，患者还得了腰疼的毛病，脸色都黑了。

他感到问题严重，亲自带着那个患者进了城，到了一家妇产科医院。

原来，那个患者得了血瘀。那里的大夫很是吃惊："怎么还用保胎药？这是谁给治的，也太不负责任了！"

范晚吾脸红了，不敢露出自己的医生身份。那个患者是乡下的妇女，有隐忍的品性，只是幽怨地看了他一眼，没有多说话。

用化瘀的药，"打"下来许多浓黑的血块子。然后给患者刮宫。流产造成的残留，导致坐胎不实，必须作一番清理。

经过大医院的疗治，那个患者顺利坐胎、生育。因为惭愧，整个过程范晚吾全程陪同，治疗费、药费、营养费和误工补贴，他全掏了。

"范大夫，让您破费了。"那个妇女很感谢，被误诊的事始终没有向外界吐露一个字。

那个妇女有一种朴素的情感，都是乡下人，干什么都不容易。

范晚吾被深深打动，立刻就变得谨慎了。他每天只看两个病人（上午一个，下午一个），而且就诊要预约。

一预约，他的身价竟提升了。在大医院，只有看专家门诊才预约的。

他的诊所也神秘了许多。

这是范晚吾没有想到的。不过，这很好，诊所毕竟不是菜市场，要有"格"。既然有"格"了，就不能马虎，他看病很卖力气，觉得每个患者都是他的亲人。

虽然想心思想得很晚，但第二天早晨，一到六点，他还是起了床。

他每天都这个时候起床。

这个时候，是菜贩子到批发市场趸菜的时辰。他真心认为，虽然自己有了名气，其实跟菜贩子是一类人。他忘不了自己的出身。

起床之后，他用剩茶汁刷牙。然后叩牙二十四下，心里默念：立春、雨水、惊蛰、春分、清明、谷雨、立夏、小满、芒种、夏至、小暑、大暑、立秋、处暑、白露、秋分、寒露、霜降、立冬、小雪、大雪、冬至、小寒、大寒。每叩一下，都要对应上一个节气。他感到自己是自然之子，齿间有青草味，很清爽。

他用冷水洗脸。不用毛巾，自然晾干。

洗漱完毕，给母亲梅香请安。母亲虽然上了年纪，但眼神清亮，面色潮润，是个皮实的老太太。她早已收拾停当，静静地等着他。范晚吾一推开门，老人家就迎了出来，说道："咱们走。"

母子俩每早都一起遛弯儿。

这是燎石岗村的一道独特的风景。街上的人，都怀着一种敬意，注视着他们走过。人们无言，但心中有数：虽然这是一家有钱人，但却是正经人家。人们不嫉妒。

娘儿俩在街头小摊吃早点。母亲是两碗豆腐脑，三根油条，范晚吾则是一碗豆浆，一个素烧饼。他饭量比母亲小，不吃油炸食品。他也劝母亲少吃油炸食品，但母亲就好这口儿，也就听之任之。母亲的膝盖有些僵硬，起身的时候，范晚吾搀了她一下。老太太乜乜地笑。

一回到家里，老太太就不出门了。她炒草药，磨药粉，搓药丸子，一忙就一整天。因为自己不是闲人，心情很好。

群凤很欣赏他们母子的这份感情，能想象出自己的晚年光景。

她早已把诊室的内外收拾干净，就等着范晚吾进来。他一进来，双手一张开，群凤便顺势把大白褂的袖子给他套上了，然后给他抻抻下摆，系上腰间的带子。那么自然，那么默契，很美。

范晚吾坐下，他要静静地看一个小时的书。

群凤走到门口，又回头张望了一下。范晚吾捕捉到眼里，问："群凤，有事？"

“吾凤从卫校毕业了，你看是不是也把她留在咱们诊所？”

吾凤是他们的女儿，名字是范晚吾起的，各取了他与群凤名字中的一个字。

“不，回头我找一下镇长，给她安排到镇卫生院。”范晚吾说。

“镇卫生院效益不好，收入低。”

“你还指望她挣钱？”范晚吾笑着反问道。

“那，就依你。”群凤从来都不反驳他，“那我就忙去了。”

群凤的背影很好看，女儿都十八岁了，腰肢还柔韧得像个大姑娘，范晚吾心里很自得，感到自己是爱她的。

吾凤学的是产科，按理说正好可以做他的帮手，但他觉得私人诊所毕竟是个野台子，在正规医院才有前途。同时他还有一层考虑：私人诊所设备不完备，诊治多靠经验、偏方，手段“野”，有局限，有些病例，还是正规医院有把握。如果在正规医院里有人，他可以“借势”，多了一重保障。

范晚吾真是精明，虽然台面弄得这么大了，心里还存着几分冷静。

主意已定，他静下心来读书。

他读的是一本叫《香园》的书。作者是古阿拉伯的谢赫·奈夫瓦齐，系世界性学经典之一种。其中有一章是谈不孕妇女的子宫及其治疗。

书中云：妇女不孕的原因多与子宫有关，或血块堵塞子宫，体液积存；或子宫内部缺陷，幽闭与漏风并存。治疗方法之一：将驼峰中的脊髓涂在亚麻布上，在月经之后清洗阴部，还应佐以一种饮品——把“豺狗的葡萄”的果实捣碎，挤出汁液，添加香醋，连饮七天。

什么是“豺狗的葡萄”？他百思不得其解，摇摇头。

书中又云：方法之二，取少许芝麻捣碎，掺入少量红砷粉，兑汁连饮三天，旋与丈夫同房。

他觉得这个方子好操作，可以借鉴。

但还是摇了摇头。他认为，古书上的说法近乎神说，均不可靠，只能用来开阔思路，不能贸然使用。

他读得很专心。因为里边有大量的关于“爱的艺术”的论述，譬如“房中的赞美”“同房时香水的使用”等等，他很感兴趣。类似的著作，他已读过了古印度的《爱经》、古罗马的《爱术》、古希腊的《尤物》。对照起来，他感到中国人很愚昧，缺乏“爱的艺术”。

“爱的艺术”跟治疗不孕不育症有什么关系？大有关系！如果有这方面的知识，夫妻和谐，身心投入，不阴冷、不阳痿，门窍通畅，容易受孕。

这是一种特殊的药，病人可以自治自愈。

他要传授给他们。

因为阅读，他对患者生出了一颗爱心，胸膛里暖洋洋的。

进来一对玉人儿。

男的西服革履，鬓丝熨帖；女的丝裙飘飘，语音温柔。二人手挽着手，很恩爱的样子。竟不能生育，他很惋惜。

问题出在男方。男方的那个地方有些红肿，泛着一层细密的孢疹，有隐隐的异味。他明白了，这个人的私生活有点烂。是这种时尚病，影响了正常生育。

范晚吾背着女方轻声地对这个人说：“伙计，你得认真治一治。”

“是不是那种病？”那个人问。

范晚吾点点头。

那个人脸一红，偷偷地看了一眼他美丽的妻子。“您能不能治？”他问。

范晚吾说：“当然能治，跟不孕不育有关的病我都能治。”

他让这位先生住下，集中时间给他治一下。他看出来，这个人的欲望很强烈，怕他管不住自己。

男人问："我怎么跟我妻子说？"

范晚吾说："不用您说，我跟她说。"

范晚吾对女人说："您先生的泌尿系统有点小毛病，我要给他矫正一下，就在我这儿住几天吧。"

范晚吾处理得很得体，女人没有感到有什么不妥，临走的时候，还在男人额上亲了一下。

治疗期间，他们朝夕相处，但范晚吾从不提他的病，只是跟他天南地北地聊时事、聊社会，交流手机短信中储藏的段子。给病人擦拭、消毒、敷药、针灸，与之零距离接触，毫不顾忌，好像他治的不是脏病。病人很感动，觉得范晚吾是命运早就给他预备着的一个友人，很适时地相遇在一起了。

这个人叫雷童。是个文化人，写得一手好文章，三教九流的人交得很多。他见识很广，谈吐不凡，范晚吾有点佩服他。雷童也佩服他，觉得范晚吾不仅会看病，还懂得人心，懂得社会，可称人物。病很快就治好了，但有许多话题还没有聊透。范晚吾有点恋恋不舍。临送雷童走的时候，他传授了一些跟女孩子游戏时能有效自我保护的秘方，他觉得这对雷童有用。

雷童说："范大哥！你是个奇人，应该好好宣传宣传。"

范晚吾懂得他的意思，是想用他最擅长的方式给他一个回报。他摇摇头："时候未到。"他是在想，知遇之人之间，贵在精神上的回应，一掺杂了这种世俗的东西，就不好了。

送走了雷童，范晚吾第一次尝到了一种滋味：心中空旷。

他总是想去找雷童。

但总感到不是时候。如果雷童的夫人"喜"（怀孕）上了，他倒是可以去的。用农村的土话说，那时，不"屈脚"，去得硬气。

为了填充心中的空旷（其实早就想这么做了），范晚吾上了两所函授大学。一所是“中医函授大学”，一所是“西医函授大学”。既是要系统学习一下中西医理论，也是要取得两张文凭。文凭这种东西有世俗的用处，它代表着从医人员的资质。

函授大学实行音像教学，范晚吾的客厅里就多了一个专柜，放满了录音带、录像带。看到的人都会本能地想到：这个范大夫，肚里有正经东西。

这期间，刘凤之老先生到他的诊所来过一趟。

老人家已经八十有五了，步态还是那么稳。但他好动，坐不住，似乎是因为范续亭给他注入了过多的蜂毒，血液里多了激情的基因。他在客厅里时而坐下，时而站起，走动不止。他戳点着室内的摆设，连连感叹：“你比大胖子范续亭有出息！”

范晚吾说：“我爹他有真功夫，我这叫华而不实。”

刘凤之摇摇头：“你就搁车吧。”

刘凤之问：“京城的恭王府里有块碑，碑上有个号称‘天下第一福’的福字你知道不知道？”

“知道，是康熙写的。”

刘凤之说：“康熙皇帝留下的墨宝很少，所以这个福字就十分珍贵。这个‘福’字珍贵在哪儿？它可以拆成五个独立的字：子、才、田、多、寿。乾隆爷的时候，和绅为庆老母寿诞，把福字石碑盗到了自己家里送给老母。虽然背了骂名，但也算他做的一件好事，不然早就流失了。你别笑，我之所以说到这个福字，是想提备提备[3]你：你要置田产。”

范晚吾一愣：“您这是哪儿跟哪儿。”

---

[3] 提醒。

刘凤之说："在命里，你是个有大福的人。从长相上，你有张驴脸，有个蚂蚁身子，一定会长寿。从眼下看，你多才，多子。什么，你就一个女儿？这我还不知道。但是你干的这行，托生了多少孩子？从阴德上说，别人的孩子就是你的孩子。现在，你差的就是一个'田'字。所以，你必须置田产。我知道你该翻旧账了，那时候是时运不济，政策不允许。现在咋样？小平同志说，一百年不变。"

这老爷子有痼疾，一辈子跟土地过不去。范晚吾心里嘀咕着，嘴上却说："就我的这个身膀，种得了地？"

刘凤之说："嘁，谁让你自己侍弄了？你现在不是有钱了吗，雇工啊。"

范晚吾说："嗐，我开的不过是一家小诊所，哪里有钱。"

刘凤之说："在中国，无后为大，传宗接代的事，谁都舍得花钱，你甭骗我，你的钱挣老了。"

刘凤之真是能掐会算，范晚吾不置可否，只是笑。

他的确有钱，多得心里都发慌。他是个无所求的人，生活又节俭，所以他有时问自己，我要这么多钱干吗？正因为这样，他既不炒股，也不投资房地产，虽然这两项行市正好，可以挣大钱。

刘凤之没有说动范晚吾。但是，一送走这位老爷子，范晚吾的心就失去了往日的平静。他莫名其妙地躁动起来，甚至有点寝食不安。他模模糊糊地意识到，他不能就这样"窝"着——这种状态，即便是兜里有钱，也是个"穷人"，充其量也就是个乡下的土财主。应该"飞翔"！

不能再等了，必须马上见到雷童。那小子一定会有飞翔的办法。

范晚吾精心备了一份礼物。

京西有个高庄村，那里有块仅一亩见方的水地（旁边有口温泉，水温常年恒定），生产出的稻米，好吃，有咬劲。康熙封它为"御塘米"，身价陡增，只供皇室。现在被当地政府居为奇货，仅送高官。他费了许多周折，搞来两袋。又从村里的农户弄来四只土养的柴鸡，觉得礼数够了。

我范晚吾给谁送过礼？他自己都觉得可笑。

他骑着摩托上路了。

虽然有钱了，他也不买轿车，认为那实在招摇。

怕人家认出他来，他穿了一件雨衣，雨帽把头封得很严。鸡是活鸡，在车把上不停地扑棱，车子走得就有些摇摆。路人见了，很是惊罕，以为大白天撞见鬼了。

雷童开了房门，吓了一跳："你？"

范晚吾摘掉雨帽，缩了缩肩膀："范晚吾。"

范晚吾的礼物把雷童逗乐了："您这是干吗？"

"一点土特产而已。"

范晚吾坐在客厅里有些不自在，他觉得太冒昧了。

雷童朝内室喊了一声："快给范大夫沏茶。"

出来的女人穿着孕妇装，满脸堆笑。

范晚吾的眼睛一直没离开女人的肚子，面色严峻。他生气了。"你不够朋友。"

雷童马上反应过来："对不起了，范大夫，我应该早点去看您。"

范晚吾摆摆手："算了，你们这种人靠不住。"他不再拘束，反而有了理直气壮的底气。

"得罪，得罪。"雷童也耸耸肩膀，"不过，我也给您备下了一份礼物。"

他呈上一只饱满的信封。

范晚吾知道那是什么，鼻孔里哼出两个字："庸俗。"

他没有再待下去的心情，起身告辞。雷童拼命往回拽他，他狠狠地甩了一下胳膊："不要拉拉扯扯的，别扭。"

范晚吾行走在路上，心中愈感空旷，百感交集，竟流下泪来。

回到诊所，无心工作，窝在床上，叹息不止。

第二天，雷童就来了。"范大夫，滴水之恩，当涌泉相报，我想写写您。"

"写就写。"这时的范晚吾心境变了，他觉得雷童欠他的，没必要客气。

雷童真是有能量，虽然只是他一个人写，但是变换题目、变换角度、变换笔名，在众多报刊上同时报道，颇有阵势。范晚吾在短期内爆得大名。

他崇敬的《健康报》上登了他一版的文章，他心绪激荡，眼睛都看花了。

雷童真是会写。

他写的不是简单的报道文章，而是很文学的手笔。范晚吾在他的笔下，医术精湛自然不在话下，更吸引人的是，他是个仁者，是个艺术家。他博学：古今中外、传统现代、中医西医，广泛涉略，腹笥充盈；他通达：医学、生理学、心理学、民俗学、伦理学、社会学，融会贯通，综合运用——在他的手下，祖传秘方、民间偏方、中成药剂、爱的艺术……均可治病，像个管弦齐奏、笙箫共鸣的艺术家。他春风拂面，医患平等，悲悯体贴，仁心温厚，既治病也暖心。故，小小诊室，乃患者之家；区区乡医，乃人间圣贤。

"这写的是我吗？"范晚吾读出了一身冷汗，"过了！过了！"

爱心是有的（得的都是难以启齿的病，给一点体贴，是自然的）。

为了治病，什么招数都用，也是有的。

怕出闪失，多学了一些，也是有的。

三教九流，小心应对，懂点心理学、社会学也是有的。

其他就谈不上了。

雷童的宣传，起了意想不到的连锁反应。各类媒体和相关的行业协会都接踵而来，范晚吾都有些应付不过来了。面对各类采访者，他起初还想叙述一下自己真实的状态，但是人家都按照雷童定的基调提问，他的如实道来，反而被人家认为是过分谦虚，甚至是一种拿捏。他突然明白了：雷童的逻辑，就是自己的逻辑；对雷童的否定，就是对自己的否定。所以，不能干这样的傻事。便索性雷童般侃侃而谈（他自己也纳闷，一个不善辞令的人，怎么一下子就有了这么好的口才？），深深地感染了采访者。到了后来，他自己也被感染了，觉得雷童所写，不是别人，正是他自己。

他范晚吾，就应该是这个样子。

他的照片上了《××英才》的封面，电视台在黄金时段播了他的专题片，名字还入了行业的权威大典。县里也抓住他不放，增补他为政协常委，并把他树为个体经营者的榜样，层层上报，成了三级劳动模范。他已经是一个不容置疑的人物了。

在一个落霞灿烂的傍晚，他到昊天塔下凭吊了一番。追问历史，问心无愧，志得意满。

真是奇怪，再在诊室里入座，突然就生出来一股浓浓的、有点化不开的忧伤。

一切来得都太顺，无几多曲折，甚至连一次失恋都没有经历。他想到。为了排遣这种忧伤，他闭上了眼睛，反复听一首流行歌曲《想要把你忘记真的好难》————

看到照片上你甜蜜的笑脸
恍惚中又回到了从前
你说过用心来爱没有期限

没过几天　你就忘到了脑后边
电视里的剧情把我感染
伤痛在我的四周蔓延
你说过真情经得起考验
话虽依然　你却走出了我的视线

想要把你忘记真的好难
你许下的诺言还在耳边回旋
左耳和右耳的亲密交谈
谁听得懂　谁又看得见
想要把你忘记真的好难
你付出的柔情还缠绕在指尖
人生舞台上的角色转换
谁是主演　谁又是客串

有人说过时间可以把记忆冲淡
你却夜夜都会走进我的梦里边
相思穿过往昔冷却了温暖
想要把你忘记真的好难

他把自己想象成那个失恋的男孩，沉浸其中，缠绵悱恻，子规啼血，泪流满面。

他觉得这种滋味真好。酸楚擦拭着干枯的心尖儿，毛茸茸的，痛苦而甜蜜，空旷而充实。

这人真是贱！他好像看到了人生的真相。

范晚吾做出了一个决定：要盖一座像模像样的专科医院。

医院的名字就叫：昊天不孕不育专科医院。

理由很简单：农家小院里的私人诊所，与范晚吾的大名是不匹配的。

还有一层考虑：未来的医院就是他范晚吾的田产——杏林春雨，鲲鹏展翅，尽显风流。

这天早晨，陪老母亲遛过弯儿，他穿上一身笔挺的灰色西服（这是他平生第一次穿西服），准备到村委会去，申请一块地皮。

走到院子里，肩膀被垂地的蛇豆蹭了一下，立刻就污了一块。他摇摇头，踅回屋去，试图用湿毛巾撣一下。撣来撣去，反而洇大了。他很懊丧，出门的心情也没有了。

正在这时，院子里传来重重的一声咳嗽："范大叔在吗？"

范晚吾起身相望，来人竟是村长冀广富。

他不禁又重重地摇了摇头。哪有这样巧的，佛爷不请自到。忙说："请。"

冀广富一年四季留着光头，下巴成双，肚皮滚圆，像尊佛。不，是一尊大佛——他进了屋子，往地下一站，光线立刻就阴了起来。但是，村民在背后却很是不恭，叫他冀秃子。

"冀秃子"这个称号，范晚吾是知道的，所以他忍不住地笑了笑。

"真是人逢喜事精神爽啊。"冀广富打趣道。见到范晚吾的打扮，便问，"怎么，范大叔，你要出门啊？"

"是，县政协有个会。"范晚吾已经不是原来的那个范晚吾了。

"那好，我改日再来。"

范晚吾赶紧拦住了他："既然来了，就坐吧。"

冀广富一屁股就坐下了。要走的做法只是个虚套，依冀村长的脾气，他什么时候来都是时候。

"范大叔，你闹大了。"

“哪里，哪里。”

“范大叔，咱燎石岗村已经容不下你这个大人物了。”

“哪里，哪里。”

冀广富是靠搞建筑发家的暴发户，人也会钻营，自荐当了支部书记。依乡邻的论法，他应该管范晚吾叫大哥。一口一个大叔的，不知为什么。

冀广富对范晚吾没有固定的称呼。再早叫他范晚吾，其后叫他范大仙儿（他一直看不起范晚吾的职业，认为他装神弄鬼），眼前叫他范大叔。因为这个人历来目中无人，范晚吾懒得计较——爱怎么叫就怎么叫吧，一切由他。

以为是要小叙一番的，没想到冀广富开门见山：“既然闹大了，你就该给村里做点贡献了。”

“那自然，那自然。”范晚吾是真诚的。脚下这块土地哺育了他，理应回报。

便商定，由他出资在村里建一座养老院。都新农村了，村民得老有所养。

范晚吾适时地提出了用地申请。冀广富一愣，说：“咱村的村域规划已经确定了，你这是计划外用地，有点不好办。”

范晚吾的眼神有些浑浊，叹了一口气。

冀广富拍了拍他的肩膀：“不过，事在人为，等养老院建成了，我再给你想想办法。”

范晚吾点点头：“那就拜托了。”

养老院顺利建成。镇长剪彩，冀广富讲话，阁楼里给范晚吾树了一块功德碑，碑上的字是段书樵的手书。

剪完彩，冀广富请段书樵作陪，拉着镇长到镇上最好的酒店“功德福”用餐。范晚吾不酒不肉，而且从不在外头吃饭，便告辞回家。临分手之前，段书樵捏了捏范晚吾的手，说了一句莫名其妙的话："你要长点心眼儿。"

范晚吾趁势去找冀广富，再谈用地的事。冀广富说："哎呀，范大叔，难道你不知道，现在国务院正在整顿建设用地，土地审批冻结了。"

范晚吾无话可说。

临出门的时候，冀广富打量了范晚吾一番，说："范大叔，你不适合穿西装，你的身膀太瘦，撑不起来。"

说得范晚吾很不自在，怏怏而返。

这之后，村里用钱的时候，村委会总是派人来找范晚吾。比如小学校扩建、村部翻修、街道铺油。人家的理由很简单，你是公众人物，怎么会没有公益心？范晚吾知道这是变相摊派，但是，为了实现自己的理想，必须笑脸相送。

冀广富在村里最繁华的地带盖了自己的私宅，是一座三层小楼。养了两条大狼狗。村民一从他的门前过，就狂吠不止。

他都能盖上小楼，我盖个能更好地为患者服务的正规医院怎么就不成？范晚吾再也坐不住了，去找段书樵。

"他哪儿来的那么多钱？"他劈头就说。

"管好你自己的事。"段书樵笑着说。

"我就是为了自己的事来找你的。"范晚吾说了建医院用地的事。

"你真是个呆子！"段书樵说，"咱们村什么时候有过规划？国务院再整顿土地秩序，能整到这么基层的一个村子？再说，咱们村有的是非耕土地，不在整顿之列。"

范晚吾终于明白了，他是被冀广富耍了。

"我捐助了那么多的公益事业，他怎么会对我这样？"范晚吾委屈极了。

“活该！”段书樵觉得话说得太重，放缓了语调，“问题还在你自己，你为什么不给他本人送？”

“送什么？”

“你说送什么？”段书樵做了个点钱的动作。

“那么，你送了？”

“废话，不送我能过得这么安逸？你看看，村里哪次摊派找过我？我的钱都在自己的兜里，一个子儿都不外流。”

“那么你送什么？”

“当然是画。”

“不成，我得找他理论理论。”

“你就搁车吧。”段书樵摁住了愤然起身的范晚吾，“谁要是能从他那儿讲出理来，他也就不是冀秃子了。”

所谓秃子，并不是因为冀广富常年剃个秃瓢，而是京西对匪类的一种别称。冀广富看上了邻居的媳妇，能让邻居自己把女人送上门来。种田的人被克扣的地方太多，农机、水电、种子、化肥，种植税、养殖税、村提留、公益金，只要一跟你较劲，你就会寸步难行，再勤劳的人家，也只能在贫困线上挣扎。邻居有一次喝多了酒，隐忍不住，骂了冀广富一句，便招来一顿拳脚。人躺在床上三个月不能动弹，冀广富不以为然，说了一句：“一切费用我都包了。”伤好出院，冀广富亲自把钱送过去了，嘿嘿一笑，说：“咱们两清了。”邻居听出了话外的意思，扑通跪下了——“村长，我糊涂啊。”这就是他的高明之处，他让你遍体鳞伤，却无法申辩，只能血泪入心，听其摆布。

冀秃子！

段书樵感到气氛沉闷，对范晚吾说：“来，看看我的画，我又新画了几头驴。”

范晚吾摆摆手：“没心情。”

不知为什么，他对段书樵有几分厌恶。

范晚吾没有听从段书樵的规劝，到底还是去了村委会。

冀广富很热情，张罗着要给他沏茶。但范晚吾是个不懂得掩饰的人，冷冷地说："我看就免了吧。"

冀广富立刻就收敛了脸上的笑容："范大叔，你这是什么意思？"

范晚吾说："我盖医院的事，你已经拖了这么久了，希望你今天给个明确的答复。"

冀广富说："早给你明确答复了，怎么，还让我给你重复一遍？"

范晚吾摆摆手："你那都是托词。"

"你的意思是说我在耍你？范大叔，这你就不厚道了。"冀广富强迫自己笑了笑，"你是谁？大名人啊，我一个小小的村主任敢吗？"

在范晚吾看来，这是一种讥笑，便有些不能容忍，说道："你街上的小楼是怎么回事？"

冀广富霍地站了起来："我那是在规划之中的，我手里有镇里的宅基地批示。"

"狗屁的规划。"范晚吾嗫嚅道。

声音虽小，冀广富可听清楚了，他的脸立刻就红肿起来："范大叔，你是来跟我说事儿，还是来跟我斗气儿？要是来说事儿，最好是别失了身份，要是来斗气儿，你就找错门了。"

两个人僵在那里。

范晚吾本色是个书生，不会跟人打交道，没有化解僵局的能力，只好尴尬地退场。但走到门边，骨子里的那点自尊又指使他回头撂下了这么一句话："你这儿不说理，我到镇上，镇上不说理，我去县委——"

未等他说完，冀广富哈哈大笑："范晚吾，你真是忘乎所以了——你以为你是谁？你不过是个整天摸女人混事的下三烂而已。"

范晚吾被利器击中了一样，向上挺了一下身子。原来他堂堂的一方名医（还甭说神医），在这种人眼里（或许在所有人眼里），竟是这样没有身份——不仅卑微，而且下贱！他心中的自我破碎了，只剩下了本能的反抗——

“冀秃子！”

冀广富自然懂得这个称号的含义，迎着利镞疾身而上，狠狠地打了范晚吾一个耳光。

范晚吾跌到院子里。

院子里有个花坛，花坛边上，一把侍弄花草的锄头静静地立在那里。处在匍匐姿态中的范晚吾，一下子就看到了它。

好像这是一种预约，范晚吾毫不犹豫地把握住了。

“怎么，你还要行凶不成？”冀广富扑上来，施以拳脚。

锄头本能地乱舞一番。没有目标，只是仓皇地应对。

不期就砍到了一个位置。冀广富“哎哟”一声，跌翻在地。他的脚筋断了。

节令到了。月亮被全食了一次。燎石岗飘满了落叶。

棚架上的最后一条蛇豆，自己掉了下来。摔在地上，立刻就碎了。滚了一地籽粒，黑而静默。

消失了满棚的风雅，范晚吾就不再到院子里来了。

窝在屋里，他闻到一股隐约的霉味。

群凤闻到的是来苏水味。因为范晚吾心情不好，不好与之辩说。

他现在真正认清了自己。京西神医、社会名人、政协委员，以至于妙手回春、华佗再世、送子观音等等，都与自己无关。与父亲范续亭相比，自己没有走得多远。不过是一介为了生存而游走在社会边缘的乡下郎中而已。

内心虽然有些荒芜，但门庭未曾冷落，找他看病的人很多。真的没必要计较荣辱，也无须担当名誉，只要手艺在，体面的日子还是有的。

他还感到，脚下这块土地，底蕴实在深厚，他无法超越；历史上的人物，实在伟大，他无法望其项背。以往的自己，真的有些忘乎所以，不知天高地厚了。承担一些代价便是应该的，不能怨天尤人。

砍断了冀广富的脚筋之后，他成了刑事犯，被拘进了班房。进班房的时候，他正穿着那身考究的西装。犯人们最恨这种风光的人，把他剥了个精光。再多的屈辱他从不跟人讲。

多亏了吾凤（也多亏了当初自己考虑得还算久远），她把镇长请了出来，把事端平息了。

吾凤进了镇医院，真的给他的诊所提供了别一种支撑。一些不好处理的病患，比如夫妻吵架，用酒瓶子和刮脸刀伤了子宫而导致的不孕，他会悄悄地把病人送到吾凤那里，通过手术进行修补。生育之后，把功绩算在诊所的账上，保全了他神医的面子。镇长太年轻，喜欢跟漂亮的女孩子（当然包括女下属）交往，一有意外情况（怀孕），都是找吾凤进行处理。吾凤把事情做得无声无息，镇长很满意。

镇长对他与冀广富各打了五十大板。让冀广富不再起诉，让范晚吾给冀广富送上了一笔赔偿（自然不是小数）。

两个人都有些不满意。

镇长说："你们俩都是我的朋友，别不给面子。"

日子过得平平淡淡。

闲下来的时候，范晚吾开始练书法。

偶尔找段书樵聊聊天。段书樵真是有见识——从平常中看出奇特，从复杂中看出简单，让范晚吾受益匪浅。

他们的关系不即不离，但谁也离不开谁。小小的燎石岗村，能有几个范晚吾和段书樵？他们心里都清楚。

那天，从段书樵那儿出来，在街上意外地遇到了冀广富。

范晚吾偏到一边，想躲开他。冀广富却直奔他走过来，笑着说："范先生，你这叫干吗？"

范晚吾很尴尬。脚下正巧有一群蚂蚁，便灵机一动："这儿有群蚂蚁，我想收了它们，入药。"

冀广富的脚筋被砍断后，落下了残疾，走起路来一脚深一脚浅的。但人却变得和顺了许多，对村民讲话的时候，居然有了笑脸。

这是大家都没想到的。

段书樵有高论："他毕竟是个农民，也得考虑将来的退路。"

嘿嘿。

嘿嘿。

两个人面对面地站着，都感到无话可说，只能用这种方式。

"我还有事，走了。"冀广富说。

范晚吾挥了一下手，意思是说，请。

冀广富走过去之后，范晚吾忍不住地回头望了望。看到冀广富深一脚浅一脚的样子，他摇了摇头。

他冒出来一个想法：他的一锄头，颇有些替天行道的意思。但又觉得自己可笑，有些不自量力——你范晚吾又是谁？不过是一个被人轻贱的下九流而已（他永远记住了冀广富说过的那句话，成为一种至痛）。

冀广富好像知道范晚吾在注视着自己，把垮塌了的腰板往直里挺了挺。

这个举动，触动了范晚吾，他的心情又变了。嘿嘿，正因为卑微，正因为自不量力，那一锄头才有分量。他从此心底看得起自己。

但建医院的理想，也许永远也不能实现了。心头的光芒又黯淡下来。

数日思忖，他写了一个条幅，挂在了客厅里。

他写的是——

宁为鸡尸，无为牛从。

这是他从《战国策》里摘下来的句子。

他觉得这很符合自己的身份，所以，墨蘸得很足，字写得很大。外人看见，那几个字很黑，永远像刚写上去的一样。

一般人不懂条幅的意思。

只有段书樵懂。

他看过之后，心头一惊：与其说是状人格，不如说是在忧愤中，表达一种无奈的悲壮。诊所虽小，乾坤很大，与山不在高有仙则名，水不在深有龙则灵的境地暗合。

这个范晚吾！

段书樵也不说破，只是说："这几个字，还是很有功夫的。"

2007年8月18日至9月18日于北京石板宅

字戒

一

卢晓兰是被翰墨的清芬熏染大的。

个子高高的，面皮白白的，曲线也很女性，横看侧看，往规矩了看往埋汰了看，都是个无可挑剔的美人。但她的性子很绵软，像暗夜里的花，开得丰饶却静默。也就是说，她从来不认为自己是个美女，只是一个很普通的女孩而已。便不招摇，很自然地来去，就像家乡的那条拒马河，水流着，就是了。

她的父亲是个乡村教师，叫卢老兰。用字很雅，像个艺术家的名字。虽然他真的就是个颇有功底的书家，老兰之名却非笔名，也非雅号，而是本名。从小到老到死，一直就“老兰”。

老兰的名字是他父亲起的。老人没多少文化，不知道唐宋八大家和扬州八怪之类，起名的时候，脑子里绝没有风雅的东西。家乡的崖畔上有一种虬结的灌木，开兰花一样的碎花。由于开在陡峭的地方，人们折不到它的花枝，干脆就视而不见。即便被人遗忘着，每年也开得很认真，经久不衰，寂寞而不懈怠。人们觉得这花没心没肺，很皮实，很贱。在京西，老，有长久、固执、无用的意思，人们就把这花叫作老兰。

他是个早产儿，出了满月还是尖嘴猴腮，红黑的皮肤，且多皱，没有一点富贵之相，他父亲皱了皱眉头，随口就赐了他一个老兰的名字，意思是说，这孩子一辈子也不会有什么指望，一切由他去了。

这孩子长大了，有异相，也有异秉。别的孩子不愿上学，乐于跟大人一道锄耪，侍弄农事，而他只想着上学。由于不合乡俗，村里认为这孩子有妄念，将来不会好，便丢以冷眼。他父亲也反对他读书，不给他上学的钱。他自己就到山上挖知母、柴胡、黄芩等药草，自己解决学费。村里没有学校，要到八里之外的川口，每天要起早贪黑，还要带干粮。那时家里亏粮，干粮留给上工的人，他的所谓干粮，不过是稀粥、咸菜而已。他竟一声也不吭，且练出来一种令人吃惊的本领：用网兜提着稀粥在崎岖不平的山道上疾走，竟没有一星遗洒。班主任对这个整天喝稀粥的学生很怜惜，因为他学习出奇地好，便把自己的吃食，馒头大饼之类，偷偷地塞给他。他一口也不动，给他的父亲提回去，他说："我的胃口不适合这种东西。"

他后来考上了大学，而且还是北京大学。

在乡下人眼里，这不啻进了翰林院，都惊得不说话，便不再到他们家串门了。新中国成立以来，整个县也没出过这样的一个大学生，县里也震惊了，派广播站的记者来采访，想树个典型。记者问他的父亲，他父亲脸一黑，对人家说："问什么问，我懒得跟你们说话。"只好去采访他本人。他仇恨地看了父亲一眼，也学着父亲的样子说道："我懒得跟你们说话。"

临出山之前，他父亲终于说了一句话："我思磨着，你这一走，恐怕不会再回来了。"

他点点头，说："差不多。"

他提着个很小的包裹独自往山外走，一点忧伤也没有，因为他对于这个家乡从来就没抱过些微指望。

走到川口的母校旁，他站住了。他觉得校舍有一种从来没有感觉到过的破旧，一旦他有了能力，应该翻修一下。

这个念头，给了他一点忧伤，他揉了一下眼窝。

长途汽车来了。跨上车门的一瞬，他向来路回望了一下，竟发现了父亲躲躲闪闪的身影。便半个身子在车内半个身子在车外，僵在那里。售票员吼了一声："你到底是上还是不上？"

山间的长途车一整天才有一辆，他当然是上的。透过车窗，他看见父亲恋恋不舍地张望着，他心疼了一下。在车座上坐稳了之后，他开始恨父亲，因为父亲突然之间扔给他一样东西：牵挂。

这个东西毒害了他。

少时的经历，使他不甘心承受它，索性忘却，心底却总有一丝隐隐的不安。他便心绪不宁，性情越来越偏激，好抱不平，好发议论，好提意见，大三那年，终于给自己挣来一顶右派的帽子，被下放到拒马河畔的一个比家乡还偏僻的小山村劳动改造。

生活又回到了原点，不得不靠重体力——从小就躲避的锄耪、背挎、收割等农事立身了，但他却处之泰然，甚至还感到从没有过的轻松。他找到了一种心理平衡：人一旦落魄到最低点，"牵挂"这样的东西，是可以理直气壮地省却的。一天夜里，梦中出现了父亲四处张望的身影，醒来，他笑着摇摇头，冲空茫里说了一句话："父亲，真对不住，我顾不得你了。"

他性情大变，沉默寡言，逆来顺受，隐忍着遭遇到的一切不公。

他虽身膀瘦弱，但村里依然把他作为壮劳力使用，别人分到三垄旱地，他也绝不能是两垄。大家长锄伏地，并肩而进，他总是被远远地落在后面。众人坐在地头卷旱烟抽，等他，笑他，把他作为无味的日子里一剂有味的调料。

他也跟着笑。满肚子的诗书，到底是敌不过胼手胝足的一身好膂力，他们笑得有道理。他抹了一把汗，埋下头去。锄把笨拙，满心惭愧。

“你们就不能帮他一把？”一个女子直起身来，发出一个不平之音。

“我们不帮。”

“为什么？”

“他念过大学。”

这个女子叫王翠兰，名字秀美，身块却宏阔，臀爿肥得有点丑。

“都没憋好屁！”吼声未落，她的身子就已侵进他的地垄。“你也去捻一袋烟吧。”她用膀子蹴了他一下，把他推到一边。剩余的地垄，转眼之间就被她收拾干净了。

从这以后，王翠兰索性毫不遮掩地帮衬他，男人们都不敢吭声，因为他们都知道，王翠兰手腕的劲儿大得很，在你的腰杆上捏一把，会疼上几袋烟的工夫。

“王翠兰她凭什么帮衬你？”问过自己之后，卢老兰反倒更觉得累了。

“卢老兰，你可千万别美，她收拾完你的地垄，反过来就要收拾你了。”一个人对他说。

他很反感这个人的说法，笑了笑，说：“那我就等着。”

一天晚上，王翠兰推开了他的房门。他已经躺下了，见屋里进来一个女人，他想爬起来，王翠兰摆了摆手，说：“你躺着就是了。”没容他动弹，王翠兰已钻进他的被窝。他被吓坏了，像被钉在床上一样，他“板”在那里，呼吸都要停止了。

王翠兰猛地匝住他：“你干吗不收拾我？”

“呜呜。”

他连挣脱的力气都没有，只能惊怯地呜呜着。

“我要嫁给你。”王翠兰说。

“呜呜。”

王翠兰的身子肥热，他被烧得小下去，只剩下一个“冷”字。为了解救自己，他说：“你先回吧，我娶你就是了。”

王翠兰二话没说，翻身下地，走了。

卢老兰自己痛痛快快地哭了一场，告别了所有的梦幻与浪漫，请了一帮吹鼓手，很实际地娶了一个女人。

第二年，他们有了一个女儿，即卢晓兰。

卢晓兰很小就能感觉到父亲的委屈。父亲到县城去会朋友，临出门的时候，王翠兰吼了一嗓子：“走路长点眼，别让汽车撞死了。”卢晓兰听着别扭，抻着父亲的衣角，小声地说：“我妈怎么这么不会说话？”卢老兰笑笑：“你妈她是好心，是在关心我呢。”从县城回来，他给王翠兰买了一双款式时新一点儿的布鞋，王翠兰竟一把给鞋扔到院里。卢晓兰给拣了回来，忧伤地看了父亲一眼：“我妈她怎么这么不懂感情？”父亲还是笑了笑：“她不是不懂感情，她是心疼钱。”

作为右派分子，只要形势需要，卢老兰自然就要被拉出去斗一斗。最初的斗，是伤及皮肉的。王翠兰身子一闪，上到台上，指着打人的人说：“你再收拾他一下试试？”那人一惊：“你这是在干扰运动。”她哼了一下，说：“卢老兰是右派不假，可我是贫下中农，他已经归顺了，再收拾他，就有点不合适了。”那人看了一眼她的身块，一片宏阔，近乎蛮野，理论不得，便静默了。

这之后，斗还是要斗的，武斗变成了文斗，应景而已。

卢老兰从批斗会上回来，王翠兰往炕沿上一坐，把腿一伸：“给我洗脚。”

卢老兰一笑，果真就洗了。卢晓兰看不过，对母亲说：“妈，你一点都不懂温柔。”

“你个死丫头片子懂什么，”王翠兰黑了一下脸，说，“温柔是债，我不想当债主。”

卢晓兰心情立刻就坏了，对自己说，等长大了，绝不能像王翠兰一样。

时光慢慢地往前走着，卢老兰成了一个地道的农民，没有期待，不以物喜，不以己忧，即便到了右派帽子被摘掉的那天，他脸上也毫无表情。组织上给他落实政策，要给他一份公职，问他想干什么，他随口说道：“就在村里教书吧。”

事后他才找出了留下来的理由：王翠兰是一株不能移植的村树，他只能傍地而生——虽然没有爱情，但尚有恩情。由于缺少师资，村里只开了五年制的小学，中学离村子很远，孩子们上完小学，就基本辍学了，好像他们没有他的毅力，提着稀粥还要到川口去。他一旦留下来，就可以开一个中教班，他是有用的。

不管是后补的理由，还是确有准备的预设，作用到心里，都是一样的：他一点都不遗憾，因为他觉得，他生来就是乡土的，正如荒山老兰，天然地属于那刃悬崖。

中教班是个复式班，就他一个教员。他整天待在学校，很少回家。他甚至住在了学校。他很投入，把自己视为“重放的花朵”“复燃的余炭”，再不开放、再不燃烧，恐怕就来不及了。

那一年，他其实还不到四十岁。

王翠兰觉得他有点傻，但他每月的工资都悉数交到她的手上，自己一个子儿都舍不得开销，就放任他了，觉得他理应这样。

后来就不这样了。因为她发现学校里还住着一个女的，面白，眼媚，说话轻声细语。她觉得这样的女人是预备着勾男人的魂儿的。她对卢老兰说：“学生回家你回家。”

“为什么？”

“那里有只狗，母的，会摇尾巴。”

“你说得有多难听。”

“这还难听？”

由于不可理喻，他只好悻悻地回家来，在家里备课、批改作业，还读些什么，直至鸡第一次醒来，喔喔，喔喔……

王翠兰不耐烦地翻身，嘟囔道：“你还让人睡不睡？”

“你尽管睡就是了。”

“我怎么睡？你听见没，灯泡都烧得叫了。”

“嘁，你是心疼那几个电费。”

“就心疼了，你还说什么。”

卢老兰不禁摇头。很强烈地感觉到，这个屋檐下，不是一个教师所适宜的环境，对学校有了更深的向往。

第二天，他到了学校，感到学校的空气都是甜的。

他的课讲得可真好。

不仅学生爱听，那个女教师也倚在教室的门口，旁听得痴迷。

他无意间看到了她。她主动朝他点点头，嫣然一笑。卢老兰心里顿生了一团雾，讲不下去了。女教师转身走了。他盯着那个背影，腰窝深陷，身姿袅娜。他不禁叹了一声：“唉！”

接下来，他的心就乱了，凭空就觉得，那个女教师是温柔的，凭空就觉得，自己这半生，真是虚度了。

回到办公室，他呆坐在那里，她怎么不来？他第一次有了一份期待。

晚上放学的时候，他没有立刻回家，而是到操场去散步。那个操场很小，仅有一个篮球架子，篮球筐的网线不知道哪儿去了，只剩下一点毛茬。他没有散步习惯，走到这里来，连他自己都感到莫名其妙。

操场一角出现了一个轻盈的身影，他心中一动，情不自禁地嗐了一声。

那个身影走近了，却是他的女儿卢晓兰，他很失落："你怎么来了？"

"我妈来了，在办公室等你。"

王翠兰靠在办公室的门框上迎着他走近："卢老兰，你凭什么不回家？"

"我凭什么就得回家？"卢老兰突然就倔强起来。

王翠兰一愣："小心我收拾你。"

卢老兰摇摇头，索性在办公室的椅子上坐定了："一切由你。"王翠兰一下子失了方寸，说不出话来。后来就哭了，就骂了："卢老兰，你臭不要脸。"

卢老兰居然嘿嘿地笑，好像被骂得很受用。

卢晓兰却感到很羞耻："你们别在这儿丢人现眼好不好？"一边说着，一边把王翠兰扯走了。

母女走了之后，卢老兰一个人坐在办公室里，突然就感到很寂寥，他不停地叨念着一个人的名字，袁晓晴，袁晓晴……袁晓晴，就是那个女教师的名字。念来念去，念出了一团冷意，他索性站了起来，走出门去。

他走到那扇门前，犹豫了一下，但还是敲了。没人应答。但门是虚掩着的，他呃了一声，推门而进。那个女人就站在门边，让卢老兰吃了一惊。"怎么，你在？"

袁晓晴暧昧地笑了一下，目光水滑："老兰。"她居然这么没有过渡地叫他，以至于让惊异的卢老兰想马上逃出来。却被她一把抱住了，且喃喃地说："你的课讲得可真好。"

她的气息很香，语音很温柔，足可以化解卢老兰心中的那团冷。

但卢老兰却把她推开了："袁老师。"这个语气，在他们之间竖起了一段距离，再进一步的温柔，就显得牵强了。怎么会这样？连卢老兰本人也没有想到。

女人忧伤地看着他。空气里有一股霉变的味道。

卢老兰退了出来。

回到自己的办公室，他的心是空的，无意备课，掸掸床上的浮土，躺下了。在暗光中，他睁着眼睛。透过窗棂，如水的月色洒了进来，室内的摆设都清晰可见。这让他不可忍受，他翻身下床，用旧报纸把临床的窗户又遮了一层。再躺回床上，在晦暗中，他的心情好多了，可以想心思了。他想到：透明的温柔，等于预谋，等于构陷，让人感到不舒服。

接下来的日子，卢老兰一直不回家。打开台灯，他一心一意地备课，阅读，写。关上台灯，他沉浸在对袁晓晴的思念之中——他觉得，这种想象中的温柔，才是真正的温柔，这够用了。

后来，袁晓晴调走了。

王翠兰到学校闹过几次，把袁晓晴闹得真像一只会摇尾巴的母狗，她待不下去了。

袁晓晴走的那天，没人送她。对男女的事，山里人总是把责任推到女的身上，她失去了名誉。卢晓兰觉得这很不公平，就去送她。她尾在袁晓晴身后，一句话不说。后来她忍不住哭了。袁晓晴那个背影，腰窝深陷，身姿袅娜，真美，让她心疼。

袁晓晴很感动，临上公共汽车之前，对卢晓兰说："回去跟你妈讲，我一点也不怪她。"

卢晓兰摇摇头，说道："袁老师，我瞧不起你。"

袁晓晴带着终生不解的困惑走了。沐着汽车掀起的烟尘，卢晓兰泪流满面。她心里是很喜欢袁晓晴的，她那迥异于母亲王翠兰的女性温柔，让她欣赏、让她迷醉，她真希望袁晓晴能跟父亲实实在在发生点什么。

卢老兰因为安心教职，潜心育人，被提拔为校长。

志得意满的时候，一种叫牵挂的东西浮出水面，他想到了自己的父亲。便偕女儿回了趟老家。依常理，他是应该带上王翠兰的，起初还有这个想法，一旦动身的时候，他毫不犹豫地把她留在家里。

卢晓兰意识到，母亲永远地失去了父亲。

故乡还是老样子，父亲却出奇地硬朗。他的归来，好像是老人预料到的，所以他没有意想中的喜悦，对楚楚动人的孙女，也有些冷。老人把卢老兰领进厢房，让他看一样东西。

竟是一副红漆髹面的棺材。

“你看，这是给我自己预备的，是一水儿紫檀打的，多少年也沤不烂的。”

卢老兰一下子明白了：老人还是不指望他什么，连养老送终这样的后事都自己考虑了。

回到学校，像是跟父亲斗狠一样，他把校舍都翻修了一遍（本来是想修缮家乡的学校的，但从父亲身上他感到，家乡并不需要他）。工程完工之后，他长叹了一声，他感到自己真的老了，今后不会再有什么作为了。不仅是事业，也包括生活，当然也包括他的感情生活。

卢老兰开始练书法。王（王羲之）、柳（柳公权）、苏（苏轼）、释（怀素）、黄（黄庭坚）的名帖都收集全了。他临帖临得笔笔不苟，由于用力，嘴总是努着，像怀着一股不可言说的仇恨。所以，别人不敢说闲话，觉得他或许天生就是属于书法的。不然，他为什么要花这样的笨力气？卢晓兰懂得父亲的心思：属于他的时间太多，他没必要那么匆忙。临过两年之后，他把所有的帖都收起来，开始“造”自己的笔体。即便是试笔，他也用正经的宣纸。写满一张，端详一番，然后摇摇头，唰地就揉了，扔到字纸篓里。写了揉，揉了写，纸费多矣。王翠兰说："你真忍心糟蹋东西。""去，去，你一边凉快去，"他说，"我还有什么？就只剩下纸了。"

一天，他突然对卢晓兰说，他要开始正经写了。但久久地坐在书案前，就是不动笔。卢晓兰都等得有点着急，催促道："爸，写吧。"卢老兰重重地叹了一口气，说："没法写，没人研墨。"卢晓兰不解："上好的墨汁就在案上摆着，用就是了。"她把墨汁往他眼前移了移。卢老兰白了她一眼，竟厉声说道："你给我出去！"卢晓兰吓了一跳，长这么大，父亲还是第一次用这种口气跟她说话。她一声不吭地溜出门去，隔着门缝观察父亲。卢老兰开始自己研墨，动作笨拙，不停地叹气，好像写字真是一种苦差使。她默默地推开门："爸，还是让我给你研吧。"

卢老兰把墨棒交给她，在她手背上轻轻地摁了摁，说："写自己的'体'，怎么可以不研墨呢？"

卢晓兰点点头。父亲稀罕这种情调，因为这是他的生活。

卢老兰的字，敦厚又纤秀，笨拙又俊逸，放纵又收敛，不知他哪来的本事，能把不同的格致融为一体。卢晓兰感到这字写得真好，敬佩之余，她不敢认他了，他怎么这么陌生？

标准的宣纸他一口气写了八张，越到最后，写得越好。卢老兰自己也觉得好，问自己的女儿："你说爸的字好不好？"卢晓兰脸红了，只是笑。写字的人是自己的父亲，如果直挺挺地说好，是一件羞耻的事。躲不过父亲的追问，她小声地说道："还可以。"

卢老兰故作生气的样子，说："小小的年纪，就这么吝啬。"不过他心里觉得，女儿这样，还是挺好的，显得温柔。

正经写字之后，卢老兰在每幅字上都钤了印，像是别人的作品一样，编了号，收藏起来。因为写字，他与女儿在一起的时间多了起来，他依赖她给自己研墨。那天，学校一个老师求他给写一幅范仲淹的《岳阳楼记》，以励志。那个老师生活境遇不好，孩子多，家贫多事；可越是这样的人，却越是时时砥砺自己，豪迈得令人心酸。他被触动了，觉得这幅字一定要写得认真一些。便全身心投入，笔畅墨酣。正在惬意处，砚中的墨却枯了，他对身边的卢晓兰大喊了一声："小袁，研墨！"

卢晓兰哆嗦了一下，然后凄然一笑，对父亲说："爸，今天就别写了，字怕歇，怕断气，再写也未必好。"

她是在提醒父亲，研墨是需要时间的。

卢老兰似有所悟，也罢。

"晓兰，刚才我叫谁了？"

"叫我了。"

"当真？"

"嗯。"

卢老兰把手中的笔往几案上一扔，颓然坐下："唉。"

卢晓兰走过去，坐在父亲的腿上："爸，你的白头发又多了。"

卢老兰也抚弄着女儿的辫梢："晓兰，你的头发怎么分叉儿了？"

"爸，"卢晓兰伏在父亲怀里委屈地哭了，她说，"你的字……"，她想说你的字写得真好，但话到嘴边又咽了下去。

卢老兰在研究书法的同时，捎带着把当地的历史也研究了。他发现，脚下的这条拒马河，原来是条大河，它在中游，分了南北两条流脉：南拒马河流到河北易县，形成易水；北拒马河汇入京南的大石河形成琉璃河——琉璃河上坐落着西周燕都遗址，是北京城的发源地。燕都古城系燕太子丹所建，荆轲刺秦的指令就是从这里发出的。所以，"风萧萧兮，易水寒，壮士一去兮，不复还"的慷慨悲歌，就是由拒马河所生。他写了一个一丈长、五尺宽的巨型条幅，上书四个斗样的大字：拒马滔滔。滔滔，在这里不是自然现象，而是历史气象。那墨色盈满欲滴，从哪个角度看，都有寒光闪烁。卢老兰自己都感到震撼，长出了一口气，把条幅挂在了自家的中堂之上。他前脚挂上，王翠兰后脚就给他摘了。王翠兰说：“就几个破字，竟占那么大的地盘，堵得慌。”卢老兰哭笑不得，掴了她一个耳光，声音颤抖地说：“我挂的不是字，而是我自己。”

王翠兰这次表现得很大度，她没有还手，捂着脸阴郁地笑笑，反问道：“是吗？”

灶膛里的劈柴啪地响了一声，卢老兰不禁哆嗦了一下。但还是反应慢了，历史的重量顷刻间被化成了轻盈的火焰。

卢老兰悲愤地向苍茫中挺举起双手。

好像擎起一柄壮士之剑，却不知刺向何方。

卢晓兰目击了整个过程，心中升起漫漫汤汤的忧伤。忧伤久久地冲撞着，内心被充满，被窒息。竟听到身体内部响起一片拔节的声音。

二

拒马河分叉儿的那个村庄叫张坊。

张坊村西有座关帝庙，庙的建制很小，大小相当于民居的小四合院。破“四旧”的时候把佛龛、香炉、抱柱联、门神都砸了，失去了庙的功能。泄水槽堵了，生了青苔，飞檐上也长了草，一方欢场，变成了一块生蛮之地。

却住着一个名人，大书法家莫食言。

莫食言是黄埔末期的高才生，在国民党南京政府的译电处当副处长，少将军衔。由于是文职，手中没有血债，共和国特赦时，回到原籍当农民。亲属怕沾染晦气，没人收留他，只好自己另过。他没能力建造私宅，就住到废庙里。村人觉得，这样的处所，就是给他这样的人预备着的，住就是了。

庙里很难见到炊烟，谁也不知道莫食言是怎么过的。

白天劳动，派给他的，自然是一些脏活累活，他逆来顺受，连吭一声都不吭。他面白，无须，且清秀，是地道的一介书生。但样样活都干得来，什么样的苦都能承受，活得很皮实。村人敬重他，不觉得他“反动”，每有运动来，都会让他顺利过关。

他渐渐老了，村里人不好意思再派他重活，给他一些妇人干的活计。他不以为耻，甘于与妇人为伍，渐渐地胖了。已做了市政协副主席的一个老上级来看他，看到他鬓发乌黑、面颊肥白，没有一点时光沧桑的影子，吃了一惊：“你怎么搞的？”他嘿嘿一笑，说：“无他，我顺生。”

中堂、侧壁、几案、门楣上都挂着、放着字幅，墨香隐约又清晰。老上级忍不住地问：“这都是谁写的？”

“我。”

老上级摇摇头：“你就吹吧。”

莫食言一笑：“难道你忘了，我当译电员的时候，就写得一手好字？”

老上级沉吟了很长时间，竟说：“你小子占大便宜了，你虽然从社会上消失了，却拥有了时光。”

莫食言说：“你是站在高处说淡话，谁有你便宜大，都当政协副主席了。”

“政协副主席算个屁！”

“你是不知足。”

好像有些话不投机，莫食言便对老上级说：“我还是给你写幅字吧。”便写了一幅：东桑西榆。

字是汉简体，峻刻，清奇。老上级抚视良久，说："字真是好字，但是写漏了，露出了你的本性。其实你内心有太多的不平，并不真的知足认命，你只不过是学会了隐藏而已。"

莫食言打了一个寒颤，脸色有些难看，但是很快又梳理出一丝笑容，说："看来你是不懂书法的。为什么？书法靠的是心气儿，只有知足，才能平静，只有平静，才能满心温柔，只有满心温柔，才能流出好字。既然你承认我的字写得好，又从何以'隐藏'冠之？"

"好，好，你说得有理，"老上级说，"无论如何，我见过你之后，就放心了。"

老上级来过之后，莫食言有了一个不被外人察觉的变化：他不再写汉简、汉隶这样的显露棱角的字，字体朝着妩媚、敦厚一路不断挺进——行内行外、远处近处都觉得莫食言的字好。好在哪里？好看。

向莫食言求字的人多矣。

他的性情出奇地好，谁找他要字他都满面春风，立等可取。他名声大好，名气老大，县里请他当了政协委员，村人也以他为荣——出门在外，人问哪方人士，答曰："莫食言那村的。"

为什么不见莫食言檐下的炊烟？村里人这时明白了，原来他在吃墨汁。

村里人不好意思让他出工了，让他专心写字。村里无偿供应他口粮，村干部拍着胸脯说："我张坊村这么大的一个地界，还养不起一个文化人？"

一天晚上，一个八岁的孩子端着一盆炖鸡进了莫食言的房门。

"孩子，你这是干什么？"莫食言问。

"我要跟先生学字。"

莫食言一愣，问："你自己想学？"

"嗯。"

“这鸡是谁炖的？”

“我妈。”

莫食言明白了，学字的事，是孩子家长谋划的。便对孩子说：“你跟你妈说，莫食言他不吃鸡。”

孩子说：“既然端来了，就端不回去了。”

莫食言说：“没关系，莫先生给你端着。”

莫食言端着鸡在前边走，孩子在后边跟着。到了孩子的家门前，他把鸡盆推给孩子：“莫先生就不进去了。”

孩子问：“那我怎么跟我妈说？”

“你就说，写字的事儿，是只有没有出路的人、闲着没有着落的人才干的，不是正常营生，好人不能干，孩子更不能干，会影响学业，耽误前程。”

过了两天，孩子又来了。他手里拎着一小袋核桃，进了门就扔在一个角落里，好像不是送给莫先生的。

莫食言摇摇头，说：“来了我也不教。”

“不教我也来。”

“为什么？”

“我喜欢墨的味儿。”

从这天起，那孩子天天来，来了也不说学字的事儿，只是给莫食言研墨、抻纸、撣墨迺、收拾房间。

赶也赶不走，就听之任之。两年下来，莫食言心里发生了微妙的变化：如果有两天不见孩子的身影，他竟有一丝淡淡的惆怅。

他会情不自禁地回想孩子在身边的情景。孩子脚底很轻，身子移来移去竟无声无息，像有他又无他。他喘出的气息很好闻，像雨后从草尖儿上冒出来的那股甜丝丝的味道。

孩子一露面，他会急迫地说道：“来了。”

后来，他们会把笔墨纸砚撇在一边，坐下来聊一会儿闲天儿。

“你在班里排第几？”

“自然是排第一呀。”

“你真是聪明。”

“不对，是因为难过，我就不明白，莫先生为什么就不教我写字？”

孩子的话深深地触动了莫食言，情动之下，他曾经有好几次动了教孩子的念头，但冷静下来，他又把自己否了。因为书法这东西能腐蚀人的心，你一旦钻进去，就会化在里边，再也不想出来了。为什么自己对外界的冷暖能逆来顺受？就是因为这种甜蜜的腐蚀。所谓对命运的承受，就是在现实中的无用。我不能害了孩子。

孩子就这样陪伴着他，不父不师，却不离不弃。

他写了一幅“诗书在心居陋室，胜券在握定乾坤”的中堂联，自觉意境高远，笔意遄飞，以为孩子一定会大声叫好。不料，孩子端详了半天，说了这么一句：“写字时，莫先生的心情有些不好。”追问他这字到底好与不好时，他只是嘻嘻笑。

莫食言对作品仔细审读了一遍，发现自己的笔墨过于放纵，有了一点多余的支脉。他醒悟到：孩子所说的心情不好，实际上是在说，这幅作品还有些不尽如人意。

他大吃一惊，这点小瑕疵，即便是大方之家，也是不易察觉的，亏了还是一个不沾笔墨的孩子。这孩子哪来的这般能力？

这之后，他每有新作完成，下意识地要听听孩子的意见。

孩子说莫先生的心情好，这是在说莫先生的字好。

孩子说莫先生的心情不好，是在说莫先生的字还差点火候。

他们谁也不说破，心里却都明白了。

对寂寞的莫食言来说，这个不受业的学生，竟进入了他的精神世界，甚至有些不可割舍了。

怎么会这样?

寒来暑往，莫食言从来没想到孩子要离开他。

这天，孩子突然对他说：“莫先生，我要写几个字。”

莫食言一愣：“为什么？”

孩子说：“我要到良乡去上重点高中了，再也不能天天过来给你研磨了。”

良乡是县城，离张坊有八十公里的路程，孩子是要住校的。

莫食言的脸立刻就黑了，他久久地木在那里。感觉到自己的失态，他凄然一笑：“那好，我给你研墨。”

“使不得，我就用一得阁。”孩子一笑，自己铺纸、倒墨汁、膏笔。

莫食言发现，孩子的牙齿很白，很整齐，一颗是一颗。他心中一动，这孩子是个美人儿。他眼睛“雾”了一下，明明是个男童，怎么就美人儿了？嗐!

“写什么？”为了掩饰自己，莫食言问。

“写现成的词儿：好好学习，天天向上。”

孩子悬腕、落笔、走字，像轻车熟路，一气呵成。

这是初试笔墨的人吗？莫食言呆了。再看他的字，墨色均匀，笔锋流利，似柳非柳，自成气象。这已不是习作，是正经的作品，经得起玩味。莫食言失口问道：“难道你偷偷练过？”

孩子摇摇头。

莫先生的表情，使孩子感觉到，他的字，先生是认可的，便抿了抿嘴唇，问道：“莫先生，我是不是可以题个落款？”

“你题，你题。”

孩子题了三个字：盛九书。

“你不是叫盛名状吗？！”

莫食言知道，孩子的名字是他念过私塾的爷爷起的，意榜上有名，当状元郎。

孩子说："这是我的笔名。"

"为什么叫九书？"

九，在汉语数字中，是最大的数；至于九书，嘿嘿……

孩子不好意思点破，但莫食言一下子明白了：孩子不仅倾心于书法，而且还有野心。

他喉头堵了一下，心情沉重：这个孩子，虽然不是他的入室弟子，却早已被他害了。

盛名状功课好，最后考进了北京大学，毕业后分回本县。由于是名牌大学的高才生，县里很器重，免去了他到基层乡镇磨炼的过程，直接安排到县委办。他聪明、伶俐，干什么像什么，又为人朴实，不事张扬，深得县委书记的赏识。便顺风顺水，不到五年的工夫，从文秘科长，到办公室副主任，一路攀升到办公室主任。主任的位置坐了不到一年，县委书记调到市农办当了副主任，新书记不想再用他，把他推到县政府那边。那个年代，县委办主任一般都兼县委常委，便顺理成章地当了主管文教的副县长。

小小年纪就当了副县长，盛名状自然是踌躇满志、意气风发。他改革教育体制，实行山区与平原教育资源共享，既提高了本县的升学率，又拓展了教育的覆盖指数，让贫困地区的孩子也能人人有学上。他办乡镇文化大院，以"文化下乡"为引导，增强群众自办文化的能力，推动"文化在乡"的转变进程，最大程度地丰富了群众的文化生活。他注重农村合作医疗保障体系的建立和完善，在每个乡镇都建立了中心卫生院，在每个行政村都开设了村民医务室，基本做到了：农民看病小病不出村、大病不出乡，很好地解决了农民就医难的问题。

他在全县的党员干部中威信很高，在基层群众中的口碑很好。到山区下乡，村民一听说盛县长要来，便早早地支起了大锅，用柏木炭给他炖全羊。所谓“炖全羊”，就是刮过毛发、滤过污血、净过粪便之后，羊身上所有部位都放在一个锅里炖，既全面分享，又原汁原味。这是山里人只有过年时才开筵的大餐。

这多少有些铺张，但他并不去阻拦，因为他懂风俗、懂民心，他不能太书生气。

炖全羊要想地道，是要在沸汤里放几粒羊粪豆儿的，会增加膻气。没有这股膻气，还谈什么正宗？

人问：“盛县长，放不放羊粪豆儿？”

盛名状一笑，当然要放。

人们觉得县长真好，随和。

吃炖全羊，喝乡下小烧，五内通泰，他很快就进入了醺然的境界。他对随从说：“你去买几刀大红纸，临近春节了，我要给乡亲们写几副对子（春联）。”

第一副对子写出来，在场的人都大吃一惊，没想到盛县长的字写得这么好！

在一片惊叹声中，盛名状给全村的百姓每户都写了一副对子。山村冷清，却满目通红。乡亲们串门，抬眼一看，“呦，你家也有盛县长。”家家都有盛县长，盛名状在民间拨弄了一股热热的潜流。

消息自然要传回县里。县委书记摇摇头，“这个盛名状，他要干什么？”

盛名状心里真的没有什么想法，他只是率性而为。

后来，每到基层，办完公务，基层干部总会给他备下笔墨，让盛县长写几笔。盛名状不多想，不推辞，写就是了。渐渐地，乡镇领导的办公室、会议室、接待室，甚至村委会的许多公共场所，都挂着他的字。

莫食言当然会知道这种情况，他摇摇头，心中叹道：“盛名状啊盛名状，你放着体面的盛名状不做，干吗非要做盛九书？”

盛县长依旧率性而为，既做他的盛名状，也做他的盛九书。心无波澜，只感到充实。

老家张坊村发现了一个天然溶洞，壁上石花形态万千，令人称奇；洞中有水道，可以弄舟。这是罕见的地下景观，惊动了远近的游客，成了一个炙手可热的旅游风景区。村委会主任莫文虎胸无点墨，起不来风雅的名字，但是他觉得，这么好的地界不应该属于人间，便随口说道：“就叫仙栖洞。”

自然要请名人来题写。在他的视野里，本县的名人就两个，一个是莫食言，一个就是盛名状。他把两个人一同请来。

师徒相见，都愣了半天，好像是初次见面的两个陌生人。

莫食言拍了拍盛名状已经隆起的肚腹：“名状啊，你的确有县长的样子。”

“嘿嘿，莫先生，什么县长，不过是九书而已。”盛名状说。

莫食言心里咯噔了一下：“哈哈，我倒是忘了，原来盛县长还叫盛九书。”

盛名状感到了什么，对莫文虎说：“有莫先生在，我就不写了。”

莫文虎说：“都写，都写。”

“那就请莫先生先写。”盛名状亲自给莫先生研墨。

“那就不客气了。”莫食言斜睨了一眼盛名状，发现他嘴角有一丝暧昧的笑。这让老先生很反感，他暗暗把手腕往下翻了一下，笔尖儿上的墨滴在地上。“名状，你研的墨怎么不沾笔？”

盛名状的脸一下子就白了。

便一心一意研墨，好像又回到了少年时在莫先生身边的情景。

莫食言走笔如风，气脉贯通，字落在那儿，不像是写的，浑若天成。

“好！”盛名状情不自禁地叫了一声。

莫食言得意地一笑：“名状，该你了。”

盛名状木在那里。“有莫先生的墨宝夺人眼目，我还怎么写？”他说。

他说的是实话，他觉得自己不该来。

莫文虎催促道：“盛县长，你们的身份不同，横竖得写一个。”

“身份？”

盛名状若有所悟，还是拿起了笔。写罢，他的落款是：盛名状。

莫食言看了两眼，不置可否，只是嘿嘿地笑。盛名状面红耳赤，他知道，自己的字哪敢跟莫先生的比，面子彻底栽了。本来是想跟先生喝两盅的，此时已没了心情，说：“县里要我回去开会，失陪了。”

山门立起来了。

莫先生兴冲冲地去看个究竟，一上眼，脸就黑了。上面雕的字，竟不是他的。在他自己的感觉中，他写了二十多年的字，就“仙栖洞”这三个字写得好，对得起以他为荣的家乡人。

怎么会这样？

他恨恨地念着上面的落款：“盛名状，盛名状。”

突然，心房像被锥子扎了一下。盛名状，盛名状＝盛县长。难怪他不题盛九书，原来他不是藏拙，而是动了心机。

完了！再也找不到那个呼出好闻气味的孩子了。

他从此再也不给别人写了，只写给自己。作为书法大家的莫食言从人们的眼里消失了。以至于喜欢他字的人相互碰面，会问出这样的话：“莫先生他是否健在？”

盛名状的字却大行其道，宾馆、饭店、商场、学校、开发区、名园、标志牌，到处都有他的字。

盛名状在本县，俨然坐上了书界的头把交椅。

但盛名状自己却并不以为然，他心里很清楚：他之于书法，决非要跟莫先生这样的方家争雄争锋，他志不在此，仅仅是喜欢而已。

在一个他志得意满的时候，一个有心人有意无意地感慨了一句："盛县长，依您的政绩，早该当县长了，怎么上边一点动静都没有？"

盛名状心中一动：是啊，在副县长任上已足足干了六年，不贪不腐、积极作为，被提拔使用，是应有之举，怎么会被埋没至今呢？

他突然就有了不平，去找器重自己的那个老上级——原县委书记李明府。李明府现在已经是市农办的一把手，还兼着市委副秘书长。有舆论说，明年市委换届，他很可能要进常委班子。盛名状不禁问了自己一句："老领导已权重一时了，我怎么不知道？"盛名状心中雾了一下：身在政界，却疏于运筹，就连同船共渡的人都疏于问候，看来自己真的有问题。

向老领导道出自己心中的不平之后，盛名状忐忑不安。

李明府摇摇头，反问道："名状，你放着好好的县长不做，写什么书法？"

"没什么，只是一点个人爱好。"

李明府又摇了摇头，口气很严肃地说："你不感到这有点多余？"

盛名状吃了一惊："那我怎么办？"

"戒掉，彻底戒掉！"

谈话的氛围缺少亲情的成分，盛名状觉得再谈自己的事有点不合时宜，便说："我给您带来两盒西湖龙井，正经的女儿红。"

李明府一笑："女儿红的确稀有，但只供高级领导，到了咱们这个层次，成色就难辨了。"

盛名状脸红了，他听得出来，老领导的话里有话，嗫嚅道："无论如何，一点心意而已。"

李明府还是一笑，转身进了书房，拿出一盒云南普洱："这是大理的市长送我的，是从茶农的棚户里搞来的。"

茶块很不规则，没有有意加工的痕迹。李明府从上面掰下来一块："名状，你拿回去品一品，看看成色怎么样。"

返程的路上，盛名状一言不发。他在琢磨，老领导一贯大方，当县委书记的时候，桌上的好茶叶可以让他这个下属随便喝随便拿走，可今天是怎么了，竟很节俭地掰下那么一小块。就他现在的身份，难道还缺茶喝？

对老领导的敬重，使他不好意思用吝啬这样的字眼。

他心里很不舒服，觉得自己一直就不懂官场。

从这以后，盛名状真的把字戒了。与此同时，他有意跟现任书记改善关系，弄得彼此之间同声同气，旁人都有些嫉妒。两年后市委组织部来考察班子，都以为县委一旦换届，盛名状无疑会做成本县的县长。但上边却派来一位当县长，盛名状待在原地不动。

他再去拜见老领导。

得知问题还是出在县委书记上。市委组织部领导询问盛名状的情况，县委书记说："这个同志不错，字写得好。"

盛名状愤愤不平："这个人怎么会这样？"

老领导说："人家对你不错，他并没说你的坏话。否则，以你文化名人的影响，会顺水推舟地让你到政协去，当个县政协副主席。你应该知足才是。"

"我对您有意见。"悲愤之下，盛名状说。

"你是在埋怨我不举荐你，这你就错了。你是我的人，我怎么会不尽力呢？但市委领导说，盛名状同志在文艺上特长过于突出，不适宜当行政上的主要领导，再看两年吧，如果这个同志政治上确实可靠，可以安排他到市文联当个党组书记，也是正县级啊。事已至此，我还有什么话可说？"

“可是，我已经不写字了。”

“树虽倒了，但影子还在。”

郁闷之下，他想找个人诉诉衷肠。想来想去，总也找不到一个合适的。最后，他认定了一个人，莫食言莫先生。

他从功德福饭庄定了几样熟食，其中包括一瓮白瓷炖鸡。

关帝庙的门红漆斑驳，门环锈厚，手拍在上面，声音隐忍，像秋叶飘落时，那种无奈与含羞。

“怎么会是你？”莫食言有些吃惊。

“啊，莫先生，久违了。”

莫食言面色苍白，表情冷漠。立在两扇门之间。

“怎么，也不请人进去？”盛名状笑着说。

“呃，盛县长，真是不巧，东头范家有老人过世了，要我去写几副垂幔，就是挽联，已请过多时了，不好再耽搁了。”

“那好，我就在这里等。”

“那就得罪了。”

盛名状一个人待在庙里，横竖也坐不住，便前厅后庭地游走，他是在欣赏莫先生的字。莫先生的字挂满了这里的空间，长长短短，肥肥瘦瘦，又好，又潇洒。他怎么不出手？他感到了莫先生的寂寞。

久等也不见莫先生回来，只好去范家寻他。范家并没有丧葬场面，他明白了，莫先生是在躲他。

他很生气，急急地走回去，钻进车里，狠狠地关上车门，对司机说：“走人！”

车子就要驶出村口了，他的心沉了一下。因为他看到了村口那两棵钻天杨。树身上，虽上上下下、左左右右筑满了鹊鸟的窝架，但依旧负重挺拔。他自责了一句：“我怎么这么没有度量？”

“回去。”

回到庙里，他怀着儿时的崇敬，一丝不苟地给莫先生研了一盘墨。想验一下墨研的成色，他拿起了一支笔。但马上摇了摇头，觉得动莫先生的笔有些不妥，便把笔放回原处，用食指在砚沿上蘸了蘸。竟浓淡适宜，不禁露出一丝得意的笑。

笑过，他重重地叹了一声："唉！"

一股从来没有过的悲凉，弄得他泪眼蒙眬——

在官场，我是盛九书（书家），在书界，我是盛名状（官员），都把我看成异类，都没有我的位置——我堂堂的一个七尺男儿，怎么变成了一块鸡肋？

三

卢老兰的历史襟抱和字，都在孤寂中兀自拔节。但是，他感觉不到生命的高度。

他的事业疆域，不过是一爿寂静而小的山区学校；他的情感舞台，不过是一个臃肥而粗疏的王翠兰——他没有伸展的空间。他饱尝了人生的悲凉与无奈，但是，他从来不哀叹。因为哀叹没有回声。

奇怪的，他的性情愈来愈温柔，轻声细语，满脸慈悲，像一尊佛。

他的学生却从没人敢冒犯他。在他拈花微笑的妩媚背后，有一丝冷。学生们感觉得到，却说不出。

在他那里，好像没有是非和原则，他对谁都好。

品学兼优的学生温养谦下河洗澡，不幸溺水。卢老兰也不说什么，只是写了一幅字贴在校门口的影壁上：

好学生虽埋骨荒郊死而不死

坏孩子纵觍颜人世生亦虚生

那些表现差的学生好多天不敢在他身边露面。这个卢校长虽口无臧否，但绵里藏针，被刺中了，学生们还无颜言痛，他们一下子明白了事理，成熟了。

这所学校成了模范校。出了很多人才。

但卢校长却病了，得了肝病。

卢晓兰一点也不奇怪。无处伸展的植株，还要不停地拔节，肯定要郁结。病了的卢老兰字写得越来越勤，越来越好，他说："书法治病矣。"

但卢老兰却迅速地瘦成了一支写小楷的毛笔，静静地躺在床上。卢晓兰知道父亲就要不成了，但心中居然没有多少悲伤，她觉得父亲一生写了那么多字，那么多好字，已经活在字纸里，他实现了自己的价值，也给后人留下了一笔独特的财富，他没有什么遗憾了。

一天，一向平静的卢老兰突然泪流满面，躁动不安。卢晓兰攥着父亲的手，说："爸，你有话就对我说吧。"

"你爸白活了一辈子。"

"爸，你的字写得真好。"

在父亲最后的时刻，卢晓兰觉得，自己如果再不舍得用一个"好"字，才真的是一件羞耻的事。

"那有什么用？"

"证明你活过，而且会一直活下去。"

卢老兰摇摇头："你这么说，是因为你是我女儿。"

"好字是六亲不认的，它自己认自己。"

"那我可以放心地走了。"他合上了眼睛，面带微笑，静静地躺平了身子，好像很乐意朝着那个预定的方向走。

结局好像就这么定了，卢晓兰感到轻松了许多。

但是，卢老兰突然坐了起来，大叫一声："取火盆来！"

卢晓兰吓了一跳："干什么？"

"我要你当着我的面，把那些字都烧掉！"

卢晓兰震惊了，木在那里。

卢老兰嘿嘿地笑着，叨念道："还是我那该死的父亲有远见，给我取了一个卢老兰的名字。老兰，既然是长久、固执、无用的意思，那就让它名副其实好了。"

"我做不到。"卢晓兰扔下父亲跑出门去。屋外的阳光很灿烂，晃得卢晓兰睁不开眼，眼泪夺眶而出。这时她才知道，自己眷恋父亲的字，比眷恋父亲更甚。

卢老兰在屋里不停地嚎叫，把王翠兰叫烦了，没好气地说了一声："就依你。"

灰飞烟灭之后，卢老兰满眼温柔，对王翠兰说："翠兰，你知道我为什么没撇下你跟袁晓晴跑？不是怕你收拾我，而是预感到，只有你能帮我这个忙。"

王翠兰厌恶地笑了笑："你就赶紧咽气吧。"

"好。"卢老兰说罢，很驯顺地咽了气。

父亲下葬后的第三天，也就是乡下所谓"圆坟"的那一天，卢晓兰白天给父亲的墓堆培土的时候，刮起了一阵卷毛风，她被弄得满身沙尘。回到家里，她烧了一锅热水，想清洗一下。但母亲一直活动在她的身边，没有单独的机会，就罢了。原来都是母亲帮她搓澡，可父亲去世之后，她竟不愿意母亲再看到自己的身体，觉得这很羞耻。

到了晚上，她来到拒马河边。

这个时候，正值早春，老兰花刚刚开放，天气尚寒。她怯在那里。

一阵微风吹皱了河面，掀起一片窸窣的细响。这声音与火焰亲炙宣纸的声音相仿佛，她的心疼了一下。自己是被翰墨熏染大的，但父亲的决绝，却剥夺了她成长的证明。他死得可真干净啊！这个家还有什么值得牵挂的？她的心悬浮起来。她打了一个冷颤，想到：今后的自己，不是被遗忘，就是意外地获得新生。但什么都是那么渺茫，只有星光下的河水真实。她苦笑了一下，像要脱茧而出的蚕，她赤身跳进了冷冽刺骨的拒马河。她要给自己搞一个像样的洗礼。奇怪的，身体的寒冷，竟让她的心莫名其妙地热了起来。她不仅不再有忧伤，反而异常地亢奋起来——在远处的一个地方，一定有一个男人敞开了怀抱等着她。这个男人内心锦绣，满腔温柔，且浑身上下，氤氲着醉人的墨香。她不顾一切地扑上前去，倾其所有，毫不保留。

水雾之中，竟恍惚地出现了袁晓晴的那个背影，腰窝深陷，身姿袅娜，真美。呸！美在哪里？不过是既想当婊子，又要立牌坊的小花样而已。

其实，卢晓兰早已经把袁晓晴忘了。是袁晓晴自己又把自己送回卢晓兰的记忆。父亲下葬那天，袁晓晴居然远道赶来。她蒙着头巾，戴着口罩，穿着村妇的家常衣裳，且躲在人群背后。众人都不会想到是她。但是卢晓兰一眼就认出了她。卢晓兰先是心头一热，转瞬就是一冷："你真不该来。"

送葬的人群散去了，袁晓晴独自跪在墓前。她是真哭，跟一般的村妇没什么两样，只是一个字：丑。

卢晓兰远远地看着她，感到她心中的确装着父亲。因为再斯文、再忸怩的人，在真实情感面前，也显得丑陋。

她早干什么去了？卢晓兰更瞧不起她了。

卢晓兰在村外公共汽车站等她。待她一走近，便说："你男人知道不知道你来这里？"

"晓兰，你别这么刻薄。"

"你不想知道我爸临终前说了什么？"

"他说什么？"

“他说，小袁她屁股大，一定好生孩子。”

“你，你不要糟践老实人。”

“你不想知道我爸临终前干了什么？”

“他干了什么？”

“他把他写的字统统都烧了。”

“呃，是吗？”

袁晓晴一点也不惊讶，口气有些轻描淡写，似乎卢老兰的字与她袁晓晴无关。

这是卢晓兰没想到的，她为父亲感到悲哀：爱卢老兰的女人应该是很在乎他的字的，除了字之外，他还有什么？父亲的这一生真是虚空。

她对袁晓晴说：“你真可怜，你还是赶紧走吧。”

袁晓晴上车的时候有些慌乱，车门夹了她一下。

卢晓兰对自己说：“我可不学她那样，我要是遇到自己稀罕的男人，不仅把自己的一切都给他，还要在乎他所有的一切。不然，怎么能证明自己？”

从这时起，卢晓兰就开始上路了。

考上了县重点高中，走出了深山窄川；大学毕业，走进了乡镇机关；接待县里领导，走到了盛名状面前。

那天，乡里搞了个揭牌仪式。乡皮革制品厂厂址落成，找人题写了厂名，字刻在铜板上，覆以红绸，急迫地等着一个人。

为了把仪式搞得像个样子，乡里组织了秧歌队，请来了驻军的军乐队，从乡机关选了几个女青年当礼仪小姐。礼仪小姐中就有卢晓兰。领导对她说：“女的里边，就数你有型，你什么也不用干，把那个人‘盯’妥帖了就成。”

听到这样的称誉，卢晓兰脸红了许久。她赞美人与事物，就像赞美父亲的字，从来不好意思用过于直白的字眼，被人这样赞誉了，她有些抹不开面子。

她个子高、白，穿上旗袍，曲线“惊险”，身边的一片人的眼神都不停地“剜”她，她总是情不自禁地掩旗袍的下摆。她真不明白，为什么一个小小的揭牌仪式非得预备礼仪小姐，还要穿旗袍。旗袍是这样穿的吗？她认为，旗袍是属于私密性的服装，穿给适宜的环境，穿给适宜的心境，穿给适宜的人。就像密雕的清代家具，配以景德镇的瓷器才好，一放上银器，反而就怯了。

为什么现在的女人，虽然穿得光鲜艳丽，却总让人感到缺乏品位？都是因为她们满足着公共欲望，独没有小我的那一点任性。

那个人来了，正是盛名状。

盛名状在鼓乐声中揭牌，面带微笑，身手从容。揭下红绸，他依旧站在那里，望着牌匾上的字，轻轻地颔首。那几个字是：鑫鑫皮革制品厂。

本来是自己的手书，却像在欣赏别人的杰作，他的自我感觉真好。

街上到处都有“鑫鑫”二字，鑫鑫百货商店、鑫鑫成衣坊、鑫鑫儿童乐园、鑫鑫发廊……好像弄个商所，就会财源滚滚、遍地金银。“真恶俗。”卢晓兰下意识地嘟囔了一句。

这个意外的声音刺了盛名状一下，他收敛了笑容，朝身边这个人看了一眼。这一看不要紧，像猝然遭到电击，他的心抽搐了一下。这个女孩什么时候冒出来的？白鲜水嫩，曲线惊险，俨然天物。其实，卢晓兰一直就“盯”在他身边，只不过他在扮演县长角色的时候，对周围的一切都视而不见。

此时，他慌了，眼光不知放在哪儿才好。

这是怎么了？我堂堂盛县长，县内县外，阅人无数，什么样的佳丽没见过？

他强迫自己镇定下来，弄了一个笑容，问道：“你是指字？”

“不，我是指‘鑫鑫’二字。”

“啊，到底是在乡下，很难免俗嘛。”

既然美人说的不是字，盛名状倒真的平静下来。

“盛县长，请到贵宾室休息。”卢晓兰微微俯了一下身，做了一个请的姿势。

“你请。”盛名状竟反躬而请。

“那哪儿成，您是县长。”

盛名状不是想绅士一下，而是联想到徐志摩的“水莲花不胜凉风的娇羞”的诗句，他是在怜惜美。

卢晓兰引着盛名状往贵宾室走，盛名状的眼睛总也离不开她旗袍的下摆。她没有穿丝袜，欲遮还露的大腿有致命的白和致命的丰腴。他知道自己有些失态，但目光不能收束，他预感到，这个女子，将要改变他的生活。

卢晓兰这时也打了一个趔趄，她被楼梯的台阶绊了一下。卢晓兰能够感受到盛名状的目光，不免有些慌乱。这个闪失，让她很羞愧。但重新走稳定之后，心情反而变了：什么县长不县长的，不过是一个普通男人而已。

进了贵宾室，纸墨笔砚早就预备下了。这让盛名状一下找回了自己：“好，好，今天是个好日子，一定多写几幅。”

乡领导给卢晓兰使了个眼色，卢晓兰嫣然一笑，大大方方地给盛名状膏墨、铺纸。

盛名状看了卢晓兰一眼：“我先给美女写一幅。”

他毫不沉吟，率然命笔：

蓼花出冰雪，

水莲入清泽。

“敢问芳名？”他要题款。

“卢晓兰。”

“呃，若是早知，应该有‘兰’，不过，蓼花、水莲与兰，均是幽雅一族，情操是近的，也好，也好。”盛名状颇自得，笑吟吟地题道：寄晓兰，××年盛名状谨书。

明明是人在眼前，却要“寄”，而且还要“谨书”，旁人不大明白，但卢晓兰心里清楚，书者是在展示风雅，是别有用心的谦恭，或者说，是男人的心动，是预付给今后的期待。她心里升起一股莫明其妙的涌动，隐隐地意识到，自己跟这个男人一定会发生点什么。

这时的卢晓兰，还不善于掩饰自己的情绪，她的脸红透了，“盛县长，您太客气了。”

卢晓兰脸上的红云，让盛名状感动：这个女子内心质朴，还是一张品质纯粹的生宣。

他情绪大好，写了很多字。在中午的宴席上，卢晓兰居然被安排在他身边，还能毫不扭捏地陪他几杯酒，他更是晴空万里，来者不拒，喝得大醉。

乡领导又使一个眼色，示意卢晓兰把县长扶到房间里去。

卢晓兰没有推辞，不知为什么，她愿意扶他。

在卢晓兰的肩头，盛名状闻到了一股好闻的从草尖儿上冒出来的那种甜丝丝的味道，这种味道，让他心里干净，便不让自己放纵醉意，努力走好每一步，以减轻这个肩头上的重量。

卢晓兰感觉到了，心里一热，反而真心搀扶他了。

一进房间，盛名状就挣脱了卢晓兰的服侍，虽身姿摇摆，却也稳准地坐在沙发上，而且坐得很端正。

“谢谢你，小卢。”

“不谢。”

“小卢，我问你，我的字好不好？”

这个问话让卢晓兰感到很意外，她笑笑，说：“县长，您累了，先休息吧。”

“你为什么不回答我？”盛名状居然很生气。

卢晓兰一愣，做出难为情的样子，说道：“您别难为我，我一个乡下女子，哪里懂得字啊。”

“你骗不了我，从你的眼神里我看得出，你是懂得字的。”

卢晓兰一惊，难道他知道我的翰墨身世？便问道：“县长，您认识不认识一个叫卢老兰的人？”

“卢老兰是谁？”

“是我父亲。”

“令尊他做什么？”

“他是个教书的。”

卢晓兰不禁生出一丝悲凉，她是在为自己的父亲悲凉，那么功底深厚、下笔生烟的一个真正的书家居然远在深山无人识，她一下子懂得了两个字：湮没。

一股隐忍不住的悲伤让她心绪不平：天道多有不公，人间不可言说。她觉得眼前这个男人不配跟她说书法的事，他凭什么这么自得？便说：“那么就说您的字。”

“快说。”

“您的字好看。”

看得出盛名状很受用，嘻嘻笑着，但嘴上说：“要说实话，不要奉承领导。”

卢晓兰一笑：“不过，仅仅是好看而已。”

婀娜水袖之中突然抖出来一把刀子，自得之人凝固了笑容：“为什么？！”

“缺少底蕴。”

在贵宾室里，在盛名状纵情书写的时候，卢晓兰就看出来，他的字没有来路，也就是他没有下过临帖的功夫，只不过他是个聪明人，会揣摩，会偷笔，敢写，写熟了而已。当时的情景她不会说，依常理，以后的情景她也不会说。为什么就说了？她是在替被湮没了的父亲卢老兰说话。

盛名状一下子站了起来，向空中做了个托举的动作，因为还从来没人这样说过。他沉不住气了：“小卢你必须给我说清楚。”

卢晓兰开始朝门前迈步：“盛县长，您最需要的是休息。”

卢晓兰闪出门来，盛名状在后边喊：“小卢，你别走！小卢，你不能走！”

自有的弹力使门自己就关上了。卢晓兰听到里边传来一个沉重的声响，她知道，盛县长他摔倒了。

楼道里出现了乡领导的影子：“卢晓兰，你怎么会放过这么好的机会？”

卢晓兰冷冷地说：“您甭担心，我今后有的是机会。”

屋里的盛名状的确是栽倒了。卢晓兰的话，比他知道自己升迁无望还让他难以承受。他一下子失去了支点，酒力发作了。

老领导李明府给他展示的政治前景，使他看清了自己：既然等待自己的不过是个市文联党组书记，再多的用心也没什么意义。换个说法，既然被定格在字上，那么，为什么不写？

一旦重新拿起了毛笔，纸上龙蛇驰骋腾挪得尽情之后，浮躁的心气居然淡定下来。他觉得，有字可写的日子，其实什么也没有失去。渐渐地，他变得心绪安静，眉宇疏朗，甚至内心充满了温柔，对什么事都想得开，对什么人都看得惯，有一种无因由的知足。他胖了。

在一个月明星稀的夜晚，他逸兴遄飞地写完一幅字，掷笔推窗，清风拂面，七窍尽爽，看到万家灯火无声地闪烁，他心中竟冒出一个字：爱。他爱生活，爱这个世界。

书法真是一剂药，一旦吃下去，就平静，就知足，就温柔。夜色中，他思念莫食言。莫先生他也在写吗？

他不再有顾忌，走到哪儿写到哪儿。人们投其所好，总给盛县长备下纸墨笔砚；他也顺水推舟，乐在其中。写过的字，他的题款不再是盛名状，而是盛九书。

他甚至主动给县委书记写了一幅。写的是：

诗书在心虽无言，河山锦绣弄玉声。

诗书在心，喻有思想、有谋略（这是从莫食言那里偷来的半句）。无言，则喻不尚空谈、求真务实。玉声，指莺歌燕舞，百业兴旺。为什么用河山，而不是江山？江山对应的是帝王，河山与县令才恰切些。盛名状毕竟是出自名牌大学，即便是谀词，也要有“格”，不然，就肉麻了。

县委书记叶是个聪明人，他很会心，很受用。一向看不起文人勾当的他，竟然把盛名状的字精心装裱，挂在了自己的办公室里。

这是个特别的广告，使善于观风头的各级官员，对盛名状高看几眼。他的字，便在县境之内大行其道。他与县委书记的关系，看上去，很和谐，甚至很亲近。但他心里知道，他不会提拔自己，不过是井水与河水相安共存，乐得给他一个小小的空间而已。

这就足够了。盛名状没有贪心，很知趣。

他写字写得上了瘾，有一句口头禅：县长的帽子是可以摘的，但不能夺我手中这支笔；谁要夺的话，你看我会不会跟他拼命？

在这方面他是真用心了，他与市书协、全国书协的掌权人物混得很熟，本县的名胜和山水他都陪着走遍了，还建了挂牌基地。所谓基地，行里人都明白，休闲度假的处所而已。他当上了市书协的理事。全国书协的会员，在他自己的意识里，他不再是票友，而是真正的书法家，甚至是书法名家了。

他到基层写字的时候，当地官员自然会以润笔费的名义给他塞红包，起初他是拒收的，因为他是县长；现在不同了，他来者不拒，因为他是书法家，收取润笔费，是顺乎情理的事。甚至人家给的少了一点，他还会情不自禁地皱皱眉头。

他兼着县书协的主席，经常要组织一些笔会。他每次都忘不了请他的启蒙老师莫食言。为了以示尊重，每次邀请，他都不用公笺打印的通知，而是亲笔写了请柬，派专人送去，言辞也谦卑：恭请恩师莫食言先生大驾光临训佐，九书上。

但莫食言从不露面，他觉得盛九书有些忘乎所以，有些闹。他甚至对人说，盛名状（他一直不叫他盛九书）的路数快尽了。

雅集之上，见不到莫食言的影子，盛九书心中嗒然，有锦衣夜行之感。久请不到，他的心情变了，觉得莫食言有些小气，从心里开始看不起他。

字行厅堂，名行江湖，且囊中饱满，盛九书觉得自己发达了。但到了晚上，他时常感到一种难以排遣的寂寞，他觉得自己缺少一样东西：一个知音，一个红袖添香的绝代佳人。

他的夫人刘爱莲是他大学的同学，河北涿州人。京西与涿州，古时同属范阳郡，同一的乡俗、同一的乡音，在校园里他们很有的说，便自然而然地走进了婚姻。刘爱莲从一毕业就在县城的中学教书，现在还是个普通老师。作为主管副县长，盛名状几次想把她调入县教育局、县文化局或县文教办，但刘爱莲固执己见。她认为机关浮躁混浊，她只想跟单纯的孩子在一起，做一个单纯的老师。单纯的生活使她心宽体胖，但她的智力并没有发达，在盛名状眼里，她很幼稚，幼稚得像个中学生。教书虽然没有前途，但她兢兢业业、一丝不苟，像个圣徒。为没有前途的事献身，还不算幼稚？盛名状有时跟她聊聊官场的事，她会本能地堵上耳朵："我不想听那些臭事，脏。"至于他的书法，她认为他不务正业，她甚至说："人一为文，将行之不远，国家怎么会让你当县长？"他有时写了得意的字，会把字幅从书案上扯到卧室里逼着她发表意见，她说："不过就是一幅字嘛。"他说："这是艺术。"她说："难道我还不知道是艺术？"

他从外边回来，兴冲冲地说："我今天给焦化厂题了一块匾，大家都叫好。"

"给润笔费了吗？"

"给了。"

"那就好。"

"你就知道钱。"

"爱钱是女人的天性，难道你不知道？"

刘爱莲接过红包，一张一张地数起来，数得很认真，竟至数乱了。再数。

盛名状心里很烦。他觉得刘爱莲的这个样子与圣徒一般的人民教师的身份不符，正如他热心于书法而与县长的身份不符一样。他们都有些不正常。

刘爱莲胖得没有腰段，臀部肥阔得一片囫囵。他不禁皱了皱眉头，心想：幸亏没跟她要孩子。

虽然睡在一张床上，他却从来不想跟她亲热，他觉得那很可笑。他有时也想不通，女人一没有赏心悦目的身体，男人怎么就会爱不起来了呢？睡到半夜，他突然醒了。醒来就睡意全无，整个心就像化不开的夜色，既堵得没有出路，又一片空旷。他翻身下床，进了书房。

他厌倦地看了一眼书案，但还是倒上了墨汁。第一笔就涩住了，因为真的不情愿写。揉了纸，重新来；再揉掉，再来。经过了一个很缓慢的过程，才渐渐地上路了。

写满了一张纸，他懒得再看上一眼。枯坐着，竟泪流满面。他觉得自己活得不好，很不锦绣；如果有一个锦绣女人于身边而立，要书法干什么？

然而，如果不发生什么意外，他还是要寄情于书法。他得活得像个人物的样子。

缺少底蕴。

这仅仅是对我盛九书的字而言吗？

卢晓兰，你哪里懂得男人，而且还是一个有身份的男人？你要为此付出代价！

四

自从鑫鑫皮革制品厂揭牌之后，盛名状频频地在这个乡出现。

他把自己手里的几个新兴产业项目都落在了这个乡，比如高尔夫球场、水上体育馆。

乡领导知道，盛县长的用意不在缤纷山水、兴隆百业之间，而是别有情寄。他们投桃报李，每次来，都要安排卢晓兰作陪。这一切都做得不显山不露水，浑若天成。

在一个独处的时候，盛名状问卢晓兰："小卢，你说我的字缺少底蕴，从何而来？"

卢晓兰有些难为情，红着脸说："盛县长，不好意思，我那天喝多了，说的是酒话。"

"确实如此？"

“确实如此。”

盛名状知道卢晓兰在撒谎，但此时的他，因为没有酒的迷醉，乐于听她撒谎。这个美丽的谎言，成就着他的尊严，他可以落落大方下去。

其实已经没有必要深究。知道她懂字，人长得又美，这就足够了。盛名状想。

“小卢，我知道自己的字还欠些火候，因为不是科班出身，基本功差些，只是率性而写，尚无‘体’，因为我是县长，别人不好意思说透，自己也乐得一个虚名，好玩儿就是了。”

盛名状意外的坦诚，让卢晓兰暗自一惊，她有些慌乱，说：“盛县长，您的字的确好。”

轻易就说出来一个“好”字，这是卢晓兰自己没想到的，她深深地埋下头去，不想让对方看到自己的脸。对自己的父亲都没这样过，我这是怎么了？是不是一走出那个纯净的山村，人就变得世俗了？

“谢谢。”盛名状说。

“盛县长，写字其实就是写心气儿，写心中的情感起伏，写出了，痛快了，就成了，至于合体不合体，真的不重要了。”卢晓兰说完，暗暗咬了自己的舌尖一下，想验证一下，说话的是不是自己。没想到，这人一陷落，就会按着陷落的逻辑往下走——居然会为自己本应羞耻的好话找依据，她瞧不起自己。

“真是懂字啊！”盛名状被卢晓兰强烈地打动了。他冲动地抓住了她的手，“小卢！”

卢晓兰的手竟没有躲，驯顺地被他抓着。

这个男人不仅会写字，而且还有真性情。她一下子想到了袁晓晴，和袁晓晴留下的不可弥补的遗憾。

“小卢，我喜欢你。”

卢晓兰被抓住的手竟在他的手心里轻轻地挠了一下："我知道。"

盛名状把卢晓兰一下子拥进怀里，且越抱越紧。因为他感到，卢晓兰也在用力，呼应着他的激情。好像他们已约定好了，要在今天完成这个拥抱。

但是，在激情寻找另一个更强烈的出口的时候，卢晓兰用力地推开了他。

"您要是真的喜欢我，就把我调走，最好是调到您的身边。"

"怎么，你怕？"

"不，这与女孩子的尊严有关，我要清清白白地离开这里。"

不久，卢晓兰果然来到了盛名状身边，被调到县政府文教办公室。卢晓兰调动的事，是乡领导极力推荐，作为人才输出的。一切都做得顺理成章，好像与盛名状无关。

接下来，他们自然而然地走到了床上，事情发生得没有任何悬念。

卢晓兰真是一张好宣纸，盛名状在她身上尽情抒写，楷书、行草、篆隶，都写得好；一撇一捺，一横一竖，均见功夫。卢晓兰身体震颤，心灵震撼，忘情地回应，以至于他们的第一夜，就做了三次爱。卢晓兰在日记上写道：今天，我把自己给了他，完完全全地给了他。既是他的勾引，也是我自己的主动——既然遇到一个会写字的男人，而且他还是那么温柔多情，还犹豫什么？我绝不能像袁晓晴那样，心动而不行动，让自己一生都承受煎熬。他真是我梦想中的那种男人，既体贴你，又淹没你，会让你情不自禁地为他彻底开放，以至于忘记了羞耻。跟他在一起，觉得做女人真好……

她觉得，遇到盛名状，是命中注定的事，她莫名其妙地生出了一种从来没有过的东西：感恩。

盛名状的感觉是复杂的。

当一片璀璨的红云开放在眼前的时候，他看清了自己：他既不是作为县长的盛名状，也不是作为书法家的盛九书，只不过是个男人，一个有种种原始欲望的普通男人。这既让他感到泄气，又感到兴奋，因为这真实。奇怪的，作为一个处子，卢晓兰看到自己身下突然绽放了的那片红云，居然一点也不惊慌，反而还笑，笑得那么从容，不可思议。这让身边的男人感到震惊，他一边哀叹自己的陷落，一边寻找到一个能够安妥自己的支点：我今后，是会对她负责的。

他们恨不得天天在一起。

即便是短暂的中午，他们也会在盛名状的办公室里欢娱一番。

阳光无声地淋洒在两个人的身上，他们感到自己很洁净，很神圣，爱得有理。在巅峰时刻，他们放任自己的欢叫，好像事情绝不像人们想象的那么严重。

激情过后，他们相视而笑，几乎是同时开了口："咱们胆子怎么这么大，真是一对狗男女。"

女人的乳晕很小，乳头小巧而鲜红，在阳光下，像雪峰之上一枚惊险的樱桃。这个老大的男人突然就叫了一声"我的小妈妈"，然后就去吸吮。

女人怜惜地抚摸着他的头发，喃喃而语："你应该给我一套房子。"

就真的给了一套房子。

女人个子高，却还要穿高跟鞋，去房子的路上，崴了一下脚，女人说："你应该给我一部车子。"

男人说："那自然。"

男人很慷慨，女人过得很欢快，以至于有一天她自己都感到了惭愧，问他："你是不是觉得我很功利？"

男人说："爱情本身就是功利的，功利加功利就不功利了。所以，这一切都是我应该做的。"

"你真逗。"女人说，"那我一辈子都跟着你，你怕不怕？"

“我为什么要怕？不过，我是有妇之夫，该怕的应该是你。”

“在我眼里，她刘爱莲是不存在的。我倒是为你担心，你毕竟是领导干部。”

“有你，有书法，一个小小的副县长算什么？”

卢晓兰索性把母亲王翠兰接过来一起住。王翠兰撇一撇嘴：“看来，你跟袁晓晴是一路货色，不过，你比她能耐，逮着一个大个儿的。所以，你比她还不要脸。但是，我横竖得靠你养老送终，也就认了。我是你妈，我得提醒你，要学会保护自己，不要总是怀孕，一旦伤了身子，你就什么都没有了。妈的，这是什么世道！”

王翠兰的话很粗俗，但粗俗背后是硬道理。卢晓兰情不自禁地哭了一次。

这时的盛名状，果然就把大部分精力都放在了写字和爱卢晓兰这两件事上。写字可以换钱，卢晓兰的房子和车子，让他有了一个很大的亏空。

在一个温情的时候，卢晓兰对盛名状说：“老胖，你现在已经是名家了，名家的做派，是很吝啬笔墨的，再到基层的时候，你是不是应该少写些？”

这是个委婉的说法。卢晓兰心里清楚，人家之所以求他的字，给那么多润笔，并不是因为他的字好，而是冲着他的县长身份。无节制的获取的过程，就是他的尊严渐渐丧失的过程。

老胖是他们相爱之后，卢晓兰在私密空间里对盛名状的称呼。盛名状固然有些发福，堪称“胖”，但卢晓兰的用意不在于此，在于她能从中找到自我——名状、九书，都不属于她，只有这个称呼，才能确定她在他生活里的位置。

盛名状很乐意她这样称呼他，能感到特有的温柔。他笑一笑，说道：“小卢，没关系，好的书法作品是可遇不可求的，我现在正在状态，不写，就可惜了。这还得感谢你，你的爱，让我真正找到了书家的感觉。”

“呃，那就写。”

卢晓兰从父母的关系上找到了做女人的感觉：“说话要委婉，处事要驯顺，这样就温柔，男人就稀罕。”

他们真是恩爱，恩爱得卢晓兰几次怀孕，每次她都是自己到那种小诊所，悄悄地做掉，一点也不给盛名状添麻烦。盛名状唏嘘不已，好像疼痛就发生在自己身上一样，他说：“小卢，你放心，我会跟刘爱莲离婚的。”

卢晓兰说：“干吗非这样，这不挺好吗？”

久也不见盛名状离婚，王翠兰说：“你真傻，男人不能惯着，要趁着他稀罕你的时候，想办法收拾他。俗话说，树不尅不成材，一旦他长老就了，就不在乎你了。”

卢晓兰忧伤地一笑，说：“怎么收拾？就像你跟我爸，你越是收拾，他心中越没有你。”

王翠兰黑了一下脸，不甘心地说：“那就少让他沾你的身子。”

卢晓兰笑着反问道：“要是我自己想让他沾呢？”

“你真贱！”

卢晓兰自己也觉得自己贱。他们之间的性爱和谐极了，到了一定的时候，她自己就想，别的女人也会这样吗？可她又想，可别的女人会单单爱上写书法的男人吗？书法且刚且柔，且阴且阳，是纸上风情，就是性。那么，沾染书法的人，与风月近些。

她又觉得自己的想法很可笑，因为历史上有名的书法家都是男人，他们现实中落魄，但内心风流，无处伸展，便占有纸。岂止历史！他父亲卢老兰，是这样的，盛九书也未尝不是。她卢晓兰是什么？出身在那样的家庭，潜潜地，她早就有了“纸”的意识。

卢晓兰刚调进文教办的时候，盛名状每次下乡都要带上她，当文秘，做书童，大家都感到好。当她真的成为他生活的一部分之后，再到场面上去，觉得人们的表情都是那么暧昧，即便是随意的笑，也是那么意味深长。她对盛名状说：“别再带我一起出去了，他们有多余的心思。”

盛名状想了想，说：“也好。”

但下边的同志早就把她看成了盛县长自然而然的一部分，不见她的踪影，便说：“怎么卢小姐她没来？没意思没意思。”盛名状泼墨挥毫的时候，为其膏笔、抻纸、撢墨，这些同志做得很笨拙，摇头对县长说：“您看，要是有卢小姐在，有多好。”

盛名状对卢晓兰说：“你还是陪我去的好，不然，他们真的会动别的心思了。”

“你就不怕人家说闲话？”

盛名状略作沉吟，笑着说：“咱们应该磊落些。”

他自己也觉得，没有卢晓兰的陪伴，的确缺少韵味。同时，心里有膨大的爱，他有了多余的胆量。

卢晓兰就还做盛名状的影子。

但卢晓兰却感受到了另外的一种东西——

盛名状写完字，心里明媚一些的人，会多给他一些润笔费。盛名状推辞道：“是不是多了点？”人说：“不多，不多，冲着卢小姐，也应该是这个数。”卢晓兰心皱了一下，凭什么冲我？心里暗淡的人，觉得盛县长的这个做法，是在变相捞钱，不愿多给，又不想当面造成难堪，便把装钱的信封塞给卢晓兰——“实在拿不出手，就麻烦你了，卢小姐。”“干吗托我转？”卢晓兰说。“你们谁跟谁。”对方给了她一个不阴不阳的答案。

卢晓兰感到，人家无论是情愿还是不情愿，都包含着对盛名状的轻蔑，也包含着对她卢晓兰的什么什么。她内心隐隐地痛着，这个字，还是不要写了。

但是，她没有跟盛名状说，而是独自承受着。她早就跟自己说过，爱一个男人，就应该爱他的一切。

后来，本县出了一桩大事，县长因为车祸以身殉职。

就继任人选的问题，县委书记经反复权衡，觉得还是盛名状合适些。盛名状学历高、聪明、有魄力，能干点事。另外，通过这几年的观察，他寄情于书法和女人，没有政治野心——没有政治野心而又有短处的人，好驾驭。其实，最重要的一点，是盛名状的老领导李明府当了市委常委、市委秘书长，让他中意的人当这个县长，也等于给自己铺设了一条路。

他找来盛名状，“名状啊，人家可都为县长这个空缺上蹿下跳，你怎么不跳？”

盛名状笑笑：“我为什么要跳？”

书记说：“这很好，我们用干部，就是要用那些不投机钻营的人。”

“您是说？”

书记摆摆手，不让他点破，笑着说：“卢晓兰这个同志不错，怎么还是一般科员？应该给她弄个主任科员当当，呵呵……”

盛名状的脸立刻就燃烧起来。

“别不好意思，该提还是要提的嘛。”

从书记的办公室出来，他既兴奋，又郁闷——对他的个人生活，书记虽然什么都没说，却分明是对他说：“你要珍惜机会，离女人远些。”

再下乡的时候，他对卢晓兰说：“我理解你的感受，你就不要陪我了。”

这正是卢晓兰期望的，所以她很温柔地说了一句：“谢谢。”

后来，他说因为县长空缺，县长所管的工作，都分解到他们几个副县长身上，他有些忙不过来，卢晓兰那儿可能要去得少些。

卢晓兰也没多想，说："忙你的就是了。"

岂止是去得少，渐渐地，他干脆不去了。只是在电话里问个平安，话里也缺少应有的热情，至于男女恩爱的表示，也像风筝的线，似有似无。

卢晓兰有些迷惘，有些忧伤，但隐忍着。她安慰自己：男女间的事，可能就是这个样子，不可能总是绷得那么紧，就像风筝，只要那根线还在，就会回归，就会近。

后来她还听说，他的字也不写了，只专心于工作。她有些欣慰，他终于清醒了。

一天，在午睡中她被连续不断的电话铃声惊醒了。盛名状在电话里说："你赶紧到我的办公室来，我找你有急事。"进了他的办公室，他转身就把门闩上了，然后把她抱起来，扔到床上："我想死你了！"急切地书写之后，还没容她平静下来，他就说："小卢，咱们还不能久待，我还要参加一个会议。"

"你不说有事吗？"

"还能有什么事？"

"你可真成。"

这样的事情经常发生，卢晓兰有些不情愿了。那天，午间的阳光真好，让女人本能地就想懒。事毕之后，她故意拗着他的催促，就是不穿衣服，把个惊心动魄的光身子毫不羞耻地晾在阳光里。刚写完的字，还要等晾干了才能卷起来呢，更何况一个女人。"你把我当成什么了，招之即来，挥之即去。"她心里很悲伤，想哭，但却堆出了笑，因为她知道，男人在这个时候，最腻歪女人的哭，有抱屈和索求的意思。她笑，隐去心痛，饰以小女儿的顽皮。

“你真调皮，”她美艳的身子让他害怕，他一边往门边走，一边说，“不行，我得赶紧走，我真的有急事。”他把她反锁在房间里。

她掩面而泣，痛苦扭动的身子像只扭动的尺蠖。

她真想拿起床头的电话，给政府办打个电话，让他们来看一看，一个女子，就这么赤裸裸地躺在县长的床上。只是一个闪念，很快就被一个理由平复了：真的这么做，还能证明自己是一个饱经翰墨濡染的女人吗？

拒马河的水，之所以美丽，不争波澜，顺山顺势地流就是了。

这之后，他们恩爱完毕，不用盛名状说话，她会马上不声不响地穿衣服，脸上的表情，既哀怜，又懂事。盛名状喉头哽塞，动情地说：“小卢，我一定会娶你的。”

卢晓兰凄然一笑，说：“谢了，但你千万不要感情用事，你一旦闹离婚，你这个副县长还怎么竞争当县长？”

盛名状十分震惊，原来卢晓兰什么都知道，却承受得如此不露声色！

这是怎么的一个女人！盛名状一下子跪倒在卢晓兰脚下：“你为什么对我这么好？”

卢晓兰抚摸着他的头发，心里说，你这个人一点都不好，既不是盛老胖（爱情），也不是盛九书（书法），你只是盛名状（县长），你活得太自私，心中只有自己。但是却温柔地说了一句：“因为你会写字，我从小就喜欢书法家和书法艺术，我管不住自己。”

“这得感谢卢老兰先生，他是我的老师，我应该叫他爸。”盛名状动情地说。

“不，你的老师是莫食言，你应该抽空去看看他。”

“好，好。”

盛名状不是顺便的应承，此时，他对莫食言的确有一种温情的东西。种种迹象表明，如果不出意外，他很快就会坐上县长的宝座。人在春风得意的时候，会生出广阔的爱意，甚至感激。他觉得莫先生是有远见的，如果当初就把他收为入室弟子，他会沿着乡村艺术家的传统轨迹一路走下去，充其量不过是莫食言第二，哪有今天的这份辉煌？字是小道，然而莫先生却指引给他大道，对他有大恩矣。

但是，没等他来得及去行谢恩大礼，莫食言却主动来回敬他了。用的是一种特殊的方式：一封举报信。

莫食言在信中说：盛名状依仗权势，假书法之名，变相索贿受贿，扰乱了书画市场，戕害了神圣的传统艺术，污染了社会风气，造成了恶劣影响，请组织明察。

来得出人意料，却恰是时候。

难道我研的那盘墨还不到火候？降临的是政治灾难，盛名状却还作书生之问。

“明察”的结果，不仅是过分地收取了润资，还有回扣，还有女人。所谓回扣，是盛名状为卢晓兰所在的乡引进项目时形成的。他当时满心温柔，笔底生烟，了无禁忌，模糊了不义之财与合法收入的界限，权当是润笔费而悉数收下了。

正如莫食言所言，盛名状的路数真的就尽了。丢官，双开，判刑，像花蕾一旦绽放，就不可收束，毫无商量。

县委书记的真诚惋惜，李明府的扼腕痛惜，减弱了花开的势头，他只被判了三年刑。他觉得欠了一笔无力偿还的人情债，在法庭上，他真诚服法，不再上诉，且说了一句莫名其妙的话：“书法的禁忌是不能写得太满，应该守虚，应该留白。”

被调查的日子，短短几天的工夫，盛名状的头发就全白了。对镜自怜，他凄然一笑：自己骨子里还是个文人，是弱的。

在家里吃最后一顿晚餐的时候，他居然在盘子里倒上了墨汁，掰着馒头蘸着吃。刘爱莲说："你是疯了。"他说："夏虫岂能与之言冰？在历史上，大书法家都是吃墨的，譬如米芾。"吃着吃着，眼泪就夺眶而出，唏嘘道，"这哪里是墨，是醋，让人骨软，凭生嫉妒；是慢性毒药，到了一个时候，人好好地站着，说倒就倒了，没人能救得了。"刘爱莲说："你是况人与自况。"盛名状破涕为笑，摇摇头，说："刘爱莲，我发现，你还是有水平的。"

刘爱莲笑了起来，笑着笑着，竟毫无前兆地放声大哭。

盛名状厌恶地拍了拍她抖动的肩头："刘爱莲，你是不是觉得很委屈？"

刘爱莲戛地止了哭声，说："盛名状，你没资格对我说这种话。"

"刘爱莲，事已至此，我们离婚吧。"

"不离。"

"为什么？"

"我要守妇道。"

"就是说，你是想经常到监狱里去看看我，弄一些动人的场面，让人家敬你？"

"那种地方我是不会去的，去的人应该是她，卢晓兰。"

"为什么？"

"那才浪漫。"

五

盛名状东窗事发之后，卢晓兰成了人们关注的焦点。

她一下子成了县里的名人。

许多不认识她的人，都想看她一眼，这是一个什么样的女人呢？

人们等在她可能出现的地方，心里涌动着一种莫名其妙的东西。

终于见到了她，人们得出结论：这是一个最像女人的女人。

她没有让人们失望，觉得，她的确配做县长的女人，县长为她蹲几年牢狱，是值的。

在好奇心被满足之后，许多人甚至产生了一丝悲悯：这样一个漂亮女人，在流言、白眼、戳点和唾液的淹没中，她可怎么活呢?

卢晓兰在超市买东西，在交款台前排队，居然有人闪开身子："卢小姐，你先请。"卢晓兰一愣："我们认识？"那人有些害羞地一笑："认识不认识不重要，你请就是了。"她买了一箱苹果，打的送回家，那个出租汽车司机竟抢先下了车，什么也不说，给她抱上楼去。

卢晓兰坐在沙发上，久久地看着那箱苹果。她想回忆一下那个司机的长相，居然什么也回忆不起来，心皱了一下，哭了。

她的单元房、车子，都被清退了。除了与盛名状一同被钉在耻辱柱上，她什么也没落下。但是，她没有悲伤，觉得这样很好，免俗，悲壮。

因为有母亲跟着，她又租了一套楼房。关于租房的事，王翠兰说："就你那点收入，租间平房算了。"她一笑，问母亲："咱们以前住什么房？"王翠兰不解，说："这还用问，自然是楼房。""这不就得了！"卢晓兰说，"干吗不住楼房，楼房即便是被烧毁了，也是不落架的。"

在盛名状被宣判的那一天，她也做了一个自我判决：正式打了辞职报告。县委书记亲自找她谈话："卢晓兰，你这样做有什么必要？盛名状是盛名状，你是你。不要怕人议论，闲言碎语就像是风，吹一阵子，也就过去了，不过是吹落几片树叶，树依旧直。"

"然而我是人，不是树。"她低声说道。接下来，任凭书记怎么好心说服，她只是笑，不说一句话。见她去意已决，书记叹了口气，说道："也罢，君子不可夺志，那就请多保重吧，不过，请你记住，遇到什么困难，就来找我。"

辞职以后，卢晓兰首先考虑的，并不是以后的着落问题，而是急于想见一个人，莫食言。

他到底是个什么样的人?

庙门是虚掩着的，轻推便进，但她还是轻轻地敲门。门内一片繁密的碎响，那个人走得很急。门朝内开了，发出一个尖锐的声音。卢晓兰被吓了一跳，感到，这扇门即便是虚掩着，也好久没有开启了。她看到了那人的心境。

那人看了她一眼，也吃了一惊:“你就是卢晓兰，卢老兰的女儿?”

卢晓兰点点头。

那人毫不掩饰地上下打量着她，嘴里叹道:“临风玉树，真是临风玉树啊!”

卢晓兰知道是在说她，脸不禁红了。

“我就是莫食言，知道你要来，一直等着。”

莫食言向下虚了一下身子，做了一个请的姿势。他向前走的步态有些慌乱，有好几次，矮阶都险些把他绊倒。“盛名状他不配你。”他嘟囔道。这个声音虽然低微，卢晓兰却听得很真切。心里悲了一下，悲自己，悲盛名状，也悲眼前这个人。

进了房间，一种沉郁的墨香，让人呼吸困难。这是一种浑厚而化不开的味道，就像炖肉的老汤，因为黏稠，以至于不敢品尝。

举目而望，她惊呆了。梁、柱、壁、案，所有空间都是字幅，像铺天盖地的大水，人立刻就被淹没了。除了字，就是积尘，只那张用于书写的画案，方有一小爿干净，可以镶嵌那个书写者。案边新清理出一个立锥之地，放着一把老旧的木椅，是刻意为来者预备的。卢晓兰应约而坐。

那些字，写得真好，好得像明珠暗投。她很自然地想到父亲，觉得莫食言就是卢老兰现世的余影。他们才真正属于书法，大美无言。

卢老兰和莫食言就像坐标的横竖轴，盛名状一放在上面，位置可疑，甚至微不足道。

气息神圣而摄魂，卢晓兰不知说什么好。她偷偷地看了一下对面这个人。白发皤然，无一乱丝，面色宁静，近之如春，是市井里少见的蔼然仁者。这样的人，哪里会害人？

莫食言咳了一下，说道："卢老兰先生是个真正的书家，包括字与人。"

卢晓兰点点头，说："然而他寂寞。"

"好字是写给自己的，岂能不寂寞？"莫食言说，"拒马河水是涵养书法的，你的家乡与我们张坊，都在河之畔，一个在上游，一个在中央，可谓一脉相承。我们同属于字，心是近的。"

总以为父亲真的就被时光湮没了，没想到竟还遗留着这样的一个知音，厚暗的地下，父亲的眼前应该有光。

卢晓兰陡地感到一丝温暖，点点头："您说得好。"

她一下子觉得这个人很可亲，很可敬，不能冒犯。原来预备的一些责问，已不再能说得出口。她甚至隐隐地觉得，莫食言与盛名状之间，可能是盛名状多有不到之处。

"盛名状要是懂得这个道理就好了。"莫食言叹息道。

"可是，他已经成了那个样子，说什么也为时已晚。唉。"卢晓兰也弄出一声叹息。

"本来是想杀杀他的傲气，没想到却弄成这个样子，老朽糊涂啊。"莫食言声音颤抖，深深地埋下头去。

卢晓兰的心被剜了一下，不想再说什么，站起身来。"莫先生，我给您研墨，求您写几个字，也好不虚此行。"

莫食言摇摇头："我已无颜写字。"

"那好，就请您老多保重吧。"

莫食言把卢晓兰送出门外，一直送到她上了公共汽车。中间，卢晓兰几次回头，示意他不要远送。莫食言笑着跟在她身后，谦恭有致，一言不发。她看到，在阳光下，他的脸色苍白极了，像新生，又像末路。她觉得自己真的不该来。

卢晓兰要给自己找个职业，她本能地想，这份工作应该与字有关。

她开了一家装裱店。

行内人说：三分画（字）七分裱。裱又叫“托”，想到这层含义，卢晓兰自得地笑笑：我卢晓兰是干什么的？生来就是托字的。

开业就有客，而且络绎不绝。现在搞书画的人真多！高官、离退休老干部、企业家、大款、小蜜，有权、有钱、有闲的人，身份一转，就是书画家。说附庸风雅也可，说安妥心灵也可，说填补生活的空白也可，总之，书画可以养平凡人家了。

她每天都很忙，没时间忧伤。

她聘了两个裱糊匠，还有一个打下手的，就是她的母亲王翠兰。王翠兰面黑、肿、笨，放在这样的一个风雅的处所，人们都觉得可笑。但还是放在这里。她是一个劳动惯了的人，有活可干，她就愉快，就少唠叨，也就心宽，就不觉得她女儿晦气，反而安慰她的女儿：“不就跟错了一个人吗，嘁，这有什么？”

卢晓兰一闲下来，就去看盛名状。她去得磊落，步态从容。而且每次都穿上让盛名状顿感豁然的旗袍。她现在有跟她母亲一样的心境：我就是他的小蜜，傍肩，怎么了？她面带微笑，不卑不亢，风姿绰约，好像是在给人们一个宣言：落马官员的女人还是美的，就如翠玉，风尘也是欺不得的。

这个效果是好的。再发议论，人们自己就觉得没意思，甚至有些不体面，代之以惊叹、惊羡，并对“人”有了新的认识。

卢晓兰觉得，盛名状的遭遇，恰是命运赐给了他一个特别的机遇：

他可以专心研习书法，把自己成就为一个真正的盛九书。

盛名状苦笑一下，说："这是自然的，我除了书法，还有什么？"

卢晓兰把父亲留下来的名家字帖悉数送去，说："盛先生，你就从临帖开始。"

她现在管他叫盛先生，蕴含着三层意思：尊重，遵爱，遵从。

盛名状是懂的，内心感到温暖。虽身处狭仄，反而觉得那个真实的自我，已在不远处，向他点头微笑了。

一天，张坊的莫文虎突然出现在卢晓兰面前，告诉她，莫先生他去了。

卢晓兰吃了一惊："因为病？"

莫文虎摇摇头，说："他那么平静的一个人，不知哪来的那么大的气性，他是自己把自己送走的。"

那天送走了卢晓兰，莫食言心就灰了。他整天把自己镶嵌在书案前那唯一清静之地，不吃不喝，只做一件事，发呆。突然有一天，他给自己弄了一份盆炖柴鸡，还有一瓶家乡的柿子酒，恨恨地喝了起来。

一切都是怎么发生的呢？他强迫自己回忆一下。

盛名状题的"仙栖洞"那三个字，他每天都能看见，每见一次，心里就痛一下。这是自己的家乡，自己是家乡的文脉，而仙栖洞是家乡的标志，流芳百世的手泽，居然不是出自自家之手，岂堪承受？盛名状每次发来的请柬，都像在伤口上撒盐，他忧愤不已："大方之家困囿乡隅，三等工匠却在大平原大行其道，岂有此理？"盛名状留下的那盘墨，更让他震怒："怎么，退让、隐忍都阻挡不住，羞辱都送到家里来了，真是欺人太甚！"

他把这都归结为官，因为盛名状是副县长，字随人势。所以，当他从莫文虎嘴里得知盛名状就要当县长了，他本能地意识到，这对书法无益。当个副县长就自以为是本县书魁，一旦当了县长，还不膨胀成本国大师？真是不公道！他必须捍卫字的尊严，要有行动。嘁，盛九书，还九字为大，真不知深浅，听着就让人不舒服。

没想到会有那样的结局，莫食言哭笑不得。原来官场的规则与书界的规则是不一样的，书界是矮化一个人的尊严，让其知轻重；而官场却让一个人彻底失去尊严，让其生存失据。我一个写字的，哪里会想到那么多？他十分懊丧，连字都写不下去了。

那段时间，他寄情于酒，似乎把余生的酒都喝尽了。

在昏沉中，他轻松了一会儿——是啊，自己既为书生，岂能贸入官场禁地？但是，你盛名状既为官员，又怎可侵入书法圣地？我们都不怎么样，扯平了。

仅仅是轻松一会儿而已，一旦酒醒，就更沉重。

他还想求助于酒。但一端起酒杯，就感到羞耻，都逃避了一辈子了，还要往哪儿逃避？以前的逃避，是反抗命运，问心无愧；现在的逃避，是开脱自己，良知有亏。不喝了，受着。

受着，让莫食言找到了公平，内心的惭愧也一天天淡下去。

然而，卢晓兰来了。

见过卢晓兰之后，莫食言方寸大乱，他陷入了深深的自责。

美、无辜、温婉、懂事，这样的女子，一旦见到，就让人顿生怜惜啊。

“看看你做的事，不仅害了一个写字的，还害了生活。”他对自己说。

柿子酒把灰暗的心烧亮了，他看清了自己：说什么为字讨回公道？不过是名利二字而已；说什么写字能让人知足，平静，内心温柔？不过是俗人的欲望暂时睡了而已。看来，人活得自足、自适、自如、自得、自然、自由，难啊。他想起了老上级曾对他说过的话：隐藏。看来他说对了，人性之弱是隐藏不住的。

一行浊泪，把眼前的妩媚弄暗了。岂止是无颜写字？连在江湖上行走的颜面也尽了。

他摇摆着走到床边，床头有两瓶冬眠灵。一段时间以来，正常的睡眠背叛了他，煎熬是重的。他一把把药瓶攥到手里，怪异地笑了笑。他闻到了床上的味道，不禁皱了皱眉头。这哪里是人的气息，居然就能容忍，甚至陶醉？他开始讨厌自己。

他把药片洒在桌上，权当是佐酒的花生米，嚼上三五粒，就下一口酒，滋味独好。痛快！他为自己击掌。

当意识开始含混的时候，他看到了满屋的字。不禁生出一种疼惜：可惜了，这么好的字。

他担心字的命运，便想：还是把它们烧了吧。

但是，已无力起身。也罢，既然都是为自己而写，烧掉与留下，都是一样的，都是身外之物，不足恋念。再说，他卢老兰，就是烧的字，学他的样子，就俗了。任它去吧，很好。

卢老兰怎么生了那么好的一个女儿？

喘息粗切起来，胸口有些堵，他拼命咳了两下，居然听不到声音。但闻到了一股好闻的气味，像雨后从草尖儿上冒出来的那股甜丝丝的味道。眼前出现了给他研墨的那个少年，他唇红齿白，满面清纯。这孩子！他发现，自己是爱他的。

他奋力挺了一下身子，向空茫里说道："九书，为师不毒，只是寂寞得有些脆弱罢了。"

听到莫食言去了的消息，卢晓兰沉吟了很久，最后说道："莫先生他是有尊严的。"

"他留下了一海世界的字，你说该怎么办？"莫文虎说。

海世界，海了去，都是京西方言，喻多得铺天盖地，不可尽数。

卢晓兰觉得这个词用得好，与莫先生是配的，点头说道："莫先生是你们张坊百年一出的人物，你们应该建一座‘莫食言书法艺术馆’。”

“对呀。”莫文虎拍了一下自己的脑门，“不过，他老先生的字应该先整理一下，有不少都被虫咬了。”

他是指装裱。

卢晓兰说：“那就交给我吧。”

“那么，费用由我们出。”莫文虎说。

卢晓兰眼圈一红，转过身去，摆摆手：“你走吧。”

送走莫文虎，卢晓兰直奔“那个地方”而去（卢晓兰从不用“监狱”这两个字），虽不是探视的日子，但她与那里的看守都熟了，人家乐得给她方便。刚听完“莫先生他去了”几个字，盛名状的脸唰地就白了，紧接着就放声大哭。

他曾想，莫先生之所以那样，是真的把自己看成对手了——既是对手，正可为良师，一旦从这里出去，他就会去讨教，就会去切磋。既然同属于字，哪里还来的恩仇？

可是，却落空了。他顿感人生之虚，既哭莫先生，也哭自己。

在“那个地方”，盛名状才真正进入了字的世界。所有他能支配的时间，他都用来研习书法。看书法理论，临名人字帖，试笔，揣摩，几乎是日日有所得。

令他惊喜的是，从卢老兰那里拿来的名家字帖上，居然有老人家留下的眉批。有时是小楷，有时是行草，有时是汉隶，各种字体都有呈现。原以为卢老兰的书法艺术真的湮灭了，没想到却留下了这种特别的记忆。他把老人的字，都临到宣纸上，全身投入，一丝不苟。他觉得，这真是命运之赐，命中注定，他要成为卢氏书法的艺术传人（或许是唯一的）。他有了一种使命感。面壁而坐，不禁笑出声来。“这真有意思。”他对自己说。

后来，卢晓兰又把莫食言的字陆续拿来供他研习，他一下子活在了两个书法大家的艺术恩泽之中。

潜心的研究，使他发现了二者的区别：卢老兰整体上虽有一种孤标、冷峻的底色，但不经意间又泄露出温柔和美的内心想望；莫食言则在温厚之中时时闪现出清高与不羁。换个说法，卢老兰的字，刚中有柔；莫食言则在柔中藏着锋芒。他们都很复杂，都有不可言说的部分。

盛九书已经上道，他管卢老兰叫“谷瘦”，称莫食言为“道寒”。内心的敬意，使他不忍再直呼其名，而且，这两个称呼，正与他们的居停相符——一个出在山川僻谷，一个出在庙宇道场。

卢晓兰来，他会迫不及待地道出心得，一会儿谷瘦，一会儿道寒，让卢晓兰真切地感觉到，盛九书已完全沉浸在“谷瘦”和“道寒”的双重涵养中了。

她十分欣慰，盛名状得救了。

三年恍惚而过（这是盛名状的说法），重又站在阳光下的这个人，已经是一个货真价实的盛九书了。他修炼出了属于自己的字风：单个看去，每个字都傲骨铮铮；整幅再看，一片温厚，和谐而美。

他出狱后写的第一幅字是：

谷瘦道寒不二境地，世温人厚同一精神。

从中可以看出，盛名状虽遭遇了磨难，但心境是平静的，不感世态悲凉，还感“世温人厚”。他把自己的字拿给中国书协的一个掌门人看，那人不停地点头，说：“你的字可以拿到荣宝斋去估估价了。”

他露出微笑，觉得三年囹圄，是值的。

但一回到现实之中，他的心境立刻就变了。他迫不及待地在原来的工作环境中走了一遭，发现，他原来题下的大小匾额都被撤下来了，或者换上了别人的题字，或者干脆代之以印刷体。只有一处留下了，就是“仙栖洞”那张牌匾。这是莫文虎的主意，他对人说：“我不管别人怎么看盛名状，他毕竟是我们张坊人，作为故乡人，还容不下他写的几个字？”

这其实是很正常的事，盛名状应该想得开。但是他就是想不开，觉得世态炎凉，世态欺人，也欺字。

这让他愤愤不平。本以为他会躲在书斋里潜心写字，乐天认命，过一种自足自适的生活，他却像有意要检验一下人情一样，偏偏要到民间去书写。这是他官员的出身使然：虽身陷江湖，却对庙堂有所瞩望，不是他太入世，而是不由自主。

人情真是不薄。他每到一地，原来的老下属都盛情款待，一有字写出，都会给他很高的润资。他发了大财。给人的印象是：盛名状虽然不官不商，只要他能写字，今后的日子还是阔的。

好好写就是了。他却问人家：“你能买我的字，是冲原来的盛县长，还是现在的盛九书？”

人家说：“自然二者都有。”

他的心绪就不平了，觉得人家是碍于情面，是悲悯——你看堂堂的一个副县长都沦落到这种程度了，都成个体户了，咱们干吗不多给他几个钱？

他每天都很忧伤，抑郁寡欢。

卢晓兰劝他：“你应该释怀才是，因为这个世道不比从前了，日子过得好了，人们对艺术就有了真的爱好；你的那些下属是有品味的，他们知道你现在的字的确好，真心喜欢你的字。他们肯给你出高价，那是物有所值。”

盛名状摇摇头：“你不要安慰我，我的字他们要真的认为好，为什么不挂起来？为什么他们不请我题写匾额？”

“然而他们收藏，好字都是用来收藏的。”卢晓兰说。

盛名状还是摇摇头，哀叹一声：“我完了。”

那一刻，卢晓兰真的有些瞧不起他，觉得这个人始终就没有自知之明：就像原来他得势的时候，弄不清字与县长的权力谁在起作用一样，他现在还是弄不清人的悲悯与自身价值的区别所在。她很想点明了这一点，但体恤他的磨难与自尊，对自己说：“由他去吧，男人能认清自己，很难，这个责任就留给时间吧。”

到了后来，开始有人请盛名状题写匾额了。是一些纯民间的小店小铺。这些小店铺的老板官场意识淡些，他们只认字不认人。这是纯正的取向，正说明盛九书本身的价值。但他却不以为喜，问卢晓兰：“单位怎么不请我？”

卢晓兰心里说：“‘单位’这种地方是有禁忌的，你一个落马官员，人家怎么请？”她只是笑，依旧没有点破。盛名状这时很脆弱，她觉得应该对他好些，母性的温柔，似药。

终于有家“单位”请他了。是新搬进本县大学城的工商大学分校。校长不是本地人，便不问本地事，只觉得盛九书的字有风骨，有品质，有大家气象，请他题就是了。这让盛名状大喜过望，即便是题了，也不敢相信这是真的。他夜半醒来，骑车到了校园门口。他看到自己题的牌匾果真就挂在那里，才露出一丝笑容。笑也不舒展，暧昧而苦。他像欣赏别人的字一样，反复把玩着，突然击节叹道：“这字写得好，真好！”

往后退了两步，又摇了摇头：“好在哪里？不好。”

为什么不好？因为迟早还得撤下来。

他每隔几天就要去一次，时光一晃就是半年。见久没被撤换，他才最后肯定了自己：这样好的字，也只有他盛九书才写得出啊。

他的自信开始恢复，走在人群里也有了书家的感觉。

因为有例在先，请盛名状题写匾额的“单位”渐渐地多了起来。

这期间，也的确有敏感的人禀报到县委书记那里，说盛名状又开始到处题字了。书记一笑，问：“他的字到底好不好？”

“说句公道话，的确好。”来人回答。

“既然是这样，让他题就是了，有益无害。”书记说。

盛九书的书法开始广泛流通，本县、本市、外地，甚至台湾地区、香港地区、马来西亚、新加坡、老挝、泰国，向他求字的人多矣。他还在台湾地区、华盛顿搞了个人书法展。不仅成了名人，也成了本县大款，后半生的富贵荣华已确定无疑了。

“也罢，也罢，从现在开始，我的字，只写给自己了。”盛九书觉得，作为一个真正的书法家，应该注意个人修为了。

奇怪的是，他走麦城的经历，被人美化成一段人生传奇。说他的成功是他与一个叫卢晓兰的美丽女子共同设计好了的，他们利用了世人的趣味，风月、陷落、崛起，每一步都融入了时尚因素——悲情、惊艳、风流、艺术，样样不缺。人不臭，字怎么会香？他们绝顶聪明。

这让卢晓兰悲欣交集，她发现：对与错，血与泪，光荣与屈辱，人们是从来不关心的，人们只关心趣味，或者说，只关心故事。最后，故事代替了人，再后来，新故事代替了老故事，人只是故事的从属。找出真相很难。

而他们的故事中，不管是盛名状，还是盛九书，总之，他都是主角。我自己呢？她悲伤地问。

她想把自己与盛九书定格在他们的婚姻上。因为他屡有承诺。

但是，却出了意外。

刘爱莲得了尿毒症。她三天就要做一次透析，耗资巨大。这个时候，怎么好意思抛下她不管呢？盛九书对卢晓兰说：“刘爱莲就有一点好，在我最倒霉的时候，她不跟我离婚，且说，她要尽妇道。”

这有道义的分量，卢晓兰什么话也不能说。

盛名状现在已经真正找到了做盛九书的感觉。他每天足不出户，整天伏案研究与书写。一离开书案，意绪大好，便听崔健的摇滚乐，便与卢晓兰做爱。他笑着对她说："真理总是在远方，姑娘总是在近旁，书法究竟是虚的，没有你的爱情，我写那么好的字有什么用？"他甚至有些恬不知耻，说，"所谓书法养性，其实是说人一写字就会满心温柔，就想做爱。再说，写字的时候，不管是悬腕，还是端坐，练就的都是腰功。古人云：力发乎腰，就是这个道理。你看我有这么好的腰功，自然就乐得做爱。看来，你选中了我，你是有眼力的。"

"瞧你那副臭德行。"卢晓兰笑着骂了一句，转身而去。她的心很沉，沉得像要坠下来，她下意识地在心口处托了一下，把自己关在房间里，隐忍地哭了一场。

她已坐下了流产后遗症，一遇到阴天下雨，膝关节就肿胀，她痛感青春已不在，但正常人的生活离自己却还是那么遥远。她已经有些承受不住了。

这能怨谁？

书法使盛九书内心锦绣，善感优柔，遇事少决断，即便刘爱莲没有得那个病，也是不会断然作出选择的。事到如今，一切都在于自己——一味顺从，一味迁就，该说的话没说，该拒绝的没有拒绝，以至于成瘾，都懒得反抗了。甚至一有反抗的念头，自己先就觉得惭愧。这是怎么了？

她开始怨恨袁晓晴。因为她的出现，使自己斗气地做了逆反的选择——要毫不保留地为能写出一笔好字的男人献身。可是，能写出好字的男人，都太爱惜自己，都太自以为是，都太自私，为其献身值吗？她第一次对自己产生了怀疑。虽然是第一次，却锋利得能割断她的肝肠。为字所做出的付出，又真的值吗？她索性又捅了自己一刀。

从这之后，对盛九书多情的注视，她不再能够坦然地面对，她下意识地躲闪，目光游移，神情恍惚。她认为他的热情有些虚假。

盛九书关切地问："你是不是病了？"

"你这是什么意思？"她反问道。

在她三十六岁生日那天，盛九书张罗着要给她好好过一下。她说："我都这么老了，还有这个必要吗？"

盛九书说："在我眼里，你总是年轻的。"

她笑着摇摇头。

盛九书问："你还记得我第一次给你写的那幅字吗？"

"自然记得。蓼花出冰雪，水莲入清泽。"

"那个字幅还在吗？"

字幅被卢晓兰收藏在一个神圣的地方，那是她的一瓣心香。但此时却觉得不过是绢花一束，便漫应道："你当时不过是随便一写，我也就随便搁在一个地方，恐怕找不到了。"

"那好，我就正正经经、认认真真地再给你写一次。"

笔墨饱满，光泽四射，卢晓兰感到有些刺眼。

因为她觉得，盛九书给她的不是什么爱情信物，而是一张妇德手谕。要她像蓼花，在寒冷中还要隐忍，还要灿烂；像水莲，处晦暗之境还要清朗妩媚，贡献美好。

她皱了一下眉头。

盛九书没有察觉，他兴冲冲给卢晓兰、王翠兰和自己分切生日蛋糕。

王翠兰尝了一口，就撇下了，到厨房拿来一块红薯："嘿嘿，这洋玩艺儿咱吃不惯，还是这个好吃。"

盛九书马上拉下脸来，说："您老人家是怎么回事儿，怎么一点情调都不懂？"

卢晓兰愣了一下，霍地站起身来——“我妈吃块红薯怎么了？对她来说，那是她的豪华大餐！”

这个声音既突兀又尖厉，连卢晓兰自己都吓了一跳。

盛九书大吃一惊，脸都白了。但还是很有涵养地堆起笑容，嗫嚅道：“晓兰，你看看，你看看，我真的没有责怪老人家的意思。”

“是我没意思。”卢晓兰虽然也笑着，却已泪流满面。我为别人装裱了那么多的字，而我苦心写下的笔墨，怎么就没人装裱呢？

这一刻，她清醒了：自己的痛苦，才刚刚开始。

2008年3月3日于北京石板宅

欢悦

一

狄仁青初中毕业就不念书了。

他学习成绩很好，居然就不念了，街坊邻居都以为是他父母的原因，对他们说："你们的眼光干吗这么短浅？"

他父亲狄文榜笑笑，说："谁不知道念书好？是他自己不想念了，我把天都说破了，就差管他叫爹了。"

问狄仁青自己："你干吗好好的就不念了？"

狄仁青说："不仅我不念，我还想劝你们的孩子也不念呢。"

"为什么？"邻居吓了一跳。

他说："既然是念书的地方，就应该一心念书，却整日里学工、学农、拉练（学军），念书倒成副业了。既然是这样，不如直接去做工、务农、当兵，省得瞎耽误工夫。"

邻居又吓了一跳。他说的是实情，但眼下的社会气候，可道而不可道，而不可道却道之，这孩子聪明得危险。

邻居回到家里，对自己的孩子说："你且记住，离狄仁青远点。"

狄仁青进了东炼，当了一名管道工。

“东炼”是东方红炼油厂的简称（现在叫燕山石油化学工业总公司），就在本县的西部，离县城仅有三公里之遥。那里有个壮丽景观——一座高耸入云的燃烧塔。塔上烧的是炼油厂排出的废气，每年每月、每天每时、每分每秒，都烧着，是一支巨大的火炬，天空红透，像一道永不落幕的晚霞。

那一年，狄仁青十七岁，血管里流的是热油，兀地就想燃烧，那座塔的澎湃，正与青春的意象暗合，他毫不犹豫地投入了东炼的怀抱。

父亲所在的县屠宰厂，也是国营单位，且是有油水的部门，想到那里当工人的人都挤破了脑袋。狄文榜是一级技工，手艺娴熟，如庖丁在世，一头生猪在他手里，上案、放血、备皮（刮毛）、开膛、剔肉、离骨、装袋，整个流程不过二十分钟的样子，比别人省时一倍还多。厂领导把他当宝贝，怕他跳槽，很尊崇他。其实，那个时候并没有效率观念，省不省时是无所谓的，关键的是，他干活的时候，像在做艺术表演，很上眼，看的人能得到一种享受。那时乐子少，狄文榜能给他们一点滋润，淡化一下寂寞。听说他儿子在找工作，领导主动找到他，狄师傅，让孩子到这儿来吧，好把你的手艺传给他。狄文榜懂得领导的心思，红案的手艺一般不外传，领导是想用这种方式把他“焊”在这儿。不仅焊住他，还饶一个。

跟狄仁青一说，他立马就摇头：“到您那里有什么意思？忒腻。”

所谓腻，在京西方言里，是单调、刻板、琐碎、寡趣的意思。

狄文榜说：“即便是腻，也比你炼油厂好，你知道它什么时候泄漏一下子、火烧一下子、爆炸一下子？”

狄仁青说：“你那里就不危险了？整天刀光闪闪的。”

“然而危险的是猪，绝不会是人。”

“嘁，猪也懂得仇恨，你没听说奥地利的萨尔斯堡就有头猪叼着刀子把人捅了？”

“你那是胡扯淡！”

狄仁青自己也觉得可笑，呵呵地乐起来。他的确没听说过猪捅人的事，不过是听高音喇叭里说奥地利的萨尔斯堡搞了一次反纳粹游行，便奥地利，便萨尔斯堡，跟真的一样了。

“那也不去你那儿。”他说。

“为什么？”

“不为什么。”

“你可别后悔。”

“那可没准儿。”

到了东炼厂之后，他感受到了一种摄人魂魄的东西。

炼油厂所处的位置是京西燕山的一个山间盆地，这里不产石油，只产石灰、花岗岩和玉米，却是中国石油工业的命脉所在。原油从哪里来？一个是华北平原的胜利油田，一个是东北松辽平原的大庆油田。都是遥远之地。怎么来？地下管道。主管道进了盆地之后，开始在地下分流，通过纵横交错的毛细管道，分入几十个分厂，生产出成品油、天然气、聚乙烯、聚氯乙烯、石蜡、糖精、西药等各类化工产品。就是说，这座炼油厂拥有这个国度里最长的管道和最密集的管道。这是个弹丸之地，却在风平浪静的地表之下，汇聚着最大的能量。地火潜涌，终成一炬——那个燃烧塔之所以终日灿烂，是从远古而来的大地激情！

自己居然就当了一名管道工。

狄仁青心生肃穆，觉得自己是有责任的。

为什么把一个大型的炼油厂放在一个小小的山间盆地？是战备的需要。那时候，世界上两个超级大国，一个“帝”着，一个“修”着，而我们的国度，又是亚非拉革命的灯塔，不能不巍然地屹立着。那个燃烧塔，烧的不是废气，而是点燃着的信念，是革命的火焰，冲破云霄，灼烈不息。

狄仁青每天下班之后，都会久久地站在燃烧塔下，久久地凝视着那通红的火焰，眼含热泪，激动不已。

那天他们到永定河地段去检修管道。

永定河上坐落着一座著名的桥：卢沟桥。深埋在地下的输油管道，到了这里突然就浮出地面——永定河河道广阔，地质复杂，管道不宜从河床底下通过。便专门架了一座钢架桥。这座管道桥在卢沟桥的南边，相距一公里有余，平行相伴，成一风景。

管道桥的东岸，住着一个班的解放军战士，巡逻、瞭望，常年看守。军营类似一户农家院落，养着猪，种着菜，瓜棚豆架，竹篱茅舍。

哨兵老远就看见了检修车上"东方红炼油厂"几个喷漆大字，便吹响了哨子。车子停在小院外边，狄仁青和两个伙伴徒步朝院里走。一个班的士兵，竟整齐地列着队伍，齐刷刷地向他们敬礼。这种礼遇，让他们不堪受用，像做错了事的孩子，手脚都不知往哪儿放了。班长说："你们是娘家人，你们一来，我们就激动。"

他们了解到，这个班的战士，没有一个是当地人，班长是湖北人，还有一个四川人，其余的，半数来自陕西，半数来自河南。入伍的时候，一听说去北京当兵，他们高兴得不得了。那里是首都，有天安门、人民大会堂、人民英雄纪念碑、中国历史博物馆……每个物件儿（建筑）都烫眼，都让人激动不已。但他们一来到这里，每天的活动空间就是军营与管道桥之间，从军营走到桥头，从东岸走到西岸，从西岸走回东岸，从桥头走回军营，日出日落，循环往复，毫无变化。一晃三年，说话就要复员了，天安门虽近在咫尺，却没有一个人去过那里。为什么？管道桥是战备重地，要用整个生命来精心守护，首长不发话，谁敢贸然行动？家里来信问："去天安门了没？"回信写道："自然是去了。”并描述道：“天安门广场老大老大，大得一驾马车从这头走到那头，要用一整天的时间；天安门城楼好高好高，高得八竿子够不着。”虽写的是想象中的天安门，但一点也不觉得是在撒谎，人既然就在这里，就应该理直气壮地这样写。想象的语言不仅感动了家人，也感动了他们自己，他们满腔豪迈，无一丝忧伤。人们很羡慕当兵的，更羡慕在北京当兵的，人们却不知道，这些被羡慕者竟整天扎在一个绿豆大的地方，养猪、种菜、巡逻，基本上是不兵的，狄仁青便问他们：“你们这样出来当兵，就不感到吃亏？”他们唇红齿白，笑容灿烂，反问道：“你们说说，这么重要的地点为什么不让别人来看守？”

这一句反问，深深地触动了狄仁青，原来这里有做人的道理：作为人，只要心中没有吃亏的想法，就不会有吃亏的感觉，就会始终活得庄重、自适、欢悦。

从这天起，他的满腔激情化成了实际行动，不管是分内分外，他都抢着干，而且主动加班加点。他每天都很晚才回家。

母亲刘凤娇的生活秩序便被打乱了，不管儿子回来得多晚，她都要等。儿子一进门，她就赶紧去热菜热饭，然后一声不响地坐在一边，看着儿子狼吞虎咽。

他对母亲说：“妈，您以后不必这样等我，我也老大不小了，干活儿的时候不会出事。”

刘凤娇说：“傻孩子，我不等你等谁？”

刘凤娇问狄仁青：“你这样加班加点，单位给不给你加班费？”

狄仁青摇摇头：“是我自己乐意这样干。”

母亲轻轻地叹了一口气，什么也没说。她是想，既然儿子这样做，就有这样做的道理，尊重他才是。

狄仁青每天回家，万籁俱寂，夜色四合，只有家里那盏灯还亮着。他远远地望去，心里很温暖。他觉得自己这样做，是值的，因为他能享受到母爱的照拂。

一天，他帮着值夜班的师傅检修焦化厂的管道，埋头工作中，师傅忘记了徒弟是加班的，支配他干这干那。手头的活干完了，师傅坐下来小憩，端起那把头号的搪瓷缸子，很滋润地喝了一气，然后打了一个长长的哈气。狄仁青做错了事似的，朝着他傻笑。“怎么回事？”在问话的同时，他猛地想起了，徒弟早应该下班了，便拍了一下大腿：“瞧我这记性，你赶紧回家。”

这时已凌晨四点，狄仁青飞快地骑着车子。进了小区，家里的那盏灯果然还亮着，他既感动又羞愧，情不自禁地叫了一声：“妈唉。”

到了楼前，灯突然熄了，他木在那里，心情很复杂。妈应该再等一会儿。妈为什么要再等一会儿？他在门前徘徊着，敲门的手抬起来又放下、放下了又抬起来。他真想敲门，但又不忍心敲门。母亲刚刚躺下，再敲起来，神经衰弱的老人，这一宿就甭想睡了。最后，他靠着门框坐下来，团起身子打盹。他不能睡实，因为眼下的天气还有些凉。他一会儿像幼小的孩子，满腹委屈；一会儿又觉得自己的确长大了，因为懂得了怜惜。

天终于亮了。

刘凤娇打开房门，见到蜷在门前的儿子，“我的天！”她失声叫了一声，“傻孩子，你干吗不敲门呢？”

狄仁青站起身来，抱住了母亲：“是想敲的，可是您刚刚睡下。”

“可是，我这一宿也没敢合眼啊！”

母子俩相拥着，都哭了。他们之间，产生了一种很深厚的东西，虽无以言表，却都同时感觉到了。

到了年底，狄仁青被评为全厂的劳动标兵。在表彰大会上，标兵们被请上了主席台，披红戴花，和厂领导坐在一起。当主持人宣布请狄仁青同志代表标兵作典型发言的时候，他的脑袋炸了一下，暂时失去了意识。被人推上前台，他站在那里，迟迟不讲话。他看了一眼台下，黑压压的人群，很昂扬的情绪，顿生羞愧。这羞愧，很锋利，像父亲手中的屠宰刀，割得他心头很疼。

他那样积极地工作，是没有功利的，但一站在这里，就给了人们预谋的感觉。对师傅和工友们他无法解释，有名誉扫地的感觉。在掌声的催促中，他还是不说话。最后，他竟掩面而泣。

主持人只好把这个程序剪掉了。

表彰会结束之后，人们再也找不到他了。他跑到了厂区背后最高的一处山峰，沐着寒风，直想跳下去。他回眸间，竟一下子看到了那座燃烧塔。平时里高耸入云的一个庞大物件，眼下一看，竟是那样小，小得都有些可笑。这个感觉救了他。与燃烧塔相比，自己算什么？更微不足道。既微不足道，便不配那惊心动魄的一跳。他灰溜溜地走下山来。

脚一踏上平地，那燃烧塔又兀地高起来，还须仰视。他不禁骂了一句：“真操蛋！”

他认清了自己，自己不过是一个小小的管道工而已，对身外的一切，是无可奈何的。既然无可奈何，听之任之就是了。

他脸上又有了笑容。

当他坦然地出现在师傅和工友们面前的时候，大家伙一拥而上，把他举了起来。“筛你个窝囊废！”师傅喊道。

一会儿筛上头顶，一会儿筛落地下，把他的屁股都蹾疼了。

原来大家并不猜忌他当标兵的动机，只是不满意他在台上的那个风度，觉得他给管道工丢人了。

狄仁青疼在身上，可乐在心头。自己究竟是属于他们的。

之后，他们就庆贺，喝起了大酒。段长发现了，厉声训斥：“你们胆子可真大，难道你们不知道，工作期间不许喝酒？”

“段长，您可千万别生气。”师傅赶紧迎上前去，涎着笑脸说，“一伙窝囊废，得给他们灌点酒。”

段长眼神迷糊了一下，但很快又犀利起来：“你们听好了，下不为例。”

“是，是。”

“你们还给我听好了，既然喝酒了，就老实些，别他妈的再那么积极了。”

所谓别再那么积极，是在说，酒后就别干活了，省得出了差错。

这就等于放了他们半天假。

段长走后，他们满心感激，但嘴上却说：“哪儿有这么当领导的？”

狄仁青微醺着往家里走。走到楼口，他突然笑了起来。窝囊废。原来我是个窝囊废。他觉得这个叫法真好，让人低微，轻松，甚至快乐。他抖楞抖楞肩膀，泄松了一下。

父亲狄文榜正在喝酒。

儿子第一次这么早归来，让他有些吃惊。而且身上还散发着隐约的酒味，便哼了一声：“你小子是不是学坏了？”

狄仁青从怀里掏出那张奖状展给他看：“难道这就是学坏？”

狄文榜只是扫了一眼：“拿一边去。”

母亲刘凤娇戴上老花镜，一个字一个字地读奖状上的文字，喜悦，郑重，欣慰。然后在灶间调了一铁勺糨糊，把奖状贴在墙上。她说：“咱们家里，应该有这么一个。”

这样郑重的一个摆放，倒让狄仁青自己感到难为情了，他不敢往墙上看。狄文榜见状，点点头：“你倒还有些自知之明。”

饭桌上只有两碟小菜，一小碟煮花生米，一小碟拌香菜根。量少得只有象征意义。用狄文榜自己的话说，喝酒，为的不是口腹，而是活着的感觉。从肉案上下来，如果径直就狼吞虎咽一番，就跟猪差不多了。所以，就得拿酒铺垫铺垫。既然是铺垫，弄那么多菜干吗？浪费，可耻。他每次喝酒的时间都很长，一进门就端酒盅，直至熄灯时分。他认为，没心没肺的一介小民，最富裕的就是时间，不好好消受一下，就可惜了。所以，他把喝酒叫喝光阴——感受光阴的意思。

他喝酒的时候，一定要老伴坐在自己身边。他们有一搭没一搭地聊着，菜也不见下。老伴总想给他再添点菜，他总是不让，他说："好话就是菜——你就待在那里，跟我说话就是了。"

所谓好话，不过是一些家长里短、油盐酱醋。话题陈旧、重复、琐碎，无关痛痒。但他们每天都聊得有滋有味，不厌其烦。他们的感情可真好，有时还逗一个媚眼儿。每见到这样的情景，狄仁青的心里都热一下子，对自己说，将来自己有了媳妇，也应该是这样的。

狄文榜的酒喝得也真好。他喝那么长时间，从来没见他醉过。哈一哈口气，竟连一点酒味都没有。不知道他的酒都喝到哪儿去了。

狄仁青见两个老人聊得那么好，觉得自己待在跟前有些多余，便往里屋出溜。狄文榜指一指角落里的一只杌凳："你坐过来。"

狄仁青就很驯顺地坐过来。

老人又指一指墙上的奖状，说："你且记住，它即便贴在那里，你也应该当作那里什么都没有。"

老人说："我在红案上干了那么多年，一张奖状都没得过，但咱的手艺哪个不服？咱的人品哪个不敬？我不给你讲过多的道理，你就记住一点，人们心中敬佩你，那才是真正的奖赏。"

本来就难为情，老人家这么一说，狄仁青就更难为情了，他嘿嘿地傻笑。

狄文榜知道儿子听进去了——因为狄仁青有个习惯，只要什么打动了他，他都会傻笑。便满意地挥挥手："你休息去吧。"

狄仁青的确是听进去了。不是因为老爷子的家长地位，而是他本人的"格"。

前几年闹灾荒，粮食不够吃，为了填饱肚子，大家想尽了办法。屠宰场的职工因为跟肉近些，就往家捎带剔过肉的骨头。用骨头烧一大锅汤，放进土豆、菜梗，甚至树叶，作主食。因为有油腥，吃得下，吃得饱。

狄文榜自然也要往家捎回骨头。公家悲悯，允许大家“沾”这点实惠嘛。但他的骨头跟别人不同，是真正的骨头，上边一点肉星都不沾。他不是要耍耿直，而是珍惜自己那一级技工的声誉。既然是大手笔，手下就不能拖泥带水，就要剔得干净利落。别人有意含糊一点，多留点附着物，他不反对，谁让日子这么寡淡呢，不必小看人家。人一刻薄了，就活得假了。但自己不成，自己是屠宰场唯一的一个一级技工，纯正的手艺是命。

寡白寡白的骨头拿回家去，刘凤娇直笑：“这样的玩意儿连狗都不会闻的。”

他也笑：“那是狗不会吃。”

狄文榜亲自下厨，烧出的汤，炖出的菜，比带肉的骨头没什么两样。

瘦骨也肥腴，这就怪了。

狄文榜对刘凤娇说：“关键还在人。把骨头用醋浸一下，这叫拔酥；炖的时候，要用温火，这叫巧取。酥骨头配温火，骨髓和油会慢慢地渗出来，都溶进汤里。大火则相反，就像从窝里往外叫兔子，你越是大声地叫，它反而发怵，拼命往里缩。大火生滚汤，滚汤就是那个叫声，腔子里的东西，会给‘泼’回去，窝着不出来，汤就薄了。”

刘凤娇说：“真有你的。”

能把瘦日子过得这样用心、有趣、快乐的人，狄仁青从来没见过，他觉得这个爹很好，应该尊重他。

别看狄文榜是个屠宰匠，但他有个特别的习惯，就是抄书。他每天酒后，都要在饭桌上摊开自制的黄表纸本子，抄上一节。这是他父亲留下的家风。父亲生前是唐山陶瓷厂的陶瓷工，整天与华美的陶瓷打交道。因而他悟出这么一个道理：陶瓷虽然有大名，虽然华美，但易碎，只有诗书传家久、继世长。

狄文榜眼下抄的是一本小册子《古典诗歌发凡》，作者是李玄深。他已经抄到第六章：章法。他抄到：

> 古典诗歌的结构组织，隐隐中有一定的法度，前人称之为章法。
>
> 元代范椁首先用“起、承、转、合”四字为近体诗的分段称谓。
>
> 譬如绝句，每首四句，第一句“起”，次句为“承”，三句为“转”，末句则为“合”——

他抄着眼皮沉起来，他摇摇头。今天的酒稍稍有些多——儿子的奖状，虽然他表面上不以为然了一下子，但心里究竟是喜的，啜饮的节律不由自主地变了。他放下笔，去睡了。他抄书，从来都听从身体的召唤，累了就歇，绝不强努。这样，他躺下就着，睡得香些。

父亲离开不久，儿子就从里屋出来了。他看到本子还在桌上摊着，很自然地坐下去，接着往下抄。不是因为心情好，是爷俩的默契，只要本子还摊着，儿子就得给续上一段。

以前抄书是因为买不起书，或是书已绝版，买不到了。但他们抄过的书，多数在街上的新华书店里就有，而且定价也很低，既买得到也买得起。他曾对父亲说：“就别抄了，咱买一本算了。”父亲白了他一眼：“你懂什么？真正属于自己的书，都是抄来的。”

抄书自然能加深记忆，加深理解，但这都不是父亲的本意。抄来抄去，狄仁青有了自己的心得：抄书的时候，心情比什么时候都平静，觉得这世上最亲的东西，就只有字了。他想，父亲之所以主张抄书，或许是因为抄书可以养心，不生多余的欲望。

抄着抄着，狄仁青酒意全消，心明眼亮，无一丝倦意。他觉得父亲的字写得真好，那些钢笔行书，如果用毛笔放大到宣纸上，会是了不起的书法作品。而自己的字，写得那么拘谨，那么小气，有些对不起这精心剪裁的黄表纸。他生出惭愧，命令自己再用心些。到了一个时候，一定要超过自己的父亲。

一个屠宰匠，竟写得一手好字，这是哪儿的道理？他笑着摇摇头。

他抄到一首叫《迢迢牵牛星》的例诗————

迢迢牵牛星，皎皎河汉女。
纤纤擢素手，札札弄机杼。
终日不成章，泣涕零如雨。
河汉清且浅，相去复几许？
盈盈一水间，脉脉不得语。

竟情不自禁地流下了眼泪。他感到很奇怪：形势大好，生活大好，怎么凭空就生出伤情愁绪？

他想女人了。觉得这么温柔的日子，应该有个女人，像母亲那样的女人。

二

那时候，不管是机关、厂矿、学校、军营，还是农村，都时兴办报。讲阶级斗争、政治挂帅，没有无产阶级的阵地怎么行？有油印，也有铅印，均是战地小报的性质。

东方红炼油厂是国家大厂，自然印得起报，报纸的名字就叫《东方红》，半月刊，套红印刷。

屠宰厂竟也有一张铅印小报，不定期，报名很有生机，叫《春汛》。

这一点也不奇怪。因为屠宰厂的邻居，是县办印刷厂——京西先锋印刷厂。虽然是县办厂，却承印《学大寨》《华北民兵》等著名的杂志。因感染着时代风气，对政治是很敏感的。厂领导觉得，屠宰厂如果办不起报，惭愧的应该是印刷厂，便主动找上门去："你们也办一张，我们无偿给印。"并说，"我们的叫《春雷》，你们的就叫《春汛》，有'雷'，岂能无'汛'？我们呼应一下子。"

那时的小报多是转载最高指示和"两报一刊"社论，大同小异，但也拿出一定版面发表本厂职工写的"檄文"与"诗歌"，自然会传递出一些本厂信息，就有了小小的地方特性。

狄文榜抄书抄得胸中有了些东西，尤其是他抄过《古典诗歌发凡》，对《春汛》上登载的诗歌颇不以为然，觉得那不是诗，只是些顺口溜。便去了一趟厂办。因为编辑部（组）就设在厂办，编辑由厂办的工作人员兼任。他进厂快二十年了，从来就没到这个地方来过，所以在场的那个人不认识他，很不热情地问："你找谁？"

"就找你。"

"你是谁？"

"我是我。"

"干什么？"

"谈平仄。"

他劈头就跟人家说："写诗光有热情不成，也要讲一点基本的做法；写的既然是律诗，就得讲一点平仄。譬如七言律诗，一般的是'平起式'，起联（起两句），应该是：平平（起）仄仄仄平平（韵）/仄仄（对）

平平仄仄平（韵）……”

那个人一脸的迷茫，打断了他：“你跟我谈这个干吗？”

“因为你是编报的。”

于是，次联，三联，结联，依次讲下去，整个人都沉浸其中，丝毫不顾及人家的表情。

那个人终于烦了，质问道：“负责编报的，是你还是我？”

他愣了一下，表情严肃地说：“这有什么关系？我只对平仄负责。”

“我看你这个人有问题，”那个人说，“你知道问题的性质是什么吗？反对工人群众占领革命阵地，替资产阶级反攻倒算。”

狄文榜吓了一跳，说：“你不要给我扣帽子，俗话说磨刀不误砍柴工，我的意思是想让工人群众的武器更锋利些。”

那人说：“你不要狡辩，伟大导师说过，批判的武器代替不了武器的批判，你要对你自己说过的话负责。”

狄文榜拍了一下桌子：“小小的年纪，你会不会说话？”

那人也不示弱，也拍了一下桌子：“来人！”

闻声来了两个人。

那个人指了指狄文榜：“这儿跳出来一个现行反革命，给我抓起来。”

来人中有个人认识狄文榜，他愣了一下，凑到那个人的耳边小声说道：“这个人可不是别人，他是狄文榜，狄师傅。”

那个人自然知道狄文榜在屠宰厂的地位，便皱了皱眉头：“怎么这么巧？”

他笑了笑，表现出很大度的样子：“念你是狄文榜，狄师傅，今天的事就算了。”

狄文榜却说：“不能就算了。”

“你还想怎么样？”那个人吃了一惊，觉得狄文榜不知深浅。

“你等着，过两天我还来找你。”撂下这么一句话，狄文榜气哼哼地走了。

过了两天，他果然来了，手里拿着几张黄表纸：“我要让你看看，什么叫真正的诗。”

那个人叫赵卫东。赵卫东知道狄文榜是来斗气的，便很不情愿地接过那几张纸。上眼一扫，他郑重起来，因为纸上的字写得真好，洒脱，有功夫。“这是你写的？”

狄文榜晃了一下头：“不敢麻烦别人。”

再看纸上所写，赵卫东的脸色就更郑重了。那是四首七言律诗，内容合时，用词讲究，辙韵严谨，甭说工人，即便是他这个编报的，也写不上来。

“这诗也是你写的？”

“你这叫什么话？”狄文榜扫见赵卫东身边还有一个座位，一屁股坐上去。主人没给让座，他一直就站着，这个时候，他觉得自己有资格坐在这里。

“狄师傅，你看这样好不好，我给你出个题目，你现场再作一首，内容要与咱们屠宰厂有关。”

狄文榜知道这是验明正身的意思，便说：“随便。”

赵卫东出的题目是：春雷。

狄文榜略作沉吟：“拿纸来。”

他写道：

春雷震荡瞶龙乡，烂漫心花盛事逢；
戮力民生兴大义，反修正道任驰骋。
春秋不灭屠人志，叱咤风云去臭翁；
细问冰语温化否？梅桃换变尽从容。

"龙乡"，是本县的别称。因为境西南有个周口店龙骨山，龙骨山上有个猿人洞，是世界著名的"北京人遗址"，故得名。所谓"去臭翁"，既有很强的现场感——屠宰场的气味的确难闻得很，是每天都要除臭的；同时又有很贴切的象征意义——扫除一切反动的、落后的、腐朽的东西，工人阶级是当仁不让的主人翁。"梅桃换变"，梅作冬，桃指春，喻季节变换。这是从伟人那里"化"来的浪漫情怀——任尔东南西北风，工人阶级立场坚定，心明眼亮，决不动摇。

赵卫东大吃一惊。

一个小小的屠宰工，居然这么有文化，居然立马就能作出这么好的七言律诗，如果不是亲眼看见，是死活不能相信的！

他眼里有光芒闪烁，觉得祖国的江山大好，是万代都不能改色的。

狄文榜的这五首诗，被他一次发表，且加了很长的一段编者按，毫不吝啬地称狄文榜为"工人诗人"。

拿到报纸的时候，连狄文榜自己都不敢相信，我一个宰猪的，怎么一下子成了诗人？

这个世道，好玩儿。他心里说。

刘凤娇竟一点也不感到意外，她说："你整天抄书，如果不能诌出几句来，是交代不过去的。"

接下来，他简约了自己喝酒的时间，把时间留下来作诗。因为他想，既然被人称作诗人，如果不作下去，就真的交代不过去了。

他的诗经常在《春汛》上发表。

刘凤娇给他做了一个剪报本，粘贴的时候，像给情人纳鞋垫，一脸的幸福。

他说："刘凤娇，你看你，你比我这个写的还上心。"

刘凤娇满面羞红："谁让是你写的。"

狄文榜引起了上边的关注。他既是业务尖子，又是作诗能手，又红又专，是可以树作典型的。领导对赵卫东说："你再促他一下，让他更冒尖一些。"

但狄文榜本人却突然失去了做诗的兴趣，给他留下的版面他常常不能按时供"货"，只得转载大报文章做临时补救。赵卫东很被动，责怪道："狄师傅，你怎么能这样？你可是我发现的。"

狄文榜不以为然地摇摇头："我可没让你发现我。"

为什么会这样？他心中有个声音常常冒出来：一个靠手艺立身的人，整天玩弄风雅，是不是有些不务正业？

这晚，他正在喝酒。坐在一边的刘凤娇不停地翻着那个剪报本，窸窣的声音像秋庭落叶，让他心里不舒服。他害怕这种声音。小时候，断粮之后的日子，常靠土地上的青枝绿叶充饥，一旦出现这种声音，大地就枯了，肠胃的煎熬就来临了。他不悦地说："你这是干什么？"

刘凤娇一笑："不干什么，我只是看着这个本子发愁。"

"你什么意思？"

"你看，为了粘你的诗，我做了这个本子，还那么多的白页就这么空着，什么时候才能粘满呢？"

他一下子明白了女人的心思。心里热了一下："你发什么愁？我会让你粘满的。"

刘凤娇点点头，嗯了一声。

他爱自己的妻子。既然粘贴是她的欢喜，怎么忍心剥夺她这份欢喜？

他对自己说："且写下去吧。不过，等那个本子粘满了，要及时收手。"

狄文榜又接着写下去。

他关心的是那个本子，总是趁老伴不注意的时候偷偷翻一下。怎么还不满？他也有些着急。

后来发生的事情，让狄文榜心境大变。

那天儿子狄仁青一进屋就给他倒酒，而且公然给自己也倒了一杯。儿子从来不敢上他的酒桌，今天是怎么了？他瞪了儿子一眼："你问问你妈，咱家还有没有规矩？"

刘凤娇说："儿子，你爸是在问你，你为什么要喝酒。"

狄仁青嘿嘿一笑，怯怯地从工装的上衣口袋里拿出来一张报纸，展开一看，是一张东炼厂的《东方红》。

狄文榜预感到什么，一把抢过来。从一版翻到四版，在第四版上，有一首新体诗，题目叫《管道工之歌》，占了整整一版。作者署名：狄仁青。

狄文榜腾地站了起来："妈的，这个狄仁青是屋里的这个狄仁青吗？"

狄仁青不好意思地点点头。

"你小子也会作诗？"

"试着写。"

"哪儿来的功夫？"

"还不是您教的。"

这就是说，近朱者赤，近墨者黑，他之于诗，是家风的濡染。

狄文榜的心被安抚了一下，重新坐下："我一贯不喜欢新诗，大白话，没嚼头。"

"我也不喜欢。"

"那为什么还写？"

"旧体诗您作得那么好，我只好变个路数。"

狄文榜的心又被安抚了一下："你还算有自知之明。"

狄文榜看了一眼狄仁青眼前的酒杯："看来，你是可以喝这杯酒了？”

“得您发话。”

“喝。”

喝到一个时候，狄文榜琢磨出一种味道：“你小子是在跟老子立擂。”

“您什么意思？”

“你看，《春汛》属县办企业，是小报；《东方红》属国营单位，是大报——这自然就有比高下的意思。”

狄仁青赶紧说：“爸，您想歪了，整天看您写诗，我也有了一种冲动，随手写写而已。”

狄文榜脸红了一下，对刘凤娇说：“孩子他妈，也给他做个本子，省得他认为咱们没度量。”

刘凤娇欢喜地说：“成，我也是这么想的。”

酒后，儿子回房间欣赏自己的作品去了，老子则留在酒桌前。他怀着不平在写诗。

竟一气写了四首，心气顺了许多。把已睡熟了的儿子叫醒：“麻烦你给《东方红》送去，且对他们说，这样好的诗要是不登，他们还有没有品位？”

自然登了出来。狄文榜不喜不悲，什么话也不说。既然是老子，就得深沉些。

就这样，家里有了两个剪报本，既剪贴丈夫的，又剪贴儿子的，刘凤娇虽布衣粗食，足不出户，却觉得整个世界都是她的。

父子俩是有区别的：儿子写得随意，老子则写得刻意。狄文榜的剪报本不知不觉粘贴满了，但他视而不见，有儿子在眼前立着，他有些放不下了。

狄文榜闹大了。

不仅企业、行业，都把他树为标兵，还被县里上报到市里，成为市级劳模。

他得了一摞证书。

刘凤娇自然想把这些证书挂到墙上去，但是他不让。他认为，小门小户的一个家庭，有狄仁青那一张挂着，就足够了。

同时，他对自己的这些荣誉，始终心存疑虑。他觉得有些歪打正着、旁门左道——一个杀猪匠，为什么反倒得益于诗？

但是，人家既然给了，就拿着。这叫顺势、顺生。小民就应该这样。

有一样他没拿。

上边要提拔他当副厂长，他问："当这个官儿是不是要脱产？"人家回答："当然要脱产。"他说："那您就饶了我吧，我一个杀猪的，哪能离开刀子？手里一没了刀子，心里就恓惶，好像猪要反过来杀我一样。"说到这儿，他自己也乐了，他想到了狄仁青胡扯的话，奥地利的萨尔斯堡有头猪叼着刀子把人捅了。

他心里说，连个工人诗人的称号都是白饶的，更何况一个不知是怎么回事的副厂长？咱没那份多余的念想。

他安心宰猪，安心喝酒，前后没什么两样。

狄文榜是个节俭惯了的人，穿补丁摞补丁的衣服。工友们说："狄师傅，你都成名人了，怎么还这么不讲究？"

他乐呵呵地说："你别看我狄文榜穿的破，但肚子里有好货。"

他更加乐天。因为诗，证明他狄文榜究竟是与别人不同的，是宰猪的，又不是宰猪的。乐得有道理。

道理被之后的一件事很明确地证明了一次。

赵卫东编报编出了事故：在配发伟人照片的时候，忽略了在一个不起眼的位置还有一个被打倒了的人物。这还了得！一个有心人给县里写了一封检举信，说赵卫东是黑线分子，以这种方式，反攻倒算。县里很重视，派人来调查，弄不好会给他戴上一顶现行反革命的帽子。这意味着开除、游街、批斗、坐牢。赵卫东才二十啷当岁，风华正茂，意气风发，但也脆弱，上边的人刚一进厂，他就崩溃了，跑到厂区的空地上仰天长啸：苍天啊，大地啊！

厂领导了解他，他单纯、上进，绝非“线”上人，便为他辩解。但调查组不予理睬，认为是有意包庇。因为检举信上说，赵卫东是厂领导的红人，厂里一直偏袒、放任他。

狄文榜觉得应该帮他一下。因为是赵卫东编发了他的诗，知道他的诗好，堪称知音。

怎么帮呢？

狄文榜懂得诗词格律，七言律诗的“正格谱”起句是“平平仄仄仄平平”，“偏格谱”则是“仄仄平平仄仄平”。既然出了“偏格”，既然有“仄”韵在先，就应该对应一个“平”声，这样就合辙押韵，不硌硬了。

怎么个平法？

首先要查一下“字库”。就是分析一下，谁是赵卫东的潜在对手。

他的对手一定在厂办，同在领导身边，很可能是出于嫉妒。

他锁定了一个人。

接下来就是提取“韵脚”。就是找出那个人的不良表现、缺点错误。

他打完“腹稿”，就径直去找调查组，用词严谨、对仗工整地把内容“发表”出来。

他先“署名”：“我叫狄文榜。”

调查组的人肃然起敬：“啊，我们的诗人、标兵、劳模。”

他说：“能不能告诉我写检举信的人是谁？”

调查组说：“署名是‘一工人群众。’”

他说：“这‘一工人群众’我知道他是谁。”

调查组一惊："是谁？"

他说："既然他自己那么不光明磊落，我也就懒得提他的名字。不过，这个人是个有问题的人。他损公肥私，经常把厂里的报纸偷偷地卷回去，糊家里的顶棚。"

"《春汛》？"

"岂止《春汛》，还有《人民日报》《解放军报》《新工人报》。"

"居然拿党报糊顶棚？这可不是一般的问题。"

"就是。"狄文榜见有了效果，而且还是显著效果，又添了一把柴火——"他还弄虚作假。"

"嗯？"

"厂子里有个退休老职工，死了老伴，又没儿没女，是个五保户，厂里责成专人去'关心'他的生活，这个人就是那个'一工人群众'。这个人常截流厂里送去的东西，比如米面油肉，还有布票、蜂窝煤，拿回家去自己享用。"

调查组坐不住了，愤怒地说："这岂止是弄虚作假，分明是道德败坏。"

"没错。"狄文榜马上又压了一个"平"韵，"这样的人写检举信，怎么会是出于公心？他是别有用心——是看人家赵卫东爱岗敬业、积极上进、领导器重、群众拥护、前程似锦，他妒火中烧，暗做手脚。这叫什么人？道地的小人！"

狄文榜谨守格律，做了一首好诗。

调查组频频点头，"你到底是我们的劳模，是我们的诗人，言之有理，是可以信任的。不过，即便赵卫东没有政治动机，也是有错误的，他毕竟发了有问题的照片。"

这意味着赵卫东问题的性质发生了根本性的改变，狄文榜心中暗喜，但是，他还不满足，觉得好诗更需润色，要好到无可挑剔。便说：

“领导英明，但赵卫东还是有可原谅之处的，照片是他从大报上转发来的，要说有错，也是大报有错在先，您说是不是？”

“谁敢说大报有错？”调查组笑而不语。

冷了一会儿场，调查组问道：“狄师傅，你看是不是把那个‘一工人群众’挖出来？”

狄文榜摇摇头，说：“他也不过是个小人物，仅仅是私心重了一些而已，真要是把他‘挖’出来，他还怎么在屠宰场待下去？”

赵卫东别来无恙，还继续编他的《春汛》，只是脸色阴郁了许多。

他怀着感激的心情，登门拜访了狄文榜。“狄师傅，您是我的再生父母，唯一能报答您的地方，就是多发一些您的诗。”

狄文榜说：“从今天开始，我要金盆洗手。”

“为什么？”

“没什么为什么，只是懒得写而已。”

他是从赵卫东的事情上得到了一点启示：诗自然能成就人，但谁又能保证，它不会害人？

干什么事都要适可而止。他想。

老子不写诗了，儿子却越写越勤，到了最后，狄仁青的一首诗居然在《人民日报》上发表了。狄文榜看了一眼报纸，指了指墙上那张狄仁青的奖状，严肃地说：“发就发了，但别到处显摆，因为在工友们的眼里，它不会比这张奖状更有分量。”

狄仁青果然听话，安心当他的管道工，好像他从来没写过诗一样。

一天，他正低头走在回家的路上，一辆自行车猛地就横在了他眼前。他吓了一跳。

骑车人咯咯地笑个不停，是聚乙烯车间的女工赵雅兰。

赵雅兰说：“狄仁青，你干吗总是低头走路，地上有元宝吗？”

狄仁青憨厚地一笑：“没捡着。”

“上车，我带你一段。”赵雅兰说。

“别介，我太沉。”

“知道你沉，诗人嘛。”

狄仁青脸红了一下：“你别讽刺人。”

嘴上虽然这么说，但心里很受用，她居然把他当诗人看。

虽然他们没说过话，但他对赵雅兰很有好感。她身材娇小，像个短句子，与母亲刘凤娇相仿。她不讲究穿着，班上班下，总是一身工装。工装总是很干净，单调而美。狄仁青很奇怪，她从事的工种，粉垢油污是断不了的，却如此干净，不知道她是怎么洗的。他还发现，赵雅兰喜欢捡破烂儿，路上一遇到破塑料布、旧编织袋、碎铁烂铜和橡胶皮、油漆罐之类的遗弃物，她都要翻身下车，捡起来。见到的人都摇头，一个大姑娘，捡破烂儿干什么？赵雅兰也知道人们怎么议论她，但她我行我素，面带微笑，像是走进春天的田野，采撷灿烂的花朵一样，从里到外地愉悦着。狄仁青很欣赏她这点，觉得她不虚荣，会过日子。

坐在赵雅兰的自行车上，狄仁青心里很乱。她为什么偏偏要带我一段？他生出一个多余的想法，要是赵雅兰能做自己的媳妇该有多好。

“盈盈一水间，脉脉不得语。”古诗中的句子，莫名其妙地冒出来。

“你怎么不说话？”赵雅兰问。

“你想听什么？”

“随便什么都成。”

“你爸是干什么的？”

“家里蹲。”

“家里蹲”是京西方言，指待在家里，不干事，或无事可干，或无能力干事。

“你妈是干什么的？”

“也是家里蹲。”

“你在家行几？”

“我既是老大，也是老小。”

“这么说，家里就都靠你？”

赵雅兰叹了一口气，说：“你能不能问点别的？”

狄仁青不想问别的，心里温柔了一下，想：既然就你一个，正需要一个帮手。咱有的是力气，你赵雅兰难道不知道？

接下来就无言，赵雅兰把车子骑得飞快。

第二天下班之后，走到昨天遇到赵雅兰的地方，狄仁青本能地就站住了。

赵雅兰很快就出现了。到了他身边，一笑：“上车。”

他竟毫不犹豫地坐上去了。来得是那么自然，好像是已有的约定。

一来二去，两个人成了他人眼里的一桩风景，自然就把他俩看作一对儿。

一天，赵雅兰对狄仁青说：“你猜姐妹们说我什么？”

“说什么？”

“说我得逞了。”

“什么意思？”

“她们说，你赵雅兰不是喜欢文化人儿吗，就真有一位送上门儿来了。”

“我算什么文化人儿？管道工而已。”

“你是在找借口。”赵雅兰有些忧伤，好像是受了伤害。

狄仁青觉得她忧伤的样子很好看，质朴而真，便说：“你能不能带我到你家里看看？”

赵雅兰咬了咬嘴唇：“随便。”

赵雅兰住在平房区，院井比外边的路面凹下去许多，狄仁青一进院子就想到一个问题：到了雨季，积水能排出去吗？

屋里盘着一爿土炕，炕上坐着一个人，看不出年龄，蓬头垢面，傻笑着。

赵雅兰脸红得像被火烤了一样："这是我爸，精神有问题，生活不能自理。"

一个也是看不出年龄的女人正低头侍弄饭食，见有生人站在跟前，慌得不知道怎么才好，不停地在腰间的围裙上擦手。

"这是我妈。"赵雅兰表情窘迫，躲避着狄仁青的眼睛。

屋里有一个农村常见的红漆板仓，两边各蹲着一个黍黄色的矮柜，知道那就是座位，自己就坐上去了。

这个举动让赵雅兰的母亲镇定了许多，她挑帘子进了里屋。一阵窸窸窣窣的声响之后，她端出来一杯水。怯怯地放在狄仁青眼前，也不说话，只是笑了一下。

狄仁青喝了一口，是甜的。他看了一眼，里面放了红糖。

炕上的人喉管里呜噜呜噜地响了一阵，含混而清晰地叫了一声"妈"。

赵雅兰的母亲赶紧从锅里盛了一碗玉米粥，骗腿上到炕上去，用小勺子喂他。怕烫着他，每次都要轻轻地吹几下，再喂。食物从病人的嘴角溢出来，她用病人袖口上别着的手绢轻轻地给他擦干净。像是在悉心地侍候一个婴儿。做得专心致志，旁若无人。

狄仁青被打动了，生出一股澎湃的柔情，他想看赵雅兰一眼。

但赵雅兰已经躲到屋外去了。

他也悄悄地走出屋来，看到了赵雅兰满脸的幽怨。

他想说点什么，赵雅兰摆摆手，示意他什么也别说。

"我只说一句，"他郑重地说道，"赵雅兰，你得逞了。"

赵雅兰果然得逞了。

母亲刘凤娇觉得这闺女十分普通。在她眼里，普通与本分接近，便很好——与自己是一类人，正适合这个家庭。

父亲狄文榜知道了赵雅兰的出身之后，曾跟狄文青严肃地谈了一次。问他："她身肩儿（家庭负担）那么重，你为什么还选择她？"狄仁青说："我是男人，男人生来就是心疼女人的。"狄文榜说："你这是从哪儿趸来的道理？"狄仁青说："自然是从您身上，我妈一辈子都没有工作，您还不是照样心甘情愿地养活她？"狄文榜点点头，觉得儿子不是一时冲动，心中确有持重的东西，应该尊重他。

狄文榜还觉得，尊重他，就等于尊重这个家庭——这个家庭，从来都是按自然意愿行事，不贪妄，不矫情，不势力，眼里有人。

居然如此容易地被这个家庭接受了，赵雅兰情不自禁地哭了，说："你们家的人真好！"

"你应该更好。"狄仁青说。

赵雅兰擦了一下眼泪，小声地说："我会的。"

新婚之夜，狄仁青送给赵雅兰一个特别的礼物，一个塑料皮笔记本。笔记本里有几幅彩色插页，是《红色娘子军》剧照。这种笔记本在那个时代很时尚，赵雅兰很喜欢，柔情似水。"我也没什么送你的，就把我自己送给你吧。"

他们很甜蜜，甘心情愿地甜蜜。

甜蜜过后，狄仁青说："雅兰，你知道我为什么送你这个笔记本？"

赵雅兰说："我自然知道。"

"那你说说看。"狄仁青催促道。

赵雅兰笑着缩进狄仁青的怀里："知道就是了，不能说破，一说破，就不甜蜜了。"

这个举动很温婉，让狄仁青怎么也不能跟一个穿工装的女工联系在一起，他感受到一种恩德，心满意足地睡了。

半夜醒来，发现室内有微光氤氲。地下的小桌上点着一支蜡烛，赵雅兰竟伏案写着什么。

狄仁青翻身下床，趋近了看，原来赵雅兰正往那个笔记本上抄他发表过的诗。她脸一红，说："知道你们爷儿俩喜欢抄书，不知怎么的，我想，已然是狄家的人了，怎么能不抄书呢？"

狄仁青欢喜得不成，觉得赵雅兰是老天爷特意给他预备着的女人，很幸运，他一下子就找到了。他冲动地把女人小小的肩胛揽进怀里，摩挲了一阵。

他说："我的那些东西是不值得抄的，你应该抄别人的书。"赵雅兰撒了一下娇，说："我就先抄你的。"

温厚的柔情无法释放，他们又在床上甜蜜了一次。这一次，狄仁青看清了赵雅兰的身体，她像颗藏在茧子里的蚕，被工装包裹的时候，是那么的伶仃和小，剥了茧壳，又白又饱满，要哪儿有哪儿。

第二天，狄仁青经过那座燃烧塔时，他突然有了一个跟以前不同的想法：所燃烧的，既是革命的激情，又是爱情的火焰，都是那么灼灼耀眼，他的人生已功德圆满。

他又写了一首管道工之歌。

他由衷地觉得，做个管道工真好。为燃烧塔的正常燃烧尽一点儿义务，心甘情愿地爱一个女人，自由自在地写一点儿小诗。虽无足轻重，但内心欢悦。

三

东方红炼油厂成立了工人民兵大队，狄仁青被任命为管道分队队长。

他几次找厂领导，说："我只是个一般的管道工人，怎么能当队长呢？”领导说：“你既是先进工作者，又是工人诗人，你不当谁当？”

白天做工，晚上军训，生活充实，但狄仁青却第一次尝到了忧郁的滋味。

他有自己的想法。

他认为，作为工人，就应该在工作岗位上尽职尽责，正如管道，就是输送原油的，燃烧塔就是排解废气的；至于保卫国土，打击犯罪，维护治安，属于解放军和派出所。卢沟桥上的守护班，虽然不像当兵的，但毕竟是在尽“守护”之责，他们活在“本分”之中，所以他们无怨，乐天。

上学的时候，因为整天学工、学农、拉练（学军），他不乐意接受，乐呵呵地把学辍了，这一次不同了，已经是个正经的公职人员了，由着性子做，还成吗？

把想法跟父亲说了，狄文榜是赞成的，但他从赵卫东事件产生了一点联想，嘱咐他，虽然想不通，但要顺应时势，切莫乱说。既无法选择，又无法言说，所以他忧郁。

清明时节，天安门广场，人山人海祭奠总理，竟出了乱子。厂里的工人民兵大队被紧急调动，出发前，发给每人一柄用京西檀木做的棍子，上面涂了一层白蜡，俗称“白蜡杆”。队伍开进广场，人们惊呼：“人民的总理人民爱，怎么竟来了棒子队？”

他们不受欢迎，人们都用异样的眼光看他们。

狄仁青心里很难受。

人们愤怒了，开始冲击某些要害部门。工人民兵接到命令，要“白蜡杆”出手。狄仁青极为震惊。白蜡杆是只有京西才出产的特种木材，木纹华丽，木质坚韧，适宜做擀面杖和锤柄、斧柄、锨柄，是上好的生产资料。怎么会用来作兵器，打击人的肉体？

而被打击的肉体，面相憨朴，心地善良，动机单纯，与他狄仁青是一类人。

他下不了手。别人都冲上去了，他还呆呆地站在原地。

他不仅是民兵，而且是队长，问题就严重了。上边指示厂里，一定要追查这个人。对狄仁青，厂领导是了解的，便为他辩护说："他这个人没什么政治问题，不过是心慈手软而已。"上边说："这就是政治问题。为什么？这意味着他立场不坚定，不可信任。"厂领导唯诺地说："是的。"

上边又问："他什么身份？"

"一个管道工。"

"这还得了——管道是炼油厂的命脉，让这么一个不可靠的人接触管道，是天大的隐患，一定把他清理出去。"

第二天，厂领导找狄仁青谈话，对他说："从今天起，你就不要上班来了。"

狄仁青一愣："为什么？"

领导说："你自己还不知道？"

回到家里，一见到父亲，他就哭了。

狄文榜居然笑着问："是不是被厂子开了？"

狄仁青说："开了。"

狄文榜安慰道："开就开了，丢了一个小小的管道工的差事，不足挂齿。"

狄仁青感到父亲真有些不近人情。别看是一个小小的管道工，却维系着他的激情、他的幸福，还有诗。"您说得倒轻松。"他白了父亲一眼。

父亲理解他的心情，依旧笑了笑，对刘凤娇说："去，给他拿个酒杯来，今天，老子要陪他好好喝几杯。"

刘凤娇二话不说，就去操办酒菜了，她觉得，老伴既然这么做，就有这么做的道理。

酒菜停当了，狄仁青还木在一边，他哪里有喝酒的心情？

狄文榜一把将他摁在饭桌前：“好汉架不住两杯酒，你喝就是了。”

“喝就喝。”

狄文榜举起酒杯：“小子，这第一杯，我敬你。”见狄仁青有些疑惑，他解释说，“白蜡杆是檀木做的对不？你知道在咱们京西，檀木是什么木种？它是神木。用别的木种做锤把、斧把试试？用不了两下，头就脱了。但用檀木就不同，大锤你抡圆了砸，斧子你抡圆了砍，它就是不脱。还有，你用别的木种做擀面杖，面粉会沾在上面，檀木就不同，它浑身上下清清爽爽，一个面星都不沾。你说它神不神？它神在通灵性，助人。既然是这样，你怎么能用它去打人？所以，第一杯我要敬你，你对得起神木，我替神木敬你。”

狄仁青心里热了一下。这老爷子真有意思。

喝过这一杯，狄文榜又举起了酒杯：“这第二杯，我还敬你。”

狄文榜说：“为什么还要敬你？因为你保住了咱狄家的门风。咱虽然是一个普通的工人之家，但敬畏诗书。人一离诗书近了，就内心锦绣，就悲天悯人，人性就厚。为什么别人大打出手的时候，唯独你心生怜惜，木在那里？那是诗书在说话，所以，我要替诗书再敬你一杯。”

狄仁青心里又热了一下。诗书啊！

酒杯刚空，母亲刘凤娇就趋近身来，笑着给爷俩满酒。这哪里使得，狄仁青慌忙去拦挡。父亲摆了摆手：“让你妈满。”

狄文榜又把酒杯举起来：“这第三杯，还是我敬你。为什么？这得问你妈。”

刘凤娇脸红了：“我哪儿会说什么。”

狄文榜点点头：“那好，我替你说。”

他说："你妈虽然只是个家庭妇女，没见过世面，也不懂得什么大道理，从来都是由着心性做人。但她总是做对的事。为什么？她知道替别人着想，让别人活得高兴。我喝了半辈子慢酒，她从来没说过一个烦字；你经常很晚回家，她总是亮着灯等着；咱爷俩有诗登出来，她给咱贴在本子上；你得了一个小奖状，她供神一样给你供在墙上。你这次能那么做，说明你心中有人，做对得起人的事，不愧是你妈的儿子。所以，这第三杯，我是替你妈敬的。"

狄仁青热泪盈眶，黯淡的灯光像太阳一样明亮。

喝过这三杯酒，狄文榜哈哈大笑："俗话说，人三鬼四，接下来，我就不敬了。"

人三鬼四，是京西民俗：给生者行礼，叩头三下；拜神祭祖，则四。

狄仁青含泪说道："爸，该儿子敬您了。"

一直闷在一边的赵雅兰，居然也趋上前来，脸色嫣红，目光如烧："爸，我们俩一块敬你。"她动情地说。

被开除这样的事是天塌了一样的大事，可是在公爹这里，却变成了无所谓的小事，竟然还以失为得！这样的人，她从来没见过，便感到，这个家庭真是与众不同，阴雨天也满庭阳光，再皱褶的心，也能自由地舒展。能嫁到这样的人家，真好。

酒喝得很亲情，狄文榜美滋滋的，觉得赵雅兰这姑娘，是老天爷特意为他狄家预备着的。

刘凤娇在一边抿嘴乐着，心里说："我们狄家就应该这样。"

小两口单独在一起的时候，赵雅兰说："仁青，你没了工作，还有我呢，我能养活你。"

狄仁青笑着说："那你就养。"

爱情在这时突然就膨胀了，他们急迫地甜蜜了一次。女人欢快地叫了一声，忘我地说道：“我还想养个小崽儿。”

“养。”男人发现，女人的乳房很结实，很白，能清晰地看到茂密的血脉，像如织的地下管道，能不停地输送原油，让燃烧塔的火焰永不熄灭。

第二天，厂领导来了，对他说，厂里也是迫不得已，请他理解。

他请领导不要多虑，他不怨天不怨地，自然就更不会怨人。

厂领导给他撂下几百块钱，说：“念你辛辛苦苦这么多年，给你一点安置费。”

他让领导拿回去，说：“我是在上边挂了号的人，不能给领导找麻烦。”

领导说：“这是我自己的工资。”

他说：“那我就更不能拿了，欠别人的人情，我连吃饭都不香。”

厂领导很感动，说：“你这个人真有骨气。”

“自然，屠宰工的儿子嘛。”

屠宰工与骨气有什么关系？送走了厂领导，他觉得自己回答得莫名其妙，自己偷偷地乐了半天。

接下来，他大睡了几天。他觉得这几年睡得太少了，有点对不起自己。睡足了，他纵情地在床上打滚、伸懒腰，全身的骨节都咯嘣咯嘣响，像玉米在暗夜里拔节的声音。他想：虽然已老大不小了，就咱这皮实的身子骨，还得长个。

迈出门槛，他竟感到，自己真的长高了许多。

他买了一辆三轮车，摇着铃铛就上了街。东炼厂是一只煮肉的大锅，四处都飘着油水。他是指厂区的破烂儿。

兴赵雅兰捡，就不兴我捡？她是业余的，我是专业的，一定比她有更辉煌的业绩。

他觉得自己选的这个差事很好。一个不贪吃不贪喝、过简单日子的人，厂区里那点飘落的油水足可以养活自己。

他在厂里大小算个名人，认识他的人很多。见到一个“名人”竟沦落到捡破烂儿，人们不免吃惊，且不忍正眼看他。他主动上前打招呼：“嗐，怎么，连我狄仁青你都不认识了？”

熟人倒不好意思了，觉得欠了他许多。一有值钱的废旧品淘汰下来，就给他攒着，一等他的人出现在眼前，会主动放到他的车上去。

他穿梭在各个厂区之间，满面春风，车铃响脆。

他的感觉真好！

为什么？他发现，人一到了低处，自然就诱发了人们心中最温柔的东西，谁都会对你好。这或许就是人们说的，所谓的同情与怜悯。这有什么不好？你捡的虽然是破烂儿，收获的却是爱心。你是自己的救世主，也是别人的开心果，大家都快乐，这有什么不好？

他白天捡破烂儿，晚上写诗。

不知为什么，他现在特别想写诗。

那时发表作品，需要政审，需要单位盖公章。他这么一个人，既没单位，又没人敢签审，写出的诗，自然无处发表。

但是还是写，不写难受，写给自己。

赵雅兰工工整整地把他写的诗抄在笔记本上，当作生活中的一件大事。彼此之间，除了甜蜜，还能感受到一种郑重的东西，卑微，却不卑贱。

这期间，赵卫东找到厂领导：“狄师傅的孩子失业了，能不能让他到咱屠宰厂来？”

领导反问道：“怎么不能？”

赵卫东对狄文榜说：“狄师傅，厂领导同意了，你就让狄仁青到咱厂来吧。”

狄文榜说："赵卫东你这个人还挺仗义，不过，来与不来，你得亲自问问他。"

一问狄仁青，他说："谢了，但我不去。"

"为什么？"

他说："屠宰场已经有了狄一刀，还要狄二刀干吗？"

赵卫东说："你考虑那么多干吗？关键的是解决生存问题。"

狄仁青说："这世上还有比生存更重要的，就是对父亲的尊重。"

赵卫东回到厂里，对狄文榜说："狄师傅，你们狄家的人怎么都这么执拗？"

狄文榜笑而不语。

回到家里，他对儿子说："你做的是对的，屠宰场又不是咱狄家的。"

赵卫东是个热心肠，又找到狄仁青，"你把你写的诗拿来，我给你发表。"

狄仁青一愣："你胆子可不小。"

赵卫东说："署个化名嘛。"

"那就没必要发表了。"

"你这个人怎么这样，发表出来可以弄几个稿费，虽然不多，还是能补贴家用的。"

"那也不发表，没有'狄仁青'这三个字，我在哪儿？影子能证明树，名字能证明人。"

"那我就帮不上你了。"赵卫东遗憾地说。

狄仁青拍拍赵卫东的肩膀："你已经帮了，你让我感到，这个世道，还是好人多啊。"

狄仁青捡破烂儿，写诗，伺候他的岳父，日出日落，家里家外，连感伤一下的工夫都没有。

他笑着问赵雅兰："你说，我怎么比当管道工的时候还忙？"

赵雅兰说："你这个人，天生就闲不住。"

这句话，让狄仁青很受用，在赵雅兰的屁股上捏了一把。

这时，狄仁青岳父的精神病越来越重，疯到了把自己的便溺当糕点，一旦阻拦，或给他清理了，他会尖厉地嚎叫，像案猪临刃。房间里的空气很恐怖，隐忍的岳母也失了耐性，对赵雅兰说："干脆给他一包耗子药吧。"赵雅兰也无措，索性就哭。狄仁青说："你肚里有咱的崽儿，你可不能这样，把老人家交给我吧。"

他对岳母说："耗子药是给耗子预备的，您千万别往人那儿想。"

岳母说："我受够了。"

他说："俗话说，病者为大，他怎么都有道理，咱还得忍，再说，他也不想得这个病啊。"

"到了这个地步，还有什么办法？"岳母问。

狄仁青说："自然有办法。"

他弄来一桶炒菜用的酱，酱的颜色、形状与人便近些。岳父疯的时候，就弄一些放在他身边，让他尽情地享受。置换的过程，病人是不能察觉的，岳父变得很平静，家里的气氛就一下子轻松了。

赵雅兰说："仁青，你还真有办法。"

岳母说："这不是办法的问题，是仁青的心好。"

狄仁青每天都要来给病人擦洗身子。岳父虽然病着，但身子很肥重，这对岳母来说是个麻烦事，让老人家心里起皱褶。老人家一皱褶，赵雅兰就皱褶，赵雅兰一皱褶，她肚里的狄小小就起皱褶——他觉得皱褶的日子不是他狄仁青这种人过的，他得亲自来料理。

狄小小是狄仁青给媳妇肚里的孩子起下的名字。为什么叫狄小小？他觉得一家人都是小人物，名字起大了、起阔了，支撑起来太费劲，一费劲，人就会仓皇，像小鸡吃黄豆，强努。努到最后，未必得志，反而会把神经弩断了。而这一“小”，没有奢望，得一点是一点，小得也是大得，心情总是愉快的。邻居一家姓冷，男孩叫冷万里，女孩叫冷玉寰。万里喻江山，玉寰喻世界，野心贼大。但现实中，冷家只是跟他家一样的普通职工，常入不敷出，事不遂人愿，常吵架，家人之间谁看谁都不顺眼，姓冷也真冷。这个江山与世界就很可笑了。

每次来，岳母都给他备下一碗红糖水。他心里很温暖，觉得这世上没有比这更好喝的水了。

由于狄仁青的悉心调理，这个“病”着的家庭，也安详和顺，岳母的脸色很好，衣着也干净，喜生。看样子，她会很长寿。

赵雅兰很感激他，说：“像你这样做女婿的，少有，你会做人。”

狄仁青笑着说：“你别给我戴高帽，我问你，谁能像我那样每天都能喝上那么好喝的红糖水？”

“你净耍贫嘴。”

“我说的是心里话。”

狄仁青嬉笑着，又在赵雅兰的屁股上捏了一把。

狄小小生下来的时候有八斤重。

生得很顺利，连医院都没进，就生在自家的床上。连赵雅兰都感到很吃惊：“我这么个小胎骨，竟生了这么重的一个大胖小子，还一点劲都不费，像拉泡屎一样。”

狄仁青含笑不语。

狄小小六个月就会叫人，八个月就会走路，一岁半就能把世界各国的首都背下来，聪明过人。

人们问狄文榜：“你怎么养了这么个孙子？”

狄文榜反问道：“我不养谁养？”

老爷子觉得这是情理之中的事。

孩子生下来，狄仁青亲自带。他说：“家里就我这么个闲人，我不带谁带？”

孩子能出门了，他带着他去捡破烂儿。

爷俩穿街走巷，成了一桩风景。

走出院子，狄仁青笑着问狄小小：“陛下，咱们今天到哪儿微服私访？”

狄小小提了提他的甩裆裤，正色道：“狄大人，如此小事也要麻烦朕，自然是东区。”

东炼厂分东西南北四个厂区，他们昨天已在西区捡了一天破烂儿。

狄仁青做了个屈身的动作：“臣领旨。”

然后把狄小小抱上车子，自己翻身上马，摇响了铃铛，“出巡”东区。

狄小小眼尖，首先发现了目标，大喊：“狄大人，第三根路灯下正有些要紧的货色，去也。”

“臣领旨。”

狄仁青抱回来一捆旧编织袋。

坐在车上的狄小小撇了一下嘴，跳下车去。因为他发现，狄大人有失仔细，遗漏了两片。他要亲自捡回来。

狄仁青见状，笑着说：“区区小事，惊劳大驾，岂敢岂敢。”他不想让孩子脏了手。

狄小小忍俊不禁笑了一下，但很快用手把脸遮掩住了，再露出脸时，已是一派庄素：“江山社稷，焉有小事？朕当然不能不过问。”

孩子捡回来之后，狄仁青拉过他的手在自己的裤子上蹭了蹭，说：“皇帝要都像你这样，事必躬亲，准得完蛋。”

“完蛋就完蛋。”狄小小调皮地把手伸进父亲的腋下，挠他。狄仁青忍受不住，乐个不停。

这对父子，同进同出，车上车下，没大没小，无忧无虑，人们且惊且羡，说："真有意思，简直是一对活宝。"

尾声

刚办了退休手续，就要颐养天年了，狄文榜却得了肝硬化。人们大为惊异，像他这样的一个乐天、豁达、顺生的人，怎么会得了这种病？

狄文榜自己倒很不以为然，反问道："有谁规定，我狄文榜就不能得这种病？"

他照样喝酒，而且捡起了写诗的行当。他觉得，人到了晚年，真正属于自己的，就两样东西，诗和酒。

后来病情转为肝癌，五脏六腑都痛，像有无数把刀子，在里边割他。他对狄仁青说："你还真有先见之明，猪们还真的叼着刀子，捅我来了，而且还是那么不客气。"

狄仁青摇摇头："都什么时候了，您还有心思开玩笑？"

狄文榜说："我宰了那么多猪，理应承受这痛，这才公平。"

他独自躺在医院里，平静地等待那最后的时光，不让任何人来陪伴他。他想，如果让别人看到他的痛苦，他就不是狄文榜了。

他知道这是不治之症，拒绝任何治疗，只是靠注射杜冷丁来缓解疼痛。他狄文榜节俭地过了一辈子，到了该画句号的时候，更不能破费。

打杜冷丁的周期越来越短，他感到那么频繁地麻烦人家护士，是一件没有自尊的事，便索性自己来打。

疼痛难忍的时候，他用酒精棉在胯下蹭一下，不声不响地扎上一针。他忍不住地笑笑，到底是狄一刀啊，连注射这样的技术活，他都能做得如此漂亮，谁比得了？

他对狄仁青交代后事的时候说：“我死了之后，厂里和家里都不要搞什么遗体告别仪式，人死了，属于他自己的日子才刚刚开始，告什么别？你只需给我放一段瞎子阿炳的《二泉映月》，我活了这一辈子，就觉得他的二胡拉得好。”

他还嘱咐说：“我咽气的时候，你们都不要在我身边，没有见到我怎么死，我就始终没有死。”

接到医院的通知，家人赶到病房。狄文榜靠着被子端坐在病床上，像在午睡，表情安详。

狄仁青给他放了一段《二泉映月》。

曲调既哀婉又和美，让人对床上的逝者顿生敬慕，都觉得这个时候是不应该哭的，会惊扰灵魂。

就都不哭。

见到的人都感到奇怪，这家人是怎么了？

床头整齐地放着一摞用黄表纸订成的本子，狄仁青下意识地感到，这应该是老爷子修订的诗稿。

上手一翻，果然是的。老爷子把生前所作的诗都收集全了，用好看的楷书誊写得清清楚楚。老爷子还给自己的诗集起了个名字：《屠人集》。

狄仁青觉得这个书名真好，与狄文榜这个人相配得严丝合缝。

狄家安安静静地把老人葬了，以至于过了许多年，不少人还认为狄文榜一定还活着，而且活得很好。

狄仁青花钱把老爷子的诗集印了出来。

诗集不序不跋，也没有作者介绍，印出来也不主动送人，想要的，拿一本就是了。狄仁青觉得这样做符合老爷子的做派，他地下有知，会心安的。

竟有不少人登门要书，印下的两百本很快就空了，只好又印了一次。

狄仁青感慨道："老爷子没白活一场，他应该知足了。"

狄小小在父亲的三轮车上长到上学的年龄。风吹日晒，身体很皮实，不挑食，不撒娇，也不得病，说话做事一点也不像个孩子。他貌相很一般，但眼睛很亮，像夜幕里闪烁的两盏小灯笼。大人有时候跟他动点小心计，他一下子就识破。他歪着脑袋很得意，说："我狄小小也是见过世面的。"上学以后，别人有些看不起他，说："你爸爸干吗去捡破烂儿，你寒碜不寒碜？"他笑笑，说："这你得去问我爸，他都不嫌寒碜，我凭什么嫌寒碜？"

他一点也不虚荣，觉得父亲捡破烂儿没什么不好，不偷不抢，自给自足。

他学习出奇地用功，总觉得老师在课堂上讲得不够用，读了许多课外书。

同学问他："你干吗这么用功？"

他嘻嘻一笑，说："原因很简单，我爸爸是捡破烂儿的。"

从小学到初中到高中，他的学习成绩总是全年级的第一名，顺理成章地考上了清华大学。

狄仁青自然引以为荣，但嘴上却说："狄小小，你没什么了不起的，你赶上了好时候，社会鼓励读书。"

狄小小点点头，说："您说的有道理。"

大学毕业考研，出国留学，最后留在美国麻省理工大学任教，刚三十五岁就成了副教授。他挣钱很多，总是给家里寄钱。狄仁青给他去信说："你不要寄那么多钱了，家里够吃够花。"但他依旧是寄，在来信里说："寄不寄在我，花不花在你们。"

银行里存了很多美元。狄仁青很发愁：我要那么多钱干吗？

狄仁青在捡破烂儿的时候，总喜欢在那座燃烧塔下小憩一会儿。他青春的激情就在那里燃烧着，对它的仰望，实在是身不由己。他发现，虽然他已不当管道工了，塔上的燃烧，丝毫不受影响。这多少让他有些忧伤，但更多的是欣慰——时事风流，兀自有序，有没有他，都是一样的。这很好，活得没有压力。

他从容地蹬着三轮车，觉得东炼厂，从来就是属于自己的。

“是啊，我为什么不到别处去捡破烂儿？”

上边粉碎了一个团伙，厂子里响起了一阵欢庆锣鼓。在锣鼓声中，厂领导找到他，说：“原来你做了一件正确的事，我们要给你开个平反大会，把你请回来。”

“就不必了，”狄仁青说，“我还是蹬我的三轮车吧，这么多年，我已经习惯了。”

领导说：“你这样做可不好，好像东炼厂亏待了你一样。”

他想了想，说：“那好，我回。”

他是觉得，让别人感到亏欠自己，自己反倒亏欠了别人。

他被安置到《东方红》报当编辑，领导说：“你是写诗的，这个岗位适合你。”

后来实行改革，东炼厂改成燕山石油化学工业总公司，报纸也改成《燕山油化报》，确定的办报方针是贴近企业，贴近职工的生活，办得很让职工喜欢，几乎家家都自费订阅，以至于上边整顿地方报刊时，毫无异议地留下了它。

在这个岗位上，狄仁青如鱼得水，很快被提拔为副总编辑。他的个人身份，也从工人，转成国家干部。后来企业转制，人员分流，他原来的工友，有的提前退休，有的买断工龄，自谋职业。他们心里很不平衡，对狄仁青说：“你怎么越混越好？”

狄仁青说：“你们不能嫉妒一个捡破烂儿的。”

他很想说："我这叫因祸得福。"但想到这些工友都是些很质朴的人，在他落魄的时候，都怜惜过、帮助过，便换了一个说法。

这个说法让工友们能够承受，说："也是，你是吃过亏的。"

狄仁青心里明白，是诗救了他，便想到，回报这个社会，还得以诗。

他翻检了一下自己的作品，觉得没有一首是真正的诗，汗颜之下，把所有旧作都烧了，包括母亲的剪报和妻子的手抄本。赵雅兰曾极力阻拦过他，说："咱爸的诗你都给留下了，自己的怎么就不留？"他说："咱爸是逝去的人，而我还活着。"

岳父去世之后，岳母被接过来跟他们生活在一起。母亲刘凤娇的身体很好，七十多岁的人还长了两颗新牙。两个老人在一起，亲如姐妹，整天都有说不完的话。她们争着打理家务，有个共同的心思：家里的事，绝不能让儿女们操心，他们都是场面上的人嘛。

赵雅兰什么心也不用操，内心欢悦，长胖了。她本来个子就小，人一胖，就走形，像一个滚动的棉团。

狄仁青笑着说："赵雅兰，你就不能少吃点儿？"

赵雅兰说："折子里有那么多钱，我不吃点儿喝点儿给谁留着？"

他觉得她过于知足，知足得有些不知羞耻，便逗弄了一句："你就不能给我养个小蜜？"

赵雅兰笑笑，竟说："行。"

狄仁青反倒有些难为情了，说："你想得倒美，我不能让你得逞。"

夜色温柔，狄仁青房间里的灯，每天都会亮到夜的深处。

他在绞尽脑汁地写诗。

他每写出一首自己满意的诗，就霍地站起身来，朝墙上挂着的狄文榜眨眨眼："老爷子，我给您念一念。"

他的声音很低，却很动情，眼睛都湿润了。恍惚中，他觉得老爷子好像是点了点头，便确信，这的确是一首立得住的诗。

他欣慰地躺到床上，但久久不能入睡。

什么时候，才能把自己造就成为一个真正的诗人呢？自己毕竟才初中毕业啊。

他有些发愁。

辗转反侧之间，他突然觉得，自己的忧愁是跟别人的不一样的，是一种甜蜜的忧愁。类似爱情。

在忧愁的包裹中，他能感受到自己，觉得活得有着落，活得本分，正经。

枕边人的那张脸，也变得受看起来，像一团满月，干净而妩媚。他情不自禁地吻了一下。

2008 年 5 月 6 日于北京石板宅

顺生

这是京西一口废弃的矿井。

从山脚下开挖，与地面平行地推进，伸进大山的肚腹里去了。

邻村就是史家营乡金鸡台村，挖煤富了，成了京郊名村，自然就对周边的村子产生诱惑。都是一个山脉，那里有煤，这里也自然会有的。挖就是了。

这里的人清贫，置备不起挖掘设备，只能很传统地打直井。因为山镐、笨锹、木轮车还是有的，只要舍得卖力气，还是能挖得进去的。其实这个地区也有打竖井的传统，把深井里的煤用人背上来。但背煤的时候，摔下去不少人，煤里埋了太多的血泪与白骨。那是新中国成立前的事。到了今天这个地步，温饱了，人命值钱了，人们不忍走回头路。背煤给人的感觉不好，好像人是煤的奴隶。

但问题也就出在这里。

山体是分层的，地表、页岩、矸石、烟煤，层处着，如果打竖井，不管怎么层着，总能打到煤层上，所以出煤快。打直井就难说了，往往掘进很远很远，也见不到煤。当然也有一开挖就恰巧挖到煤层上的，那得有好命。村子里的人自然都明白这个道理，但是他们本能地想：

一村子的人，自打住在这里，就没有出过一个地痞、一个流氓，也没得罪过天，惊扰过地，善良得跟傻子差不多，是应该有命的。

直井挖进去了老深老深，总也不见煤，就斜着往下挖一些，岩石有了煤的成色，就眼前一亮，要出煤了。兴奋地朝前掘进，渐渐地，竟连成色都没有了。就斜着往上挖一些，以为这次还能差得了。老天真会跟这帮老实人开玩笑，几经斜上斜下，就是不见煤，就失了耐性，不挖球的了！

矿井废弃之后，人们该种地种地，该出去打工就出去打工，把井的事全扔到脑后，他们本性乐观，不惦记失败，也不记挂忧愁，近乎麻木地朝明天过日子。

翁大成挖井的时候闪了一下腰，虽没落下残疾，但腰间总是有些发皱，便对这个煤井有些耿耿于怀。他每天只要能抽得出空隙，都要打着一把手提的应急灯，到井里转一遭。他下意识地想，你既然把咱的腰都闪了，肯定是会给点回报的。

他固执地相信这点。

有一天，他突然听到了水滴的声音。循着声音把灯光打上去，发现一处井壁上洇了很大的一片，洇到最下处，竟凝成了算盘子儿大的水珠，一颗一颗地往暗下砸。

他记在心里，又往别处踅摸，但整个矿井里也就那一处滴水。

他最后站在那里，看着水滴发呆。他不知道这是什么意思。

冥蒙中，他的心口痛了一下，嗓子有些痒，便伸手接了几滴水，往口里一送，立刻就叫了一声："这就对了。"

怎么对了？

那水又凉又甜，像被冰糖浸过一样。因为与别处不同，所以蹊跷。

他不相信这是真的，又尝了几次，像他叫翁大成一样，是一点都不错的。

他傻笑起来。

等合拢嘴巴之后，他撒腿就往外跑，他要从家里取一个汽水瓶子来，接回去给他的老婆耿淑凤尝尝，因为在生活中，他的所有的喜悦和快感最终都是由耿淑凤的反应来确定的。跑着跑着，他突然慢了下来，因为又有了一个新的发现：虽然只那一处滴水，但整个矿井都弥漫着铺天盖地的清凉，像蹿涌着一道无形的大水，把整个井都淹了。

接回去让耿淑凤一尝："嗯，比汽水好喝。"并说，汽水有股子怪味儿，呛嗓子眼儿，而它只管甜，温顺，的确像冰糖水。

便提来水桶，放在滴水的地方。叮咚，叮咚，两顿饭的时辰，也接不盈满。来看新奇的乡亲们就有些不耐烦，有人说，这还成，不如拿一捆炸药来，给它捅一个窟窿，水就会流得哗哗的了。众人觉得有道理，附和道，就是，就是。

翁大成推了那人一把，说："你敢，要炸就先炸你。"

"为什么？"

他说："它这样流，就有这样流的道理，你硬让它流欢畅了，兴许就不甜了。"

"谁告诉你的？"那人反问道。

"还用谁告诉，你横竖也是吃了几十年咸盐的人，一小块冰糖放在缸子里它甜，你放在大锅里试试？"

他的话，大家觉得似是而非，没头没脑，像鬼在说话，但又找不出过硬的依据反驳他，就说："贵人不吃乌食，我们没工夫陪着你，走了。"

村里人不稀罕这滴零之物，独留给他了。

水提回家里，淘米，饭香；煲汤，汤鲜。他偷偷地乐。乐归乐，并没乐颠了性子——他隐忍地享用，并不大声叫好，就像跟老婆在床上幸乎，痛快了就使劲蹬腿，可千万别喊出来，一喊出来，谁听见了都会皱眉头，觉得这家人很没意思，薄。

村里的青壮劳力都出去打工了，留下种地的，均是些老弱病残。翁大成也留下了。有人打趣道："难道你也是残疾人？"

翁大成个子矮，脑袋大，人们叫他"翁矬子"，所以他反问道："难道你忘了，我是翁矬子？"

矬，类似残疾，那个人便拱拱手："得罪，得罪。"

翁大成留下来种地，他对耿淑凤撂下的话是这样的："矿井里的那股甜水只要还流着，我哪儿也不去。"

可是到了第二年，地就不让种了。市里把京西划为生态涵养区，退耕还林。这是好事，种树给补助，还供应口粮，而且是一水儿的大米白面，有点儿天上掉馅儿饼的意思。可人工种植的山场小了些，这里的人又勤勉，种到第四个年头，人就没用了，那些荒山老岭，靠飞机撒种，人窝在屋檐下，不知是祸是福。

后来为了安置山民就业，上边给了一些护林员指标。每个护林员月工资八百，是不小的收入。但狼多肉少，不好分配，好差事，反倒成了不稳定因素。还是乡领导脑袋好使，把每个护林员指标，分摊在三个人身上，每人护林十天，得二百六十六元钱。收入虽然低微了，但大家都能摊上一份差事，皆大欢喜。翁大成与两个老妇女伙用一个指标，惹来那两个人的讥讽："你横竖是个大老爷们儿，不出去谋发展，反倒揩老娘儿们的油水，你不觉得可耻？"他笑着说："这叫怎么说的？既然天上挂着个太阳，自然要出来晒；既然天上下来雨水，自然要伸出瓢。"

护林员本来就是个悠闲的差事，而且还仅仅有十天的转悠，翁大成觉得有劲使不出来。种地的习惯，使他生出一个主意：他觉得林木间的那些空地，闲着也是闲着，不如种些什么。便扛上一柄山镐，挎上几只种袋，任性地点播一些瓜豆、玉黍、荞麦和旱萝卜之类，得一些捎带手的收成。有人报告给村长，村长训教道："你这是违法你知道不知道？"翁大成说："村长，你别扣大帽子好不好，你得看这样做合理不合理。"村长问："这哪儿写着合理？"他回答道："你也是大半辈子的庄稼人了，难道你不知道，柿子树底下要不种点黄豆，柿子都结得少？"村长自然明白，像黄豆这类庄棵，能给树存贮水分、增加养分。便笑着摆摆手："我说不过你，不过我还是劝你，你最好是别种，一旦惹起议论，小心我给你拔了。"

村长的态度，近乎一种默许，翁大成照种不怠。

过程中，一直是风平浪静，但到了秋天——收获季节，人们就议论了。村长怕村民反映到乡里去，对那些愤愤不平的人说："你们且放心，我现在就到山上去，把他翁矬子种的东西，全给球的拔了。"

到了山上，看到被树荫遮护的黄豆荚多黄豆大，玉米穗子青嫩饱满，不禁怦然心动。他毕竟是庄稼人，一见到收成，坚硬的心，立刻就温软了。那里正有只背篓，他判断翁大成就在附近，便大声喊道："翁矬子！翁矬子！"

不喊翁矬子，哪能显得出他堂堂的一村之长是带着公愤来的？

久久也喊不应人，他转换了一个念头：当茬黄豆爆炒，脆皮玉米水煮，赛过酒肉，不如弄回去，自己享受享受。

他开始替那个翁矬子收获。

当背篓上肩，满脸璀璨的时候，翁矬子从一个地方闪了出来，他嘿嘿一笑，说道："村长，你且站住。"

村长一愣，下意识地反问道："我凭什么站住？"

翁大成说："村长，我违法不假，但眼下，你跟我一样了。"

"为什么？"

"你要是一上来就把我的庄稼拔球的了，那你是在执行公务；你这样一来，性质就变了，你是在偷青。"

村长把背篓扔在一边，颓然而坐：“你有烟没有？”

“山林重地，禁止吸烟。”

村长摆摆手：“顾不了那么多了。”

他大口大口地抽烟，什么话也不说。翁大成站在他身边，讨好地笑着，目不转睛地盯着那只拿烟的手。剩烟蒂的时候，他对村长说：“你把它给我。”他把村长的烟蒂放在脚下狠狠地踩着，直到跟山上的土没有一点区别。村长气哼哼地说：“就显你精明！”

他笑笑，说：“难道你忘了，我是国家的护林员？”

村长没搭理他，背着手往山下走。

到了村口，那些等着看结果的村民问：“村长，给毬的拔了？”

村长也没搭理这些人，背着手，径直走过去了。

村民好像悟出点什么，悄悄地散了。他们不想看到背着收获下来的翁大成，觉得那太给他面子了。心里气着，却没人想着到乡里打报告，乡里乡亲的，他们做不出来。但是到了来年开春，大家都在林木间种东西。村长大骂：“一群贱人！”大家觉得村长骂得很对，却都很开心，笑得没皮没脸。庄稼人哪能让土地闲着？就像身边放倒着个女人，就得日捂。

耿淑凤的娘家是一个叫宝水的深山小村（这个地界也怪了，越是不毛之地，越是有个好名字），全村也就二十来户，五六十号人，大家透熟透熟的，一个人从远处走近，不用看脸相，只要吸吸鼻子，从气味中就能知道是谁。透熟原本是形容瓜果的，山杏熟得烂而踪上苍蝇了，就叫“透熟”。什么东西一透熟，就不新鲜，就霉变，就没意思了。所以她一懂事，就看着村里的人不顺眼。她只对陌生人感兴趣。父母生了他们四个，就她一个女崽，家里把她当作一个没用的玩意儿，一点也不在乎她。她由恨这个家到恨这里的日子，常对自己说，只要有个男人要我，我一点也不会犹豫地就跟他走，一旦走了，八抬大轿也甭想让我回来。

那年冬天雪大，翁大成下了个地套，想套只狍子。狍子果真套住了，但解套索的时候，狍子跑了。狍子的两条腿已经断了，跑得很艰难，翁大成就在后边追。追来追去，追到宝水，进了一片林子，转眼就不见了。翁大成颓然坐在地上，不停地傻笑。追了几十里的山路，他太累了，狍子已经不重要了。

一个女崽从树林里钻了出来，肩上扛着那只狍子，目中无人地往山下走。

翁大成挺身站起："你且站住，那只狍子是我的。"

女崽站住了，说："狍子身上又没写字，怎么证明是你的？"她一边说着，一边把眼神狠狠地往他脸上剜。

翁大成被剜得心里很毛糙，说："男不跟女斗，你既然稀罕，就送你了。"

"这还像个男人。"女崽沉吟片刻，笑着说，"不过，你放心，我不会白要你的东西。"

女崽笑时嘴唇很红、牙齿很白，这样好看的花朵，竟开在一张黑红脸上，让他分辨不出是丑是美。但是，作用到心里，却是一种莫名其妙的感动，便很温厚地说了一句："算了。"

女崽说："不能就算了。"

这是什么意思？翁大成愣了。

女崽说："你肯定是渴了，也肯定是饿了，到我家去吧。"

他竟驯顺地随她而去，享以水饭。

水足饭饱，就家长里短，知道她叫耿淑凤，他叫翁大成。

在村口要分手的时候，耿淑凤说："翁大成，你就这么走了？"

翁大成说："还怎么走？"

"你能不能带我一起走？"

这意外的意图，让翁大成慌了，遮掩道：“我是追狍子的，又不是拐卖人口的。”

耿淑凤干脆挡在道上：“你不撂下一句明白话，就甭想走了。”

耿淑凤比翁大成身膀还高，让翁大成眼前黑了一片。他下意识地想到，这么结实的一个女子，一定是一把过日子的好手，便说：“你也不想想，你还是个黄花大闺女，你且等一等，等我正经来接你。”

耿淑凤闪开身子：“我信你。”

耿淑凤的父母兄弟都以为她中邪了：“他一个还没三块豆腐高的矬子，哪儿值得你稀罕？”

“矬怎么了？”她说，“矬人心眼儿多，会算计，吃不了亏，没看见他的脑袋比你们都大一号？”

成家以后，耿淑凤对翁大成说：“无论我对错，你都得对我好。”

“为什么？”

“因为我是自己送上门来的。”

翁大成想了想：“行。”

他对耿淑凤果然百依百顺，弄得村里的女人们很羡慕，问他：“你为什么对老婆那么好？”

他笑笑，说：“因为她是我白捡来的。”

嗯？女人们越琢磨越糊涂，这是什么道理？

他摇摇头，心里说，凭什么让我白捡了一个媳妇？那是老天爷的意思。老天爷可比村长大，他定下来的事，慢待不得，不然的话，会天打五雷轰的。心里虽然想得很深，但从来不与人说，他觉得村里的人是蠢的，说了也白说。

由于他们很恩爱，隔一两年就弄出一个崽，人还不到而立，就已经有了三个满地跑的女儿。

按深山区的计划生育政策，生两个合法，生第三个就属于超生了。

第三个孩子一落地，他们便被村里狠狠地罚了一下子，多年辛苦攒下的一点积蓄就全交了罚款。耿淑凤掂了掂手上的空折子，笑着摇了摇头，就想往灶膛里扔。翁大成大叫一声：“孩子他妈，扔不得！”

“为什么？”

“这可是个宝贝，有它在，证明咱曾经有过钱，也征兆着咱将来一定还会有钱，且钱多得数不过来。”

“那就听你的。”耿淑凤总是信任他那大号脑袋里想出来的点子，便正正经经地用一块蓝布把折子严密地包起来，放到一个机密的地方。这一放不打紧，心里竟生出一种很怪的感觉：好像这个家庭并未穷透，还是有家底儿的。居然有些佩服自己的男人。

翁大成觉得必须担当起这种信任，他开始琢磨进钱的路数。

护林员的收入是不值得提的，林木间的那点庄棵也无济于事，便勤勉地从山上打荆条，用晚上的光景编筐、编篓。有月亮的时候，就着月色；黑严实的时候，才舍得点上那只只有十五瓦的院灯。灯光暗淡，他的眼睛总是觑乎着，耿淑凤说：“咱不在乎那点电钱，别把眼睛觑乎毁了。”他说：“孩子他妈，你不知道，人身上的物件是越用越灵光的，暗得久了，眼神儿反而会比以前还亮。”果然是的，到了后来，他不用点灯，编得也是那么准，一点儿也不走样。耿淑凤哪里知道，是因为他编得熟了，手上长了眼。

他后来又养起了柴鸡，而且一养就养了二三百只。小鸡崽一分化，有小一半是鸡公，夜里一打鸣弄出一大片声响，村里人很烦他们。他说：“让他们烦去吧，老辈子人不是说了吗，越遭烦难的人越皮实，越壮。”依山里的养殖习惯，鸡一分出公母，就得把鸡公宰了，专注地侍奉鸡婆。翁大成则不然，都悉心侍奉。他对耿淑凤说：“你知道现在城里人喜欢吃什么？喜欢吃柴鸡肉、柴鸡蛋。鸡婆的肉，老，没嚼头，只有鸡公才鲜嫩，因为它不操心，只发育它自己。”

果然有不少城里人来他这里，专门买那些会打鸣的鸡公。

还有，别人家也养柴鸡，但鸡蛋就没他家卖得好。问题出在包装上。大家都用硬纸盒装鸡蛋，而他用的是手编的篮子。荆条篮子，小巧，好看，鸡蛋吃完了，篮子可以用来买菜，城里人喜欢得不得了。村里人很生气，这城里人就是傻，他们哪里是在买鸡蛋，分明是在买篮子。

翁大成说："人家城里人会傻？真傻的是你们。"

村里人后来都纳过闷来，都来买他的篮子，他们也用篮子装鸡蛋。耿淑凤很得意，戳着翁大成的脑门儿："真有你的。"

渐渐的，那个空折子里，又写上了一行接一行的数字。

耿淑凤说："孩子他爸，你也教我编筐吧。"

翁大成一愣；"你是怎么想的？"

耿淑凤脸红了一下，说："我是觉得，咱折子上的数码，还是写得慢些。"

翁大成觉得自己的媳妇有些陌生了："你不是从来不惦记钱的事吗？"

"我也不明白，不进钱的时候，想不起钱；一进钱了，反而满脑子都是钱了。"耿淑凤说。

翁大成想了想，说："我不能教你。"

"为什么？"

翁大成笑笑，说："老辈人说过，千万别让女人爱上钱，女人一贪恋钱，谁有钱就跟谁走。"

耿淑凤脸黑了一下："你怎么总往邪处想呢？"

翁大成赶紧摆摆手："我只是开个玩笑，我是想，男人挣钱，女人花钱，这样的日子才好，倘使女人也去刨钱，即便富着，也穷。"

"你总是有理。"耿淑凤的脸子又黑了一下。不过翁大成看得出，这次是假黑，便涎笑着说："其实咱俩各有用处，横竖是不会让你闲着的。"

"那我干什么？"

"生孩子。"

"都生仨了，还生？"

"如果不生出个儿子，即便生一百个，也是白生。"

这一点，耿淑凤也是赞成的。在娘家的遭遇，是她心中的一块隐痛，生个儿子，或许就不疼了。

耿淑凤的肚子渐渐显形了。

吓了村长一跳。

"翁大成，你是狗日的。"他劈头就骂。

"你凭什么骂人？"翁大成一脸雾水。

村长说："你成心跟我过不去，想罢我的官是不？"他不想让翁大成插话，一径地说："你甭给我装糊涂，现在乡里实行一票否决，只要你弄出个多胎来，我准完。"

"完？完了好。"翁大成说道。

狗日的竟然不说人话了，村长扬起胳膊："我揍你狗日的，你信不信？"

翁大成伸过脖子："你揍吧。"

眼前这颗脑袋，奇大，奇丑，让村长的手很鄙视："你想得倒美，我不会让你得逞。"村长想，这颗大脑袋没正经主意，只要你揍了他，他会耍赖，拉家带口地跟你要吃喝，那就麻烦了。

见村长光打雷不下雨，翁大成嘻嘻一笑："真的，村长，你完了好。为什么这么说？其中自然有道理。"他接着说，"你看现在村民们都是自谋生路，你们村干部也没什么用处，老百姓心里其实是很看不起你们的。这是一。二呢，这几年你搂得不少，你清楚大家也清楚，一旦大家心气儿不顺了，准反你，一反你，就招来公检法。这意味着什么？意味着你迟早会被法办。与其被法办，坏了名声，不如让我的多胎给你弄歇球的了。你这样下了台，大家会同情你，认为你是被村民的事连累了。你看，我说你完了倒好，真不是瞎说。”

村长被气坏了，真的给了他一拳。翁大成身子一歪，倒在地上。没容他爬起来，村长已走远了。翁大成坐起身子，望着村长的身影傻笑：“村长，你这一拳打得好，说明你同意我生了。”

但是村长却有了进一步的举动，把他家的电给掐了。掐就掐吧，他也不争持，任其黑。村长觉得力度还不够，把他家的自来水也给停了。停就停吧，矿井里正有天然的冰糖水。虽然流得慢些，要节俭地吃，但一节俭，反而更甜了。

村里人因为同情，很留心耿淑凤的肚子。有人在下边议论，说翁大成想要儿子的美梦，十有八九是要落空的。为什么？耿淑凤的肚子自己在说话，它很横阔。男娃天性好动，母妇的肚子又尖又圆；女崽老实，总是横躺着。好心人劝翁大成：“你应该带耿淑凤去趟医院，照一下什么超，那玩意儿很厉害，能照出是男是女。”翁大成反问道：“它就百分之百地准？”那人说：“那我就不知道了。”“既然这样，就没必要去花那个冤枉钱。”“也没几个钱。”“不是钱的问题。”

真不是钱的问题，翁大成不想让那莫名其妙的玩意儿动摇了自己的决心。

孩子生下来，果然又是个女崽。

翁大成坐在那里，脸色铁青，一言不发。

耿淑凤窝在土炕上，似笑不笑。那个女崽生下来就识趣，不哭不闹，眼睛却总是睁着的，似乎是在向自己的父母要个说法。耿淑凤哇的一声大哭，吓了翁大成一跳。

翁大成猛地站起来，似乎要发作，却放低了嗓音说道：“哭什么哭，别把奶惊了。”

耿淑凤立刻止住了哭声。她觉得，自己有什么理由哭？再哭，就羞耻了。

“大成，你是个好男人。”她说。

翁大成摆摆手，走出屋门。

日头金灿灿的，再湿的地方，也不会有发霉的味道。他忍不住“唉”了一声，他觉得耿淑凤的那声赞美，并不怎么受用，甚至还有些阴险。

无论对错，都要对她好。谁让你答应人家了？

村长正跟村委会一帮人商议着如何处治翁大成，翁大成倒自己送上门来。他手里提着个装化肥的编织袋子，好像里边装着一种不祥之物。村长情不自禁地站了起来：“你要干什么？”

翁大成把袋子往桌子上一扔：“交罚款。”

大家面面相觑，谁也不敢动那袋子。翁大成摇摇头，把袋子里的钱倒在桌面上：“叫你们的会计点点吧。”

没人敢点。

翁大成索性蹲在桌子上，笑眯眯地自己点起来。

点钞票的声音与刀子游走在骨肉之间相仿佛，村长的身子有些难以承受，不由自主地颤抖起来：“翁大成，你说你，苦挣八拽地挣点儿钱容易吗？”

翁大成知道村长在为自己难受，心里一热，眼泪差一点就流下来，但很快就把软弱在暗下淬了一下火，很刚性了：“你废什么话，尽管收钱就是了。”

“那就对不起了。”村长叫会计把钱锁进保险柜里，给他开了发票。村长很想说几句安慰话，但话到嘴边又咽下去了。他知道翁大成的脾气，不能给隐忍的伤口上，再撒上一把盐。

翁大成走出村部，身子轻飘飘的，像要飞起来。他索性伸开双臂，作出飞翔之态，对自己说："你千万要想得开，那钱本来就不是自己的。"

他飞呀飞呀，一下子撞在路边的一棵歪脖柳树上。爬起来，接着飞，但飞翔里多了一种仇恨。恨谁哪？因为找不准仇恨的对象，所以谁都恨，又谁也不恨。飞翔到自家的院里，抄起一把窄刃的斧头，又踅回去，踅到那棵歪脖树下。一阵特殊的飞翔，把那棵树放倒了。然后摊开四肢躺在地上，放声大笑。他觉得既战胜了对手，也战胜了自己，痛快极了。

他平静地走回家，对耿淑凤说："孩子睡了没有？要是睡了，就给我拾掇两个菜，我想喝两杯。"

刚坐下身子，头顶上的灯就亮了。虽然还是白天，但亮得也很刺眼。他下意识地去拧水龙头，水哗地就蹿出来了，急迫得没有一点过渡，恬不知耻。他知道这是村长干的，干得急了一些，让翁大成觉得村长这是在存心嘲讽他，便破口大骂："狗日的村长，我日你日本姥姥！"还是日本姥姥！骂得很有历史。因为这里是抗日根据地，日本人在这里"大扫荡"，烧杀抢掠，种下了仇恨的种子。

骂声把婴儿惊醒了，在耿淑凤臂弯里啼哭不止。

翁大成伸过手去："把她给我。"

耿淑凤怕他拿孩子出气，本能地躲闪。但还是被他抢了过来，他说："自打她生下来，我还没正眼看过她呢。"

孩子到了他手上，竟一下子止了哭声，迷惑地看着他。耿淑凤怯怯地说："你可别吓唬她。"翁大成说："你尽管炒菜就是了。"

由于放心不下，耿淑凤不停地透过灶间的门缝朝这边张望。她看见，翁大成冲孩子又吐舌头又做鬼脸，逗得孩子又含糊又清晰地笑个不停。

对这个孩子，因为仇恨，所以他爱。耿淑凤不明白这一点，心里就又多了几分仓皇，菜刀忍不住在自己的手指头上切了一下。

家境越来越艰难了，许多人都劝翁大成，到金鸡台挖煤去吧，当个窑工可以挣到大钱。

他摇摇头，不去。

人家说："村里青壮劳力差不多都去了，你去了也不寒碜。"

他说："我不想当傻子。"

劝的人一愣："你这是什么意思？难道去的人都是傻子？"

他说："离傻子没差多远。"

"为什么？"

他说："现在的煤井都是个人的，就好像他在国家的煤山上支起来一口大锅，在大锅里炖肉，众人给他拾柴火，炖国家的肉。最后，他一个人把肉都捞走了，人们只能分些汤喝。还认为窑主仁义，竟然给了几滴油水，感恩戴德，黑脸白牙地傻笑。你说那挖煤的是不是傻子？所以，我死活不去挖煤，绝不给那些暴发户攒柴禾，我要活自己。"

劝的人好像明白了，面色沉重，说："不知国家明白不明白。"翁大成说："这不是咱操心的事。"

翁大成觉得，为什么废矿井里凭空就滴出来冰糖水？是告诉你，这个地界是有甜头的，只要自己再勤奋些，好日子还是有的。

护林、种植、编筐、养鸡之外，他又给自己找了一个活计，打荆棵。

既然这地界矿井多，护巷道用的荆棵是需要的，而满山遍野正长着荆棵，打就是了。荆棵重量轻，背起来的荆捆子像一座小山，而他又是一个矬子，远远看去，好像是小山自己在走。一望见有小山从梁峁上自己移动下来，耿淑凤就眼睛湿润。打下来的荆棵就堆积在路边，坐等打巷道的人自己来。为此，他在家里安了一部电话，把电话号码写在堆荆棵之处的崖面上。来人打个电话，耿淑凤抱着孩子就出来了。最好是翁大成在家，因为他一出面，人家会给个好价码——因为他矬，别人的心性就高，心性一高，竟不由自主地生出一种叫悲悯的东西。

所以翁大成对耿淑凤说：“谁要是来买荆棵，让他找我。”

够他忙活的了。

但六张嘴同时咀嚼，消化好，进项写不到折子上去，温饱而已。甚至也谈不上温饱。

到了晚上，他必须要弄几口酒喝，如果不这样，他就找不到自己了。但也不多喝，八钱儿的小杯，倒上两次，就不倒了。之所以如此节制，是因为酒喝多了之后，心情复杂，会莫名其妙地掉泪。而他一掉眼泪，耿淑凤就慌张，让他很内疚，我这是在干什么？

村长知道他过得不容易，让他申请救济。当他弄明白救济每年才发一次，名义上是让贫困户过春节时能吃上饺子、吃上肉，便不申请了。他说：“我每天都能吃上肉，干吗要申请？”他其实心里有自己的算计：人丢脸得要丢得值，要是能救济个三头五千的，自然是当仁不让的，嘁，才三头五百，就给村长那么大面子，他想得倒美。

后来农村实行低保，低保户按月能领到二百四十元钱，他觉得这是正经进项，丢一下脸是值的，便积极申请。但村委会讨论时，除村长之外的人都认为他不符合条件，又护林，又编筐，又养鸡，又打荆棵的，来钱的道儿那么多，他倒能张得开口？

没被评上低保户，翁大成再见了村委会那些人，好像不认识似的，低头走过。村委会的人喊他的名字，他阴着脸说：“你有什么资格叫我的名字？”

“怎么，你忌恨了？”

“难道我还感恩？”

“你真没存（cǔn）量[1]。”

“这不叫没存量，这叫做人就要有真性情，喜怒就是应该写在脸上。”

后来他从别人那里得到一条信息，残疾人也能享受低保。便找到村长：“村长，我是残疾人，你得给我低保。”

“你什么时候成残疾人了？”

“因为我是矬子，你没听说，矬子是二等残废？”

“去，一边凉快去，别给我在这儿捣蛋。”

原来矬子享受残疾人的美誉，却不享受残疾人的待遇，他心很灰：“怎么才能证明我是残疾人？”

村长说：“除非你弄个残疾证回来。”

他一拍大腿，站起身来，走了。

过了不久，他果然弄来一个残疾证，盖着钢印，上写着“肢残”二字。

村长愣了：“你什么时候变成肢残了？”

“难道你忘了，打煤井的时候，我闪了腰，一遇阴天就直不起腰来？”

那天他一拍大腿想到了在县里一个当干部的叔伯哥哥，便提了两瓶二锅头去找他。哥哥见老家来人了，很是热情，让嫂子备了酒菜喝酒。家常叙得好，满庭亲情，他便张口借钱，而且是个不小的数目。嫂子变了脸色，哥哥便说：“兄弟，哥刚买了商品房，手头也紧，别的忙什么都好帮，这个忙恐怕难些。”他说：“这我知道，这我知道，那么就给我办个残疾证吧。”哥面有难色：“你身体不是很好吗？”他说：“腰

[1] 京西方言，即：度量。

有毛病。”哥说：“这得医院证明。”他说：“那就请哥给开一个。”哥说：“我大小是个领导干部，怎好弄虚作假？”

“你怎么这么假正经？一个小小的残疾证，你直接给办就是了，在县委大楼里待了这么多年，连这点小事都办不了，也真是白混了。”嫂子插进话来。

哥就给办了。

村长无话可说，便给他办低保。

翁大成的低保，与别的低保户不同：别人的是依据家庭收入状况，因“低收入”是个变数，每年都要重新审核，超过标准就免了；而他的残疾证是个硬道理，一劳永逸。村委会的人愤愤不平：“这年头，当官的真他妈的腐败！”村长一拍桌子：“当官的腐败不腐败跟你他妈的有什么关系？好好当你的村干部，别他妈的给我多嘴。”

享受到低保之后，再遇到村委会的人，他乐呵呵地主动打招呼。人家不理他，他也不见怪。他们都是些什么人？都是些土包子，没见过世面，自然没有存量。他觉得自己应该学学老天爷——人一遇到不高兴的事，总是骂老天爷不睁眼，可是老天爷从来不生气，依旧把太阳照在那人的身上，依旧把雨露洒在那人的田里。

从这时起，他学会了悲天悯人。对村长说：“你吃吃喝喝大家不怪见，只要你能多给群众谋些福利。”

“你刚吃个低保，就长行市了，薄气不薄气？”

“这怎么叫薄气？这叫修渠引水。”

村长问他：“翁大成，说实话，你吃低保，心里安生不安生？”

他说：“安生。”

“你不觉得可耻？”

他笑笑：“你这叫怎么说的？我还是那句话，既然天上挂着个太阳，自然要出来晒；既然天上下来雨水，自然要伸出瓢。横竖都是天上的恩德，你和村里人又没少了什么，你生的哪门子气？”

村长沉吟片刻，说：“你说得有道理。”

村长是想，当官的是有些腐败，但他翁矬子横竖还是他的村民，又没“腐败”到别处去，是没必要想不开的。

村长此时也生出一股悲天悯人的温情，说：“你一个矬子，一下子鼓捣出四个女崽，我真为你发愁。”

翁大成说：“村长，你也别想那么多，俗话说，车到山前必有路嘛。”

一入秋，村里的人就开始存储过冬的煤。当窑工的，窑主自然能赏一点；有关系的，低价买进一些；实在没路子的，也能想出野路子——蹲在国道的拐弯处，等拉煤的车在此减速的时候，用扫把、铁耙之类从车上偷偷地往下“刮”。虽然零星，但日积月累，也足够过冬。这个举动，说是“暗夺”，其实是“明取”，因为那些大车司机心知肚明，只是他们觉得窑主的钱挣得过于容易，而且还“黑”，没资格换得他们的忠诚。车慢下来的时候，他们反而更加小心，怕“掠”了扒煤的人。他们有自己的想法，什么大，还有人的命大？

别人都在忙乎煤的事，唯独翁大成毫无动静。村长提醒他：“你也该鼓捣点煤了。”他说：“急什么，离冬天还远呢。”但到了人们开始生炉火的时候，他还是连一块煤渣都没预备。村长说：“真有你的，你怎么过冬？”他说：“山上有的是柴火。”但柴火他也不急着打，每天护林的时候，捎带手背回一捆。耿淑凤说：“孩儿他爹，这可不行，你得多预备一些，万一下了雪，不好上山了，咱们烧什么？”“下雪怕什么，它还拦得住我？”他嘻嘻笑着说，“难道你忘了你是怎么来的？不就是雪天追狍子捡来的吗？别人不知道，你还不知道，一到雪天，咱的腿脚就好。”耿淑凤说：“柴棚子堆满了柴火，日子才踏实，难道你连这点起码的老理儿都不懂？”

翁大成说："孩儿他娘，柴棚子再大，还大得过山场？一想到整个山场上的柴禾都是给咱预备的，心里就豁亮。再说，柴棚子堆满了柴火，反倒不踏实了——冬天的风是干的，容易起荒火，柴棚子就挨着咱的正房，一旦着了火，咱往哪儿躲？"

耿淑凤是个单纯的人，翁大成的一番歪理把她唬住了，好像已经看到了大火上房的样子，倒吸了一口凉气，说："能不能闭上你那张臭嘴？"

翁大成不急着去打柴，却很用心地翻修了家里的土炕。

土炕的核心点在于火道。传统的火道是迂曲的，便于蓄热，但热得慢，烧得时间长。他把火道调直了，一会儿的工夫就通体皆热，但也有不足，即热得快，凉得也快。矬子就是心眼多，翁大成在土炕上铺了一层厚厚的绵绵土。这种土，性绵密，吸热好，一旦热起来，有持久的温暖，就像藕断丝连的男女，嘴上已说冷了，但心里还热着。绵绵土，细小而轻，风起的时候，最先被吹起，所以又叫"风梢儿土"。梢儿，树梢儿、草梢儿，喻尖小的顶部，轻飘飘的，似有似无。所以，得到这种土，不能用利器"铲"，而是要用笤帚，轻轻地"扫"。

可以想见，要"扫"得一土炕的绵绵土，需要下多大的功夫！

翁大成有个寡母，曾生育过五个孩子。前四个，都比翁大成高挑，但都没有留住，到了他这里，一个矬子，竟很皮实地活下来。母亲说："命该如此。"这也包括对死去的丈夫。丈夫是个很精壮的汉子，总是乐呵呵的，从来不知道发愁，这样的人是应该有天命的，却在洗澡时一个猛子扎下去，扎到滋泥里，憋死了。凭空就经历了这么多的打击，母亲反倒很乐观了，她不跟这个末生儿子要好日子，说："你也甭过意不去，只要能给我一口饭吃，饿不死就行。"

听口气，翁大成知道，母亲不认可他这个儿子，对他没什么期待。

都七十多岁的人了，老人家还单独另过，她说，与儿子、儿媳一起，习性不符，自然会磕磕绊绊，失去和气。翁大成觉得老人家讲的有道理，顺从就是了。但冬天不生煤火，别人便跟老人咬耳朵：“你这个儿子，是不是有些不孝顺？”老人一笑，反问道：“他自己笼火了吗？”

每天晚上，翁大成都过来给母亲烧炕，而且还给她焐被窝，整个冬天，一天都没间断过。母亲说：“大成，难为你了。”他摇摇头：“妈，你别寒碜我好不好？”

离开母亲的房间，他忍不住掉泪，心里说：“不是儿子不给你笼火，是儿子没有多余的钱。”

这年春节，乡里搞十大孝子、十大好儿媳、十大和睦家庭评比，翁大成居然被评上了十大孝子。村长让他到乡里去参加表彰会，他问道：“发奖金不？”村长说：“只是荣誉。”他说：“那我就不去了。”村长很生气：“你怎么只认得钱？”他说：“废话，你没看到我连煤都买不起？”村长说：“这我不管，你必须去，这牵扯着村里的荣誉。”

在表彰会上，乡长动情地讲“十大”的事迹，讲到翁大成时，翁大成面红耳赤，把头深深地扎进膝盖，心里嘀咕：“这说的是我吗？”

从台上领回奖状，他顺手就扔给了村长。他对这份荣誉颇不以为然，是搂草打兔子，捎带手得来的，不属于自己。回到家里，他看见母亲就低头，再给她焐炕的时候，身上像长了虱子，到处都痒。他觉得对不起母亲，没头没脑地说了一句：“妈，明年儿子一定给你笼煤火。”

第二年，他很早就张罗煤的事。村长说：“你是被冻怕了。”翁大成笑笑，说：“你说得对，就是冻怕了。”他不想做过多的解释，他觉得，心里的牵挂只能搁在心里，一说出来，就有些显摆（近乎眼下的一个时髦词：作秀），就成了样子。鞋样子有用，可以比照着做鞋；人样子有什么用？虚。

他鼓捣煤其实是很容易的，他有成堆的荆棵，可以对换，而且还能让拉荆棵的车给捎过来。

煤刚堆进庭院里，村长就来了，他看着煤堆坏笑。翁大成以为他在嘲笑自己，说："你这个村长当得可不怎么地，总是管不该管的事。"村长告诉他，他管的正是自己该管的事，村委会决定，今年村里给低保户每家都送一车煤，自然不会少你的那一份。翁大成愣了："狗日的，你怎么不早说？"村长反问道："我凭什么要早说？"翁大成摇摇头："你只会做锦上添花的事，不招人待见，没人会念你的好，我就更不会。"村长说："就你们这一群狼心狗肺的，我从来就没指望你们会说好。"

村长踹了翁大成的煤堆一脚："看来，你今年的煤是淤了（富余了），火别烧得太旺，小心烤死你。"

出人意料的，到了冬天，翁大成依旧烧他的土炕，只是给他的老妈生了一只铸铁的煤火炉子。这种炉子省煤。这个烧法，他庭院里的煤，少说也得烧个三年五载。

村长专门到他家里来了一趟，质问他为什么不烧煤火，并且说："你的做法是有问题的，你是纯粹为我脸上抹黑，破坏我的'温暖工程'。"翁大成笑着说："村长你千万别扣大帽子，你给不给煤是你的事，烧不烧煤是我的事，再说，我不烧煤心里温暖，烧了，心里反倒不温暖了。"

"你是舍命不舍财。"村长生气地说。

"也不是，"翁大成解释说，"我寻思这煤烧完了还得买，太浪费，太费事。"

"这粮食也是吃完了还要买的，难道你就不吃粮食？"

"这是两码事，"翁大成说，"这人只有被饿死的，没有被冻死的。"

"既然是这样，明年再搞温暖工程，你的那一份煤就不给了。"

“你敢！”翁大成笑着说，“只要我冻不死，就去告你。”

这个生活节俭的村子，在有些方面是很大方的，甚至近乎铺张。比如婚丧嫁娶。

就说丧葬。

人死了，要设祭台、搭凉棚，居停三天。本村的人自然都要悉数请到，还要通知上三村、下三村的亲朋好友。事主要去扯成匹成捆的清布、白布，一有人来，根据来人与逝者的关系远近，要给人家挂帐子、缝孝袍子，至少要有一顶孝帽子、一块孝箍子。布匹的数量老（大）了去了，以至于兜了远近店铺的仓底。还要备下烧纸、香烛，还要糊纸活。纸活包括传统的纸驴、纸马、纸店铺，还有现在的彩电、冰箱、洗衣机、汽车和楼房，即便是这个人生前没见过（更甭说享用）也要给他备下。这里的人信神鬼，因为人一旦死了，就成精了，开了天眼，无所不知，无所不晓，是糊弄不得的。谁有不恭，早晚得“撞克”。所谓撞克，就是好好的一个人突然就浑身抽搐，脸色土灰、牙关紧咬、口吐白沫，以死人的口吻胡言乱语。人们确信，这个人得罪了凉棚里躺着的那一个，被阴魂附体了。所以，这里的人以死者为大，即便是与他生前素有恩怨，也要一释前嫌，以感恩的心数和足够的真诚侍奉他。

要唱三天的大戏，要开三天的大宴。

远近的人前来吊唁，都出一份“份子”，都被留下就席。因为收入水平所限，“份子”的数目一般都很小，二三十块钱的样子。然而要在这里大吃大喝三天。亲属招待来人、磕头作揖，还要哭给来人看，悲、累，逝者入土为安了，他的遗属已脱了三层皮。整个丧葬过程，是别人的节日，是丧家的劫难。

出殡的时候，长子捧灵牌，末子抱“骚罐子”。“骚罐子”在平时只是普通的用来煎中药、渍酸菜、盛稀饭的砂陶盆罐，这时已成了灵器。陶罐放在村口，抬棺椁的、送葬的要在陶罐里烧冥纸，然后再从上边跨过去。是借助火，把阴魂与生人隔断，意在是神的归庙，是鬼的归坟，是人的归舍，相安无事，互不叨扰。

烧过冥纸的“骚罐子”，要抱到坟墓上去，下葬的整个过程，它是不能沾地的。待棺材入穴，墓丘拱起，主事的向抱罐子的使个眼色，咔地就摔在坟头。摔的力气要大，要一次摔碎，让阴魂迅速洇进新土，别让它跑了。有人曾问主事的，既然这样，最保险的，是把“骚罐子”埋进坟墓，为什么不埋呢？主事的说，自古如此，你别问我。

有意思的是，活着的人都傍山而居，把房子建在山环儿里，祖坟却辟在山顶上。山顶上是一块平地，周遭贫瘠，就那一处肥沃。虽然是山顶，背后还有更高更远的山；倒是往前望时，是一条迤逦的山川，能通到外边去。祖坟是家族的风水，这个地界，后有靠山，前有出路，能发旺，都觉得好。

但山路陡峭，把棺材弄到坟地去，难矣。

一具渺小的棺木，要找十六个杠夫，一百零八个纤夫，四条百米长的荨麻大绳。杠夫均是村里的精壮汉子，纤夫几乎囊括了村里所有腿脚好的人。把棺材抬起，需要八个杠夫（前四，后四），曰“抬重的”；其余八个是替补，曰“倒肩的”。从村口抬到山脚，很轻松，拉纤的人随着走，嘻嘻哈哈。到了山脚下，“大了”（主事的）大喊一声：“长眼！”拉纤的人蜂拥而上，先爬上山腰，各自找准了脚窝，等下边的号令。

“大了”定一定神，严肃地问：“长眼了？”

拉纤的群吼：“长了！”

“大了”喊：“长腿！”

八个杠夫便挺挺腰板，稳稳肩膀。

接着问：“长腿了？”

八个人齐应："长了！"

"大了"便干咳两声，开始喊号子。无非是一二三，但喊出来却是这样："一、二——顺！"

"顺"字出口，纤绳抖擞，棺木游走，上了一个坡坎，等下一个号令。

直上直下的山路，抬重的人，是蹬不上劲的，他们的两条腿，权作支点，机械地听凭纤绳的拉动。但这样的腿，必须刚劲，不可弯曲，一旦打了软腿，就像行进的车辆突然爆胎，叫天都来不及了。

"一、二——顺！"再往上"顺"一下。

这个"顺"字用得好！百十号人拉一条纤绳，如果不能同时发力，绳子就弯曲了，力就分散了，就不能给后边的棺木以有效的牵引。顺，力量凝聚，都沿着同一个方向。同时，顺，还有从容沉着、循序渐进、不毛躁、不冒进、不出岔子、走得顺当的意思。

就翁大成的那个身量，他只能做拉纤的角色。精壮的汉子就笑话他："你妈怎么生的你，连个杠夫都当不成，你这辈子算是完了。"

翁大成说："寸有所长，尺有所短，其实把棺材支吾到坟地去，还不是靠我们拉纤的，是我们的绳子顺上去的。"

"话可不能这么说，没我们给你们撑着，还不把棺木拉散了，我们都有功劳。"

"你到底是个实在人，说了一句人话。"

他觉得管他们这些人叫"拉纤的"不如叫"顺绳的"好。棺材又不是搁浅的船，纤，究竟是不妥帖的。顺绳，顺生，他突然产生了这样的联想。嘻嘻，把死者顺利安葬，让他早日转生就是了。

但是，翁大成每顺一次绳，就皴厚一层阴郁。他觉得这种葬法有些不妥，厚待死者，而漠视生者。那么大的一个阵势，那么大的一笔开销，抖净了家底儿，增添了债务，这是哪儿的道理？

农村人富裕起来不容易，即便是富了，也是经不起磕碰的富。怕病，因病返贫的例子像羊拉屎似的，一片一片的。也怕婚丧嫁娶，因大操大办返贫的，也像野蜂的巢窠，一个窟窿挨着一个窟窿。他曾对村长建议道："咱村里丧葬的老理儿该改一改了。"村长说："怎么改？"他说："你是村长，自然有办法改。"村长反问道："你不觉得我管得太多了？"

村里有一个风俗，人一进五十岁，家里就要给他预备一副材（棺材）。这是一颗定心丸，是让老人放心，他的后人是孝顺的，一定会为其养老送终。棺材一般就放在院门的拱洞里，人进人出，随时都能跟它打个照面。城里人就怕进山里人的庭院，一迈进门槛，暗红的一副棺材就赫然地出现在眼前，让人的心直发毛。

其实山里人这样做，与其说是尊老理，尽孝道，不如说更看重物件本身征兆出的一个寓意——材，谐"财"。棺材放在那里，近乎放了一尊财神，能招财进宝。人们每年都要给棺材髹一遍漆。漆越厚，家底就越厚嘛。

翁大成自然也给母亲预备了一副。

他不是贪"财"，随俗而已。

关于髹漆，翁大成岂止一年髹一次，他随时都髹。

母亲觉得儿子心里有她，所以，日子过得再紧巴，老人也从来没有抱怨过。起初，耿淑凤也这样认为，后来她发现，这里有别的因由。

遇到难事、愁事，别的男人会找亲戚朋友诉说一番，发泄一下，且讨个主意，一切就化解了。翁大成谁也不找，他独自承受。实在难以承受的时候，年纪轻一些的时候，他会喊山，跳吼，或抡起斧子乱砍一下树棵，比如交超生罚款那次。但现在已不年轻了，他觉得行走坐卧得庄重一些，就给棺材髹漆。

髹漆的声音不是惯常的——唰唰，唰唰，唰唰唰，而是嚓嚓，嚓嚓，嚓嚓嚓，像用钢锉锉地狱的铁栅栏。为什么？漆太厚了。

髹到一个时候，他对自己说："横竖都是一个死，没什么大不了的！"

这意味着，他已经想开了。

都说翁大成有一副好脾气，对老婆孩子从不使气弄狠，你们哪里知道，他是髹出来的。耿淑凤心里说，遇到这样的男人，即便是沉重着，也不能叹息，只能温顺些，再温顺些。

那天，他给村长的母亲出殡回来，一进门就大声地喊："耿淑凤，你把油漆刷子放哪儿了？"

耿淑凤一愣，今天的日子，犯愁难的该是村长又不是你，你髹的哪门子漆。但还是温顺地说："我这就去给你找。"

这一次，他髹的时间特别长，从日上中天，到日落西山，直到跌坐在地上，连自己爬起来的力气都没有了。

耿淑凤怯怯地把他搀起来，壮着胆子问："谁让咱憋屈了？"

翁大成恨恨地说："耿淑凤，你且记住，这副棺材咱不用了。"

"不用谁用？"

"送给狗日的村长。"

原来给村长的母亲出殡的时候，在山路的最陡处，一个抬重的汉子打了软腿，带得其他杠夫也脚下失据，整个棺木就滚落了，砸到最后的一个人身上，两条腿杆子立刻就断了。

村里又多了一个残疾人。

顺绳？顺生？词儿用得再好听，有个屁用！好像残在自己身上一样，翁大成愤愤地对村长说："嘿嘿，我说什么来着。"

"翁矬子，哪个老娘儿们的裤裆没系紧，漏出个你！"懊丧的村长已容不得这样的口气，说了一句重话。

翁大成也容不得这样的口气，说："人都被你弄残了，你还有理？"

“人残了有什么大不了的，我养着就是了。”

“嘁，你是村长自然养得起，要是别家也出了这样的事体，怎么养？”

“养不起的，我都养着。”

“你以为你是谁？村长也占不了多大的一爿地界，不过蛇蚤大的一介小官儿而已。”

蛇蚤，跳蚤也。

村长被激怒了，给了他一个耳光。

翁大成扑上去，要跟村长拼命，让众人拦住了。大家说：“翁大成，这就是你的不对了，村长死了娘亲，自然心里难受，又出了这样的事，自然心里就更难受，你却在这时候闹各色，你的心是不是肉长的？”

一腔义愤，反倒沦为不仁，翁大成糊涂了，膨大起来的身姿，就又矬下去了。

这年的冬天特别冷，窗台上晾晒的柿子，都冻透了。

耿淑凤建议，家里也该生一下煤火，人的身体到底不是柿子，是冻不起的。翁大成笑笑，说：“那就多烧一遍柴吧。”

火炕在半夜里凉了，他悄悄地爬起来，再烧一遍柴火。

天天如此。

耿淑凤小声地嘟囔了一句：“这是何苦呢？”

翁大成给她掖掖被角，说：“我命该如此。”

四个女崽拱在一条棉被下，她们虽然一声不吭，却也醒着，默默地听灶膛里的火噼啪得壮旺。

她们觉得，这个父亲，虽然吝啬，虽然不给她们生煤火，但心里是爱她们的。她们懂事，不抱怨，竟感觉不到冬夜的冷。

她们都上学了，学习都很好。不是因为她们聪明，而是学得刻苦。

她们的父亲对她们说过，家里越穷，越要念书，而且还一定要念好。为什么？又穷又好，别人会尊重咱，会怜惜咱。

这是哪儿的道理？因为闹不懂，听就是了。

大闺女上高中了，除了寒暑假不得不窝在家里，平时要宿在学校。开销就大，她总是穿母亲穿剩下的旧衣，春夏秋三季，都是光脚穿鞋。但不仅学习好，还出落得一天比一天有人样。班主任老师是个女的，年龄与耿淑凤相仿，对这个又穷又漂亮的学生是又怜又喜，对她说：“给我当干闺女吧，你今后的一切，我包了。”

孩子被吓坏了，专程回了一次家，把事情说与父母。翁大成哈哈大笑，说：“闺女，你还犹豫个什么，回去以后，赶紧叫她妈。”

闺女说：“我有尊严，不愿被人可怜。”

“闺女，这你就错了。”翁大成说，“人家那是好心，好心是比金子还贵重的东西，你要捧起来才对。你且记住，咱们是正经人家，既不亏天地，更不能亏心。”

闺女想了想，似乎懂了，抿一抿嘴：“好。”

大闺女在学校里顺风顺水，不再用家里操心，而且上大学的前景是在手心里攥着的，翁大成很自得，对耿淑凤说：“你看见没，你丈夫是有道理的。”

耿淑凤说：“你是歪打正着。”

翁大成还有一处与众不同的地方，即日子掐算得再紧，他也要女崽们吃得饱。

逢年过节，鸡鸭鱼肉，预备充足；寻常时日，饭桌上也不寒酸。他让孩子们尽情吃喝。所以，四个女崽的饭量都特别大，一般的汉子，都吃不过她们。别人家的晚饭都是稀饭，横竖是躺在床上，吃得再好，也是浪费的。他不这么想。他想，人躺在床上，身上别处都歇了，不歇的，就只有胃口，人要顺从胃口。一到晚上，他就让耿淑凤给女崽们蒸馒头。她们不叫馒头，叫包子，因为圆大，高挺，蒸熟了之后，顶部会绽开，称之为开花包子。

一蒸就蒸两屉。

笼屉一掀开，女崽们会情不自禁地叫出声来。因为这么多这么大的开花包子，足够她们享用的，她们心胸开阔了。

捧着热包子，女崽们唇红齿白，脸相烂漫，翁大成觉得自己是个合格的父亲。

为什么？他想，人一落地，就开始吃苦；人一懂事，就为苦发愁。只有在吃东西的时候，才会把一切愁苦都忘在脑后。让女崽们尽情地吃喝，才能感受到活着是快乐的。

一个矬子，操持的是这样卑微的家庭，你还能给她们什么？

她们低贱着也快乐着，因为她们吃饱了。

他觉得自己也是个好儿子。

柿子刚晒下的时候是涩的，一冻过了就又酥又甜。母亲最爱吃冻柿子，年轻的时候，能一气啃三四个冻柿子。现在牙快掉光了，可一见到冻柿子，好像还有着满口的好牙，情不自禁地磨牙床子。翁大成把冻柿子切成薄片，放到不锈钢盘子里送到她的面前。老人围着热火炉，吮咂冻柿子，笑吟吟地说："大成，我该死了。"

"妈，你这是怎么说话呢？"

"妈说的是好话，妈活得美。"

几乎是谶语。火炉子熄了，遍地狗尾巴花儿开的时候，母亲在睡梦中就殁了。

老人家安详地躺在土炕的中央，面色红润，穿戴整齐，身体舒展。

这让翁大成连连吃惊。这一惊，母亲的衣着是她自己穿戴上的，而且是生前自己给自己缝制的寿衣。这二惊，母亲年轻时累损了腰腿，身子始终是躺不平的，可这时，竟平了。

人说，内心愉悦、寿终正寝的人都知道自己什么时候上路，而且走得情愿，没有恶相，翁大成信了。

奇怪的，他没有悲伤，有的是对母亲的感激，母亲究竟是认可了他这个儿子。

翁大成没有给母亲搭灵棚，而是就让老人家在炕上舒展地躺着。

街坊邻居来吊唁，一家人照应得周至，不仅听不到他们的一声哭音，而且还面带微笑。

街坊邻居惊愕、困惑，这是在办丧事吗？

耿淑凤和女崽们自然是哭的，是翁大成不叫她们哭。他说："咱妈说了，她活着的时候没受罪，便走得很好，应该高兴才是，千万别哭哭哀哀的。咱是孝顺儿女，得听她的话。"

耿淑凤说："那街坊邻居怎么看？"

"他们怎么看跟咱有什么关系，咱只听妈的。"翁大成说。

村长也来了。来了之后，给老人跪下，像模像样地磕了四个头（人三鬼四嘛）。

翁大成什么也没说，只是冲着村长笑。

村长说："你笑什么？"

翁大成说："我以为你不会来了。"

村长说："我堂堂的一村之长，跟你一个矬子置什么气。"

村长问翁大成什么时候出殡，他好发动一下群众，因为这矬子虽然脑袋大、点子多，但究竟是个说话不占分量的小人物，抬重的、拉纤的那上百号人，他召集不来。

翁大成说："不用了。"

村长说："你别有什么顾虑，你既不是大款，也不是横主（恶人），村里人不会跟你计较。"

翁大成说："我计较我自己。"

“为什么？”

“我是个独子，抱得了灵牌就摔不了骚罐子，那么大场面我支撑不开。”

“我给你派人，就当是我死了娘亲。”

翁大成心里热了一下，但还是摇摇头，说：“村长，你要是真想帮我，就给我弄部车子。”

“干什么？”

“去火葬场。”

村长吓了一跳，急切地讲了一番忤逆、不孝的道理。

翁大成平静地说：“俗话说，死人的坟茔，活人的眼目——之所以弄那么大的丧葬场面，是活人给活人看的，让人们看见一个‘孝’字。老人家活着的时候，你说我做得怎么样？撑得起一个‘孝’字。活着不孝，死了大闹，不过是草驴放屁，光有响动，没有味道。再说，我大操大办，乡邻破费，我更破费，弄得清贫挂债，老人家地下不忍；一副棺木，惊扰百人，步履闪失，伤及活人，反倒失了仁义，老人家会死不瞑目。所以，我这样做，老人家是不会怪罪的。而且，对活人的怜惜，正是对逝者的敬重，老人家是个明白人，她会在地下笑。所以，我这不叫忤逆，叫顺势，听从老天爷的点化。什么点化？你老妈的棺木不是滚了坡了吗，这就是点化。”

村长说：“你这是在打我的脸。”

“你想歪了。”翁大成说，“我这是拿你做镜子，说真的，还真应该感谢你。”

从火葬场回来，翁大成抱着个骨灰盒子，很轻巧地攀上山岭，葬入坟地。

骨灰盒虽小，堆的坟茔却很大。因为周边的坟茔都是大的，不能被它们欺哄了。翁大成长久地伏地而拜，说道：“妈，得罪了。”

话音未落，响晴的天，立刻就阴了，竟下起了毛毛细雨。

翁大成对一边的村长说：“真是天意，老天都帮我流泪了。”

村长脸色阴沉，什么话也没说。

到了晚上，村长带着村委会的干部去慰问他，给他撂下一千块钱。村长说：“你翁大成横竖是开了风气的，这是对你的奖励。”翁大成执着地把钱退给村长，说：“你这是别有用心，让街坊邻居骂我。”

村长说：“你要是不收的话，让我总觉得欠你点什么。”

翁大成说：“那你就欠着。”

第二天晚上村长又来了，屁股刚一挨到板凳上（他心里同时骂了一句：真妈的抠，最不济的主儿都觍脸子坐沙发了，你兜里好歹是有俩钱儿的，竟还是硬木板凳），就说道：“我今天是为你二闺女来的。”

翁大成本来是坐在板凳上的，听了这话，竟颠起屁股蹲在板凳上。这是在表示惊讶：“我二闺女怎么了？”

村长说：“你二闺女上初三了是不是？她在年级里总是排第一是不是？她连年都是三好生是不是？甭总是的是的，这就是你的造化。也真邪性了，就你这个德行，养的女崽竟都这么有出息，所以累死你个狗日的也没处叫屈（翁大成插话道：‘我叫过屈吗？’）。你别插话。知道你没叫过屈，你这个人像条柴狗，因为没人心疼，踢你两脚，你也不会哼哼。说你耿直是高抬你了，你其实是没皮没脸（插话：‘我那叫皮实’）。你耐心地听着好不好？还甭说，你的这一点，别人都看不上，我竟在心里高看你几眼，你说我是不是也有点贱？我嫉妒你的造化，所以我来表示一点姿态。什么姿态？村里给你二闺女奖学金，供养她上完大学，你看怎么样？”

翁大成马上说：“既然这样，我看成。”

“唉，翁大成，这次你怎么答应得这么痛快？”

“我还不知道你那点心思，你是不想欠我的，赶紧把我打发了，你好心里妥帖，好接着高高在上，我得让你得逞。”

听了这话，村长也颠起屁股，蹲在板凳上：“你以为我单冲你？不过是从你二闺女开始而已。今后，村里哪家的孩子有了出息，我照样给，这是制度，你懂不懂？”

“应该懂吧。”翁大成心里想，这挺好，总比村里的钱让你们吃了喝了好。

“你懂个屁！”

翁大成哆嗦了一下，顺势站起身来：“村长，我去给你沏点儿茶。”

村长说：“你早该沏了。”

“制度？”翁大成一边沏茶一边嘟囔着，琢磨出点味道：这个词儿，是只有村长配说的，所以，他究竟是高贵的。由于觉得自己低微，心里多了一种温厚的东西，悄悄地给村长的杯里放了两块冰糖。

有一天晚上，两个人圪蹴在被窝里，肉挨肉的温暖让翁大成直想幸乎一下。耿淑凤却把伸过来的那只手不客气地挡了回去。竟语调庄肃地说：“翁大成，我要跟你谈一谈。”

翁大成嘻嘻一笑：“都谈了大半辈子了，却好像没谈过似的，发什么神经。”

耿淑凤说：“你严肃点儿，我要正经地谈。”

耿淑凤说：“孩子我给你养大了，老人我也帮你送终了，我也该做一回我自己了。”翁大成说：“这就怪了，你不一直就做着自己吗，怎么突然就不着三不着两了？”耿淑凤说：“以前一切都顺从你，总是压着性子当配的儿（配角），我不想这样了。”翁大成说：“你想怎么样？”耿淑凤说：“我不想再窝在家里当家庭妇女了，当家庭妇女的感觉不好，好像女的就是不如男的，跟物件儿似的。”翁大成说：“你这叫无事生非，倒让我觉得是我把你宠惯坏了。”耿淑凤在被窝里踢了他一脚：“翁大成，你要知道，我耿淑凤也是有脾气的，不然也不会让你从宝水白捡回来。”翁大成说：“这倒也是，不过你能干什么？”耿淑凤说：“你能干的我都能干，你不能干的我也能干。”翁大成也在被窝里踢了耿淑凤一脚：“你能干我也不让你干，你就老老实实地给我待在家里吧，这样的日子我过惯了。”

“我恨这样的日子！”耿淑凤猛地坐了起来，说，“翁大成，你总是拿自己的心思（意志）支配别人，从来不知道别人也是人，也有自己的心思。”

翁大成心里咯噔了一下。看来，这个女人是动真格的了，要想让这个家庭顺风顺水，还真得换个位置，不得不学会一种本事：顺从。

他在微光里打量起这个女人，这个突然变得有些陌生的女人。

一打量不打紧，他心头大动。

耿淑凤虽然已是四个快成年孩子的母亲了，但她的肩胛还是那么平滑舒展，两个胸乳，还是那么茁健挺拔，如果上手敲一敲，肯定会发出铲子磕碰在锅沿上的那种好听的声音。这是我的女人吗？

从来没这么上眼瞧过，原来自己还有这么一块好田产，嘻嘻，是得给她好肥、好水、好侍奉才是哩。以往的顺从看来是对的，今后的时日，倘不顺从，是没有道理的。

“得得，你还真生气了，我不是怕你累着嘛。”翁大成赶紧软下来，“既然你有想法，由着你就是了。”

“这还差不多。”耿淑凤又躺平了身子，且把男人的手拉到自己的小腹上，意思是说，你不是想幸乎吗，现在可以了。

翁大成却没了心思，他迫切地想知道耿淑凤究竟怎么做她自己。便说：“我现在倒是很想跟你正经谈谈。”

“谈。”

翁大成说：“往细处想，你不想当家庭妇女或许是件好事。你看看我，狗揽八泡屎，编筐、养畜、种地、打荆棵，还当护林员，事都让我干了，你是该替我分担一下了，省得累死的累死，闲死的闲死，闲死的还不买账，还说闲得窝屈（插话：‘谁闲了，女崽们都是谁养大的？哼！’），知道知道，我这不是打比方吗。这么着吧，要不我把护林员的差事摘给你？不干？那么，就去打荆棵？也不干？那么就把家庭鸡场交给你？还不干？你说什么？是我干过的差事你都不干，那你究竟想干什么？做生意，卖菜？”

一听到耿淑凤说要做倒腾菜的买卖，翁大成也倏地坐了起来，在她的额头上摸了摸：“你是不是癔症了？”

“我清楚着呢。”耿淑凤说，“孩子他爸，你看，你揽了那么多活路，一天介不拾闲，也没见咱们富了（‘不是孩子多吗。’），你说得不错，是因为孩子多。但给我的感觉，咱是为活着而活着，而且只是为自己活着。睡不着一想，真没多大意思。为什么想到卖菜？道理就在那里摆着：咱村子偏僻，出去买菜很不方便，基本是吃自己种的瓜菜，一到冬仨月，就是腌咸菜、渍酸菜。听喇叭里说，老吃咸菜，血压高，老吃酸菜能致癌。咱要是做倒腾菜的买卖，既能多挣些钱，也能让老乡亲们一年到头都能吃上新鲜蔬菜；既能活好自己，也能帮别人活，这就有意思了。”

“耿淑凤，你这个人还真有点意思。”翁大成情不自禁地在女人的胸乳上摸了一把，“不过，咱又没有冰窖，趸来的菜要是一时半会儿出不了手，还不搁坏了。”

“这好办，咱有现成的冰窖。”

“在哪儿？”

“矿井。”

“我的球，真是有你的！”翁大成想起来了，那个废弃的矿井，在天热的时候，的确是洇着满筒子的凉气，待得久了，一走出来就打喷嚏。“我就说嘛，这矿井不能白打了，既是咱的汽水瓶子，又是咱的天然菜窖，是老天给咱预备下的。”

“就你会说。”

“看来，还是让你做自己好。”

男人兴奋，女人愉悦，自然而然地幸乎了一回。有从来未有过的快感，酣畅中还有一股温厚的东西。他想喊出来，但还是隐忍了。

第二天两口子就去找村长。

村长听罢，眼神凝聚在翁大成的大脑袋上，问：“又是你的鬼点子吧？”

翁大成把眼神凝聚在耿淑凤身上：“这回是淑凤琢磨的。”

“既然是淑凤的主意，那我就支持。”村长说。

耿淑凤很受用，脸子一红，说：“叔，瞧你说的。”

按辈分，翁大成应该管村长叫叔，可是他从来没叫过，他是觉得，跟当官的，不能表现得那么亲热。耿淑凤的这一声叔，也让村长很受用，便说：“要是想干，就正经地干起来，先去领个执照，别做非法小商贩，让城管追得咱跟浪鸭子似的。而且眼界要宽些，别只是盯着咱村这么一小块破地界，要把上下连三村都撵上去，这样，买卖就做大了。”

耿淑凤说：“叔，还是你想得周到。”

村长来劲了，接着说：“倒腾菜，得有部车子，这样吧，村里借你点款，到涿州弄台三蹦子（农用三轮车）。不过，翁大成你先别美，这也算是一桩大买卖，光靠淑凤她一个人恐怕不成，所以你也得上手。”

“这自然。”翁大成说。

“翁大成，既然是这样，护林员的差事你得交出来，你整天跑买卖，哪有工夫给我看山。”

翁大成没有立刻答应，只是嘿嘿地笑。

村长瞪了他一眼：“你什么意思？”

翁大成说：“我不是不想交出来，而是舍不得那大好山林。”

村长说：“翁大成你真是闲扯淡，你以为你是谁，在这个村子，只有一个人配这么说，那就是我。”

翁大成看了耿淑凤一眼，悻悻地说：“那就交吧。”

村长哈哈大笑：“翁大成，这一次，你失算了吧，你到底不是村长。”

翁大成哼了一声：“你这也是闲扯淡，这叫人算不如天算，活该如此。”

他是在说，我是因为“顺从”耿淑凤才这样的，跟算计无关。

两口子的买卖顺利地做下去了，因为脉号得准，这里的人需要。

三蹦子自然是翁大成开的。因为他矬，头脸陷得深，车子走过来，从远处开上去，像无人驾驶似的。人们打趣道：“也怪了，这车子怎么自己会走？”

翁大成对耿淑凤说：“我上了你的当，跟你出来，好像就是为了展示我的缺陷，上下连三村，都知道有个翁矬子。”

“那你还不成人物了。”耿淑凤笑着说。

三蹦子进进出出，见的人多，知道的事多，耿淑凤心里敞亮，对这个小个子男人有了新的感觉：以前是不得不跟着他，因为有个男人才有日子；现在不同了，明明就摽在一起，也好像没摽一样，刚一见不到他的身影，魂儿就抖一下，喊：“大成，你在哪儿？”

她爱这个男人。

翁大成能够感受到她的爱情，虽然荆棵也顾不上打了，筐篮也没时间编了，鸡场也索性停办了，大有一棵树上吊死的飘摇，但他心里一点也不恓惶，乐观，知足。他觉得耿淑凤给了他一桩可靠的买卖，即便发不了大财，但终究是细水长流的营生，因为人只要活着，就得吃菜。他是人们的菜篮子嘛。

这个可靠的营生，给了他一份从容。

晚上回到家里，饮过两杯小酒，就躺在炕上看电视。他懒洋洋地躺在媳妇的大腿上，如困倦的小猫，温顺极了。他的眼睛似睁似合，好像并不关心电视里演的是什么。虽然小女儿还跟他们住在一起，他了无顾忌，好像他这个爹就应该这样。

耿淑凤也任他懒。因为她听说，男人一懒，心思不远，会一心一意地护拥自己的家庭。

其实男人还是有多余的心思的。

比如他到城镇里趸菜的时候，能看到许多别的女人。这些女人穿各色各样的裙子，穿各色各样的丝袜子，他觉得真是美，眼睛忍不住飘移，心里也有些慌，也垂涎一阵子。便自作主张给媳妇买了裙子和袜子，逼着她穿。媳妇说："我一个卖菜的，乘上车下，风里雨里，不宜穿，也不方便。"死活不给他穿。便回到家里，让她在炕上穿。媳妇一穿上那玩意儿，他就比往日兴奋许多，事情操持得也多。到了后来，不用媳妇推辞，他自己就收心了。自然有因疲累而影响第二天的生意的原因，但还是因为自己的心境：媳妇一那样穿戴，他就把自家女人当成别家女人了，好像是在跟别的女人睡一样，他觉得可耻，不正经。我翁大成是那样的人吗？

心里不安定的事，就别做了，耿淑凤她爱怎么穿就怎么穿吧。

京西山里有唱山梆子的风气，当村也不例外。正月里"闹红火"，阴历八月十五"鬼打灯"，二月二"酬龙日"，五当五"粽子节"，是节就唱，有庙会就吼。即便穷着，也唱，叫"喊穷气"，嗓子一亮开，就把穷愁晦气"吓"走了。

在以前，翁大成从来不凑这个热闹，因为没心气儿，也是因为没他的戏份儿，又矬又丑，轮不上个好角儿。

现在不同了，跟个且高且俊的媳妇跑市面，不受听的话听多了，心里能跑得下马，坦然了。矬怎么着？丑怎么着？不矬不丑，还是我翁大成吗？所以，只要锣鼓家伙一响，他准跑过来，他说，他谁也不为，给自己找乐儿。分给他的角儿，不过是响马、兵丁、书童、衙役之类的五花脸、炭黑脸的丑角，往往没几句台词，甚至连一小段唱腔都没有。但是，在化妆的时候，也容不得一丝马虎，九九八十一笔勾勒，一笔都不能少。他说，既然来演，就要“进戏”。

在一出叫《杀庙》的戏里他扮演县太爷的衙役，先一步出场，唱上一小段“报家名”，好“引”县太爷出场。

南大坨，一座城，柏树岭儿一条龙；
眼前不断长流水，祖祖辈辈坐朝廷。
县衙虽无朝廷大，鸣锣开道也威风。
老爷名叫宁稀松，也辨忠奸行大令。

好不容易有一段唱，便放开了，唱得字正腔圆，余音不绝。以至于作为主角的县太爷上来之后，一唱一叹，反倒显得温温吞吞。他太进戏了，压角了。

演县太爷的正是村长，下场之后，村长说：“真是矬老婆高声，你压着点行不行？你把戏份都抢去了，我还怎么唱？”

翁大成吐吐舌头：“我以后注意就是了。”

但下次上场之后，依旧忘情进入。村长很恼火，在台后踢了他一脚：“你他娘的有记性没有？”

翁大成很委屈，说：“这能赖我吗，我一上去，嗓子眼儿就痒痒，我得听嗓子眼儿的。”

买卖做着，戏也唱着，翁大成活得很滋润。

想不到，仅一年的光景，就把三蹦子的本钱赚回来了。更让他想不到的，他大女儿大学毕业，考公务员，竟一考就中，也在县衙里有了一个位置。这对街坊邻居震动很大，他们说："翁大成，那矿井里的水不能你独自吃，我们也要吃。为什么？你翁大成的日子肯定跟那水有关，不仅仅甜，那是风水。"翁大成说："你们要是不嫌费事，尽管吃就是了。"

竟答应得如此痛快，人们说："翁大成，你真是变了。"

再甜的水，吃到最后，也感觉不到甜了；再好的风水，如果闲在那里，也是一块不毛之地。这话翁大成没有说出口，他担心人们说他薄。倒是心里对自己说：其实哪儿的水都一样，不苦就是甜；其实哪块云彩都有风水，你得知道什么时候去接。

他内心妩媚，感受到了一种厚重。

村长也开始恭恭敬敬地叫他"老翁"了。在他眼里，这个老翁的称呼可不得了，是腰身，可以站直了说话。

村长说："不得不承认，你老翁是个精明人，算计什么有什么。"

到底是村长，想法就与人不同。翁大成笑笑，说："我哪里会算计，不过是想说就说，想做就做，一心做自己就是了。"

村长不以为然，说："你这是得了便宜卖乖，你一个小老百姓，做自己有球用？俗话说，吃不穷用不穷，算计不到就受穷，还得靠算计。"

"我说的是真话。"翁大成说，"正因为是小老百姓，就自在了。小老百姓是什么？是草窠子里的萤火虫，黑介里走路，自己就带着一盏小灯笼。"

2008 年 10 月 12 日于北京石板宅

混沌

一

这个五大三粗、眉清目秀的精壮汉子，名字居然叫二泄松。泄松在京西．是扭肩斜胯，没有正行，不稳重的意思。虽然他有个正经的名字，但谁也懒得叫。这缘于山里人的性情，人们喜戏谑，爱给人起外号。叫来叫去，再叫那个正经的名字时，反而觉得不正经。到了后来，他自己也就接受了现在这个名字。

二泄松长到半大小子的时候，一天，他崴了一下脚，父亲给他揉脚的时候，突然惊叹了一声："孩子他妈，你看看这孩子的脚！"母亲慌忙问："他的脚怎么了？"父亲说："你看看，他脚窝深得就剩脚面了。"母亲松了一口气："这又怎么了？"父亲说："这样的脚，走多长的路，也不会疼，抓地也牢靠，即便是走在石头尖儿上，也像走平地一样。"

这话让二泄松陡地生出一种好感觉，虽然父亲的指法很重，脚很疼，他一声也不哼，只是笑。

脚好了以后，放着平展的路他不走，专走沟坎、石棱、坑洼那些地方。走来走去，竟走得脚底生风，身姿轻盈，如履平地。

可是坏了。

再走正经的路时，反而磕磕绊绊，站在平地上，竟感到脚下无根，只有扭肩斜胯，才能保持身体平衡。

那个样子很泄松。因为排行老二，人们就叫他二泄松。

二泄松后来做了羊倌。这很自然，有那么一副好腿脚，不做羊倌就可惜了。这叫物尽其用、人尽其才。

把羊赶到山梁上，任其觅草，他自己则躺在草窝里晒太阳。晒得身胚暖暖的，懒得像被抽去了骨头。他觉得很受用，一生的喜乐都在这里了。他睡着了。

虽不被管束，羊们也不任意跑，它们知道，主人的腿脚好，跑到哪里也会被追上，不如往实在里温顺。满足了嚼口，肚腹也沉实了，就围拢在主人身旁，用鼻息咻他。他被暖而略带腥臊的气息咻醒了，不情愿地瞥一眼西天，日头紫而斜了。羊们居然会提醒他时辰，便摇摇头，嘟囔一句：“知道了。”

羊群就自动往山下走，他尾在后边，没头没脑地唱小曲——

大麻子有病二麻子瞧，
三麻子抓药四麻子熬，
五麻子买板六麻子钉，
七麻子拿扛八麻子抬，
九麻子在炕头哭哀哀，
十麻子问他哭什么，
大麻子有病我没来。

唱完了，不禁笑笑：“这世界也怪了，怎么净是麻子？”但很快就摇摇头，脸色沉了起来。因为他想到，这麻子虽然相貌不济，却往往能摊上好事：不是有钱，就是能娶上漂亮媳妇。地主李文清就是个大麻子，但自己赶的这群羊就是他的，大老婆二老婆一个比一个俊，生下的崽儿也漂亮。就说他大女儿阿香吧，眼大面白，大辫子拖在屁股台子上，打你身边一过，扭扭的，好看得你心里直发慌。

他觉得这世道忒不公平。

便猫腰捡了几粒石子，朝温顺的羊群里扔。羊们慌跑了起来，且一边跑一边拉粪蛋蛋。他骂道："真是没心没肺，吃饱了就拉。"

这没办法，人和畜都愉悦嘛。

羊栅栏就在村西的六道庙里。那座庙是李文清出钱修的。香火冷清，但庭院广阔，容得下他的一群羊。这里的人，心地混沌，只是需要的时候，比如婚后无子、亲人远行、久病不愈，才到庙里拜一拜，均属于临时抱佛脚一类。所以，即便这么神圣的一个地界，居然用来圈羊，他们也见怪不怪。

能见到六道庙的黑漆大门的时候，二泄松明朗的心阴了一下，因为他看到了一个胖大的身子正在门前晃动。

是东家李文清。

每天羊归栏的时候，他都会出现在门前，他要清点羊数。

二泄松觉得这是多此一举。是我二泄松跟羊亲还是你李文清跟羊亲？哼！

李文清知道二泄松反感这一点，但还是绷着脸，一五一十地清点，说："你还别不高兴，你跟羊再亲，究竟不是你的财产。"

李文清过数的时候，二泄松蹲在一边，从羊坎肩里摸出来一只小脑袋的烟袋，从烟荷包里狠狠地挖一挖，把挖上来的烟屑用力摁一摁，闭着眼睛抽起来。

虽然他只是半大小子，这个动作很有年纪，老派，麻木。

羊倌与别的长工不同，东家要留下吃晚饭。

晚饭是玉米面窝头、小米稀饭和黄豆咸菜。

东家的窝头就是好，金黄金黄的，闪着光亮。咸菜也好，缸腌的地萝卜切成丁与泡发了的黄豆一起炒，因为过了油，香。

炒咸菜的不是别人，正是阿香。

他一气吃了三个窝头，正要吃第四个的时候，阿香进来了。坐在他的对面，胸脯抵在桌沿上，托着腮帮子，笑眯眯地看着他。他伸出去的手又缩回来了。

阿香说："你尽管吃就是了。"

他摇摇头："已经饱了，再喝一碗粥，就齐了。"

阿香捏起那只窝头，不容商量地塞进他的手里。她的胳膊可真长，隔着桌子就能够着他。

他心里热了一下，觉得日子真好。

四个窝头下肚，真的饱了，便偷偷地看了一眼阿香。他觉得阿香的胸脯真饱满，鼓鼓的，像两只窝头。要真的是窝头就好了，他能吃进嘴里。这个念头让他感到羞愧，脸红了。因为自己还小，不应该有这种心思。

阿香说："你听说没？"

"什么？"

"赶集的人说，小日本就要进山了。"

他没感到这有什么特别，他一个放羊的，跟谁也没有瓜葛，便说："他们想来就来呗。"

阿香一笑："也是。"

二

小日本说来就来了。一共来了三个，一个叫久井，一个叫川岛，一个叫佐佐木。还有十二个中国人，穿着黑衣，扎着板带，戴着大盖帽。都住在村西的六道庙里。来了以后，就打扫庙宇：擦廊柱，拔荒草，把院落扫得干干净净。这还不算，他们把佛龛整去了浮尘，露出了原来的金色，像新的一样。日本人还燃上高香，恭恭敬敬地跪拜，阿弥陀佛，跟中国人一样一样的。

久井好像是个头目，他拜访了东家李文清。

“拜访”的情景，是后来阿香跟二泄松说的。

为什么说拜访，因为他带着礼物——一包日本糖，且堆着微笑，举止谦恭。张嘴就用中国话问好，让紧张的李文清，立刻就松弛下来。

李文清叫阿香给他沏上茶。

久井喝上一口，立马就站了起来，叹道：“呦西！”

李文清哆嗦了一下，不知这是什么意思。久井说：“李先生的茶很特别，香，爽，喝一口，嗓子眼儿立刻就热乎乎的。”

李文清说：“这叫通窍。”

“呦西，呦西。”久井连连点头，笑得很灿烂，牙齿既整齐，又白。李文清觉得这个日本人，好看，可爱。

李文清说：“这种茶只有这山里边有，俗称山茶叶，学名叫黄芩。其实是一种药材，清热、生津、利尿、败火。”

久井很稀罕这茶，喝得很畅快，洁白的额头上汪出了一层汗，汗珠细碎，稠密，样子更加憨厚了。他说：“我们来到中国，是要弄一个大东亚共荣圈，建一块王道乐土。”见到李文清迷惑不解的样子，他说：“总之一句话，我们是来为中国人做事的。所以，你们不要害怕，我们是朋友地干活。”

李文清说：“那好，你们有用得着我的地方，就说话。”

久井开心地笑了，说：“那好，我来就是要请李先生帮忙，当这个村的维持会会长。”

李文清说：“那就不必了，这个村的人都本分、老实，用不着谁来维持。”

久井笑着摇摇头：“即便是这样，也要有个会长。”

“为什么？”

“皇军需要。”

黄军？阿香心里想，是够黄的。她是指日本人军服的颜色。明黄不明，土黄不暗，黄得不舒展，还不如那十几个中国兵穿得上眼。不过，日本人脚上却比那些中国人阔气，中国兵穿的是土布鞋，而他们穿的却是大皮靴。这样的鞋子好，威武、沉重，有把一切都踩在脚下的感觉。她不停地往久井脚上看，真想扒下来，穿到自己脚上。

李大麻子的眼神跟他女儿是一样的。

久井看在眼里，心里皱了一下，巴嘎！

送久井往外走的时候，李文清突然说：“久井先生，你且等一下。”

李文清拿了一包黄芩，送给了久井。久井异常感动，咔地跺了一下脚下的大皮靴，给李文清打了一个立正，很严正地说：“李桑，你的大大地好！”

李文清被吓了一跳，怎么又叫李桑了？后来他才知道，这“桑”也是先生的意思，刻意“亲善”中国人的时候称“先生”，按捺不住日本人本性的时候，就“桑”。

久井刚回到庙里，佐佐木就来了，给李文清送上一双大皮靴。

佐佐木后来跟阿香黏糊的时候，无意间说道，当时他很不解，觉得不过是一个麻脸的支那人，大日本皇军的战靴他的不配。

久井说：“正因为不配，才送他。”

佐佐木在李文清家的天井里碰上了阿香，心里的不忿立刻就变成了一股莫名其妙的慌乱。这让他感到很丢脸，索性把眼光凝聚在阿香身上。阿香被他看毛了，闪到了廊柱后面。佐佐木嘿嘿一笑，径直朝门厅里走去。

李文清正坐在八仙桌旁吮一粒日本糖，觉得这糖的味道有些古怪，酸、咸、甜，含混在一起，让他的舌头不知所措。虽然已见到了佐佐木，还是木在那里。

佐佐木心中不悦，觉得这个支那人有些自大。但是想到这个厅堂他一定还会再来，便还是堆出笑容，恭恭敬敬地折了一下腰（这个“折”字是阿香读出来的，她觉得日本人不会鞠躬），把靴子奉上：“李桑，这是久井太君的意思。”

如此意外，李文清慌忙站了起来。

佐佐木把靴子放到八仙桌上，又折了一下腰，咔地一个转身，走了。

这分明是不想听到他的推辞，他愣在那里。

阿香走进来，看了一眼桌子上的靴子，说：“爸，这可是好物件，经穿，耐用，威风。”

“多嘴，”李文清摆摆手，“这是不祥之物，赶紧给我收到一个背静的地方去，你我之外，千万不要让别人知道，包括你妈和你二妈在内。”

天刚擦亮的时候，二泄松朝六道庙走去。大庙虽然被日本人占下了，但里边还有李文清——李大麻子的羊栏。李文清本人曾主动对久井说：“再辟块羊栏吧，把羊迁出去。”久井想了想，说：“让你李先生破费，我们怎么担当得起？算了，堂堂的大日本皇军，还容不下几只羊？”

二泄松走到庙门前，两个站岗的中国兵朝他微笑。态度虽然亲切，但他的心还是紧巴巴的。一人高的大枪上上着刺刀，晨曦中，寒光闪闪。他有些发怵。他像做错了事一样，闪进庙门，见到佐佐木正在做骑马蹲裆式，弄一个动作，就嘿一声，惊得二泄松心里一跳一跳的。不由得躲着他走。

到了羊栏前，久井站在那里刷牙，满嘴角白沫子。他可真用力气，牙龈上都洇出了血。二泄松觉得这日本人真是邪性，牙齿好好地白着，干吗还那么较劲。

久井仰脖呼噜了两下，把嘴里的刷牙水噗地吐出来："小鬼，早晨好。"

二泄松怯怯地一笑："好。"

羊栏打开，羊们挤着往出跑，弄出一些风尘。

这好像给了他一个放松的理由，便赶紧去追那羊。一边跑着，一边回头看，风尘中，久井笑着朝他点头。

他这是什么意思？二泄松心里有些发毛。

他和羊们前脚涌出，后脚日本人就出操了。一前一后走在河川上，声响很不同。他和羊们的声音细碎、温柔，那支队列的声音繁急、粗暴。他们高高抬起腿来，又狠狠地踏下去，好像对脚下的土地有一种仇恨。

他们还吼着一支歌子，整齐，高亢。二泄松分辨出一句歌词，好像是"东方之顶，日不落……"

他抬头一看，东垭口那轮日头，很费力地爬上来。

他心里一阵烦躁，觉得这山里的日子，的确是跟以往不同了。

三

今天归栏晚些，因为羊们也懒得往回走。

进了羊栏，西山上的月亮已经老高老高的了。

日本人好像已经吃过了晚饭，川岛倚在羊栏上弹琴。这个日本人，一点也不英武，瘦瘦的，面色苍白、忧郁，鼻子上架了一副圆囫囵的眼镜。他手上的琴，有长长的柄，琴身像半个葫芦。二泄松心里管它叫葫芦琴。

葫芦琴弹起来声音很好听，近处弹，却有远处的回响。二泄松的心被它抓住了，索性傍着川岛坐下。川岛朝他笑笑，好像受到了鼓励，不但弹，还轻轻地唱了起来。翻译出来是这样的——

吾心非汝心，所感两相异。
日暮归途穷，欲告亦无力。

君是强行人，樱花留不住。
落花速速飞，处处迷归路。

深染樱花色，花衣引旧思。
虽然花落后，犹似盛开时。

莲叶素心真，污泥不染尘。
露珠作白玉，何故也欺人。

风起樱花落，余风尚逞威。
空中无水住，偏有乱花飞。

庭院依旧好春光，驱雀护群芳。
疑是墙外原野，已绿盛红伤。

问生命何物，一朝摇曳露珠。
若可换取君相识，不惜抛。
……

歌声好听是好听，但听得让人难过，凭空让人忧伤，二泄松忍不住想掉眼泪。他很惭愧，偷偷觑了一眼川岛，发现川岛满脸泪痕。虽然他听不懂他唱的是什么，但是他想，这个日本人一定是想家了。便觉得这个人有点可爱，问："你唱的是什么歌？"

川岛说："是和歌，大日本和歌。"

"哦，"二泄松又问，"和歌都是这种调子？"

川岛摇摇头。本来他想告诉这个中国羊倌，和歌的调子是很丰富的，忧伤之外，还有明媚、高亢、豪放、悲壮，但他的中国话水平的确有限，找不到对应的词汇，也只有摇头示意了。

二泄松又听了几首川岛用不同调子唱的歌，忍不住给他哼了一曲京西小调，就是十个大麻子的那首。川岛连连说："好听，好听。"请他再唱几首。

二泄松很得意，说："我还没吃饭呢，今天就不唱了。"

川岛也不勉强，笑着拨动了琴上的弦子，弹出的，竟是二泄松哼过的那曲京西小调。

二泄松吃了一惊，觉得这日本人鬼精鬼精的，精明得让人害怕。便毅然站了起来："我该走了。"

到了东家那里，阿香正坐在饭桌前等他："你怎么回来得这么晚？"

他说："自打日本人来了之后，东家就不到庙里去了，我得替他清点一下羊数，省得他不放心。"

阿香说："你这个人倒挺实在。"

他说："这自然，吃谁的饭就得向着谁。"

阿香说："饭有些凉了，我去给你热一热。"

二泄松说："横竖几个窝头，再热也热不出馒头味儿。"

阿香说："你今天是怎么了，说话都横着出来？"

因为自己撒了谎，觉得自己不配阿香的这份照拂，但嘴上却说：

“我是怕你费事。”

“就凭这个，我偏就给你热了，你也知道，我这个人，天生就爱伺候人。”

热腾腾的窝头刚出锅，就有人敲门。进来的，竟是佐佐木。

饭桌上那吃食被他看到了，那灿烂的颜色，香热的味道，让他眼睛一亮，抢奔过去，抓起一只窝头，毫无商量地就咬了一口。他被烫了一下，一边唏嘘着，一边感叹着：“呦西！”

二泄松愣在那里。

佐佐木冲他不停地点头：“你的，快快地，咪西咪西地。”

见他没有反应，佐佐木说：“你的，为什么不咪西，中国的这个，大大地，大大地。”

那只窝头转眼之间就被他吞掉了，他的手又伸向了另一只。但马上又缩了回来，因为他看到了二泄松的眼神。

阿香笑笑：“先生既然喜欢咪西，咪西就是了。”

二泄松霍地站起身来，走了。

阿香追上他：“你这个人，怎么这么小气？锅里还有，他吃他的，你吃你的，犯得上生气？”

二泄松站了一下，嘴努了努，想说点什么，但摇了摇头，径直走了。

真不是为了两只窝头，他是不待见佐佐木这个人。佐佐木没事总往阿香那儿跑，让他碰见过好几次。

四

半夜里突然就响起了枪声，繁急得像炒豆子一样。还杂以爆炸声。

很容易判断，是村西六道庙那个方向，而且清晰地听到羊们受到惊吓之后，咩哇咩哇的叫声。羊们平时无所用心地叫，是咩咩的，停停顿顿，眼下是一声急过一声，让人不得安心。

二泄松一骨碌爬起来，蹬上裤子就往外走。妈惶急地说：“你可别猛张，大庙里准出事了，你可别往里蹚。”二泄松说：“羊叫得有些邪性，我不能不管它们。”

妈说：“羊又不是你亲娘老子，你好好睡在炕上就是了。”二泄松说：“我一天吃人家好几只新面窝头，金黄金黄的。”

往西头跑的时候，他迎面碰上几个人。这几个人的穿着跟村里人一样，只是手里都拿着大枪。其中有一个瘦高个、戴眼镜的人对他说：“小同志，你且站住，鬼子和伪军正在反击呢，再往前走，你会吃枪子儿的。”

他说：“我不怕，他们都认识我。”

那人说：“黑灯瞎火的，枪子儿可不长眼。”

他犹豫了一下，再回头的时候，那几个人早没影了。他摇摇头，因为空旷，反而有勇气往前走了。

接近大庙的时候，他闻到了很浓的火药味。他很不习惯，不禁咳了两声。

叭勾，一枪打过来，他耳根子好像被烫了一下，一屁股坐在地上。屎尿溺在裤裆里，他哭了起来。

很快就跑过来几个人，其中有川岛，还有三个伪军（他刚刚知道，跟日本人在一起的那些中国兵，原来叫伪军）。

川岛手里的大枪还冒着青烟，枪刺就抵在二泄松的额头上。稍一定睛，见是二泄松，大枪好像有些难为情，自己就缩了回去。“你的，出来什么地干活？”

二泄松揉了一下眼睛：“我的，看羊来了。”

进了大庙，见到院子里躺着三个伪军，其中一个腿脚还抽搐，还没有断气。二泄松吓得大气不敢出一口。羊栏被炸坏了一角，地上有几只羊，血肉模糊地躺着，一动不动。久井蹲在那里，正在给一只断了腿的羊进行包扎。他抬头看了一眼二泄松，说："八路地干活。"

他的意思是说，你别误会，这是八路干的。

二泄松蹲下身子："还是我来吧。"

久井不让他插手，独自把事情做完了。羊似乎很感激，咻咻地在他的手上舔了两下。久井笑了，夜色中，他的牙齿更白了。

当久井走到那个还在抽搐的伪军跟前，低头看了一眼，竟在他的身上踢了一脚，拔出撸子，又给了他一枪。说："统统地抬下去。"

二泄松木在那里。

他把见到的这一切，告诉了东家。李大麻子久久不说话，最后叹了一声："这些日本人啊！"他叮嘱二泄松，这事情，就不要跟别人说了。

但二泄松还是跟别人说了。先是跟爸妈说，爸妈又跟邻居说，邻居又跟村里人说。说来说去，单纯的村里人，性情复杂起来：他们隐约地觉得，久井的那一枪，好像是打在自己身上的；他们又隐约地觉得，八路不该到这里来，日本人好好地待在庙里，你招惹他干吗？

打这以后，村里人再见到日本人，已没了往日的自在，总是毕恭毕敬的，即便是笑着，也像是堆上去的。

日本人给李文清派了一份差事，让他巡夜。他手里掌着一面锣，隔一段时间敲一下："平安无事喽。"

二泄松听得出来，这锣敲得有些不情愿，有一搭无一搭的。他掩着被角偷偷乐，因为他能想象得出李大麻子胖大的身子，往前移动的时候，那笨拙的样子。他觉得这很公平——凭什么你李大麻子就摊上那么多好事，有钱，有漂亮女人，还有一群羊。

他也觉得不应该这样幸灾乐祸，因为东家对他不薄，尤其阿香更是对他好。但是，他受不了李文清对他的那份责怪。他把李文清叮嘱不要对别人说的事说出去之后，李文清对他说："你这孩子，真不懂事。"

"我又没编瞎话儿。"二泄松顶了一句。他心里老大的不服气，那是板上钉钉的实事，怎么就不能说？

李大麻子狠狠地瞪了他一眼，摆了摆手，意思是说，我懒得理你。

同睡在一条土炕上的爸妈的感觉就与他不同，那锣声虽然零零落落的，但却传过来一种紧张的东西，让人瘆得慌。好像天灾人祸已经预备下了，不知哪一天就会落在老实人头上。

"好端端的，敲哪门子锣？"妈说。

五

遭袭击之后，鬼子和伪军就加紧了练兵。

天擦黑之后，他们趴在河川里练习射击。对面的靶子是用谷草扎的，还给披上一种制服，据说八路就穿这个。

为什么在黑地里打靶？鬼子说，八路的，喜欢借夜色进行偷袭，他们要提高夜战能力。

乒乓，叭勾，枪声清脆、杂乱。

虽然打的是草靶子，但老百姓谁也不敢出门。只有日本人和伪军的身影在街巷、阡陌上出没，好像这个古老的村子已经更换了主人。

二泄松赶羊归栏，能够看到这一切。起初他和羊听到枪声就慌乱，羊滞在就地不敢朝前走。他想，自己究竟是羊倌，得对羊负责，便硬着头皮从队尾走到头列，招呼羊们跟着他走。羊们信任主人，也就放开了蹄脚。经过几次之后，对枪声，二泄松和他的羊都习惯了，就当是春节放鞭炮，径自走就是了。

别人都在打靶，川岛却靠在一块大石头上弹他的葫芦琴。

他的琴声比枪声更让二泄松待见，栅好羊，他就蹴在川岛身边，听他唱和歌。

嘿嘿。二泄松朝他憨厚地一笑。

川岛笑着点点头，示意他坐下。

坐在川岛身边，他感到这个日本人身上的味道很好闻，类似荆花，又类似黄芩，淡淡的香，很清爽。不像其他那些人，总是弥散着一种莫名其妙的味道，不好受用。川岛身上的味道，像一个人，便是阿香。

要是川岛去黏糊阿香，他还是乐意的。二泄松竟没头没脑地想到。

久井走过来，朝二泄松笑笑，大皮靴却重重地踢在川岛的屁股上，哇啦了一句。

川岛愣了一下，纤长的手指还是情不自禁地弹在弦上。久井又哇啦了一句，抢前一步，把琴弦揪断了。

川岛只好放下了琴，拿起了枪。

他看了一眼二泄松，招招手："你的，跟我来。"

川岛教二泄松卧倒、装弹、举枪、瞄准、射击。

叭勾，对面草靶子上的帽子被打飞了。

川岛皱了皱眉头，觉得这很不真实。一边的久井看看二泄松，再望一望那草靶子，哈哈大笑。

没摸过枪的手，竟也能打中，二泄松很兴奋，叭勾，叭勾……一气把枪膛里的子弹都打光了。

这好像代表着一种好强的心性，久井伸出拇指不停地赞叹："呦西，呦西！"

川岛一把夺过二泄松手里的枪，且推了他一把："你的，军人的不是，去照看羊地干活。"

"喊，不就是几颗子弹吗，你真是小气。"二泄松觉得这个川岛有些捉摸不透，既像是朋友，又像是陌生人。

川岛不再理睬二泄松，埋头打自己的枪。他的枪法真是稀松，一枪也没打到靶子上。二泄松觉得这个川岛不是当兵的料，应该待在他们日本国，弹琴，幸乎女人，日捂出几个小川岛。

因为有这个想法，他还是把川岛看作自己的朋友。他拍拍川岛的屁股："我走了。"

川岛回过头来，朝他弄了一个鬼脸儿，意思是说，知道了。

二泄松习惯性地推了一下门，竟没推动。以往那门总是虚掩着，等着他这个晚归的食客。

用力推了推还是推不开，就羞恼了，用力敲。

"谁？"

他听出是阿香的声音，便不耐烦地说："还能有谁？"

阿香把他让进去，紧回身又把门闩上了："死鬼，好好敲不成，干吗用那么大的劲儿？"

"好好的，你插什么门？"

进了堂屋，他明白了插门的道理。

八仙桌旁坐的，除了东家外，还有两个人。其中一个他认识，就是那天夜里他碰到的那个瘦高个、戴眼镜的人。

他吃了一惊。鬼子和伪军就在外边操练刀枪，他竟敢大大方方地坐在李大麻子的厅堂之上。胆子可真大！

那个人站了起来："小鬼，我们认识的。"

"我不认识你。"二泄松竟说。

那个人一笑："既然我们正式见了面，就自我介绍一下，我是房涞涿抗日县政府四分区一小队队长姜实泽。"

"我还是不认识你。"

"你这孩子，这是怎么说话呢？"李大麻子也站了起来。

二泄松索性把他们晾在那里，径直朝厨房走去。他李大麻子明面上给日本人当维持会会长，暗下里又与八路通款曲，这种人很不地道，不配跟他讲话。

饭桌上的窝头，虽然依旧金黄，但却是凉的。他喊了一声："阿香！"

阿香没应，他又生气地大喊了一声："阿香！"

阿香进来了，气哼哼地说道："喊什么喊，没看见我正忙着吗？"

已不是往日体贴的阿香了，二泄松反而理直气壮地说："饭都凉了，你还不给热一下。"

阿香摇摇头："我懒得跟你置气。"

阿香忙着去热饭，二泄松往凳子上一坐，从羊坎肩里摸出来那只小脑袋的烟袋，从烟荷包里狠狠地挖一挖，把挖上来的烟屑用力摁一摁，闭着眼睛抽起来。

这个动作很有年纪，老派，麻木。他心里说："女人究竟是女人。"

饭菜端上来，阿香好像没耐心侍候他，转身就出去了。

二泄松就留心那边的动静。

一个说："敌人这么嚣张，我们还要搞一次袭击。"

一个说："我看可以。"

一个说："如果半夜里有人把庙门打开，会省一点事儿。"

一个说："谁能办到呢？"

一个说："我看二泄松就能。"

果然就有人挑帘子进来，是东家李大麻子。

东家跟他说了开庙门的事，他说："我不干。"

东家说："就算是你多给我做了一年的活儿，我多给你一年的工钱。"

二泄松说："那我也不干。"

“为什么？”

“我只是个放羊的。”

之后，东家拼命讲了一番道理，问：“你明白了没？”二泄松其实懂了他的意思，但他觉得他说的都是老遥（不着边际），一切跟自己无关。便说：“没明白。”

东家的脸突然就涨了起来，通红通红的，脸上的麻点儿亮亮的，像汪着露水，重浊地叹了口气：“愚昧啊，愚昧。”摔帘子出去了。

不久，阿香就进来了。

“吃好了？”阿香笑吟吟地问。

“好什么好，都吃到气嗓里去了。”

“要不我去给你擀一碗面？”

二泄松吓了一跳。自己一年四季只属于窝头、咸菜、小米稀饭，怎么突然就来了面？他感到这不真实，且悬乎。就像灯盏里多添了两勺豆油，上边却吊了一张网罗，一条细线就攥在人的手里，只要老鼠接近灯盏，网罗就覆盖下来了。

他一笑：“你还是省省吧。”他觉得自己究竟是人，比老鼠可聪明多了。

但是阿香却什么也没说，只是坐在他的对面，没头没脑地笑。

笑得他心里有虚：“你笑什么？”

阿香依旧笑，只不过又把身子往前移了移，抵在桌沿上。桌沿像个托，把阿香的胸脯整个托在上边。眼前就什么都没有了，只剩下阿香的胸脯。阿香的胸脯真饱满，比以前更饱满；鼓鼓的，像两只窝头，比以前更像窝头；要真的是窝头就好了，他能吃进嘴里，比以前更想吃进嘴里。这个念头让他的眼睛又想看又想躲闪。以前是羞愧，现在是慌乱，慌乱之后竟是一阵躁动、一个欲望。他对自己说：“这下可完了，我长大了。”

混沌中，阿香竟挪过来，和他坐在一条板凳上了，且把身子贴上来，拿胸脯蹭他。他本能地躲闪，却被阿香捉住了手，牵引着，摁在她的胸脯上。

二泄松呃了一声，后腰上像被人重重地踹了一脚，身子不由自主地朝后仰了一下，但倾倒之前，人本能地要抓住一个什么东西，他抓住了那个胸脯。

阿香也呃了一声。

呃过之后，却暗暗一笑，索性把衣襟撩起来。出人意料的，滚出来的不是两只窝头，却是两只白花花的大兔子。

二泄松的两只手，像不听话的孩子，开始捉兔子。

虽然捉得稀里糊涂，但二泄松心里却有一个清楚的声音：阿香，她是我的女人了。

阿香贴着他的耳朵问："你开不开庙门？"

"开。"

六

几天后的一个晚上，二泄松吃过阿香给他擀的面，就上路了。

他的脚虽然喜欢在石棱子上行走，今天却偏偏走在平坦的路面。脚下的绵绵土很细软，却像藏着芒刺密集的蒺藜狗子，扎得脚很疼。

他觉得自己不是人，跟那偷灯油喝的红毛夜鼠一样一样的。明明知道头上就悬着一面网罗，还是把头伸过去了。

他不停地打饱嗝，面吃仓劲了。所谓仓劲，是京西的说法，指寡淡的胃口，突然遇到油水，吃得仓皇而没有节制，气淤了。他给了自己一个字：贱。

看门的伪军见了他也吃了一惊："二泄松，你晚上来庙里干吗？"

他晃了晃手中装盐的袋子，说："淡羊。"

伪军问："你的羊怎么了？"

二泄松说："它们白天吃错了草，闹肚子，拉稀。"

这个伪军也是山里人出身，知道羊要是中毒、拉稀，是要淡一淡的。就放他进去了。

迎面碰上久井，他哆嗦了一下，赶紧掐了一下大腿，对自己说，你要沉得住气，毕竟是大人了，心里有事要盛得下。

"你的，什么地干活？"久井厉声问。

二泄松举了举手中的盐袋子："淡羊。"

久井便问究竟，二泄松解释了一番。久井说："你们支那人就是莫名其妙，明明是给羊喂盐巴，是厚味儿，却说是'淡'。"

二泄松说："我也觉得没道理，但祖上就这么说，我有什么办法？"

"呦西。"久井是觉得，这个小羊倌涉世未深，是诚实的。

久井把川岛喊来，叫他帮二泄松一把。

两个人进了羊栏，果然就看到一片稀粪。川岛很好奇，也向二泄松问究竟。

二泄松说："这羊天生是吃硬草的，就不能吃软草。什么是软草？比如猪耳朵（地衣）、落落菜（马齿苋）、毛毛棵（小叶蓁），这是上好的药材，也是人下饭的美味。这些东西真好，但是羊不能吃，因为羊是倒嚼的动物，靠胃上的毛把吃下的东西倒上来，嚼细了再咽。可是这软草太光滑，羊的胃倒不上来，就烂在肚里了。你看酸枣荆棵的刺锋利不锋利、坚硬不坚硬？但没关系，羊的胃可以倒上来，咔哧咔哧把它嚼得精碎，剩下的，就是美美地受用了。"

"二桑，你的渊博的大大地！"川岛听傻了。

二泄松心里直乐，他不是乐于川岛的夸奖，而是乐于自己的小机智，他白天故意让羊们吃软草。羊们不吃，但他手中的鞭子让它们吃。

它们伤心地咩咩叫，他对它们说：“你们可别把账记在我身上，要记，就记在阿香头上。”

接下来就淡羊。

羊栏里有现成的器具，就是三块石头支起的一面青石板。二泄松把盐撒在石板上，他撒得很薄，薄得似有似无。羊只有用力去舔才能舔到嘴里去。

川岛一拍大腿：“二桑，我地明白了，这个‘淡’字，大大地好！”

他真的明白了，这种又给又不给的境地，一如君子相交，自然是淡的。

二泄松朝他一笑：“你可真聪明。”

两个人互相赞美，有一种兄弟的感觉。

二泄松磨磨蹭蹭地淡羊，试图把时光延搁得晚些，他好有理由留在庙里。

到了一个时辰，二泄松对川岛说：“我该走了。”

川岛说：“夜已深了，叫门、开门还要惊动别人，你不如留在我这里。”

二泄松想了想，说：“也好。”

两个人都觉得这很自然。

两个人在床上闲扯，渐渐地，川岛不吱声了，紧接着就传来停匀的鼾声。受到感染，二泄松也想迷糊过去。但是不能，因为他有担当，误不得。

到了约定的时辰，二泄松悄悄地爬起来。但他的身体刚一离开床板，川岛的鼾声就止了，竟开口问话。二泄松情不自禁地紧张了一下，捂了捂胸口，说：“你尽管睡就是了，我肚子闹得哄，想去趟茅厕。”

二泄松出了房门，想到要行动了，心里就更紧张了。他看了一眼大门的方向，那里黑洞洞的，一点动静都没有。但是他觉得，那里是一个偌大的陷阱，闹不好他就会陷进去。

他迟疑不决，迈不开腿。

正在这时，他听到身后有窸窣的动静，不知为什么，他感到，那肯定是川岛。

便只好往茅厕摸去。

蹲在茅厕里，听到外边，好像有个人在不停地走动。

他很懊丧，这个该死的日本人！他试着问了一句：“是你吗？”

“是我。”川岛果然答道。

“你尽管睡好了，我还要蹲一会儿。”

川岛说：“没关系，我是给你送手纸来的。”

“我不用手纸。”

“用什么？”

“土坷垃。”

“你们支那人这点大大地不好，卫生地不讲。”

二泄松哭笑不得，心里骂道：“操你个日本姥姥。”

他死命地蹲在那里，看咱们谁熬得过谁。

外边没了动静，他一笑，试着问：“你还在吗？”

没有人回答。

远远地传来几声寒鸦叫，他知道，这是让他开门的信号。

就要动真格的了，却一阵紧张，屎尿竟真的出来了。

耽搁的这段时间，事情就没有机会了——他抢出茅厕的时候，迎面碰上了川岛。他吓得喊了一声：“川岛。”川岛嘘了一下，示意他不要出声，并朝庙门的方向指了指。

这时的川岛，手里竟端着一支三八大盖。

二泄松心里一凉，完了。

庙东墙上探出一个脑袋，晃了晃，随即就把整个身子爬上来。川岛冷冷地一笑，举枪。叭勾，那个身子向上挺了挺，然后张开双臂向后栽下去，样子就像被猎人击中的一只大鸟。

西墙上又探出来一个脑袋，毫不犹豫地挺起身子。川岛把枪轻轻一移，又击中了。不过，这一次是往里栽，摔在地上的声音很沉闷，像软柿子从树上掉下来。

一会儿的工夫，川岛轻松地放了四枪，打栽了四个人，枪口像长着眼。

二泄松傻了，这是那个在靶场上，枪打得稀松二五眼的川岛吗？

轰的一声巨响，庙门被炸开了。外边的人失去了耐性，呐喊着往里冲了。

庭廊那边响起了歪把子机枪扫射的声音。

冲进来的人转眼之间就都倒下了。

紧接着，院子里响起了一片爆炸声，其中有几个炸点，就响在无辜的羊栏里。

二泄松吓得蹲在地上，紧紧地堵着耳朵。

一切很快就结束了。

结果是，打死了十几个偷袭者，炸死了十几只羊。被偷袭者这一方，仅死了三个站岗的伪军。

久井说："这三个伪军死有余辜，作为大日本皇军的军人，执勤的时候睡觉，玩忽职守，他们理应对自己的行为负责。"

久井塞给二泄松一包糖果，说："幸亏二桑拉肚子，无意之中给皇军睁开了一只眼睛，否则将不堪设想。"

二泄松哇的一声大哭起来，硝烟迷了他的心窍，他晕倒在地。

川岛和佐佐木把他抬进屋里扔到川岛的床上，川岛还轻轻地给他盖上被子："你的，尽管睡就是了。"

二泄松醒来的时候，已是满庭阳光。

阳光格外地透亮，树叶格外地光鲜，都像新长出来的一样。

羊和人的尸体都摆在院子里，格外刺眼。

二泄松看了一眼羊，心头被剜了一下，那不是一般的羊，而是他的伙伴；他又看了一眼人，心头又被剜了一下——这一次比上一次剜得深，他心疼得喘不过气来。他连羊都心疼，更何况人？他想哭，却哭不出来，麻木地朝庙外走。

竟走到东家的门下。

阿香拦住他，霍地亮出一把剪子："二泄松，你信不信，我一剪子攮死你？"

二泄松竟往前送了送身子："你攮。"

当啷一声，剪子掉在了地上。

愤怒的阿香愣了愣，哭了。

她还做不了剪子的主。

七

太阳早已经落山了，二泄松还窝在山梁上。羊们不停地用鼻子咻他，催促他下山。

他愤愤地翻了一个身："究竟是畜牲，一点儿都不长记性。"

他自己是有记性的。

他眼前总是晃动着鲜亮的阳光下，那一排血迹斑斑的羊和那一排血迹斑斑的人。

他害怕再走进那座庙，那座庙让他伤心。

彳彳亍亍往山下走的时候，他看到了一缕一缕的炊烟。以前一看到炊烟，他内心就感动，就漾起一股温柔，他觉得人间的饭，粗是粗些，但有通透的香。现在不同了，那类似硝烟，裹杂着血腥。

看门的伪军跟他搭话，他麻搭着面孔不开口。伪军也不怪罪，他们知道，这孩子被吓傻了。

川岛倚靠着羊栏在弹他的葫芦琴，见了二泄松，朝他讨好地一笑。二泄松麻木地看了他一眼，脸上什么表情都没有。但川岛却感到他空洞的眼神里有一种冷的东西，便内心有一丝不悦，笑凝固在脸上。

栅好羊栏，二泄松径直就往外走。川岛叫住他，让他当他的听客。

二泄松说："没心情。"

川岛不允许他没心情，执意让他坐在他身边。

川岛很温柔地唱和歌，自己沉浸在里边，泪光扑闪。

沉浸完毕，问二泄松好不好，二泄松摇了摇头，只吐出一个字："屁！"

川岛一愣，问他什么歌才好。二泄松说："还是我们京西'十大麻子'小曲好。"

"为什么？"

这次二泄松的话多了起来，他说——

"你唱的什么和歌本来是唱男女相好的，是喜乐的事，却唱得哭哭哀哀，像家里天天死人似的。可我们的小曲就不一样，比如这十大麻子，明明是唱死人出殡，却唱得一片喜乐，好像死这个字眼儿，压根儿就不跟我们沾边儿。用老辈人的话说，我们这叫'乐生'，天天朝着好处走。我琢磨着，你们的和歌，莫不如叫哭丧调。"

川岛本来是笑着听的，这时笑倏地就收敛了，他薅住二泄松的脖领子一同站立起来。"八格牙鲁！"他狠狠地给了二泄松一个耳光。

在他看来，所谓哭丧调，就是在说他金石玉声的大日本音乐居然是亡国之音。

二泄松抚摸着自己的脸颊，木在那里。

川岛却转怒为难为情的笑，拍拍二泄松的肩膀，说："二桑，对不起。”

二泄松承受不起这份歉意，转身走了。

川岛在身后说：“二桑，真的对不起。”

出了庙门，二泄松就跑了起来。

因为他内心恐惧。

川岛这个人，和善又残忍，亲切又冷酷，文弱又豪横，不搭界的性情都集中在他身上了，让人琢磨不透。

琢磨不透的人给人一种下意识的东西：害怕。

川岛，他一想到这两个字，就浑身颤抖。

这时，他马上想到了一个人，就是他的阿香。

进了东家的门，他径直就奔阿香的闺房。

在门前他定住了，因为他听到里边有令他困惑又惊悚的声音。

平息之后，闪出来一个人，是佐佐木。

撞见二泄松，佐佐木愣了一下，不好意思地一笑。但很短暂，马上就变了脸色，反手给了他一拳：“八格牙鲁！”

然后整了整衣领，咔地一个立正，迈着操练的步伐，昂奋地走去。

二泄松却犹豫了，他是在想，要不要推开眼前这扇门。

还是推开了。

床上的阿香依旧保持着一个羞耻的姿势。

二泄松说：“你真不要脸。”

阿香愤怒地扔过来一只枕头，声嘶力竭地喊道：“你给我滚出去！”

二泄松一屁股坐在门外，心里陡地生出一种陌生的东西：仇恨。

这种从未有过的东西因为来得太突然，又太强烈，他难以承受，以至于浑身痉挛。嗓子痉挛得透不过气来，就撕裂了喊。喊出的竟是那首小曲——

大麻子有病二麻子瞧，
三麻子抓药四麻子熬，
五麻子买板六麻子钉，
七麻子拿扛八麻子抬，
九麻子在炕头哭哀哀，
十麻子问他哭什么，
大麻子有病我没来。

八

二泄松发现，不仅仅他一个人害怕日本人，整个村子的人都害怕。

摆在大庙里那两排人与羊的尸体，日本人强迫村里人集体参观，说是要给人们留下印象。

这个印象果然留下了，就是日本人不好惹，杀人就像宰羊一样。

村里人和和气气地生活了一代又一代，哪见过这种阵势？

人们议论说，这日本人好像跟咱们中国人是不一样的，咱的身子是肉长的，甭说遭枪崩，即便是磕碰一下也是会见血的；而日本人没有身子，只是人样的魂儿，刀枪不入，打不死。

为什么？

你看八路袭击了他们好几次，死的可都是中国人。不然的话，就有数的三个人，就在咱这儿待住了，一待好几年。好像他们自来就是这里的人，咱们却成了外来户。

村里人去挑水，水挑子好好地挑在肩膀上，只要看见日本人走过来，赶紧撂下挑子，战战兢兢地站在一边。以至于连日本人都不好意思，指指那人的扁担："你的，良民的大大地，开路开路地。"意思是说，你干吗要这样，尽管走就是了。然而就是不开路，直到日本人杳了身影，才做贼一样，把水挑子弄到肩上。

村里人的恐惧加重了二泄松的恐惧。

他不想再放羊了。

李大麻子说：“你跟日本人不是很熟吗，怕什么？”

二泄松拼命摇头。他不敢确认这个“熟”字，熟得陌生。

李大麻子说：“你别看我是什么维持会会长，没有这群羊撑着，我吃什么？”

二泄松从大庙走到山上，再从山上回到庙里，没有一丝笑容，像个游魂。

在山上的时候，一带云丝飘到眼前，伸手就能够着。他笑笑，伸出手去。却抓空了。云这东西真诡道，看得见摸不着。就又愁苦起来。

这日子什么时候才能到头呢？

以前他不考虑这事儿，现在情不自禁地就思忖。他弄不清自己是长大了，还是长小了。

他窝在草棵子里，身下很暖和，像微火向上暗暗地拱。他突然生出一个念头，莫不如放一把火，把自己烧死在这个舒坦的地界里。

我这是怎么了？他自己吓了自己一跳。

阿香给他热的饭也没味道了。金黄的窝头，不再与那饱满的胸脯联系在一起。

尽管他后来知道，阿香与佐佐木那样，是与戴眼镜的姜实泽有关系的，但是他觉得这种关系容不下那种关系，阿香还是坏了。

那次夜袭，姜实泽被一块弹片打漏了，肠子流了出来。他不能与那些撤退的八路一起跑，就躲在东家家里养伤。

因为东家、阿香和姜实泽都认为，有佐佐木进出的地方，是安全的。

他吃窝头的时候，阿香还是那么热情地侍候他，甚至炒黄豆咸菜的时候还给他多放了一些油。但是他一点也不感动，他说：“放再多的油，也是咸菜，你该去哪儿就去哪儿吧，别在我眼前晃悠。”

阿香说：“你以为我愿意晃悠？我是习惯了。”

有一天，东家到饭堂来，对他说：“二泄松，吃完饭，到我屋里来一趟。”

进了东家的屋，见姜实泽也坐在堂上。

二泄松没正眼瞧他，径直问东家：“什么事儿？”

东家说：“你对阿香怎么了，她怎么从你那儿一过来就掉眼泪？”

“你问谁？”二泄松反问道。

东家与姜实泽会了会眼儿，说：“你横竖也是家里人，有些事儿，不说你也应该明白。”

“我为什么要明白？”

“即便不明白，你也要尊重她，她是你姐。”

“她不是我姐。”

“即便不是你姐，但她是你的东家。”

“要是这样，这个羊我不放了，我早就不想放了。”

“不放羊你吃什么？”

“我喝西北风。”

“小同志，你不要意气用事。”见主仆有些僵滞，姜实泽接过话头，“你不能把放羊看得那么简单，你放羊也是在做大事，抗日。”

“瞎扯。”

姜实泽说：“这里有很深的道理：乡亲们能天天看到羊群，就等于吃了定心丸，日本人不可怕，怎么不了我们的日子；日本人看到羊群，就会以为这里一切都很正常，就不会起疑心，就会给我们留下活动空间。”

二泄松摇摇头：“我不想听你讲话。”

“为什么？”

“可笑。”

姜实泽喉咙像被鲠了一下，喘了起来，且越喘越剧烈，不得不用手捂住肚子。

李文清赶紧给他捶背：“姜队长，千万别生气，你的伤口还没好利索。”他瞪了二泄松一眼，“你这是怎么跟姜队长说话的？”

二泄松木在那里。因为看到姜实泽痛苦的样子，他心里也是难过的。

止了喘息，姜实泽居然没有怪罪，反而和蔼地说：“小同志，我知道你心里在想什么，你是看到我们区小队总是打败仗，不太看好我们。”

“其实也不是的，我是想，既然打不过，干吗还招惹他们，白白死了那么多人。”二泄松说。

“可是，你不打，鬼子能走吗？”

“我看能。”二泄松说，“那个日本人川岛，想家想得整天弹一把葫芦琴，哭哀哀的，你不打，他们也会走的。”

姜实泽摇摇头，低声说：“你究竟是个孩子啊。”

“你的意思是说，打不过，也打？”

“就是这个意思。”

“那何苦呢？”

“明明知道打不过，还要打，这就是八路，这就是抗战！”

姜实泽话语低沉却有力，李大麻子很信服的样子，不停地点头。

二泄松看不了东家那谄媚的样子，低下头去。他看到了姜实泽的脚。脚上穿的是一双山里人都穿的老山底子布鞋，一只鞋的前脸破了，露出了一粒脚趾。被人凝视，那只脚很害羞地缩了回去。

二泄松心头涌起一股痒痒的东西，他觉得像姜实泽，呃，还有阿香和李大麻子，这帮人，跟自己一样又不一样，也是一帮熟悉的陌生人。

九

日本人好像比中国人多长了一只眼，多机密的事也会被他们察觉。

区小队的三个人刚进了李文清的宅院，就被包围了。

他们是来接姜实泽归队的。

他们想从后门转移出去，可刚一探出身子，迎面就响起了歪把子机枪的叫声。打得墙皮哗哗地剥落。

当时二泄松正在饭堂里吃晚饭，听到枪声，他手中的粥碗向上颠了颠，就掉在地上。

屋里人紧急商量对策。

李文清说："我看咱们的人得分散一下。有从前边走的，有从后边溜的，多几分成功的可能。"他分析说，"后院离山体近，后山离院墙仅有五六丈远，只要冲到院墙跟前，对山上的鬼子来说，就成了死角，就可以抽冷子闪进岩石里去。前庭自然要开阔些，出了院门，有十几丈的石板甬道，但甬道尽头就是一条地沟，只要下到地沟里，就能躲闪子弹了。"

就分成两拨。考虑到姜实泽身体的原因，让他从后院走。

宅院的地形只有主人熟悉，李文清对阿香说："前边我来引路，后边就是你了，你敢不敢？"

让二泄松没想到的是，阿香居然很干脆地就说："敢。"

两个精壮的战士跟着李文清，一个小战士跟着姜实泽。

李文清对那两个战士说："把我捆起来。我好歹还是他们的维持会会长，你们押着我，给他们一个被绑架的样子，我估计，他们还不至于朝我开枪。”

姜实泽说：“老李，你这是在冒险。”

李文清说：“事到如今，也只能死马当活马治了。”

行动开始了。

二泄松自然关心阿香那一路，躲在后门廊里，看他们上路。

刚一露头，一梭子子弹就打过来。就听到阿香喊了一声：“妈呦。”

以为她中弹了，二泄松忍不住合上了眼。再睁开眼的时候，看到阿香从地上爬起来之后，就朝山上瞭望。后来她笑了，居然挺着身子就往外走，一边走一边喊：“佐佐木，你可看准了，我是阿香。”

原来她瞭望到，山上有佐佐木的影子。

机枪果然打得恍惚，子弹躲着人往土里扎。

姜实泽和那个战士反应得的确快，尾着阿香就过去了。

二泄松骂道：“真他妈的不是人！”

他觉得姜实泽拿一个女人家的小命作掩护，太不地道。

与这里不同的是，前院的枪声很繁密，不管不顾的。

踅回门廊的阿香失声叫了一声：“糟了！”

一开始还是管事的——李文清被捆绑着推出院门，大喊：“久井太君，我是李桑，李桑啊！”

带队的久井愣了一下，下意识地挥挥手：“停止射击。”

但是看到两个八路毫不迟疑地推着李文清直奔地沟，久井摇摇头，脸上漾起一丝狞笑，手狠狠地往下一摔，机枪也毫不迟疑地响了起来。

三个人同时栽倒了。

等阿香和二泄松赶过来的时候，久井也带人到了跟前。

两个战士一动不动地趴在那里，李文清还在抽动。

久井低头看了看：“李桑，对不起，误会误会地干活。”

阿香扑过去，把李文清抱进怀里，放声大哭。

二泄松很纳闷，东家中枪的地方，前胸只有黄豆大的一个小眼儿，后背却有碗大的一个洞，血涌得邪乎。

他吓得一屁股坐在地上，耳鸣不止。邈远地有一个声音传来：“还不赶紧拿些棉花。”

是阿香的嘴唇在动。

他抱来一堆棉花，和阿香一起往那个洞里堵。那堆棉花足可以絮一条棉裤，可塞进洞里，还堵不住血涌。

李文清瞪大了双眼，含混地说了一句：“畜牲！”便永远地固定成一个姿势。

东家的脸渐渐地失去了血色。但是二泄松惊奇地看到，那些闪亮的麻点，竟像滴在麻纸上的油，慢慢地洇开去，消失了，整张脸一片苍白，显得秀美而光滑。

他不再是李大麻子了。

但是，虽然貌相好了，一切好事却都离开了他。包括一个比一个漂亮的大老婆二老婆，还有眼大面白，大辫子拖在屁股台子上，打你身边一过，扭扭的，好看得你心里直发慌的阿香，还有蓝天白云之下，迤逦喜人的羊群。都说“十个麻子九个衰”，以为在李文清身上是个例外，没想到，命运会在这里等着他。

此时的二泄松，对东家一点儿嫉妒、忌恨都没有了，真诚地为他悲。他想，李文清即便是地主，也是本家的地主，温厚地剥削，给你活路。眼下他死了，今后的日子，我还能依傍谁呢？

他想，一定要好好发丧一下东家。

然而日本人不让他发丧。久井说，李桑是大日本皇军的维持会会长，功劳地大大地，皇军要给他举办一个隆重的丧礼。日本人给东家弄了一副名贵的红木棺材，把他生前掩藏的那双军靴穿在他的脚上，给他装殓成威武的样子。出殡的时候，三个日本人走在前列，都穿着一种怪异的服装，头额扎白，腰系宽带，配以军刀。川岛用他的葫芦琴弹着一种不死不活的调子，且不时地搜一眼二泄松，送给他一个鬼脸。二泄松心里一沉，这日本人都可恨，但最可恨的就是这个川岛，我非亲手宰了他不可。

因为他觉得，川岛摆弄的不是一把琴，而是一把钝刀子，割肉时虽然不见血，却往深处疼。

他很想扯嗓子唱那首十大麻子歌，跟川岛较一下劲，但想到这对东家似乎有点不恭敬，便恨恨地忍了。

十

却没有完。

东家下葬的第三天，二泄松和阿香正在东家的坟上培土、挂纸，就听得山环里一阵刺耳的杂响。又来了一中队的鬼子。

进村以后，就把全村人赶到打谷场上，四周架着机枪，围着兵。中间架着一口大锅，锅里放满了髹棺材、漆轮轴用的桐油。锅下的劈柴烧得炸裂，沸油喘息着，往上翻泡沫。

久井说："让乡亲们受惊了，但是跑了一个姜实泽，请你们把他交出来。"

乡亲们交不出姜实泽。久井说："那就对不起了。"就从人群中随便拽出一个，一枪就蹦了。人群就大乱，妇啼婴嚎。四周的机枪就响了，虽然是往空茫里打，但乡亲们也觉得那枪子儿是来追自己的命的，便都驯顺地寂静了。

夜深了，鬼子们架起了火堆，在上面吃烧烤，烧烤物自然是从老百姓家里抓来的家禽。乡亲们瑟缩在寒风中，饥肠辘辘。但比饥饿更可怕的是，好像看到"末日"穿着黑衣朝他们走来。

天亮了，鬼子把阿香从人群里拽了出来，久井对佐佐木挥了挥手，“你去执行。”阿香低着头，等着枪响，她好甘心情愿地倒下去。但是等了很久，枪也没响。她只好抬起头，竟看到佐佐木目光含混，持枪的手不停地颤抖。阿香说：“佐佐木，我看不起你。”

久井摇摇头，好像很理解下属，说：“算了。”

就又把二泄松拉了出来，这次，久井把川岛推了出来。

川岛刚举起枪，二泄松就一屁股瘫倒在地上，屎尿溺在裆里。

川岛皱了皱眉头，喊道：“二桑，站起来！”

二泄松就是站不起来，且止不住地号啕。川岛为自己的朋友感到羞愧，扣动了扳机。一枪连着一枪地打，打得二泄松身下的土开了一圈的花朵。直到二泄松被打得站了起来，川岛才罢手，但是他也流泪了。

久井放声大笑，得意于自己的游戏。但是他不甘心这样收场，抬手朝人群里打了一枪，又倒下了一个无辜的乡亲。

他对乡亲们说：“你们当然交不出姜实泽，但是，我就是要用这种办法，让姜地自己走出来。他地不出来，你们统统地死啦死啦地。”

姜实泽会自己走出来吗？

白天过去了，依然不见身影，人们绝望了：看来，这个默默生息了千百年的世外乐土，不久就会变成一座坟墓。哎，罢了，命该如此啊！

那轮皎洁的月牙，像一把磨锋利了的刀。

刀光中，却不紧不慢地走来一个人。

是姜实泽。

二泄松不敢相信自己的眼睛，狠狠地揉了揉，再放眼看去，那人的貌相清晰了，瘦瘦的腰杆，寒光一闪一闪的眼镜，与初次相遇的那个晚上的情景相仿佛。

“呦西！”久井叹了一声。听得出，那是一种下意识的惊叹。

日本人的一条军犬扑了过去，把来人扑倒了。人和狗翻滚着撕扯起来。

结束之后，爬起来的竟是人。

他噗地吐了一口，吐出的是一团血水。他把狗的脖子咬断了。

他满面血污，朝着久井笑。就显了一口白牙，惨白惨白的。

另一条军犬先是在地上蹒跚了一阵，之后就以复仇的姿态扑上去了。

姜实泽险些被扑倒，胸前的衣服被撕裂了，露出了嶙峋的瘦骨。他劈了军犬一掌，狗被打翻在地。狗起身之后，回头望了一眼它的主人，酝酿着第二次的跳跃。

姜实泽摇摇头，从牙缝里挤出一句话来：“久井，大日本皇军就这等修养？”

久井的脸剧烈地抽搐着，举起了王八盒子。

枪口先是对着人。

那人直视着枪口，笑着，迎送一丝讥讽。

枪响了。

狗被打翻在地。

姜实泽点点头，整整破碎的衣领，径直走过来。

几个鬼子立刻蜂拥而上，擒住他的臂膀，要捆绑以绳索。

他奋力挣脱了，大喝一声：“用不着！”

久井朝天放了一枪：“八格牙鲁。”

他觉得那几个莽撞的士兵又给大日本皇军丢了一次脸面，愤怒地骂道。

几个日本人闪在一边，姜实泽从容地朝前走去。

“姜先生请留步。”久井说道。

姜实泽回过头来，冷冷地一笑："怎么，久井先生，你还有什么动听的话要说？"

久井说："我地不明白，你本来可以活下去的，为什么自己送上门来？"

"这得问你自己。"姜实泽说，"我要是不来，就得背上涂炭生灵、不仁不义的罪名。我们京西有句土话，叫作'人活一张脸，树活一张皮'，我得对得起这张脸。"

久井很迷惑："我地还是不明白。"

姜实泽懒得再说什么，像是面对着一盆清水，以欢悦的心情洗去一身凡尘一样，一直走进油锅里，化作一股青烟。

二泄松倾斜的脊柱像被谁踢了一脚，立刻就挺直了。

原来一直惊惧的死，还有这般轻松的模样！

十一

姜实泽化作一股青烟之后，那一中队的鬼子又回到了山外的据点。

还是久井、川岛和佐佐木留在这里。他们觉得这块土地已经被彻底驯化，大摇大摆地进进出出，甚至还跟当地人一起耕作，还在一处阳坡上栽植了几株叫樱花的树木。

二泄松依旧放羊。

东家不在了，他留下的宅院，他留下的女人，这群羊是唯一的支撑了。

他得对得起东家。

对那几个日本人，他既怕又不怕——因为死是那么容易，像东家，像姜实泽，所以就不怕了；但那究竟是别人的死，轮到自己又怎么样呢？这种事情不可想象，所以他还是怕的。

佐佐木整天往阿香那里跑。每回到庙里，手上、脸上都有抓痕。久井和川岛，就跟他开玩笑：“你早晚得死在这个支那女子手里。”佐佐木说：“死就死吧，总比挨八路的枪子儿好。”

久井脸上的笑倏地就收敛了，突然出手，打了佐佐木一个耳光。

“你的，天皇的武士地不是。”他说。

佐佐木还是英武不起来，还是去黏阿香。

久井命令川岛去把阿香干掉，好让佐佐木像个军人。川岛前脚走出大庙，佐佐木后脚就跟了上来，对川岛说：“川岛君，你要是敢动阿香，我就动你。”

后来两个人就厮打起来。川岛的眼镜被打碎了，情急之下捅了佐佐木一刺刀，正捅在佐佐木的小腿上，佐佐木瘫坐在地上。川岛只好把佐佐木搀回来，给他包扎伤口。川岛包扎得很仔细，佐佐木笑着看着他。

久井无奈地摇头。

这一切都被二泄松看在眼里，觉得这日本人的确不是人。

吃过阿香给他侍弄的饭菜，二泄松看到桌对面的阿香胸脯还是那么饱满，笑得也没心没肺。他心里突然就翻动起一种异样的东西，转身进了厨间。请来一把菜刀，对阿香说：“阿香，我要宰了你。”

阿香皱了皱眉头，竟伸过脖子：“你宰。”

菜刀就没了主意，当啷一声自己掉在地上。

后来两个人就抱头痛哭，像两个因为失怙而饱经屈辱的孤儿。

阿香说：“二泄松，你要是真的有脾气，就把日本人宰了。”

这句话，吓了二泄松一跳，矮了身子，蹲在地上，从羊坎肩里摸出来一只小脑袋的烟袋，从烟荷包里狠狠地挖一挖，把挖上来的烟屑用力摁一摁，闭着眼睛抽起来。

这个动作很有年纪，老派，麻木。

阿香却觉得他很可笑，说：“你也就是装装大人的样子吧。”

二泄松吐了一口唾沫：“你以为我不敢？只是还不到时候。”

阿香愣了一下，把胸脯靠上来：“那我就犒劳犒劳你。”

二泄松挥了挥烟袋做了一个厌恶的动作：“你先省省吧，日后再收拾你。”

阿香就哭了，说：“我算是完了，跳进黄河也洗不清了。”

那天，二泄松栅好羊就往外走，川岛笑着拦住了他。对他说，太君日子过得太寡淡，罐头食品吃腻了，想用他的羊打打牙祭。

二泄松心里阴了一下。日本人真的跟以前不一样了——以前只有东家送他们羊肉的时候，他们才张口，现在是主动张口了。

他说：“这是东家的羊，我做不了主。”

川岛笑着问：“谁又做你们东家的主？”

二泄松说：“自然是阎王老子。”

川岛收敛了笑容：“二桑，你的，大大地不友好。”

川岛索性自己牵出来一只羊，让二泄松给太君剥皮取肉。

这是必然的。二泄松知道，日本人想干什么就干什么，你是拦不住的。让他接受不了的是，你吃我的羊，还要让我下手，真是太欺负人了。

川岛给了他一把军刺，让他快快地动手。

那只羊知道要发生什么，嗅嗅主人的手，从眼里滴出了大颗大颗泪水。二泄松鼻子一酸，军刺准确而迅速地捅进了羊的喉管。这是他想让羊少一些痛苦，出手狠一些、快一些。

温暖的血流无声地淌着，羊死得很安静。羊好像也知道这是必然的，所以它不作一丝挣扎。

军刺在二泄松手里游刃有余，羊皮完整地剥离下来之后，还冒着热气。

川岛惊叹不已。

川岛的赞叹让二泄松很反感，他阴沉地一笑，把军刺抵向川岛的喉咙。

川岛失声叫道：“八格牙鲁！”

久井和佐佐木闻声而至，看到这个阵势，反而都笑，好像很鼓励他这样。

川岛面色惨白，眼神凄哀。那两个日本人感到很刺激：“二桑，快快地，快快地。”

二泄松真想痛快地捅下去，但他发现，久井的食指很阴险地扣在扳机上，他明白了，日本人玩儿的是猫捉老鼠的把戏。

他把军刺扔在川岛脚下，傻笑起来。

他太紧张了，这种紧张类似惧怕，傻笑倒是一种缓解。

川岛跳了起来，对缴了械的二泄松大打出手。

老拳打在身上，二泄松竟不感到疼痛，反而很看不起出手的人，日本人怎么着？也不过如此。

被暴打一顿之后，二泄松获得了一种从来没有过的轻松。他不急于逃避，而是主动留下来，在灶间里忙活。

他觉得这么新鲜的羊肉，日本人弄不出好味道。弄不出好味道，就把尊贵的羊糟践了，这是他不能接受的。

他命令川岛去挑一担清水来，他说：“炖全羊得用从石头缝里流出来的泉水。”

清水担来了，他让川岛烧文火，他说：“炖全羊得小火慢慢地炖。”

他用了生姜、花椒、大料、山楂片，自然还有黄芩，作调料。汤水开始沸腾的时候，他突然想起了什么似的，对佐佐木说：“你去羊栏里抓一把羊粪豆来。”

佐佐木以为听差了，没马上动身。二泄松不耐烦地说：“叫你去你就去，怎么这么不听使唤？”

他让佐佐木把抓来的羊粪豆放进锅里，佐佐木很生气，认为他在调戏太君。

二泄松说：“你懂什么，这羊粪豆也是一种作料，它能让羊肉的味道更像羊肉。”他一边说着，一边把一粒羊粪豆扔进嘴里，有滋有味地嚼着。

羊肉的鲜美袅袅地弥漫出来。

二泄松却踢了川岛一脚：“叫你烧文火烧文火，你却烧旺了，怎么一点记性都没有？”

川岛也抬起腿要回敬一下二泄松。“你且慢，”二泄松说，“你知道在灶间谁最大？是厨子，也就是掌勺的大师傅。这就是说，你得听话，不能尥蹶子。”

久井觉得这很有趣，说：“二桑说得有道理，你们尽管听他的就是了。”

二泄松的炖全羊炖得实在地道，三个日本人吃得没了人形。他们喝清酒、弹葫芦琴，情不自禁地嚎叫。

二泄松自然被盛情邀请，但整个欢宴的场面他一声不吭。他内心愁苦，不忍欢快。

日本人吃多了，轮流着朝茅厕跑。

二泄松心里说：“瞧这点德行。”

起初二泄松不忍伸筷子，但看到日本人没有人性的吃相，便又很不甘心：咱自己的羊肉，不能都便宜了他们。他又想，要想做成一条汉子，得学会狠。便合眼大嚼。

羊肉吃进肚里，他的胃口却不听话地翻动起来，搅得他直想吐。他想，肯定是羊的冤魂在抱怨他：“主人，你怎么可以跟几个畜牲一起吞吃我呢？”

他不得已也去了一趟茅厕，哇哇大吐。

吐过，他闻到了扑鼻的臭味。

他情不自禁地乐了。

在他的人生经验里，人的胃一旦装多了好吃食，就乱阵脚，屙出的屎就特臭。

日本人既然也这样，就说明他们不是什么附在人样儿上的魂儿，也是肉长的，也是一具肉眼凡胎，也是会死的。

八路的几次袭击，为什么他们偏偏没死？不过是八路来得太仓皇，枪法不准，子弹没打着他们罢了。

嘿嘿。

他觉得自己应该干件有出息的事了。

十二

二泄松对阿香说："你信不信，收拾那三个鬼子的人，一定是我。"

以为阿香一定会看不起他，没想到阿香竟点点头，说："我信。"

二泄松说话的心情立刻就没有了。他闷不作声地吃饭，觉得那金黄的窝头里有锈钉子，香热的小米粥里有石渣子，油汪汪的咸菜里有老鼠屎。

阿香也不接续话茬儿，静静地坐在那里。由于空气沉闷，他自己就受不了，愤愤地说："也不换换饭口，总是老三样，以为我是你们家的牲口似的。"

阿香说："只要你把三个鬼子宰了，我天天给你做面。"

这更可恶，因为这个该死的阿香不给他退路。

在山上的草棵子里歇懒，也不像原来那样舒坦了，一种要死的煎熬折磨着他。

叭勾。

如果是用枪，枪拿到手拿不到手先甭说，就姑且是拿到手了吧，先被打栽了的，肯定是他自己。他眼前总是闪动着大鸟从院墙上跌下去的身影。后背上居然感到了一股灼热，好像中枪的就是那个地方。

扑哧。

如果是用刀，三个人又不像羊那样温顺，任你宰。川岛的老拳，佐佐木的骑马蹲裆步，久井的把牙都刷出血的狠相，都有军人的派头，你的刀子一亮出来，转眼就会转到他们的手上，腕子轻轻地一翻，你的喉咙就断了。他的喉头居然痒起来，好像已经被割断了，发干，咽唾沫都很困难。

……

胡思乱想了很久，越想越怕。

姜实泽、李文清虽然死得很像回事，但也不值得敬佩，因为死得容易，来不及怕。

独把怕留给了他二泄松，真不够意思。

他真想放弃，但是阿香会很看不起。阿香看得起看不起有什么关系？她不配。但二泄松还是不能释怀，正因为阿香不配，她轻蔑的眼神儿才像刀刃，直往人的心尖儿上捅。

狗日的阿香，还有姜四眼儿、李大麻子，也是狗日的。

还不如没发现日本人屙的屎也是臭的，那样就不痛苦了。

全村人都没事人似的，麻木、卑贱、快乐，凭什么独独我二泄松一人痛苦？

什么叫泄松？就是没正行，什么事也干不成。

既然这样，泄松到老也就是了。

日本人吃羊肉吃上了瘾，隔三岔五就宰一只。

羊群渐渐地稀落了。好在李文清不会从坟茔里走出来过数，稀落就稀落了。即便是李文清在场，又能怎么办？他明明是被久井下令打死的，还给他穿上日本大军靴厚葬——连我二泄松都看得出，那哪儿是敬重，分明是玩弄、羞辱。

但是，二泄松还是感觉到，每宰一只羊，就像是从他身上割一块肉，他身上到处都露出了骨头，到了最后，还不只剩下一个骨头架子？

能忍得下去吗？他经常问自己。

要不是佐佐木，他还真的忍下去了。

吃了羊肉，佐佐木往阿香那里跑得更勤。阿香好像已经习惯了，每次还笑脸相迎。二泄松觉得她没羞没耻，没救了。每次吃饭的时候，阿香还是坐在他对面，你烦厌她她也不走。渐渐地，二泄松也习惯了。如果对面不坐着阿香，他为什么还吃在这里？

“你真没心没肺。”阿香笑着说。

笑就笑吧，笑着笑着，她的眼角突然涌出两行泪，像两条虫子，向下蠕动。

这是为什么？他糊涂了。

那天，他进了饭堂，看到佐佐木就坐在自己坐习惯了的地方，有滋有味地吃属于他二泄松的那份口粮。他的出现，佐佐木并不感到意外，朝身边的座位指了指，示意他坐下。好像他是这里的主人，二泄松反倒是不速之客了。

见二泄松愣在那里，佐佐木举了举手中的窝头，热情地说：“二桑，咪西咪西地，这个地，香香地香香地。”

二泄松心里说：“我吃了这么多年了，还不知道它香？狗日的，羊肉吃多了，到这里打牙祭来了，你倒是很会受用啊。”

二泄松受不了，转身就往外走。

眼泪不请自流。

妈的，必须动手了，不然，这个温暖的地方连我可怜的二泄松的位置都没有了。

什么时候动手？

老天爷肯定给我预备着一个机会。

接下来，他每天心里只有一个念头：机会呀，只要你一露头，我一定会逮住你。

等待的日子，他好像很快乐，没头没脑地唱小曲。

川岛说："二桑，你的调门总是不准地干活。"

二泄松说："这你就不懂了，不准，才唱。"

后来，他自己就不唱了。因为那天他发现，羊栏里的羊只剩下稀稀拉拉的几只了，他吓了一跳。如果没了羊，他就没了来大庙的理由；不来大庙，怎么接近日本人？

机会怎么就不来？他紧张又恐惧。神志就恍惚了，自言自语地嘟囔着："最后一只。"

这是他心中的念头。剩下最后一只的时候，肯定就是机会了。他绝望地想。

宰最后一只羊的时候，他对川岛说："我想死。"

川岛问："为什么？"

他说："你看栏里一只羊都没有了，我活着还有什么意思？"

听了这么凄哀的话，三个日本人相互之间盯着看了一会儿，再面对二泄松时，好像脸上都露着惭愧的表情。久井说："本来太君不想吃羊，如同不想杀人一样，但做不了胃口的主，没办法。哈咿，二桑，对不起了。"

二泄松说："你们什么也甭说了，我算是想开了，放一辈子羊也放不出一条好汉来，干脆就跟你们一起吃肉吧，痛痛快快地吃。"

他和三个日本人坐在院井的一张大石桌上，不仅吃肉，还喝酒。

日本人的清酒真难喝，还有一股子臭袜子味。但既然喝了就喝得壮烈些，别让日本人瞧不起自己。他强迫自己喝，且往醉里喝。

清风朗月，酒肉穿肠，几个人都有好兴致。川岛弹琴唱和歌，二泄松竞以京西小曲。都说对方唱得不好，你唱我压，弄得昏天黑地。

久井大乐，让他们两人休战，说："还是我唱一曲吧。"

他唱："东方之顶，日不落……"

唱着唱着，舌头打了卷一样凝结在那里，眼神也汪出一片迷茫。因为他发现坐在对面的二泄松，手里正摆弄着一枚日式手雷。这个人真是喝多了，一边摆弄着，一边还痴痴地笑："这是好吃的香瓜，嘻嘻……"

好像真是一枚香瓜，他决意要品尝一下，便在桌面上磕了一下，冒出了烟状的汁液，还托在手上，"香瓜，嘻嘻……"

他心里异常清醒：小爷我终于找到了机会，狗日的，跟你们同归于尽了。

突然，他听到栏里有羊的叫声，咩咩……

他愣了一下，明明是斩尽杀绝了，怎么还会有羊呢？

咩咩。是真实的声音。

既然还有羊，就不能没有二泄松。看来我还不能跟你们一起死。他把即将爆炸的香瓜笑着丢在石桌子上，身子一矮，钻到桌子下边去了。

附记

二泄松后来到底还是娶了阿香。娶阿香的时候，他抹不去佐佐木的阴影，对她有隐隐的烦厌。而且阿香还比他大八岁，用京西话说，是老扫帚疙瘩了。为什么还娶？他说，他若不娶，谁肯娶，谁又敢娶？

横竖是个女汉奸嘛。再说，她做的窝头是别的女人做不出的，他吃惯了。李文清被定为反动地主、日本汉奸。到后来，谁也不知道村里曾有过一个叫李文清的人，只是知道有一个为日本人卖命竟还死在日本人手里的李大麻子。为此，二泄松很伤神，他心里为东家大鸣不平。这也是他娶阿香的真正原因。

姜实泽上了英烈榜，县里还给他修了一座陵园。

二泄松也被评为抗日英雄。不过，他一直也闹不明白，糊里糊涂地怎么就成了人物了？他对人说，能炸死那三个鬼子，是他没想到的。如果不是喝多了，他没那个胆。如果不是醉眼蒙眬中朝身边瞄了一眼，凑巧有一枚香瓜手雷被他瞄见，也就什么戏都不会有。管事的人说："你对外人可千万别这么说，得有点脑子。"他摇摇头："我二泄松从来就是实话实说。"

还有一件事让他不明白的是，他居然能活着走出大庙。香瓜手雷炸了，他的后腚被削掉了一块，当时一点也不疼，只是血流不止，抹来抹去手脸都血淋淋的。他对赶来的伪军说："太君喝多了，拿手雷当香瓜，不期就炸了。"伪军竟说："知道知道，不过，怎么就没炸死你？"二泄松说："可能我命大吧。"伪军摇摇头，表示怀疑，但却说道："你赶紧走吧，去找阿香，让她给你包扎包扎伤口。"

二泄松又赶起了一群羊。

村里管事的曾要给他安排一些让别人都眼馋的差事。他说："我什么都不干，就当这个羊倌。为什么？我生就了这么一副腿脚，不放羊就可惜了。"

关于这群羊的来历，有两种说法：一是由大庙里那最后的一只羊繁衍来的。那只羊之所以没被宰掉，是因为它挂了崽儿，日本人也同意先留下它。由于当时的紧张、恐惧与绝望，他把它忘了。他认为是这只羊救了自己的命，悉心侍弄，顺利生产。正好生下一公一母，月月年年，居然儿孙满堂，成了一群羊。二是村里给他置备的。这么一个历史功臣，就那么一个可怜的念想，可佩可感，怎能不成全？

二泄松和阿香后来过得很美满，育有一女一男。

让阿香感动的是，每到清明，他都主动到李文清的坟上坐一坐，烧烧纸、培培土，念叨念叨。

阿香感到，平易夫妻，这就足够了。

七十三岁那年，二泄松在一个早晨突然感到身心疲惫，对阿香说：“我今天想歇一天。”阿香说：“你早就该歇了。”不期睡着睡着就睡过去了，毫无痛苦，面色安详。

阿香让儿女给他立了一块碑。碑上第一次刻上了他的大号：谢文庭。

很正经的一个名字。

2009年2月11日至3月11日于北京石板宅

银音

——一个古乐传承人的故事

这个村子叫下英水，陡山陡岭，耕种困难，且易发泥石流，被政府搬迁到平原，安置了。但有一户人家，无论怎么动员，总是赖在村里，与旱涝厮守，意志坚定。

户主的年龄很费猜想，因为虽然已经是新时代了，但他却终年穿一袭藏青色的长袍，鬓发梳得熨帖，蚊子落在上边也会劈叉，颊须也剃得一丝不苟，一片铁青，有仙风道骨样相。膝下有一子，已是壮年，却不婚不娶，种养勤勉，整日寡言，与其父相依为命。

问其不走的原因，做父亲的说："岭那边有个银音会，而我是指挥，走不得哩。"

问话的乡干部说："这地界的蚊子，有几只公的几只母的，我都知道，哪有球的银音会？"

父亲脸色一青，有就是了。

来人还喋喋不休地说着，父亲却兀自梳理着他本无须再梳理的头发，不理睬了。那人就对儿子说："你去做做你老子的工作，别无事生非。”儿子也铁青了一下脸，说：“他说的是对的，岭那边正有一个银音会，我母亲就是拉胡琴的，死了就葬在那地界。”儿子还说，他父母就是在银音会上认识的，父亲指挥的时候，她拉得贼好，没父亲指挥的时候，她就拉得稀松。

父亲平日就干两件事：一件是抄曲谱，一件是给高线作保养。

银音会是京西百姓对民间古乐的说法。元明时期，这里笙弦笛管很是繁盛，不仅百姓享受，即便是紫禁城里的皇上，也微服来访，听到醉心处，摇头晃脑，连身份都忘了。但时间久了，曲谱大多都散轶了，落在父亲手里的，也就三二十首。他于心不甘，四处收集，根据老人们的唱调，又整理出百余首，共计一百四十七首。他兴奋地对儿子说：“都说门头沟的爨底下是民间古乐之乡，其实狗屁，它长短不过三十几曲哩。”

怕虫蚀水浸、风化火燎，父亲不停地抄曲谱。谱是工尺谱，且要抄在特制的黄表纸上，是很费心力的。但他抄了一套又一套，而且每一套抄毕，都要配一个名贵的檀木盒子。儿子问：“抄这么多，预备着给谁？”父亲说：“凡人谁也不给，只给天地。”就这样，两间西屋都装满了曲谱，每日晨起，父亲都围着西屋转几遭，频频点头，脸上有微笑。

不抄曲谱的时候，他就整理高线的滑索。给滑索打油，检查吊斗的接榫。岭那边叫上英水，盛产煤炭，有一孔接一孔的小型煤窑，煤一挖下来，就通过高线运到山下，然后再输送到各处去。后来，产业转型，严禁采矿，煤窑就关了，只留下这一挂高线，见证着煤业曾经的繁盛。之所以对闲置的高线作悉心的保养，是因为对他有用。每到年节，譬如端午、七夕、中秋、春节，父亲都会到岭那边去——据他说，那里的人有钱、有闲，很爱好文艺，有一个大礼堂，有一支演奏古乐的乐队，需要他这个懂乐谱的人作指挥。年轻的时候，靠走，即便是山路崎岖陡峭，也如履平地，后来年纪大了，高线就成了他的交通工具。村人都说：“本来是用来运煤的，你却用来运人——你没看见，高线一开动，钢索就吱扭，吊斗就忽悠，就让人心生寒意，你真是不知生死。”父亲一笑，说：“生死有命，富贵在天，这高线命中就是给我预备着的，如果有一天从上边掉下来，也不是暴死，而是寿终正寝。”

寒来暑往，日息月生，他多年在高线间行走，竟也自在无恙，大家就习以为常了，一如猪卧泥处，雀走悬檐，生来如此，不必惊异。

让人惊异的地方，倒是他本人的态度——无论酷暑严寒，无论风雨雷雪，都不能阻止他如期到岭那边去，好像那是一个庄重的地界，一如村口那座土地庙，天然就是让人敬的。而这种神秘的庄重，也让人们对他心生敬重，特别是他的儿子，觉得父亲所做的事，是天下第一等大事，只能仰慕，不能有微言。

一年中秋，日间尚晴，一近傍晚却突然雷雨交加，让儿子顿生诧异，都什么节令了，怎么还有这么大的雨？更让他不解的是，父亲白日里还安好地在庭院里走来走去，雷声乍起之时，却突然口吐白沫，昏睡不起，且额间滚烫，胡话连篇——

——啊，中秋佳节，银音响月，我却栽在黑暗里，不能去指挥了！

——啊，老伙计们，啊，孩子他娘，我有心登台，可无力迈槛，对不住了！

一边谵语不断，一边泪淌不止，别人流下的是澄澈清泪，父亲淌下的，却如浆液一般浊白。儿子被震动了，伏在父亲耳边，安慰道：“你且安心地歇吧，我替你走一趟。”

父亲平日里试唱乐谱，演练指挥的招式，都被儿子看在眼里，他相信，比猫画虎、救一下场的本事他还是有的，便一头冲进雨雾之中。

他看一眼在风雨中摇摆晃动的高线，没有乘坐的勇气，便徒步而上。他攀岩越岭，与泥石流较量，终于到了那个叫上英水的地方。但在泥泞里反复寻找，也没有找到那座被父亲形容得让人神往的大礼堂。既然是个有钱的地界，怎么会没有那样的建筑呢？正踌躇间，他听到在远遥的地方有隐约的琴声传来，便寻觅而去。

华音响处，却是个被废弃了的空旷煤厂。

娘的，越是有钱，越是不花在正处。这次他信了。

雨阵中木定着几个黢黑的身影。他们席地而坐，任浊流绕膝，只专注于手中的乐器。细察那些人的貌相，都是形销骨立、萎缩丑陋的老人，但他们眼中都有光，灼灼闪闪，一如磷火。其中有一个拉胡琴的老妪，双眼紧闭，乱发凝结，身量、表情、气韵，都酷似死去的母亲。

煤厂中央，竟站着一个指挥的人。虽风吹雨浇，长衫裹体，不再飘逸，但正好勾勒出他腰板的挺拔。且舞动的手势，收放自如，干净利落，抬眼望去，有大艺术家的气质。

走近一瞧，竟是父亲，他失声叫了一声：“爹！”

父亲只是嘴角抽动了一下，并不为之所动，一招一式有力有序，忘情地尽着他指挥家的职责。

他呆呆地站在雨中，感到自己是个多余的人。雨淋热身，不禁觉得身子有些冷，但奇怪的，心里竟有暖意升起。银音勾魂，顿生幻象，在那里，父亲和母亲都在，他享受到了家人的团圆。

2012 年 7 月 14 日记昨日夜半的一个梦

心史

美满

武爱兰在邻居家打麻将。

她今天的手气好极了。在庄上已连和了三把。她喜在心上，面部表情却很平静。人生经历告诉她，再大的快乐也要隐忍，否则会遭旁人嫉恨。

人说，事不过三。这第四把，她就不抱希望了。却猛上牌，不一会儿就凑成了七小对和的阵势。她心猛地跳了起来，预感到，幸运又除自己莫属了。果然土堤不挡大水，竟摸上一张会儿——这是一把大和，赢冒了！但她捏着牌的手，却僵在空中，面部抽搐了一下。

因为她眼睛的余光，从厨房的门缝，瞥见自家的小狗被下厨的美英用锅铲重重地打了一下，也分明听到了狗的一声呜哝。她的心被剜了一下。

以往，她没有张扬的做派，摸牌时总是轻拿轻放，这次，她啪地把牌往桌上一拍："他妈的，我和了！"

牌桌上的人被吓了一跳："爱兰，你今天是怎么了？"

"不怎么，不玩了。"她站起身来。

按牌场的讲究，赢家儿要是中途退场，其他人是可以不结账的，所以，那三个人也乐得顺水推舟，纷纷把各自桌面上的票子收回囊中，打着哈哈。

“结账。”武爱兰冷冷地说。

“爱兰，你今天是怎么了？”牌友都愣了。

“少废话，结账！”她的声音竟锐利得很陌生。

牌友们很不情愿地付出钱款，谁也不说话了。

这时，小狗适时地钻到她的脚下，她一把抱了起来，连个招呼也不打，深阴着脸子，走了。

美英从厨房走了出来：“爱兰怎么走了？夜宵都做好了。”

武爱兰在沙发上悉心地翻弄小狗的体毛，她在查找伤口。果然在小狗的脖颈上，找到了一条青痕，“该死的刘美英！”她把脸贴在小狗的脸上，竟滚下两颗泪来。

丈夫李铁锤睡得很沉，鼾雷阵阵。她愤怒了，提起他的一只脚，又重重地摔下去。李铁锤被折腾醒了，猛地坐了起来。“怎么，你是不是又输了？”以往，只要是武爱兰输了钱，总是拿李铁锤撒气，已成了条件反射。

“你看看咱们小童。”武爱兰把小狗塞给他。

李铁锤仪式化地抚摸了一下：“它不是挺好的吗？”

武爱兰瞪了他一眼，撩开小狗脖颈上的软毛，指给他看。

只是浅浅的一道青痕。他觉得武爱兰真是小题大做，但是却表现出十分的义愤：“这是谁干的？”

“还有谁？只有刘美英那小婊子才做得出来。”

“我去找她。”李铁锤知道，自己必须作出这样的姿态，否则，这一晚，他就甭想再睡了。

武爱兰把他探出床外的身子狠狠地摁了回去：“你总是这么冒失。”

狗被打的过程，她是从门缝里觑见的，狗在当时又没叫出声来，又怎么能明确指认呢？

“那我该怎么办？”李铁锤不安地看着她。

“你记住刘美英那女人不是好东西就成了。”武爱兰的话中是有含义的，因为有刘美英的场合，李铁锤的目光总是游移不定，有些时候，还一剜一剜的，让武爱兰感到不舒服。

“行。”李铁锤只简洁地说了一个字，便重重地把身子摊回床上去。

“怎么，不乐意？”

“无聊。”

李铁锤很快又打起了鼾声，小童也在他们中间睡得很香甜，可是武爱兰却怎么也睡不着。对小童的怜惜，让她心潮难平。她开始埋怨自己，怨自己在驯养小童时，用心太过。小童刚进家门时，爱叫闹，饿了叫，磕碰了也叫，这让她很不舒服。她觉得，小童是爱尔兰珍贵犬种，应该有高贵的样子，在快乐和痛苦面前，应该隐忍，不能大喊大叫。所以，只要它叫嚷，就把它拴起来，停水停饭，让它在肉体的困厄中进行反思。狗终究是通人性的，它很快就理解了主人的意图，养成了温顺、淑静的品性，即便是受了再大的委屈，也安恬如初，不叫出声来。亲朋好友都夸它性情好，武爱兰很自豪，觉得很有面子。

但是，如果不是这样，刘美英就不敢在暗中下黑手了。狗一叫，主人跳。狗的叫声是一种预警信号，针对旁人，它有规避作用。

想着想着，武爱兰既忧伤又懊丧，睡意全无。

她不能容忍李铁锤那粗俗的鼾声，稍一沉吟，便一拳把他捣醒了：“就知道睡！”

“为什么不睡？”李铁锤咕哝了一句。

“你这个人真是太自私了。”武爱兰在他的要命的地方揪了一把。

李铁锤得到一种启示，不情愿地支起身子：“那好，我就伺候伺候你。”

“缺你。”嘴上虽然这么说，但身子却有了一个姿态。

李铁锤开始在武爱兰胖大的身子上鼓捣事情。

李铁锤身材瘦小，站立的时候比武爱兰还矮半头，在这个时候，他的样子就更加滑稽。武爱兰合着眼睛，不忍看他。他苦笑着，在自卑中，认真地履行着做丈夫的职责。从始至终，武爱兰的表情毫无变化，好像这种特别的激情事业与自己无关。其实快感来得很强烈，但也只是在眉头上不易察觉地抖了抖。这是她多年来的习惯，耻于表露痛苦与欢乐。

李铁锤一点成就感都没有，身子一顿，败下阵来。他仰望着明暗飘忽的天花板，对身边的女人隐隐地恨着。

武爱兰出生在一个农家，穷得连院墙都垒不起，父亲用秸秆插了一道简易的篱笆，有了一个象征性的院落。她身下有两个弟弟，食量大得惊人，粮食总是不够吃。为了对付肚子，他们家很少吃干的，即便是喝粥，也多是掺杂了大量的瓜菜、树叶之类。整个粥锅都见了底，两个弟弟还没有饱的感觉，便为刮锅底的结痂而撕破了脸皮。在大呼小叫中，她不说一句话，呆呆地坐在门槛上，望着远处。她看到篱笆上稀稀落落地爬了几株牵牛花，花朵悄悄地开着，很鲜艳，但是她看不出一点儿美来，只感到很寒酸。

初中毕业，她就主动辍学了，到队上挣些工分，帮衬一些口粮。但是弟弟们还是吃不饱，对她这个作出自我牺牲的姐姐，一点儿也不亲热。好像她本来就应该这样似的。她很伤心，愈加郁郁寡欢。但是并没影响她像野草一样向上拔节，身量高出家里所有的人，身板虽然单薄，但也亭亭玉立。

母亲看着她发愁，说高个女人一般都没有好命。

姑娘大了，惦记的人就多。虽然说媒的人踢破了门槛儿，但她始终不吐口。她心中有数，因为那些个人家儿，都是农民。

武爱兰家门前有条土道，虽然狭窄，却是官道。三乡四邻的人都会从这里出出进进。其中有个小个子男人每当从这里路过，都要情不自禁地往篱笆墙里瞭上两眼，他在捕捉武爱兰的身影。因为他长得很不起眼，武爱兰虽然与他面熟了，但却从来不搭话，好像从来就没有这么个人似的。

武爱兰的漠视，让这个叫李铁锤的青年生出一股志在必得的勇气。有一天，武爱兰正在水戽斗上压水，背对着他投进来的视线。她的身子一起一伏的，两片臀瓣儿很鲜明——青年有一种莫名的冲动，便破篱而入。

听到声响，武爱兰转过身来，并不吃惊，平静地说："知道就是你。"

李铁锤嘿嘿地笑着，竟不知道说什么好了。

武爱兰发现，他的牙齿很白，区别于有牙锈的村里人，就正眼看了他一眼。仅这一眼，她又发现了他的一个优点：虽然脸庞很小，但是很清秀。一丝好感涌上心头，把刚戽上来的清水舀了一瓢递给他。

他慌忙接过来，咕咕地全喝了。

一瓢凉水垫底，他从容了很多："自我介绍一下，我叫李铁锤，是国营窦店砖瓦厂的正式职工。"

这突兀的开场白，让武爱兰愣了一下，"不远。"竟说。

李铁锤点点头："离这儿也就二里来地。"

接下来就无话可说了。武爱兰接着戽水。

"我想送你一辆自行车。"声音怯怯的，却很清晰。

武爱兰顿在那里："凭什么？"

"你自己知道。"

对这没头没脑的话，武爱兰不知道怎么回答，她埋下身去戽水，搜寻着适当的词句。好不容易找到了一个句子，但转过身来，发现那个人已经走远了。那扇篱笆门，呼扇呼扇地动着，竟一点儿声音都没有。

“这究竟是怎么回事呢？”武爱兰心绪乱了，用刚戽上来的水冲脚。冲着冲着，竟觉得脚上有冲不净的泥巴，直至把水都用光了。

第二天，李铁锤竟真的推来一辆崭新的自行车。“永久”加重型，当时最好的品牌。

武爱兰脑袋嗡了一下，愣在那里。

她母亲看出一点儿门道，抢前两步，往屋里让着客人。

李铁锤笑着说：“我还有事，先走了。”

李铁锤走后，她母亲试探着问她：“闺女，这小伙子是不是有那个意思了？”

“什么意思？”武爱兰没好气地反问道。

“他是干什么的？”

“砖瓦厂的一个破工人。”

“你真是烧包，就咱家这条件，能有个吃商品粮的送上门来，是你的造化，千万别不当回事。”

“是我嫁人还是你嫁人？”

“别没大没小的，小心我让你爸用鞋底子把你打出门去。”

一句话，戳到了武爱兰的痛处——从毕业的那天起，她就感到，自己再辛苦、再顾家，在父母，特别是在两个弟弟眼里，总像是个吃闲饭的人似的。她心头一酸，泪下来了。

在那个时候，自行车对农村的人来说，是个稀罕物件。两个弟弟见到之后，无论武爱兰如何阻拦，他俩都要骑弄一番，磕磕碰碰的，让她很恼火。

“弄坏了，让我还怎么还人家！”

“你这个人真是奇怪，是他主动送的，又不是咱伸手要的，你就是看不上他，他也没脸再要回去。”弟弟说。

她更是来气：“人家是送我的，你们凭什么就这么硬气？要骑，也轮不到你们呀。”

武爱兰抓住车把不撒手，弄得两个弟弟没办法：“你真小气！”撂下这么一句话，悻悻而去。

武爱兰毕竟是个孩子，漂亮的自行车放在那里，她也稀罕，也冲动。最终还是管不住自己，试着骑了起来。她真是聪明又机灵，不到半天的工夫，就学会了。她极其兴奋，摇摇晃晃骑到大街上去，在众人羡慕的眼光中，她觉得自己长大了，是个女人了。

那天清早，她骑着自行车去邻村买小猪崽儿。往年去一趟，得用去半天的时间，这一次，转眼之间就到了，太阳才刚刚开始爬高，真是方便得很。往回骑的时候，她高兴地唱起歌子，觉得生活很妩媚。得意忘形之中，蹬得快了一些，以至于在下坡的时候，有些刹不住闸了。正巧迎面来了一辆小驴车，心里一慌，偏出了路面。车轱辘压在鹅卵石上，一蹦一跳的，马上就要摔倒了。这时，车架子上的篾筐里，小猪尖叫了两声。在慌乱中，她竟有了一个极清醒的意识：两只小猪崽是家里攒了半年的鸡蛋才换来的，牵连着全年的生计！她猛地转过身去，抓牢了。车子摔倒之后，她重重地跌坐在卵石上，怀里却紧紧地抱着那个篾筐。小猪崽安然无恙，但她的整个臀座却一点知觉都没有了，无论怎么努力，就是站不起来。再尝试一下，听到腰椎部位咯吱地响了一声，“完了！”她放声大哭。

乡间人稀，总也不见一个人影，她的哭声一点意义都没有，便嘎地止住了。在绝望中，像要跟谁斗狠似的，她奋然挺举了一下身子，居然站了起来。她呵呵地笑了起来，连自己都感到奇怪，怎么在这个时候，还有心思笑？虽然腰部不敢动弹，腿竟然还能抬起来，阴沉的心，便闪出一丝光亮。她艰难地把篾筐放稳在车架上，推着车子往前走，一瘸一拐的，但意志坚定。因为她发现，只要自己一怜惜自己，腰就疼得厉害；一旦豁出去，一切都还可以承受。虽然都到了下午的光景，她才挪到熟悉的篱墙跟前，但是心中的忧伤竟在路上渐渐地被稀释掉了，见了母亲，她很平静地说了一句："猪苗儿我拿回来了。"

在家里的土炕上窝了半个月，她终于能下地了，对前来探望她的李铁锤说："你备份厚礼送过来，我跟你了。"

虽然没有落下什么明显的残疾，但腰腿已不像从前那样灵活了。他李铁锤得负这个责任！她在心中，无奈地说道。

虽然做了男女的事，李铁锤竟一点睡意都没有了。而武爱兰很快就进入了梦乡，粗重地打着鼾声。这让他厌恶不已。一个女人家的，睡得跟男人似的，一点美感都没有。但是他竟忍受了几十年，一句抱怨的话都没说过。在睡梦中，武爱兰竟咯咯地笑了起来，重重地翻了一个身。被子滑在一边，整个腰臀都露了出来。农村生活的习惯，她喜欢一丝不挂地睡。从侧面看去，在微光中，她的屁股无边地阔大，他的目光无法逾越。他不禁哀叹了一声。依常理，大屁股女人是善生育的，但她却一个孩子都没给他生。平时，只要他一露出遗憾的意思，她便瞪大了眼睛训他：还不都是怨你！她有不可辩驳的理由：就像雹子打过的花盘不结果一样，她坐果的地方被他的破自行车伤了。由于不可逾越，他把目光移开了，心里骂了一句：真他妈的不知羞耻！

那只叫小童的小狗此时也没睡，好像理解他的寂寞一样，凑到他的肚子下，温湿的舌头还在他肚皮上体贴地舔着。他很难受，很反感，一把将它推出去。小童愣了愣，依旧贴过来——它没有人类那么复杂的情感，察觉不到其中的敌意。李铁锤恼了，掐着它的脖子把它提了起来，恶狠狠地扔到床下。受了这样的虐待，小童却一声不吭，抖了抖被摔疼了的身子，又爬上床来。好像是明白了什么，这一次，小童在他眼前一个适宜的距离蹲着，用幽幽的眼神盯着他。狗的忍耐让他有些惭愧，他闭上了眼睛。但心中的不平却越来越强烈了，他想，在一个适当的机会，一定要好好收拾它一下。

因为是独子，与武爱兰成亲之后，起初是跟他的父母一起过的。父母有个大宅院，有坐北朝南的正房四间，东西厢房各两间，南面是院墙，竖着一个巨大的影壁，上边嵌着一条大龙，整个院落气势不凡。他的父母是老实巴交的农民，武爱兰这样一朵鲜花，能开进这么一个院落，他们自然觉得脸上有光，他们一切都顺着她。他们让出了自己住的正房，甘心情愿地搬进东厢房，颇有儿女在上的意思。但是，不到半年，武爱兰却以不容商量的口气对他说："咱得盖一座自己的房子。"

李铁锤也没多想，笑着说："盖什么盖，等老人们过世了，整座宅院还不是咱俩的？"

"谁知道他们什么时候死？"武爱兰气哼哼地说。

这么妩媚的一个女子，居然说出这么不通情理的话，李铁锤很是吃惊。父母正值壮年，身膀很是硬朗，那一天的到来，的确是很遥远，但是做儿女的也不能这么说话呀！他一气之下，不理她了。武爱兰也不理他，吃饭的时候也不露面。公公看出点儿苗头，主动来请她："闺女，该吃饭了。"武爱兰转过身去，把个后背晾给他。公公不知怎么好，运了一口气，自己咽了下去，悄悄地走了。后来婆婆来了，说："爱兰，铁锤让我们给惯坏了，你甭跟他置气，看在妈的面子上，你来吃饭吧。"这一次，武爱兰可不像对公公那样客气了，她冷冷地说："嘁，咱什么样的饭没吃过？"婆婆被噎了回去。她是想让李铁锤亲自来请，但是他就是不出场，她伤心极了，一怒之下，回娘家了。到了娘家，弟弟们也并不给她好脸色看——嫁出的女儿，泼出去的水嘛。他们年纪虽小，但观念很老。她待得很窝囊，对李铁锤就又怨，又期盼。

李铁锤到底是来请她了。到了院里，也不进屋，只是不停地摇自行车的铃。她很来气，你是在招呼狗呢。便依旧“阴”在屋里。她联想到乡下的一种蘑菇——雨后猝然从麦秸垛中长出来，又白又大，但是只要天一放晴，阳光一照，就突然抽缩得很小。她不能像那蘑菇一样，给点儿阳光，就落架子。

李铁锤只好把车子支在地上，自己钻进屋去，什么也不说，硬是把她抱了出来。他那么一个小个子，哪来的这般力气！惊奇覆盖了怨气，她顺从地任他把自己放到自行车后架上。等醒悟过来的时候，他已经把车子推出了院子。她想跳下来，但看到有一伙邻居在看热闹，便把身子往牢靠里坐了坐，做出享受的样子。她不想露出破绽，她要让邻居们嫉妒。出了村口，她跳了下来：“我凭什么跟你走？”李铁锤很想说因为你是我媳妇，但是那会助长她的气焰，便摇摇头独自推车朝前走了。“唉，你站住！”武爱兰吼道。她看到男人的背影是那么矮小、猥琐，油然而生的一种怜悯，使她很难受。李铁锤又踅了回来。“你要是让我跟你回去也成，但你得再把我抱到车上去。”武爱兰说。李铁锤懂得她的心思，给了她这个台阶。

行进在路上，李铁锤问她盖房的理由。

她告诉他，因为她看不惯那座影壁，更准确地说，是看不惯影壁上的那条大龙。

“我要是生不了龙子怎么办，我还甭进你们家门了？”这时的武爱兰就已经认定自己不会生育了。

“咳，既然是这样，咱就把它铲了。”李铁锤说。

“行。”武爱兰把头伏在男人的后背上，有些爱情了。

李铁锤把这个打算跟父亲一说，父亲像被抽了一鞭子似的，脸部抽搐了一阵子，然后把疼痛忍住了，略带忧伤地说：“要铲也行，等我死了吧。”

李铁锤熟悉父亲的脾气，他隐忍痛苦，也隐忍幸福，但是就是不委屈自己的心。所以，老爷子虽然没有发作，绵软里藏的可是不可动摇的坚定。

他觉得自己真是不孝，因为父亲信奉风水，那个影壁是在风水先生指定下做的，他根本就不应该提那样的要求。

“这个臭娘儿们！”从父亲那里出来，他心里弥漫着这么一种情绪。但一见到媳妇因期盼而更加清秀的脸，他讨好地笑笑：“爸同意咱盖房。”

李铁锤在砖瓦厂里干的是力气活儿，下班的时候已经是很累了，但回到家里还要自己架着小驴车去拉砖，心里很不是滋味。“哼，我怎么就娶了个你？要是娶一个工人，哪怕是商店售货员，按当下的政策，双职工可以分到福利房，我也不会受这个洋罪了。”武爱兰心里也不喜悦，她得帮着自己的丈夫去装砖。虽然农家女不怕卖力气，但浸过厚厚的线手套，指甲里嵌上了怎么洗也洗不掉的粉末，使光鲜的小媳妇变成了邋遢的丑婆娘，她觉得自己的命不好。“哼，怎么嫁了这么一个窝囊废？本来是被人羡慕的，竟还要受这份不可言说的累！”

装满了砖的车子，是很重的，但武爱兰还要坐在车子的辕杆上，让李铁锤拉着她走。矮小的男人深陷在车辕下，高个儿的女人还盘腿坐在车上，风景奇特。李铁锤腾出一只手来，费力地擦了一把汗：“真有你的，难道我是你的牲口？”

武爱兰撇了撇嘴：“难道你不是？”

他们都不满意对方，但一遇见旁人，会同时做出灿烂的表情，让人家感到，他们的这个样子，是因为美满，是出于心甘情愿。

李铁锤虽然是工人，但是收入不高，心里总希望武爱兰算计着过日子。武爱兰可不管他这个，从一进门就讲吃讲穿。她有充分的理由：我之所以嫁给你，唯一可以在人前显摆的，就是你的工人身份，不吃好一点儿，穿好一点儿，怎么看出我是工人家属？

这个理由绝好。因为它既属于武爱兰，也属于他李铁锤：它能让他感受到最后的一点地位——你武爱兰也没什么了不起的，好歹我是个工人，能给你好日子。

武爱兰单薄的身子日渐丰满了，有了美妇的韵味。别的男人见了她，总往她身上撩。她心里也很热，觉得自己守着这么一个不起眼的男人真是亏了。她真想跟一个魁梧的男人发生点什么。但是，也就是想一想。她并不是为了守住妇德，而是自尊心在起作用。那个魁梧的男人如果是个农民，传扬出去，势必会让旁人认为她武爱兰嫁给李铁锤是一时糊涂，只是图人家的钱。那个男人如果是个干部、工人之类，就咱一个农家女子，人家会真心看上你吗？只是跟你逢场作戏，玩玩而已。在乡下，这种骚情事她见多了，多没有好结果。

出格的事，无论怎样，都会伤及面子，不如不做。由于不能做，她对李铁锤更是不满，以至于每次亲热，都别别扭扭。

但在李铁锤的眼里，武爱兰说不上怎么美。无非高一些、胖一些、食量大一些、屁放得响一些。有一次，他还跟武爱兰开玩笑，如果有能忍受一个女人打比男人还粗的呼噜的男人，我会乐意把你让给他。对这种不美其美，武爱兰很伤心，男人一有动作的时候，她会把身子拧得很弯曲，你少沾我！

李铁锤开支的时候，例外。男人把工资一分不少地交给她之后，然后涎着笑脸提一个要求：“还不犒劳一下？”

武爱兰一边点着钱，一边把自己放倒在床上。一点都不难为情。

因为她觉得，这钱真好，既证明他李铁锤的价值，也证明自己的价值。

李铁锤跟她的感觉一样，在她身上纵情地拨弄，有时会亢奋地哭起来。

但是，事情一完，他立刻就像蜥蜴断了的尾巴，动弹两下，就泄气地蜷缩起来。“真没劲。”他心里说。

虽然一夜没睡好，但天一放亮他就起了床。他睡不了懒觉，只要到了以往起床的时候，如果不起来，脑袋会像灌了水一样，一窝一窝地疼。上班的时候，起早贪黑，觉总不够睡，就期盼着退休，好好睡一睡。现在真的退了，倒睡不着了。他觉得自己的命真贱。他看了一眼身边的女人，还是头晚上的那个睡相——恬不知耻的酣畅。那只狗竟然睡在女人的胸窝里，舒坦得连头都不见了，只是毛茸茸的一团。女人与狗都是没心没肺的东西，被人气过，被人伤过，转眼就忘了。

虽然心情不好，脑袋也沉得像灌了铅一样，但他还是认真地洗漱了一番。不是他有修养，而是出门做工养成的习惯。这一点，武爱兰就不成。她一辈子待在家里，改不了农村人的习性，从来没有像模像样地刷过一次牙。别看她身材、面相那么有样，可别张嘴说话，一张嘴，就有一股子麦糠发了酵的味道，很让人看不上。想到这，他不禁凑到女人的面前闻了闻，那股味道更浓了。他有了一种优越感，得意地笑了笑，走出门去。

他们家住的是一楼，门前有一块花园。人家的花园名副其实，种的是花花草草；而他家的花园，就是菜园了，空间搭着一蓬丝瓜架，地面上侍弄的是茄子、黄瓜、西红柿。他曾对人说，他本来是个农民，不幸当了一个工人，一旦退休了，一定好好找补找补农活，把过虚空了的日子过得踏实些。说到底，是与他的婚姻有关。武爱兰没有让他感受到一点当工人的优越性，还不如找一个普通一点的女子，那样会对他恭恭敬敬、百依百顺。可惜找了一个花瓶，中看不中用，还不能说一个不字。唉!

黄瓜该起秧了，根子下的草也发育得繁盛。他拿了一柄短锄，蹲在地上锄草。他的手真灵巧，锄刃在窄窄的垄缝间快速游走，草铲得干净，黄瓜的嫩根却一根都不伤。他得意地笑了笑，感到了做男人的自尊。在自得的劳动中，他的头变得清爽起来——

房子盖成之后，他们成了独立的家庭。外人很羡慕他们，一个是国家职工，有工资、有粮票、有布票、有肉票、有油票，逢年过节还发东西；一个是年轻漂亮的美妇，还聪明伶俐，只要人戳在那里，就很壮门面。但他们自己的感觉就不一样了，他们之间缺少一种东西：甜蜜。

武爱兰虽然主内，但很少有耐心把饭菜做得精致，随意弄两道菜，应付着一日三餐。李铁锤吃着不合口，但武爱兰却吃得狼吞虎咽。她的胃口好，吃什么都香。所以李铁锤也不好提意见，隐忍地吃着。有的时候，他实在想改善一下伙食，就亲自下一下厨房。没想到，武爱兰对此反应激烈，气哼哼地说："要做，你就天天做。"饭菜端上餐桌，她人跑得没影了，李铁锤还得寻她、哄她。这是何苦呢？他只好彻底放弃了。还有李铁锤的穿着，武爱兰从来也不上心打扮，他愿意穿什么就穿什么，反正穿什么都是那个小身块，一点气质都没有。媳妇的漠视，让丈夫也没那个心情，一年四季大多都是穿着那两套工作服。可武爱兰却很爱打扮，什么时兴就穿什么。他心里有意见，嘴上却不说。但武爱兰能感觉到，因为只要她一有新衣服上身，他的脸就要阴上两天。武爱兰有办法回敬他：他一想亲热一下，她就别扭他。虽然最后也把好事成就了，但因为经历了一番哄、劝、讨好之类的曲折，李铁锤的快感也打了很大的折扣。耳鬓厮磨间，他的心里，竟起着褶皱。

还有一层阴影——

李铁锤的父亲喜欢喝两口，他便每月给老人家打两瓶酒。起初，武爱兰不说什么，时间长了，以开玩笑的方式，就把话说了出来："你可真孝顺，不年不节的也打酒？"李铁锤心中一沉，但脸上还是堆出笑容："谁让他就我这么一个儿子呢。"虽然酒依旧打下去，但两个人都心照不宣地给对方记下了一笔账。三两个月下来，家里积攒了不少粮、油票，武爱兰首先想到要给娘家送过去。李铁锤心中还是一沉，身边的两个老人你怎么不惦记一下？所以，他虽然不反对，虽然脸上还挂着笑容，但是迟迟不付诸行动。武爱兰懂得他的心思，以撒娇的形式揪着他的耳朵："嗯……你这个人真是没良心，我们家把一个如花似玉的大姑娘都给了你，你还舍不得几两粮票？"李铁锤知道躲不过，便换了一种积极的态度："我是想等开了支，买成面再送过去。"李铁锤果然这样做了，但他心里有老大的不情愿。武爱兰装作不知道的样子，拍拍他的小屁股："晚上我犒劳你。"李铁锤心里说："你省省吧。"但嘴上却说："这还差不多。"所以，晚上一边亲热地接触，一边都觉得对方很陌生。

真是机缘凑巧。这个地区大搞房地产开发，他们村的地和村民宅院都被占了，村民整体地转了户口，而且还安置青壮年就业。依照有关规定，男五十岁，女四十五岁，就不再安置了，而是按月发给养老金。武爱兰这一年刚好四十五岁，虽然一辈子没参加过工作，却像工人一样，每月能拿上八百元的"退休金"。退休金的说法，是武爱兰"气"李铁锤时说的，因为那一年，国家限制红机砖的生产，他所在的砖瓦厂被新建的一家轻型建材厂合并了，虽然还不到退休年龄，但本着精简效能的原则，李铁锤等一批老职工提前退了，他的退休工资也刚好八百元。所以，在家里，他最后的一点优越性也没有了。更让他在武爱兰面前抬不起头的是，由于他们有自己的住宅，占地后，按建筑面积一分不花地回迁到楼房上去了。如果不是这样，他们得买商品房，虽然会享受到优惠价格，但也要自己掏不小的一笔钱。依他们的收入条件，肯定是要贷款的。武爱兰说："当时我要盖房，你还老大的不情愿，你看看……"其中的潜台词是不言而喻的——他能过上舒心日子，是沾了媳妇的光。

衣食无忧，就剩下身体保健一件事了。但遛弯的时候，旁人从来也没见到两个人同进同出的影子。有人在甬道上见到踽踽独行的武爱兰，问：“怎么就一个人遛啊，李铁锤呢？”武爱兰随口说道：“他这个人忒懒，撂下饭碗就看电视。”其实李铁锤这时也遛着，不过是在相反的一处地方。旁人也知道，她那么高大、光鲜，李铁锤那么矮小、老丑，怎么能遛到一起呢？除非这女人有一颗朴实的心，把什么都看开了。朋友聚会，武爱兰也很少带上李铁锤，弄得朋友们都觉得很对不起他。以至于再有活动，发起人会加上一个附加条件：一定要带家属。为了不招致武爱兰的反感，发邀请时，均不露痕迹，具有通告性质。席间要弄酒，武爱兰总是提前就声明：“我们铁锤酒量小，你们可要照顾照顾。”这与其说是对别人的提醒，不如说是对李铁锤的警告。因为在热闹的气氛中，李铁锤总是毫无顾忌地畅饮，喝到一定时候还不能自已地流泪。“瞧，多了不是。”武爱兰虽然笑着打圆场，但眼神里藏着一把一把的小刀子，直往李铁锤的肉里剜。李铁锤心里不快，但脸上傻笑着装糊涂：“没事，没事，我的酒量大着呢。”朋友们心照不宣地为李铁锤解围：“爱兰，你可别扫我们的兴，我们还都想喝点。”他们都觉得，李铁锤心中有块垒，必须让他发泄发泄。如此这般，只要有李铁锤参加的时候，男人们准都会喝多了。李铁锤喝多了之后，武爱兰会以很体贴的样子，把他搀回去，但一进了家门，会把他重重地扔到床上，即便呕吐，即便口渴，她概不理睬。第二天早起，武爱兰像什么都没发生一样，一句埋怨和训斥的话都没有。这反倒让李铁锤感到难为情了：“爱兰，我昨晚是不是喝多了？”武爱兰摇摇头，不明不暗地笑笑：“男人嘛，就得喝痛快了。”李铁锤觉得有些饿，踅到厨房里。竟找不到一点吃的。他摇摇头，到了街头小摊，要了六根油条和两碗馄饨。蝇子飞来飞去，一落在碗边上，赶都赶不走。平常，武爱兰不喜欢他到这种地方吃早点，说不卫生。但是，他吃得很香，还感到那蝇子很好看，都长着大大的双眼皮。吃妥帖之后，他抽着烟在那里发呆，一个心思突然就冒出来：武爱兰哪像自己的媳妇？虽然她跟你不吵不闹，但心里冷。

黄瓜秧下的草锄完了，李铁锤开始给西红柿的根须培土。只有不停地做下去，他的清爽感觉才能维持下去。小童不知什么时候蹴到他的身边。两只蓝眼睛卖乖似的看着他，一副体恤男主人的样子。他朝它吐了吐舌头——连他自己都不知道，为什么会做出这么亲热的表情。他一直是厌恶它的，因为它的出现，使自己在武爱兰那里更没有地位了。

小区里的宠物突然就多了起来。小区旁边的街市上，居然出现了几家专门卖宠物食品的粮店和宠物医院。人们在给自己买蔬菜、买熟食的时候，还要掐斤掐两、讨价还价，一为宠物买东西，眼都不眨一下，出手大方得莫名其妙。让人感到，时尚这个东西，真是一种神秘的力量。

在没有任何先兆的情况下，武爱兰把小童领进了家门。

自从小童成了家庭成员之后，像是没有他李铁锤这个人似的，她把全部爱心和精力都给了它。她虽然懒得下厨房为人烹饪，但调制狗食却不厌其精。为了检验狗食的口味，她甚至常常亲口品尝。无论是上街、打麻将，还是遛弯，她与小童形影不离。狗刚离开她一会儿，她就会大呼小叫：“小童！小童！”急迫的表情，像自己的孩子走失了一样。狗身上的温度稍高了一点，她就匆匆忙忙地抱它上医院去，又是打针，又是输液，尽心极了。在街上散步，坐下来休息的时候，她怕蚊蝇叮咬小童，她会不停地给它扇扇子，耐心极了。刘美英见状，跟她开玩笑说：“你对小童，比对我铁锤大哥都好。”武爱兰随口答道：“那是，小童给了我做女人的感觉，可李铁锤能给我什么？”刘美英还想说什么，看到武爱兰的眼神里有一种不友善的东西，便随口打着哈哈，走了。望着刘美英比她年轻的背影，武爱兰果然嘟囔了一句：“哼，一只母狗！”

每到临睡前，武爱兰会给狗洗澡、梳头，还要轻轻地喷上香水。怕小童感冒，她还要用电吹风把它的毛发慢慢吹干。最让李铁锤不能忍受的是，她让狗睡了原来自己的位置，把它搂在怀里，用她的大胸脯蹴弄它：“小童，吃奶。”狗起初还躲闪，后来竟真的去吮她的乳头，人和狗亲热成一团。

李铁锤感到很肉麻，对人怨，对狗更恨。

小童见李铁锤向自己吐舌头，以为男主人喜欢它，居然毫不防备地上前舔他的手。那种湿漉漉、暖融融的感觉，让他既感动，又烦。他犹豫了一下，轻轻地把它拨到一边。狗蹲在那里，一副迷惘的表情。

他继续用短锄培他的土，以为狗会知趣地离开。

狗恰恰是不知趣的动物，它又不声不响地前来献殷勤——依旧舔他的手。他的工作受到妨碍，只好停下来。小童是那么无知，那么可爱，他的心都要动了。就在这时，他听到武爱兰懒洋洋的一声哈欠。这个声音虽然很微弱，但他听得很真切，他的心情立刻就变坏了。如果自己接受了狗的问候，就等于认同了武爱兰对自己的态度。他本能地扬起短锄，给了狗一下子。

狗呜咴了一声，瘫坐在那里。一股鲜血，竟汩汩地溢出来，染着毛发之后，就变黑了。他愣了：明明是象征性的一击，怎么就这么严重了？

更严重的是，小童并不叫，也不逃走，只是待在原地不停地颤抖。如果它叫出声来，武爱兰必然要登场；如果它逃走，他也决不会穷追不舍——那样，事情的结局就不一样了。

狗哀怜的眼神刺疼了他，让他看到了自己的卑鄙。决定救助它。但翻开狗的绒毛，发现那道伤痕很深，他无法给武爱兰一个合理的解释。他进入了一个两难境地。正无措间，他眼前出现了刘美英的影子。刘美英曾经既同情又讥讽地对他说过：“李铁锤，你是怎么混的，怎么连狗都不敢惹了？”他知道，怕伤了他的面子，刘美英是用了一个委婉的说法。李铁锤当时装出一副不以为然的样子：“嘿嘿，不就是一条狗吗？”刘美英说：“倒也是。”从这以后，他发现，刘美英对小童的态度，比他还厌恶。你刘美英是谁？真是莫名其妙。也正因为此，他更觉得无地自容。

想到了刘美英，李铁锤获得了一股义无反顾的力量，他抡起了短锄，沉沉地砍了下去。而且不行动则已，一旦下手了，就化成了密集的动作。“怨就怨武爱兰吧。”他心中有一个悲伤的声音。

最后，狗缩成一团，不动了。

李铁锤顺手挖了一个坑，把它埋了。

他坐在地上抽烟，像劳动之后，必然要休息一样。

武爱兰探出头来：“你见到小童了吗？”

“它不是一直跟你在一起吗？”回答得竟如此顺理成章、自然而然，连他自己都暗暗吃惊。

接下来的故事，自然是一点悬念都没有。武爱兰东找西寻，南呼北唤，久不见小童的踪影，整个魂儿就丢了。自言自语，哭哭笑笑，不吃不喝，嘴角起了燎泡，坐在沙发上，一晚上发呆。连续几天，一到了夜里她就发烧，她紧紧地抱着李铁锤，嘴里不停地嘟囔着：“我冷，我冷。”李铁锤很想顺势回以关心的抚摸，但伸出去的手，总是在接近目标的时候，不由自主地缩了回来。

小童不在了，俩人之间亲密相处的障碍消除了，但他依旧找不到爱对方、让对方爱的那份安妥。他觉得与武爱兰之间的心理隔膜反而更大了，而且拉大这段距离的不是对方，而是自己。

在武爱兰病态的拥抱中，他大气都不敢出一口，一动不动地躺着。

“还是离婚吧。”居然冒出了这样的念头。

这个念头一冒出来，他心里抽了一下，紧张得一点睡意都没有了。他开始不停地检索他的家庭生活，发现自己从一开始就没弄明白什么是爱情。

想到他与武爱兰几十年来朝夕相处，从来没有吵过架，从来没有红过脸，一团美满，满庭和睦，竟至让邻居朋友人人羡慕，甚至人人嫉妒，不禁泪流满面。“操他妈的！”他向空中默默地骂了一句。

接下来，他便被无边的死寂淹没了。

在自我的迷失中，他听到了小童的骨殖在地下腐烂时，发出的嗞嗞的声音。

2007年6月15日至7月5日于北京石板宅

同谋

邱云峰的情感生活近似于流行小说，无非是在两个女人之间游走，有些累而已。

他感到，命运之神其实是一个很蹩脚的导演，不论男人有什么样的资质，有没有承受的能力，总是毫无例外地给他安排两个女主角，让他在台前念一些大同小异的通俗台词。这样一来，戏本身并没什么精彩之处，但台后的风景，却很是不同，这边还是春夏，那边却已经是秋冬了。

可以说，邱云峰与李曼灵的结合，也是出于爱情。李曼灵高中一毕业就进了机关，且比邱云峰大两岁，工作之余只有一件事，就是给自己选择男人。所以只要在短期内跟男人有所接触，她就能准确地分辨出男人的成色。所谓挑肥拣瘦，不需动更多的心思，是一种习惯使然。邱云峰身长面白，谈吐优雅，大学毕业一分到李曼灵的单位，李曼灵的眼睛就像鱼钩一样，早给他预备下了诱饵。未等他权衡出风情的深浅，就别无选择地进了她的鱼篓，仅痉挛了两下，就挺直了身子，任其烹食了。

真是甜蜜的烹食。因为李曼灵是机关里的大美人儿，笑容灿烂，声音清脆，身材苗条，柔媚如兰，完全可以让邱云峰失魂落魄、心甘情愿。只是一次在忘情的亲吻中，他从李曼灵的口腔里，闻到一股隐约的大蒜味，让他心头隐痛了一下。他突然有了一个小小的疑问：李曼灵的父母都是普通的乡下人，她怎么会轻易地就进了机关？

李曼灵的身子在他的怀里扭动了一下，她感到他的吻有点冷。

“你说那几尾大虾是红烧还是清蒸？”她问道。

他的心又隐痛了一下。在忘情的缱绻中，她居然不忘灶间的事，他又一下子想到了她的出身。

他还想到了那天他接她看电影的时候，李曼灵家山墙下的那个麦秸垛。那个麦秸垛有些松散，两只小猪仔钻进钻出的，像随时都要坍塌下来。

他意识到，今后的日子，别再指望谁了。于是不免有些忧伤。

第二天在楼道里碰上机要室的葛菲，他礼貌地笑笑：“早上好。”葛菲冷冷地看他一眼，撇撇嘴，一声不吭地走远了。葛菲的父亲是区里主管财经的副区长，是炙手可热的人物。她被家庭养得很肥，下巴是双的。但是从背后看，腰窝很深，臀部有型，腴而不蠢。他的忧伤又深厚了一层。

“葛菲。”他对自己感叹了一下。

他想，如果娶的不是李曼灵而是葛菲，他今后的发展会快些、好些。

与李曼灵尚在蜜月之中，居然有这样的想法，他不禁摇摇头，感到自己有些不地道，红着脸躲进了自己的办公室。坐在办公桌前，久久不能进入工作状态，还延续着那种情绪，两只手摊在桌面上，似乎想在虚空里抓到一些实在的东西。眼睛的余光瞥到同室的老姚正殷勤地给小冯往保温杯里倒开水，小冯很懂风情地笑一笑，老姚则顺势在小冯的手上捏了一把，一切做得既暧昧又自然。

“是男人的品性问题。”邱云峰认定道。

有了这样的认定，他的羞愧居然消失得无影无踪了，因为一牵扯到物种问题，好像心头飘忽的杂念，就与自己无关了。

他开始以旁观者的身份思忖老姚和小冯的事。

老姚都快五十了，身材矮小，额面猥琐，无仕途欲望，从不招摇，是个不会有故事的人。但小冯却是个感觉良好的小女子，结婚都快三年了，也不要孩子，行为做派，似乎还在待嫁的状态。这样的女子，既有安全系数，又有隐约的风情，给男人预留着一种特别的施展空间。老姚真是会把握机会，在别人醒悟之前就已经捷足先登了。俗话说，蔫人有准主意——他老姚的公众形象是个不会有故事的人，不会有故事的人有了故事也等于没有故事——他和小冯从容地发展着不从容的感情关系，且不招嫌疑，安享其成。

“人真是复杂的动物，有的时候，是为不可言说的生活存在的。”他想。

他认真地看了老姚一眼，老姚的那张脸，这时异常地老实本分，空洞的眼神很无辜地注视着正前方。前方是一面白墙，是不久前才被粉刷过的。邱云峰无声地哼了一声，他对老姚厌恶到了极点。

他心中有一股莫大的不平，他邱云峰是个真正的君子，怎么会有这样的同事？

空气可以传达最隐秘的信息。三个人的目光虽然不时地交织在一起，却都没有交谈的愿望，他们似乎都能感知到别人的心思，觉得此时说话是不相宜的。

门无声地开了。未见其人，却已闻到了一股被开水煮过了的香味。

最先看到来人的是邱云峰，因为他的办公桌就在门边，况且他这个时候正有个预感，预感到有人要来。

来人是老姚的瘦老婆肖金花。

肖金花小心地托着一个瓮形的搪瓷饭盆，即便是盖子捂得很严，邱云峰也知道里边装的是饺子。他不情愿地笑笑，朝里边努一努嘴。女人目的很明确，就径直走到老姚跟前：“今天工休，就给你包了几个你爱吃的茴香馅饺子。”

老姚站起身来，不停地说：“你真是的，你真是的。”

邱云峰情不自禁地看了小冯一眼，小冯却大方地对他说：“邱云峰，你看你看，还是老夫老妻吧。”邱云峰下意识地接上了话茬：“就是，就是。”两个人几乎是同时站了起来，好像不这样，那对老夫妻的情爱就太日常了。毕竟他们都是受过高等教育的，对氛围是敏感的。

肖金花感到很不自在，把饭瓮轻轻地放在老姚的桌子上，仓皇地走了。

老姚很不自在地笑笑，打开饭瓮：“你们看，你们看，到底是乡下人，一点耐心都没有，饺子包得这么大。”一当找到适当的抱怨，他脸上的表情居然就放得自然了。

老姚自然要请二位品尝。邱云峰推辞道：“对不起，我受不了茴香的那股子怪味。”他其实心底里有一种反感，他觉得老姚有些恬不知耻。

小冯接过饭瓮，很家常地颠了一下：“我就喜欢吃茴香馅饺子，小邱不吃，我吃。”

小冯用拇指和食指捏起饺子，小拇指则自然地往上翘，姿态优雅。但吃相贪婪。一只肥胖的饺子，在口腔里仅咕哝了两下，就咽下去了，手指又毫不停顿地捏起下一只了。

小冯吃得忘情，整个一瓮饺子居然让她给吃光了。

老姚傻笑着，以欣赏的目光看着她。“笑什么笑，不就是吃了你几个饺子吗？快去把饭盆刷了。”小冯把饭瓮丢给他。

老姚驯顺地去刷饭瓮，小冯反而有些不自在了，对邱云峰说：“我知道你在想什么。”

邱云峰不知怎么回答才好，干脆把小冯撇在屋里，兀自走出门去。

起初是没有目的的，当走到楼梯口的时候，邱云峰顿生了一个念头。

他敲开了机要室的门，葛菲正呆坐在档案柜前，给他预备着。

“葛菲，湘味居刚刚开张，想不想品尝一下？”邱云峰试探道。

葛菲平静地看了他一眼：“那么，走。”

一切居然就这么简单，邱云峰反而有些不自在，好像自己的别有用心被对方一下子识破了一样，久久地僵在那里，觉得不再作些补充说明，是不适宜的。

“葛菲，你看，我真的没有别的意思。”他说。

葛菲愣了一下，“是你买单还是我买单？”她问道。

“当然是我买单。”邱云峰答道。

“既然是你买单，就大大方方地买。”

湘味居就在机关对面，透过店面的玻璃，能够一眼看到邱云峰办公室的窗户。在等菜的间隙，邱云峰不停地往上看。窗子里一会儿闪过老姚的身影，一会儿又闪过小冯的。但都是背影。这说明两个人都不察觉对面的窥视，是一种自然的走动。他们的交替闪现，还说明了他们在做正常的交谈，而未做苟且之事。可是，自己却跟自家女人之外的一个女人下馆子，且动机不明。他有些紧张，感受到了一种不名誉的东西。

葛菲点名要了一只“童胖子”牌酱板鸭。对邱云峰介绍说，这种鸭子的产地在湖南常德，肉性清瘦，品质坚韧，得小口小口地慢慢咀嚼，这样，潜在的香味才能在口腔里释放出来。香味一旦被感觉到，就像吸食大烟一样，再也不能自制了，是一种欲罢不能的美食。

邱云峰捏过一小块鸭翅上的肉，放到嘴里，探索性地咀嚼一下，立刻就皱了眉头。除了辣、硬之外，体会不到诱人的口味，他望而却步。

“味道怎么样？”葛菲问。

“除了辣还是辣，不习惯消受。”他笑着说。

“无辣不香，连这个都不懂，看来，你只配猪肉炖粉条子，比东北人还没品味。”葛菲揶揄道。

那么，偌大的一只酱板鸭，便只隶属于一个小口品食的女人。“她啃得完吗？”他偷偷地看了看表，为她发愁。

“什么美味？简直是一种不可忍受的折磨。然而女人却在这种折磨中乐此不疲，她（们）可真下贱。”邱云峰这样想着，对葛菲竟有了一种不过如此的感觉。

他不停地喝红酒，很快就把自己弄得有了微醺的感觉：“葛菲，我一直弄不明白，对我，你为什么像对仇人一样，表现得那么不友好？”

葛菲正捏着一只鸭翅，听到这样的问话，手僵在那里。“邱云峰，你可真没意思，原来你摆的是鸿门宴。”

“你说得有些严重了，我无非是好奇而已。”

“那我就坦白地告诉你，我冲的不是你，而是你老婆李曼灵。”

邱云峰一愣：“怎么，她得罪过你？”

葛菲狠狠地咬了一口鸭翅：“她还没那个资格！”

“既然如此，怨从何来？”

“就因为她进了机关。”

“原因就这么简单？”

“就这么简单。”葛菲又咬了一口鸭翅，补充道，“衙门口的门槛是很难进的，而她仅仅一个高中生的资历，却那么容易地进来了，她凭什么？凭脸蛋儿？”

葛菲的话，坦率而恶毒，让邱云峰无法接招，他愣愣地看着她那张双下巴的脸，不快地说：“难道你就不怕得罪我？”

“嘁，你以为你是谁，不过是一个好色的小白脸儿而已。”

邱云峰被这横空出世的梅花剑刺破了自尊，以毒攻毒地说道：“你嘴下留德好不好，说我好色，难道我搞了你不成？”

葛菲居然笑了笑，说：“你真想搞？如果你真有那个胆量的话，就跟我去开房，我可是个痛快人。”

邱云峰是个没有阅历的人，葛菲的话让他无地自容，他嗫嚅道：“我真是自找没趣。”

葛菲晃晃手中的半个鸭翅，“免战，免战，还是先好好地享受这餐饭吧。”她觉得邱云峰是个不善招架的对手，心中升起一丝怜惜之情。

邱云峰觉得没法再跟这样的女人坐在同一张餐桌之上，他站起身来：“对不起，我去方便一下。”

他进了那个狭仄的厕所，狠狠地把门闩上了。他站在里边抽烟，一支接一支地，弄得自己有些晕眩。门外有人推门，推了几下，走了。过了一些时辰，又来尝试，动作的力度就大了，门闩的铁钉被摇晃得一扣一扣地往外松脱。邱云峰应声道：“有人。”外边的人有些不耐烦了：“拉线屎咋的？”“就拉线屎了，怎么着？”邱云峰恶狠狠地喊道。

他不得不回到餐桌上，葛菲笑着朝他摊开手：“童胖子牌的酱板鸭味道就是好。”

邱云峰大大地吃了一惊，那只胖大的酱板鸭，居然被她啃完了，曾经骄傲地伸张的骨架也像是被虎嘴吮吸过一样，零散、碎小、可怜，已不可推测前生的模样。

“你可真能吃啊！”邱云峰不能自已地感叹道，“怪不得你有那么好的身块儿。”

葛菲点点头，自得地说：“自然。”

邱云峰对葛菲说：“你且等一等，我去买单。”

葛菲说：“别弄得跟情人似的，还同进同出的，你慢慢买，我先走了。”

这一刻，邱云峰又找回了自己，因为他感到，葛菲毕竟是个小女子，还不够“狠”，还没有到无所顾忌的程度。

李曼灵从浴室出来，竟一丝不挂，热气腾腾的，有蒸肉味道。以前她洗浴的时候，总是用浴衣把自己遮得严严实实的，好像邱云峰还不是她的丈夫似的，须有在公共状态下的检点。

所以，看到一个女体这样的赤裸，且水珠盈身，珠光闪烁，邱云峰不禁感到了一种淫艳的气息，目光不自然地躲开了。

这个细微的举动，被李曼灵捕捉到了，哼了一下。

这一声哼，让邱云峰觉得是一种嘲弄，心中有些不快：“你能不能披上点什么？”

李曼灵笑着说道：“你这个人真是虚伪，床上夫妻床下君子的。”

“虚伪？”邱云峰板着面孔说，“这怎么叫虚伪，这叫修养，再亲近的人之间也要保持一种必要的状态，不然的话……”

“不然的话怎样？”李曼灵一边插话，一边弄出天真的表情，使邱云峰不得不把想要说的话咽了下去。

邱云峰把电视的音量弄大了一些，好像声音可以遮蔽目光一样。

李曼灵开始使性子：“邱云峰，你必须像看别的女人一样看我，我妈说过，一个男人，如果不稀罕女人的身子，就不会稀罕她这个人。”

李曼灵的母亲，是个干瘦的老太太，每次见到邱云峰，都会用特别腆厚的目光盯着他看，好像总是有一种疑问：这么金贵的一个宝贝儿，女儿到底是怎么弄到手的？不仅如此，她会倾其所有、倾其所能，给自己的姑爷弄一桌子好吃食，然后目不转睛地看着他用餐，弄得邱云峰一点胃口也没有。事后，邱云峰反倒有一种深深的歉意，觉得他对不起老岳母那份殷殷的情意。毕竟是乡下老太太嘛，不过是表达的方式显得过于直接一些，内心的关怀却是纯粹的。

听了李曼灵的话，邱云峰的心境变了，觉得这个老太太真是不简单，慈爱的背后是算计，是在放债。他心里很是不舒服，冷冷地说："那么，我就完成你妈交给的任务吧。"

他开始以游戏的心态打量李曼灵的身子。

她的胯骨很小，像个中学生一样还没有展开，乳房也紧紧地贴在胸骨上，除了一对大而翘的乳头对性别有所展示以外，别的就真的无从谈起，所以，她的苗条，其实是瘦。她的皮肤很黑，黑得有刺眼的光泽，而脸蛋却特别地白，让人感到是造物主恶意的组装。

她的脸蛋真是漂亮啊！在这样的身材的衬托下，脸面的美，就愈加突出，甚至美得有些不真实。

李曼灵丰艳的美是美在人前，而在私密状态下，美得很窄小，甚至一点都不美。

明白了这一点之后，邱云峰心情很是复杂，情不自禁地摇了摇头。他感到李曼灵做了一件错事，她自己把自己毁了。

邱云峰的心思李曼灵并没有察觉，她以为他已经进入了晕眩状态，动情地在他额头上摁了一下："你也去洗一洗。"

他明白女人的用意，即便厌恶着，但还是驯顺地进了浴室，他觉得，作为女人的李曼灵可怜得很。

他们虽然像往常一样做爱，但邱云峰已感受不到肉味之美，动作多少有些机械，内心一片苍凉。

"如果是在葛菲身上，又会是什么感觉？"他居然有了这样的想法。

完事之后，邱云峰没有像往常那样酣然入睡，他在黑暗中，一边回味着李曼灵的裸体，一边思忖着她凭什么进的机关。

李曼灵自己曾告诉过他。那年她正在地里收麦子，突然就来了一群下乡干部，这些干部都拿着镰刀，进到地里就一阵乱割，卖力气的样子真让人感动，李曼灵都看呆了。妈妈把她叫到一边，说："公家人是支农来了，咱要懂得感恩，快回家烧两桶绿豆汤来。”

两桶绿豆汤分量是很重的，她担起来当然吃力，但一想到人家干部那么心疼农民，便忍受着肩胛上的锐痛，努力把步子走得像个样子。但越是想有个样子，脚下越是飘浮，有随时跌倒的危险。好不容易挪到了地头，就再也不敢走了。因为那桶里装的是稀有的人心，一旦洒了，就收不起来了。

这个时候，从麦地里跑出来一个中年干部，裹着尘土就飞到她的身边，一声不吭地接过她的担子，稳稳地放在肩上。真是个救星！李曼灵不知说啥才好，狠劲儿地朝他笑。中年人的身子竟顿了一下，好像腰杆上被人踹了一脚，后来又像做错了事一样，难为情地摇摇头，迈开大步朝前走了。

到了堆放麦子的地方，他放下担子，大声地喊：“同志们喝绿豆汤了！”

干部们的确是渴了，话音未落，像一群奔鼠，哧溜一下就聚过来了。他们齐声说：“还是领导想得周到。”干部们喝得忘情，并没发觉其实领导并没有喝，只是站在一边发愣。

李曼灵在知道原来帮自己的人竟是这伙人的头儿之后，不知从哪儿获得的灵感，她把绿豆汤亲手端给了领导，且懂事地笑一笑，说：“您干吗不喝？”

领导感动地说：“我喝！我喝！”

李曼灵的妈适时地走过来，说：“领导辛苦了。”妈妈的出现，让李曼灵觉得有些不自在，悄悄地躲开了。

“这孩子是你闺女？”她听到身后领导在问话。

“是。”

“叫啥名字？”

“姓李，叫曼灵。”

“好名字。”

“多大了？”

“高中刚毕业，十九了。”

“想不想考大学？”

“不考了，考也考不上。”

“不想找个差事？”

“想也没用啊，咱一个平民百姓，没路子。再说，一个女子，早晚是别人家的人，也不想费那个心了。”

领导呃了一声，感叹道：“这孩子长得真俊，出奇地俊！”

“俊有啥用？不当吃不当喝，啥用也没。”

领导说：“现在不同了，俊就是资本，俊就是人才，总会有用武之地的。”

过了两天，李曼灵竟被召进了机关。那个领导找她谈话，说：“你知道为啥录用你？就是因为你长得漂亮，咱机关事务部是整个单位的形象窗口，就得有几个漂亮妮子。但是，进来之后，要善于学习，勤奋实践，多长些本事，要知道，仅仅漂亮是很不够的。”

这个时候，李曼灵才知道，那个领导原来是单位的一把手，是有生杀大权的。

“哎哟，我的天，全是因为麦子啊！”李曼灵曾经跟邱云峰感慨过，“一切就这么简单。”

“真的这么简单吗？”邱云峰辗转反侧，推测简单背后的复杂，直至失眠。他眼前不断闪回着这样的镜头：在海洋一样荡漾的麦地深处，单位一把手那阔大的身子，覆盖在李曼灵的身上。她懵懂地承载着，微弱的呻吟像不被察觉的风声。他认定，事情的发展，本应该有这样的逻辑，不然是解释不通的。

李曼灵睡得很香，脸上的表情恬静到无辜的程度。“难怪葛菲那么讨厌她，她有不名誉的嫌疑。”

接下来，邱云峰把无限的想象空间给了葛菲。

整个机关对单位一把手不以为然而且毫不掩饰的人只有葛菲一个。为什么能这样？除了名牌大学高才生的自身条件以外，关键是她有着父亲那样的特殊背景。她不必卑躬屈膝，扭曲自我，而是以天然的本性自由伸展。这一点，让单位一把手很不舒服，他不欣赏她，也不得罪她，客客气气地把她“晾”在那儿。虽然是机要员，领导和她之间几乎每天都有单独见面的机会，但领导从来不跟她做工作之外的交谈，没有一点亲切的表示，最多不过是问一句“区长可好？”这一声问候，明着是关心，其实是暗示，提醒她，保持必要的距离是必要的。而女孩子的天性是需要被人看重的，一旦被漠视，比被冒犯还让她难以承受，于是她在外人面前，表现出有些恨这位领导。“一个小小的处级干部，有什么了不起的？”她说。

这不加掩饰的轻蔑，很快就被领导知道了。领导反而一笑：“这有什么不好？至少说明，我跟领导的千金，是清白的同志关系。”

与此相反，在一些接待的场合，领导会指定李曼灵陪酒，很多时候，李曼灵还会成为酒席上的焦点，领导还会以极其欣赏的口气对客人说：“我们小李是机关的一朵花儿。”似乎李曼灵就是单位的形象大使。

想着想着，邱云峰对身边的女人也有了几分鄙视，而对葛菲，莫名其妙地想念起来。

以后的日子，邱云峰想尽一切办法与葛菲接近。他们吃遍了小城里的所有饭馆，逛尽了小城所有的商店，关系发展到了可以上床的程度。

他们默契地进了一家旅馆。

当房门关闭，气氛私密的时候，邱云峰既兴奋又恐慌。他怀疑事情的真实性，不知道如何把事情做得得体一些。坐在床沿上，低着头，一声不吭。

葛菲则大大方方地脱去外套，只留下窄小的时尚内衣，笑着对他说：“邱云峰，你终于得逞了。”

见邱云峰还在那里发呆，葛菲觉得他十分可笑：“邱云峰，别把自己弄得跟君子似的。”

为了让女人看得起他，邱云峰昂起头来。

但是，当他的目光在葛菲的身体上简单地浏览了一番之后，后脑勺像挨了一记闷锤，他痛苦地叫了一声，更深地埋下头去。

葛菲的身子被衣服包裹的时候，肥得有些走形，以致遮蔽了男人的欲望。但是，一旦现出原形，却是那么华丽、丰美，淋漓尽致地呈现着女性之美。她的皮肤细腻而白，水分充盈，有弹指即破的质感；她的乳沟很深，像无底的渊薮，之间沉睡着一条小巧的白金项链，更招摇出乳峰的惊悚；小腹微隆，肚脐深陷，大腿蓬勃，险象横生，线条却那么清晰那么流畅，凹凸有致，有型，美得像临海悬崖一般惊心动魄。和李曼灵干草一样的身体相比，这是一具真正的女体。

他认得出，那条白金项链，正是他之所奉，睡在那么肥美的地方，且不知深浅，真让他羞愧难当。

奇怪的，这样喷薄而出的性感，并没有激起他预想中不可抑制的欲望，相反，他浑身发冷，他感受到了一种彻头彻尾的恐惧。他下意识地想到：同样是女人的肉体，葛菲是白天鹅，而李曼灵则是蓬间雀。“一旦品尝过了肥美的肉香，那寡薄的口味又岂能下咽？”

为将来计，为家庭计，他不敢轻易下嘴啊！

“葛菲，咱们离开这里好吗？”他竟发出如此哀求。

葛菲的脸上原本释放着一种近乎游戏又近乎轻蔑的笑，此时却一下子凝固在那里。在这出乎意料的结局面前，她不知所措。

“邱云峰，你他妈的王八蛋！”葛菲恼了。她本能地感受到了一种伤害，一种从来没有体验过的伤害。

“你他妈的跟那个该死的贾大斌是一路货色，既想当婊子，又立牌坊，胯下无根，人品忒次！”

所谓贾大斌是他们单位一把手的大号，就是那个把李曼灵搞进机关的人。邱云峰心头一顿，嗫嚅道：“我跟他可不一样，他搞的是为官之道，而我却是自卑，我配不上你。”

事已至此，浪漫皆无，葛菲愤愤地穿好衣服，摔门走了。临出门之前，她甩下一句话：“邱云峰，你且记住，今天我先放你一马，今后，我让你别无选择！”

邱云峰是个胆小怕事的人，听了这样沉重的话，他害怕极了。“她会搞出什么名堂来呢？”他把自己扔在宾馆的床上，紧张地思索着。想来想去，他找不出答案，因为涉世忒浅，无从推演。最后，他找到了一条出路：自己出身于普通人家，既无根基，又无靠山，既无出招的本钱，又无接招的实力，任凭风吹浪打，一切只能听天由命。

锁定了自己的出路，邱云峰反而平静了。他痛痛快快地洗了一个热水澡，睡在了宾馆的床上。他之所以这样，是因为他已经编排了一个不回家的理由，若此时归去，颇费口舌——他要为眼前负责。

“邱云峰，你且记住，今天我先放你一马，今后，我让你别无选择！”葛菲的话，给邱云峰留下了悬念，他的日子变得沉重起来。他每天都要思忖一番，期待着葛菲早点付诸行动。但葛菲一直按兵不动，而且每一相见，都会朝他大大方方地微笑，一副心无芥蒂的表情。这更增加了他心中的疑虑，以致弄得面色苍白，心不在焉。他甚至改变了以往的自我评价，觉得自己其实也不是什么正人君子，因为心地不纯，不能磊落地为人。

还有一个变化，就是老姚和小冯对自己越来越客气了。

老姚虽然是科长，但是科里的大事小情，都要同他商量。一有机会，老姚就会请客，到小馆子里喝两杯。小冯虽然也会陪同，但一改从前争抢话头的做派，甘心当听众了。邱云峰发什么感慨，做什么议论，她总是热情地附和，做出十分钦佩的样子。

邱云峰起初还有些不解，慢慢地，他明白了：这两个人的关系已经很深了。

他感到，人心中一有了私密的东西，做人的标杆就放低了，就张扬不起来了。

这是何必呢？他本能地生出一种体恤之情，对二人的态度也放得尊重起来。他很识趣，该出现的时候，他自自然然地出现，该退场的时候，他自自然然地退场，留给他们空间，不给人家造成压力。那两个人，也明白他的用心，但都做出不知不觉的样子。他们三人之间的关系变得很和谐，很亲情。单位给了他们科一个出差的指标，按情理应该是小冯的，按资历应该是老姚的，但二人都一致推举邱云峰。邱云峰知道，他不能推辞，一旦推辞，反倒让人家难为情了。

在旅行途中，他居然细致地回想了一下他们办公室的室内布局。办公室有个隔断，外边是办公区，有三张办公桌；里边是宿舍，放着两张床，用于他和老姚午休。从实际考虑，单位设有女宿舍，小冯也有相宜的安顿。那个隔断上安着门，有个醉酒的时候，即便是上班了，他和老姚也能安然地休息。想到这，他唉了一声，他意识到，办公室一定会有故事了。

他摇摇头，对自己说："想人家的事干吗，还是想想自己吧。"

经历了宾馆的遭遇之后，他与李曼灵的感情出了问题——他懒得跟她亲热，因为那么丰美的身体他都没有断然上手，如此干瘪的肉体，简直不值得一提。李曼灵很是伤心，说："既然如此，你就睡沙发吧。"

"睡沙发就睡沙发。"他居然长了脾气。

睡在沙发上，心里越来越失落了。他觉得从麦秸垛里走出来的女子真是低俗不堪，动不动就以不让男人上炕相威胁。乡下里许多精壮的汉子，在外是很有血性的，但一进了家门，就变得病猫一样驯顺。为什么？因为乡下男子没有其他的娱乐，就特别地贪恋女人的身体。所以，乡下女人管束男人的时候，几乎都会脱口而出那么一句话："小心不让你上炕。"

"而我是谁？我是受过高等教育的人，是个精神自立的人，再说，你有值得让人贪恋的身体吗？"

炕，有土，有篾席；而床，有金属骨架，有席梦思软垫——生活资料的品质不同，人的思维方式也就不同了。它拒绝原始性的束缚。再说，现代居室，除了床以外，还有沙发。

一睡到沙发上，竟自然而然地想到了葛菲。她身体的富饶，真是值得回味，回味中的感觉，比真切的占有还令人受用。所以，他蜷缩着，伤感着，也充实着，反倒不期待李曼灵把他招到床上去。

睡了几夜沙发之后，李曼灵再也矜持不下去了，首先打破了冷战的局面，她说："邱云峰，你倒挺会折磨人，就不能服个软？"

邱云峰一笑，反问道："有必要吗？"

李曼灵的脸抽搐了两下，眼泪夺眶而出："邱云峰，你说实话，你是不是有了别的女人？"

邱云峰一愣，不慌不忙地答道："眼前还没有。"

李曼灵破涕而笑："你这么说，我还是相信的。"

"为什么？"

"因为眼下的你还在月窠儿里，翅膀还没硬呢。"

所谓"月窠儿"是指襁褓中的婴儿、刚破壳而出的雏鸟。邱云峰也是来自乡间，他懂得这里的寓意，所以，他笑着说："李曼灵，你还是懂得一点幽默的。"

他们虽然和好如初，但生活发生了微妙的变化，他们简约了做爱的次数，而且每次做爱，邱云峰都要闭上眼睛，想象着另一个肉体。抒情的日子，像散文一样平淡了。

出差回来，老姚和小冯在湘味居给他接风，并主张把李曼灵也请上。邱云峰不同意："别弄得那么严重吧，咱们同室的人聚一下就成了。"他下意识地想，如果请李曼灵，那么葛菲请不请？

在席间，邱云峰莫名其妙地兴奋，酒喝得多了一些。因为时值中午，老姚建议他在办公室睡一觉。邱云峰不同意："不成，不成，都快上班了，再睡就不合适了。""云峰你这就不对了，难道你把我们当外人？"老姚不容商量地把他推进里屋，随即就把门关上了。邱云峰在床上怎么也躺不住，总是想跟人说话。可是，他走出门来，老姚和小冯却都不在了。他摇摇头："这两个人，越来越能统一行动了。"

躺在床上，他觉得室内的味道有些陌生，细一品味，他分辨出是一种隐约的化妆品味。他看了一眼老姚的床，发现老姚的被褥叠得很规整，改了以往凌乱的做派。他移过身去，嗅了嗅，那种味道很真切地在那里"汪"着。

他开始在老姚的床上搜索。果然捡到了一根女人的头发。

不出所料，故事真的发生了。

他呆呆地看着那根头发，情不自禁地傻笑，笑后，又情不自禁地忧伤，因为他把故事发生的原因归结到自己身上，觉得这一切，都是他邱云峰一手促成的。

他开始觉得自己真的不是什么正人君子，对同事，他居然一味放纵，一点责任心都没有。

忧伤和自责，把他的醉意弄得没了踪影，他再也不能待在这么不正经的空间之下，他走出了办公室。

漫无目的地走着，居然走到了机要室的门口。他突然生出一种好奇：这个时候，葛菲在干什么？他想敲门，手抬到半空又停住了。他不是想到了什么禁忌，而是觉得就这么空手而来，对葛菲有些不尊重。他迅速地踅回了办公室。

对葛菲，他是备有礼物的。

以往出差，他心无挂碍，而这次不同，一登上旅程，就开始盘算一件事：给葛菲带点什么呢？

李曼灵是好打发的。因为临行前她反复嘱咐，出门之后不要瞎买东西，旅游商店里没有多少真货，就买点儿当地小吃算了。他真的给李曼灵买了一些当地小吃。但小吃太家常，也太短命，送葛菲是不合适的。于是，他便一路留心既别致又有长久纪念意义的的物品。

别致物品是有的，但太有旅行地的地域特点，他又有所顾忌，怕别人，更主要的是怕李曼灵察觉到是他送的。于是，他虽然留心了一路，到了却什么也没给葛菲买下。他懊恼极了，在回程的飞机上他闷闷不乐，好山好水给他的兴味消失得一干二净。

出租车途经菜市口百货商店时，他无意间朝窗外看了一眼，于是他得救了。

他清晰地看到了一幅广告：京城菜百独一处，黄金首饰第一家。

他在菜百首饰店买了一条翡翠玉坠。

他想象着，这翠碧的成色，附着在葛菲白润的皮肤上，会有杰出的品位。那一刻，遗忘了山水的魂魄又奇迹般地回到了他的身上，他觉得这一趟旅行是很风光的。

他轻轻地敲门。里边居然传出了一个声音："是邱云峰吧？"

门自己就开了。

掩门而立，邱云峰惊奇地问："你怎么就知道是我？"

"这个时候，机要室的门，别人是不敢贸然来敲的，在单位，我是个敏感人物，这你是知道的。"葛菲说。

女人一边说着，一边就拥进了邱云峰的怀里。“其实，我一直在等你，你要是再不来，我就真的恨你了。”葛菲动情地说道。接下来一阵激情的拥吻，一片大好的爱情光景。

俗语说，小别胜新婚。刚进家门的时候，李曼灵送给他的也是一阵激情的拥吻，吻痕仍在，新吻又来，重叠在一起，不分先后，不辨内外，他醉了。

嗅着葛菲发间的香味，邱云峰觉得自己是个陌生人——同时接受两个女人的热吻，竟然一丝不安都没有，甚至还有些心安理得的意味。

“人怎么会这样？”他暗暗问自己。

他适时地呈上自己的礼物。

葛菲眼前一亮：“你怎么知道我喜欢翡翠？”

“这是天意。”邱云峰笑着说。

说完，他脸红了。在女人面前，自视清正的一个人，居然还会卖弄乖巧，邱云峰不禁有些惭愧。风情场上，他毕竟是个新手，还没那么老到。

翡翠玉坠悬挂在葛菲的玉颈之上，果然有出奇的效果，令两个人同时称叹。

“邱云峰，我怎么会跟你搅在一起！”葛菲一边用化妆盒里的一片小镜子照着自己的颈窝，一边自恋地说。

邱云峰沿着翡翠光芒的指引，目光不断下滑，最后停在了她临海悬崖一般的胸部。他已经没有了多余的视线，但是，他却有了很澎湃的欲望。他情不自禁地在上边捏了两把。

葛菲像被烫了一下，灿烂的笑容在一瞬间凝固了：“邱云峰，打住，打住。”

邱云峰很尴尬，嘿嘿地傻笑着，目光朝别处游移，想寻找一处可以安身的地方。

“邱云峰，你可以走了。”

邱云峰一愣：“就这样？”

“你还想怎么样？”

走出机要室的房间，邱云峰失落极了，他后悔那天在宾馆里自己的做法，他醒悟到，对女人，有了最初的拒绝，你再走近她，就很难了。

他是指女人的肉体。

这个时候，他才真切地体会到，葛菲与李曼灵到底是不一样的。

但是，从这之后，葛菲却把他们俩的关系弄得半公开化了。在众人面前，她公然表示出对邱云峰的好感，公然请他陪着上街；在公益劳动的时候，追着与他搭伙；单位开会、娱乐的时候，她也总是坐在他的身边，且勾肩搭背、秋波频送、黏黏赘赘。

邱云峰本能地躲闪着，回避着，苦口婆心地向李曼灵解释着，不遗余力地向人们证明着，但终究被葛菲牵进了一个有口难辩的境地——单位的领导和同事们，只相信自己的认定：是邱云峰在攀附区长的女儿，甘愿做她的面首。

在这种境地中，李曼灵的反应是可以想象的，自然是乡下女子惯有的种种表现。哭闹、谩骂、怨恨、威胁、钳制，弄得邱云峰招架不迭。李曼灵闹几次离婚，他跪求几次，因为他与葛菲关系的实质，使他不忍心拆散家庭。为了表白忠心，他把工资卡、通讯录悉数上交，且努力做到日不远行、夜不出户，总之，像一只折断了翅膀的残鸟。

李曼灵到底是乡下女人，从小就接受了从一而终的观念，所谓离婚的说法不过是一种钳制的姿态而已，看到邱云峰甘做笼中之鸟，也就见好就收了。不仅如此，她还吸取了教训，对自己的男人给予了更多的关心。她不让邱云峰做家务，也不让他自己洗衣服，而且努力钻研烹饪技术，把日子调理得更精致了。

“圈养”起来的邱云峰，慢慢变懒了，变得事事依赖了。比如，该换衣服的时候，他会问李曼灵：“我明天穿什么？”他做到了李曼灵给什么就穿什么，从不做自我选择。

葛菲碰到他时，堆着满脸的讥讽：“你们家李曼灵怎么那么没品位。”

“葛菲，你这是什么意思？”

葛菲说：“从一个男人的穿着打扮上，可以看出他身后有什么样的女人。”

邱云峰明白了，葛菲是嫌他穿得土，没有风度。他反讽地一笑：“这没办法，谁让我的老婆是李曼灵而不是你。”

“邱云峰，你别自以为是，即便是你追求我，我还不一定动心呢。”

“哼，那要看我有没有那个心思。”邱云峰心里说。但是，因为不忍心伤害她的自尊，他嘴上说：“那倒是。”

“到底是跟李曼灵不同，你邱云峰还是识趣的。”葛菲给了邱云峰一个很温柔的眼风。

“唉，葛菲，我问你个私人问题，你为什么还不结婚？你在等什么人？”

邱云峰突然转换了频道，弄得葛菲措手不及，她愣在那儿。

邱云峰得意地笑着，因为他觉得自己终于占了上风。

葛菲瞪了他一眼：“邱云峰，你先别笑，你将来会很麻烦。”

“为什么？”

“因为我等的人就是你。”

“葛菲，你可别吓唬我。”

“不信你就走着瞧。”

金绳银绳不如肉绳。李曼灵深信这样的乡俚哲学，所以，在床榻之上，她表现出惊人的热情。女人的这种主动进取的精神，令邱云峰难以招架，他想，这女人真是爱走极端的动物——你一旦拒绝了她，再走近她不容易；但一经占有之后，再想远离也是很难的。

有一次，他被迫地说道："李曼灵，你可真浪。"他咽下了后面半句："难怪波斯人有句谚语：瘦女人更淫荡。"

李曼灵难为情地笑笑："都是你逼的。"

他感到无奈，紧闭双眼，听之任之。但这一次，李曼灵不再容忍了，她命令他把眼睛睁开。"你别欺人太甚！"她愤怒地说。

"这是从何说起？"

"你心里清楚。"

"我清楚什么？"

"你一边跟我睡着，一边却还想着别的女人。"

邱云峰被逼到死胡同，他恼了，愤然地反戈一击："我就是想了，怎么着？"

这猝然的打击，让那个昂奋中的女人猛地一顿，之后，她把自己蜷缩成一团，咯咯地咬响了牙齿："邱云峰，你且记住，我决不会饶了那个骚货！"

邱云峰意识到，那个葛菲，虽然未进入自己的家庭，但这个家庭的每一个时刻，每一个角落，都有她的踪影，且挥之不去，欲拒还迎。

在夫妻龃龉、声名狼藉的困境之中，邱云峰居然意外地被提拔了。他接替了老姚的科长职务。单位领导贾大彬亲自找他谈话。"小邱啊，老姚同志年龄大了，理应下到二线了，而小冯同志虽然比你的工作时间长，但毕竟是女同志嘛，所以这个科长的位置除你莫属啊。"领导突然收敛了笑容，语气凝重地说，"但是，从现在起，你要严谨起来，要特别注意个人形象，不要跟葛菲这样的人搅在一起。提拔科一级的干部，单位领导还能说了算，再高的职位就要由区委组织部考察决定了，所以，要想有更大的进步，就要处处小心，要经得住考察。"

邱云峰出了一身冷汗，感到这个科长有被恩赐的味道。他不停地点头。

贾大彬接着说："你看，曼灵是个多好的同志，漂亮能干，人又本分，你一定要珍惜啊。"

"贾局长，您放心，其实我跟葛菲之间真的没什么，不过是青年人之间的一种友好来往。"邱云峰觉得有分辩一下的必要。

贾大彬摆一摆手，打断了他的话茬："这我自然是知道的，但是，领导的信任和理解，是左右不了群众舆论的，你不要把问题想得那么简单啊。"

领导找他谈话之后，邱云峰一直闷闷不乐。这意外的升迁，因为掺杂着一种不名誉的色彩，他高兴不起来。

由于自己顶了老姚的职务，邱云峰见到老姚的时候很不自在，但是老姚却很真诚地祝贺他，而且还说了一句莫名其妙的话："云峰，接替我当科长的幸亏是你。"

小冯也真诚地祝贺他，且说："邱云峰，既然当了科长，就要有科长的做派，有事尽管吩咐，别有什么顾虑。"

身份的变化，居然没有影响到三人的关系，这里没有猜疑、嫉妒和不平，有的还是以往的亲密、和谐与默契，真是出乎邱云峰的意料。

但是，他们三人的关系究竟还是发生了微妙的变化。老姚和小冯居然在他的眼皮子底下公然发展他们的感情事业，弄得邱云峰很不自在。为此他开诚布公地找老姚谈了一次。面对这么严肃的问题，老姚竟然没有一丝难为情，而且还反过来劝导邱云峰。老姚说："云峰，你看我都这个岁数了，没有什么前途了，难得小冯还瞧得起我，给我一些感情上的安慰，所以你就睁一只眼闭一只眼算了。再说，现在这个年头，谁没有一两个情人？特别是那些做领导的，左拥右抱都半公开化了，人家还不照样在台上冠冕堂皇颐指气使？作为同一个战壕里的战友，我倒是要提醒你一句，对葛菲那小娘儿们，你一定要提防一些，她不是什么好鸟，她是个会立牌坊的婊子。”

这以后，在工作上老姚和小冯很卖力气，大事小事都积极主动，科室的业绩在单位有口皆碑。但是，邱云峰一点做科长的感觉都没有，越是被人看重，越是心情抑郁。因为他科长的职责不在工作上，而是要当好两个科员秘密感情的保护伞，不致使他们的事败露。因为老姚已接近了退休的年龄，他不能让这么一位辛辛苦苦了一辈子的小人物毁在自己手上。他刚刚进入官场，他的悲悯情怀还是很发达的。

邱云峰还有一块心病。

自从他当了科长之后，李曼灵陪同贾局长出差的机会多了。对这，贾局长有很磊落的理由，在一个公开的场合他曾经说过：“李曼灵是机关事务部的干部，工作职责就是为领导服务的，她又是单位里的一朵花儿，机灵能干，我不带她又能带谁？如果哪个女同志有意见，就长得漂亮一些，在这个竞争的年代，漂亮也是机会成本嘛。”

机关这种地方，好发议论，好生是非，越是在暧昧的情况下，越是这样。但是，什么事情一旦放在了透明的状态，反而得到理解，得到认可。李曼灵陪领导出差的事情也是这样。人们把它看成是领导的一种现代风范，无可厚非。如果哪一次没有李曼灵的陪同，人们反而感到奇怪了。

倒是葛菲偶有议论，在一个邱云峰隐约可以听到的地方，她对身边的同事说道：“咳，这种事情，如果人家的先生都没什么担心，别人有意见有什么用？”

葛菲那个同事很厚道，说：“葛菲，你可要嘴下留德，人家李曼灵可不会那样，她是个很单纯的人。”

葛菲朝着邱云峰远远地瞥了一眼，装作不察的样子，笑着走开了。

葛菲的话起到了一种提示作用，他不由得联想到，自己之所以意外地被提拔，一定跟李曼灵有关。

他想到自己的新婚之夜。

那个浪漫的时刻，李曼灵居然没有出现处女的潮红，他不禁心中一沉，呜哝了一句。李曼灵怯怯地问道："你要说什么？"他摇摇头："没什么。"他觉得，作为一个受过高等教育的人来说，有些话是不能说出口的。为了掩盖自己的表情，他随手把卧室的灯关了。

两个人沉默在黑暗中，承受着很复杂的煎熬。

后来，李曼灵轻轻地啜泣起来。

邱云峰把李曼灵拥进怀里："你这是何苦呢，我又没说什么。"

李曼灵从他的怀抱里挣脱出来："你不说什么比说什么还令人难受。"

邱云峰究竟是处在爱情之中的，担心这种不良的情绪会败坏了他们今后的生活，便重又把李曼灵拥进怀里。

后来李曼灵曾告诉他，那一刻她非常感激他，因为他把她揽进怀里的时候，用的劲儿很大，没有一点勉强的意思。他们也曾心平气和地讨论过这事，共同找出了合理的答案——因为农村的生活条件比较艰苦，女孩子在发育期，甚至是在特殊的日子里也要干很重的农活，很有可能是抻了、扭了。这样的推理，邱云峰本人也是相信的，因为他本人也是农村出身，知道农村女孩在出嫁前一般都是很规矩的，她们把这看作是自己最后的身价，是儿戏不得的。

因此，邱云峰努力让自己朝着好处想，时间久了，也就真的淡化了。

但是，这毕竟是一种隐痛，条件具备的时候，就变成了一种大痛，且变得不堪忍受。眼下的邱云峰，越来越倾向于一个世俗的判断，那就是：李曼灵是不贞洁的。

一天，当李曼灵甜蜜而羞涩地告诉他她怀孕了的时候，他竟然用一种不容置疑的口吻冷冷地说道：“打掉！”

李曼灵追问他为什么，他反问道：“你还不清楚？”

李曼灵恨恨地说：“你将来是要后悔的。”

邱云峰冷笑一声，说：“现代人都讲究摸着石头过河，谁会考虑将来？咱们不过是小人物而已，也就别那么奢侈了，只要每一天都活得不委屈自己就行了。”

李曼灵也不想委屈自己，一气之下，真的把孩子做了。

从这以后，李曼灵变得特别讲究穿戴和打扮，浑身上下全是名牌，化妆品也是很名贵的那种，身上的气味既洋气又时尚，无论邱云峰用多么挑剔的嗅觉品评，也再也闻不到一丝一缕麦秸的味道。她每月的开销很大，有的月份还透支，弄得邱云峰不得不去干预。李曼灵说：“我的生活你别管，你只需看好你的钱袋就行了。”邱云峰说：“好歹咱也是个家庭，不能没有些积蓄。”李曼灵说：“我又不需要对谁负责，攒钱干吗？”

花枝招展的李曼灵越来越打眼了，以至于贾大彬都觉得这么一朵璀璨的花朵只开放在小小的局机关真是有些埋没人才了，便极力把她推荐到了区外事办。就这样，贾局长落下了一个发现人才、培养人才、推出人才的美名。

李曼灵出差的次数越来越多，邱云峰的怨气越来越重，终于有一天，他对李曼灵说：“咱们还是离婚吧。”

李曼灵居然平静地应道：“随你。”

但贾局长的反应却异常地强烈，专门找邱云峰谈话。他说：“李曼灵有什么错，不就是漂亮些，风光些，对家里的照顾少一些吗？作为现代人，你的观念也要跟上时代的步伐，不能固守传统的金屋藏娇，也要鼓励如花美眷服务大众！你不要疑心太重，作茧自缚，要豁达，要有风度。同时我还要提醒你，现在，虽然人们不再对别人的私生活感兴趣，组织部门对干部的婚姻状况也不再看得太重，但是，在考察干部的时候，还是要参考一下的——一个家庭关系都处理不好，动不动就闹离婚的人，为人是不是稳重？理性是不是健全？能不能朝着健康方向带动工作？也是值得怀疑的。你现在有很好的发展势头，有希望进入更高的领导序列，所以，从你的政治前途考虑，我还是希望你不要离婚。”

邱云峰说：“谢谢领导关心，但是，在个人升迁方面，我是没有什么野心的，我看重的只是个人的生活质量。”

贾局长截断了他的话，语重心长地说：“这个我是知道的，但是，作为一个在机关里生存的人，生活质量是与官职大小息息相关的。且不说社会地位、价值实现的大道理，就说个人收入这个很现实的问题——现在所实行的公务员制度，工资也是跟级别挂钩的——科级三千，处级五千，局级八千。你要想既不贪污受贿，清清正正地做人，又要有较高的收入、富裕优雅的生活，在政治上不进取怎么成？这不仅是个简单的生活质量问题，而且还是个活得有没有尊严的问题。”

贾大彬的话说服了邱云峰。他把离婚的进程搁置了。他想，古语说得好，失之东隅，收之桑榆——既然李曼灵是个交际花，成了公共话题，他自己的话语权就是自己的社会作用和地位，他的官位必须往上擢升。

从这天起，他住进了机关。

他给李曼灵的理由是，他要全身心地投入工作，不能被家庭的琐事分神。李曼灵说：“你不要说得那么冠冕堂皇，你其实是别有用心，在用软刀子杀人。”

邱云峰苦笑一下，说：“要说用软刀子杀人，也是你下手在先——你跟贾大彬合伙赐给了我一个科长的职务，让我感到欠你一份人情，我不能总是躺在床上吃软饭吧，要用自己的实力闯出一片新的天地，一旦有一天当个局长什么的，腰杆也能硬一些。”

李曼灵满含热泪地对邱云峰说：“我郑重地告诉你，你当科长的事与我无关，时间会证明这一切的。”

“谢谢你这么谦虚。”邱云峰揶揄道。

这样入住进机关之后，邱云峰感到很落寞，办公室的寂静使他连看一点闲书的心情都没有。他想，办公室里要是有台电视就好了。他于是就跟老姚和小冯商量：“我想自费在办公室里装台电视，不知二位感觉妥不妥？”老冯断然否定道：“绝对不妥。”

他说：“你看办公室里装电视的都是些什么人物？都是单位的领导。说白了，别看这么一个小小的摆设，那可是身份的象征。虽然你是自费购置，但是，你安放的地点是公共场所，公共场所是有社会属性的，一点一滴、一枝一叶、一桌一凳，都是身份的证明。你一旦安装就是僭越，就会引起别人的非议，还是不安的好。”

“老姚说得很对，”小冯补充道，“你看办公室里的座位，领导的就是沙发转椅，咱的就是普通木椅子。其实那个沙发转椅咱要是硬买，也买得起；但是你买得起，却坐不起——别人会觉得你怪异，自己坐着也感到别扭。所以，在这方面，你千万别轻举妄动。”

邱云峰觉得他们说得有道理，只好作罢。晚上，枯寂地坐在办公室里，他不惦念落单儿的李曼灵，却很是思念家里的那台电视。虽然也没有什么好节目，但那些垃圾画面却能充实人的生活。咳，现在的人患了电视依赖症，致使一个简单的分居，也不像原来那么容易了。

实在觉得没意思，邱云峰就到街上闲逛。街上夜市很多，吃小吃的人也很多。邱云峰就融进了这个消闲的人流，兀自在小吃摊上喝啤酒。他不停地喝下去，喝得屁股很沉，直到夜深人静，人家要收摊子了，他才懒洋洋地朝机关走。那感觉真好，昏昏沉沉的，没心思想别的心思，只想找一张床。

这样的夜晚过了没有多久，看大门的老张就把喝得摇摇晃晃的邱云峰拦住了，客客气气地“请”进了门房。老张说：“小邱啊，我想跟你说两句实在话。”

邱云峰一愣：“您有话尽管说。”

老张说：“天上下雨地上流，小两口吵架不记仇。你不要跟小李闹得那么生分，我劝你还是回家住去吧。”

邱云峰以为他每夜晚归给老张添了麻烦，便不假思索地说道：“老张，请您放心，我以后早一些回来就是了。”

“我不是那意思。”老张摆摆手，说，“即便是没有你，我每天也是很晚才关门的。我是说，正常人，当然除去领导，哪有下了班不回家，整天泡在机关的？我瞧着你是个本分人，就直言相告，还是回家去吧——机关是个是非之地，泡来泡去，会泡出事端来的。”

有的时候，坦率的话反而会引起人的反感，老张之于邱云峰就是这样——邱云峰心里说，你一个看大门的，尽好自己的本分就算了，干吗这么多事？他冷冷地说：“好吧，你的话我会考虑的。”

邱云峰的办公室在四楼，爬到四楼的楼口，楼道里竟一片漆黑。这很让他感到惊异，因为办公楼的楼道从来是彻夜通明的，今天是怎么了？正迟疑间，听到楼道的那一头有努力收敛着的脚步声，他下意识地退回三楼楼梯的一个拐角。不久那个人就出现了，竟是小冯。她左右观望了一下，表现出一种特别的机警，确认没有情况之后，弄着细碎而快的步子，夜鼠一般钻进三楼西头的一间房子。邱云峰知道，那是单位的女宿舍。他刚要动作，四楼楼道的灯突然都亮了，他又缩回到原处，等着那个人下来。

那个人是老姚。他在楼梯口停了一下，然后脚底无声，却大大方方地一直走下去。

邱云峰的酒醒了不少。

进了办公室，他确认，刚才他们二人就在这里待过。

他检查了里屋老姚的床榻，无使用过的痕迹，再仔细勘查，也没发现女人的头发。正因为此，他更认定，他们二人就是在这里待过。

他愣愣地坐在床上，一下子明白了，他们二人之所以反对他在办公室里置备电视，是怕他整个晚上一直“懒”在这里不动，或担心因为有了家庭一般的氛围，他真的长久地住在这里。

他感到有些对不起他们，因为自己占据了人家约会的地盘，使这件困难的情事更困难了。

老姚的收入不高，魄力也小，他没有实力在外构筑香巢；小冯的宿舍，也是公共性质，居停者行迹不定，他们没胆量利用。唯一可放心厮磨的就是这间办公室了。

想到这，邱云峰又不禁感慨起来：“他们可真成，打的这个你出我进的时间差，精确得分毫不爽啊！”

他傻傻地笑个不停。因为他联想到了一个叫《莫斯科在广播》的苏联老片子，那里有一段令人回味的对白。

一个坦克师的师长爱上了莫斯科一个区的女首长，师长的母亲代表自己的儿子向她传递这份情意，说道：“他在等你的表态。”

女首长说：“大家都在为保卫莫斯科而战，哪有时间考虑个人问题。”

母亲说：“对于爱情，永远是有时间的。”

这一刻，邱云峰爱上了爱情。他浮想着葛菲那个标致的臀部，龙翔鱼跃般地自渎了一次。临入睡前，他明确地告诉自己，君子应成人之美，及早回家去才好。

但是，早晨醒来，他突然改变了主意。不是为了自己的面子，更不是因为看门人的好心规劝。而是为了老姚。

因为他掀开被窝的时候，被窝里的那股热气很像一种食物的味道。

他绞尽脑汁地想了半天，终于想起来了，那是老姚的老婆肖金花掀开食瓮的盖子之后，窜出来的水煮饺子的味道。这种味道很低下，但是很本分，养胃、养做人的尊严。

他觉得，像老姚这种吃水煮饺子的人，是经不住非分爱情的特别关爱的。长久下去，一定会酿出悲剧。因此，他不能听之任之，那样，他就是这悲剧的同谋。

他决定，自己一定要坚守在办公室里，直到两个人偃旗息鼓，乖乖地退回到各自的家庭里去。

从这时起，邱云峰与李曼灵的分居，有了崇高的意义。因此，晚间的枯寂，他反而可以承受了。

实际上，长期住在机关里的还有一个人，那就是葛菲。

邱云峰住进机关的第一天，曾到过葛菲的房间。葛菲得知他在跟李曼灵闹分居之后，妩媚的白脸上突然阴起一团荫翳。“为什么？”她问。

邱云峰灵机一动：“还不是为了你。”他从对方身上获取了一种幽默的精神。

但葛菲却没有幽默的心情，她久久地沉默着，直到她的手机响了之后，才说了一句话：“我劝你还是搬回去。”

铃声并没有减弱她声音的强度，邱云峰听得清清楚楚。他心中一动，反问道：“为什么？”

葛菲按了一下手机上的某一个键，声音戛然而止。“就因为我住在机关。”

邱云峰很反感，说道：“机关又不是你葛家私宅，怎么你能住得我就住不得？”

“废话。”一个尖锐的声音。

“这可就不像你了，你向来是无所顾忌的。”邱云峰悻悻地说。

“你邱云峰真不配跟女人过招，难道你就不知道女人善变？”

未等邱云峰说话，门忽地就开了。

推门就进的人不是别人，竟是单位的一把手贾大彬。邱云峰愣了。贾大彬也愣了——擎着手机的手，僵在脸颊与肩胛之间。

倒是葛菲大大方方地说道："贾局长，您请坐。"

贾大彬嘿嘿一笑："对不起，酒喝多了点儿，走错门了。"随着声音的传播，果然弥漫起一股很重的酒气。

酒气给了贾大彬一种优势地位，他别有意味地笑笑："怎么，小邱在这儿？"

"我只是跟葛菲随便聊聊。"邱云峰很不自在地答道。

"那好，那好，你们聊，你们聊。"贾大彬像批阅文件一样，在葛菲的脸上浏览了一遍，迈出门外。走了两步，又转了回来，"对不起，打扰了。"他把敞着的门轻轻地关上，礼数周至，很有修养。

屋里的两个人，面面相觑，好像一下子成了陌生人。邱云峰顿感羞惭，因为他想起了贾局长曾嘱咐的不要跟葛菲搅在一起之类的话。葛菲则充满怨气地说："邱云峰，你住不住机关，是你的自由，但是，你以后没事少上我这儿来。"

就这样，邱云峰几乎是与贾大彬同时离开了葛菲的房间。

回到办公室，邱云峰十分懊丧。他为自己糊里糊涂地走到今天这样的境况而懊丧。他强迫自己理一下混乱的头绪，以便应对今后的日子。

理到最后，他发现，自己的尴尬处境，都与葛菲有关。

首先是她身体的吸引，唤醒了他男女之间的肉体意识，知道了肉味的腴厚与寡淡对感情的维系有重要意义。其次，她针对他所玩的感情游戏，使他成为有绯闻的人，因而打乱了原有的生活秩序，使他与李曼灵之间，不可能再有正常的感情关系。最后，她对李曼灵为人不贞的暗示，击中了他作为男人内心深处最薄弱的部分，从而根本地失去了对妻子的敬重和信任。种种因素汇合在一起，他认定，葛菲是一个感情的离间者。

有了这样的认识，他对葛菲的感情变了——从心醉情迷，一下子转变成恨。“不能就这样便宜了她！”他要报复。而一种男性的本能，让他选定了一种自认为最有效的手段，即毫不顾忌地占有她！

报复的激情，像一团暗火，烧得他一夜未眠。第二天一早，他坐在办公桌前，身心疲惫，脑子一片空白。

“唉，邱云峰，你的眼圈怎么是黑的？”小冯关切地问。

老姚也对他审视了一番，接茬说道：“小邱，你和曼灵有什么大不了的，干吗这么穷较劲？低一低头就过去了。”以为邱云峰没听明白，老姚又作了进一步的说明，“现在这个年头，哪一对夫妻之间不存在着感情问题？但处理的方式都艺术化了，也就是人们开玩笑时常说的——家里红旗不倒，家外彩旗飘飘。谁还像你似的，还采取传统的断然措施？亏你还是从高等学府出来的人，让我说你什么才好。”

邱云峰懒洋洋地看了二人两眼，只是堆出一丝暧昧的笑，不置可否。但心里却翻动着一种强烈的感情：二人真是可怜。

一个平庸男人，一个小家女人，却很赶时尚，真不知他们的感情出路在哪儿。“我怎么摊上这样的同事？”他为他们发愁。

但是二人的话到底还是对他起了作用：眼前还不能跟葛菲走得太近，不然的话，他的分居行为会变得很不名誉。再说，他还有个升迁问题，他不能让贾大彬对自己有不好的看法。

那天晚上，贾大彬是真的走错门了吗？

这个疑问一经出现，他的心绪突然就变得很不好，竟莫名其妙地说出了这么一句话：“你们以后也要注意一点儿，别弄出什么议论来。”

二人愣在那里。两张成色不同的脸同时红了。

就这样，邱云峰把事情弄复杂了。两个同事改变了在他面前的公然状态，而是变得躲躲闪闪。事实上，他成了二人的感情障碍，三人的关系，冷了。他与葛菲之间，即便没有葛菲冰冷的态度，他也不会纵情地交往——他对别人的规劝，同时也是对自己的限制。所以，每个晚上，他只能寂寞地待在办公室里，也只能到街头去无聊地寻醉，他尝到了人生的况味。

那天，当他又喝得烂醉如泥，在机关大门前摇摇晃晃逡巡不前的时候，被看门的老张一把拽进了门房。老张低沉地说道："你要是不想惹麻烦，就好好地坐在这儿。"话音未落，一辆轿车已轻轻地停在大门的栏杆前。轿车的灯光长短地变换了两下，老张不敢耽搁地升起了栏杆，车子也毫不犹豫地溜了进去。这个举动，像个约定，让邱云峰很好奇，他透过门房的玻璃，送上窥伺的目光。车灯熄灭了很久，从车子上下来一个女人，从风情摇摆的臀部轮廓看，是葛菲无疑。他情不自禁地站了起来，又被老张摁了下去。"别出声。"老张命令道。等待了很久，又从车子里钻出来一个人。那个人回头向门房张望了一下，大摇大摆地走上了台阶。

"贾局长？"邱云峰大吃一惊。

"不是他又会是谁？"老张的口气里带着明显的不屑。

邱云峰不停地摇头："不可能！不可能！"

"这有什么奇怪的，现在的人，都学坏了，人前是人，人后是鬼。"老张告诉他，葛菲与贾大彬早就这样了，上半夜在外山珍海味，下半夜在机关里偷偷摸摸。老张说："所以，人家说贾大彬与李曼灵如何如何，葛菲与邱云峰如何如何，我就感到可笑——我是机关里唯一一盏亮着的灯，黑暗里的光景我都清楚。你和小李闹到现在这个地步，真是荒唐到家了，你们小两口都被人家利用了。"

邱云峰颓然地坐在那里，虽然他的酒醉早就被惊醒了，但反而失去了站立的力量。在老张细碎的叙述中，他一言不发。

老张突然停止了叙述，示意邱云峰朝楼门那边看："刚才进去了一对，现在又出来一双。"

进去的是一个肥腴，出来的是一个娇小。是小冯。

由于行色仓皇，下台阶的时候，她打了一个趔趄。好像脚脖子扭伤了，一瘸一拐地走过来。虽然艰难，但是迅疾，像一缕渺小的尘烟，无声地掠过门栏，转眼之间就消失在无边的夜色之中。

在适当的间隔之后，老姚闪了出来。他的步态竟那么的从容，有一种没皮没脸的味道。走到门房跟前，还朝里边点了点头，是个知恩领情的答谢姿态。

"你看老姚，都什么岁数了，还不懂得持重，将来他怎么面对儿女？"待望不见老姚的身影之后，老张给邱云峰扔下一个痛惜的感叹。

此时的邱云峰，已无评判的心情，吃吃地笑着。

邱云峰的态度很让老张反感，他说："小邱，你究竟是老姚的领导，你怎么也不劝劝他？"

邱云峰只好接过话头："古语说得好，劝赌不劝嫖——你睁一只眼闭一只眼，还落得个一团和气；一旦把话挑明了，就得罪人了。只要人家家属不闹事，就随其自然吧。"

"是不闹事，但看着让人揪心呐。"老张告诉邱云峰，"老姚与小冯的事，他的家属肖金花是知道的。有两次，老姚与小冯在楼上约会，肖金花就站在门栏前望着你们办公室的窗口流泪。我对她说，古人说得好，关起门来训夫，你还是回去吧，别把老姚毁了。肖金花抹去满脸的泪水，说，老张你就放心吧，我是不会上楼去跟他们闹的，而且他回到家里我也不会跟他闹的——燕子南飞的时候，都知道把窝留下，我就不相信他一个有心有肺的大活人还不如燕子。"

"普通人家的女人就是厚道啊！"老张感慨道。

"她活该！"邱云峰恨恨地说道。

老张不知道邱云峰的恨意其实是对他自己的，因为他联想到了李曼灵的处境，便忧伤地说："你们这些当官的，心就是狠，不怪古人说，官吏狠如狼啊。"

一个看门的工友居然有令人质疑的深刻，邱云峰不禁心头一震，说："我也是被气晕了。"好像为了扭转道德上的劣势，邱云峰反唇相讥道："还说我呢，我看你扮演的角色也是很不光彩的。"

本来站着的老张，身子突然矮在了座位上："咳，我一个看大门的，你说该让我怎么办？"

这里的奥妙，邱云峰是懂的——老张是被那两对有心人收买了，他是在按着做人的潜规则行事：得人好处，予人方便。

"老张，还是你说得对，机关是个是非之地，泡来泡去，会泡出事端来的。看来我的确该搬回家去住了。"

老张点点头："你是个聪明人。"

回到房间，邱云峰感到自己像个小丑。自视甚高的自己，原来一路走来都是按照别人设计好的轨迹。他稀里糊涂地有了外遇，稀里糊涂地当了科长，稀里糊涂地闹了分居，哪一点选择里，有"主观"的自己？"你是个聪明人。"他咀嚼着看门人的话，觉得生活给了他莫大的讽刺。

他想起了走出家门时，给李曼灵甩下的理由。那个理由，冠冕堂皇，却缺少支撑。到了现在，前面更是一片渺茫。"曼灵她现在睡了吗？"在巨大的失落面前，心底居然升起一团温柔。

他情不自禁地拨了家里的电话。

过了很久，对方才拿起电话。

"曼灵，是我，云峰。"

"有事吗？"李曼灵打了一个哈欠，冷冷地问。

邱云峰满腔的温柔，被这冷冷的语调凝固了，他不知从何说起。

他后悔自己的冒失，懊丧地说：“也没什么事。”

“既然没事，那我就挂了。”但李曼灵还是等待了一会儿，没有等到适宜的反应，就真的挂了。

在邱云峰这里，那挂断电话的声音，类似夕阳西下时农家院落的关门声。

因为找不到回归的理由，他伤心极了，不能自已地哭了起来。哭到最后，泪泉枯涸的时刻，居然意外地闪现出一个灵感：既然机关是个是非之地，我何不利用一下这些是非？

夫妻分居之后，最初的日子，李曼灵白天强作欢颜，晚上则兀自流泪。农村出身的女人看重婚姻，一旦家庭出了问题，对心灵的伤害是很深的。她坐在电视机前，眼睛虽然盯在屏幕上，整个心思却凌乱地游走。画面与声音，只是一种陪伴，证明自己还生活在一个叫“家”的地方。凌乱的思绪，让她头昏气闷，她感到如果长期这样，一定会出现精神问题。于是，她弄了几团毛线，用织毛衣的连续动作，把自己稳定下来。这一招还真灵，她有一搭没一搭地看着电视，有一搭没一搭地织着毛衣，电视剧的情节一集一集地往前演进，手底的毛衣一寸一寸地逐渐成形，心情竟一天比一天平静了。痛苦的程度被消减之后，她觉得一个人的日子还是可以过下去的，虽落寞忧伤，但离绝望尚远，还是可以承受的。

“他真的会跟自己离婚吗？”到了后来，李曼灵能够平静地问自己这样的问题了。

“离不离随他吧。”她真的有些不在乎了。回答完自己之后，她居然笑了起来，因为她突然悟出了一个小小的道理：女人在感情方面，往往是被动的，但是只要你一不在乎，反而就变得主动了。

笑过之后，她又摇了摇头。内心的一个声音又提醒她：最好还是能够过下去——对于女人来说，离婚会动摇她对“家庭”的信念，会活得很自卑。

她的农村出身，使她从一懂事开始，就很看不起离婚的女人，觉得被人从家里赶出去的女人，一定是个坏女人。走上社会之后，虽然她的看法不那么绝对了，但依然觉得离婚究竟是一件很不名誉的事，会让人瞧不起。这种意识，不是因为她守旧老土，而是源于生活的暗示：在农村，离过婚的女人，往往成为人们议论的焦点，往往处境艰难，命运凄凉。

离婚的事千万别摊在我身上啊！

基于这样的担忧，所以在结婚前，她谈了不少次“对象”，却不轻易对哪个男人动心。以至于单位里有人在私下里说，李曼灵这么挑挑拣拣的，她到底想要找个什么样的？一个农村来的小丫头，真是不知天高地厚！其实李曼灵的心性并不高，她只有一个条件：要靠得住，不会跟她离婚。可是每谈一个，最初的印象还不错，但是到了最后，她的直觉都会告诉她：“你要慎重，这个人跟你过不长，一定会跟你离婚。”

只有到了邱云峰这儿，她的直觉才给了她一个坚定的旨意：“别犹豫了，就是他了！”

邱云峰给她的印象正直、单纯、善良，而且还有一股可爱的书生气。这一切给她带来一个直接的判断：这个男人好把握，拢得住。

咳，最不会跟你闹离婚的人，反而跟你闹起了离婚——直觉这个东西真是靠不住啊！女人毁就毁在直觉上。直觉会让女人感情用事，自以为是。

她感到很委屈，因为自己是个清白的女人，邱云峰的离婚的理由是站不住的。哼，我和贾大彬之间，绝不像你想象的那样！

贾大彬把自己弄进机关之后，的确有他非分的想法。他对别的女同志总是板着面孔，独对她李曼灵露出亲切的笑容。有的时候还把她叫到局长办公室去嘘寒问暖。起初，她认为这个领导心地善良，有一种可贵的平民意识。因为机关里对农村来的人有一种普遍的歧视心理，眼神里总漂移着一种令人不愉快的东西。所以，她很敬重他，把他视为靠山。在众人面前，她毫不隐瞒她进机关的细节，并以此来对抗别人的白眼。“你瞧得起瞧不起有什么关系，咱是领导亲自选定的。”有的人就在背后议论说：“这个李曼灵真是缺心眼，要知道世上没有无缘无故的爱，且瞧着吧，她早晚得成了贾大彬用来打牙祭的一块肉。”

如此恶毒的议论，虽然也传到了李曼灵的耳朵里，但她并没有放到心里去，凭着她的直觉，她觉得贾局长那么憨厚质朴的一个人，绝不可能长着一挂狼心狗肺。她还是自自然然地与贾局长接触，到了后来还敢跟他开一些不疼不痒的玩笑。

但是，到了后来，贾局长的态度却有些出人意料——在他的办公室里，在亲切的交谈中间，他会离开座位，在她的脸颊上轻轻地捏一把。李曼灵依然没有放到心里去，觉得这是随和的领导的一种亲切的表示。有一天，他们共同完成了一次成功的外事接待，两个人的心情都非常地好。送走客人，贾大彬对李曼灵说：“小李，你到我这儿来一趟。”李曼灵毫不犹豫地跟着他来到了他的办公室。一进门贾大彬就把门拴住了，且不等李曼灵有所反应，一把就把她揽进怀里，喷着满嘴的酒气，在她的脸蛋上狂吻。李曼灵虽然吓了一跳，但还是没有往别处想，她认为贾局长喝多了，是一时的酒后失态。身子往下一缩，挣脱了那个阔大的怀抱，以一种关心的口吻说道：“贾局长，您今天的酒喝得忒多，应该好好休息一下。”正在这时，有人轻轻地敲门，贾大彬借势说道：“对，今天的酒是有点上头。”他看了一眼那扇被敲响的门，提高了嗓门，“这样吧，小李，你去打几个电话，询问一下刚才的客人，对咱们局的接待满意不满意。”李曼灵爽脆地应下了，顺势走出门去。

门外不远处，站着一个人。是葛菲。

李曼灵笑着迎上去，大大方方地打了一个招呼。但是葛菲却充耳不闻，恶狠狠地瞪了她一眼。

虽然有了这样的遭遇，但是李曼灵还是心无挂碍，单纯地觉得贾局长虽然是单位领导，但毕竟也是个普通男人，酒喝多了也会走样，再遇到类似情况，自己耍个小滑头，走开就是了。只是对葛菲的那个眼神有些不解，心中不禁嘟囔了一句：“你以为你是谁，真是莫名其妙。”

第二天再见到贾大彬时，看到他依旧是那么亲切自然，依旧是那么谈笑风生，便感到自己的判断是对的，没必要想得太多。

大半年过去了，没有再出现类似的情形，天天都是和谐的日子。

那天早晨李曼灵刚在座位上坐定，电话铃就响了。是贾局长。贾局长让她马上到他的办公室去，说今天中午要来一拨非常重要的客人，对如何接待的事，他要亲自交代一下。

贾大彬从座位上象征性地欠了欠屁股，有气无力地指一指靠近他的一个沙发，示意她坐下。她惊奇地发现，昨天还异常饱满的一个人，一夜之间好像一下子瘦了许多，而且眼袋下垂，双目无神，整个人都是懒洋洋的。“贾局长，您是不是病了？”李曼灵关心地问了一句。

听到这亲切的问候，贾大彬萎靡的眼神倏地就亮了，并且马上起身离座，毫无过渡地走到她身边，幽怨地剜了她两眼之后，猛地把她抱了起来，径直朝里间的卧室走去。

一切来得这样突然，李曼灵吓坏了，大脑里一片空白。

贾大彬把她扔在床上，阔大的身子急迫地覆盖上去。一边在她的胸部实施着密集的揉搓动作，一边苦大仇深地控诉着：“我的小狐狸，你折磨得我好苦啊！”

激烈的揉搓，弄疼了李曼灵的身体，继而也唤醒了她的意识，她说："贾局长，您能不能容我一会儿？"

贾大彬知道，在农村，所谓"容"，不是容纳、容忍、包涵、接受的那种惯常的意义，而是等一等、放一放，允许对方思考一下、权衡一下，再做出决断的意思。同时，它还含有乞求同情、企盼怜悯的感情色彩。这是弱者对强者郑重的请求。

贾大彬心中一顿，停住了。

李曼灵继续请求道："贾局长，咱们能不能坐端正了说话？"

激情一旦停顿，就会从峰值上跌落下来——看着身下这个瘦小的身子，阔壮的贾局长有些难为情，真的放弃了覆盖，悻悻地站了起来。

这时他才想起，刚才一时发昏，居然忘记了闩门。闩过门之后，一转身，李曼灵已端坐在那只沙发上，目光毫不犹疑地注视着他。

"小李，事已至此，我也就打开天窗说亮话，我他妈的就是喜欢你，喜欢得每晚都睡不好，直想犯错误。"贾大彬在坦率地说话的同时，依然残存着一丝难为情的表情。

李曼灵直视的目光其实已穿透了眼前这个男人的身子，看到了远方的风景——那是一望无际的麦地，麦浪坦荡地起伏着，麦穗已微微发黄。她闻到了一股淡淡的香味，那是蕴含在浆液充盈的麦粒之中，让人心安、让人自在，也让人自尊的香味。

她喃喃地叨念着："麦子，麦子……"

贾大彬吃了一惊，猛地想到了她的出身。作为农村姑娘，毕竟不像葛菲那样的城市女孩子开化，不能硬来，要循循地诱导，耐心地等待那个瓜熟蒂落的时刻。然而自己竟然简化了那个程序，有些操之过急了。他有些懊丧，俯下身去语无伦次地说了一番话——"小李，你说贾局长对你好不好？你看，把你弄进机关，在人前推崇你，别人都嫉妒哩。小李，你不要把事情看得那么严重好不好？这个年头，这种事情，太平常不过了。你看，许多女孩子，年纪轻轻，就有了位子，有了房子，有了车子，还有了票子，为什么？还不是身后有男人跟她好。小李，你说贾局长为人正经不正经？你看，局里那么多漂亮女孩子，我对谁动过心思？我是真心地稀罕你，稀罕得管不住自己，所以，你千万别往坏处想。小李，你说贾局长坦率不坦率？你看，我都把话说得这么明白了，你也应该理解我的心思，你要是能跟我好的话，你还不是要什么有什么？偌大个局机关，还不是咱俩的夫妻店？小李……”

贾大彬的苦口婆心，终于把李曼灵远望的目光拉回到了面前。她眨了眨眼睛，凄然一笑，说道：“可是，可是，我一直把您当作恩人看啊！”

贾大彬以为李曼灵那紧张的神经开始松动了，有力地挥了挥手：“唉，不可，不可，我宁愿做跟你好的男人，决不做所谓的恩人。这年头，‘恩人’不是一个好词，在别人的眼里，不是伪君子，就是缺心眼儿，而且双方都感到不自在，活着忒累。”

李曼灵摇摇头：“那我就不知道怎么才好了。”

贾大彬顺势挨着她坐下，很节制地揽住她的肩头：“我只求你跟我好。”

在贾大彬谦卑的拥揽中，李曼灵像被枪声吓破了胆的小鸟，瑟瑟发抖。这个哀怜的样子，反而激发了贾大彬汹涌的爱意，他越抱越紧了。在那个危险的边缘，李曼灵猛地挣脱了，径直走到窗前，打开了窗户：“贾局长，您别再逼我，再逼我，我就从这儿跳下去！”语气坚实，一如麦子往深处扎去的根须。

就这样，贾大彬与李曼灵之间，有了出乎意料的逻辑，并没有按别人预想的那样发展下去。李曼灵依旧以感恩之心敬重贾大彬，贾大彬也怀着一种莫名其妙的尊重亲切地对待李曼灵。但是单位里还是有了议论，说他们之间如何如何。这些议论，虽然也传到了李曼灵的耳朵里，但是因为内心无愧，心地坦荡，也就采取了无所谓的态度——

笑看春风几度，我自闲庭信步。

倒是葛菲对她的态度越来越恶劣，每一相见，像见着苍蝇一样，鄙视的表情一览无余。李曼灵感到她很可笑：“你以为你是谁？把自己弄得跟道德法庭似的。”有一天，葛菲冲着她的背影吐了一口唾沫：“骚货。”声音虽然很低，却被李曼灵清晰地捕捉到了，她猛地转过身来，严肃地质问：“你在说谁？”葛菲一怔，脸立刻就红了。但她感到，如果就此妥协，是很没面子的，便挺上来一句：“谁吃心就是谁。”李曼灵毫不犹豫地挺上身去，一把揪住葛菲的耳朵：“我要让你知道，我李曼灵可不是好惹的！”葛菲下意识地去薅李曼灵的头发，李曼灵身子灵活，躲过了。几次尝试，均未奏效，葛菲就放弃了。她知道，动手脚，娇气笨拙的自己是敌不过农村来的李曼灵的，无奈而自尊地说：“你揪吧，揪不掉，还是我自己的。”李曼灵觉得没意思，用力揪了一下，就松开了手。葛菲抚摸着被揪红了的耳朵，带着哭声说了一句：“李曼灵，我要让你付出代价！”

果然有了下文，自己的老公被她拉下水了，他们毫不避讳地好了起来。李曼灵有苦难言，因为自己的老公甘心下水，且意志坚定地往远处走，到了闹离婚的地步。与此同时，还新增了一个外力，邱云峰居然被提拔了，给了他一个她与贾大彬之间暧昧不清的证明。这是怎么回事呢？单纯的女人真是弄不懂其中的奥妙。她只是觉得，乡下人到底是斗不过城里人，她开始自卑。

贾局长虽然没有进一步的举动，但是每当他们单独相处的时候，他都要情不自禁地摇头，不住地叹息。眼神里的火焰，尽管收敛着，也足以让女人感到情欲的热度。他之所以把她推荐到区里，她明白他真正的用心——他怕管不住自己。因为这样，虽然曾被冒犯，李曼灵反而更敬重他，觉得他是个真正的君子。每当邱云峰猜妒贬损贾大彬时，她都很反感。这就陷入了一个怪圈：猜妒——反感——更深的猜妒，夫妻之间的感情，就真的破碎了。

晚上独守空房，在寂寞忧伤中，李曼灵感到邱云峰尽管受过高等教育，本质上还是个小家男人，不会朝大度里着想。从某种意义上讲，还比不过乡下男人。乡下男人，一旦知道自己的老婆跟别人好，并不是一下子把她推出去，而是暴打一顿之后，把她严严实实地看管起来，教她如何严守妇道，而且会更热烈地爱她。他会想，别的男人怎么独独稀罕她，想必她是个值得稀罕的女人。便在痛苦中生出一种骄傲，唤醒了内心的珍惜。这样一来，女人会终生愧疚着，任劳任怨地伺候他，夫妻就终老了。可是你邱云峰又是怎么做的？动不动就羞辱人家，动不动就去找别的女人，动不动就闹着离婚。要知道，女人不怕男人在明面上的暴打，就怕暗下里的折磨——伤身不伤心，可以从头再来；要是心被伤重了，女人就爱不起来了。再小的树也有皮，再贱的人也有脸，亏了你还是有知识的人，难道连这么浅显的道理都不懂？咳，真不如当初嫁个乡下人，是好是坏，都在明处，倒也痛快。嫁给这么个小白脸，情况就不同了——是非曲直，无法辩解；忧伤寂寞，都得自己承受。事已至此，半夜三更还打什么电话？哼，你想法再多，我也不听；你心里再难受，我也不愧疚。我李曼灵就是一个乡下女人，没那么多花花肠子。

“我怎么这么倒霉？”虽然这样，李曼灵还是重重地叹息了一声。

“有葛菲那小妖精在你面前使情乱性，你邱云峰也早晚得倒霉。”虽然这样，李曼灵还是给了那个负心人一丝母性的担忧。

邱云峰设计了一个捉奸方案。

他打算在白天的一个时候，装作随便串门的样子进到葛菲的房间，然后寻找一个合适的机会，用胶泥打下她房间钥匙的印模。街头上开锁配钥匙的摊点随处可见，轻而易举地就能配上一把。待到晚间，确认他们上床之后，出其不意地打开房门，捉个正着。一想到两个人赤裸裸地乱作一团的样子，邱云峰小肚子发胀，男根变硬，呼吸急促。这样做，多少有些下作，但是，许你贾大彬上错床，就不允许我邱云峰开错门？在道德层面上，我们是平等的。

有个小小的技术问题，是这个方案的难点——如果他们从里边拴上门怎么办？他检查了一下自己办公室的门。发现办公室的门是撞锁，没有从里边上锁的功能。他想到，大楼是用来办公的，不是专门的寓所，除非别有用心的改装，门锁都是一样的。便希望，他们还没有精细到那个程度。

他真的敲开了葛菲的门。葛菲并没有像预想的那样冷淡和反感，反而笑着问："怎么，还在闹分居？"

"闹，开弓没有回头箭。"邱云峰不缺少应有的幽默。

因为气氛不错，两个人闲聊了起来。

一边聊着，他一边观察房间的门锁。发现锁的设置与自己办公室的没什么两样。或许贾大彬和葛菲都觉得自己是局里的特殊人物，别人还没有贸然闯入的胆量。便情不自禁地笑了。葛菲问："你笑什么？"

"多日不见，你还是那样。"他赶紧打趣道。

"邱云峰，你这是什么意思？"

"没别的意思。"

葛菲的钥匙串就放在办公桌上，要想做手脚机会很多。但是仔细观察了一番之后，他居然生出了一丝惭愧。因为她的钥匙坠，居然是他送给她的翡翠玉坠，稍一联想，就会感到主人的一点用意。这个女人的心中，到底还是有些温柔的东西。

他心里热了一下，那个决然的念头动摇了。

葛菲给他剥了一个橘子。

她宠幸自己，兼有别人的宠幸，她的办公室里总有些小吃食。他机械地往嘴里送着橘瓣儿，眼神涣散了，来此的动机，想不起来了。

接下来聊了什么，出了房门，他居然一点也记不起来。只记得出门的时候，她一点也不做作地说了一句话：“白天没事，就过来坐坐。”

回到自己的办公室，他没了激情，不想再那么做了。

到了晚上，暮色中，他莫名其妙地忧伤起来。身子也异常地软懒，没有到街上去的兴趣，便窝在椅子上发呆。

不知过了多久，有人从外边开门，他才惊警地站了起来。

老姚进门之后，猛地看到眼前站着一个人，吓了一跳，手里的一个纸包掉在了地上。从里边滚出来两枚干果。邱云峰马上想到，他身后还有一个与他分食的人。便说：“你坐，你坐，我这就出去。”老姚干干地一笑：“我其实也没什么事。”邱云峰意味深长地笑笑，急急地走了。

在楼道里，他用眼睛的余光扫到一个躲闪的身影，他的心被触动了一下。

走到门房前，他犹豫了一下，还是钻了进去。老张正在独自饮酒。屋里的灯光极其昏暗，桌上好像有一包花生米、一小撮粉肠和两根青黄瓜。“老张，你穷喝什么。”他的口气颇有些不耐烦。

“又没请你，你管得倒宽。”老张反讽道。

“还有没有杯子？”

“怎么，也喝点儿？”

“废话！”

老张嘿嘿地笑着，给他倒了一杯：“小邱，我看，你是没地方去了。”

邱云峰很反感老张料事如神的表情：“嘁，老张，你瞧你这儿黑的，跟狗窝一样，也不换个大一点儿的灯泡。”

“这你就错了，门房这种地方，越黑越好，外边看不清你，你却把外边看得清清楚楚。”

酒没喝几口，让邱云峰恼火的事发生了。他见老姚从楼里走了出来：“这个老姚，怎么这么快就出来了？”虽然是自言自语，也被老张听进耳去，他问道：“小邱，他刚才是不是碰见你了？”邱云峰点点头。“这就对了，原因在你。”邱云峰不解地说：“可是我躲开了。”

“这种事，就是避讳熟人，你越是躲闪，他越是不踏实。”

“那么，我的好心反而变成驴肝肺了？”

老姚从门房前溜走不久，小冯也从楼里闪了出来。下台阶的时候，她又打了一个趔趄。看着她一瘸一拐的样子，邱云峰的心情很不好：“他妈的，即便是偷情，也应该弄得端庄一些啊，搞得这么没有风度，真让人恶心！”他心里骂道。

由于心情的原因，他的酒喝得很猛，残酒喝尽，又打开一瓶。

外边有了风声，不久就下起了雨。

“小雨淋淋，烧酒半斤，老张，今天是喝酒的时候。”邱云峰的恼火被突如其来的密雨转折成亢奋，很快，新开启的一瓶酒，又光了。

他掂了掂空杯子：“老张，去拿酒。”

老张摆摆手：“不能再喝了，喝醉了，还怎么看门儿？”

“你还猪鼻子插大葱，装起象来了，就你这看门儿的，有也可无也可，纯粹是聋子的耳朵——摆设。”

“小邱，你好歹也是个领导干部，净拿咱这小做活儿的开涮，不怕掉价儿？”老张木在那里，迟迟不动。

邱云峰一拍桌子：“老张，甭瞎白话，你是不是没酒了？”

老张被激上了火，也啪地一拍桌子：“你还别瞧不起人，咱不趁别的，就趁酒！”老张猫下腰去，从木板床底下，抻出一个纸箱：“你看，整箱的酒，还没开封呢。”

邱云峰愣了：“你哪来的这么多酒？”

“不瞒你说，是贾局长送的。”

"他怎么会送你酒？"

"废话，他动不动就入洞房，还不送点封口的酒？说句良心话，在这一点上，贾局长可要比老姚强多了——同样是跑瞎（搞女人），甭说酒了，连盒烟老姚都没给咱抽过。这个老姚，一个憋憋屈屈的货色，竟也跟着赶时尚，你说，他配吗？"

自己的同事，竟被一个看大门的如此贬损，邱云峰的脸都跟着发烧。一种莫名其妙的义愤冲撞得难以自已，他用牙齿恶狠狠地咬开了瓶盖，给老张满满地倒了一杯："他妈的就你事多，喝酒！"

"知道你就不爱听，但咱说的是实话。"

"我知道你说的是实话，但是你也不想想，他贾大彬养小蜜，用的是公款，老姚泡妞可掏的是私房钱，他们之间能比吗？亏你也是弱势群体，居然一点同情心都没有，看来，你也就配看大门吧。"

老张咧一咧嘴，也上了肝火，瞥了一眼邱云峰面前的空杯子不由分说地斟满了："小邱，你小子敢不敢一口闷？"

邱云峰铲起酒杯，一饮而尽，然后啪地蹾在桌上："满上！"

屋外的雨越下越大，屋里的声音越来越小，最后，两个人都趴在了桌上，竟至一点声音都没有了。

这时，一辆轿车缓缓而进，虽然有雨声密集，但邱云峰的耳朵，还是清晰地听到了发动机的声音。他抬起头来，把目光送出窗外。

葛菲首先钻了出来，扬起一只手，象征性地遮在头上，一溜烟似的钻进了大楼。"他妈的，一个招摇滞重的胖身子，这个时候，倒也灵活！"邱云峰心里不是滋味。

贾大彬下车之后，还在雨中站了一下，然后才迈着与官位相符的步态，不慌不忙地走进去。邱云峰心里更不是滋味。

一个念头油然而生。他摇摇晃晃地站起身来："嘁，我要为老姚讨回公道。"

进了大楼，他蹑足而行，头脑竟比酒前还清明。到了葛菲的门前，他笑了笑，推门就进。他知道，此时的这扇门，虚待着一个同伙，是不上锁的。葛菲正背门而立，脱着身上的湿衣服。虽然有足够的声响，也没转过身来，以为是那个同伙，只说了一句“你怎么比猴都急。”便继续脱下去。待到完全摆脱了湿衣服的束缚，方转过身来。惊得一下子捂住了胸口：“邱云峰，怎么是你？！”

邱云峰倚门而立，含笑不语。房间里只开启着一盏台灯，微弱的灯光下，葛菲的身子白花花的，白得不堪入目。但是，他还是以玩味的眼光直视着她。葛菲的脸相很难看，嗫嚅之后，欲作大声申斥，邱云峰把食指在唇角一挑，嘘了一声。因为他警惕的耳朵已捕捉到门外有细碎的脚步声。

在房门推开的一瞬间，他躲到了门后。那个人披着一件类似风衣的大褂，一进门，就迫不及待地抻下来，甩在地上。里边竟什么也没穿！也不理睬女人惊异的表情，喊了一声：“宝贝儿，我来了！”便不顾一切地扑了上去。

邱云峰放声大笑，但又戛然而止。趁着当事人尚未醒悟，他转身而退。

目的已经达到，又不想承受那份不好言说的尴尬，这是最明智的选择。

回到自己的办公室，他把自己扔到床上，依旧大笑不止。后来，他的头突然疼得不能忍受：“这个老张，喝得莫非是假酒？”一番挣扎之后，他什么都不知道了。

黄果树瀑布的气势真是宏阔！因为无论从哪个角度看，它都有大鸟振翅飞翔之态，但就是飞不远，总是在原地盘旋。在万米高空的机舱里，从舷窗往外看，总是形状相同的云朵，似乎这个巨大的飞行器被时光凝滞在一个地方，其实转瞬之间，它已穿行了千尺、万尺。虽有千差万别，却看不到变化，这个感觉就是宏阔。

宏阔的东西让人无可奈何，使人感觉钝化。就像在高空飞行时人们容易困倦一样，在这个巨大的飞瀑面前，邱云峰很快失去了兴致，照了几组照片之后，索性把相机收了起来。他迅速钻进瀑布之下的隧道，在没顶而来的轰隆声中，重萌兴致。隧道之中，每隔一段距离，就有个观瀑口。站在观瀑口的位置，并不能看到瀑布的全貌，甚至连瀑布的局部也看不到；但是却能承接到从天而降的细碎水沫，感受到一股彻骨的寒意，因而升起一种莫名其妙的兴奋，居然就有了那个宏阔的外部景象，仿佛一切已装在了心中的感觉。

于是他认为，这个小小的观瀑口开得好，与小人物的身份相对应。虽远离是非，却依旧能感受到是非，就足够了。

之所以有这样的想法，是因为，虽然他躲到了这山僻天远的黔地，依然能感觉到单位里有不平的思绪。

刚从贵阳机场出来，准确地说，走下旋梯，刚打开手机，贾大彬的电话就到了，这是他预料到的，所以他只是笑了一下，不予理睬。电话自然是频繁地打来，他总是无动于衷，后来改为接二连三地发短信，他依旧笑而不答。什么有要事相商，我一个小小的科级干部，跟局里的大事是不相干的。只是跟他的个人情感有一点小小的关系，但是还是让他独自承受一下吧，只有这样，到了最后，我这个小科长在他那个大局长的心中才勉强有一点分量。

贾大彬放弃了努力之后，转而又有李曼灵的电话不断打来。这也是他预料到的，便照方抓药，充耳不闻。李曼灵也改为发短信，既有妻子的口气也有办事员的口吻，让他感到很刺激。一组组短信得不到回复之后，李曼灵的语气变了——邱云峰你是怎么回事儿？别不知天高地厚！

这反而增加了他的自信，在贾大彬心中，他邱云峰这只筹码的分量是越来越重了。

他曾经把手机关闭了一段时间，但一听不到急促的铃声，读不到焦灼的字句，便顿然有一种自然走失或被人抛弃的感觉，很不是滋味，就又打开了。

最出乎意料的是，直到现在，竟没有接到葛菲的一个电话和一次短信，他很是失落。葛菲的反应对他来说至关重要，因为能给他这次出行赋予更深的意义。

看到瀑布那玉珠飞溅般的水沫，他竟想到了她白花花的身子，情不自禁地生出一丝忧伤和满束的不平——自己十分敬畏的肥美口味，他贾大彬凭什么就这样轻而易举地、毫无顾忌地大肆咀嚼？他必须付出一份代价。

在不平的同时，他也把葛菲看轻了——这个女人，也无非是一种口味而已，餐桌上的轮盘旋动，转到你跟前的时候，无须多想，伸出筷子就是。

他为自己在宾馆里那畏首畏尾、近乎卑怯的举止感到脸红。从这一刻起，世俗的力量开始改造他书生的本色——人格放低庸福近。他好像看到了世俗之美。

但是，接下来的几天，他的手机哑了。那一边，没人再给他震响急迫的铃声，也没人给他发来希望的消息，好像棋盘的布局被重新布置，他这颗棋子已不是征战的焦点，与全局无关了。于是，他的心境发生了戏剧性的变化，从猫戏老鼠的玩味，变成了饿猫对老鼠的期盼。只要手机一有动静，他便像被热油烫了一般，下意识地打开机盖。却是当地的旅游消息。

他感到该打道回府了。

他给葛菲发了一条短信，告诉她自己回程的班机和时间，觉得，这是她十分需要的。在飞机落地的那一刻，他还有着充足的信心：葛菲一定会前来接机，然后把他拉到一个秘密的地方，对他进行一番安抚，把事情摆平。

然而出乎他的意料，葛菲并没有来。

他孤零零地在停车场内徘徊着，心中一片茫然。他突然发现，自己已陷入一种极其尴尬的境地：他不知道应该回到哪儿。家，单位，哪儿都不是他的落脚之地。

最后，他不得不在单位附近的一家宾馆要了一个房间，把自己扔到床上，蒙头大睡。他的确是累了，无论如何，先睡一觉再说。

他被手机铃声惊醒了，一看显示，是贾大彬。他犹豫了一下，还是接了。

贾大彬说："邱云峰，我知道你回来了，告诉我，你在哪儿，我要见你。"口气冰冷，毫无谦恭气息。

邱云峰顿感不快，但还是告诉了他自己的地点："那么你就来吧。"不知怎的，他无法再矜持，甚至还希望他快一点来。他赶紧梳头、剃须、洗脸，他觉得，在贾大彬面前，他应该有点样子。

贾大彬很快就到了。

进了门，贾大彬表情严峻，出口的第一句话竟是："在这种地方跟你见面，正好。"

邱云峰反而觉得拘谨，近乎巴结地给局长沏了一杯茶。贾大彬摆了摆手："不用客气，咱们有话直说。"

"说什么？"邱云峰嗫嚅道。

"就是你到底想要什么，是要钱，还是要官儿？"

由于没有心理准备，邱云峰不知怎么回答，随口说道："我什么也不想要。"

贾大彬很不高兴，板着面孔说了一番话："邱云峰，你还年轻，还不知道社会并不像你想象的那样，是与非都是相对的，如果把握得不好，是也会变成非的。我堂堂的一个大局的局长，有个把情人，有什么了不起的？你不要把问题想得那么严重，否则会让人看不起的。我念你年轻，不想把你作为对手，所以，想把复杂的问题弄得简单一些。如果你不好意思说，我替你做一下选择——要钱，太下贱，你还是要官儿吧，这样，更能体现一下自身价值。这一点，我也曾经开导过你，想必你是明白的。”

即便是在这么不名誉的情况下，贾大彬的气场也是这么强劲，居高临下，左右贯通，让邱云峰感到很压抑，很被动，好像如果再不明确地做一下选择，不名誉的一方反而是自己了。

“既然是这样，那你就提拔我当副局长。”这是很降低人格的选择，但是，话一出口，邱云峰居然感到，他正从拘谨和压抑中解脱出来。

贾大彬严峻的表情一下子松动了，竟露出一丝笑容，他说：“小邱，你现在才让我感到可爱了，但是，你的这个要求，我做不到。”

邱云峰又紧张了起来，以为自己进了一个老油条的圈套。他豁地站起身来：“贾局长，你难道……”

贾大彬也站了起来，双手放在邱云峰的肩上，像长者垂怜孩子一样，轻轻地把他摁在了原位，娓娓地道来——

“小邱，你真是不懂官场——不是我不想这么做，而是难度太大。副局长一级得区委组织部考察任命，主动权不在我的手里。你想，你科长的任职期限太短，如果一下子放到副局长的位置上，有拉帮结派突击提拔的嫌疑，可能会事与愿违。所以，要在我的职权范围内，稳妥处理，循序渐进。如果给你弄个党委委员、局长助理的职务，基本上就是我说了算了。不要嫌官小，这个安排，我也是要费些周折的，而且，你一旦上任了，实际上也进了决策阶层，也是副局长待遇了，有什么不好？”

“那好，贾局长，您觉得怎么合适，就怎么办吧。”贾大彬入情入理的解释和亲切自然的语气，让邱云峰无话可说，只能认同。但话一出口，他的心皱了一下，因为他不知不觉用了一个“您”的字眼。“邱云峰，你到底是个什么样的人？”这时他才发现，原来自己的书生性情背后，还有很世俗的一面。于是，他很难为情，目光躲闪，不敢正视自己的谈话对象。

“小邱，从现在开始，我们可是一条船上的人，应该风雨同舟，和衷共济，而不能离心离德，相互拆台。”贾大彬适时地叮嘱道。

邱云峰点头称是。他觉得，他绝不是贾大彬的对手——副局长与局长助理之间，虽然有同等的待遇，虽只差一步之遥，却有巨大的伸缩空间——最终能不能消除这个差别，要看他能不能跟给予者和谐相处——从这时起，他与贾大彬之间的关系变了，他出让了自己的话语优势，只能以卑微的姿态跟着走了。什么是合作者？本质上，就是一种相互妥协的关系。

“小邱，出差回来，你干吗还住在宾馆这种地方？还是回家去吧。”贾大彬引申了一句话，“你别净听那些风言风语，我和曼灵之间什么都没有，她是个好女人，别再委屈人家了。”

贾大彬的话触到了邱云峰的痛处，他脸上立刻堆满了委屈与忧伤。

“在这点上，你真应该感谢葛菲才是。”贾大彬毫不体恤邱云峰的感受，兀自说道。

邱云峰递上追寻的目光。

贾大彬自嘲地说道：“这还不是明摆着，一山不容二虎——即便我有多余的心思，葛菲那小娘们儿也不允许啊。嘿嘿，葛菲是什么人？绝非等闲之辈！”

一个严峻的上司，能够说出这样坦率的话，颇有冰释前嫌的力量，邱云峰像做错了事的孩子，嘿嘿地笑着：“瞧您说的，还是我们本身有问题。”

“既然如此，就主动点儿，在女人面前，男人从来就没有是非可讲。”

“好，听您的，我回家。”

贾大彬的到来，竟使邱云峰找到了自己的归属。

参加完局长办公会，出了楼门，已是满天星斗。他做了一下深呼吸，感到室外的空气异常地新鲜。他脚步匆匆，毫不迟疑，因为他知道，在家里，李曼灵收拾了一桌可口的饭菜，在等待着他的归来。出了贾大彬与葛菲的事，两个人重新获得了一起生活下去的理由。

就要迈过门房的时候，老张突然跳了出来，把他拦住了：“邱助理，官儿一当大了，就不理人了。”邱云峰倏地站住了，随口应了一句：“忙啊。”

老张把他拉进门房，说：“邱助理，你带了一个好头。”

这没头没脑的话让邱云峰很是诧异：“老张，你这是什么意思？”

老张告诉他，自从他结束了分居生活之后，到了晚上，那两对经营特殊爱情的人儿也不在机关露面了，大楼里清静得很。他也省事得很，按时关门，按时作息，再也不用多长一只夜眼——瞻前顾后、提心吊胆。

“还真有些不习惯。”老张说。

“你这人就是贱，省心的日子有什么不好？”邱云峰说。

“省心倒是省心了，但少了多少乐子啊。”老张笑着摇了摇头。

贾大彬和葛菲的规避，他可以理解，但是老姚和小冯却没必要这样：“他们之间是不是发生了什么？”

回家的路途中间要经过老姚的家，邱云峰灵机一动，爬上楼去敲门。

开门的人竟是老姚本人。

老姚吃了一惊：“怎么，竟是你？”

邱云峰意味深长地笑笑，也不搭话，径直朝客厅走去。肖金花正坐在沙发上看电视，见来人是邱云峰，只是欠了欠屁股：“小邱，是你啊。”

“人家云峰已经是局领导了，还小邱小邱的，也不赶紧去沏点水。”老姚点化道。

肖金花并没有起身的意思，接茬说道：“他官儿当得再大，也不是外人，叫小邱怎么了？”

见老婆没有动作，老姚倒像做错了事的孩子，脸红了，慌忙去找茶杯，准备沏茶。“你嫂子就是这么个人儿，没轻没重。”

“甭客气，我坐不住。”邱云峰拦住了老姚，说，“我只是顺便来跟你说一声，局里刚开完会，还让我兼咱们科的科长，但两边跑我精力不够，你老兄还得多帮衬帮衬。”

“云峰，这你就见外了，咱俩谁跟谁。”

“就是。”老姚的话还没说完，肖金花就送来迫不及待的补充，使屋里的气氛变得很亲情。

已经走在街上了，邱云峰还在回味这团亲情。难怪老姚在外边寻找浪漫，因为肖金花的性情过于质朴。但是，从刚才的情形看，两口子之间还有一种黏着的东西，绝对到不了离婚的地步的。

邱云峰失声而笑。因为他明白了，刚才自己的灵机一动，其实是为了验证老姚此时到底跟谁在一起。人间之事，行动的背后，往往提前就预备着理由。

现在，小冯她在干什么？对小冯，他竟生出一丝体恤。

进了家门，李曼灵果然在等着他吃晚饭。刚在饭桌前坐下，李曼灵就适时地给他斟了一杯酒。这是他们重归于好之后的规定动作，起初邱云峰还感到过于矫情，可现在，他已经习惯了，有了理所当然的味道。

吃饭时，两个人很少交谈，只是目光碰在一起的时候，李曼灵会做出一种会心的微笑。她以前总是放声而笑，弄出清脆的声音。但是，自从邱云峰说她的笑声具有农村特征之后，她改了。还有，邱云峰在家的时候，她总是涂红抹粉，衣着整齐，不轻易袒露身体。因为他说过，她的身体过于贫瘠，缺乏性感。只有在公众状态下，才有一种女性的妩媚。所以，虽然事实证明，邱云峰与葛菲之间并没有出轨的行为，但她还是情不自禁地恨她，因为有葛菲的风骚与丰腴作比，她的心隐隐地发皱。她终于明白，为什么那个小娘儿们总是散布她李曼灵与贾大彬的流言蜚语，而且一旦她进了贾大彬的办公室，时间稍长了一些，那个骚货就来敲门。这都不是偶然的，前者是贼喊捉贼，后者是怕别人争食。你一个堂堂区长的女儿干吗做出这样的事情？真是下贱！所以，她又暗自庆幸，庆幸邱云峰没有跟她搅在一起，不然的话，即便他不以为然，作为他的妻子，自己也深以为羞。基于此，她觉得自己在家庭中，不能再像原来那样随意和任性了，应该长点儿心计，对男人多一些适应，多一些温存，多一些内在的吸引。

她还特别留意了一些微小细节，比如她不再吃大蒜，不再无所顾忌地咀嚼食物，也一改每周洗一次头的习惯，几乎是每天都有一次梳洗，从发根到发梢，绝对没有一丝麦秸的味道了。

但是，即便是这样，邱云峰的心头仍然皴结着一层厚厚的忧郁，因为他感到在他们夫妻的温情之上，覆盖着一层薄薄的壳，没了以前的透亮和顺畅。还有一层既令他羞愧又不能作罢的原因，就是他对葛菲的思念。

从事发的那个晚上一直到现在，葛菲从来不跟他单独接触。在一些公开的场合相遇，葛菲的表情竟无一丝歉疚，反而用玩味的眼神直视着他，直至他难为情地低下了头。他心中愤愤不平：他妈的，一个烂污的婊子，居然高傲得像个贞洁的淑女，这是哪儿的道理！

他迫切地想找到跟她单独见面的机会——他要听到她低声下气的解释，即便她拒绝解释，但是，他可以在对其羞辱中，得到一种发泄。他觉得自己有理由这样做——她败坏了自己的名声，离间了自己的家庭，骗取了自己的感情！还有，还有，她手机的链环上，挂的正是自己精心挑选的翡翠玉坠啊！

一定要见到她！

李曼灵愈是刻意地改变自己，他走向葛菲的念头愈是强烈。

机会终于来临。

贾大彬去美国了。这是历时一年的公派考察，考察对象自然是与本局对口的有关管理经验。稍有官场常识的人都会明白，这样的考察具有镀金性质，说明上边对贾大彬是赏识的，回国之后，将会被提拔使用。

贾大彬的出行，解除了邱云峰心头的顾忌。虽与葛菲近在咫尺，却不能贸然接近，就是因为有贾大彬的存在——既然人家满足了你的有关诉求，就意味着相互之间业已建立了一种潜在的规则，你就必须按规则出牌，否则就会出局。现在，贾大彬暂时成了局外人，客观上，给了邱云峰一个可以自由出牌的小小空间。

这是不可多得的一份自由，他急迫地登场了。

他用心地观察了葛菲的行踪。发现她每天下班之后，并不留在机关，也不回到她父母的家，而是到了一个别的去处。那是一座有钱人居住的大户型的公寓楼。那里有楼前花园，有地下停车场，环境幽静，人迹稀少，属全封闭的西式格局。他很快就查到了，葛菲的住所，是1号楼3单元302室，房子的户主居然就是葛菲。邱云峰早就听说本城有这么一处高级住宅，没想到参加工作没几年，实力极其单薄的一个小小的单身女子，居然能住在这样的地方，他惊异不已。

但稍一沉吟，他觉得这其实也没有什么奇怪的，因为她身后有一个当区长的父亲。

他揿响了1号楼3单元302室的门铃。里面没有反应。他知道，这是个私密的住所，主人是不会贸然开门的。便带着恶意的微笑，揿动不止。还是没有动静，他便拨了一个手机的号码，里边果然隐约传来熟悉的铃声。很快铃声就断了，再拨，索性关机了。

将要放弃努力的时候，门自己就开了。葛菲瞪了他一眼："知道就是你。"进了房间，葛菲阴沉地说道，"我知道，你早晚是要找上门来的。"

那个客厅很大，弥漫着一股足以蛊惑人心的紫罗兰香味。邱云峰什么也没说。他此时喉头发紧，心绪复杂，本想定一定神，说几句适宜的话，但却紧紧地把葛菲抱住了。受到女人那本能的推拒，反而引发了一种邪恶的激情，他把葛菲扔在阔大的沙发上，饿虎一般覆盖上去。"想死我了！"

这个卑贱的声音，让邱云峰本人都无地自容，但是，他已控制不住自己了。

在没有退路的时候，葛菲狠狠地在他的肩头咬了一口。邱云峰身子一挺，败下阵来。进门之前的那种昂然的道德优势，此时消失得一干二净。"我这是怎么了？"他颓然地坐在沙发上，眼光收缩在自己的脚尖上。

以为会听到很难听的话，没想到葛菲竟很自然地说道："既然来了，就参观一下房间吧。"

像被宽恕了的孩子，邱云峰乖乖地跟在葛菲的身后，看了三卧两厕，看了前后阳台，看了厨房餐室。总的感觉，是阔大，阔气，出乎想象。因而他很局促，感到自己很渺小，有淹没的感觉。

"多大面积？"

"二百四十八平。"

“多少房价？一百五十万？”

“你没必要知道。”

“咳，毕竟是区长的女儿啊。”

“与我爸爸无关。”

“那么，就是与贾大彬有关？”

“这，就你的智商水平，是应该想到的。”

到了这个时刻，邱云峰全明白了，他和贾大彬，包括李曼灵在内，都被这个胖姑娘利用了。他凄然一笑：“你可真卑鄙！”

“你讲话可真没水平，我不过是顺应潮流而已。”葛菲轻描淡写，表情从容。看到邱云峰疑惑的样子，葛菲体贴地解释道：“你看现在有品位的女孩子，哪个不是吃高档穿名牌，坐拥香车豪宅？张爱玲说出名要赶早，女人的生活也要及早设计，要吃好青春饭。”

“可是，你毕竟是葛菲啊！”邱云峰依旧不能释怀，他觉得自己看上的女孩，是不应该这样庸俗的。

“你这个人真是可爱。”葛菲露出一丝讥讽，“你以为我葛菲是谁？跟街上的女孩子没什么两样。”

邱云峰顿感自己的没趣，倏地站起身来：“我该走了。”

“既然来了，就留下吃饭吧，我早应该好好谢谢你了。”葛菲也站起身来，挡在他面前。

邱云峰一惊：“谢我什么？”

葛菲示意他坐下。

见邱云峰重新落座，葛菲嫣然一笑：“你等我一下，我去一下厨房。”进了厨房，很快就传来一个类似屋里人的声音：“云峰，螃蟹能不能跟皮皮虾一起蒸？”

“可以吧。”邱云峰不喜欢这样的语气，但还是应了一声。

“我把螃蟹和皮皮虾蒸上了。”从厨房里出来，葛菲依旧保持着屋里人的语气，“下班的时候，顺便逛了一下菜市场，正好有新到的海鲜。你看，你这个人，就是有口福。”

邱云峰感到很不舒服。这个女人，总是自以为是，你怎么就知道我邱云峰就一定会跟你共进晚餐?

但是，他还是忍住了，因为他要听。

“为什么要谢你? 是因为你成全了我。”

这是个极富撩拨的开场白，邱云峰竖起了耳朵。

葛菲说——

“我是家里的独女，从小就拔尖儿，别的孩子有的，我一定要有，家长一旦不予满足，就哭，就闹，把自己关起来，拒绝吃饭。上小学五年级的时候，同桌有一只猴形的转笔刀，铅笔一在里边转动，它就眨眼睛，我稀罕得不成，就跟我妈要。我妈说：‘转笔刀你已经有一堆了，就不要再买了。’我一听，摔门就进了自己的房间。我爸说：‘一个转笔刀也值不了几个钱，就给她买算了。’我妈说：‘不是钱不钱的问题，而是不能太惯着她。’我妈的话，让我很恼火，便举着一把裁纸刀冲了出来。我妈吃了一惊，问：‘你要干吗？’我冲她一笑，逼问道：‘您到底给买不买？’我妈一愣：‘怎么，你还要造反？’我说：‘我不会怎么着，我只是生自己的气。’一边说着，一边把裁纸刀割向自己的耳垂。血流了满脸，可是我一点都不觉得疼，我得意地笑着，欣赏着他们的大呼小叫。我爸一把夺下刀子：‘你这是干吗，爸给你买就是了。’哼，从此以后，我就是我，什么事都是他们向我妥协。

“参加工作之后，看到许多女同学都有了自己的住宅和私家车，我心情很不平静。车子我并不看重，但在人家西方人的观念里，房子却是女人的立身之本。所以，我一定要有属于自己的房子！可是我没钱，就向爸妈伸手。我爸说：‘那就给你买一套经济适用房吧。’我说：‘我才不稀罕呢，面积太小，品质太差。’我爸说：‘那就难为你爸了，作为工薪阶层，我哪儿拿得出那么多钱。’我说：‘您不是副区长吗，总会有办法的。’我妈抢过话头：‘你这叫怎么说话？你爸是个正经人，把政治前途看得比生命都重要，你可不能逼着你爸犯错误。’我说：‘您这就低估我爸的智商了，据我所知，清官有时比贪官更有手段。’我爸听罢，长长地叹息一声：‘你们这代人，算是没有希望了。’我妈懂得我爸的心思，说：‘你真是想当然惯了，事情哪有那么简单？简单的办法倒是有一个，找个有钱的男人把自己嫁了，一切就都有了。’我说：‘嫁什么嫁，让我看上的男人还没有出生呢，再说，仅仅为了一套房子就轻易嫁人，成本也太大了。’听了我的话，我的爸妈长吁短叹，恓惶不安，他们小心翼翼地对我说：‘闺女，不是爸妈不成全你，而是我们太窝囊，无能为力啊！’我说：‘请你们放心，我不会强迫你们做你们做不到的事。’爸妈如释重负地流下眼泪，说：‘到底是自己的闺女啊。’

“这以后，我自然就盯上了贾大彬。我觉得，从贾大彬那儿，我一定能够实现自己的愿望。为什么？因为他好色。李曼灵因为脸蛋漂亮就被他搞进机关——对不起，我这样说对你有点不恭敬——这意味着什么？意味着他虽然有粗犷的外表，却有着锦绣的内心。就是说，他有着致命的弱点，堡垒是极易被攻破的。这样一来，我既可以得到房子，又可以保全我爸，维护他为官清廉的公众形象。现在你明白了吧，散布他跟李曼灵如何如何，是为了遮人耳目；跟你亲近，是为了给他制造压力、制造危机，让他乖乖就范。但是，贾大彬绝不是个简单的人物——他虽然到了离不开我的地步，但是迟迟不给我兑现，他懂得怎么牵制住女人，懂得如何既享受到女人的好又给女人付出得少。我很着急，很懊丧，闻着他难忍的狐臭，听着他粗俗的鼾声，我暗自流泪，整夜难眠。我真懂得了什么是婊子。我恨极了，真想去告他，真想豁出自己把他搞臭。正在这时，你玩儿了一个捉奸的把戏，使他明白，要想长期占有我，而又不担当太大的风险，的确应该有一个安全的环境。就这样，他才不得不下了决心，给我买了这套房子。”

这个叙述过程，葛菲一直是用一种玩味、调侃，甚至得意的口气，但是，讲到这，她一头扎进邱云峰的怀里，满脸泪水，说道：“房子来得好心酸啊！”

邱云峰本能地躲开了，但很快又被葛菲紧紧地抱住了，“不管你怎么看我，我都感激你，这房子——这房子——实际上是你给的！”

葛菲的这个表达方式，让邱云峰无所适从。“我真的该走了。”他说。

好像是一种提醒，葛菲想起了什么：“哎呀，厨房里还蒸着螃蟹呢。”

螃蟹使他们很自然地分开了。

但邱云峰没心思跟葛菲共享螃蟹，他坚持要走。“我的话还没说完呢。”葛菲一笑，“以下的话题，是关于你的。”

“是吗？”邱云峰真的犹豫了。葛菲开了一瓶红酒：“咱们是不是应该享受一点情调？”与其说是征询，不如说是不可拒绝的安排，她知道，此时的邱云峰是不会拒绝的。

红酒，海鲜，诱人的话题。邱云峰重又坐下。

“其实，你不应该小瞧我，因为我葛菲也成全了你邱云峰。”葛菲像善吃常德酱板鸭一样，也很会吃螃蟹——蟹壳，蟹爪，那些坚硬的部分，她很轻巧地就剥离开了，嫩黄的蟹肉，无障碍地呈现出来。她不仅自己品味，也送到邱云峰的嘴边：“云峰，你尝尝，鲜得很呢。”

“葛菲，你别弄得这么亲热好不好？”邱云峰躲闪着，有一种被羞辱的感觉，“有话就说，我的忍耐是有限度的。”

葛菲告诉他：“起初，贾大彬对李曼灵的确是动过心思的，是我葛菲从中作了阻拦。我的用心其实并没有多么高尚，是怕她坏了我的好事。我对贾大彬说：‘李曼灵活得单纯，除了一个漂亮的脸蛋之外，观念陈旧，腹内空空，一无所有，一旦卷入复杂的情感纠葛，会惹很多麻烦。你贾局长找别的女人，只是换一种口味而已，并不想破坏自己的家庭，这我葛菲能够理解，而她李曼灵却是不能接受的。到了最后，她一旦跟你纠缠不清，你是摆脱不掉的。’贾大彬觉得有道理，很是遗憾地放弃了，他恨恨地说：‘那就便宜了邱云峰那小子了。’后来我频繁地跟你接触，贾大彬醋意大发，要对你采取行动。我说：‘我这是做给别人看的，放的是烟幕弹，省得暴露了你贾大局长。’贾大彬很是感激：‘你真是个善解人意的小心肝，我一定真心对你好，而且绝不再打别的女人的主意。’不瞒你说，在假意跟你好的时候，我觉得你这个人是个难得的厚道人，特别是那天在宾馆里，你那么规矩，像个怕犯错误的孩子，我就真的对你产生了好感，就劝说他让你当科长，再后来，就是发生了那件事之后，贾大彬很是恼火，认为你是有意向他进行挑战，便决心要置你于死地而后快。我说：‘你不要把他想得那么复杂，这只是一个偶然事件，息事宁人就算了。’所以就有了现在的结局，你成了堂堂的局长助理。”

这真是个意想不到的故事，邱云峰久久地沉默着。真相，使他失去了在这个令人鄙薄的女人面前的道德优势。原来，他们莫名其妙地成了同路人，主动或被动地进入了交换程序，都是不名誉的利益获得者。

“葛菲，你真是害人不浅啊！”他终于还是把过错推给了对方。

葛菲摇摇头，笑着说：“咱不说这个，还是好好享受这顿美餐吧。”

一种异样的感受，促使邱云峰坚定了走的意志：“还是留着你自己慢慢享受吧，我的脸皮可还没厚到这种程度。”

葛菲脸上的笑容立刻就凝固了：“邱云峰，我问你，你为什么到我这儿来？”

是啊，我为什么来？邱云峰愣在了那里。他还羞愧地想起了，一进门时迫不及待地拥抱葛菲的情景。

“你不要以为自己是什么君子，你也不过是个既当婊子又立牌坊的小人而已！”葛菲唇红齿白，毫不含糊，“说白了，你不过是想趁着人家贾大彬不在，来占点儿便宜。”

也未告假，小冯竟好几天未来上班。邱云峰问老姚：“小冯到底是怎么回事儿？”老姚摇摇头：“谁知道呢。”

“怎么，连你都不知道？”邱云峰下意识地追问了一句。

“你这是什么意思？”老姚脸色很难看，好像被人冒犯了一样。

“我真的没别的意思，只是随便问问。”邱云峰也觉得自己的问话有些不得当，抱歉地笑了笑。

第二天，人们从护城河里发现了小冯的尸体。尸体很完整，既没内伤，也没外伤，是典型的溺水而亡。

警察经过反复勘查，没有发现谋杀的痕迹，认定是自杀，或意外失足落水。但是，小冯的丈夫却一口咬定，她的死与老姚有关。因为他找到了一本小冯的日记，日记里详细地记述着小冯与老姚的事情。内容的详细程度是令人吃惊的，在什么地方私通，一晚上做几次爱，都记得清清楚楚。最后几天的日记反映出这样的一个事实：对两个人的关系，老姚有些腻了，提出了分手的要求，但是，小冯坚决不同意，就此，她在最后一页日记中写道：

说实话，老姚并没有什么可爱之处，既没官职，又没钱财，人也一把子年纪了，就更谈不上什么风度。所以，跟他在一起，是不会有什么指望的。但是，这么多年来，我已经习惯了他那种特别的体贴和呵护，在他的怀抱里，闻着他特有的味道，我感到说不出的充实。一谈到分手，我就找不到北，就有一种不可承受的忧伤和失落。这也难怪，从单位到家庭，每天的日子是那么平淡无奇，是那么寡然无味，也就这么点儿可怜的“浪漫”了。老姚也是的，我既不破坏你的家庭，也没有多余的索求，只不过是满足一个“习惯”而已。你干吗那样急火火地提出分手？如果连这样一点儿最后的温柔，你都不能安心消受，你还算什么男人？老姚真是被我宠坏了，我一定要给他点儿厉害瞧瞧，不然的话，他会越来越任性，越来越不好把握了……

尽管这些日记有力地证明小冯的死是跟老姚有关的，但是，由于老姚死不承认小冯落水前跟他在一起，也根本找不到目击证人，更主要的是，老姚的夫人肖金花，还有他们的邻居王大婶都同时而坚定地证明，警察界定的小冯出事的那天晚上，老姚是一直跟他们在一起的。那天是王大婶六十五岁大寿，老人的儿子及儿媳因为在外地观光来不及赶回来，是老姚、肖金花这对好心人陪伴她过了一个愉快的生日。这其中，有一个细节，是极耐人寻味的——当警察向王大婶反复核实证言的时候，王大婶有些不耐烦了，她严肃地问道：“你们这些警察究竟是为谁服务的？干吗对一个小婊子的事这么上心？”警察一愣，而后笑着点点头：“我们不过是例行公事而已。”

于是，虽然有种种疑点，警察还是维持了原来的结论。小冯的丈夫不服，声称要向上起诉，警察笑着问他：“你有充分的证据吗？”见他有些犹豫，警察严肃地说：“你要尊重死者。”

“咱们走着瞧。”小冯的丈夫恨恨地丢下了一句，走了。以为他是去搜集证据了，但不久就传来消息，他又娶了一个新妇。熟悉小冯的人，都吃惊不已。而后又都觉得，像小冯这样的人，无论是在单位，还是在家庭，无论是在工作中，还是在情感中，都是无足轻重的。

虽然老姚平安无事，但是他却不再是从前的那个人了——整个人瘦得只剩下了骨头，少言寡语，面色土灰，像个游移的阴魂。他与肖金花分居了，住进了机关。肖金花苦苦哀求他搬回家去，他无动于衷。于是，人们总是能听到他们在机关里争吵的声音。邱云峰甚至听到肖金花愤恨地说："你别得寸进尺，如果没有我，你早就被法办了。"老姚平静地说："那倒好了。"闹到最后，肖金花无计可施，干脆跪在地上，向他乞求今后的日子："你就行行好吧，家里没有你，你让我怎么活？"老姚不堪忍受这样的恓惶，默默地流着眼泪，跟她回去了。

一天，老姚找到邱云峰："小邱，屋里就咱两个人，我想跟你说两句心里话。"

邱云峰望着神情恍惚的老姚，心里很不是滋味："有话尽管说。"

老姚劈头就说："小冯是我害的。"

邱云峰一怔："老姚，我看你是精神有毛病了。"

"有没有毛病，容我把话讲完了，你再说。"老姚对邱云峰说——

"我与小冯的事，你是最清楚的。难得你理解我们俩的感情，从没有指责过什么。但是，我心里很愧疚，在跟小冯在一起的时候，总感到自己不是个正经人。所以，在跟她好得一塌糊涂的一个个瞬间，心里总有一个清楚的声音：该分手了。怎么跟小冯好上的，真是没有复杂的故事，整天待在一个办公室，眉来眼去地就跑到一张床上去了。起初还感到不安，觉得不应该这样。小冯开导我：'这有什么，你看周围，谁不是这样？'她说的我当然明白，眼下的风气可不像以前了，不名誉的事反倒比名誉的事更符合潮流。我说：'人家都是有所图的，可我什么也给不了你，你会吃亏的。'小冯说：'我又不跟你要什么，只是觉得生活中应该有你这么一个男人。'她的开明感染了我，人家女人都不以为然，作为一个男人，干吗把事情看得那么严重？就顺其自然了。

"说实话，虽然客观因素起了作用，但根本的，还是自身有弱点。小冯年轻、温柔、有活力、懂风情，让我感到既新鲜又受用，便又觉得，如果不抓住机会享受一下，这辈子就白过了。但是，随着时间的推移，轻松的事变得沉重了，因为我发现，像我这种年龄的人，对同时拥有两个女人的生活，缺乏坦然承受的心理素质，短期还可以，长期下去，就觉得人格上有问题了。要么就接受小冯，要么就回到肖金花那里去，二者必选其一。跟肖金花离婚是不可能的，因为每一提到这个问题，她就寻死觅活的，甚至嚷嚷着要到单位来闹得我身败名裂。我害怕这种结局，像我这种人，可供选择的余地太小了，没有承担风险的能力。再说，跟肖金花一直是举案齐眉地过日子，没有爱情还有亲情呢，断然割舍是于心不忍的。而且她还说：‘我知道你外边有人了，但是，只要你不破坏家庭，我就认了。’她还说，‘我之所以这样委屈自己，绝不是心甘情愿，而是有自知之明——我一个人老色衰濒临下岗的女工，哪能对抗得了社会风气？哪能经得住这份折腾？’所以，我就只能离开小冯。小冯居然非常理解我的心情，对我说：‘我是不会死缠着你不放的，只是现在还不成。’为什么不成，她也不明说，只是告诉我，要想早日分手，就要多待在一起。为什么？距离产生美，整天黏在一起的男女，会很快生出厌烦，就自然而然分开了。

“我觉得她说的是那么回事，便有约就赴。到了一块儿，小冯很喜欢做爱，有时一夜之间要做三四次，还是很不满足。她不无忧伤地说：‘横竖是要分手的，也就只能抓住现在了。’对这样的相处，我也有着强烈的兴趣——肖金花已进入更年期了，对男女的事很是厌倦，床上的小冯，正可以弥补这种遗憾。我不遗余力地配合着，感到自己进入了第二个春天。但是，我毕竟是有了一把年纪的人了，到了后来，身体渐渐地不做主了，那份激情也就随之淡下来，甚至还有了一丝反感。这样，分手的念头就开始冒头了。小冯是个敏感的女人，她明确表示，性爱固然重要，但相爱的人之间绝不仅仅是性爱，还有被牵挂的幸福，还有被体贴的温暖。那以后，我们躺在床上，虽然常常什么也不干，只是拉拉家常，反复絮叨着单位那些破事，但小冯也感到满足，一点儿离开的意思都没有。半夜里醒来，看见小冯紧紧地依偎在我的怀里，不禁生出一丝感伤：一旦失去性爱的吸引，身边的这个女人，跟那个叫肖金花的女人有什么区别？我的心开始向家庭倾斜，开始寻找各种借口，避免与小冯约会。之后，就是哭闹、猜疑、嫉妒、争吵、赌气，跟柴米夫妻没什么两样。

“我对小冯说：‘你这是为什么，你不是很想得开吗？’小冯说：‘亏你还是有相当阅历的男人，你就不知道，女人的心思往往是很复杂的，她想要的东西很多很多，到底想要什么，甚至连她自己都不知道。’我很生气，问她：‘你到底想要什么？’她说：‘我什么都不想要，就想让你整天抱着我，在你怀里，我可以撒娇使气，像个孩子似的——你是不会理解的，这份放松对女人是很重要的。’我说：‘你真是难缠。’她很伤心，哭着说：‘就是一块石头，在手里握久了，也热得舍不得扔掉，何况一个大活人呢。’她的话，让人心酸，让人生出怜惜，绝情的事我做不出来，就一合眼听天由命了。

“但是，我究竟是个爱脸面的人，激情过后，我越来越害怕承担风险。对小冯，如果我真的爱她，真的想跟她生活在一起，弄出一些是非也是值的。相反，如果小冯跟我的交往也是出于爱情，也能跟我共同承担生活的责任，身败名裂也心甘情愿。可是，我们之间存在的是一种所谓的“办公室爱情”，是一种流行病，既不真实，也不深刻，缺乏让人义无反顾的动力。所以，跟小冯担惊受怕地待在一起的时候，就特别眷念跟肖金花一起时那种平静的感觉。分手的念头便一天比一天强烈了。

“那天，在夜色中，我和小冯在护城河边发生了争吵，不知不觉地吵到了小桥上。小桥是个分水岭，一边通向单位的宿舍，一边伸向我家的楼房。争吵中的小冯一点都不可爱，我没心情再顺从于她，而是决意要回归家庭的那一份平静。小冯上前阻拦，我们纠缠在一起。不知怎的，小冯就从桥上掉下去了，我跑下桥去的时候，已不见了她的身影。桥下的水只有齐腰深，我顺流而下寻找她。渐渐地水没过了肩膀，脚下也变得浮漂了，我蒙了，因为我不谙水性，再走下去，就自身难保了。我下意识地往回走，走到能站稳了脚跟的时候，我有了一个清醒的意识：我不能死，只有活着，才能把发生的一切解释清楚。

“到了这个时候，我首先想到的是肖金花，觉得她是我唯一的救命稻草。一切都不能再瞒着她了，便都跟她说了。她听了以后，竟十分镇定，说：‘这怨不得你。’我说：‘无论如何得去报案，把事情说清楚。’她说：‘你真是幼稚，这种事，你能说清楚吗？还是想别的对策吧。’见我执意要去派出所，她把邻居王大婶搬了出来。王大婶坚定地站在她一边，且毫不含糊地说：‘那小妖精是自作自受，罪有应得，你应该对你老婆负责，对正经日子负责。’她与肖金花是同盟者，都特别憎恨第三者。

“……事情虽然过去了，但是，我的心就再也不能安宁了。”老姚重重地叹了一口气，“小冯她有什么错？她是个好姑娘啊！”

邱云峰惆怅地望着老姚的那张苦脸，默默无语。

“你怎么不说话？”老姚受不了他的这种沉默。

“你让我说什么？”邱云峰反问道。

“你总得表个态吧。”

“那是你自己的事，我表什么态？”

这时，邱云峰眼前不停地闪回着肖金花小心地托着一个瓮形的搪瓷饭盆，给老姚送饺子的那个情景，情不自禁地悲伤起来。小人物都活得很不容易，都很可怜。

老姚苦笑了一下：“既然是这样，那我就去派出所了，是杀是留，有个交代，免得心里恓惶。”

邱云峰露出轻蔑的表情：“你最好别这样。”

“为什么？”

“你这样做，是不是太自私了？”邱云峰懒洋洋地说，“你冷静地想一想，发生了这样的事，谁是最大的受害者？不是小冯，更不是你老姚，而是人家肖金花。没那个金刚钻，就别揽瓷器活——你搞什么第三者？现在，你只图自己解脱，把所有后果都推给人家肖金花，你还讲不讲道理，你还算个男人吗？！”

“那我该怎么办？”

“没办法，只有承受。”

“你怎么会这样？”

“你说我该怎么样？”

分手之前，邱云峰郑重地对老姚叮嘱道：“你且记住，对你的事，我什么都不知道，什么也没说。”说完这番话，他言犹未尽，又补充道，“你还要记住，再找女人的时候，千万别再找爱记日记的。”

白天训诫完老姚，晚上邱云峰就睡到了葛菲的床上。

现在的邱云峰已经是流行小说中的角色了，他不再跟自己似是而非的观念过意不去，而是驾轻就熟地游走在两个女人之间，坦然地享受一种通俗的浪漫。

那天在葛菲的寓所里，葛菲最后的一番话，是致命的。

——你不要以为自己是什么君子，你也不过是个既当婊子又立牌坊的小人而已！

——说白了，你不过是想趁着人家贾大彬不在，来占点儿便宜。

是啊，我为什么而来？思念？似乎有一些。爱情？始终也没有确认过。在十分暧昧的状况下，不知不觉走进人家的私人生活，来路不明，很不名誉。所以，在葛菲尖刻的指责面前，邱云峰没有充分的理由辩驳，他张口结舌。

葛菲得意地笑着，好像是在说，收起你那冠冕堂皇的一套吧，你所作所为，不过是为了男人那点儿说不出口的可怜的欲望。

这近乎是嘲笑。邱云峰被激怒了："葛菲，你真是越来越不知羞耻了，如果我真的打你的主意，那天在宾馆里，我早就下手了。"

"邱云峰，你知道那意味着什么？"葛菲有了猫戏老鼠一般的心情，"这意味着，你虽然有做贼的念头，却没有承担的勇气，因为你特别稀罕我的身体，怕一旦沾上了我，就放不下了。"

葛菲出手很准，打到了邱云峰的软肋，他本能地跳了起来，一把将葛菲推倒在沙发上，然后重重地压上去："我要你知道，我邱云峰是有血性的，绝不是你想象的那种软蛋！"他要以一种特殊的方式，来捍卫他做男人的尊严。

为了收束、修饰胸腹的线条，葛菲今天穿了一件紧身褡，那上边从上到下有一排密密的纽扣，在仓皇中，邱云峰一个也解不开。手下的笨拙，加剧了他的挫折感，他皱了一下眉头，粗暴地撕开了。

肥美的乳房滚动而出，惊心动魄。他失声叫了一声，感到自己做对了。

整个过程，葛菲没有一丝反抗，相反，竟莫名其妙地笑着，像个旁观者，从容不迫——有滋有味地欣赏别人的剧目。只是在男人将要挺进她的身体的时候，她轻轻地推了他一把："把我抱到床上去，这里不舒服。"

他竟驯顺地听从了这样的指令，抱起那个意志的主体走向卧室。他感到奇怪，那个肥重的身子，在怀抱里居然一点分量都没有。但是，把她放到床上的时候，他犹豫了，因为那个指令性的口气让他感到了一种屈辱，有失去自我的嫌疑。这个时候，床头的电话响了，两个人的目光一下子凝聚在一起。邱云峰发现，葛菲的目光多少有些不自在，心中便马上获取了一个支点，他挑衅地抖抖下巴，意思是说，怎么不去接？

葛菲不得不拿起电话，电话中传来贾大彬急切的问话：“怎么回事？怎么半天不接电话？”

“嗯，没什么，正在厨房里忙着呢。”

“宝贝儿，你想不想我？”

葛菲看了邱云峰一眼：“嗯，还可以。”

“这是什么话，到底想还是不想？”

邱云峰忍不住笑了笑。这种讥讽的笑意让葛菲很不自在，便不耐烦地反问道：“不想你想谁？”

贾大彬开始倾诉大洋彼岸的思念。那种私密的话语因为有另一个男人在场，使葛菲感到难堪。她本能地扯过来一条枕巾，遮在暴露的小腹之上。

在邱云峰眼里，这既是一种轻蔑，也是一种暗示，有更淫荡的味道。“贾大彬能干得，我怎么就干不得？咱也该换换口味了！”在这个既义愤又自私的念头支配下，他不再犹豫，狠狠地压在女人的身上。

这意外的进入，出乎葛菲的意料，她情不自禁地叫了一声。

“怎么了？”贾大彬询问道。

“没什么。”葛菲答道。

葛菲的掩饰，诱发了邱云峰更大的激情。他的顾虑彻底消失了——内心的积怨，终于找到了一个发泄的机会。这是天赐，必须紧紧地抓住。他激烈地动作着，向不公开战。

此时的葛菲，陷入极端的被动——她既不能中断与贾大彬的通话，又摆脱不掉邱云峰的恶意进犯——脸上的表情，似哭似笑，肢体的动作，也似拒似迎。“可恶的男人！”她心里骂道，同时很真切地感到，身为女人，真的很卑贱。

贾大彬那肉麻的情话，对邱云峰来说，无疑一剂春药，他意外地获得了一种道德优势，他觉得自己有理由坦然地消费身下这个女人——“像她这样的人，报复，不，应该是惩治，最好的方式，就是毫不留情地占有她！”在这种失重的状态下，他的感觉好极了，以至于在喷薄而来的高潮冲击之下，他快活得张大了嘴巴。葛菲见状，紧紧地捂上了话筒。但是，邱云峰叫错了人：“啊，曼灵！”

无论如何，邱云峰彻底走进了葛菲的生活。继贾大彬之后，成了她名副其实的情人。

但是，由于贾大彬的存在，邱云峰对葛菲已没有了那份魂牵梦绕的感情，相反，还有一种隐隐的鄙薄。他只是对她的身体感兴趣，那绸缎一样华丽的皮肉，真是艳光四射，美不胜收。他觉得从前的自己，真是迂腐得很。不就是一个女人吗，干吗弄得那么忧虑重重、战战兢兢？真是缺乏时代气质。

他现在的意识很清醒，他绝对不会为了一个葛菲而跟李曼灵离婚的。李曼灵是日子，葛菲不过是在闲时欣赏一番的风景。他能够极其自然地处理与两个女人的关系，他从葛菲的床上下来，可以毫不歉疚地再与李曼灵同枕而眠。什么“一旦品尝过了肥美的肉香，那寡薄的口味又岂能下咽？”原来自己真的不懂女人，女人各有各的好，肥美的热烈，寡薄的绵长。奇怪的，由于葛菲的复杂，他更感到了李曼灵单纯的可贵；由于自己的不忠，他更觉得应该好好地善待家中的这一个。于是，对李曼灵的感情，开始稳定了，甚至开始真心地爱她了。

李曼灵从不怀疑邱云峰与葛菲有染，她质朴的心地，本能地认为，以邱云峰的出身、所受的教育，以及他过于自尊的人格，不可能下贱到能与别的男人共享同一个女人。所以，她跟葛菲处得很好，以前的敌意消失了，见面的时候，两个人都客客气气的，甚至可以交谈一些跟别的女人不能交谈的话题。比如可以一起谈谈邱云峰，谈谈他不爱洗澡的问题。

李曼灵对邱云峰越来越信任了，甚至到了轻信的程度。只要他编出一个理由，回来得再晚，出去的天数再多，她也不再查询。因为暂时还没有另一个葛菲出现。

风雨过后，天空晴阔。邱云峰获得了一种绝对的自由，他可以轻松地在两个女人之间周旋，感到生活真好。

但是，与葛菲的关系，什么时候、以什么样的方式结束呢？依她的性情，真的能够来去自由、轻松了断吗？

一想到这个技术问题，他就心烦意乱，不寒而栗。

2006年12月19日完稿于北京石板宅

2007年3月6日改定

小米

一

谢小愚临窗而坐，凝望着西山的那片天。

是下午五点钟的光景。西山顶上的云，层次着，像海湾的水，一波一波的。远日像烧熟了的一粒炭火，红得无力，但还是把云染红了。“这多么像没有激情的爱情。”他对自己说。

谢小愚是县文化馆的创作员，发表了不少作品，但一直是不温不火，所以，他早就没了野心，也不把自己当作家看了——不过是一份职业，生活着而已。

现在的文化馆，是一个可有可无的单位，办公处所，是租来的，在银行大楼的顶层。行长原来是个文学爱好者，对文艺有一点感情，在旧城改造，文化馆旧址拆除，新馆又筹建无期的时候，“赐”了几间办公用房。他说：“堂堂的一个京西大县，怎么就不能养几个文人？”

银行大楼是本县最高的建筑，共十一层。本来想建到二十一层，但北临一个军用机场，有规定，不能有十二层以上的建筑，只好简约。这是个银灰色的建筑，一水儿的落地玻璃窗，从外边远看，晶莹剔透，富丽堂皇，荧光闪闪。

从楼里出来的人，都被路人高看。谢小愚有不名誉的感觉，摇头笑笑，我算个什么屌？

他写过一首诗，叫《十一楼的窗》：

这个房间在十一楼的西面
玻璃窗大得像没有窗
窗前有一张床
单人
却隶属于一个四十岁的已婚男人
那个男人很无聊
因为他不停地写作
作品篇篇都能发表
却像篇篇都没有发表
稿费单子一握进手里
他就掉眼泪
文学的职业
却与文学无关
后来连眼泪都掉不出了
就凄苦出掉眼泪的样子
弄得眼圈红红的
像一个很女人的女知己
莫名其妙地死掉了
后来他竟相信
真有这么一个女知己真的为自己死掉了
她死前留下了一张手绘

画的是一张单人床
面貌与十一楼窗前的那张一模一样
他确信
她的死因
就是对这张床的渴望
虽然她从来没到他的房间来过
确信着确信着
他的眼神便开始涣散
头也负债般地低垂
他开始惩戒自己
不修边幅，拒绝吃喝
然而他却一天天发胖
胖得像一面墙
站在窗前
把那张床遮黑了
一个细脆的声音
把他从昏睡中惊醒
发现一只陌生的黑鸟站在窗台上
隔着玻璃望着他
脸形妩媚
像女人动情时才有的那样
他心情亢奋
手脚轻缓
幽魂一般把脸贴在窗上
黑鸟果然未被惊动
且平静地看着他

他心中有了一丝亮色
那鸟从容地挪了一下身子
留下了一摊新鲜的鸟粪
他皱了一下眉头
鸟毕竟是鸟而不是女人
不属于期待
他推开窗子
鸟并不惊走
感动之下
在鸟的黑色羽毛上抚摸了两下
鸟只是呱呱地叫了两声
没一丝惶恐
陌生的鸟不怕陌生的人
男人也像鸟一样呱呱了两声
后来，他退回了身子
从书柜兼贮藏柜上
找到了一只干硬的面包
他掰了一块
立刻就碎在手心里了
回到窗前时
那只黑鸟已不在了
他摇摇头
把面包屑撒在窗台上
他自信，那只黑鸟还会再来
面包屑是预留的情义
甚至是隐隐的得意

黑鸟果然又来了
自然察觉了人的用心
但是
只是迟疑了一下
便从面包屑上踩了过去
停到了一个干净的地方
羽翼收拢了一下就飞走了
刚才驻足的地方
又留下了一摊新鲜的鸟粪
男人的心抽缩了一下
难道这世间还有不食之鸟
他不能相信
再撒一层
黑鸟依旧来
依旧不食
只遗粪便
到了后来，阳光柔洒的窗台上
赫然的一列鸟粪
组成了一个豪华的省略号
男人的心被刺痛了
无心写作
久久地站在窗前发呆
鸟竟不再来
那鸟粪成了唯一的证明
证明这个死寂的地方
曾经有过鸟

一种比人还自由的东西
因为知道鸟不会再来
虚空的心反而充实了一些
无望赐给了他等待的理由
竟等来了一场小雨
把窗台上的那列鸟粪浸润了
阳光安静地照射了几天之后
每摊鸟粪上竟钻出了针样的嫩芽
那一排小翠
小小的小小的
小到他心里去了
嫩芽绽放不久便开始枯萎
眼睁睁地见证翠色短暂之后
他心中最温柔的部分被触动了
他咧咧地哭了起来
然后他打开了窗
决绝地站到窗台上去
伸开双臂做好了向外飞翔的姿势
他看见
邈远处那只黑鸟朝他飞来
窄窄的小脸上泛滥着豁然的笑
他明白
他一生的价值
就在这一次的飞翔了
身子朝前倾去的瞬间
身后响起了轻柔的敲门声

他一怔，凝固在那里
开门吧，我知道你就在房间里
一个熟悉的女音自信而暧昧地说道
他苦笑了一下
出于本能
也出于对私密气息的反感
他只好结束这个过程
给女人开门
送走女人
他冷冷地看了一眼窗
无可奈何地摇起头来
此时的心境居然异常地平静
飞翔的欲望消失得无影无踪
他躺倒在单人床上
期待着
奇怪的
那份激情再也没有出现在期待之中
无所用心的日子里
他的头发渐渐地白了
白得令人肃然起敬
他再也不在窗前伫立
因为那会让他感到羞耻

这首诗，可以说就是他的生活写照，那个敲门而送进“熟悉的女音”的，是搞舞蹈的吴晓娜。吴晓娜总“粘”着他，每天都要来几次。吴晓娜与他年龄相仿，面相庸常，为了填平时光的刻痕，总敷以过多的脂粉，就更庸常。但她的身姿却始终异常地好，胸耸臀翘，曲线袅娜。这就让他感到可笑，暗以老妖作比，懒得与她发生点多余的事情。

吴晓娜知道他对自己没兴趣，为什么还“粘”上来，是因为寂寞。

文艺吃香的时候，吴晓娜是炙手可热的人物。各乡镇搞文化活动，排演舞蹈，争着请她当指导老师，许多乡下小伙子把她视作偶像。但很快就时兴了交谊舞，声光电色，男男女女，娱乐其中，费时费力的“正规”舞蹈就被冷落了，她也就不再有用武之地。就只有寄希望于搞些创作节目，到市里参加舞蹈比赛和区县汇演。但是她缺乏创作才华，送审的节目不是被淘汰，就是叨陪末座，没有脱颖而出的可能。从一个中心人物，一下子跌落为可有可无的角色，她承受不了，每天都到谢小愚这里来发牢骚：“群众富裕了，生活水平提高了，怎么越来越没文化了？”

谢小愚没好气地反问道：“你这是问谁呢？”

正凝望着，天唰地就黑下来。不是一般的黑，黑得不见万物，像末日来临。紧接着就是一阵惊雷，就是一阵呼啸，密集的东西砸在窗玻璃上，叮当乱响。起初是惊悚，稍后就是兴奋，甚至希望那玻璃被砸碎，他好破窗而出、乘风而去。

他索性合上双眼，沉浸在一种莫名其妙的快感之中。

快感真是短暂，像响马一溜烟地跑过，紧接着就是寂静。

让人惊恐的寂静。

他试着睁开眼睛，发现窗外响晴一片，西天的落日好像晨曦中的初升，红得锐利，割破了夜幕的胞衣，娩出了漫天的彩霞，可耻地美着。

广阔的落地窗竟也无一丝破绽，他摇摇头，骂了一句：“囚笼。”

手机响了，是他老婆林成凤打来的。

“谢小愚，你看见下雹子了吗？”劈头就问。

谢小愚皱了一下眉头，冷冷地问道："什么事？"

"我要去查看一下灾情，晚饭你就别等我了。"

"呃，那好。"

"你是怎么了，这么有气无力的？"老婆问。

他找不到一个妥帖的措辞，嘿嘿一笑，啪地就把电话挂了。

我谢小愚已无心温柔，你就担待一下吧。

他站起身来，看着漫天的霞彩，心中一亮：走，去菜市场，买小米。

他的那辆红色的破桑塔纳，就露天停在院墙的一角。他本能地查看了一下，承受了一阵猝发的冰雨，车体上竟然一个麻坑都没有，他一笑，这他妈的钢板，跟人一样，又贱又皮实。

但很快他就收敛了笑，因为他还是发现，车的右尾，有一道新的擦痕，伤口上敷以暗青的树屑。

院墙外有棵高大的皂荚树，虬曲的枝干谄媚地探进院里，经受不住冰雹的打击，断了几枝。较大的一枝就落在车右尾部的水泥地上。

车子开出院子，就是两排行道树。他挑了挑眉毛，故意偏打了一下车轮，让车的左尾朝一棵树的树干上蹭了一下。

他下车看了一下，很得意，擦痕正与右边的对称，他的心情一下子就好了起来。

他的这辆车，是从旧车市场买的。买车的原因很简单，他老婆林成凤是城关镇主管农业的副镇长，有一部红旗牌的专车。他觉得这很不公平，自己也"专"了一辆。老婆的车一旦有剐蹭，公家就修了，而他的车，得自己掏腰包。他觉得对一部旧车，正如对一个老情人，用心深了，就显得很矫情了，索性就不修。袒露着伤痕，还风流有自，反而有个性，有品质。但伤痕必须对称，一对称，就不是伤痕，正如一个品牌的牛仔裤，两个膝盖都打着补丁，不是旧，而是时尚。

林成凤发现了这一点，说："你们文人都有病，喜欢自我欺骗。"

谢小愚点点头："你说得不错，还有点深度。"

他到了城南菜市场，把车子随便一停就往里走。一个戴红袖标的人把他叫住："你怎么停在这儿？"

"你说我停哪儿？"

那个人指了指远处的停车场。

谢小愚没理他，还往里走。

那个人说："小心给你拖走。"

谢小愚笑笑："你随便。"

那个人不说话了。因为他知道，这种开旧车的人不好惹，就像个癌细胞，不动它还会安然无恙，一动，反而扩散了。

谢小愚到了买小米的地方，问："小米多少钱一斤？"

小贩反问道："你要哪种？"见谢小愚皱了一下眉头，小贩说："一种三块，一种两块五。"

"有什么不同？"

小贩把手插进一只口袋，捞上一把，然后摊开手掌："你看，这就是三块的，金黄金黄的，脱皮精米，免淘洗。"

小贩又把手插进另一只口袋，"你看，这就是两块五的，土灰土灰的，谷皮多，得多淘几过。"

谢小愚眼睛一亮："那好，给我来五斤两块五的。"

小贩犹豫了一下，说："先生，一看您就是有身份的人，您还是买三块的好。"

谢小愚瞪了小贩一眼："你看我哪儿写着身份呢？"

谢小愚买了五斤两块五的小米，像终于猜透了一个疑难谜底，有些兴奋，虽然那个戴袖标的人就站在他车的跟前，也视而不见，拉开车门就要上去。那个人说："这就走了？"

谢小愚一愣："你要干吗？"

"我给你看了半天车，你连一声谢都不说？"那个人很委屈。

听口气人家没有刁难他的意思，谢小愚给了他一支中华牌的烟，谢了。

那个人吸了一口，竟把身子靠在他的车门上，"哥们，你是不是太小气了？"

"你什么意思？"

那个人瞟了两眼他手中的烟盒。

谢小愚一下子明白过来，把整盒烟扔给了他。

"这还差不多。"

中华烟是林成凤给他的。他总觉得烟里有腐败的气味，并没有高贵的品质，抽得轻蔑，随意。创作室的烟缸里，都是老大截子的烟蒂。吴晓娜说："你真能作践。"他说："又没作践你。"吴晓娜说："那就作践一回。"他一笑："你想得倒美。"

一盒烟扔出去，就像扔出了一个屁，他想笑，又隐忍了。

车子开出了菜市场，他觉得那个市场管理员人不错，厚颜无耻，功利市侩，但真实。

二

谢小愚出生在京西大山里的一个小山村。父母是地道的山民，如果不赶上恢复高考，他肯定会一辈子窝在那里。

那里的土地都是旱地，种不了小麦，只能种玉米、高粱和谷子。玉米、高粱产量高，但不好吃，山里人管其叫粗粮。谷子产量很低，但小米焖饭香而有咬劲，是难得的细粮。由于产量低，只有在年节的时候，才可以上饭桌。所以，山里人对小米又恨又爱，感情深厚。

谢小愚在城市里生活之后，吃什么美食，都觉得没滋没味，他贪恋小米。

谈恋爱的时候，林成凤认为这是美德，证明谢小愚这个人有朴实本性，靠得住。一个屋檐下生活得久了，她就有些不能忍受了，觉得这是山里人的劣根性。这也不能怨她，吃小米她有生理反应，嗓子眼咽不下去。

谢小愚一到秋天，就会急迫地回一趟老家，他会弄回来一口袋新下来的小米。

小米是他与家乡血肉相连的脐带。

遗憾的是，近年来，老家也不种谷子了。退耕还林，吃国家供给的大米白面。

族叔当着村里的支书，谢小愚对他说："你干吗不种几亩谷子？小米现在是全新口味，是细粮中的细粮。"

族叔摇摇头，说："你是站着说话不腰疼，敢情你生活在城里。那意思是说，山里好不容易吃上了大米白面，你却呼唤小米，安的什么心？"

谢小愚忧伤地生出感慨：远离小米的，深情地眷念小米；可以与小米厮守的，却那么厌弃小米。这叫怎么回事呢？

林成凤说："这就是人性。"

谢小愚很生气："去你妈的，转什么转？"

林成凤说："你就不能尊重我点？"

谢小愚说："我对你还不够尊重？尊重得你都不知道自己姓什么了。"

"我看你是嫌弃我了。"林成凤很伤心。

"你才知道？"谢小愚感到还不过瘾。

接下来，两个人半个月不说话。

不说话，林成凤可以容忍，但她绝不容忍跟她分床——只要谢小愚睡在另一个屋里，林成凤就会破门而入，掀开被子，扔掉枕头，不把他搞到自己的床上去，决不罢手。

“你这叫干吗？没皮没脸，简直是个村里的泼妇。”

林成凤一笑，咱本来就是村里出来的，没那么多的讲究。

林成凤笃信一个乡村哲学：金绳，银绳，不如肉绳，要想拴住男人，一定要让他近身——异梦尚可，分床无门。

真是无可奈何。

谢小愚只好在客厅里待得很晚，直到眼皮重得不可撑持，才怀着满腔的屈辱，“窝”到女人的床上去。

白天又读又写，到了晚上，绝无读写的心情。便在客厅里看碟。

看碟是京城作家的雅好，他们别有用心，是为了偷立意、偷构思、偷细节。谢小愚出身质朴，宅心仁厚，他鄙视这种做法。他之于碟，是安顿无奈，与女人斗争。

他的碟都是从京城作家那里借来的。市面见不到，属于“盗”。盗的东西，异象纷呈，乱七八糟，别开生面。他看得心迷情乱，觉得自己的世界真是小，活得没有意义。

肚子叫了一声。

他摁了一下暂停键，踅到厨间。

冰箱里有半碗晚上吃剩下的小米饭，他看上一眼，泪水就下来了。

下班的时候，他遇到一个游贩在卖新下来的香椿，立刻就买了两把。新香椿贼贵，一把三两的样子，就卖到三十块钱。但是他觉得，从尊崇自然的角度，这个价位是合适的。春意一浓，香椿就老，就无人问津了，若再被人“宠幸”，就得等到来春。苦夏、寒秋、雪冬，漫漫时光，承受遗忘，隐忍地积蓄，才终于绽出几丛新芽——寸心卑微，几近奢侈啊。

凉拌新香椿，现焖小米饭，乃神仙口味！他的肠胃，本能地就剧烈蠕动。

所以，他一进门就喊："林成凤，给老公焖点小米饭。"

林成凤看了一眼他手中的香椿，说："吃香椿打卤面岂不更好？"

他说："新香椿，小米饭，会给人带来好心情，你应该善解人意才是。"

"我就不该给你置备小米。"林成凤嘟囔了一句，很不情愿地进了厨房。

这一刻，他生出一丝多余的温柔。因为，虽然林成凤认为他的小米口味是一种劣根性，但还是定期地给他把小米买回来，让他无话可说。

饭得了，林成凤却不上饭桌，坐在一旁撇嘴。

谢小愚看在眼里，心皱了一下："你干吗不吃？"

林成凤瞪了他一眼，又进了厨间，再出来的时候，竟端着一碗方便面。

谢小愚的心又皱了一下，摇了摇头，只好独享美味。

他心里有一种隐隐的不快，好像吃的是嗟来之食，便故意把吃饭的声音弄得很响。

饭竟越来越香，以至于超过以往的饭量。

林成凤啪地把碗蹾在饭桌上，吓了谢小愚一跳。他抬起头看着她，眼神里送去一个问号。

林成凤冷冷地说道："你吃没吃过人饭？"

话语虽尖刻，但谢小愚还是理解她的用意——他胖得都出现了"三高"（血压高、血糖高、转氨酶高），他们和睦的时候，林成凤总是叮嘱他要加强锻炼，注意饮食。所以，他没有生气，难为情地笑笑，把碗里的半碗饭放下了。

这时，这半碗小米饭勾起了他满腹的委屈，他觉得自己很可怜。

他突然冒出来一个念头：跟丫挺的离婚。

有了这个想法，就兀地生出一种力量，他狠狠地抹了一把泪水，打开炉灶，磕破一枚鸡蛋，做蛋炒饭。他把锅铲撞击的声音弄得很响。就是要让你听见，你凭什么能安然入睡？就因为你长得漂亮，我就得稀罕你？

饭炒得了，连同吃剩下的拌香椿，一同端到茶几上。

他摁下播放键，故意把音量弄大了一些。

但卧室里没有丝毫动静。

他的屈辱便被放大了，把酒拿来。

因为“三高”，他已经戒酒了，但是，此时开戒。

喝过一杯酒，情绪更亢奋了一些——在一只锅里讨饭吃，竟没有相同的口味，这样的女人有什么意思？对，跟她离。

这么点小小的龃龉就想着离婚，这跟他们的婚姻基础有关。

谢小愚学的是中文系，大学毕业，分到本县的文化馆。整天沉浸在文学的世界里，他敏感而忧郁。他最喜欢的一部书，是缪塞的《一个世纪儿的忏悔》，从这部书里，他得出一个结论：忧郁是爱情的母语。

一到黄昏，在晦暗的夜色中，他的忧郁来得更加强烈，彳亍在街头，总想遇到一个美丽的女孩，跟她发生点儿什么。

但是小城的女孩大都带有土色，与书中描绘的优雅远些。他抱憾不已。

那天，他低头过马路的时候，被车撞上了。

撞他的是一辆红色的自行车，从车上摔下来一个梳披肩发的女孩。女孩爬起来，朝他送来歉意的一笑。

这是致命的一笑。

谢小愚责怪的话，一下子咽了回去。

女孩子一笑，绽出两颗深深的酒窝，既甜蜜又灿烂。有惊心动魄的美。

他呆呆地看着人家，眼前一片迷雾。他下意识地想：你算是撞到枪口上了。

那个女孩居然就工作在与文化馆毗邻的城关镇机关。他大喜过望：这是个很近的射程。

他开始瞄准。

奇怪的，那个女孩，面对枪口，还露出欢喜，像期待着被击中一样。

仅仅两次交往，他们就进了一片桑树地，拥抱，接吻，身子扭动得像两只饥饿的蚕。那个女孩呼出的气味很醉人，甜丝丝的，像咀嚼干草时尝到的那样。他小时候，常随父亲上山打干草，口渴的时候，父亲就叫他把草秆放到嘴里嚼一嚼，说能生津解渴。果然就解渴，而且那个味道沁人心脾。便培育出一个干草的味蕾。

这个味蕾，过于发达，牵动了他的情欲，他感到怀里的女孩极美好，手情不自禁地伸进人家的领口。他摸到了一颗饱满的乳头。女孩失声叫了一声，慢慢地瘫倒下去。

这是个巨大的诱惑，他不假思索地覆盖上去。

结束之后，那个女孩蜷缩着身子，嘤嘤抽泣。谢小愚手足无措，意识到，他惹麻烦了。

但很快，女孩自己坐了起来，竟破涕一笑，说：“咱们去吃点夜宵吧。”

居然没有严重的事情。

但是，深入了解之后，他的心情立刻就沉重起来。

这个叫林成凤的女孩，还是个农村户口，虽然在机关工作，却是个临时工。她高中毕业，没考上大学，也没考上专业学校，在家务农。

镇里一个主要领导在麦收下乡的时候，在麦田里遇到了她。她的美貌让这个领导大吃一惊，顿生怜惜，把她弄进了镇机关。说是等到机会给她转成正式干部，但那个领导很快就调走了，她的事就悬在那里。

这个情况让谢小愚产生了许多猜想，不能释怀。

这层忧郁，不可言说，只能皴在心里。

还有一层忧郁，是缘自林成凤的性情——

比如他们一同骑车，见他骑得有些漫不经心，她说道："你骑稳当点好不好，别让车撞了。"他知道这是在关心他，但这个口气显得很不温柔，不应该出自女孩之口。

比如到她家里吃饭。她母亲焖的带鱼有些咸，谢小愚不敢多下筷子，她便端起盘子给他往碗里拨，嘴上还说："你怎么这么假，吃，吃。"他知道她是怕他吃不好，是一种爱意，但做得是那么霸道，不容你选择。

比如他们做爱。温柔的程序中，她会给他讲"狗连蛋"的故事。所谓"狗连蛋"，是农村对狗交配的说法。小时候，她在村口见过两次，所以她描绘得有声有色。她还作比："你看你，屁股一耸一耸的，像不像那只公狗？嘻嘻。"谢小愚羞愧得直皱眉头，心里说，怎么这么粗俗，哪里像女孩子。

比如跟人家吵架，她轻易地就能骂出男人都难以启齿的粗口。

美艳的外貌，粗鄙的性情。

谢小愚有些难以承受，慢慢地，竟开始鄙视她的美貌。

到了谈婚论嫁的时候，林成凤几天也见不到谢小愚的身影。

林成凤终于有一天把他堵在屋里，"谢小愚，你给我说清楚，你想干吗？"

"小林，你看咱们之间是不是有些不合适？"谢小愚嗫嚅道。

林成凤朝他脸上吐了一口唾沫："姓谢的，你搞我的时候，怎么没觉得不合适？搞舒坦了，却觉得不合适了，你还是不是人？”

“这是两回事。”

林成凤抖搂了一下衣襟，居然抖搂出一把刀子：“谢小愚，你给我听着，不能总是你合适，你要是敢甩我，白刀子进去，红刀子出来！”

他们便进入了婚姻。

按当时的政策，一工一农户，不享受福利分房，所以，婚后他们一点也不浪漫，而是操持砖、瓦、灰、沙，自己盖房。

房子盖起来了，谢小愚手上打满了血泡，很长时间无心写作。皮肉受苦是小事，要命的是，在最温柔的时候，竟最彻底地看到了生活的艰辛与坚硬，痛感诗与浪漫是那样的无用，生出幻灭的阴影。

林成凤这一段时间，变得异常温柔，一切家务都不让谢小愚插手，对他百依百顺。但是他还是高兴不起来，觉得自己的爱情，就像遇到大旱的新芽，刚一钻出地面，就干死了。他甚至不愿意想到“爱情”这个字眼。

他懒得跟她亲热。

林成凤也不计较，把自己主动送上去。她想，石头在手里握久了，也是热的，更何况金枝玉叶的一个大活人。她没有把事情想得那么严重，觉得谢小愚不过是梦想色彩浓了些，对实际的婚姻生活准备不足，暂时还不适应而已。

谢小愚在林成凤的身上机械地动作着，思绪却想着另一件事：在大学里，他曾经有过一个恋人，他们经常做爱，女孩子还为他做了几次人工流产。到了最后那年，他感到那个女孩“小资情调”重了些，让他这个乡下人找不到心灵安妥的感觉，便提出分手。女孩子想了想，说：“好。”这个态度多少让他感到吃惊，顿生惭愧，说：“对不起了。”女孩子笑笑，说：“你这么说，很没意思，亵渎爱情。”这之后，女孩子不仅没有不依不饶的纠缠，毕业分别的那一天，还送给他一件手织毛衣，她说："本来就是给你织的，还是送给你吧。"那一刻，他柔情大动，眼泪夺眶而出。只要女孩子稍有一个表示，他会毫不犹豫地重新回到她的怀抱。但是，女孩子只说了一句"请你多保重吧"，笑着走开了。

在喷发的一瞬间，他向上挺举了一下，叫了一声："陆小兰。"

"陆小兰是谁？"身下的林成凤问道。

"什么陆小兰？"谢小愚反问道。

林成凤把他掀翻下去："你心里清楚。"

"你别自讨没趣。"他有些羞恼。

以为林成凤要发作，没想到，她只是沉默了一会儿，竟笑着说道："你就是心里想着陆小兰，不还是得跟我做爱？有能耐你天天喊。"

她的意思是说，男女是靠肉体套牢的，空想没用。

林成凤讥讽的口气让谢小愚难以承受："林成凤，你怎么一点自尊都没有？"

林成凤正色道："谢小愚，你扯淡！"

第二天下班，谢小愚一进门就奔厨房，按以往的情形，一定有停当了的饭菜等着他。可今天却是灶台冰冷，空空如也。他气愤地摔了一下厨房的门，对正在看电视的林成凤质问道："你怎么连饭都不做？"

林成凤眼皮都不抬一下，笑着说："你让陆小兰给你做。"

谢小愚不愿中了她的圈套，苦笑了一下，把身上的脏衣服脱下来，往林成凤脚下一扔："那好，你去洗衣服，我来做饭。"

林成凤还是连眼皮都不抬一下："我没这个义务，你去找陆小兰给你洗。"

谢小愚实在不能隐忍了，吼道："林成凤，你要干吗？"

"看电视。"

谢小愚啪地把电视关了。

林成凤笑着又把电视打开。

“你现在怎么这样？”

“是你让我这样。”

谢小愚愣在那里，痛苦地感到，他又往深处沦陷了一步。

奇怪的，沦陷反而给了他一种动力，他拼命地读写，作品不断地发表，在文坛有了小小的声名，就连外地都有文学团体请他去讲课。在文学青年的簇拥下，他感到，女人的温柔，甚至爱情的甜蜜，其实是不重要的，事业才是生活的支点。

重心的转移，钝化了心中的遗憾，他把婚姻维系了下来。

人们都羡慕他们，说他与林成凤郎才女貌，是天生的一对。

他麻木地一笑，不作分辩。

三

半碗小米饭，因为酒的缘故，在肚子里发酵了，竟诱发了一股莫名其妙的，而且还是异常强烈的情欲。

他推开了卧室的门。

林成凤竟醒着，嘟囔了一句：“这么晚了还不睡，抽的什么风？”

谢小愚立在门边半天没说话。他在想，形而下的东西居然对人有那么大的支配作用，还真不可抗拒——虽然鄙视跟这个女人的肉体之欢，但眼下还真的需要她的肉体。

这让他有些难为情。

但是他又想，如果他提出要求，如果她识趣，就屈从于婚姻吧。

他坐在床边，轻轻地推了推林成凤，终于说道：“能不能借用一下你的身体？”

之所以说得如此粗鄙，是因为他还放不下最后的尊严。

林成凤哼了一声，扭过身去："你还是找陆小兰借吧。"

谢小愚僵在那里。

像刚要结痂的伤口又被撕裂一样，痛而屈辱，难以平复。"那好，我们离婚吧。"他说。

林成凤一笑，竟说："离就离。"

早晨一上班，他就对吴晓娜说："我要跟林成凤离婚了。"

吴晓娜撇了撇嘴："你开什么玩笑？"

"真的，林成凤她也同意。"

"这就更不真实了。"吴晓娜说，"你们这是在说气话，婚姻就像风筝，牵引的线握在女人的手里，即便她栽了跟头，手也是不会撒开的。"

"那我就横空割上一刀。"

"那得狠，得冷酷，你是那样的人吗？"

"你说我是什么样的人？"

吴晓娜笑而不语，转身走了。

这种态度，类似轻蔑，谢小愚颓然坐下，久久地发呆。

午饭过了，他还坐在那里，吴晓娜进来问他："你还吃不吃饭？"

"我吃你！"谢小愚恶狠狠地说道。

"那好，你等着。"吴晓娜扭扭地走了。

谢小愚捕捉到了吴晓娜的背影。这个背影腰窝深陷，臀重而翘，风情万种。他不禁想到：我何不借机用它一次？

他怀着一种游戏的心情拨吴晓娜手机的号码，刚要按"呼出键"，又停住了。因为他有一种预感，吴晓娜的话不像是戏语，她肯定会自己送上门来。

他耐心地等着。

门无声地开了，进来的果然是吴晓娜。

她的头发湿漉漉地披在肩上，远远地就闻到一股名牌洗浴液的香味。浓烈，惊险，让他心动，又让他厌恶。

她手里端着两个果盘，一盘是樱桃，一盘是菱枣。“都是刚上市的，口感很好。”她说。

这种体贴，让谢小愚闻到了淫秽的味道，他说：“那好，咱们在床上吃。”

他看了一眼窗前的单人床，摇摇头：该死，为什么偏偏就有床？

吴晓娜笑笑，把窗帘拉上了。然后，不紧不慢地解上衣的扣子。眼睛直视着谢小愚，笑眯眯的。

谢小愚本能地低了一下头，但很快又抬了起来。女人的笑，与挑衅相仿，他不能败下阵来。

吴晓娜竟没穿内衣，外衣的扣子刚解下两粒，两个乳房便争抢着滚了出来。

她的乳房肥大，却挺拔，质地华美。

谢小愚在惊叹的同时，竟感受到了一股彻骨的寒冷。

因为他想到了林成凤。

林成凤的到场，给了他一个痛苦的坐标——吴晓娜丰乳肥臀，性感喷薄，而面相一般；林成凤美貌如花，诗意盎然，而身材平庸——遗憾有自，均不完美——吴晓娜可悲，林成凤亦可悲。

你以为你是谁？

你不可能东床美貌，西床美体，占尽人间春色。一旦在遗憾中迈进，会乱了口味，便感受不到女性的美好，只剩下轻薄了。

所以，真要是那样，最可悲的还是他谢小愚自己。

寒冷让他却步，他摆摆手，说：“吴晓娜，我服你了，但我还没有准备好，放在来日好不好？”

吴晓娜有些羞恼，瞪了他一眼：“谢小愚，你这个人真不怎么样。”

谢小愚说："吴晓娜，真对不起，我这个人的确不怎么样。"

吴晓娜说："谢小愚，你以后别再跟我说离婚的事，因为你不可能离婚。"

"为什么？"

"只有到了能够无所顾忌地跟别的女人瞎混的地步，男人才有勇气离婚。"

"都说搞舞蹈的四肢发达头脑简单，没想到，你却是个例外。"

"你刚知道？"

接下来，他们开始吃樱桃菱枣，都感到时鲜的水果就是好吃。他们娓娓而谈，心无块垒，好像不曾有难堪的事情发生。

送走吴晓娜，再想到与林成凤离婚的事，谢小愚自己都感到可笑。

但却接到一个电话。

电话是陆小兰打来的。

谢小愚很吃惊。

陆小兰临别时送给他的那件手织毛衣，给了他一份警惕，他不愿意藕断丝连、拖泥带水，便更改了电话号码，断了联系。

"你是怎么知道我电话的？"谢小愚劈头就问。

"这个很容易，如果女人愿意。"陆小兰说。

接下来两个人半天不说话。

还是陆小兰首先打破了沉闷："你怎么不问问我过得怎么样？"

"那好，请问，你过得还好？"

"不好。"

"为什么？"

"我很想要个孩子，可是结婚这么多年了，一直不能如愿。"

"为什么？"

"我总是习惯性流产。"

“为什么？”

“你还不知道？”

谢小愚心头一震：“你告诉我这些，是什么意思？难道你要让我跟我老婆离婚？”

陆小兰笑笑：“谢小愚，你怎么还是那么狭隘？”

谢小愚笑不起来：“那你为什么要告诉我？”

“我觉得你应该知道。”

陆小兰还告诉他，由于始终没有自己的孩子，他们夫妻之间的感情很不好，老公对她动不动就又打又骂，但是又不跟她离婚，她备受煎熬，心里很灰。

陆小兰对他说：“你不要有什么压力，我并不想让你对记忆中的情感承担什么，只是想让你知道，男女之间是儿戏不得的，即便是儿戏，也有儿戏之外的后果。所以，你一定要善待你老婆，她一旦受到伤害，恐怕不会如我。”

“那你怎么办？”谢小愚随口问道。

“两个字，忍受。”

谢小愚想说几句安慰的话，但话到嘴边又感到这很无耻，便咽下去了，只是说：“你有事就打电话。”

陆小兰说：“你放心，我不会再打扰你了。”

接过陆小兰的电话，像身体里的核心部分被抽走了，他整个下午都颓然地坐在那里。阳光和煦而无力，落地窗上爬了几只大头苍蝇，也久久不动。他感到很刺眼，离开座位去哄赶它们。但人在里，苍蝇在外，被透明而坚硬的玻璃隔着，他的拍打不被理睬，苍蝇镇定地趴在原处，像死了一样。

他只好踅回座位，有人不如蝇之感。

但是，当暮色分娩出夕阳的红润的时候，血液突然涌动起来，他听到了一个叫“自由”的呼唤。

他霍地站起：离，一定得离！

因为女人如缧绁，让男人困顿、矮化、失真，以至于举手无措，找不到自我。

自由，对，就是自由！

形而上的诱因来得比具体的理由更具有说服力，因为它类似信念，冠冕堂皇，激动人心。

信念一旦坚定，他有些得意扬扬。他提前回到家里。

没想到，林成凤比他回来得还早，坐在沙发上，满脸愁苦。他一笑：“你是不是正等着我签离婚协议书？”

林成凤竟站起身来，扑进他的怀里，呜呜地哭了。

他说：“别这样，俗话说，长痛不如短痛，离了就好了。”谢小愚以为林成凤是在为就要破裂的婚姻唱挽歌。

林成凤哭着说：“恐怕你打错了算盘。”

“你这有什么意思。”谢小愚想推开她，但越推她抱得越紧，像溺水的人，好不容易抓到了一个物件。

谢小愚比什么时候都厌恶她，哼了一声。

林成凤说：“我可没有你那么多多余的心思，我就要被单位裁减了。”

“什么？”谢小愚感到很意外。

林成凤告诉他，镇上新上任了一个党委书记，搞机构改革，要裁减一大批人，因为她不是正式干部，理所当然地上了第一批裁减的名单。

“怎么，连我谢小愚的老婆都敢裁减？”他心一沉，随口说道。

林成凤凄然一笑，摇摇头，一副无助的样子。

谢小愚明白她想说而又不忍心说的话——你以为你是谁，不过是一个自以为是的作家而已。

他顿生悲悯，轻轻地在林成凤的后背上拍了拍。林成凤呃了一声，驯顺地伏在他胸前，呜咻道："我横竖是你的老婆，这时候提离婚的事，是不是太不近人情了？"

谢小愚柔软的心被锋利地割了一刀，他对林成凤说："你在家里等着，我出去一下。"

谢小愚先回了一趟文化馆，把载有他作品的报刊装在手提包里，然后直奔城关镇的办公大楼。

那个党委书记正在办公室里。他进门就作了自我介绍："我是谢小愚，作家。"党委书记一愣："作家？写什么的？"谢小愚说："什么都写。"他把那些报刊摊在书记的办公桌上，其中的一个著名的刊物上，整个封面，登着他的一张照片。书记眼睛一亮："不简单，还是封面人物，你请坐。"

看来这个身份的证明还是管用的，谢小愚心绪从容了一些，坐下了。

他说："我来是为林成凤的事，她是我夫人。"

书记说："是吗？"

谢小愚灵机一动，说："我听林成凤说，您很有魄力，正在搞机构改革。"

书记一笑："不敢当，只是不改不成。"

谢小愚说："我也是改革派，所以，我想对您的改革进行追踪采访，写一篇大文章，在市报上发表。"

书记先是一笑，而后却摇了摇头，说："改革是一把双刃剑，未必就能成功，所以，我不想做什么宣传。"

谢小愚心头一震，目光有些游移。但游移的目光让他捕捉到了书记的形象：西服革履，鬓发讲究。这给了他一个判断，此人有弱点，爱惜羽毛。他说："您说得很对，但是我想，现在是资讯时代，人们非常关注媒体，往往是从媒体上获取是非与成败的判断。所以，那些成功的改革者，他们有一个共同之处，就是边干边说，甚至不干先说。不说，谁能了解你的意图？不说，谁又能理解你的苦心？所以，搞不搞宣传，不是一件小事，它能让改革者最大程度地得到社会认同和人心支持。这意味着什么？意味着，进则八面风助，退则四方同情，换言之，成则崇高，败则悲壮，尽显风流。"

"说得好，说得好。"书记说，"那就宣传？"

"自然。"谢小愚说，"您尽管交给我。"

书记说："谢先生，你来得正好，县统计局要在乡镇建一支专业统计员队伍，也给了咱们镇一个名额。不过，不是戴帽分配，得报名竞考，一旦考上，就是正经的公务员了，你看机会多好？赶紧让尊夫人报名，我私下里关照一下，争取让她考上。"

林成凤报了名，领到了复习提纲。谢小愚一看，考试范围基本上是高中课程，不禁一笑，对林成凤说："这太容易了，真是白给的机会。"林成凤却皱紧了眉头："这么难的题目，你却认为容易，你安的什么心？"

谢小愚问："你是不是高中毕业？"

"当然，不过，高中三年基本上是混过来的。"

"既然是这样，我自认倒霉，帮你辅导。"

接下来的日子，谢小愚放弃了自己的写作，白天跟踪采访书记的改革，晚上辅导林成凤的功课。

白天的采访很顺利，晚上的辅导却遇到麻烦。一个章节，他反复讲解，林成凤就是听不懂，好不容易听懂了，一做习题，就错得一塌糊涂。他笑着嘟囔了一句："你怎么这么笨？"

虽然是一句玩笑，林成凤却不堪忍受，她赌气地把课本扔到一边，含着眼泪说道："你谢小愚要是真的有能耐，就给我找一个不用考试的名额。"

谢小愚赶紧哄劝："没关系，咱们再来。"

林成凤索性把身子扔到床上："姑奶奶不想受这份洋罪，咱不考了还不成。"

谢小愚再也不能容忍了，说道："当老师的还没烦呢，当学生的却烦了，你还讲不讲道理？"

硬着头皮考下来了，林成凤只考了四十多分。如此分数，实在无法做手脚，名额自然属于了别人。谢小愚暗自苦笑，因为试卷上的题都是基础知识，答起来很容易。所谓考试，不过是走走形式而已。他觉得林成凤真是一只绣花枕头，不禁叹道："我怎么娶了这么个女人？"

这个结局也出乎书记的意料，他皱了皱眉头，说："只好再寻找机会吧。"

书记的这个表情和语气，让谢小愚感到很没面子，对林成凤多了一层厌恶，心里说，跟这样的女人生活在一起，真的没什么意思。但是他又想：自己究竟是人家的丈夫，在人家遇到最基本的生存问题的时候提出离婚，离作家的良知远些，也离男人的尊严远些。

于是，他投入了更大的精力，为书记作形象宣传。他心里清楚，他是为能够顺利地实现离婚的意图而战。

在这个期间，林成凤怀孕了。当她兴冲冲地把喜信告诉谢小愚的时候，谢小愚却冷冷地说："做掉。"林成凤当时就哭了，骂道："谢小愚，你混蛋！"他摇摇头，笑着说："你不要意气用事，你自己的身份问题还没有解决，再被孩子拖累，你还有什么竞争实力？就等着被裁减吧。"

其实他心里有别的想法：他看到过一个法国人搞的分析报告，说儿女的智力遗传主要来自母亲——就林成凤那个智商水平，怎么能跟她生孩子？这辈子都别想。

林成凤说："我知道你心里在想什么，你是怕你不好离婚。"

谢小愚说："你要是这么想，我也没办法。"

做掉孩子之后，林成凤咬牙切齿地说："我一定要解决自己的身份，不然我就太亏了。"

谢小愚点点头："我支持你。"

在谢小愚的努力之下，书记出了大名，成了本县的改革人物，被县里列入县级后备干部。书记与他成了好朋友，对他说林成凤的事他自有办法。

林成凤的工作岗位被调整了，从机关财务室调到农业科。农业科的下乡任务很重，是没人愿意去的科室。林成凤一声不吭地去了，因为她理解领导的用意，在艰苦的部门获取的利益会多些，别人的议论也会少些。领导还嘱咐她："你要一边工作，一边把农业函授大学的课程学下来。不仅仅为了文凭，而是为了适应工作，管农业的，不懂农业技术怎么成？"

林成凤白天下乡，晚上学习，很辛苦。但她默默地承受着，没有一丝怨言。

经受风吹日晒，林成凤的脸黑了，手上还起了很多皮疹，美丽大打折扣。谢小愚看在眼里，悲从心生，他觉得，在生存的硬道理面前，女人的美丽，男人的才华，都是没有用的东西。因为感到自己的无能，他羞于再动离婚的念头。日子就这样过下来了。

但书记给的这个期待，既不确定，又显得漫长，在恓惶中，他的写作热情大减，没有写出什么重要作品。

两年后，林成凤不仅拿下了大专文凭，业务也变得十分熟练，在农业科有了不可替代的作用。便水到渠成地转了干，而且被提拔为科长。

但林成凤却没有表现出应有的欢喜，她脸色阴沉，寡言少语，与原来的那个单纯快乐的女人判若两人。

谢小愚很不理解，问：“林成凤，该得意的时候你怎么不得意？”

林成凤说：“我为什么要得意？为了你终于可以心安理得地跟我离婚？”

谢小愚被点中了穴脉，心中的饱满立刻就被抽空了。被识破了的羞恼使他感到这个话题很没意思，便说：“你什么时候变得这样刻薄了？即便是离婚，也是以后的事，眼下，我还要享受一下自己的奋斗成果。”

四

从市场回到家里，谢小愚一直就兴奋着。

今天是怎么了，莫明其妙地就想去买小米。

那两块五一斤的小米果真皮子多，他淘来淘去，还是有土灰的谷皮漾在水面。他索性不淘了，就那样下锅焖了。

温火和煦，饭色渐黄，他闻到了一股久违了的味道，这种味道，属于童年的记忆，属于他的出身。

他迫不及待地尝了一口，啊，正是故乡的那种纯正。

这场冰雨来的！

冰雨给了他一个意外的冲动，给了他一个猜透谜底的机会：两块五与三块的小米，虽然只有五毛钱之差，却有着霄壤之别——怪不得这么多年来，虽然碗中始终没有断了小米，却总也咀嚼不出令人安妥的滋味，原来就是因为这五毛钱的精化，把本分与本质加工掉了。

谢小愚干炸了一碗辣椒。在老家，没有新香椿的节气，干炸辣椒，是吃小米饭最好的配菜。

香透肺腑！谢小愚吃得满头大汗。

饕餮一番之后，他愣在饭桌前。

他在做形而上的联想，他觉得这小小的五毛钱之差能说明很多问题。

比如婚姻。在老家，婚姻的内涵是很简单的，就是娶妻生子，养儿防老。但一有了文化，情致就变了，不仅女人要美丽，还要温柔，还要聪明，还要有共同语言和浪漫情调，否则就失意，就不满，就要裂变。

比如生活。自己最初的想法很单纯，就是要通过上学高考走出那个封闭落后的山村，找到一份固定工作，端上一个铁饭碗，解决衣食之忧，获取一份生存保障。没想到，这些目标实现之后，竟生出了其他的念头：不仅要搞文学，要发表作品，还要获奖，成大名，成焦点人物，被人家看重，有社会地位，否则就无聊，就心灰意懒，就痛苦不安。

唉！那十一楼的窗，华丽、奢侈、多余。因而，虽阔大，却小。心灵无法自由伸展，便似囚笼。

不知吴晓娜她怎么想。

谢小愚不禁摇摇头。

小米饭吃多了，他的胃很胀，便下楼去散步。他发现，小区水泥廊架上的藤萝，被暴风吹落在地上，遍体鳞伤，像一条条的死蛇。走出小区，来到街头，看到行人稀少，路灯冷清，素日牛哄哄的行道树蔫头耷脑，残枝遍地，无人收拾。他感到，雨后的响晴，绚丽的夕照，不仅美得可耻，而且毫无意义。

他突然就想到了林成凤。

一个柔弱的女人，冰雹后的第一反应是察看灾情，而自己，一个自视甚高、整天为别人指出意义的人，却在享受个人口味，并为消解过剩的热量而闲逛——谢小愚第一次对自己产生了怀疑。

他拨了林成凤的手机，却是一片忙音。

过了一会儿，他自己的手机响了。他的心像被烫了一下，赶紧接通了电话。

却是吴晓娜。

“谢小愚，你在干吗？”

“在遛弯儿。”

“你倒很有闲情逸致啊。”

“吃撑了。”

“林成凤倒很会饲养你。”

“扯淡，她可没你那么精细。”

“吃什么精饲料了，会撑着？”

“还有什么，小米饭而已。”

“你可真没意思，市场里有的是小米，足可以满足你那点可怜的爱好，还至于那么饥不择食？”

“大街上有的是漂亮女人，未必就对我的口味。”

“谢小愚，你别耍贫嘴了，我跟他谈妥了。”

“跟谁谈妥了？”

“能跟谁？我的那口子呗，他同意跟我离婚了。”

“你离不离婚跟我有什么关系？”

“自然有关系，我可是精品小米。”

“我不喜欢精品小米，我喜欢糙米，谷皮特多的那种。”

“谢小愚，你装什么蒜？你不是特想离婚吗？”

“但是，我现在还没解决好为什么离、为谁离的问题。”

“你真可笑。”吴晓娜有些恼。

对方的态度，让谢小愚感到自己好像增加了一个层次，心里说，你吴晓娜才可笑呢，你离了，我就得跟着离？这是哪儿的道理。

他觉得他与吴晓娜的生存状态太一样了——悠闲、懒散、单调、无聊、寂寞、虚空……和她搅在一起，只能做减法，发展到最后，由于呼吸不到新鲜空气，会发霉，会烂掉。

“吴晓娜，我实话告诉你，我们之间没戏，你不要自寻烦恼。”谢小愚说完，把电话挂了。

只平静了片刻，电话又响了起来。

还是吴晓娜。

他不接，电话很执着地响。

响了几次之后，对方发来一条短信：谢小愚，我不会放过你的。

他索性把电话关了。搞舞蹈的有一个最大的缺陷，就是缺乏理智，不明事理。他心里不悦，脚底不稳，踩上一节断枝，打了一个趔趄。他苦笑了一下，这种树木都是速生，断了就断了，不能嫁接，只能期待着萌出新芽。他一时兴起，去踢那断枝，竟踢得很远，他不禁放声大笑，因为他突然发现，自己还很年轻，有的是力气。

或许林成凤已经回来了。他想到。

便急急地赶回家去。他是想，一个女人，过得这样辛苦，应该给她一点怜惜，比如给她端上一杯水，热一下已经搁凉了的饭菜。

越是炎热的夏天，越是应该有热的饭菜，不然会闹肠炎，会拉肚子。他现在的心思很家常，却感受到了一种从来没有过的温厚。

林成凤还没有回来。

他决定等她。

他打开电视。电视节目很平庸，他看不下去，便换上影碟。碟里的情节玄、悬、炫，他感到有些闹，也索性关掉。

他摇头笑笑，他顿悟到：在有所牵挂的等待中，人竟容不下其他的什么。

他静静地坐在沙发上。

墙上的挂钟走得很响。

以前怎么不响？

以往那颗自以为是、空荡飘浮的心，不禁谦卑了一下。这一谦卑，心跳竟变换了节奏，沉甸甸的。

突然就想到了《沙恭达罗》里的一个句子——

> 因为臀部肥重，她走得很慢，袅娜出万端风情。

他笑笑，觉得这个意象很美，从体态的从容，能看到内心的圆满与充盈。

已经到了下半夜，以为林成凤一定不会再回来了，却听到门锁响了一下，他下意识地跳了起来，急迫地迎了上去。

女人推开门，看到一个肥大的身子堵在眼前，吓了一跳："你？"

谢小愚赧然一笑："不好意思，未经批准，我在等你。"

"还有吃的没有？"

"不好意思，只有小米饭。"

"小米饭就小米饭吧。"

"那好，我去给你热一热。"

"不用了，一个搞农业的，胃皮实得能装下沙子。"

林成凤吃得狼吞虎咽，无一丝女性妩媚。

她是真饿了，顾不得挑剔口味了。

躺到床上之后，谢小愚居然主动拥抱了林成凤，对她说："我们能不能亲热一下？"

林成凤一惊："你今天是怎么了？"

“嘻嘻，我自己也不知道怎么了。”

“人家都累得快散架了，哪儿还有这份心情？”

“嘻嘻，你不是想要个孩子吗？”

林成凤猛地坐了起来：“这么说，你不想离婚了？”

“嘻嘻，我一个落魄文人，哪敢跟镇长大人闹离婚？”

“谢小愚你正经点好不好？”林成凤说，“跟你说实话，我在察看灾情的时候，看到受灾群众脸上的表情，突然明白了一个道理，我跟你不是一路人，尿不到一个壶里，还是离了好。”

谢小愚愣了，久久地木在那里，不知说什么好。

“你是累了，还是先睡吧。”他终于说道。

林成凤刚一躺平了身子，就开始打鼾，鼾声很响，比男人还理直气壮。

谢小愚笑笑，对自己说：“林成凤是个没心没肺的人，切莫把她的话当真，她不过是耍耍性子而已。”

林成凤的鼾声弄得谢小愚失眠了，但是，他就那么躺着，一动也不动。

他怕弄醒了她。他默默地叨念着：“两块五、三块，两块五、三块，两块五、三块……”

他觉得自己很好。

一个吃小米长大的人，性情温和、善良。

唉，幸亏有小米！

2008年6月18日于北京石板宅

晌熟

一

这个村子叫水峪。

峪，是山谷；水峪，是有水的山谷。

郑小蝉觉得这个名字真好听，上大学之前，觉得它山水相依，像美妇人居住的地方；饱读诗书之后，觉得它的确有“关关雎鸠，在河之洲”的味道，用一个名人的话说，叫“美穴地”。

水是地下山泉，清冽而甜，掬起来就能喝。山体里富藏煤炭，明清时就开采，煤质膏腴，专供宫廷。后来德国人也来了，架了运煤的高线，开了风气。所以，即便是京西僻地，这里的人，也有修四合院的、抽洋烟的、穿旗袍的。郑小蝉看过奶奶的一张相片，就是穿的旗袍，腰身玲珑惹眼，脚下却金莲三寸，美得怪怪的。

泉水就是采煤采出来的。无数的细流，在巷道里无声无息，出了山体，就融汇，就漫溢，就撒欢，就喧哗。水映金山，一块风水宝地。

山谷里的物产就丰饶，核桃、板栗、醉枣、磨盘柿、香白杏、野樱桃，像个天然的果盘。据说，在海外驰名的“良乡板栗”，底料就是水峪的栗子。

也许是因为水气滋润的结果，这里还产一种蜡石，做成滑石笔，能在石板上写字。对孩子们来说，这很有趣，所以他们喜欢读书写字，乡学发达，几乎没有文盲。但是，天然的趣味总是短，他们念到高小，就不愿意离开本地到山外去读初中、高中，更甭说是大学了。他们觉得，一个农人，高小文化就足够了。

郑小蝉天分比别的孩子高，上小学的时候，连玩带闹就在班上排第一。小学毕业了，老师说，这么聪明的孩子，不上初中就可惜了。就上了初中。初中上得也顺利，还总是拿第一，以至于毕业的时候，连她自己都觉得，如果不上高中真是可惜了。就上了高中。就水到渠成地进了大学。

大学开学点名，班主任点到："郑小蝉。"

郑小蝉红着脸站起来，轻轻地说："我。"

班里响起一片笑声。

班主任眼前一亮，目光不停地在她身上打量。他觉得这个名字好，偏偏又属于窈窕韶秀的一个女孩子，就更好。

他问："谁给你起的名字？"

"我爸。"

"你爸怎么想起给你起这么个名字？"

"我出生的时候，刚进夏天，蝉也刚从地下爬到树梢上，身子小，叫声也小，自然叫小蝉。"

班主任笑笑，居然饶有兴致地背了一首诗——

垂绥饮清露，流响出疏桐。
居高声自远，非是藉秋风。

后来，班主任对她就特别留意了。他教他们古典文学，他给她的学分总是比别的同学高很多。班里春游的时候，班主任特别喜欢给她照相，洗出的相片，尺寸也比别的同学大。有时候还约她下馆子，教会了她喝红酒。

郑小蝉觉得班主任对自己这么好，肯定与他背的那首诗有关，便留心查了查。这是初唐名臣虞世南的一首咏物诗，咏物中尤多寄托，具有浓郁的象征性。虽句句写的是蝉的形体、习性和声音，而句句又暗示着诗人对高洁清远的品行的倾慕和立身高处、不染浊流的志趣与追求，物我互释，咏物的深层意义是咏人。诗句的弦外之音是说，做人应该立身高处，德行高洁，才能说话响亮，声名远播。居高致远的境界，非外力所为，而是完全来自人格自身之美。她明白了，那是班主任在夸她，夸她天生丽质，品行高雅，不借“秋风”，也能行远。她真有点受不了，心怦怦直跳。

“可是，我不过是一个普通的女孩子而已。”她对自己说。

但班主任可不这样看，觉得她是一块难得的璞玉，很用心地雕琢。单单给她送书。虽教的是中国古典文学，送去的却全是外国的浪漫主义文学作品。还教她跳舞，设计她的仪表衣着，到了后来，郑小蝉被调理得一点农村女孩子的影子都没有了。

女孩子是水，自然随物赋形，用什么样的容器盛载，就呈什么样的形态，她心性高了，觉得自己以前真是土，而且土落在土上，还浑然不觉。

班主任说：“你应该好好学习，将来留校任教。”

她点点头，很喜欢接受班主任这样的指指点点。

后来班主任竟然要往她的身体上指点，她才猛醒，原来指点的真正意图离浪漫要远些。

那是一个周末，班主任约她到他家里吃饭。西餐红酒，还有低回抒情的克莱德曼，两人言语娓娓，渐入迷幻之境。班主任说："咱们跳一曲。"

郑小蝉点点头："好。"

原来很绅士地放在腰窝里的手，突然越匝越紧，她的身子不由自主地贴过去。老师目光迷离，很有深意地笑笑，竟顺势把她拥进怀里，毫不商量地吻她。

来得很意外，她懵懂地接受了。

当有进一步的动作的时候，她一把将老师推开，把身子转过去，朝墙壁站着。

站着站着，眼泪夺眶而下，肩膀忍不住抽动起来。

墙壁上有一幅相片，是师母的。精致的相框里，弯曲的卷发、水一样的眼神、蜜一样的酒窝，美得让人心里发慌。

老师不知所措，干干地咳了两声。

隐秘的意图既然破漏了，老师就有些羞恼，索性就从背后抱住她，手在她胸上摩挲。

"请你把手拿开，不然我就叫了。"她说。

"那你就叫。"老师不以为然。

"难道你忘了，我叫郑小蝉，蝉虽然个儿小，声音可大，传得很远。"

老师败下阵来，很不甘心地说："郑小蝉，你怎么会这样？"

"是啊，怎么会这样。"郑小蝉走出门去。很遗憾，很伤心，但脚步还是一直往前迈去。她害怕招惹是非。

空气真是清爽，有邈远的麦香；月亮也照得明净，让人感觉不到污浊。纯净的内心，挂不住泥土，郑小蝉的伤感很快就被吹散了，居然有了喊的冲动，忍不住学了几声蝉叫：“扔仍哇，扔仍哇……”

二

水峪村的四合院与京城的不同。京城的是飞檐、瓦脊、雕梁、画栋，墙体一水的青砖，大门一关，就是身份。水峪的则是石墙、石脊、石门楼，都是就地取材。所以水峪修四合院的，只是为了住得宽敞一些，与富贵无关。

郑小蝉家就是一座四合院，院门对着的影壁，是白的，没有图案，因为是太普通的人家，他们不知道画什么才好。郑小蝉考上大学之后，父亲想描一幅龙凤呈祥，也只是动了动心思，没有真正落笔。因为他想，女儿考上大学就算是凤了么？即便算是凤，将来也未必就能找到算是龙的女婿，所以还是不要张狂为好。

后来郑小蝉大学毕业，依旧回到了村里，她父亲一点也不吃惊，好像这是他意料之中的事。那影壁就那么白着，本来就没有成龙成凤的奢望，这不，就真的应验了么？因为应验，他反而一派平静。

郑小蝉与班主任虽然没有再往深处发展，但对她的影响却是深刻的——她的心不再像以前那样清澈了，有了迷惘，有了忧郁，常常一个人发呆。她有时还想，我干吗要来大学？就因为上大学，她经历了清纯、本分之外的东西，她有点找不到自己了，因而原本圆满的内心，毫无准备地就有了残缺。

便失去了憧憬，失去了激情，再也打不起精神来，学习成绩急剧下降，只是很勉强地拿到了文凭。作为差等生，根本就不可能留校。即便是分配工作，也缺乏竞争力，毕业就失业了。只好回到了家乡。

父母因为没有过多的想法，不给她压力。他们对她说：“现在的大学生，在家里待业的人很多，你郑小蝉又没比别人多长了一只眼，待在家里是再自在不过的了。”

感到不自在的，倒是她郑小蝉自己。水峪里的同龄人，别人待在家里，理直气壮，因为人家没上大学；自己上大学了，还待在家里，就说不过去了。她羞愧，难为情。哼，上大学有什么好？反倒失去了自由自在生活的资格。

她整天窝在屋里，大门不出，二门不迈。上网、玩游戏、瞧电视、睡懒觉、看书，昏天黑地，不见日月。成了报上说的“御宅族”。越“御”越灰心，觉自己一无是处、一无用处。她看的是什么书？看的就是班主任送给她的那些浪漫文学。既然是被浪漫所伤，为什么还看？因为幽怨。她觉得班主任那个人还是不错的，给了许多村里人给不了的东西，但为什么非得有那点多余的念头，把梦，把美好，都断送了。

她面色苍白，脚下像踩了棉花，病歪歪的。

母亲对父亲说：“你得劝劝她，再这样下去，她整个人就废了。”

父亲说：“我怎么劝？”

母亲说：“你自有办法。”

吃饭的时候，父亲突然问郑小蝉：“你看过《白毛女》没有？”

郑小蝉一愣，点点头，又摇摇头：“你什么意思？”

父亲苦笑一下，说：“我怎么觉得你像黄世仁，我和你妈倒像是杨白劳和喜儿。”

瞧这话说的，虽没有锋芒，却有疼痛，像钝刀子割肉。郑小蝉半天说不出话来。

父亲反而心疼了，说：“我也没别的意思，只是想说，水峪是个风水宝地，那么好的水，那么好的山，你干吗不出去走走？”

走出了宅院，就遇到了一条小狗。狗也不叫，只是温顺地蹲在那里。等她走过去，狗就尾在她身后，人走狗也走，人停狗也停。郑小蝉心中一动，回过头来，朝它招招手。小狗很听话地跑上前来，舔人伸出来的手。一股舒适的温痒，让郑小蝉情不自禁地欧了一声。

走到了村口，就见到了水。那水流得欢畅，没心没肺。郑小蝉把手伸进水里，手的纹络透过水来看，反而显得更清晰。她想，也许就是因为无目的地流淌，才清澈。水面上有秀美的小鱼往上跳跃，那个陪伴而来的小伙伴便被诱引得直咻鼻息。她笑着说：“都说猫馋鱼腥，怎么你比猫还急？”

逆水朝山上走，林木花草愈来愈繁茂，绿色也渐渐地深下去。蜂蝶飞得自在，见人也不躲避。暗香浮动，鸟语起伏。她见到两棵树，矮壮虬曲，叶片阔大，闪着油光。她判断，这一定是香白杏树了。“五当五，杏黄梢”，她下意识地想到一句农谚。因为今天正是端午节，早晨刚吃了两枚粽子。便急切地朝那两棵杏树走去。

果然是香白杏。

香白杏是杏中的极品，果实大得像桃子，很好辨认。杏子的颜色整体是青的，只有顶部隐隐泛黄。她眼睛一亮——这农谚就是准，正如“清明时节雨纷纷”，一到清明节，肯定要下雨水，即便不大，也会有雾水滴零。

她忍不住摘了一枚，在裤管上蹭了蹭，就放到嘴里。脆，酸，但是越嚼越有味道，余香袅袅，到了最后，就剩下甜了。

她又摘了一枚，还是在裤管上蹭了蹭，继续品尝。

她忍不住笑了笑，因为她找到了儿时的感觉。小时候，嘴馋、贪吃，总是到山上偷吃瓜果，摘到手之后，蹭一蹭就吃。更有意思的是偷吃红薯，红薯拔出来，沾着泥土，自然要蹭，但并不是把泥土蹭下去，而是把泥土蹭均匀，吃的时候，就不会硌硌愣愣，沾着泥土，也好像没有泥土。那时候的胃口真是好，虽泥沙俱下，也不闹肚子，吃啥都香、都消化，身体猛长。

幸福！

久违了的感觉感染了郑小蝉，她一枚一枚地吃下去，贪婪地美好着。

小狗好像有点生气，摇了摇尾巴，爬到树杈上去了。但是，它并不是为了吃杏子，只是在那个居高临下的位置看着她，好像只是为了能让她知道自己的存在。

郑小蝉一愣，都知道猫能爬树，怎么这只狗也能？

她咯咯地笑起来。

究竟是水峪，山水林狗，都给她快乐，而不给忧愁。

这个时候，她觉得自己还是原来的郑小蝉。

三

水峪的四合院里，均有一处特别的建构。便是天地爷龛。奇怪的，龛位都设在墙上，建制很小，只是一处凹陷。人们不知道天地爷究竟是个什么样子，便把它塑成孔子的模样。塑是泥塑，个别的是就地取材，用整块砖石或树根雕成。更多的，则干脆从集市上“请”一张天地爷的画像，贴在墙壁上。龛两旁书有对联——

天高悬日月，地厚载山河。

一般没有横批。因为祖传时没有规定。有的人家讲究完整，凭个人的喜好，或者猜度，自己添上去。有的是“天地之主”，有的是“天魂地魄”，还有的竟是“招财进宝”“五业兴旺”，即便是不伦不类，也无以为非。

基本都是凿在正房的墙壁上，而郑小蝉家，则放在西厢房。因为在正房前父亲打了一个晾台。他家人手少，把晾台置备到院外的街面上，晒上谷物，没多余的人看管。

天地爷龛是用来祭祀的，求平安、求福禄、求护佑。每年从初一到初五，集中拜一拜，之后就不再惦记它了，只是遇到灾异、病苦、姻亲、出行，用得着的时候，才随时拜，基本上是临时抱佛脚。

所以，对天地爷的祭祀，郑小蝉从来就没放到心里过。还有两重原因：一是觉得这是大人的事，二是觉得天地爷即便被香火供着，也没见它对人有额外的怜惜。天旱求雨，雨不至；地涝求晴，雨不歇——求什么，基本没什么。有一年初一，饺子捞上来很久，都快坨了，父亲还对墙揖拜，她便出门对父亲说："你拜了快一辈子了，也没见它给你什么，还是趁热吃饺子吧。"父亲狠狠地瞪了她一眼，说："拜不拜是人的事，给不给是它的事，只要你拜过了，心里就妥帖了。人活着，不一定就是为了有，但一定要妥贴。这个，你懂不懂？"

郑小蝉今天比哪天都起得早。

邈远的幽香，一阵跟着一阵，臬进她的心窍，即便是睡梦中，也忍不住打了一个喷嚏，就醒了。睁开眼，见天光还很晦暗，便翻了一下身，还想睡去。但香味越来越浓，依稀中还能见到香烟的影子在屋里无声地游动，一缕一缕的。寂静中的香，直让人醒，便再也睡不着了。她发现，这香，不是来自远处，而就在近前。

她推开门，果然就见到父亲正在院庭里拜天地爷。不仅有父亲，还傍着个母亲。他们双双跪在龛位前，表情严肃，念念有词。

成束的香棵烧得健旺，香味难再隐忍，一片弥漫。

天上还有稀落的星。你们睡不着，也不考虑别人，她很想说句埋怨的话。但老人们的那份庄重，有无言的力量，她觉得不宜张口。

吃早饭的时候，她忍不住地问："今天既不是节气，也不是神鬼日头，为什么而拜？"

父亲说：“为麦收。”

郑小蝉说：“麦地还一片的绿，离开镰还早呢。”

父亲说：“麦熟一晌，你知道不？这麦子的习性不像人那么黏赘，只要一进阴历五月，一会儿一个样，头眼还绿着，转眼就黄了。”

白天，郑小蝉走到自家那块麦地，看到的依旧是一片青苍，没有一丝黄梢。她觉得父亲真是可笑，一天到晚急急火火、忙忙碌碌，总像身后有甩不掉的追兵似的。

阳光温暖，让人慵懒，郑小蝉觉得整个麦地就是一张床。

她居然就真的躺在田埂上了。

其实是她心中油然生出了浪漫，因为她读过彭斯的一卷诗，有一首诗的题目就叫作《好姑娘躺在田埂上》。

一躺在田埂上，身下好像一下子伸出来无数只手，既托举她，又抚慰她，身体伸展，心田盈满。她什么也不想，却感受到了自我的存在——一个姑娘，花样年华，一切还没有开始。“没有开始，真好。”她对自己说。

阳光明媚，麦穗沉实，一片平静。

她突然觉得自己还会长个儿。

一阵微风拂过，麦秆连动都不动一下，却听到一阵窸窣的声响，似有似无，却真。与文火炒黄豆，慢慢熟来的情景相仿佛。

她起身望去，立刻就吃了一惊了：躺下时还一片青苍，眼下的麦屏之上，竟分明有了一点点的黄。

父亲说的真是，五月的麦子，挡不住的情感，一会儿熟于一会儿。

她忍不住地看了一眼天。天上晴得宏阔，只有可数的几朵碎云。

这可以说是上好的天气了，但一丝忧虑却爬上了她的心头。

因为她知道：不怕云密，云密则天阴得凝重，反而不下雨，即便是下雨，也下得均匀。就怕云稀，云稀则游动，游动的云彩相撞，就下阵雨，而阵雨无序，往往是冰雹。濒熟的麦子就怕冰雹，会使就要到手了的收成转眼就没了。

她突然懂得了父亲。

父亲为什么起那么大的五更焚香祭祀？因为依山里的风俗，阳光一打眼，再拜就不灵了。他表达的是虔诚。而对天地爷敬重的背后，不是愚昧，而是对日子的珍重。

她已无心田埂上的浪漫，决定马上回到家里，给自己也磨一把镰刀。她找回了一种失落已久的东西："我"之外的怜惜。

走到村口，遇到了高中同学美娟。村口有棵大榕树，榕树下有一盘石碾，美娟就坐在石碾旁的石凳上奶孩子。

美娟高中一毕业，就嫁给了本村的一个青年。青年在矿上采煤，能给她安稳日子。两口子不显山不露水，过得恩恩爱爱。就像山间的野海棠，虽没人欣赏，却也不懈怠，拼命往好里开。郑小蝉毕业回来，美娟的孩子已经两岁了。当时郑小蝉想，美娟即便是一枝美艳的花朵，一有了孩子就算是凋谢了，她这辈子，也就这样了。所以，虽然是要好的同学，郑小蝉即使寂寞在家里，也很少跟美娟来往。因为她是美娟的镜子，怕照出美娟的庸常；而美娟又是她郑小蝉的镜子，会照出自己的忧伤。

等郑小蝉走近了，美娟说："小蝉，就要割麦子了。"

郑小蝉点点头，说："美娟，孩子长得倒真像你，黑俊黑俊的。"

美娟笑着摇摇头，说："就你白。"

虽然有旁人在跟前说话，但美娟怀里的孩子，却一点也不怯生，依旧专心吃自己的奶，只是一双大眼睛扑闪扑闪地看着来人，很招人喜欢。

郑小蝉忍不住上前摸了一下孩子的脸："真乖。"

这句话，连带那个亲切的举动，让美娟很受用，憨憨地一笑，说：“这孩子，就招他爸喜欢。”

郑小蝉偷偷地观察了一番美娟。美娟虽然脸有点黑，但皮肤很光滑，即便是做了母亲，依旧很年轻。令人惊奇的是，脸子黑，胸乳却很白，以至于一道道的血管清晰地青着，像茁健的地脉，饱含了水分。她的胸乳很大，沉甸甸的，把孩子的脸都遮盖了。

她可真结实！

美娟知道郑小蝉在看她，却一点也不难为情，还把胸乳往上托了托，让孩子吃得舒服些。整个过程是那么自然，让郑小蝉感到，她很心安，很知足。

郑小蝉被触动了，胸乳也膨胀了一下，顷刻间，好像也壮大了许多。

脸子一阵发热，既有羞涩，也有甜蜜。无忧的美娟，她很羡慕。

四

今天是开镰的日子。

临出门的时候，郑小蝉也在天地爷龛下的贡台上烧了一炷香。

父亲看在眼里，说：“你究竟是农民的闺女。”

以前听到“农民”二字，郑小蝉心情复杂，现在却一片纯净。她坦然地一笑：“就你话多。”

一进到麦地，两个老人一瞬间就变成了一对年轻人。他们比竟着割麦，不甘心被对方落下。镰刀在他们手上像长着眼，也像长着翅膀，下手准，进伸快，一垄麦子，只是一袋烟的工夫，就割到头了。

父亲用搭在肩上的毛巾擦汗，母亲则撩起衣襟搌被汗水迷糊了的眼。夏日的衣襟是短的，母亲撩起来时，自然要露出半爿胸乳。父亲嘿嘿一笑，说：“都老太婆了，奶子还是肿。”

母亲看一眼身后的女儿，在老头子的臀尖上踹了一脚：“老不正经。”

空阔的天空，旺烧的太阳，一对老人就显得渺小。但是，他们勤劳而欢悦，郑小蝉便情不自禁地生出感动。她想到了海子的两句诗——

粮食
是图画中的妻子
反复抱过的妻子是枪
枪是沉睡爱情的村庄

看这架势，只要还生长麦子，父母的恩爱就绵长不老，就耐烦、忍苦，没心没肺地快乐。

郑小蝉没干惯农活，镰刀很不听使唤，她割得很慢，差不多就是一种象征性的收割。但是，她此时却有一分豁达：象征性的收割也是收割啊，意味着自己已融入了生活。

麦地啊，怎么人一走进你，心情就好？

好姑娘躺在田埂上。

她想，彭斯的浪漫真不是凭空而来，他本身就是个农民，懂得土地上的道德。

收工回到家里，家常的饭菜吃得跟山珍海味似的，撂下碗筷就睡在床上，睁开眼就天亮了。除了麦子，不容你有多余的想法。身体疲累，心灵无忧。

她觉得这麦收来得真是时候，像一剂药，治好了她的青春哀愁。

但连续收割了三天，自家的麦地还一堰一堰地放在那里——

九九八十一堰，他们只收了十九堰。

却起了干热风。

这干热风不亚于阵雨冰雹的危害，它会使麦子熟过了，茎秆酥脆，沉重的麦穗自己就会掉下来。麦穗掉在地上，立刻就散了，麦粒混在土里，很难捡起来。

郑小蝉直了直腰，看到眼前那两张苍老的后背，心里酸了一下：家里要是再有个男孩就好了。

割到地头，父亲一屁股坐在地上，向苍茫里吆喝了一阵。郑小蝉知道，那是他在释放难以承受的疲惫。后来，他摇了摇头，说："真是老了。"

母亲也紧随着坐在地上，应对道："谁说不是呢。"

然后两个人就傻笑。

直让郑小蝉感到，丰收也是一种愁。

三个人歇在一起，几乎是同时，说出了一句话："这哪儿就割完了。"

也几乎是在同时，他们看到了不远处那块麦地里，麦棵子一缕一缕地倒下去，快得像风道里的烟，倏倏地朝他们这边钻过来。到了跟前，站起了一个人，竟是村东头的罗大宝。

罗大宝嘿嘿一笑，对父亲说："叔，我来晚了。"

父亲瞧了一眼郑小蝉，也只是嘿嘿一笑，什么也没说。

郑小蝉难为情地低下头去，如果有条地缝，她会毫不犹豫地钻进去。

罗大宝是郑小蝉高中的同学，上学时很要好，曾经相约着一同考大学，一同创造生活。结果一个如愿，一个落榜。郑小蝉对罗大宝说："你也别泄气，接着考。"罗大宝说："好。"但郑小蝉暑期回家，却听说罗大宝挖煤去了，便急急地找到他，说："你怎么这么没出息？"罗大宝说："我不是念书的料，书看的工夫长了点，脑袋就疼。"怎么劝也没劝动，郑小蝉很生气，说："你以后就别找我了。"罗大宝想了想，说："好。"

这以后郑小蝉每次回家都不见罗大宝的影子，她甚至主动找过他一回，也被他躲开了。她对自己说："也罢，既然不在一个层次了，见了也没意思。"

后来有了班主任那个层次，她真的把罗大宝忘了。

罗大宝看到了郑小蝉的表情，不忍心跟她搭话，转过头去，埋头割他的麦子——嘿嘿，我是冲着麦子来的，又不是冲着你郑小蝉。只要还是个正经人，见到就要到手了的粮食要受损失，就会心疼，就会急眼。这麦子虽然是你郑小蝉家的，也是我罗大宝的。这一点，甭看你读的书多，也且不懂呢。

罗大宝真是有力气，一垄长地，他一猫腰就割到了地头；也不惜力，转身就又割了回来。

郑小蝉看在眼里，心里一热，真是头骡子！

居然就又想到了海子的几句诗——

> 我们是麦地上的心上人
> 收麦这天我和仇人
> 握手言和

和罗大宝虽然不是什么仇人，但毕竟是自己把人家甩了，有了抹不掉的隔阂。虽然觉得诗的意象很美，也感激罗大宝的适时相助，但郑小蝉还是没勇气跟他说话。她本能地躲避——他在东头，她在西头；他在西头，她在东头。虽擦肩而过，沉默无言，但劳动欢畅，麦子得救。他们都沉浸在劳动本身的感动之中，心渐渐地近了。

收工的时候，他们再也不能躲避，郑小蝉索性不遮不拦地看过去。罗大宝反而不能承受，低下头去，嘿嘿傻笑。

眼前的罗大宝健壮、挺拔，且唇红齿白，是头俊美的骡子。

郑小蝉怦然心动，忍不住地叫了一声："罗大宝。"

罗大宝嗫嚅道："你还认识我？"

"废话，即便是烧成灰，我也认识你。"

父亲悄悄地捅一捅母亲的腰肢，做了个鬼脸。母亲立刻就醒悟了：这两个人，是应该在一起说说话儿了。便对郑小蝉说："你和大宝把麦捆子归拢归拢，我和你爸先回去了，把饭弄熟。"

走出去老远了，父亲回过头来，喊道："大宝，一会儿你一定要到家来，咱爷儿俩闹几盅。"

其实麦捆子在收割时就已经被归拢得差不多了，他们知道，叫他们留下来，不过是老人们的一点儿小小的心计。因为喜悦，也因为莫名其妙的需要，他们乐于接受。

麦捆子被归拢得很妥帖了，罗大宝顺势就躺在新收割过的麦茬上。这是奉献之后的舒展，自然而然，情不自禁。

郑小蝉还有些抹不开面子，不知所措地站在田埂上。

罗大宝一笑，指指自己的身边，意思是说，你还不过来。

新麦茬很软，散发着太阳的余温，一躺在上面，人就有些陶醉，都有说话的冲动，却谁也没说。

就静静地躺着，看着余晖一点点地暗。

郑小蝉闻到了罗大宝身上的气味。是新麦的味道，干干爽爽，温温馨馨，没有一点杂质。她很喜欢。

罗大宝合着眼睛，像是进入了梦境。这给郑小蝉一个凝视的机会。她看到，罗大宝胸脯急剧地起伏着，呼吸也很粗重，手臂还隐隐地颤抖。她偷偷一笑，这个罗大宝，还真会掩饰，其实表面的平静之下，对她郑小蝉是有强烈的欲望的。

这个想法，给了郑小蝉一个很大的抚慰，这是女人本能上的反应。但很快她就羞愧了。

是自己到城里转了一遭，灯红酒绿，变得复杂了；而这个人，日出而作，日落而息，一直很质朴地生活着，没那么多花花肠子。他现在，不过是真的有些累而已。

郑小蝉觉得自己有些坏，羞愧往深处走，再也躺不住了，想坐起来。一只手把她摁住了。

原来，那个人就一直醒着，对她是有期待的。

她终于开口了："罗大宝，我就这样回来了。"

话一出口，她就后悔了，甚至有些恨自己。因为泄露了她内心的卑微，那种飞翔到高处又落回原点的卑微。

"这有什么不好？"罗大宝睁开眼，直视着她说，"你不这样回来，难道还拖儿带女地回来？"

这其实也是一种卑微，让郑小蝉感受到了公平，她忍不住在罗大宝的手臂上掐了一下："你真坏！"

罗大宝顺势握住了她的手。

两个人就这样手握手地静静地躺着，虽然什么也没说，却好像把什么都说了。

郑小蝉这时想，人的知识多了，不过是增加了对事物的敏感和对生活的理解，能够更纯粹地活着，而非其他。虽然在外几年，质朴之外，没收获更多的东西，但依旧还有质朴，与土地般配，与土地上的人般配。难道这还不够？

微风阵阵，天空被擦拭得更清澈，她的目光被黏在上边。她嗫嚅道——

青天在上

大地无语

小蝉清唱

刚进六月，幼虫刚走出蝉蜕，还来不及蹬枝而唱。小蝉，指的是她自己。

2009年5月8日于北京石板宅

落寞

一

虽然名字叫小清河，但河水已经不清澈了。上游沿线近二十年来不停地盖楼房，形成了几个居民小区，生活污水无节制地排放，小河就变浑变臭了。

只有两岸的两排白杨树还高大清俊，多少还有一点韵致，饭后，刘文章还是愿意沿河边散散步的。其实，小清河是他居住的小区唯一的一处风景，有别无选择的味道。

追溯起来，小清河见证了刘文章的生活历程，承载着他的感情与记忆。

刘文章上小学的时候，小清河清澈见底，每到暑期，他和小伙伴们几乎每天都泡在河里。一个叫燕的叔伯弟弟没有水性，起初是在浅处扑腾，受了清澈的迷惑，不知不觉就扑腾到深处去了。呛了两口水之后，吓坏了，声嘶力竭地喊救命。其他人都以为他在闹顽皮，不理不睬，只有刘文章知道，他是真的被淹着了，便不顾一切地游向他。刘文章年龄小，不知道救溺水的人要迂回到人的背后，或者把人打晕，而是径直就游到燕的眼前。绝望中的燕一下子抱住了刘文章，钳得死死的，把他的手指往断了掰，竟也掰不开。刘文章施展不开手脚，更关键的是他有限的那点漂浮技术，托不起两个人的重量，他们一同朝河底沉下去。刘文章心底情不自禁地叫了一声：完了！

沉到河底，他的脚被水草拌了一下。这一拌，反倒给了他一线希望。他强迫自己静下心来，屏住气，拽着水草往前走。竟糊里糊涂地走到了浅处。露出头来，他失声大哭。小河究竟是小，如果遇到的是大水，就真的没救了。他把燕狠狠地摔在岸上，没头没脑地一阵拳脚——这个该死的货，打死他也不解气！呛死过去的燕，竟被打活了，他翻身坐起来，不哭，居然还怪怪地笑。

是小清河让他在小小的年纪就懂得了别人要用几十年才明白的一个道理：人最大的一个本能，就是活着。因为小清河给了他生命意识，于是，这条河就流进了他心里去了。后来他发现，事情绝非这么简单，他与小清河恩怨交织，如佛家所说，是一种宿命关系。

二

二十三岁那年夏天，他认识了一个河边女子。那个女子是种庄稼的，每到黄昏她都会荷着一柄锄头到河边来。先是在河水里洗一洗锄头，然后往四周看一看，就除去衣褂，钻到水里。刘文章起初是在远处，看到那个女子游得是那么自得，那么欢畅，好生喜欢，竟不由自主地移近了。那个女子见来了一个男人，也不吃惊，只是朝他笑笑，依旧是游。好像她眼里只有小河，而没有人。

河里那个女子晶莹、圆润、膨大，白得无一粒污点，他很感动，并且生出许多玫瑰色的想法。

刘文章农大毕业在乡科技站当技术员，整天与土地和农民打交道，感情朴素，没有奢侈的想念。乡里的干部几乎都是本地人，晚上一下班就人走楼空，又不喜欢交游，一个人待着，不免落寞，所以，明明知道看一个女子戏水不太名誉，但还是往河边踅去。

那个女子真的不介意他的到来，好像就是游给他看的。有一天，那个女子在河心里朝他招招手："你干吗不下来？"

刘文章心里一顿，觉得自己如果不下到水里去，就真的没有待在这里的理由。

女子游在这头，刘文章就游在那头，他本能地与她保持着距离。夕阳下的河水，一片金黄，如梦如幻。但是刘文章却觉得这一点都不美。因为融入水中，失去了欣赏的角度，只是成全一个理由而已。他兴致不高，拍水无力。但那个女子却益发地兴奋，像驴子在岸上撒欢儿，她在水中打滚儿，以至于把水都搅浑了。刘文章想：她为什么会这样呢?

好像就要找出一个答案，竟听到女子的一声尖叫，之后就是不停地呛水，再之后就消失了身影，她陷下去的地方，荡漾着一轮一轮的旋涡。

刘文章一惊，那女子一定是遇到意外了。

他拼命向女子游过去。刚游到那个地方，女子又挣出了水面，他清晰地听到了一个声音："救命！"

兄弟燕的影子立刻就出现在眼前，他嘿嘿一笑，绕到女子的背后，出拳把她打晕了，然后把她拽到浅滩。抱她上岸的时候，他发现，那个女子一点也不白，身块也是那么瘦小，放到臂弯里，居然感受不到重量。她的滢白与膨大，原来是水漂白和放大的。但是，因为女子的瘦小、柔弱，他心里反而生出一种叫怜惜、疼爱的东西。

那女子醒来，竟粲然一笑，很平静地说："刚才腿抽筋了。"

与生死擦肩而过，居然没有一丝张皇，令刘文章叹而称奇。他觉得这个女子真是奇特，像个灵怪，给人以诱惑和吸引。

后来，他们经常在河边见面，每次来，女子都要给他带来一些田上的物产，两穗烧烤玉米、一捧尖圆菱枣、半袋水煮花生……每样都有新鲜味道。在夕阳的余晖中品尝、说笑，他内心充盈，颇感时光美好。

而且那个女子还会唱歌，久远的旋律，时尚的音符，她都唱得有模有样。他情不自禁地凝视着她，唇红齿白、酒靥香腮，一如天使，令他神魂颠倒。

他们便自然而然地走进了婚姻。

从结婚登记处出来，女子哭了。问她怎会这样，她说："这一切都像是梦，很不真实。"

刘文章则说："这是命运的安排，你只管接受就是了。"

"你会后悔的。"她说。

"你放心，我刘文章不是那种人。"他说。

他们此时远离红尘与世俗，只服从内心的感动。外界议论道："一个国家干部，一个种庄稼的，居然能走到一起，真是不可思议。"刘文章听后一笑，说："她是种庄稼的，我是指导种庄稼的，'种'在一起是天经地义的。"

玉米盈膝的时候，杂草也疯长，就要锄耪。兰（那女子的名字）虽然瘦小，但在田里却显得壮大，锄头在她手里，上下左右，轻松、自由、灵动，像一种动人的舞蹈。刘文章则相反，他舒展不开手脚，手上也打了几粒血泡，他站站停停，觉田埂漫长。烧烤玉米的味道甘美，种植玉米的过程却一点都不浪漫，他开始为今后的日子发愁。但是，也只是心里皱了一下，什么也没说出口。因为既然选择了这种爱情，就要支撑以相应的尊严。

兰的心却依旧浪漫着，庄稼之余，还在庭院里种植了几十株向日葵。她管向日葵叫作望日莲。看着金黄的莲盘在秋风中任性扶摇，她喜上眉梢，会不停地感叹：“哎呀，我的莲！”她觉得自家的日子就应该是如此灿烂的。

刘文章心头就又皱了一下，因为他感到兰真是土：向日葵是情调，望日莲则是村俗，就像夏虫不能与之言冰一样，柴门女子，哪能联想到画布前的梵高？

后来，有了他们的儿子青。青会走之后，刘文章主张把他送到幼儿园去，但兰却说，农家的儿女历来都是拉扯大的，送到那样的花钱地方，就不合算了。她带他到田埂上去，听任他在土地上打滚。青喜欢挖土里的蚯蚓，放到罐头瓶里拿回家来喂鸡婆。吃了蚯蚓的鸡婆爱下蛋，青高兴地学鸡婆的叫声，咯嗒，咯嗒。兰也高兴，抚弄着青的脑袋，说：“你真是妈的小宝贝。”青除了挖蚯蚓之外，还喜欢捡树杈上的蝉蜕。这缘于兰的教唆。兰对青说：“咱这地方管蝉叫知了，蝉蛹可以烤着吃，满嘴流油，知了皮（蝉蜕）可以放在窗台上看，好看，金黄透明。”捡知了皮的青天性乖巧，不哭不病，长得皮实。兰很知足。

刘文章下班回来，一进屋就闻到了一股土腥味，上眼一瞧，看见满窗台都摆满了蝉蜕，他心中不悦：“唉，娶了种庄稼的婆娘，就很难有雅训的趣味了。”然而母子欢悦，他只得隐忍在心里。

天暖的时候，一家人总会到河边来，到河里戏水。灰头灰脸，满身土腥，自然要求助于水。一下到水里，母子都兴奋，一如驴在岸上撒欢儿，他们在水中打滚儿。青小小的年纪，就有了一身好水性，刘文章多少有些感动，便乐得跟他们一起在水中嬉戏。在水里的时候，一家人其乐融融，一爬到岸上，他心中就感到空。原来，河水欺人，不仅放大了兰的美丽，也放大了爱情与亲情。

既然得到的是放大了的东西，他心中就有了不平，又无法与人言说，便又回到了原来的落寞。

其实，他并不知道自己究竟要什么，只是知道眼下的日子并非其所要。像梦破碎了一样，他失去了生命的激情——机械地上班、麻木地回庭院，虽不到三十岁，就已经觉得自己很老了。如果不出意外，就注定这样终其一生了。

三

却出了意外。

农村推进城市建设，让农民也住上楼房，便陆续开发了一些楼盘。有了居民小区，自然要有菜市场，为了满足蔬菜供应，乡政府建了许多温室、大棚，美其名曰：设施农业。设施农业技术含量高，就招来了玉。

城里的玉是学园艺的，本来想毕业之后留在城里的园艺公司，有一份美丽而优雅的工作。但现在的大学生就业困难，也只好退而求其次，来到乡下。

玉便感到很失落，也不喜欢这份工作。但却悉心履职，让刘文章感到很奇怪。她背着一块小黑板，下到田间地头，钻进温室大棚，把黑板就地架起，就开始给菜农讲栽培知识。菜农来了不少，把她围在中间。他们不是来听讲课的，而是为了看稀罕——一个精致的美女，却以这样的方式抛头露面，很有意思。玉知道他们为什么而来，心里不免凄楚，但很快就调整了心态，正正经经讲课。这让菜农们感受到了一种严肃的东西，再也不好意思游戏于蔬菜之外，就真的开始听课——起初是用耳朵，后来是用手在本子上记，渐渐地，他们沉浸其中，用心，便学了不少技艺。

于是，这个地区的菜就种得好，产量高，品质优，四季有时蔬，居民很满意，她在居民和机关干部心中也就有了很高的位置。

但她的表情有点冷，很少用亲切的语调跟周围的人说话，与环境不能融合。

她很孤独。

因为跟她同在一个办公室，刘文章天天能够见到她那张冷漠的面孔，感到很不舒服，心里说："你这是冲谁呢？"

他干脆用挑衅的目光死死地盯着她，像在玩味一个怪物。

玉的皮肤很白，连深陷的鼻翼两侧也放射着净洁之光。他感到，玉的确不应该出现在这土得掉渣儿的乡下，她应该在优雅的环境下绽放微笑。有了这样的念头，刘文章心酸了一下，产生了一种类似怜悯的东西，凌厉的目光也就钝了下来，难为情地一笑。

"你笑什么？"玉冷冷地问。

"是啊，我为什么笑？"刘文章调侃道。

玉剜了他一眼："神经病。"

刘文章很想反击一下，但话到嘴边又咽了回去，他突然觉得，对玉这样孤傲的女孩，男人的反击类似温柔，反倒增加了她的孤傲，便摇摇头，低头不语。

玉有些沉不住气，说："你为什么不说话？"

刘文章还是低头不语，心里说："我不能让你得逞。"

玉有些恼了："刘文章我问你呢，你为什么不说话？"

玉凌厉的语气惊动了办公室其他同事，大家面面相觑，这是怎么了？

刘文章脸红了，好像自己清正的名誉这一刻有了疑点，便回击了一句："你清静点好不好？"

接下来，果然清静了。但玉好像心绪难平，几次站起坐下，还是难以平静，索性摔门出去了。

同事们问："这是怎么回事儿？"

刘文章说："谁知道是怎么回事。"

同事们说："你别招惹她，她心理有问题。"

下班的时候，同事们好像预感到要发生什么，走的节奏便快于往常，把刘文章甩在后边。他刚要出门，玉的身子堵在门口："刘文章，你先别走，我有话跟你说。"

"说什么？"

"我来你们这个鬼地方也很长时间了，你还没请我吃过饭。"

刘文章一愣，说："那好，就择个日子吧。"

玉说："我要你现在就请。"

刘文章马上就想到，兰在家里已经给他预备了满桌的饭菜，并以期待的目光在栅栏前瞭望。这是他们温馨的日课，没理由疏旷。刘文章一笑："今天可不成，今天是我儿子的生日。"居然随口就撒出谎来，刘文章很不自在，脸不禁就红了。

"刘文章，你的理由很拙劣，你是怕你的老婆。"

刘文章懒得辩解，撇下玉，径直走了。

下了大道，就要踏上伸向家院的乡村小路，身后突然传来一阵叮当的铃声。

回过头来，竟是玉。

玉整个人跨在自行车上，一条腿支在地上，一脸坏笑。

玉穿着短裙，脸上擦了脂粉，整条腿展露无遗，白花花的，性感丰腴。刘文章的眼被烫了一下。

"你这是干什么？"

玉说："你不请，我就自己送上门去，我就不相信，你们家的餐桌上，会没有多余的一副碗筷。"

刘文章慌了。因为兰是质朴而卑微的乡下植株，对花枝招展的奇珍异卉，有本能的敏感，会让她生疑，陡生波澜。

刘文章摇摇头："玉，你得逞了。"

他们来到一家饭店的雅间。菜都是玉点的，她还居然要了一瓶五十六度的二锅头。刘文章说："你居然还会喝酒？"玉说："现在的女生谁不会喝酒？""我们家兰就不喝酒。""刘文章你真没情调，你我在一起干吗要提你家兰？""干吗不提，她是我老婆，正等着我回家吃饭。""刘文章我就不明白，你一个堂堂的大学本科生，干吗娶一个农民老婆？""农民老婆怎么了，五官端正，温柔体贴。""我不是看不起农民，而是觉得农村女子内存小，与你的输出不匹配，你的能量基本上被闲置了，你升级无望，差不多是被废了。"

玉触到了刘文章的痛处，他几乎就要恼了，但却隐忍地说道："咱不说这个，喝酒。"

他要把玉灌醉，以解心头之恨。

玉的酒性真是好，半斤酒下肚，还是玉树临风、楚楚动人，无一丝欹斜醉态，相反，刘文章却已有些头昏脑涨，心烦意乱。他对服务生吼了一声："再来一瓶！"

玉笑着制止了："刘文章，你是想把我灌醉，不能让你得逞。"

走出店门，以为就要解脱了，玉却说："刘文章，我喝多了，求你陪我散散步。"

两人漫无目的地走着。酒热攻心，却满怀虚空，便都不说话，只是漫无目的地走。居然就来到了小清河边。当看到一湾纯净之水，无声无息、没心没肺地就那样流着，刘文章吃了一惊：这是怎么了？小清河，是他和兰的温柔之乡啊！

暮色四合，岸树静黑，水光如鳞，温柔得有些暧昧。玉欢快地叫了一声："刘文章，让我怎么谢你才好呢！"

玉对刘文章说："我长这么大，最喜欢的就是两样东西，美食和水。不管多么忧烦，只要眼前有几口好吃食，瞬间就烟消云散；不管多么迷茫，只要一看到水，立刻就心清目明。”

玉甩掉了高跟鞋，蹚在浅水里。平滑的一匹水绸，顷刻就被撕开了一道伤口，水花飞溅，像一粒粒血珠，异常艳丽。

玉欢叫不止，像夜兽招引猎手，空气颤抖，乱心乱魂。“玉，你安静点好不好？”刘文章说，“这荒郊野外，孤男寡女，非招来是非不可。”

玉说：“我不怕。”

刘文章说：“你不怕，我怕。”

玉突然放声大笑，且一边笑着，一边甩掉衣裙，竟赤条条地钻进水里。

刘文章愣在那里。

玉在他面前游来游去，哧哧地笑，笑得别有用心。

夜色渐浓，却像个用来投影的幕布，玉的身影，反而被投射得清晰：晶莹、圆润、膨大，白得有些刺眼。刘文章怦然心动。

刘文章说：“玉，你赶紧上来。”玉说：“刘文章，你赶紧下来。”“你再不上来，我可就走了。”“嘻嘻，那我就把自己淹死在水里，让你有口难辩，嘻嘻……”

玉的笑声，像是一种嘲弄，刘文章被击中了，他说：“玉，你以为我不敢下去？”

玉说：“我可没逼你。”

刘文章愤然跃进水里，径直游向玉。玉迅速地游向远处，在一个距离上停下来，回头嬉笑。游近，躲开，似退避，似期待，膨胀了刘文章心底沉睡已久的一种东西，他有些发狂。像猎人被猎物牵制得太久，便生出恨意一样，当刘文章终于逼近玉的时候，怕其滑脱，一把把她钳进怀里。“玉，你完了！”

钳进怀里的猎物好像并没有反抗的意志，反而呈现出一种温顺的归依。他感到，玉实实在在地晶莹、圆润、膨大，水并没有把她放大，所有的美质，都是原始的本色。一种大水溢出堤岸的激情，澎湃得他不能自已，他暗自叹道：看来，是我自己完了！

便有了一个决堤而出的过程，虽属意外，却像合谋已久。

第二天下班的时候，不用玉做堵的动作，刘文章自己就留了下来。他心情沉重地向玉表达歉意，恳求玉的赦免。

以为玉会施以严正的责备，弄出更沉重的气氛，玉却嫣然一笑，轻描淡写地说："酒后乱性，自然而然，我都忘了，你还在耿耿于怀，刘文章，真有你的。"

刘文章愣在那里。

玉说："要是没什么事，我先走了，我还有个约会。"

刘文章归家的路上，脚步黏滞，像踩在棉花上一样。因为他真是不明白，这么严重的事，在玉看来却那么无足轻重。唉，自己虽然也受过高等教育，毕竟还是个乡下人啊。

城里人与乡下人就是不同——他原来的顶头上司副乡长谢明村，在下乡的时候，也是酒后，跟村里的一个漂亮女子好了一回，便弄得身败名裂。其实是那个女子，主动"贴"上来的，风流过后，那个女子说："我是你的人了，你必须对我有个交代。"所谓交代，要么就是把她调进乡机关，要么就是娶她。两个要么，他都做不到，姑娘就把他告了，致使他丢了官职。

回到家里，看到桌上可口的饭菜在等着他，他心中的惭愧又厚了一层，他觉得真正对不起的，是兰，因为兰在乎他，能让他感受到生命之重。

晚上，他与兰拼命地亲热了一回。

身体疲惫，心灵放松。把玉的事搁下了。

四

这期间，玉的心情居然特别好，颇让刘文章百思不得其解，她为什么会这样?

到了第二年夏天，单位组织他们去旅游，到了一处名山。在山极顶，有一处悬崖，名曰爱情谷，玉石凭栏上，挂满了同心锁。看到一对对情侣面相烂漫地挂锁、依偎、私语，玉竟眉头凝结，面色忧戚，眼睛里甚至还有泪光。

刘文章心头皱了一下，一个欢悦的玉，怎么突然就忧戚了？一种本能的怜惜，使他多了一点心思，不离左右地跟着她。

在探头向崖下眺望的时候，玉突然轻轻地推了他一把，让他陡然心惊："玉，你这是什么意思？"

玉说："你愿不愿意陪我从这儿跳下去？"

这儿既是同心永结之处，也是誓死殉情之处，前提是为了爱情。然而，他们之间有爱情吗?

刘文章不置可否，嘿嘿地傻笑。

"刘文章，你真是个乡下人，连一句打动女人的话都不会说。"玉说，"其实，你们男人都是一丘之貉，对女人，只是渔色，没有真心。"

刘文章隐约地觉得，玉在感情上受了挫折，心被伤了。既然自己是个乡下人，对像玉这样的自视甚高的城市女人，他好像没有安慰的资格，便附和道："你说的有道理。"

吃过晚饭之后，同事们都去了当地的一个娱乐城，据说那里有风情歌舞和艳舞表演。而玉和刘文章却留在了宾馆。是玉要刘文章留下的。玉说："你能不能陪陪我？"

在房间里，两个人都没有聊天的心情，只是默默地坐着，不时看一眼对方，笑笑。

玉不堪沉闷，起身坐在了刘文章身边，并把头靠进他的怀里。刘文章本能地躲闪了一下，却被玉紧紧地匝住了。玉说："把我抱到床上去。”

刘文章吓了一跳：“玉，你别这样。”

玉说：“你已经这样过了，还装什么正人君子？”刘文章说：“那是两码事。”他的意思是说，那一次是酒后乱性，是个意外；这一次，咱们都还头脑清晰，就没理由自投罗网。玉先是一笑，然后脸色大变，揪住了刘文章的耳朵。疼痛牵引着他往床边走，身不由己。玉扑在他身上，在他的肩头、脖颈上一顿乱咬，像是大恨，又像是大爱，让他懵懂莫辨，索性就依了。

大水决堤，既有洪水的泛滥，也有堤岸自身的动摇。所以，一切过后，刘文章既看轻了玉，也看轻了自己——自己的人格是小的，没有坚定的意志，有的只是一层画皮，似是而非的虚伪。

相互鄙视，又相拥而卧，感觉怪异，极不真实。但躺在床上的感觉真是好，传递体温，传递慵懒，既虚空，又充实，无暇想到烦恼。

门外传来了夜归人的声响，刘文章猛地坐起，他想到了玉的同室。

玉拉了他一把：“你尽管睡就是了。”

玉告诉他，她的同室肯定是不会进来的，她有一个同样温柔的去处，带队领导住的是套间，卧室里有一张大大的双人床。

刘文章说：“玉，你怎么什么都知道？”

玉只是哧哧笑，既淫荡，又无邪。

刘文章再躺倒身子之后，内心的不安和愧疚竟完全消失了，只觉得，这男女之间，不过就是那么回事——所谓偷情，只是一种严重的说法，本质上不过是另一种情爱方式而已。

他们开始正常的交谈。玉说：“刘文章，我也不瞒你，我的确被一个家伙耍了。那家伙有门路、有能量，我想通过婚姻，改变现在的处境，把自己调进城去，就主动跟他接触。他也很喜欢我，同意跟我建立家庭。一年的恋爱，如胶似漆，甜蜜如饴，我对他说：‘你快点把我弄回城里吧，偏僻乡下，阻隔我们的爱情。’那家伙先是一愣，很快又粲然一笑，说：‘当然，当然。’但当然之后，始终不见他有实际动作，一再催促之下，他说：‘你知道现在最难办的事是什么？就是人事问题，所以，你不能着急。’后来我们的关系就有点儿冷，我就问他：‘你到底爱不爱我？’他反问道：‘谁说我不爱你？’爱到最后，他给我发了一条短信：爱情固然美好，但我不想被利用。从此就再也联系不上他了。嘻嘻，刘文章，你说这男人差劲不差劲？”

本来是自家的伤心事，玉却还做着嬉笑的调侃，好像叙述的是别人的事情。刘文章感到玉被伤得很深，便澎湃出一股连自己都感到不可思议的柔情，他紧紧地抱住玉，在她的耳垂上不停地亲吻。

玉说：“刘文章，你是不是觉得我很可怜？”

刘文章说：“难道我刘文章就不可怜？”

刘文章说的是真话。他此时想到，玉原来说的话是对的，自己一个大学本科生，过的却是极其原始的农家小日子，生活的起点的确太低了。

一夜柔情，浓缩了来世和今生，他们之间的感情变得深厚起来。这以后的日子，即便是枯坐在办公室里，只要抬头看一眼对方，就会温情满怀，陈旧的日子，全是新的。

他们在饭店里对酒当歌，在小清河里浪漫戏水，然后在树影垂掩的沙滩上疯狂做爱，他们须臾不忍分离。在享受玉的同时，刘文章自然会想到兰，以至于在一个激情的巅峰，他失口喊出了兰的名字。

玉笑着摇摇头：“刘文章，你看你。”

这真是一个不可回避的问题，刘文章索性试探着问道：“玉，咱们只顾自己，你说兰怎么办？”

“这有什么不好办，”玉说，“我又没跟你要婚姻。”

玉的体贴，让刘文章感激不已，以至于有了多余的心情。在一次玉睡去的时候，他揭开玉身上的被子，欣赏玉那一览无余的美丽，其坐标，自然是兰。兰的皮肤黑而粗糙，玉则白而滑腻，在幽暗里也发出青白之光；兰的胸脯站着的时候，还樱桃两点，一旦躺倒，就塌陷到只剩肋骨，而玉一直有坚挺的品质，即便平卧，也雪山高耸，熠熠生辉……总之，兰瘦小到贫瘠黯淡，玉丰腴至惊心动魄！刘文章情不自禁地发出一声感叹：“玉啊，你真是一块旷世美玉！”

“刘文章，你真无耻！”床上的女人，居然醒着。

因为无耻，所以甜蜜。与兰在一起的时候，只聊柴米油盐，而与玉在一起，除了不聊柴米油盐，其余的，无所不谈——虽话题广阔，却总能共鸣在一起，颇有相见恨晚之感。原来清谈与浪漫是相伴而生的，能说到一起，才能爱在一起。

他们能够相拥而眠，终夜不分。只要一个先醒来，稍有动静，另一个也跟着睁开眼睛，且把对方往紧里抱一下，好像一直警惕着，怕对方溜走。从这里，刘文章真切地看到了爱情的模样——明明相拥在怀，却还思念。

相会的处所是个技术问题。起初，他们四处寻宿，漂泊不定。但是，他们并不以此为苦，反而享受到一种全新的生命体验：无论何地，只要相爱的人在身边，任你依傍，把你依傍，便是居停在自己的家中。家是一棵树，爱情是树的根须：只要爱人在，栽在何处，都往好里活。后来，他们感到，爱情也能使人迅速变老，体力精力渐显不支，他们只好硬着头皮买了一套房子。资金来源，自然是刘文章办的银行贷款。

虽然刘文章总是早出晚归，而且常常是夜不归宿，但在兰那里就像她溺水之后，也不张皇一样，她表现得很平静。倒是邻里察觉到什么，对她说：“你们家刘文章怎么老是这样？是不是有点不大对头？”兰说：“庄稼长在地里，官人走在路上，这老理早就撂在那里，他刘文章就能例外？”兰还说，而且他每次都能给她一个合理的理由，她还有什么理由怀疑他？要是再怀疑，这人做得就小，就贱了。

庭院里那几十棵向日葵每年都生长，金黄灿烂，即便是暗夜里，也有燃烧的光亮。这让刘文章很不安，他捅了捅熟睡的兰：“我说，你明年能不能别种这个了？”

兰翻了个身：“你大半夜把人家捅醒，就是为了说这个？”

“我是说，你一个人在家种地，田亩上的事就够你弄的了，就别再给自己找累了，再说市场上的葵花籽儿很便宜，才六毛钱一斤。”

兰说：“不介，我种的不是葵花籽儿，我种的是心气儿。”

兰说完就又睡去了，独留刘文章辗转反侧，他觉得自己活在阴暗中，离阳光远了。

为什么质朴的乡下，偏偏来了一个华丽的玉？从此静夜无眠，人生迷惘。

五

情爱自然是浪漫的，但令人烦恼的是，浪漫的身后总有不请自到的庸常——两年之间，玉多次怀孕，多次流产，身体渐渐走形，腴美得趋于臃肿。

玉很伤心，对刘文章说：“我一个黄花大姑娘，被你弄得像个妇人一样，你叫我以后怎么办？”

这让刘文章心中不快，本来是两厢情愿的事，怎么倒成了一个人的责任？原来感情这个东西，是不讲道理的。但嘴上却说：“你放心，我会给你个交代的。”

玉摇摇头，说：“别给我开空头支票。”

像谎言被人当众揭穿一样，刘文章无地自容，感到自己的人格越来越卑小了。因为他自己知道，他开的就是空头支票。

从现实角度考虑，玉是飞燕，兰是地鼠。飞燕有辽阔的空间可以翱翔，而地鼠只能往地底下钻。一个土地上的女人，身强力壮的时候靠庄稼，人老力衰的时候，只能靠男人和儿女。起初，他对自己和玉的前景还是乐观的，因为还有儿子青。如果青足够聪明，从乡间小学，升到镇办中学，再考到县重点高中，一路风顺，进入高等学府，毕业后正常就业，会给兰的晚景一个可靠的保证。那样，就是舍兰就玉，他的心也是安妥的。然而青没给他希望的曙光。都上初中了，还只是喜欢田埂上的蚯蚓、树枝间的蝉蜕和鸡婆下蛋之后的欢叫，至于学业，毫无起色。一次，当青拿回那令人脸红的成绩单，刘文章暴跳如雷，对青施以棍棒。被痛打之下的青逃家数日，以至于一向隐忍的兰也终于不能隐忍，她说："刘文章，你有什么资格打他棍棒，作为父亲，你什么时候关心过他的学习？你什么时候像别人家的父亲一样给过他耐心的辅导？"当青被兰找回来之后，青的一个举动让刘文章又悲伤又绝望——

青躲着他溜进房间，直奔窗台。窗台上摆放着兰和青共同捡来的蝉蜕，金黄透明，一列挨着一列，像为某个即将载入史册的战役预备下的兵阵。见到这个兵阵依旧完整地保持着原有的序列，青傻傻地笑了，然后像什么都没发生一样，走到刘文章面前，没心没肺地叫了一声："爸。"

刘文章好像没有听到孩子的叫声，呆呆地坐在那里。

在外荒唐，门庭凄凉。他终于明白，兰最后的依靠，只能是他刘文章自己了。

因此，他没有决绝的勇气，只能给玉开下空头支票。这样一来，刘文章的心绪就复杂了：与玉亲密，他觉得对不起兰，回归兰，又觉得很对不起玉，便陷入了双重愧疚之中，心每时每刻都悬着。

玉说："刘文章，节假日你必须陪我，因为别人都成双成对地进进出出，唯独我孤独寂寞，我受不了。”

刘文章打趣说：“那你就和我一起帮兰种地。”

玉说：“你就不怕她怀疑什么？”

刘文章说：“她这个人很傻，没有多余的想法，再说，咱们身为同事，农忙时帮个工，在乡下也是很正常的事。”

“一垄田亩，两个老婆，刘文章你想得倒美。”玉接着说，“你想没想过别人的感受？绝不能让你得逞。”

便只好陪着玉去旅游、去逛商场。

山水奇美，玉色鲜润，然而刘文章自己却神情恍惚、心生皱褶。花香阵阵，他不闻其香，闻到的是一股股土腥味；水波涟漪，他不见其趣，却恍然看到兰在田垄上一弯一弯的身影。他的闲逸，兰的劳苦，他于心不忍，问自己：“我得到的是不是太多了？”

与玉在旅舍缠绵，汗热在身，心底里却隐隐地有些冷。说什么无论何地，只要相爱的人在身边，任你依傍，把你依傍，便是居停在自己的家中，现在看来，漂泊之外，还是漂泊。

所以，每到一地，刚到那里，就想到了归程，他想回家。那个家是那个小小的庭院吗？是兰和青聚拢在饭桌前的等待吗？是也不是。家对他来说，已非昔日的模样，是形而上的家，只是一个概念。

玉自然能够感受到他的变化，但她视而不见，小心翼翼地维护着这种虚假的浪漫。因为她觉得走到这一步，属于她自己的已经不多了，只有没心没肺，才能有笑，才能有一点酷似快乐的快乐，才不至于独享凄凉。

玉特别地爱逛商场，京城有名的大商场几乎都逛遍了。一开始的时候，刘文章感到逛商场的感觉真好，一起浏览商品，共同商量斟酌，是夫妻的感受。特别是站在滚梯上，手放在玉的腰窝上，承受玉对他肩头的依傍，有醉人的温馨。玉特别钟情于品牌商品，认为是时尚、情调和品位的象征。品牌商品价格不菲，让刘文章大感囊中羞涩。但他还是有求必应，因为他觉得，像玉这样一个精品女子，屈尊于他这样一个乡下男人，且无名无分，够可怜的了。但频繁的出入、无节制的购物，让刘文章的感觉渐渐地发生了变化——

那天，在赛特商城的鞋区，玉看上了一双红色的高跟鞋。鞋的款式并没什么特别，只因产地是法国，更只因是苏菲·玛索穿过的那种，玉就特别心动。但一看标价，两千六百元，刘文章情不自禁地皱了一下眉头。他对玉说："咱们再到别处转转。"玉灿烂的脸立刻就黯淡了，说："刘文章，你是心疼钱。"

刘文章说："玉，你这就没意思了，给你花钱，我什么时候心疼过？比如这鞋吧，前后不下三十双了，几乎快够你一辈子穿了。但是，即便是有这么多鞋，也没见你穿出来几双，总是穿着脚上这双旧款式，给人的感觉，好像你一直就没几双鞋，所以，买不买都是一样的。"

玉说："而这一双不同，它是苏菲·玛索所喜爱的。"

刘文章摇摇头，心里说，你跟苏菲·玛索有什么关系？这一刻，他把玉看得很轻贱：苏菲·玛索有魔鬼般的身材，而你玉呢？胖得近乎丑。

鞋子没买成，玉快快不快，对刘文章说："你少跟着我。"

"我不跟着你跟谁？"刘文章打趣道。

后来，在商场的内衣区，玉又看上了一个品牌文胸。文胸也是红色的，镶以金线，衬以环托，价高至千，是个很奢侈的物件。这一次，刘文章不敢再犹豫，一径就买下了。但女人灿烂，男人黯淡，刘文章对玉生出隐隐的厌恶。

玉本来就有个高耸的胸部，那个环托文胸穿在身上，就有了高耸之上的高耸，便高耸得多余。而兰呢，平坦的胸廓，理应想办法高耸起来，她却舍不得花钱，只在摊贩那里买下十元钱的低廉货色，便平坦之上依旧平坦，平坦得卑贱。这真的很不公平！

问题还在于，房贷让刘文章背下了很重的债务，作为玉应该有起码的体恤，然而玉却视而不见，依旧任性。兰则不同——客厅里那张沙发都塌陷了，邻人见后都说：“你们家刘文章挣的也不少，怎么也不换一换？他还顾不顾家？”兰却说：“他刘文章是场面上的人，花钱的地方多，一时还顾不过来，再说，这沙发还能坐，换掉了就可惜了。”所以，他越来越觉得，兰是日子，玉是风景。日子是柴米油盐，虽然琐碎，没钱也可以对付；风景是奇花异树，虽然浪漫，但得花钱来养。他不禁自问：就你刘文章的小小身家，你养得起吗？

六

小清河的河床浅，缺少底蕴——遇旱，枯瘦，几近断流；遇涝，则漫溢，决堤而走。它没有自己，听命于天地。

被小清河滋养的刘文章，也一如小清河，在情感生活中也缺少定力，冷热与进退，都是被外力牵着走。

原初的兰是美好的，不然他们不会走进婚姻；原初的玉也是美好的，不然他们不会走进爱情。时间的沙漏，筛下的固然是泥沙，但也会把金子过滤掉。僵持一久，刘文章再也看不到兰和玉身上的美好，觉得她们都太普通，甚至都不可爱，都不能给予他足够的热情，让他确定自己的归属。

他想，一切还是交给时间来决定吧。其实，他潜意识里是把自己交给了两个女人，由她们确定最后的结局。

一段时间，他既不去玉的爱巢，也不回归兰的庭院，他住进机关宿舍，每天在单位食堂用过晚饭，就到小清河散步。他发现，小清河的水变浑变臭了，不禁生出一番有关今昔的感慨。但即便是这样，河水依然喧哗如初，毫无痛苦模样。而人则不同，陷在两个女人的纠葛中，虽痛苦却充实，一旦只身在岸边独步，凄凉和落寞深切得难以承受。他自哀自怜，觉人生虚无。夜半无眠，昏黑中辗转，泪湿枕畔。

唉，不如活得简单些。

他感到，简单才是大福。然而简单需要拒绝诱惑，而自己没这方面的功力——人在岸上，美人鱼在水里，稍一摇尾，就怦然心动，自蹚浑水。

所以活该！

所以凄凉与落寞，自己必须承受。

慢慢地，这种感觉竟渐渐地消失了，代之以一种意想不到的平静。他觉得这很好，因为这与新生类似。

然而命运不让他享受这种平静。

一天，在似睡非睡中，他听到有人敲门。他本能地感到，这肯定与自己有关，便抢先下床，开门探视，果然是跟他有关的一个人正在廊灯的不明不暗中，送来幽怨的目光。同室的人翻了一下身："谁呀，半夜三更的？"他说："是兰，孩子病了，我得回去一趟。"

因为是玉，他不得不迅速离开。

随玉进了荒疏已久的爱巢，他说："你胆子可真大。"

玉也不说话，只是狠狠地匝住了他，在他脸上不停地亲吻。

刘文章挣脱了这激情的拥抱，说："玉，请别这样，我们之间是没有结果的。"

玉说："我当然知道，但是，有你的日子我已习惯了，就如抽大烟上了瘾，戒毒所是没用的。"刘文章说："那也得戒，不然抽得只剩下皮包骨头，想戒也晚了。"

玉狠狠地打了他一个耳光："刘文章，你很无耻！"

刘文章嘿嘿一笑："玉，你要是没事，我就回机关了。"

玉说："你要是敢迈出这个房间，我就跟你闹到机关去。"

刘文章只好留下来。

身体同榻，心灵疏离。刘文章随手关了床灯，背对着玉，不睡装睡。

一阵沉默之后，玉又把灯打开了，在刘文章的背后，起起伏伏，弄出异样声响。出于好奇，他睁开了眼睛。眼睛对面，正是一块阔大的落地镜，那是他们好日子里为了增加情趣，特意制备的。从镜子里，刘文章看到，玉坐在枕头上，两条腿高高翘起，正在往身体里塞一种丸状的药物，他感到玉的那个姿势奇丑，不禁皱了皱眉头。其实玉也正透过镜面观察刘文章的动静，他的这个表情，也被玉捕捉到了，她说："刘文章，你有没有良心，这还不是被你使糟尽的。"

糟尽，是京西土语，是破旧、朽烂的意思。刘文章联想到，纸被用糟尽了，会透漏；木头被用糟尽了，会糟朽；马车被用糟尽了，会散架。玉已经把自己物化、乡村化了，高贵的女人已失去了高贵的品性，与作为农妇的兰趋同。

刘文章悲从心生，既像祈求于良知，又像乞求于玉地嗫嚅道："你要我怎么办？"

玉说："娶我。"

"好。"这一次，刘文章语气坚定，毫不迟疑。

因为眼下的女人终于替他决定了，不了之情可以了了。尽管这样做会有很多不名誉之处，但道德的指责，哪堪比灵魂的解脱？

"不过，兰那里，我是不好张口的。"

"你不好说，我去说。"

"那好。"

当刘文章顺利地把道德责任推给玉之后，他轻松了许多。他甚至有了迫不及待的心情，希望那个时刻快一点到来。“玉，明天晚上到我家吃饭吧。”

第二天下午，他提前回到了庭院。因为兰在田亩上忙碌，他得操持厨间的事。不期兰也在家里，让他感到有些意外。他对同样感到意外的兰说：“今晚的饭菜要用心些，有客来。”

兰说：“是不是一个女的？”

刘文章很奇怪：“你怎么知道？”

兰说：“我一整天眼皮都跳。”

刘文章心头一顿，莫非她什么都知道了？

饭菜停当了，兰有些坐不住，几次到院外去瞭望。当玉的身影出现的时候，兰的脸色从红到白、从白到红地几次变换，玉到身边时，已不红不白。她对玉说：“你终于来了。”

这也让玉吃了一惊，上了饭桌就拘谨，反倒是兰大大方方地让客：“不过是家常便饭，别客气。”

兰不时地起身上菜，话语得当，满面春风。玉发现，兰端庄秀气，手脚麻利，一点也不像刘文章对她说的那样，既粗陋又土。

追求时尚的玉，却留着两条大辫子，坐在饭桌前，辫子顺滑地过了臀部。青很是喜欢，竟至依偎在玉的身边，不停地抚弄。且说：“阿姨，你真漂亮。”

玉心中一热，感到这孩子很乖顺、很可爱，便顺势询问青的喜好、学业。两个人一问一答，亲切自然，把饭桌上的气氛弄得很温情。见这个阿姨会喝酒，青很是高兴，阿姨喝过一杯，他给满上一杯，玉说：“这孩子真懂事，我要有这么个儿子就好了。”

兰竟笑着接上话头：“青，你说阿姨好不好？”

“好。”

“那就让她当你的妈吧，青叫妈。”

青脸红了，只是嘿嘿地笑。

玉看了刘文章一眼，刘文章难为情地低下了头。

玉喝了很多酒，却没有醉意，但她却弄出醉酒的姿态，对兰说：“兰姐，我喝多了，路都走不稳了。”

兰说：“那你就住下，正好我也想有个说话的。”

两个女人像多年的老相识，叽叽喳喳地走进卧室。卧室收拾得有条不紊，且有隐隐的幽香。被褥的颜色全不是一般乡下人的大红大绿，而是富有情调的暖色。展开之后，里里面面，干干净净，像预备给新人用的。玉不禁刮目相看。

卧室中央有个取暖炉，两个人一进来，兰就往炉里添煤。兰说：“住平房最大的不好，就是冬天取暖。”兰把陈灰轻轻地捅下，把新煤小心地续进。一边动作着，一边说：“妹子是个金贵人儿，不能被冻着，得把火弄得旺些。”兰蹲在地上，开始收拾洒落的陈灰。本来炉边就有笤帚，但兰却用手一点一点地往簸箕里归拢。兰说：“这样就不会起飞尘，屋子就干净。”

两个人刚躺下，兰猛地又坐起来，然后翻身下床，从柜子拿出一条毛毯，给玉搭上。兰说：“平房的温度总是不如楼房，而我们都习惯了，你则不成，得盖得暖和一些，省得感冒了。”

玉的心有些迷乱，不知说什么好。倒是兰主动挑起了话头，她说：“我们家刘文章有些懒，连袜子和裤头都得别人给洗，出门穿衣你得给他预备好了，不然他就不知道穿什么。上床睡觉，你得逼着他洗脚，不然屋子里一点好味道都没有。他是典型的传统男人，衣来伸手饭来张口，像个长不大的孩子一样。”

玉不禁问自己：兰所做的一切，你能做得到吗?

躺在隔壁的刘文章一夜都没合眼，他一直侧耳谛听，预备着应付就要发生的某种动静。但一阵喁喁低语之后，一切归于沉寂。本来是要大乱的，却迎来了意想不到的安定。这种安定让他难以承受，他不停地叹息。

农家小院迎来了崭新的太阳，一同走出房门的两个女人，像是一对多年的姐妹，显得亲亲密密。

只是玉的脸色有些苍白，冲困惑中的刘文章暧昧地笑了笑。

终于有了一个单独相处的机会，刘文章迫不及待地问玉："你跟她谈了？"

"谈什么？"

"咱俩的事。"

玉摇摇头，说："没谈，而且今后也不想谈了。"

"为什么？"

"我不忍看兰的那双手，"玉说，"兰并没有大我几岁，可是她那双手却像有了七八十岁的年纪，干裂、粗糙、骨节肿大，沾满了煤灰。你知道这意味着什么？意味着田亩上的劳累、庭院里的操持和对日子的敬重。相比之下，我们是不是太有闲了？闲得我们只剩下了自私和享乐。"

刘文章说："真是妇人之见。"

玉说："正因为我是女人，就更理解女人，对兰，我只有可怜。"

"这么说，你放弃了？"

玉说："昨天夜里，兰睡下了，可是我翻来覆去睡不着，我想了很多，终于想明白了：感情这种东西，不能任性，一任性就不美好了。其中，对无辜者的伤害，是一片抹不去的阴影，在阴影中相爱，让人感到卑贱，会让自己抬不起头来。"

"既然这样，何必当初？"话一出口，刘文章就后悔了。

刘文章的话，让玉感到刺痛，她很不温柔地说道："刘文章，你不要跟我提当初，你不配。"

“那么，你就决定嫁人了？”

玉凄然一笑：“我都这样了，谁还能要？”

刘文章很想说没人要我要的话，但又觉得这样说来很是无耻，就化成了一声沉重的叹息。玉反过来安慰他：“刘文章你也别背什么包袱，男女之事很难说对错，认命就是了。”

说完，玉一转身，离他而去。

望着玉的背影，刘文章发现玉的肩膀在微微抖动。他感到，玉的这个转身，并不潇洒，那里有难言的委屈和不甘。

多年的缠绵竟真的在一瞬间遁去了身影，刘文章有些不敢相信，默默地掉了几滴眼泪。

七

当境厌境，离境羡境。

从哪本书上读到的，刘文章忘了。但其中的韵味，他却透彻地体会到了——与玉在一起的时候，玉身上到处是瑕疵，以至失去了对她爱的热情；而一旦分离了，又只看到了她的好，好到通体妩媚，以至于一闲下来，就想到她，思念得很苦。

对玉的思念，转化成对兰的冷。虽然不得不回归庭院，却如同漂泊在异乡，上眼望去，无一是处，觉庭院里的日子索然无味，便对兰冷眼相加，且无缘无故地发脾气，弄得兰和青整天战战兢兢。即便这样，他也毫无悲悯之心，玉的离去，给了他理直气壮的理由。

如此恶劣的家庭气氛，兰居然能含笑面对，一如她溺水之后也不仓皇，田亩、庭院，皆从容侍弄，且饭量不减，睡眠香甜，像个灵怪。

刘文章的痛苦就又多了几分。他恨恨地想：我怎么娶了这么个女人？没心没肺、毫无韵致，却活得没皮没脸、有滋有味。他越来越觉得，传统中所说的门当户对是对的，有相当的出身、品位、知识与修养之后，感情容易共鸣，苦难与快乐，都能交相感应，便能感受到自身的重量和价值。然而与兰在一起，日子之外什么都不存在，于是，他虽身在庭院，却无家的感觉，心中无爱，满腹凄凉。

后来他才知道，其实兰并不像他想象的那样，她承受的东西，并不比他少。

自从送走了玉，兰的心就一刻也没有平静。

公鸡即便不下蛋，也是恋窝的，一旦走远了，肯定是踩蛋去了。刘文章的所作所为让兰预感到，丈夫在外边肯定是有人了。但是她不说破，更不吵闹，把痛苦隐忍在心里。因为作为乡下女人，护家的观念与生俱来，不到万不得已，决不作拆家的事。她想，公鸡即便是去踩蛋，踩完了还得回来，人一旦又轰又赶，公鸡惊慌失措，反倒跑到别处。所以，她给刘文章留下了时间和空间，让自己慢慢等待。

却等来了玉。

玉进家门的时候，她其实是慌的，心想：这下可完了，他们要动真格的了。

她真想就此爆发，但一想到爆发之后肯定是鸡飞蛋打，就又有些害怕。她忽然想到老辈人说过的一句话：人活一世，就是为了面子，你给人家面子，人家就给你面子，而且，你越是给人家面子，人家就越感到没面子。你就占理了。内心的质朴，使她能够从容地面对玉。

两个人躺在床上的时候，她想：玉该摊牌了。但这时她已经不怕了，因为刘文章不在场。男人不在场的时候，女人之间是好说话的。如果玉把事情说破，她会说："玉，你看你，大学生，国家干部，又年轻又漂亮，多少好男人都眼红着你，不像你姐我，一个种庄稼的，本来价码就低，一旦拖了油瓶，就更掉价，你让姐怎么活？所以，刘文章你还得给我留着。”

但玉一直就没摊牌，一肚子台词没派上用场。

你既然不说破，我就也不往破了说。得，也不等你了，我先睡了。

玉就这样走了，兰反而迷惘了。为什么会这样？她想得脑仁都疼了，也想不出一二，愤愤地对自己说，横竖就这点破事，不想了。

她来到田亩之上。

玉米收获之后，庄棵还长在地里，风一吹，哗哗地干响。庄棵可是好东西，砍下来可以盖鸡窝，可以沤粪，还可以作生炉子的引柴，不能烂在地里。

她奋力地砍庄棵，额上沁出汗水，蠕蠕地流下来，竟至淹了眼睛。便去揉眼睛，揉着揉着，眼泪竟真的下来了，因为她突然有了一种忍不住的忧伤。

我一个种庄稼的怎么了？虽然身份低贱，却本本分分、任劳任怨地为家庭操劳。你刘文章是有学问、是有地位，却……反过来还像我愧欠你什么似的，凭什么？！

兰越想越觉得老天不公，一气之下，点燃了地下的庄棵。

干燥的庄棵喜欢火，噼噼啪啪的燃烧很快就成了燎原之势。冲天的火焰，把一畔的小清河都映红了。陈旧的河床，仿佛流出了新鲜的血液。

心中的郁结好像一下子就打开了，兰放声大笑，后来竟唱起了多年不唱的歌子。

大火熄灭，人心入定。

兰对自己说，人一生下来，就是要承受不公的——对刘文章还要隐忍，一个种庄稼的，除了这样，还能有什么好办法？隐忍是什么？是放债，让负心人背上债务。日子越久，债务越重，直到他再也没有底气跑出门外。所以，隐忍不是软弱，而是力量。

回到家里之后，兰又精精细细地给刘文章做好了晚餐。倚门而望，还不见那个人的身影，她一笑：“哼，人横竖是要吃饭的。”

八

两年之后，兰种植的那块土地也被房地产商开发了，刘文章随兰一起住进了楼房。作为对失地农民的补偿，兰每月也能拿到八百元的生活补贴。兰说：“这世道助人，我一天班不用上，也照样拿工资。”她很知足，胖了。

刘文章的心情可没兰那样阳光。工作十多年了，也没分上一套福利房，贷款买了一套，还不属于自己，到头来还是沾了一个自己爱不起来的女人的光，真是莫大的讽刺。

玉依然一个人孤零零地住在那套房子里。

这期间，不少人给她介绍过对象，都被她婉言拒绝了。她说：“感情这个东西，随缘，碰到了，就珍惜，碰不到就等待。即便等待不到，就一个人过，而一个人的生活有什么不好？”

都说老姑娘古怪，可是玉却越来越随和，跟领导、同事，乃至菜农，都能合得来，可谓如鱼得水。大家接受她，也怜惜她。这么一个如花似玉的妙人，怎么就没一个如意郎君？大家都替她发愁。

玉一心扑在工作上，论文获奖，菜地高产，被提拔为科级站站长。

刘文章在她手下工作，感到特别别扭。因为她和别的同事在一起的时候，有说有笑，其乐融融，一跟他独处，却像路人，客客气气，微笑中含着冷。

刘文章知道，伤口即便是痊愈，没落下明显的疤痕，但光洁的皮肤下，也有隐痛。

自己既然是人家的隐痛所在，就失去了相处的自在。他从来不敢直视玉的目光，行为越来越猥琐。

玉养了两条名贵的狗，一到傍晚，就出现在小区的街道上。人美艳，狗名贵，成为居民眼中的一道风景。

这让刘文章想到玉的落寞。

他的负债感便越来越重。以前的那个男人只伤了玉的皮肉，而他则伤了玉的心。他比那个人更差劲。

一躺在床上，眼前就浮现着玉那孤零零的身影。他想象着玉一回到家，一定是关起门来喝闷酒，兀自垂泪，且泪流如线，绵延不断。他把玉的落寞无限放大，直到自己都感到了落寞对身心的折磨。

一天晚上，他终于按捺不住，去敲玉的房门。

透过门镜，玉看到是刘文章，隔着门说："你来干吗？"

刘文章说："知道你寂寞，来陪你说说话。"

玉说："那是你自己的想象，我一个人待着，很好。"

刘文章说："可是我不好，我总是忍不住想你，想得好苦。"

玉半天没说话，好像什么也没听见一样。

刘文章说："你能不能让我进去，我有好多话要对你说？"

玉说："那就不必了，无用的话，说多了反而对大家都不好。"

"你这种拒人千里的口气，真让人不习惯。"刘文章说。

"慢慢你就习惯了。"玉说。

刘文章还是有些不甘心，说："玉，我不得不说一句，要么你就跟我，要么你就嫁人，你现在这个样子，真让人受不了，像钝刀子割肉。"

玉说："刘文章，你这个人真没劲，你还是不是男人？"

终于没能敲开玉的门，刘文章悻悻而走，忍不住在心里骂了一句："妈的。"

现在的兰是越来越悠闲了。白天无事，就和邻居那些妇人凑在一起耍纸牌、打麻将，从一早一直打到该侍弄晚饭的时候，才恋恋不舍地收场。她们也互相调侃，说："如果连老公的饭都不给做了，就太不守妇道了。"停当了晚餐，如果刘文章还没回来，就打他的手机提醒一下。刘文章知道，说是提醒，其实类似看管，是不让他"野"在外边。他觉得，现在的兰大不像从前了，变得越来越小气了。

晚饭过后，兰就看电视剧，而且越是俗烂的剧目，她越是看得津津有味。一边看着电视，一边嗑着瓜子，还把脚跷在茶几上不停地抖。刘文章厌恶地看了她一眼："你能不能不抖？"

"我抖怎么了？"

"你没听说，女人抖，男人走。"

这个走字，是死的意思。乡下有个说法，爱抖脚的女人，会把男人尅死。

这方面的意思兰是知道的，却说："走，你往哪儿走？人家玉不是已经结婚了吗，再走就是第三者插足了，嘿嘿。"

与玉分手之后，为了解除兰的疑虑，也是为了安慰自己，他曾对兰说过，玉已经嫁人了，而且过得很好。

"结婚了也可以离，你别不以为然。"刘文章说道。

兰说："你甭说，玉还真的很女人，屁股大，多子多孙。"

"你真庸俗。"

刘文章觉得，像兰这种种庄稼的女人，真不该离开田亩，一离开田亩，质朴之美顿然消失，就一点趣味都没有了。他不由得对庭院里的那片向日葵有了一点怀念，就连蝉蜕身上的那股土腥味，也不再觉得难闻，而是另一种香。

兰那暂时静止了的脚，不知从什么时候，又抖动起来。刘文章知道，这种女人，质地浅，容易知足，她之抖乃情不自禁，你无法改变。便摇了摇头，不想再说什么。久久的沉默之后，他突然说："兰，我记得你是爱唱歌的，而且还唱得不错，现在电视、网络上好听的歌曲不少，你是不是学几首？”

兰撇一撇嘴：“拉倒吧，都这么大岁数了，还小儿女一样哼哼唧唧，你也不怕人家笑话。”

看来，兰的心老了，不感动于新鲜的趣味了。

刘文章心有些灰，懒得跟她待在一起：“我出去遛弯了。”

兰说：“随你。”

刘文章沿着小清河百无聊赖地走着。

走到玉居住的那个小区，忍不住朝玉的那扇窗久久地仰望。窗的背后是有灯光的，葱心绿的窗帘，反出通透之嫩。玉在干什么？他不禁问自己。

就像冬日里的小清河，河面上虽已冰封冷结，但河心里水脉还是温暖地涌流——虽然不能再相互走近，但刘文章对玉的牵挂和思念，还是萦绕于怀，且愈来愈深，深到每一想到玉，就情不自禁地叹息，顿感人生虚妄。

变浑变臭的小清河，也给了他家园不在的感觉。因为只能在河边散步，而不能在水中嬉戏，类似与相爱之人虽在水一方，却心灵永隔。灿烂的夕晖之下，河中女子那晶莹、圆润、膨大，白得无一粒污点的浪漫与美好，只能保存在记忆里了。

昨日的记忆，是今天的忧伤，包括感情。所以，在小清河边散步的刘文章，面色忧郁，神情落寞。

即便是这样，他还是天天来到小清河边散步。河流不可移植，人也是一样的。他刘文章只属于此地，只属于如此生活。

一天，人们从小清河的淤泥中捞起来一个轻生的女子，引来围观的人群。刘文章枯寂得近乎麻木的心竟涌动了一下，也挤进去了。

死者很年轻，容颜苍白而秀丽，有圣洁之美，让人看到生命的尊严。

刘文章竟突然生出一个念头：那次被叔伯弟弟燕纠缠在水里的时候，真不如顺势就死在河里，如果是那样，河水清澈，人性单纯，净洁与共，和谐欢悦，一如永生。

2009年10月28日于北京石板宅

后记：温暖的书写

在中国当代文坛，汪曾祺老先生的文字，是镶嵌到我的生命中去的，他的著作，是我的枕边书，每日耽读与揣摩，从无中辍。“人间送小温”是他的写作之道，也是他的人生品格，他的人与文是一致的。所以，我把他当作父执人物，虽无缘谋面，但一直是敬的，并把他的创作理念当作自己的人生信念。

因此，我的写作姿态就放低了：写小人物，关注民间情感，把能贡献温暖当作自己的创作伦理。

小人物与人间的本质近些，他们的生态往往就是写作者的生态，因为写作者从来都是卑微的一类人。所以，写小人物就是写自己，能让人在写中，自然而然地看清自己，心花怒放，创作的过程，也是受用的过程。

积几十年的人生体验，小人物在现实中是“小”的，但在人性层面却大得无边。其一，小人物有草木品格：兀自生长，不计冷暖。他们坚韧、隐忍、沉静、皮实、忘我，活得本分，自适、自足。这就了不得，如草木虽被磐石挤压，也能钻隙而出，向上生长。其二，小人物有天地性情：被人轻鄙，被人污损，却绝不仓皇失据，他们从容地应对，以失为得，正如天地——人一不如意就骂天，但老天从不怪罪，阳光依旧照进那家的庭院，雨露依旧滋润那家的田园；人一乱性就咒地，但大地从不计较，即便瘠瘦与旱涝加身，只要你播下种子，就没心没肺地生长，贡奉出果实。海子曾说，收获过的大地一片苍凉。他说的是真相，也道出了土地道德的核心所在，即苍凉背后是孕育和再生，是不熄的生命力。其三，小人物有光明本性：因为他们不被人照耀，所以他们自己发光，正如萤火虫在暗夜里行走，自身就带着一盏小灯笼。也就是说，良心、悲悯、喜生与善，这些温暖的东西，足可以让他们不迷失自我，也不加害于他人。己心妩媚，而世间妩媚；己心温暖，而世间温暖——这是汪曾祺老先生文章与人生的底色，以前我认为是他的个人修为，能冷眼看风物之后，才知道，那是来自民间，是他替小民说的。

这个认识可不得了，我因此而获得新生。

我原来的书写，追求阴冷、残酷、坚硬、放纵、激烈，以为这样才有叙事力量。现在我再这样写，就感到惭愧、自私和欺世。背阴处的积雪，可谓坚冷，最终也是被柔弱的阳光所融化；慈母轻轻的一声怨叹，会陡地在逆子心中生出一大片波澜，且久久不息，以至于决然逆转，痛改前非。我愈来愈清醒了，真正有力量的，是柔弱、温暖而绵长的东西，因为它是人间性的存在，与实际人生接近，能作用于人心。

真实的人生状况是这样的：对具体的死，人往往不怕，惧怕的是死的概念；对现世的贫穷，人往往能够应对，不能承受的，倒是贫穷的意识。正因为此，温暖的书写多么重要，它对世道人心有益。

所以就有了这组小说。它虽然弘扬了汪曾祺的叙事传统，但绝不是出于崇拜，而是出于相知，更出于内心的驱动。

2010 年 1 月 10 日一稿

2016 年 4 月 8 日修订